Terenci Moix
Kleopatras Tochter

Terenci Moix

Kleopatras Tochter

Roman

Aus dem Spanischen
von Elisabeth Brock

Kabel

Die spanische Originalausgabe erschien 1995 unter dem Titel
»El sueño de Alejandría« bei Planeta in Barcelona.

Von Terenci Moix liegt auf deutsch bereits vor:
»Der Traum der Kleopatra«

ISBN 3-8225-0521-8

Gesetzt aus der Aldus
Gesamtherstellung: Pustet, Regensburg
Printed in Germany

Antonio Gala gewidmet,
für das Geschenk der Sicherheit.

O thou who hath
the fatal gift of beauty ...
Oh, du,
bedacht mit der verhängnisvollen Gabe der Schönheit ...

LORD BYRON

Cäsar (zärtlich): Ich werde dir ein schönes Geschenk aus Rom schicken.
Kleopatra (stolz): Wie? Römische Schönheit für Ägypten? Was könnte Rom mir geben, was Ägypten nicht hätte?
Apollodoros: So ist es, Cäsar. Wenn das Geschenk wirklich schön sein soll, muß ich es für dich in Alexandria kaufen.

BERNARD SHAW, *Cäsar und Kleopatra*

Prolog zum Fall von Alexandria

(Klage)

ICH WEIß, DASS der Mensch nicht stirbt im Gedächtnis der Menschen, solange die Sonne die Pyramiden bescheint. Ich weiß, daß vor den Pyramiden die Katastrophe ihren Truppen Einhalt gebietet, sich die Niederlage machtlos erklärt, ja sogar die Zeit vor Ermattung stirbt. Denn seit Jahrtausenden steht geschrieben: Der Mensch fürchtet die Zeit, die Zeit aber fürchtet nur die Pyramiden.

Warum schützt uns ihre Ewigkeit nicht vor den Göttinnen des ewigen Alptraums? Warum löscht sie die Scheiterhaufen nicht, die doch nur die Niederlage erhellen? Warum reißt sie die Triumphbögen nicht ein, die doch nur die Parzen begrüßen?

Schau sie dir an, gedemütigte Stadt, schau, wie sie sich am Himmel nähern, verheerenden Plagen gleich, unbarmherzige Unglücksschwestern, die einen Leichenzug anführen. Sie kommen geflogen, auf Geiern reitend, die nach geronnenem Blut dürsten und nach Aas gieren. Sie atmen den Geruch der Gedärme, die in den breiten Straßen verwesen und die Luft in den Parkanlagen verpesten.

Deshalb sage ich dir, Alexandria:

Höre meinen Grabgesang. Bedenke die Seelenpein, die dein Fall verursacht. Sieh den Gram derer, die dich lieben, und den Kummer deiner zahlreichen Bewohner. Und verleih mir die Schaffenskraft eines Dichters, damit ich so viel Unglück besingen kann. Ernenne mich, Alexandria, zum Dichter der Katastrophe. Zum Hüter der zerronnenen Träume.

Ich weiß jedoch, daß, was immer ich heute schreibe, schon einmal geschrieben wurde. Ich weiß, daß, was immer ich träume, in früherer Zeit schon geträumt wurde.

Denn wahrlich, es gibt keine neuen Träume mehr,
alle Träume wurden bereits geträumt.

Und dennoch stimme ich ein in diesen Chor, verbinde mich mit dem ersten Traum, dem ersten Schriftstück und den ältesten Ideen. Ich besinge den Tod der Könige, beweine die Flucht der Götter, beklage laut das Ende der Liebe. Deshalb bitte ich dich, o Herrin des Elends, leg Tragik in meine Stimme und gib meiner Zuneigung neue Nahrung. Unterweise mich in der Kunst der Klage, lehre mich die Lyrik der Trauer, mach mich zu einem, der das Geschäft des Jammerns versteht. Laß meine Worte wie neu klingen. Denn wenn ich die Zerstörung Alexandrias beweine, ahme ich die Klage über andere Dramen nach, stehe ich in der Schuld aller Klagefrauen, die andere Tote mit ihrem Gesang begleiteten und anderer Verwüstungen gedachten.

Böser Traum, der sich wie eine schwere Steinplatte auf die Schattenbilder des Antonius und seiner Kleopatra legt. Gemeinsam brachen die beiden Liebenden auf in die unerforschte Nacht des Todes, in die lange Nacht zum Zählen der Jahre. Sie hinterließen auf dem Meer eine Finsternis, die sich Alexandria nähert, von den Geistern des Unheils angeführt wie eine düstere Regenwolke. Bedrohung von allen Seiten! O Glück der Liebenden, o Glück jener wunderschönen Nacht, als das Ewige ihr Bewußtsein davor schützte, sich der Hölle der Tage zu stellen. Denn verhängnisvollere Tage entstiegen dem Innern des Chaos noch nie.

Weine, Alexandria, weine mehr als alle anderen Städte. Im Ausmaß deines Schmerzes, in der Fülle deiner Tränen kommt dir keine andere Stadt gleich … Welcher Chronist, welcher Poet, welcher Verliebte würde all seine Erinnerungen aus seinem Herzen verbannen wollen, um es mit dem Gedenken an jenes Verbrechen wieder zu füllen?

Während die Dichter der Gegenwart weinen, wird im Himmel von ungewöhnlichen Wunderwerken berichtet, die zukünftige Dichter besingen. Was mag uns noch bevorstehen, wenn irdische, menschliche Schandtaten schon im Himmel ihren Widerhall finden! Lauscht also nun der Aufzählung der wundersamen Geschehnisse und schaudert, denn sie sind schrecklich:

Aus den Eingeweiden der Toten, die aus den Bäuchen der Wolken hingen, fiel roter Regen. Manche behaupten aber, gesehen zu haben, daß die Wolken von Metall umgeben waren, so dick, daß sie beim Zusammenstoßen ein Getöse machten wie die zerstörten Schiffe, wenn Neptuns Zorn die Wellen zu Bergen türmt. An den Küsten Alexandrias jedoch wurde selbst diese Raserei noch übertroffen! Die Wellen überstiegen den großen Leuchtturm um das Doppelte! Auf der Straße, die ihn mit dem Festland verbindet, gingen die Toten in ihren Leichentüchern einher und flüchteten die Menschen in Massen.

Am Himmel kämpften feurige Kometen mit anderen Gestirnen. In den Straßen spielten unsichtbare Musikanten Grabesmelodien, die so traurig klangen, daß der heilige Stier dort im fernen Memphis Tränen des Mitleids vergoß.

Mag Apis, der Stier, seine Kinder beweint haben, Alexandria wird noch mehr Tränen vergießen!

Dann brach ein noch schrecklicheres Unglück über die Menschenmenge herein.

Eine Schlange von unerhörter Länge schob sich durch das Tor zur Wüste und stieß dabei ein Zischen aus, so furchterregend, als stamme es aus dem Tartaros selbst. Bei den Tempeln angekommen, verschlang sie die heiligen Tiere, dann stieß sie ihre gespaltene Zunge ins Herz der Priester und in den Schoß der Priesterinnen.

Von dieser traurigen Nacht wird erzählt und immer wieder erzählt. Auch künftig wird davon erzählt werden. Deshalb weiß ich, daß meine Klage nichts Neues enthält. Alle Toten wurden bereits besungen, alle Träume bereits geträumt. Aus einem legendären Traum ward Alexandrias Pracht geboren.

Darum gedenke heute, in der unheilvollen Nacht der Niederlage, an die Morgenröte deines Triumphs.

Alexandria! Keine andere Stadt entstand unter ruhmreicheren Vorzeichen. Nicht Troja, nicht Karthago, nicht Rom, nicht Aphrodisias, keine der Städte, deren Herrlichkeit und Ruhm die Jahrhunderte prägten.

Unvergleichlich bist du, göttliche Stadt,
einem Traum Alexanders entsprungen.

Dreihundert Jahre vor Kleopatras Tod litt Ägypten, der wunderbare Leichnam, der das Land damals schon war, noch unter dem Joch der Perser, diesen für ihre Grausamkeit bekannten Eroberern, diesen Thronräubern, denen nichts heilig war. Die Tempeljungfrauen wurden ein Opfer ihrer Raserei, die Grabschätze eine Beute ihrer Krallen, ihre vulgären Hinterteile schändeten den Thron, von dem aus die Söhne des Horus über tausend Generationen ihr weltliches Reich regiert hatten. Ganz Ägypten bot ein einziges Bild des Jammers. Die Angst beherrschte alle Wege, und die Bedrohung drang vor bis zu den heimischen Herdfeuern.

Da gefiel es den Göttern der Vergangenheit, den schönsten aller Befreier zu entsenden: Alexander, den Makedonier, Krieger und Gott in einer Person, Alexander, den Olympier, so ruhmreich und herrlich, daß Amon selbst ihn zu adoptieren begehrte und nach Amon die anderen Götter und Urkräfte, die den Gezeiten des Nils gebieten.

Und zum Dank für diese wunderbare Unterstützung gefiel es dem Helden, alle Welt zu überraschen und auf ägyptischem Boden eine griechische Stadt zu gründen, der auch noch künftige Geschlechter Bewunderung zollten.

Er schlief den Schlaf des Erschöpften, der auf ein Schlachtgetümmel folgt. Da tauchte mitten unter den Geschöpfen der Nacht ein graubärtiger Alter auf, eine überaus edle Gestalt, mit geschlossenen Augen, die trotz ihrer Blindheit hell umleuchtet waren. Da wußte der Träumende, daß der erhabene Homer zu ihm sprach.

Da sagte Homer und zitierte sich selbst damit:

Es gibt eine Insel, Pharos genannt,
die sich vor den Küsten Ägyptens erhebt …

Als Alexander erwachte, stand die herrliche Vision noch immer vor seinem inneren Auge. Er wollte ihr folgen und sie zu seinem Leitbild machen. Denn schon als Kind hatte er sich in die Werke des göttlichen Blinden vertieft, ja er führte sie sogar mit sich, wenn er sich auf dem Feldzug befand. Deshalb ließ er sich nach Pharos geleiten, damals nichts weiter als eine Insel vor der Nilmündung, Canopica genannt, nach dem Helden, der bei einem Schiffbruch dort gestrandet war.

Dort stellte er mit großer Bewunderung fest, daß diese Insel viele Vorzüge hat: Ägypten lag in ihrem Rücken, Griechenland jenseits der Wellen vor ihr und die Königreiche des Orients und Afrikas zu ihren beiden Seiten.

Da sprach der Held zu seinen Hauptleuten:

»Groß ist Homer, groß und bewunderungswürdig seit dem Jahrhundert, in dem er lebte, bis zu meinem Jahrhundert! Doch von heute an wird seine Größe noch übertroffen werden. Denn in meinen Träumen war er der geschickteste aller Architekten.«

Da verkündete er, daß er die Insel Pharos mit dem Teil der Küste

Ägyptens zu verbinden gedenke, wo der Nil in verschiedenen Armen ins Meer mündet, um dort eine Stadt zu gründen, als Wahrerin seines Ruhms für alle Zeiten. Alle Wege sollten sich in dieser Stadt kreuzen, alle Sprachen auf ihren Plätzen gesprochen werden, alle Rassen sollte sie beherbergen und die Wiege allen Wissens sein. Und weil es Homer gewesen war, der ihm den Traum geschickt hatte, machte er sich sofort freudig an seine Umsetzung.

Mit den Architekten an dieser unwegsamen Küste angekommen, legte er seine Chlamys in den Sand und formte mit ihren Falten den perfekten Plan für die künftige Stadt Alexandria.

Es würde keine Stadt geben mit modernerem Zuschnitt, erhabeneren Gebäuden, besserer Aufteilung und darüber hinaus keine elegantere.

Da die Erde an der Küste jedoch sehr dunkel war, mußten die Linien mit Mehl sichtbar gemacht werden. Schon lächelte Alexander, weil der Plan der neuen Zeit würdig schien, da erschienen am Himmel Scharen von Vögeln verschiedener Arten, bildeten eine undurchdringliche Wolke, stürzten sich auf den Strand und pickten unermüdlich, bis die letzte Spur des Mehls verschwunden war.

Die schönste aller Städte hatte nur einen Augenblick Bestand gehabt.

Alexander sah darin ein schlechtes Omen für seinen wunderbaren Plan und konsultierte sofort seine Wahrsager. Doch die Vorhersagen der Männer, welche die Zukunft lesen können, waren günstig. Sie erweiterten ihre Prophezeiungen sogar noch und verkündeten, der Name der Stadt werde so berühmt wie der des Helden, der sie erträumt und des Dichters, der sie besungen hatte. Ferner, daß sie bestimmt sei, ein Übermaß an Wundern zu beherbergen, weil eine makedonische Dynastie von Lochias' Bergen aus einen Glanz sende, wie ihn Ägypten seit den Zeiten der großen Pharaonen nicht gesehen habe.

O edler Stamm der Ptolemäer!

Deine Heldentaten werden einem höfischen Tanz gleichen, deine Tempel einem eleganten Gastmahl, und dein Geschlecht wird von einem großen Geheimnis gezeichnet sein: eine Versammlung ungestümer Götter und verliebter Göttinnen, trunkener Prinzen und rätselhafter Königinnen, eitler Herrscher, die sich als Astronomen ausgeben, von Konkubinen mit dem Temperament der Amazonen, von im Inzest vereinten Kindern, die es damit den Göttern nachtun und von Göttern, die ihre Wünsche in die Asche des Traums von Alexandria geschrieben haben …

Trauriger Traum, für immer in Kleopatras letzter Ruhestätte begraben. Flüchtiger Traum, der den Frühling nicht überlebte, wie Cäsarion, Kleopatras Sohn, der kleine Cäsar, der enthauptet wurde, den Frühling nicht überlebte.

Ruchlose Götter! Erinnert ihr euch nicht der Gaben, die ihr mit eigenen Worten gewährtet? Der römische Adler, gierig wie die Vögel Alexanders, legt seine schwarzen Krallen auf die Stadt und schlägt Ägypten in Ketten. Antonius' und Kleopatras Paradies, der Palast von Lochias, wird von Rom zum widerlichen Schweinestall gemacht.

Besoffene Rekruten waschen sich die Genitalien mit parfümierten Wässern. Düstere Dekurione urinieren auf den Marmor des Atriums. Das Gesindel der Zenturionen defäkiert in den Bibliotheken und spuckt in den Wintergärten aus; ja, es gibt sogar welche, die scherzhaft äußern, sie würden nur zu gern Ball spielen mit dem Kopf von Cäsarion, dem König der Könige.

Rom übertrifft sich an Grausamkeiten. Rom versetzt der Ruine Alexandrias den schrecklichsten Schlag, indem es den Ursprung seiner Mythen angreift.

Nimm dir ein Beispiel an mir, Alexandria. Mögen die Jungfrauen in den Tempeln weinen, die Huren auf ihren Lotterbetten. Mögen die Sternbilder auf die wild zerwühlten Wellen herabstürzen und so die Vulkane aufwecken, die im Meeresgrund ruhen.

O Gipfel des Chaos! Ein Blitz mit hundert feurigen Armen streift das Rad der dunklen Nacht, die Wolken teilen sich vor Schrecken, die Wellen des Meeres türmen sich auf, und das Meer springt hoch bis zum Bauch des Himmels, um dort im Inneren seines Gewölbes einen Schwall von Blut zu entleeren.

Aus den Wellen dieses schwarzen Blutes steigt der versehrte Kopf des wunderbarsten aller Kinder empor. Seine Tränen ergießen sich über die Stadt, die Tränen des Kindes, das Alexandrias Ruhm weitertragen und hier das Beste beider Welten vereinen sollte, weil sich in ihm das Blut von Kleopatra und Julius Cäsar mischte.

Glückloser Prinz.

Die Stadt wirft sich auf die Knie vor dem Geist dessen, der Ägyptens größte Hoffnung verkörperte. Er war die Sonne, die jeden Morgen neu ersteht, der ewig wiederkehrende Frühling, der ewige Schnee, der schmilzt und dabei die letzten Scheiterhaufen löscht, auf denen die Reste des Traums von Alexandria verglühen …

Ptolemaios Cäsarion, der Enthauptete, weint über Alexandria.

ERSTES BUCH

Die Damen von Rom

CÄSAR OCTAVIANUS KAM erst zwei Jahre später nach Rom zurück. Es war ihm zwar versagt geblieben, eine gedemütigte Kleopatra Septima zu präsentieren, doch die beiden einzigen Überlebenden der Dynastie wollte er in seinem Triumphzug unbedingt mitführen: einen Knaben und ein Mädchen, beide zehn Jahre alt. Kleopatra Selene, die Prinzessin mit dem Namen der Mondgöttin, und Alexander Helios, die letzte Sonne Ägyptens.

Die Gefangenschaft der Zwillinge begann in den letzten, quälenden Tagen des glühenden Sommers. Rom putzte sich heraus und wurde zu einem goldenen Gefängnis. Man bekränzte die Balkone mit Girlanden, stellte an jeder Ecke Triumphbögen auf und legte vor den Götterbildern kostbare Opfergaben nieder. Denn dem Triumphzug würden ausgedehnte Festlichkeiten folgen, dazu bestimmt, dem unersättlichen Appetit des gemeinen Volks ein prachtvolles, eindrucksvolles Schlußbild zu bieten, dem Eroberer von Alexandria zum Nutzen.

Doch nicht alle Herzen erwarteten den Beginn des Getümmels mit der gleichen Spannung. Nicht alle waren vom gleichen Stolz erfüllt und schwelgten im gleichen Patriotismus. Die Schwester des Eroberers, die edle Octavia, zeigte sich über die Flamme des Sieges wenig glücklich.

Selbst Adonis, der freigelassene Sklave, der Diener, der ihr am nächsten stand, konnte sich nicht erklären, warum jeder Triumph zur Tristesse wurde, sobald er auf diese Dame stieß, und warum sie nicht in die allgemeine Fröhlichkeit mit einstimmte.

Octavia litt unter ihrer inneren Ablehnung selbst. Sie zählte nach: Wie oft war es Frühling geworden, während ihr Herz im Frost eines anhaltenden Winters erstarrt blieb; wie viele Sommer waren vor ihren

Augen vorübergezogen, die darin nur Ödnis, Verlassenheit und Tod gesehen hatten?

Deshalb wies sie die Tuniken in auffallenden Farben, die Adonis ihr anbot, zurück und setzte sich vor den Spiegel. Sie wirkte niedergeschlagen, und ihre Stimme klang bedrückt.

Die von Adonis hingegen hörte sich überaus munter an – einem hellen Glöckchen gleich – sie mußte jedem empfindsamen Menschen in den Ohren weh tun. Beruhigend klang sie jedenfalls nicht.

»Cäsar Octavianus feiert seinen Sieg, und du möchtest nicht wie eine Königin glänzen? Würde das römische Volk deinen makellosen Charakter nicht kennen, hielte es dich für eine schlechte Schwester, oder, schlimmer noch, für ein Mannweib, das sich am liebsten selbst auf dem Ehrenplatz sähe.«

Die hohe Frau seufzte schwer und ließ den Freigelassenen ihr Gesicht schminken.

»Wie könnte ich festlicher Stimmung sein? Wenn wir den Sieg meines Bruders feiern, erinnern wir uns gleichzeitig an die Niederlage meines Gatten. Vergiß das nicht. So geht wieder einmal ein Riß durch meine Seele.«

»Das wird der letzte sein, meine Herrin. Denn erstens bist du nicht die Gattin des Verstorbenen, sondern seine geschiedene Frau, was etwas völlig anderes ist. Zweitens wird ab heute nicht mehr von dem unglücklichen Marcus Antonius gesprochen werden, dessen Leben, meiner Meinung nach, damit bereits Geschichte geworden ist. Du aber bist noch zu jung, um in dieselbe einzugehen.«

»In den letzten Jahren hat sich um mich herum ereignet, was andere Geschichte nennen. Ich hatte keine Möglichkeit, sie zu betrachten oder über sie nachzudenken: Ich mußte sie leben. Und das vielleicht allzu intensiv, denn glaub mir, sie hat mich erschöpft, wie mich auch die jüngsten Feierlichkeiten ausgelaugt haben. Deshalb kann ich zu keiner Feier etwas beitragen, was immer ihr Anlaß sein möge.«

Sie bezog sich auf die großen Staatsakte, die stattgefunden hatten, als die Nachricht vom Fall Alexandrias eintraf, ein Jahr vor Octavianus' Rückkehr.

Rom war in einen fast ekstatischen Jubel ausgebrochen, denn Marcus Antonius' Tod hatte der langen Periode der Bürgerkriege ein Ende bereitet. Zwar gab es weiterhin Kriege auf der Welt, das römische Volk aber bekämpfte sich nicht mehr.

Das widerliche Geschrei der Unglücksschwestern verstummte, ja selbst die niederträchtige Hexe Canidia wurde so heiser, daß sie ihre gefürchteten Verwünschungen nicht mehr ausstoßen konnte. Die Anhängerschaft der Göttin Kybele ging auf die Straße, führte ihre an Raserei grenzenden Tänze auf und geißelte sich in der Öffentlichkeit, obwohl Kybeles eigentlicher Festtag noch nicht gekommen war. Die Vestalinnen schritten zum Forum, in makelloses Weiß gekleidet, begnadigten im Vorbeigehen einige Todeskandidaten und kündeten damit die großzügige Amnestie an, die Octavianus bei seiner Rückkehr gewähren würde.

Die Gebete der Priester und Priesterinnen anderer Kulte galten nun nicht mehr nur dem Wohlergehen des Volks und des Senats, nein, sie schlossen auch Cäsar Octavianus ein. Ja, es wurde sogar Mode, bei öffentlichen und privaten Festgelagen Trankopfer für seine Gesundheit und zu seinem Gedenken darzubringen.

Es häuften sich die seltsamsten Anzeichen. Seit einiger Zeit erregten Prophezeiungen über die Geburt eines Göttlichen Kindes die Gemüter. Sie standen jedoch weder in den heiligen Büchern, noch wurden sie von der strengen Stimme der Sibylle von Cumae verkündet, noch waren sie in den Eingeweiden der Opfertiere zu lesen.

Nein, die Ankunft dieses Messias wurde in den Werken eines Dichters beschrieben. Und weil es sich dabei um den verehrten Vergil handelte, dessen Verse als Offenbarungen galten, wurde die Erwartung des Göttlichen Kindes zum Dogma. Schließlich hatte der Dichter, indem er die Gründung der Stadt den Göttern zuschrieb, bereits die Vergangenheit Roms aufgewertet. Deshalb nahm das Volk gerne an, er, Vergil, würde nun auch die Zukunft der Stadt veredeln.

Schon schickt uns der Himmel ein neues Geschlecht.
Mit der Geburt dieses Kindes endet das Zeitalter des Eisens,
und über der Welt zieht das Goldene Zeitalter herauf.

Die eine Hälfte Roms zerbrach sich den Kopf über die Person des Göttlichen Kindes und brachte sie mit dem Sohn irgendeines mit Vergil befreundeten Konsuls oder einer anderen, geringeren Persönlichkeit in Verbindung. Die andere Hälfte hingegen setzte auf eine viel höhere Karte:

»Cäsar Octavianus. Er ist das Göttliche Kind. Und sein das kommende Goldene Zeitalter.«

Nach seinen Siegen über den Orient hätten nur die Toren gewagt, diesen Tatsachen zu widersprechen.

Das Goldene Zeitalter kündigte sich mit einer prächtigen Vorstellung an, für die kein Theater groß genug war. Denn seine Bühne war die Welt. Und die Autoren des Stücks eine Gruppe von Göttern, die sich zusammengefunden hatte, um ihren Lieblingssohn zu opfern. Wer könnte dem göttlichen Beschluß widersprechen, den die Dichter schon so lange prophezeit hatten?

Die letzten Anhänger Marcus Antonius' klagten, Octavianus genüge es nicht, die Welt zu besitzen. Nein, nun legten die ihm zugeneigten Dichter auch noch den Parnaß in seine Hände. Nur selten war ein Triumphator über die Via Sacra gezogen, der bei so vielen und so edlen Geistern ein derart hohes Ansehen genoß. Da kehrte kein Krieger nach Rom zurück, kein Staatsmann, sondern ein bereits sprichwörtlich gewordener Held.

Während sich die klugen Köpfe stundenlang mit dergleichen Überlegungen beschäftigten, beschränkte sich der Plebs darauf, die Tage bis zur Siegesfeier zu zählen. Aus ganz Italien strömten Fremde herbei und stimmten in das Staunen der Bürgerschaft Roms ein. Gewaltige Menschenmassen spazierten neugierig durch die Straßen, um den Schmuck der Tempel aus der Nähe zu begutachten, die in den Straßen aufgerichteten Triumphbögen, die Pracht der öffentlichen Gartenanlagen und insbesondere die Teile der Galeeren von Antonius und Kleopatra, die seit dem Sieg von Actium auf dem Forum ausgestellt waren. Das Geld, das in den Tagen des Krieges die Truhen nicht hatte verlassen wollen, zirkulierte nun wieder in Hülle und Fülle. Und obwohl sich die Preise verdoppelt hatten, regte sich das Volk darüber nicht auf, denn es bekam dafür ein Spektakel zu sehen, das alles bisher Dagewesene übertraf. Ja, man erzählte sich sogar, die Architekten im Dienste von Maecenas hätten eine außergewöhnliche Festbeleuchtung vorbereitet, damit Rom drei Nächte lang heller scheine als die strahlendste Sonne.

DOCH DIE GEDANKEN der Schwester des Triumphators weilten in dunklen Bereichen. Und der treue Adonis hegte große Befürchtungen, dieser edle Geist könnte nach so vielen Jahren wieder von der unendlichen Traurigkeit heimgesucht werden, die ihn damals befallen hatte, als Octavia Gattin des Prokonsuls Marcus Antonius war. Da er diese Zeit in Athen aus nächster Nähe miterlebt hatte, beschloß er zu intervenieren – mit gewohnter Zungenfertigkeit –, um der Bitterkeit ihr unseliges Handwerk zu legen.

»Du sagst, du könntest nichts dazu beitragen, ich aber sage dir, du könntest Schönheit beitragen. Doch dazu mußt du in guter Stimmung sein, schlecht ist sie aber erst seit zwei Tagen. Woraus ich schließe, daß dich irgendein Wesen aus der Kinderstube verärgert hat ...!«

Diese Anspielung fiel nicht auf guten Boden.

»Bring mir nicht den Klatsch der Müßiggänger ins Haus, ich hasse das. Mag Rom das Reden über andere zur Wissenschaft erhoben haben, ich dulde es nicht, daß sie auf Kosten der Kinder dieses Hauses perfektioniert wird ...«

Adonis, dem zu diesem Thema einige Kommentare in den Sinn kamen, hütete sich, diese laut zu äußern. Er wäre wohl schnell ironisch geworden. Dazu brauchte er nur die Kinder zu zählen, die er hier im Haus seiner Herrin seit der Zeit in Griechenland hatte aufwachsen sehen:

Da war die Frucht ihrer ersten Ehe, der vielversprechendste Jüngling von Rom, der schöne Cajus Marcellus, der eben die Toga des erwachsenen Mannes bekommen hatte, und seine beiden älteren Schwestern, die beide Claudia Marcella hießen und von denen eine mit dem großen Agrippa verheiratet war und deshalb viel beneidet wurde. Dann folgten die beiden Antonias, Kinder aus der unglücklichen Verbindung mit Marcus Antonius, und schließlich ein Adoptivsohn, Julius Antonius, den dieser mit der ränkesüchtigen Fulvia gezeugt hatte. Der andere Sohn aus dieser Verbindung, Antillus, der Erstgeborene, wurde auf Octavianus' Befehl in Alexandria hingerichtet. Julius Antonius jedoch begnadigte er, gab ihm einen großen Teil der Güter zurück, die seinem Vater genommen worden waren, und krönte seine Güte mit der Entscheidung, ihn der Obhut Octavias anzuvertrauen.

Es war für Leute wie Adonis ein leichtes, sich über diese komplizierte Reihe von Geburten und Adoptionen lustig zu machen, doch Octavia kam ihm zuvor, indem sie klarstellte:

»Möglich, daß mein Haus bis vor kurzem noch ein Kindergarten war, doch die Zeit ist schnell vergangen, und Lästerzungen müssen künftig mehr Phantasie aufbringen. Diese sechs Kinder sind bereits Jugendliche. Und dennoch ist mir, als wären die beiden Antonias erst gestern in einem Wagen aus deiner griechischen Heimat hierhergebracht worden …«

Sie gab sich ihren wehmütigen Erinnerungen hin.

Zehn Jahre waren vergangen seit dieser Reise, an die sie sich als entscheidendes Ereignis für die Entwicklung ihrer Töchter und ihrer eigenen erinnerte. Vor zehn Jahren war sie nach Rom zurückgekehrt, während Antonius, seinem unglücklichen Stern folgend, gen Orient aufgebrochen war.

Noch blieben viele Heldentaten in die ruhmreichen Annalen von Rom einzutragen … und in die kläglichen Archive am Nil. Es fehlten Kriege, Aufstände, Siege, Niederlagen, gebrochene Versprechen, auf das Nichts gegründete und ins endgültige Nichts des Todes zerronnene Träume …

Doch alle Ereignisse hatten tatsächlich stattgefunden, die Chroniken waren verfaßt und die Hoffnungen, eine Seite umzuschreiben, zerronnen. Sie blickte in den Spiegel, sah dort die Spuren ihres Lebens und las darin eine deutliche, unerbittliche Mahnung: Sie war nun schon über vierzig Jahre alt. Eine Tatsache, auf die sie sich innerlich längst angemessen vorbereitet hatte. Denn sie war mit ihrem reifen Alter durchaus zufrieden, mochte der Weg dorthin auch dornenreich gewesen sein.

Wäre jeder Lebensphase ein Beruf zugeteilt, hätte sie, Octavia, eine ungewöhnliche Vielfalt aufzuweisen: Als Mädchen war sie Gattin gewesen. Dann jugendliche Witwe. Von neuem Gattin. Später verstoßene Gattin. Seit kurzem eine geschiedene Frau. Und jetzt, da Octavianus seinen großen Triumph feierte, die Witwe eines Phantoms.

Während sie sich nachdenklich im Spiegel betrachtete, bemerkte sie, daß Adonis hinter ihr stand und sich ebenfalls im Spiegel ansah. Ungewohnt schweigsam. Denn der Spiegel ist der Gegenstand, den die Götter den Menschen als einzigen Gesprächspartner lassen, wenn die Zeit ihre eigenen Themen vorgibt. Der Dialog mit ihm kann so grausam sein wie der unerbittliche Ablauf der Tage.

Doch in der Erinnerung beschleunigt sich die Zeit, das Wasser der Wasseruhr fließt schnell dahin, der Goldstaub, der in den Tischuhren der Patrizier den Sand ersetzt, wiegt kaum mehr als ein schwerer Seufzer, und auf den Gemäuern der Herrschaftshäuser zeigt die Sonne mehr Sommer an, als gedacht. Und was noch gestern Zukunft war, ist heute bereits veraltet und vergessen.

So war die Zeit, seit Antonius sie verlassen hatte, im Flug vergangen. Und genauso schnell verrann Adonis' Leben in Rom.

Bei seiner Ankunft war er sechzehn gewesen. Er begleitete seine Herrin und wurde seinerseits von seinem Freund, dem Gärtner Phaidros, begleitet. Beide hatten sie Octavia das Wort darauf gegeben: Sie widmeten ihr Leben als freigelassene Sklaven völlig ihrem Dienst und brachten ihr ein Ausmaß an Verehrung entgegen, das die Menge der Münzen, die sie ihnen dafür gab, weit überstieg (obwohl die recht großzügig bemessen war, denn schließlich war es Octavia und keine geringere, die diese Summe bezahlte). Der Lohn, den die beiden bekamen, war jedenfalls reichlich und bestand auch aus einem ausgewählt schönen Platz im Haus, weit entfernt von der anderen Dienerschaft, sowie der besonderen Zuneigung der Herrin. Und für Adonis in der Möglichkeit, das intensive Leben Roms zu erkunden.

Lose Zungen hätten wohl gesagt, diesem griechischen Jüngling sei Rom zu Kopf gestiegen. Was Octavia mit einem flüchtigen Blick auf seine äußere Erscheinung hätte bestätigen können, denn wenn er in Griechenland ein Bild jugendlicher Schönheit war, naiv, natürlich und ohne jede Einbildung, hatten heute Künstlichkeiten und falscher Schein die Natürlichkeit ersetzt. Vor allem schien er jene Leichtfertigkeit angenommen zu haben, die eine Karikatur dessen war, was die oberen Klassen praktizierten.

Adonis, der süße Adonis griechischer Zeiten, feierte seine römischen Tage, indem er sich einer bestimmten Aktivität widmete, und zwar intensiv, wie Octavia wußte – allzu intensiv, wie sie befürchtete. Er selbst gab dies zu verstehen, indem er in täglich leichtfertigerem Ton davon redete und vielleicht etwas zu häufig einen Satz zitierte, der zu seinem Leitmotiv geworden war:

»Mögen Mummelgreise, Schwindsüchtige und Wöchnerinnen vor dem Spiegel weinen. Den schönen Adonis kann sein Anblick nur ergötzen. Mache ich doch meinem Namen alle Ehre und werde, recht besehen, mit den Jahren nur immer schöner.«

»Mit den Jahren und der Schminke«, sagte Octavia bei sich. »Ginge ich wie du bemalt auf die Straße, käme Rom wohl zu dem Schluß, die Siege meines Bruders hätten mir den Kopf verdreht ...«

Und laut antwortete sie:

»Glücklicher, wie sehr du dir gefällst. Ich aber wäre dir dankbar, wenn du mein Gesicht nicht mit der Palette eines Malers verwechseln würdest.« Worauf sie sich von ihrem Schemel erhob und aus der reichen Auswahl an Tuniken, die Adonis ihr vorgelegt hatte, zwei aussuchte. »Die Entscheidung ist gefallen. Ich bin Antonius' Witwe, weshalb ich in Trauer gehen sollte. Andererseits müßte ich mich in Farben kleiden, weil Octavianus mein Bruder ist. Deshalb werde ich in Weiß gehen, was keinen der beiden kompromittiert.«

Mit einer strengen, entschlossenen Geste gab sie zu verstehen, daß diese Frage nun endgültig erledigt war und sie zu ruhen wünschte. Sie wies die Sklaven an, sie nur zu stören, wenn der Pädagoge eintraf, der sich um den Unterricht ihrer Kinder kümmerte.

Schließlich allein, suchte sie in einer kostbaren Schatulle nach einem kleinen Kästchen, das sie sorgfältig hütete, und öffnete es. Dort lagen einige Juwelen, die sie schon sehr lange nicht mehr getragen hatte, und dazwischen eine Münze, die vor zehn Jahren in Athen geprägt worden war.

Die Münze, wenngleich aus Silber, war recht plump gearbeitet, weshalb die beiden darauf abgebildeten Profile ein wenig karikiert wirkten. Sie zeigten einen sehr vornehmen, stolzen Mann und eine überaus edle Dame, worin die Athener den Prokonsul von Rom im Orient und seine Gattin erkennen sollten.

Das römische Volk jedoch, das die alexandrinischen Münzen, die Marcus Antonius mit seiner Kleopatra zeigten, gern verachtete, erinnerte sich an diese andere Münze, auf der Marcus Antonius mit Octavia abgebildet war, überhaupt nicht mehr. Und auch sie, Octavia, hatte sie vergessen, denn allzu flüchtig war der Anlaß gewesen, zu dessen Andenken sie geprägt worden war: diese Eheschließung, die den mißtrauischen Bürgern Gelegenheit gab, erleichtert aufzuatmen. Als Schönheit, Jugend und die vielgerühmten Tugenden der vortrefflichen römischen Dame wirksame Gegenmittel zu sein schienen, um Marcus Antonius vor dem Gift der ägyptischen Schlange zu bewahren.

Dieser ungewöhnliche Wettstreit war inzwischen bereits Geschichte, zum Thema der Chronisten, ja geradezu legendär geworden. Und schließlich und endlich Stoff für die regierungstreuen Dichter, die sich bemühten, die Größe Cäsar Octavianus' hochzuloben, und zwar auf Kosten der Erinnerung an Kleopatra (ungerechterweise, wie Octavia meinte). Die Legende verteilte die Rollen entsprechend und zur glänzenden Epoche passend, die alsbald nach dem Fall von Alexandria für Rom anbrach.

Die ägyptische Hure und die römische Vestalin. Und dazwischen ein armseliger, betrunkener Hanswurst, besessen, ja womöglich verrückt.

Octavia jedoch wußte, daß menschliches Verhalten oft krumme Wege geht, die Wirklichkeit oft zwiespältig ist und manchmal Überraschungen beschert, die soviel Verwirrung stiften wie die angeblichen Zaubertränke der Ägypterin. Sie wußte auch, daß die Hure, die Vestalin und der Hanswurst in ein und dieselbe Handlung verstrickt waren, ohne daß sich Gut und Böse zwischen den drei Figuren dieses oder irgendeines anderen weltlichen Dramas eindeutig verteilten.

Die Königin von Ägypten hatte schließlich den Sieg in diesem gewaltigen Wettkampf der Liebe davongetragen, doch Octavia, die bescheidenere Ziele verfolgte, betrachtete die griechische Münze jetzt mit Zufriedenheit. Schließlich hatte Antonius sich mit ihr zusammen abbilden lassen, und einen so kühnen Entschluß hatte es in der Geschichte Roms zuvor noch nicht gegeben. Es bedeutete auch, daß er ihr Respekt und Bewunderung entgegengebracht hatte, was Octavia mit bescheidenem Stolz auf den besonderen Platz im Leben ihres Gatten erfüllte. Zumindest war sie sich sicher, in der Meinung der Öffentlichkeit noch immer die große Octavia zu sein. Und dieses Ansehen war auch damals für einen Politiker wie Antonius ein wichtiger Punkt gewesen.

Sie lächelte still und beschloß, ihren Gefühlen freien Lauf zu lassen. Was jedoch nicht nötig gewesen wäre, weil diese ausblieben. Die Zeit war tyrannischer als alle Wahrheiten, die ein Spiegel vermitteln, oder alle Erinnerungen, die eine Münze auslösen konnte. Die Zeit beschränkte sich nicht darauf, Spuren in einem Gesicht zu hinterlassen. Nein, sie vollbrachte ihr schrecklichstes Werk an der Seele, indem sie die Wunden vernarben ließ, indem sie ihr nicht die Möglichkeit bot, sich mit einer Träne zu beruhigen, indem sie ihr nicht einmal einen Schrei entlockte. Ohne Schmerz zu sein war schrecklicher als der Schmerz selbst, denn es bedeutete, daß die Fülle durch das Nichts ersetzt worden war. Und daß die Jahre Octavia zwar vom Schmerz um Antonius geheilt, dafür aber erreicht hatten, daß er ihr nichts mehr bedeutete.

Sie hatte unter seiner Geringschätzung gelitten, die Demütigungen seiner notorischen Untreue ausgehalten und schließlich die Schande der endgültigen Verstoßung ertragen. Selbst diese Geschichten von allergrößtem Schmerz – mochten sie auch die Geschichtsschreiber verschmähen – waren bereits Allgemeingut und zu volkstümlichen Parabeln geworden.

Doch im Grunde fühlte sie sich nicht leer. Antonius und Kleopatra hatten sich für immer in ihre Persönlichkeit eingegraben, und wenn sie dort auch keinerlei Gefühle mehr auslösten, so leisteten sie ihr doch wenigstens Gesellschaft. Denn alle Bestandteile ihres gegenwärtigen Lebens waren Überreste der welterschütternden Katastrophe. Selbst im völligen Frieden ihres Verzichts wußte sie: Das unglückliche Liebespaar würde sie ihr Leben lang begleiten.

Beweis dafür war die Angelegenheit, mit der sich der Hauslehrer ihrer Kinder zu befassen hatte. Ein neuer Akt des Dramas, das damals, in der Nacht als Alexandria fiel, seinen Höhepunkt erreicht hatte.

LUCINUS, DER PÄDAGOGE, war ein äußerst gebildeter junger Mann mit der seltenen Eigenart, völlig weißes Haar zu haben, das dank vielerlei Pflegemaßnahmen leicht bläulich glänzte. Diese Farbe war in seinem Alter recht verfrüht, paßte aber bestens zu seinem ernsten und distinguierten Verhalten, das er gerne an den Tag legte.

Octavia wußte, daß er früher Sklave bei einem Kolonistenehepaar in Utica gewesen war, wobei diese Leute sich von Besitzern zu Wohltätern wandelten, weil sie ihm, von seiner offensichtlichen, frühreifen Intelligenz beeindruckt, das Studium der Philosophie ermöglichten und ihn dann freiließen. Angeblich im Tausch gegen das, was Adonis mit boshafter Zunge »obskure Dienste« nannte. Adonis zufolge bestanden dieses Dienste darin, den Gatten und die Gattin gleichzeitig zu befriedigen. Das hätte Lucinus' Kräfte so sehr ausgelaugt, daß der Arme weiße Haare bekam.

Die edle Octavia ließ sich nie dazu herab, ihre Dienerschaft zu verachten, beging aber auch nicht den Fehler, auf ihr Geschwätz zu hören. Das wäre unter ihrer Würde gewesen. Deshalb stieß Adonis' üble Nachrede bei dieser Dame auf keinerlei Interesse und änderte selbstverständlich auch nichts an ihrem Umgang mit dem Pädagogen. Denn schließlich war er mit den besten Referenzen ausgestattet: Er konnte auf die Empfehlung von Porcia Honoria bauen, die nicht nur Octavias beste Freundin war, sondern auch als eine der kultiviertesten Frauen

Roms galt und bei Wettbewerben der berühmten Dichterin Sallustia den Rang streitig machte.

Lucinus nahm häufig an den Salonabenden von Porcia teil, machte aber offenbar keinen Gebrauch von ihrem Einfluß, um auf schriftstellerischem Gebiet vorwärtszukommen. Er betrachtete sich als Liebhaber des Wissens in seiner reinsten Form, dessen Ehrgeiz nicht in der Nutzbarmachung dieses Wissens, sondern in seiner Verbreitung bestand. Adonis behauptete zwar, hinter dieser übertriebenen Bescheidenheit des Pädagogen verberge sich grenzenloser Ehrgeiz, dennoch verließ sich Octavia lieber auf das eigene Gefühl und schenkte Lucinus ihr Vertrauen.

Lucinus hatte sich der philosophischen Ausbildung des jungen Marcellus mit großer Hingabe gewidmet und damit die Hochachtung Octavias errungen. Er unterhielt sie aber auch mit langen und tiefsinnigen Gesprächen, die an die Stelle der langen Rezitationsabende traten, die Adonis bestritten hatte. Und dies war zweifellos der Grund für seine fortlaufenden stichelnden Angriffe auf die Ehre des jungen Pädagogen. Ein durchaus bekanntes Verhalten, nimmt doch der Neid unter den Dienstboten manchmal schlimmere Formen an als die härteste Strafe, die sich ihre Herrschaft ausdenken kann.

Doch an diesem Abend erwartete Octavia keine angenehme Konversation über kulturelle Themen, wie Lucinus sie beherrschte. Nein, sie bemerkte lediglich trocken:

»Ich habe beschlossen, meine Töchter und Julius Antonius für ein paar Tage aufs Land zu schicken. Da es sich dabei jedoch nicht um eine Vergnügungsreise handelt, sondern um eine Zweckmäßigkeit, wirst du sie begleiten, damit sie keinen Unterricht verpassen. In zwei Wochen werdet ihr aufbrechen.«

Lucinus versuchte vergeblich, seine Überraschung zu verbergen.

»Die edle Octavia hat zweifelos übersehen, daß sich die Zeit der Abwesenheit mit Cäsar Octavianus' Triumphzug überschneidet?«

»Würdest du denn gerne dabeisein?«

»Ich spreche nicht von mir. Ich verabscheue diese Art von Festlichkeiten, weil dabei nicht der heldenhafte Feldherr triumphiert, sondern der alles dominierende Pöbel. Ich spreche von deinen Töchtern. Sie gehören zu Cäsar Octavianus' Familie. Wäre es nicht seltsam, wenn sie bei seinem Triumphzug fehlten?«

»Cäsar Octavianus' Nichten sind in erster Linie Marcus Antonius'

Töchter. Logisch, daß weder sie noch Julius an einer Siegesfeier teilnehmen dürfen, die das Andenken an ihren Vater beleidigt …«

Der Pädagoge neigte den Kopf, damit sie sein befriedigtes Lächeln nicht sah, woraus Octavia schloß, daß er diese Haltung von seiner Herrin erwartet hatte.

»Dann gibt es aber noch einen weiteren Grund. Am dritten Tag der Feier sollen ihre eigenen Geschwister als Gefangene Roms durch die Straßen geführt werden.«

»Die ägyptischen Prinzen«, flüsterte der Hauslehrer, »Kleopatras Kinder.«

»Antonius' Kinder«, unterbrach ihn Octavia streng. »Sie trifft weder Schuld an der Tatsache, daß ihr Vater so viele verschiedene Mütter wählte, noch daran, daß der Zufall es will, daß nun die Kinder, die er mit mir hatte, auf der Ehrentribüne sitzen und erleben, wie ganz Rom die Kinder, die er mit der Königin von Ägypten hatte, beleidigt und verspottet. Wie mißachtete ich meine römische Herkunft, wie verleugnete ich meine ganze Ahnenreihe, würde ich so eine Begegnung dulden. Deshalb ist mir wichtig, daß du Julius und die beiden Antonias in diesen Tagen aus Rom wegbringst. Ich weiß um ihre seelische Empfindsamkeit und möchte nicht, daß sie dieser Schande ausgesetzt werden. Noch will ich mich ihrer schämen müssen, sollten sie diese nicht besitzen und ungerührten Herzens die öffentliche Demütigung ihrer Blutsgeschwister ertragen.«

Sie entdeckte im Blick des Pädagogen eine Bewunderung, die ihr bereits allzu vertraut war, eine Anerkennung, die ihr in vergangenen Tagen Lohn genug gewesen war, sie heute jedoch nicht mehr berührte. Seitdem sie hartnäckig darum gekämpft hatte, Marcus Antonius in den Grenzen der römischen Ordnung zu halten, waren ihr jede Zurschaustellung ihrer Tugend und wohlfeile Schmeicheleien zuwider. Ihre Vortrefflichkeit, ihre Gutherzigkeit orientierten sich nicht am Applaus der Gesellschaft, vielmehr an ihren eigenen Maßstäben sowie der Zufriedenheit und dem Wohlergehen der Menschen ihrer engeren Umgebung.

Daß sie mit dieser Haltung noch größere Bewunderung erwarb, war ihr gar nicht bewußt. Was Lucinus anging, so machte der keinen Hehl daraus und äußerte wie ein entschiedenes, unbeirrbares Echo:

»Mögen die Umstände den Prinzen von Ägypten auch ungünstig sein, so muß dich doch trösten, daß sie es nur vorübergehend sind.

Weiß doch alle Welt, daß Cäsar Octavianus sie deiner Obhut anvertrauen wird, wenn die Festlichkeiten einmal vorüber sind. Und das beweist seine Großmut. Denn es gibt keine größere Gunst, als unter deinem Dach und deiner Fürsorge zu leben.«

»Siegern fällt es nicht schwer, großherzig zu sein. Doch was diese Kinder Kleopatras betrifft, so bleibt ihr Schicksal ein unseliges. Wie werden sie mir begegnen, Lucinus? Voller Scham und Groll oder Haß? Sie hätten allen Grund dazu. Denn sie wurden aus ihrer Welt herausgerissen und für immer aller Dinge beraubt, die ihnen vertraut waren. Du siehst also, wie schutzlos sie sind und wie groß deshalb unsere Verantwortung ist.«

Der Pädagoge legte die Hand auf die Brust, zum Zeichen seiner Demut.

»Du schließt mich mit ein, Herrin?«

»Wir alle sind für das Schicksal der Prinzen verantwortlich: Ich an erster Stelle, denn mir stellt sich die schwierige Aufgabe, ihnen Vater und Mutter zu ersetzen. Aber auch meine Kinder, weil sie ihnen wie Geschwistern begegnen müssen, ohne sie je gesehen zu haben. Und du, Lucinus, weil du ihnen eine Erziehung angedeihen lassen mußt, die ersetzt, was ihnen entrissen wurde. Wären sie einfach nur Barbaren, genügte es, ihnen die römische Kultur aufzuprägen; und wir täten ihnen damit einen Gefallen. Doch sie entstammen einer sehr reichen Kultur. Ich habe immer sagen hören, die Kindererziehung in Alexandria sei der unseren weit überlegen. Es ist deshalb mein Wunsch, daß du das Wissen, das sie mitbringen, nicht zerstörst und nicht versuchst, sie ihrer tausendjährigen Kultur zu entfremden. Ich brauche aber nicht nur dein Wissen, sondern appelliere ebenso an deine Menschlichkeit. Wenn ich dich vor fünf Jahren gebeten habe, Antonius' Andenken zu achten, um meine Töchter, die ich von ihm habe, nicht zu kränken, so bitte ich dich heute, Kleopatras Andenken unter allen Umständen zu achten, um ihre Geschwister nicht zu verletzen.«

Lucinus suchte eine leichte Ironie in Octavias Blick, was von der mächtigsten Rivalin der Königin von Ägypten doch zu erwarten gewesen wäre. Doch er entdeckte nicht den leisesten Hauch davon.

»Ich rechnete mit deinem gesunden Urteilsvermögen und wußte, daß dich mein Plan nicht verwundern würde«, fuhr sie fort. Dann setzte sie mit einer Spur Bitterkeit hinzu: »Weil er ein Akt der Gerechtigkeit ist. Denn schließlich und endlich wäre Cäsar Octavianus' Großmut nicht ehrenvoll, wenn sie sich auf die Vergabe von Almosen beschränkte.«

»Weder Selbstlosigkeit noch Nächstenliebe, wenn ich es richtig verstehe«, murmelte der Pädagoge. Er stieß einen schweren Seufzer aus und ließ sich von seiner Verwirrung zu einer allzu vertraulichen Bemerkung verleiten:

»Sicher ist, daß dich deine Gegenspieler von gestern heute in die Enge treiben, edle Octavia. Und mich noch mehr, denn das Unterfangen, Ägypter und Römer unter einem Dach zu erziehen, ist so schwierig wie der Versuch, den Angriff auf Troja abzubrechen, wenn sich die Schiffe der Achäer bereits auf hoher See befinden und die Hälfte der Strecke zurückgelegt haben.«

Octavia, in ihrer sprichwörtlichen Gutherzigkeit, lächelte freundlich:

»So breit war das Meer nicht, das sich zwischen Griechen und Trojanern erstreckte. Andererseits weißt du sehr wohl, daß man die Zeit nicht zurückdrehen kann. Wir können den Schaden, der diesen Kindern zugefügt wurde, nicht wiedergutmachen. Aber wir müssen verhindern, daß ihnen noch Schlimmeres widerfährt. Wappne dich also für die harte Arbeit, die dir bevorsteht. Und nun entschuldige bitte, daß dir mein Eifer diese festlichen Tage in Rom vorenthält.«

»Für beides bin ich dir dankbar«, erwiderte Lucinus und fügte schüchtern hinzu: »Ich habe Marcus Antonius immer sehr bewundert. Und du wirst das verstehen, weil ganz Rom weiß, daß du auf seiner Seite warst, als das äußerst ungern gesehen wurde.«

»Wer könnte dir das zum Vorwurf machen? Die Herrscher des Orients vielleicht, die darum baten, Antonius' Leichnam an sich nehmen zu dürfen, bevor ihn mein Bruder der Kleopatra übergab?« An dieser Stelle erlaubte sie sich einen schwachen Seufzer, dessen Bedeutung der Lehrer unschwer erkannte. Doch dann fuhr sie fort: »Keiner war stärker als Antonius, als er noch stark war. Keiner verströmte soviel Charme, bevor man die Achtung vor ihm verlor. Die Götter werden es dir zu danken wissen, daß du dich in der Stunde der Schande dessen erinnerst.«

Beinahe hätte sie hinzugesetzt, daß sie den Dank selbst übernehmen würde, doch dann beschränkte sie sich darauf, dem Pädagogen ein ehrliches, herzliches Lächeln zu schenken. Was ihr keineswegs schwerfiel. Sie freute sich über seine positive Reaktion, mit der er sich ihre Zuneigung und Hochachtung erhielt. Plante sie doch, ihn mit dem größten Vertrauensbeweis auszuzeichnen, den ein Dienstbote oder Freund erhalten konnte: Wenn Marcellus das erforderliche Alter erreicht haben würde, um seine Studien in Griechenland fortzusetzen, an der gleichen Universität, an der Cäsar Octavianus Rhetorik studiert hatte, sollte Lucinus ihn begleiten, und zwar nicht als Diener, sondern eher in der Eigenschaft eines Gefährten. Und Lucinus würde das Beste aus dieser Gelegenheit machen, denn schon oft hatte er von seinem Wunsch gesprochen, diese Reise zu unternehmen, um seine Kenntnisse an den Akademien, aus welchen die besten philosophischen Lehren hervorgingen, zu vervollständigen.

Doch nun fragte Lucinus:

»Wird der junge Marcellus auch mitkommen?«

»Da er kein Sohn von Antonius ist, halte ich das nicht für notwendig. Doch selbst wenn er es wäre, müßte ich mich in diesem Fall dem Willen meines Bruders beugen, der ihn dazu bestimmt hat, neben Tiberius vor dem Triumphwagen herzureiten.«

»Cäsar Octavianus will deinen Sohn neben dem der Livia sehen und beweist damit erneut, daß er eine besondere Vorliebe für ihn hegt.«

»Genau. Und es heißt, daß Marcellus zum Manne wird. Doch auch hier weigere ich mich, sentimental zu werden, weil ich weiß, daß die kommende Zeit genauso spannend sein wird wie seine Kindheit. Bereiten wir uns also darauf vor, und kümmern wir uns ab jetzt um die Gegenwart.«

Nun befaßte sie sich mit den beiden Antonias und dem Sohn der Fulvia. Sie empfahl dem Pädagogen, den Aufenthalt auf dem Land zu nutzen und die Studien mit den vielen Lektionen zu verbinden, die die Natur erteilt.

»Was wohl bedeutet, daß auch der Gärtner uns begleitet ...«, vermutete Lucinus.

»Haben wir nicht mehr als genug Leute, die sich das ganze Jahr über um das Landgut kümmern?«

»Ich meine wegen seiner Studien, edle Octavia.«

»Das entzieht sich meinem Verständnis. Erkläre dich. Von welchem Gärtner sprichst du?«

»Von dem jungen Griechen. Von dem, den alle den Stotterer nennen.«

»Du weißt, daß ich diese Art Spitznamen nicht leiden kann. Er heißt

Phaidros. Doch hat er meines Wissens keine anderen Studien betrieben als die, welche mit seinem Beruf zu tun haben ...«

Da brachte der Pädagoge eine Geschichte vor, die Octavia in großes Erstaunen versetzte.

Lucinus erzählte folgendes:

»Verzeih, edle Dame, daß ich zuerst von mir berichte, aber dieser Schritt ist notwendig, um schließlich zu dem Thema zu kommen, das dich interessiert. Du mußt wissen, daß ich bis zum Alter von fast dreißig Jahren nichts von der Liebe wußte, sie auch nicht vermißte, weil ich alles, was die Liebe geben kann, in meinen Studien fand. Diese Liebe stillte mein Verlangen und entzündete es immer wieder neu. Sicher, ich habe Frauen gekannt, doch waren es nur solche, die in den literarischen Kreisen verkehren. Erinnere dich, daß weder Porcia Honoria noch die erhabene Sallustia, meine besten Freundinnen, sich für etwas anderes interessieren als ihre eigene Dichtkunst und das, was sie von den Künsten, die man die schönen nennt, lernen können. Womit ich sicher jeden Verdacht zerstreute.

So wie ich keinen Umgang mit Frauen hatte, die nicht mit der Literatur verheiratet sind, blieb mir auch die Liebe der Männer versagt, weil ich mich immer in den Kreisen bewegte, die mir die verschiedenen Häuser, in denen ich als Hauslehrer diente, vorgaben. So habe ich gelernt, mich mit der Zuneigung zufriedenzugeben, die meine Schüler mir entgegenbrachten und die sie in mir erweckten, wenngleich sich jedesmal, wenn meine Schüler heranwuchsen und die Wege des Lebens allein beschritten, eine große Leere auftat. Deshalb wirst du verstehen, daß ich zwar aus Vorsicht eine möglicherweise große Leidenschaft verschmähe, von der Notwendigkeit großer Kameradschaftlichkeit jedoch überzeugt bin.

Ferner wirst du verstehen, daß mich eines Tages die tiefe Zuneigung, die deine beiden Diener miteinander verbindet, tief berührte. Ich spreche von Adonis, deinem Kammerdiener, und Phaidros, dem Gärtner. Ja, ich beneidete sie um ihr Glück, denn ein Glück ist es, ein wirklich seltenes Glück, daß es einem Mann gelingt, Alexanders wunderbaren Traum erfüllt zu bekommen: einen Freund zu haben, der uns im Leben zur Seite steht und nach unserem Tod unsere Heldentaten besingt. Und wenngleich es bei unsereinem keine großen Heldentaten zu besingen gibt und ein einfacher Mensch allerhöchstens hoffen kann, einem anderen seine verrückten Träume zu erzählen oder die Stunden seines Alltags mit ihm zu teilen, so ist dennoch wahr, daß keiner ohne Träume lebt und selbst häusliche Taten zu schönen Lobgesängen inspirieren, die vielleicht nicht erhaben, so doch recht innig sein können.

Ja, innig war in meinen Augen die Freundschaft deiner Diener und bewegend die Umstände, die sie umgaben. Einer der beiden hat mir erzählt, daß sie sich zwar in der Sklaverei kennengelernt, seither jedoch das Leben miteinander geteilt haben, was sie dem Glück verdanken, immer den gleichen Besitzern gehört zu haben. Als es einmal einen Wechsel gab, erwies sich dieser auch als Glücksfall, denn sie gingen in das Vermögen über, das Marcus Antonius in Athen erwarb, und sie waren daher dein Eigentum, so lange, bis du ihnen die Freiheit schenktest.

Nun will ich keineswegs sagen, daß dieser Adonis deiner Zuneigung nicht würdig war, zumindest in der ersten Zeit. Er war schön, gebildet und fröhlich wie ein Glöckchen. Nie versäumte er es, auf dem Weg durchs Atrium zu deinen Gemächern allen ein Lächeln zu schenken.

Sein Gefährte jedoch wirkte im Gegensatz zu ihm unscheinbar. Ihm fehlte dieser Lebensfunke, der Adonis überall und in jeder Hinsicht auszeichnete. Ohne ihn beleidigen zu wollen, würde ich sagen, daß Phaidros äußerst einfältig schien. Er war für mich ein Wesen, das ich oft in deinen Gärten sah, ohne es als Person wahrzunehmen, vielmehr als eine Art Vogelscheuche, immer mit diesem mißfarbenen Leibrock bekleidet und das Gesicht unter einem dieser breitkrempigen Hüte verborgen, wie die Bauern und Ziegenhirten der Hellenen sie tragen, wie jedermann weiß, der die Malereien des Pausanias oder deren Kopien gesehen hat.

Da er immer verkleidet war, wie eben beschrieben, erinnerte ich mich nicht einmal an sein Gesicht. Als ich dann eines Tages erstmals mit ihm redete, bemerkte ich, daß es ein recht sympathisches war, obwohl ich ihn nicht gerade in einem guten Augenblick erwischte, denn soeben hatte ihm sein reizender Freund eine Rüge erteilt, was ihn offensichtlich schmerzte und nicht wütend machte, wie zu vermuten wäre, wenn jemand zu Unrecht angegriffen wird. Deshalb hielt ich ihn für äußerst gutmütig, beschämend unterwürfig oder fast für blöde, ohne andere Möglichkeiten in Betracht zu ziehen.

Adonis ging, soviel ich feststellen konnte, zu irgendeinem Fest in die Stadt, denn er hatte sich fein herausgeputzt, und Phaidros versuchte, ohne Rücksicht auf seine Behinderung, ihm mühsam stotternd beizubringen, daß er ihn gerne begleitet hätte. Adonis reagierte, indem er sich über das Stottern im allgemeinen lustig machte. Da sich der Gärtner jedoch davon unbeeindruckt zeigte, sagte er ihm schließlich ohne Umschweife, daß er sich in den Kreisen, in die er seit kurzem aufgestiegen war, mit Phaidros nur lächerlich machen würde. Das erschien mir eine ungeheure Frechheit, denn ich kenne diese Kreise. Ich kann dir versichern, daß man, um dort aufgenommen zu werden, keineswegs von einer edlen Mutter abstammen oder mehr mitbringen muß als einen gutgeformten Körper und eine gewisse Erfahrung in ziemlich ungewöhnlichen sexuellen Praktiken.

Als jedoch Phaidros darauf bestand, ihn zu begleiten, wurde Adonis noch viel wütender, wenn eine Steigerung überhaupt möglich war. Es kamen Worte aus seinem Mund, so hart und so beleidigend, wie der Basilisk sie nicht über die Lippen bringen würde. Denn dieser Kerl nahm nicht nur am Stottern seines Freundes Anstoß, sondern auch an seiner vernachlässigten Erscheinung und einer Reihe von Äußerlichkeiten, was sehr deutlich machte, daß er sich seiner schämte.

Kaum war Phaidros wieder allein, entrang sich ihm ein Klagelaut, wie der eines wilden Tieres, das sich verwundet im Staub der Arena wälzt und den Todesstoß erwartet. Ich eilte ihm also zu Hilfe, und nachdem er mich anfangs zurückwies und ich mehrmals insistierte, redete er schließlich mit mir. Dabei stotterte er so heftig, daß die Aufzählung seiner Kümmernisse doppelt soviel Zeit in Anspruch nahm, wie es bei anderen Sterblichen der Fall gewesen wäre.

Nun könntest du zu Recht sagen, auch ich nähme viel Zeit in Anspruch, ohne Stotterer zu sein, aber du wirst die Wichtigkeit, die ich Phaidros zuschreibe, nicht verstehen, wenn ich nicht ganz genau erzähle, wie ich lernte, ihn zu achten, obwohl ich seine Gegenwart über lange Zeit hinweg nicht einmal bemerkt hatte.

Nun, seine Unwissenheit war so einnehmend, wie man es nur bei Kindern findet, und das nicht einmal bei allen. Diese Feststellung wärmte mein Herz. War es Mitleid, war es Zuneigung? Wie auch immer, ich wollte ihm helfen, denn ein Stotterer ist schließlich kein Lepröser und auch ohne den Beistand spezieller Götter zu heilen. Phaidros ist zwar noch nicht vollkommen kuriert, kann aber wenigstens ein paar Sätze sprechen und dem anderen dabei ins Gesicht sehen, was mehr ist, als er bislang wagte.

Seine Reaktion war kreativ, wenn das Wortspiel erlaubt ist. Das heißt, er sparte weder Zeit noch Mühe, mit den verschiedenen Systemen, die ich ihm zur Verfügung gestellt hatte, zu üben. Von nun an war es keine Seltenheit, ihn zu jeder Tageszeit mit prallen Wangen zu sehen, voll mit Holzkugeln, die dein Diener Eumolpos für ihn hergestellt hatte, oder man konnte beobachten, wie er mit ein paar Olivensteinen unter der Zunge laut zu einem Baum sprach. Seine Fortschritte zu erleben war eine seltsame Erfahrung. Denn nach einer so langen Zeit des Schweigens hatte er entdeckt, daß er die Namen der Dinge aussprechen konnte, und es machte ihm Freude, sich vor sie hinzustellen und immer wieder beim Namen zu nennen. Wenn es ihm dann gelang, den Namen eines Baums, einer Blume oder eines Gegenstands fließend auszusprechen, tat er dies mit lauter Stimme und schließlich schrie er ihn hinaus. Eines schönen Tages sah ich ihn dann hin und her hüpfen und mit seinem breitkrempigen Hut wedeln, wie Merkur, der den Gartengeistern seine Botschaften übermittelt.

Du wirst einen gewissen Stolz, wenn nicht gar ein wenig Liebe in meiner Geschichte feststellen, und das nicht zu Unrecht. Was logisch ist, denn wie gesagt, ich liebe meinen Beruf und übe ihn gerne aus, besonders in so einem Fall, auch außerhalb meiner Dienstzeit und meines eigentlichen Aufgabenbereichs. Bitte sieh darin nicht ein Lob meiner eigenen Großzügigkeit, sondern eine ganz und gar eigennützige Haltung. Die Geschichte dieser beiden Diener liefert mir Stoff zum Nachdenken und zum Bewundern. Hätte ich doch nie damit gerechnet, daß ein Bauerntölpel mein Interesse wecken könnte, was bislang nur seinem Freund, als einem Beispiel an Charme, Schönheit und Intelligenz, gelungen war. Und dennoch, so war es.

So war es, wie gesagt, denn während Phaidros gigantische Kräfte mobilisierte, um seine Behinderungen zu überwinden, begann Adonis von seinen Gaben, die Natur und Erziehung ihm geschenkt hatten, schlechten Gebrauch zu machen. Jeder in diesem Hause weiß, daß er nach einem Jahr hier in Rom in Kreisen Anschluß gefunden hat, die in ihm den Spaß an der Unkeuschheit und, wie man mittlerweile hört, der Wollust, ja der Zügellosigkeit geweckt haben. Da ich jedoch weiß, daß du es nicht magst, wenn jemand in deiner Gegenwart kritisiert wird, enthalte ich mich jeden Kommentars, zumal du denken könntest, ich rächte mich für den Unrat, den er über meinen Namen ausgegossen hat, indem ich seine Moral in Zweifel ziehe, oder wollte, noch schlimmer, die Zuneigung dieses armen Phaidros gewinnen, der, das ganz nebenbei gesagt, Zuneigung bitter nötig hat.

Denn wie gesagt, er ist empfindsam wie ein Kind und sucht überall nach zärtlicher Zuwendung. Schließlich habe ich gesehen, wie er sich in dem Maße, in dem er sich von den Menschen entfernte, hilfesuchend den Dingen zuwandte. Er hätschelte sie wie beseelte Wesen, als berge jeder Gegenstand das tiefste Geheimnis des Lebens.

Da entdeckte ich eines Tages, daß er uns heimlich beobachtete.

Ich war eben dabei, dem jungen Marcellus eine Rhetoriklektion zu erteilen, während Julius und die beiden Antonias mit leichteren Aufgaben beschäftigt waren, als ich plötzlich hinter einer Bank diesen riesigen griechischen Hut entdeckte und im Schatten seiner übergroßen Krempe das Gesicht des Gärtners. So konzentriert, so völlig gefesselt folgte er meinen Erklärungen, daß ich mich einen Augenblick lang für den wichtigsten Mann der Welt hielt. Denn schließlich gibt es für einen Lehrmeister keine größere Befriedigung, als festzustellen, daß das, was er erklärt, empfindsame Seelen so in Bann schlägt, wie nur eine neue Religion es vermag.

Als sich diese Situation mehrere Tage hintereinander wiederholte, befragte ich deinen edlen Sohn, und der erklärte mir mit größter Selbstverständlichkeit, daß der Gärtner schon seit Monaten von seinem Versteck aus meinen Lektionen folge. Doch der junge Marcellus maß der Sache nicht die geringste Wichtigkeit bei und meinte nur: »Sicher wieder eine gute Tat meiner Mutter.« Als ich das hörte und an die bemerkenswerten Tugenden deines Sohnes dachte, bat ich ihn, das gute Werk, das er dir zuschrieb, zu vollenden. Er solle Phaidros einladen, aus seinem Versteck herauszukommen und sich zu uns zu gesellen, um mehr von dem aufnehmen zu können, wonach sein neugieriger Geist verlangte. Phaidros aber wollte sich zunächst unter keinen Umständen zu uns gesellen, sei es aus natürlicher Bescheidenheit, sei es aus Gründen der natürlichen Distanz zwischen den Klassen. Mit viel Überredungskunst und nach langem Bitten gelang es uns, ihm einen Platz unter deinen Kindern zuzuweisen. Nun nimmt er diesen Platz seit einigen Wochen ein und lernt, wenn auch etwas langsam, die Grundzüge des menschlichen Wissens. Denn er ist zwar hartnäckig und ausdauernd, jedoch noch weit davon entfernt, gebildet zu sein.

Ich kann dir allerdings nicht sagen, wie ihm diese neue Situation bekam, denn schon nach kurzer Zeit verbarg er wiederum sein Gesicht unter der Krempe des griechischen Huts, und seither kennt niemand seine Stimmung, geschweige denn seine Gefühle. Deshalb vermute ich, edle Octavia, daß ihm irgend etwas Unangenehmes widerfahren ist. Und das ist der Grund und kein anderer, der mich bewog dir vorzuschlagen, ihn zusammen mit deinen Töchtern und mir aus Rom wegzuschicken.«

OCTAVIA HATTE DER langatmigen Rede von Lucinus mit großer Aufmerksamkeit gelauscht. Als er geendet hatte, verfiel sie in tiefes Nachdenken, wobei sie durch die großen Fenster hinaus in den Garten blickte und beobachtete, wie dieser sonderbare Phaidros eine Parzelle bearbeitete.

»Was du mir erzählt hast, war mir alles neu«, sagte sie schließlich »das einzige, was mir bekannt war, ist, daß wir uns oft gewaltig täuschen, wenn wir das Wesen eines Menschen beurteilen. Denn es gab eine Zeit, da hielt auch ich Adonis für ein Muster an Vollkommenheit und hätte ihm nur das Beste prophezeit. Seinen Freund jedoch ließ ich ganz außer acht und sah ihn nur als Anhängsel seiner Vortrefflichkeit. Nun muß ich erkennen, daß ich ungerecht war, weil sich hier wohl der Verstand der Natur überlegen gezeigt und ihre Pläne vereitelt hat.«

»Genau das wollte ich sagen. Unberechenbar sind die Wege der Begabung. Einer, dessen Talent es bislang war, der Erde Leben zu entlocken, setzt es nun ein, um selbst zum Leben zu erblühen. Was mich angeht, so hoffe ich nur, mich nicht der Voreiligkeit schuldig gemacht zu haben, indem ich einem Diener erlaubte, sich unter deine Kinder zu mischen.«

»Sollte Marcellus tatsächlich einmal die ihm von den Orakeln vorhergesagte hohe Stellung im Leben Roms einnehmen, so wird ihm diese exzellente Lektion im Zusammenleben durchaus hilfreich sein. Richtig ist dennoch, daß du Schuld auf dich geladen hast, und zwar weniger durch ein Versäumnis als durch eine Verzögerung. Wären mir die Umstände bekannt gewesen, hätte ich diesem jungen Mann schon viel früher geholfen. Doch nicht wegen seiner mehr oder weniger edlen Ambitionen, vielmehr weil ich ahne, welche Qual ihm bevorsteht. Er tritt einen Leidensweg an, der mir selbst nicht unbekannt ist.«

Der Pädagoge verstand diese Anspielung der edlen Octavia nicht, bezog sie sich doch auf etwas, das sich zu einer Zeit ereignet hatte, als sie sich noch nicht kannten. Sie sprach von Athen. Sie sprach vom Scheitern einer Liebe. Und sie erinnerte sich wieder einmal an Marcus Antonius.

Dann verscheuchte Octavia die Gedanken an ihn. Was ihr dabei half, waren die Reisevorbereitungen, auf die sie sich nun konzentrierte. Sie hatte dem Aufseher der Sklaven befohlen, sich zwei Tage vor den Festlichkeiten aufs Land zu begeben, um einige Quartiere herzurichten, die längere Zeit leergestanden hatten, weil die politischen Ereignisse sie in diesem Sommer in Rom festgehalten hatten.

Ein bedeutender Konflikt war nun gelöst: Ihre Töchter würden dem schmerzlichen Spektakel nicht beiwohnen, dessen Auswirkungen auf ihre Seelen sie so sehr fürchtete.

Dann beschloß sie, an sich zu denken und sich zum Haus ihres Bruders, auf den Palatin, bringen zu lassen.

DER ENTSCHLUSS, AN sich selbst zu denken, hieß, die Legende, die die Römer über sie verbreitet hatten, ein für allemal zu widerlegen. Es bedeutete, den unterdrückenden Zwang zur Vollkommenheit abzulegen und sich ein paar Dinge zurückzuholen, die ihr seit vielen Jahren verwehrt waren. Sie wollte wieder das Recht auf einen Irrtum haben, darauf, mit dem Leben zu spielen, leichtsinnig zu sein und nicht an die Folgen zu denken. Mochte der römische Geist mit seinem hohen Anspruch ein anderes Gesicht prägen, nicht mehr das ihre.

Auf dem Palatin lebte eine Dame, die zweifellos nur darauf wartete, den römischen Geist zu verkörpern, noch bevor Rom und sein Geist sie darum baten.

Obwohl es später Stimmen gab, die sie als Urheberin wüstester Intrigen bezeichneten, war Livia zu jener Zeit eine römische Matrone ohne besondere Ämter. Doch ihre arrogante Haltung hob sie aus allen hervor, betonte ihre eindrucksvolle Gestalt und ihre auffallende, durchaus füllige Statur. Auf dem immer hochgereckten Kopf trug sie unübersehbar einen Haarknoten beachtlichen Ausmaßes, und zwar bereits seit mehreren Jahren, weil sie sehr wohl wußte, daß diese Frisur ihre prächtige Erscheinung noch unterstrich, glich der Knoten doch mehr einem Helmbusch. Und das ausdrucksstarke Gesicht paßte bestens zu ihrer stattlichen Erscheinung. Es war ein breites, rundes Gesicht, dessen ernste Züge mit der Zeit geradezu majestätisch wurden.

Die strenge Würde, eine der hervorstechendsten Eigenschaften Octavias, fehlte ihr zwar nicht, wohl aber deren edle Gesinnung und Liebenswürdigkeit. Woran es ihr jedoch am meisten mangelte, war die über jeden Zweifel erhabene Ehrlichkeit ihrer Handlungen, von ihren Gefühlen ganz zu schweigen.

Leute, die ihr wohlgesinnt waren, pflegten ihre Arglist zu beklagen. Was mochten erst die beklagen, die sie haßten?

Beide Lager vermuteten gewisse Rivalitäten zwischen den beiden Schwägerinnen. Die professionelle Gerüchteküche war sich aber nicht einig. Die einen sagten, sie wären zerstritten, die anderen, sie vertrügen sich. Wobei sie im ersten Fall Livia die Schuld gaben.

Tatsache war jedoch, daß diese beiden Frauen Octavianus am nächsten standen und den größten Einfluß auf ihn hatten. Wobei zu der Zeit der Einfluß der Schwester noch der stärkere war. Die allgemeine Erwartung ging aber dahin, daß die Gattin ihre Stellung festigen würde, wenn Octavianus seine Macht endgültig gesichert hätte.

War die besorgte Hausfrau, die Octavia so direkt und zwanglos begegnete, vielleicht nur eine der Verkleidungen, unter der sich ein im Grunde herrschsüchtiger Geist versteckte, eine Maske, hinter der die mächtige Livia eine leidenschaftliche Verbindung von Ehrgeiz, Hartnäckigkeit und Stolz verbarg? Oder war die Verkleidung nicht ganz ernst gemeint? Bestand sie doch nur aus einer einfachen Schürze, die sie über einer prächtigen, über die Ellbogen hochgeschobenen Stola trug. Die Dame vom Palatin war eben dabei, einer Dienstmagd aus Bithynien zu zeigen, wie sie das Tuch handhaben mußte, um ein Silbertablett zu polieren.

Sie legte es zur Seite, um ihre Schwägerin zu küssen. Eine reine Geste der Höflichkeit, mehr nicht.

»Wenn du deinen Bruder zu sehen wünschst, so sei dir gesagt, daß er sich mit Maecenas und Agrippa eingeschlossen hat. Sie sind seit Tagen damit beschäftigt, seine Zukunft zu organisieren.«

»Du solltest dich nicht darüber lustig machen, denn bislang haben sie treu seine Gegenwart organisiert. Doch wie dem auch sei, ich bin nicht auf der Suche nach ihm, sondern nach meiner Schwester.«

Livia gestattete sich den Anflug einer Gefühlsäußerung:

»Ich kenne dich gut genug, um zu wissen, daß du es ehrlich meinst. Und du kennst mich auch und weißt, daß ich deine Ehrlichkeit zu schätzen weiß, denn heute nennst du mich erstmals Schwester.«

»Wichtige Worte spare ich mir eben für entsprechende Gelegenheiten auf. Wenn ich zögerte, dich so anzusprechen, ist dies, davon bin ich überzeugt, weder meine noch deine Schuld.«

Sicher, ihre Zuneigungsbeweise waren lange Zeit eher spärlich gewesen. Livia und Octavia hatten sich bislang nicht so eifrig besucht, wie der Grad ihrer Verwandtschaft und ihr Rang dies eigentlich verlangt hätten. Doch Octavia konnte über lange Zeit hin nicht vergessen, daß diese Frau auf recht dubiose Weise zu ihrer Familie gestoßen war.

Es hatte dabei Opfer gegeben, das durfte man nicht vergessen.

Livia Drusilla war neunzehn Jahre alt und die Frau von Claudius Tiberius Nero, von dem sie ein Kind erwartete. Octavianus war mit Scribonia, seiner zweiten Frau, verheiratet, die ihm vor kurzem eine Tochter geschenkt hatte. Diese Verbindungen waren eng und bewährt, was Octavianus nicht daran hinderte, die Annullierung beider Ehen zu betreiben, um sich selbst mit Livia zu verheiraten.

Der Wechsel war Octavia höchst unsympathisch, kannte sie doch wie keine andere das extreme Ausmaß von Unglück, das Ehen, die aus Staatsräson geschlossen werden, verursachen können.

Anfangs dachte sie, ihr Bruder erhoffe sich aus dieser Verbindung bessere Beziehungen, und sein Wunsch, mit den Claudiern verwandt zu sein, wäre nur einer der vielen Schritte, die er auf dem Weg zum höchsten Triumph zu seinem Vorteil unternahm.

Dabei war sie wohl strenger als die Lästerzungen. Die Leute neigten eher zu einem sentimentalen Blick auf die Angelegenheit und betrachteten sie als leidenschaftliche Liebesgeschichte, die kein Hindernis gelten ließ und aus diesem Grund auf Nachsicht rechnen konnte.

Richtig war, daß Octavianus seine Livia anbetete, und zwar uneigennützig und ohne Berechnung. Und das war letztendlich der Grund, warum Octavia schließlich bereit war, die Sache nicht wie eine vorübergehende Affäre zu betrachten, was sie zu Beginn getan hatte, sondern ihre Schwägerin als eine Person zu sehen, die diesen Platz wohl auf Dauer einnehmen würde.

Daß Livia sich aber so fest und unverrückbar etablieren würde, konnte weder sie selbst noch sonst jemand wissen.

»Livia, du wirst unter allen römischen Damen den höchsten Rang einnehmen. Denn von heute an gibt es keinen Rang, der für den Mann, der dein Gatte ist, zu hoch wäre.«

Livia unterbrach sie mit bewegter Stimme und meinte es wohl ehrlich:

»Dieser Rang ist dir vorbehalten, denn keine Frau hat für Rom soviel getan wie du, wann immer die Nation dich darum bat. Und sie wird dich sicher auch künftig darum bitten.«

»Mag Rom mich nur bitten. Daß ich es vorzöge, nicht länger gebeten zu werden, spielt dabei keine Rolle. Ich habe viel gegeben, wie du ganz richtig sagst, vielleicht zuviel.«

»Und deshalb wurdest du geliebt«, sagte Livia mit leichtem Neid. »Die Verehrung, die dir das römische Volk entgegenbringt, ist nicht durch einen Befehl zu bekommen. Diese Bewunderung erlangt man nicht einfach durch einen Titel.«

»Ich bin gekommen, um diese Verehrung, diese Bewunderung dir zu überlassen, Schwester.«

Da kam Livia der Gedanke, daß ihre Schwägerin ihr ganzes Leben lang irgend jemand oder irgend etwas anderen überlassen hatte. Sie überließ Antonius' Liebe Kleopatra. Sie überließ ihre Freiheit den politischen Erfordernissen Octavianus'. Sie würde ihren Sohn den Interessen der Nation überlassen. Nun überließ sie ihre Hauptrolle, wem auch immer. Und bei so vielen Überlassungen wußte Livia nicht mehr, welchen Platz ihre so außergewöhnliche Schwägerin tatsächlich einnahm.

Einen Augenblick glaubte sie ihn zu erkennen. Da erleuchtete ein komplizenhaftes Lächeln ihr Gesicht, sie schüttelte Octavia kräftig die Hand und rief:

»Ich ahne hinter deinen Worten eine gute Nachricht, die zu enthüllen du nicht wagst. Du wirst heiraten!«

»Deine Ahnung trügt. Nichts liegt meinem Wunsch und meinen Möglichkeiten ferner.«

»Möglichkeiten hast du im Überfluß. Du brauchst dich nur zwischen all den edlen Herren zu entscheiden, die sich schon oft um dich bemüht haben.«

Sicher, an Aspiranten war kein Mangel. Livia hatte sich sehr dafür interessiert und sie alle gezählt mit der speziellen Anteilnahme eines neugierigen Familienmitglieds und der typischen Ungeduld einer Schwägerin, die die Präsenz einer Frau, die über allzuviel Zeit verfügt und sich deshalb in die Angelegenheiten anderer Personen einmischen konnte, mit Besorgnis betrachtet.

»Möge der Bruder mir meine Handlungen danken, indem er mich einfach in Ruhe läßt. Du erinnerst dich vielleicht, daß ich seinen Wünschen schon einmal blind gehorchte, als ich Marcus Antonius heiratete. So eine Ehe deckt sämtliche Bedürfnisse einer jeden Frau für das ganze Leben.«

»Auch ich kannte Marcus Antonius und zweifle deshalb nicht am Übermaß der Sättigung. Doch übersteigt deine heutige Einsamkeit nicht auch das Maß?«

»Das mag früher so gewesen sein. Heute gelingt es mir nur schwer, einsam zu sein. Kann es mit sechs Kindern im Hause, der Dienerschaft, sowie guten Freunden und Freundinnen Einsamkeit geben ...?«

»Gut, dein Haus ist viel besucht, dennoch sind wir, die dich lieben, der Meinung, daß auch dein Lager viel besucht sein sollte.«

»Du übertreibst deine guten Wünsche. Soll sich mein Lager etwa in eine öffentliche Durchgangsstraße verwandeln?« Als Livia protestieren wollte, fügte sie lachend hinzu: »Verzeih, ich weiß, daß das nicht dein Ziel war. Ferner weiß ich, daß ich mich entschuldigen muß, weil ich dich von der vielen Arbeit abhalte.«

»Dir muß ich wohl nichts erzählen. Du weißt besser als jede andere, was es bedeutet, einem großen Haushalt vorzustehen. Glückliche, du verfügst über Organisationstalent und wahrscheinlich auch über bessere Dienstboten als ich! Meine sind nicht imstande, ein Mosaik blankzureiben. Von den Sklaven ganz zu schweigen, die alle aus Barbarenländern kommen und ein Essiggefäß aus Silber nicht von einem billigen Kupfertablett unterscheiden können.«

»Gibt es denn billige Kupfertabletts im Hause von Cäsar Octavianus?«

»Aber sicher. Man darf nichts wegwerfen. Wer weiß, was morgen sein wird?«

»Ich weiß es«, murmelte Octavia mit leichter Ironie in der Stimme, »und weil das so ist, überlasse ich dir leichten Herzens alles, was das römische Volk mir freundlich gewährt hat.«

Doch Livia tat, als verstünde sie nicht. Sie faßte sich an den Kopf als Zeichen ihrer schrecklichen Verwirrung und rief:

»Laß uns an einem anderen Tag darüber sprechen. Heute habe ich das Drama mit den Mosaiken, mit den Küchen und diesen Weinen, die man uns aus Apulien geschickt hat und die jetzt nicht mehr in die Weinkeller passen.« Und mit dem unechten Seufzen eines angeblichen Opfers setzte sie hinzu: »Eine Frau, die Wert auf ein sauberes Haus legt, ist nie fertig mit der Arbeit.«

Dabei stand ihre Märtyrermiene in so krassem Gegensatz zu ihrer opulenten Erscheinung, daß Octavia ein Lächeln nicht unterdrücken konnte.

»Geh nur. Und sieh zu, daß dieser Tage nicht nur Octavianus' Sieg gefeiert wird, sondern auch der deine, Livia.«

»Du hast gesiegt, Schwägerin, wie immer.«

Dann drückte sie ihr einen Kuß auf die Hand, nicht auf ihre Stirn.

WÄHREND SICH DIE Sänfte auf das Landgut der Porcia Honoria zubewegte, mußte die edle Octavia unweigerlich an ein Thema denken, das Livia so nachdrücklich angesprochen hatte. Das Thema der Heirat natürlich. Da sich ihr nahestehende Menschen so gern und oft damit befaßten, lag der Schluß nahe, daß es sich dabei um ein wichtiges Thema handelte.

Von Bedeutung waren auch die Anwärter, die an ihre Tür geklopft hatten, bereit, sie aus der Einsamkeit zu erlösen. Jeder wäre eine ausgezeichnete Wahl gewesen.

Da gab es einen schmucken Witwer und einen Feldherrn, jünger als sie, selbst einen Konsul, der bereit war, seine unfruchtbare Gattin zu verstoßen um dieser Dame willen, die bereits im Übermaß bewiesen hatte, das dies nun wirklich nicht ihr schwacher Punkt war. Mochte Livia der festen Meinung sein, sie solle sich der vielen Nachfrage wegen geschmeichelt fühlen, sie begnügte sich mit einem rätselhaften Lächeln, das niemand so recht deuten konnte. Sie selbst wohl auch nicht.

Waren all diese Anwärter, die sich ihr als Retter aus der Einsamkeit präsentierten, gutherziger als sie, die ihnen einen Korb gab? Doch schon bald kam sie zu der Erkenntnis, daß ihre Bewerber im Grunde noch viel einsamer waren als sie.

Wenn ihr also jemand leutselig die Frage stellte, wann sie zu heiraten gedenke, erwiderte sie im gleichen Ton:

»Wenn ich dem Mann begegne, der mich weniger braucht als ich ihn.«

In ihrem ganzen Freundeskreis enthielt sich nur Porcia Honoria dieser intimen Fragen, denn sie war nicht nur eine außerordentlich respektvolle junge Frau, sondern kannte auch die Vorteile eines einsamen Lebens, eines Lebens, wofür sie allein die Verantwortung trug. Schließlich und endlich war sie reich, schön und umfassend gebildet und verfügte über so viele Begabungen, so viele Privilegien, daß sie kaum Zeit fand, alle zu pflegen und zu genießen. Und gelegentlich setzte sie scherzhaft hinzu, daß eine Liebschaft, bekanntlich immer unsicher und mühsam, ihr die Stunden rauben würde, die sie lieber Dingen widmete, von denen sie aus Erfahrung wußte, daß sie sicher sind.

Manche hielten Porcia Honoria für gefühlskalt, doch dieser Einschätzung standen allzu viele galante Abenteuer entgegen. Andere behaupteten, die verschiedenen Künste, mit denen sie in herrlicher Polygamie zusammenlebte, hielten sie von der Ehe ab. Und die heftigsten Kritiker ihrer Werke äußerten mit gemeinem Grinsen, der Grad ihrer Bekanntheit stünde in keinem Verhältnis zu ihrer Dichtkunst.

Sie galt als zurückhaltende Frau, während ihre Gedichte von der Sehnsucht nach Nähe erzählten; sie galt als verschlossene Seele, doch aus ihrem Werk sprach eine überraschende Vielfalt von Standpunkten; sie galt als trockenes Wesen, und dennoch waren ihre Gedankenflüge von Sinnlichkeit durchwoben.

Sie war also keine eindeutige, eher eine schwer durchschaubare Frau.

Eine beunruhigende Aura der Rätselhaftigkeit umgab sie, an der alle Vermutungen abprallten, einer Rätselhaftigkeit, die von der Unregelmäßigkeit ihrer Gesichtszüge noch verstärkt wurde, die, fern jeder Perfektion, ein eigenartiges, doch außerordentlich attraktives Ganzes bildeten. Mochte ihr allzeit vorgerecktes Kinn Ausdruck eines eisernen Willens sein, der anderen großen römischen Frauen in nichts nachstand, so entwich ihr Blick doch immer wieder in exotische Fernen, in Welten, die der Gesellschaft, nach deren Regeln sie aufgewachsen war, völlig fremd waren.

Ihre Augen waren grün, weit auseinanderliegend und von beunruhigender, doppeldeutiger Tiefe, wie die einer widerborstigen Katze, die dennoch ihre Zähmung herbeisehnt.

Vielleicht war es die strahlende, manchmal geradezu verletzende Exotik, die man auch in ihren Augen lesen konnte und die sie dazu drängte, immer wieder die Regeln zu brechen, die jeder anderen Dame ihres Standes heilig waren. Was wäre aus ihr in jener Zeit geworden, als es ehrbaren Matronen verboten war, mit unverschleiertem Gesicht auf die Straße zu gehen? Hätte sie sich diesem Brauch unterworfen – was zu bezweifeln ist –, wäre der Welt ein Teil ihrer Macht verborgen geblieben, die anarchische Freiheit ihres Haars nämlich, das sich zwar über ihren Rücken ausbreitete, andererseits überraschend gebändigt, straff um ihr Gesicht lag und damit diesen außergewöhnlichen Zügen das Aussehen einer uralten Sphinx verlieh.

Die vielen außergewöhnlichen Attribute riefen in Octavia eine Mischung aus Respekt, Bewunderung und Furcht hervor. Schließlich suchte sie in dieser extravaganten jungen Frau auch Anzeichen einer Freiheit, einer Unabhängigkeit, die sie selbst mit so vielen Mitteln zu erkämpfen versucht hatte, um sie am Ende nur darin zu finden, daß sie sich mit ihren Entbehrungen abfand.

Darüber hinaus war Porcia Honoria ihre engste Verbindung zur Welt der Künste. Mit ihr ging sie zu den Ausstellungen der Skulpturen oder Gemälde, die regelmäßig aus fernen Ländern als Raubgut nach Rom kamen, damit sich die Gebildeten daran ergötzen oder darüber lustig machen konnten; mit ihr wagte sie sich zu den verschiedenen Lyriklesungen, zu Theater- oder Musikaufführungen in eins der vor kurzem eröffneten Odeen.

Octavia war Porcia Honoria zutiefst dankbar, daß sie sie an ihrer »Ehe« mit den Künsten Anteil nehmen ließ. Und diese Dankbarkeit war nur logisch. Bei ihren anderen Freundinnen konnte sie nur auf Vertraulichkeiten häuslicher Art oder belangloses Geplauder über Verwandte und Bekannte hoffen. Octavia erlaubte ihnen dennoch, sie bei ihren wöchentlichen Einkäufen zu begleiten, beim Besuch der Thermen und des berühmten Schönheitssalons des Griechen Askanios, der das Heiligtum der Venus genannt wurde, weil in einer Nische die Büste dieser mächtigen Schutzgöttin der körperlichen Reize und Sinnlichkeit stand. Octavia überließ ihren Körper gern seinen erfahrenen, fürsorglichen Händen. Die Umgebung war ideal. Der Salon war geschmückt mit exotischen Pflanzen, herrlichen Skulpturen von

Nymphen und Cupiden sowie Mosaiken, auf denen die Herzensabenteuer der Liebesgöttin dargestellt waren (wobei die Szenen, die Mars, mit den Attributen aggressiver Männlichkeit ausgestattet, zeigten, bei gewissen Damen besonders beliebt waren).

Dieses Herabsteigen in die Niederungen des Alltags und zu den Belanglosigkeiten des gesellschaftlichen Lebens strafte die Legende Lügen, die Octavia als eine Dame beschrieb, welche immer nur eifrig das häusliche Herdfeuer hütete, für alle Zeiten begraben unter einem Berg aus der Asche schrecklichster Erinnerungen. Es gab zugleich denen recht, die sagten, sie habe zwei Gesichter, beide gleich liebenswert: ein ernstes und ein kokettes.

Sie war noch immer eine sehr schöne Frau – eine Frau, deren Schönheit im Laufe der Zeit zu einem Archetyp geworden war.

Um die Art der Präsentation ihrer Schönheit entbrannten jeden Morgen Kämpfe mit dem leichtfertigen Adonis und den Sklaven, die ihr bei der Toilette behilflich waren. Während diese und der Friseur des Venusheiligtums ihr Haar in Locken legen, komplizierte Zöpfe hineinflechten und zu raffinierten Gebilden auftürmen wollten, wie es Mode war, bestand sie auf großer Schlichtheit: das Haar nach hinten gekämmt und über der Stirn eine Locke in Form einer umgedrehten Muschel.

Doch dann gab die Zeit ihrer Unnachgiebigkeit recht. Und weil die Damen der besten Kreise ihren Blick gern auf die nächsthöhere Ebene richten, wurde Octavias Haartracht schließlich oft imitiert. Wie später auch der Haarknoten der Livia nachgeahmt wurde, sobald sie sich als erste Dame des Palatins sicher etabliert hatte.

Kleine, überflüssige Scharmützel, die, zu Octavias Erleichterung, auf so viele bitterernste Kämpfe folgten!

So erreichte sie, eine strahlend schöne Überlebende, an jenem Abend die Villa der Porcia Honoria.

DIE GASTGEBERIN WUSSTE schon vorher, welche Frage Octavia zuerst, noch vor der obligatorischen Begrüßung, stellen würde.

»Hast du an meinen Wunsch, Cajus Julius Juba kennenzulernen, gedacht?«

»Ich habe daran gedacht, und ich habe es geschafft. Er versprach, an der Versammlung teilzunehmen.«

Octavia lächelte zufrieden. Und Porcia Honoria machte keinerlei Hehl aus ihrer Neugierde.

»Darf man erfahren, von welchem Nutzen ein numidischer Prinz von zwanzig Jahren der edlen Octavia sein könnte?«

»Der Octavia nicht. Einer anderen Frau sehr wohl.«

»Gib zu, daß du intrigierst.«

»Zugegeben. Aber den Namen kann ich dir nicht nennen, weil sie sich noch nicht in Rom befindet.« Dann küßte sie Porcia Honoria endlich mit einiger Verspätung und fügte hinzu: »Es sind noch andere Gäste da. Kümmere dich um sie, während ich mich mit deinem Künstler vertraut mache.«

Man zelebrierte eine Lyriklesung, die ein außergewöhnliches Publikum anzog, obwohl die geladene Dichterin keineswegs außergewöhnlich war. Octavia fand sich damit ab. Schließlich und endlich konnte man von den wahren Genies nicht erwarten, daß sie jeden Tag öffentliche Lesungen veranstalteten oder sich dafür zu den verschiedenen Zirkeln der Stadt begaben.

Diese Art von Versammlungen waren an der Tagesordnung. Das Literaturfieber hatte die römische Gesellschaft mit solcher Macht befallen, daß sogar anerkannte Dichter Satiren darüber verfaßten, weil sie entsetzt feststellten, wie viele Bürgerinnen und Bürger, die nicht über das geringste Talent verfügten, mit einem selbstverfaßten Buch unter dem Arm und weiteren hundert Ideen im Kopf umherspazierten.

Männer und Frauen aus den besten Kreisen versammelten sich täglich in den Salons des Messalla, des Asinius Pollio oder an der sogenannten Tafel des Maecenas, die äußerst exklusiv und nur mit zahlreichen Empfehlungen zugänglich war. Kein anderer Zirkel einer mächtigen Persönlichkeit konnte es mit diesem an Einfluß und Ansehen aufnehmen. Erstens, weil Maecenas dem Cäsar Octavianus sehr nahe stand und er es war, der ihm die größten Dichter vorstellte, die seine Heldentaten besingen und seine persönliche Legende schaffen sollten. Zweitens, weil im Verzeichnis der Künstler, die der hohe Herr protegiert hatte, die erlesensten Namen der römischen Kultur jener Tage zu finden waren.

Doch in diesem Präludium zum Goldenen Zeitalter reichte die Kultur für mehr als einen Zirkel aus. Und wenn die Tafel des Maecenas hin und wieder mit der Anwesenheit des gelehrten Horaz, des Vergil oder Sextus Propertius rechnen konnte, so verkehrte im Kreis des

Valerius Messalla der reizende Albius Tibullus mit seinem lieblichen Gefolge, aus dem die empfindsame Sulpicia besonders hervorstach. Manchmal tauchte sogar vorübergehend irgendein Neureicher auf, der über die dreizehntausend Sesterzen verfügte, die notwendig waren, um in diese hochherrschaftlichen Ränge aufgenommen zu werden, und der den besten Raum seines gewaltigen städtischen Besitztums zur Verfügung stellte, ihn mit Mosaiken und Malereien zu literarischen Themen ausschmückte und dort die großen Talente empfing, um sich einen Ruf als Kunstliebhaber zu erwerben, was sowohl ihm als hoffentlich auch seinen Nachkommen von Nutzen war.

Bei Lektüre, rhetorischen Debatten, philosophischen Spekulationen oder schlichtem, buntem Klatsch wurden Gerüchte erörtert und so mancher gute Ruf schamlos geschädigt und aufs Spiel gesetzt.

An diesem Abend im Salon der Porcia Honoria wußten alle, daß die heutige Dichterlesung nicht wirklich ernst zu nehmen war. Denn von der Gruppe schreibender, dichtender Frauen, die sich um Zugang zum Parnaß dieser Tage bewarben, war Porcia Honorias Gast eine der unbedeutenderen.

Sie nannte sich Andromeda, was natürlich nicht ihr wirklicher Name war, vielmehr einer, der das Gewicht ihrer Persönlichkeit unterstreichen sollte und so gesehen ausgezeichnet zu ihrer körperlichen Erscheinung paßte. Denn diese junge Frau war recht rundlich und, um es ohne den geringsten Respekt vor den Musen zu sagen, mit einem Schnurrbart behaftet. Doch am allerschlimmsten war der Spruch, mit dem sie ihre Werke zu unterschreiben pflegte. Denn sie bezeichnete sich als Vestalin der Aphrodite, und wenn ihr jemand diese Dreistigkeit vorwarf, verwies sie auf Horaz, der das gleiche tat, indem er sich Priester der Musen nannte, und auf Sextus Propertius, der sich mit dem Titel Priester des Apollo schmückte.

Man hätte ihr entgegnen können, daß beide Dichter besser waren, als sie es je sein würde. Doch niemand machte sich diese Mühe, denn wenn die Augen eines Künstlers oder einer Künstlerin nicht gut sehen können, trügen auch immer die Ohren.

Als Octavia näher trat, fand sie Andromeda nicht mit der edlen Kunst der Lyrik beschäftigt, sondern dem allereinfachsten Sport, dem Klatsch, hingegeben.

»Da ist sie ja, diese Hure.«

Damit meinte sie offensichtlich Terentia, Maecenas' Frau.

»Du bist allzu keck«, fiel ihr Octavia barsch ins Wort. »Du sprichst von einer Freundin, die zu den elegantesten Damen des römischen Adels zählt.«

»Mag sie adlig sein. Eine Hure ist sie dennoch.«

Octavia konnte sich angesichts dieser Beharrlichkeit das Lachen nicht verkneifen. Entsprach es doch durchaus der Wahrheit, daß Terentia mehr für ihre Skandale als für ihre Tugenden berühmt war.

»Eine Hure ist sie, und dabei bleib ich«, fuhr diese Andromeda fort. »Selbst Maecenas ist es nicht gelungen, ihr ein wenig Würde beizubringen! Siebenmal hat er sie verstoßen, vergiß das nicht.«

»Und siebenmal hat er sie wieder geheiratet, bestreite das nicht.«

»Das beweist doch nur, daß Maecenas siebenmal die Hörner aufgesetzt wurden.«

Es wurden zwanzig im Laufe seines Lebens, so oft verstieß er sie und so oft nahm Maecenas die Geliebte wieder zu sich. Deshalb hieß es bei den Römern, Maecenas könne Terentia zwar nicht beherrschen, ohne sie aber auch nicht leben.

Doch Octavia wußte genau, daß Terentia jeden Mann, dem weniger an seiner Seelenruhe als an üppigem Fleisch gelegen war, verrückt machen konnte. Denn sie war jung, gesund und außergewöhnlich schön. Doch nicht von der strengen Schönheit, die eine Matrone auszeichnet, noch der sittsamen, die von einer Gattin erwartet wird. Alles an ihrer Schönheit war ungewöhnlich, alles übertrieben. Riesige, tiefschwarze Augen, üppige Lippen, die jemand mal mit gierigen Lefzen verglichen hatte, und eine so hohe Statur, daß der mächtige Maecenas ihr nur bis zum Busen reichte. Und der war so riesig, daß er jeden Ausschnitt sprengte, mochte er noch so zurückhaltend zugeschnitten sein. Aber ein zurückhaltender Ausschnitt, das war etwas, das Terentia überhaupt nicht kannte.

Sie kleidete sich immer in Rot und setzte dem Rausch dieser Farbe noch eins drauf, indem sie sich über und über mit prachtvollem Schmuck behängte. Weshalb die Lästerzungen sagten, sie könne nicht auf die Straße gehen, ohne alles Hab und Gut des Maecenas bei sich zu tragen.

»Nun, sie ist doch noch sehr jung«, gab Octavia zu bedenken, mit der Absicht, die durch die Kritik der Dichterin verursachte Spannung zu lösen.

Terentia war jedoch über jede Kritik erhaben. Sie widmete sich keiner anderen Kunst als der, Aufmerksamkeit zu erregen, und zwar um jeden Preis.

Sie lag auf einem üppig mit Kissen ausstaffierten Triklinium hingegossen und war wie immer von einer großen Schar junger Männer umgeben, die ihre Reize feierten und keinen Hehl aus ihren kühnsten Phantasien machten. Sie gehörten zur Klasse der sogenannten Parasiten, stellten jedoch innerhalb dieser durchaus etwas Besonderes dar. Ihre Hauptbeschäftigung war, Vertraute ranghöchster Damen zu sein. Sie kleideten sich immer nach der neuesten Mode und schminkten sich mehr als die Matronen, deren Vertraulichkeiten sie genossen.

Octavia war von dieser Spezies nicht überrascht, weil ihr eigenes Haus ein solches Exemplar beherbergte. Adonis, stellte sie fest, hatte sich offensichtlich an diesem Kreis seltsamer Gestalten orientiert.

Anführer der Schar war der sonderbare Crispus Mellius, von dem gesagt wurde, daß er wie seine Freunde auch, den Damen immer zu Diensten war, aber noch nie eine berührt hatte.

Dieser Crispus Mellius war ein junger, schwerreicher Mann, der sich damit brüstete, bereits entjungfert zur Welt gekommen zu sein. Er stammte aus einer bekannten Veroneser Familie, doch keiner wußte, in welchem Alter er in die Hauptstadt gekommen war, keiner kannte sein wirkliches Alter. War er ein vor der Zeit gealterter, junger Mann oder ein alter, verjüngter? Mehrere Lagen Schminke machten die Antwort unmöglich und erlaubten nur den Blick auf eine tiefe Narbe, die sich je nach Intensität der Situation rötete und beim neugierigen Volk neue Fragen auslöste. War sie ihm vom scharfen Messer eines Matrosen in Smyrna zugefügt worden oder nur von einem elenden kleinen Stricher in einem der schäbigsten Männerbordelle des Hafens von Ostia?

Als Octavia den Saal der Triklinien betrat, war Terentia eben dabei, von Octavias Sohn Marcellus zu erzählen, den sie zwar über die Maßen lobte, mit Worten allerdings, wie sie nur ihr in den Sinn kommen konnten. Das heißt, sie sprach von Marcellus unter dem Aspekt einer einmaligen und appetitlichen erotischen Beute.

Terentia war dem Jüngling offenbar im Atrium ihres eigenen Hauses begegnet, denn Maecenas hatte nach ihm und Tiberius geschickt, um mit ihnen den Ablauf der Parade zu besprechen, die sie anführen sollten. Von diesem Thema ausgehend, erreichte Terentias Beschreibung alsbald Auswüchse, die einer verbalen Vergewaltigung sehr nahe kamen.

Entgegen den Befürchtungen der Anwesenden war Octavia von dem Gespräch, in das sie hineingeplatzt war, nicht schockiert. Das Lob des erotischen Potentials des Sohnes, den sie bis vor kurzem noch als ein unschuldiges Kind betrachtet hatte, brachte sie, bei aller Sittenstrenge, nicht aus der Fassung. Sie stellte fest, daß Marcellus das Alter erreicht hatte, in dem Frauen in sein Leben traten, wenn das nicht gar schon geschehen war, durch den Dienstboteneingang womöglich. Auch Marcellus würde unvermeidlich in diese Netze fallen, wie vor ihm schon so viele Männer. Waren es nicht Terentias Netze, dann die einer anderen Frau wie sie. Frauen, die den Charme männlicher Unberührtheit zu schätzen wußten, um sie in ihren erfahrenen Händen zu entjungfern.

Jede andere Mutter hätte sie wie Diebinnen behandelt. Octavia begnügte sich damit, sie als Expertinnen der Fleischeslust zu betrachten. Und wenn sie in Marcellus' Kindheit so viele Pädagogen angestellt hatte wie nötig, gab es nun keinen Grund, die Dienste dieser Art von Pädagoginnen zu verachten, deren leidenschaftliche Sinnlichkeit ein weiterer Unterrichtsgegenstand war, wenn nicht des Geistes, so doch des Lebens.

Sie war sich nicht ganz sicher, ob ihre Überzeugungen sie nicht doch im Innersten schmerzten. Nach außen jedenfalls stand sie dazu, und deshalb konnte sie, geschützt von ihrer bekannten Seelenruhe, der Versammlung weiter beiwohnen.

Doch das Gespräch zwischen Marcellus und Maecenas bot Terentias Parasiten noch immer Anlaß zu Kichern und gemeinen Bemerkungen.

»Dein Gatte ist ein großer Beschützer, das ist allgemein bekannt«, sagte Crispus Mellius zu Terentia, »für Knaben hat er sich aber bislang wohl nicht interessiert; diese Neigung wäre mir neu.«

»Er mag weder das eine noch das andere. Was meinst du, wonach meine Möse lechzt? Sie ist voll mit den Versen der Dichter von Maecenas, ansonsten aber herrscht Ödnis«, erwiderte die Angesprochene.

Da mischte sich Porcia Honoria ein:

»Warum deinen armen Mann noch mehr kränken? Man redet schon genug von deinen Affären ...«

»Und was nützen mir die Reden? Daß man Maecenas' Gattin der Hurerei bezichtigt, genügt mir nicht. Sie muß sich auch tatsächlich wie eine Hure verhalten. In der Praxis liegt das Vergnügen, nicht im Gerede.«

Die Parasiten gaben sich hoch ergötzt und beklatschten diesen Scherz lautstark. Die Verrücktesten ahmten die Bewegungen ihrer vollen Lippen nach, was Octavia zeigte, daß solche Lippen gefragt waren.

Was Terentia betraf, so fühlte sie sich als die Königin dieser schwulen jungen Männer. An sie richtete sie ihre mütterlich belehrenden Reden:

»Ihr Lieben, ich bin zum Leben geboren. Und das heißt nichts anderes, als daß ich mit gespreizten Beinen zur Welt kam, wie alle Neugeborenen. Nur die Toten halten sie eng beisammen. Diese Haltung wird mir noch lange genug beschieden sein, unzweckmäßig, wie sie ist. Denn beim Schließen der Beine schließt sich auch die Möse, und kein Lufthauch kann sie mehr erquicken.«

Die Parasiten gebärdeten sich wie verrückt, hoben die Hände zum Kopf und fanden sie einfach großartig. Terentia jedoch schüttelte ihre nachtschwarze Mähne, warf das Haupt zurück und brach in ein schallendes Gelächter aus, das selbst eine Rede Jupiters, des Donnerers, während eines Gewitters übertönt hätte.

»Du hast wohl sogar im Grab noch Gelüste, geiles Weib«, schmeichelte Crispus Mellius.

»Sicher doch. Denn das Geschlecht wird mir niemand nehmen, auch nicht beim Schritt in die andere Welt.«

»Auch die Toten haben noch ein Geschlecht. Ich weiß von einem Henker, daß die Gehenkten einen Steifen kriegen, wenn das Seil ihren Hals zusammendrückt.«

»Das nenne ich einen vergnüglichen Tod! Nichts anderes erbitte ich von den Schutzgöttern der Hurerei. Daß sie mir die Hitze erhalten, auch während meiner Fahrt in die Unterwelt. Und dort erst recht.«

Porcia Honoria machte Terentia heimlich ein Zeichen, da merkte sie, daß sie zu weit gegangen war, und wollte sich freundlichst entschuldigen:

»Octavia, meine Liebste, bringen dich unsere Worte zum Erröten?«

»Keineswegs, denn sie kommen aus deinem Mund.«

»Du bist wirklich wunderbar«, rief Terentia aus. »Denn sicher kann jede von ihrer Möse sprechen, wie es ihr gefällt, aber wenige nehmen es hin, daß es andere in ihrer Gegenwart tun.«

Octavia verlor jedoch sofort das Interesse an Terentias Geschichten, als die Ankunft des jungen Mannes verkündet wurde, um dessentwillen sie an diesem Abend hauptsächlich gekommen war. Ein junger Mann, von dem in den höchsten akademischen Kreisen, aber auch im Heer des Cäsar Octavianus wahre Wunder berichtet wurden. Sein Erfolg in beiden Disziplinen war ungewöhnlich. Er war das beste Beispiel für Assimilation, das die afrikanischen Provinzen seit vielen Jahren hervorgebracht hatten.

Der junge Mann trug die römische Toga mit der Würde eines Patriziers und sprach Latein mit der Perfektion eines Rhetoriklehrers. Dennoch verteidigte er in seinen Schriften leidenschaftlich die Überlegenheit des Griechischen, und all sein kulturelles Wissen kam vom Hellenismus. Trotz seines jugendlichen Alters tat er sich in den verschiedensten Fachrichtungen hervor, und zwar so sehr, daß er die Aufmerksamkeit der Gelehrten Griechenlands und Alexandrias auf sich zog und mit einigen von ihnen korrespondierte.

Als er, gefolgt von Porcia Honoria, den Salon betrat, kam anerkennendes Gemurmel auf, das von einem Ausruf Terentias übertönt wurde.

Böse Zungen bemerkten später, ihre Lippen hätten vor Verlangen gezittert und sie habe vor Begeisterung beinahe eine Brust entblößt.

Denn Juba war eine perfekte Schönheit, wie einige Abbildungen der Nachwelt bewiesen. Seine Schönheit entsprach zwar den großen Vorbildern der klassischen Mythologie, hatte aber einen Anflug von Wildheit, und aus seinem bohrenden, aufmerksamen Blick sprachen die geheimnisumwobenen Zeichen der Magier und die uralten Stimmen der afrikanischen Berge.

Er war schön wie ein Gassenjunge, stark wie ein Ziegenhirt des Atlas, flink und schlank wie ein Steppenleopard. Seine Ausstrahlung war so betörend, daß man ihn oft mit einem erfahrenen Zauberkünstler verglich.

Doch Octavia ließ sich von seiner Erscheinung nicht blenden.

Seine Toga war immer makellos, seine griechische Haartracht gepflegt, doch Jubas Haut war dunkel wie die eines Mannes von allerniedrigstem Stand. Verschiedene Kulturen hatten sich bemüht, ihn zu beeinflussen, letztlich aber vergeblich: Das Land seiner Herkunft, die Farbe seiner Kindheit und das Erbe seiner Ahnen waren unübersehbar wirksam. So blieb der schmucke, würdige Cajus Julius Juba ein Sohn der Wüstennomaden, die vor Jahren oder Jahrhunderten seßhaft wurden und nur scheinbar zivilisiert waren.

Da interessierte sich die liberalste aller römischen Damen, die unvergleichliche Terentia, plötzlich für ethnische Fragen.

»Zu welchem Volk gehörst du, dunkelhäutiger Prinz?«

»Zum Volk der Berber, edle Frau.«

»Und wie sind die Berber ausgestattet, bester Prinz?«

»Was meinst du damit, edle Frau?«

»Die Gurke.«

Juba blickte ihr direkt in die Augen.

»Ist das hier nicht ein literarischer Abend? Warum sollte die Gattin des Maecenas einen Gemüsehandel anfangen wollen?«

ENDLICH BEGANN DIE schnurrbärtige Andromeda mit ihrer Lesung. Und alle waren gezwungen, einen Schwall verliebten Unsinns anzuhören, erotische Faxen, vermischt mit kitschigen Schäferidyllen und zahlreichen Anspielungen auf Liebesgeschichten aus der Mythologie, und zwar in der schlichtesten Nachahmung des alexandrinischen Stils.

Porcia Honoria hörte sich diese Liebesergüsse mit der Kühle eines scharfen Kritikers an, der weiß, daß eine aufwendige Verpackung allein nicht genügt, wenn sie keinen Inhalt birgt. Doch Octavia lauschte aufmerksam, denn sie erinnerte sich nur noch ganz blaß an solche Gefühle. Da sehnte sie sich nach diesem Schmerz, der einst so stark gewesen war, sich dann aber auflöste, wie auch das Glück sich aufgelöst hatte. Und wieder sank ein Tag ins Vergessen, wie alles in der Welt.

Die Dichterin aber las und las, unverdrossen und eifrig. Sie ließ keinen Effekt aus, auch nicht den allerkünstlichsten. Wie Propertius seine leidenschaftliche Liebe zu Cynthia besang und Sulpicia ihre verliebten Klagen an einen Jüngling, den sie Cerinthus nannte, richtete, galten ihre überschwenglichen Lobgesänge einer Jungfrau, die den Namen Corinna trug, wie die Gefährtin der erhabenen Sappho. Das gab Anlaß zu angeregtem Gemurmel, denn die Dichterin erging sich in verliebten Albernheiten und Phantasien, die schließlich in den altbekannten Ermahnungen an die Geliebte zur Vorsicht und Warnungen vor den Gefahren des Exzesses gipfelten.

Unvermeidlich, daß als schändliches Beispiel für jeglichen Exzeß der Name Kleopatra fiel.

Octavias Miene wurde verdrießlich. Einmal mehr wurde die Erinnerung zur Diffamierung. Sie erkannte in diesen satirischen Formulierungen das Echo einer Rufmordkampagne, die wohl noch über Jahre gehen würde.

Sie war nicht als einzige von diesem Vergleich unangenehm berührt. Als Cajus Julius Juba hörte, daß von Kleopatra die Rede war, warf er Octavia einen seltsam komplizenhaften Blick zu. Dann wandte er sich, als würde er ihre Gedanken in Worte fassen, laut an die Dichterin:

»Als Afrikaner muß ich mich zwangsläufig fragen, ob es in Rom nicht möglich ist, zu dichten, ohne das Andenken einer großen Königin zu schmähen.«

»Das haben schon vor mir, einer bescheidenen Vestalin der Aphrodite, andere, sehr vortreffliche Stimmen getan«, rief diese beleidigt aus und fügte hinzu: »Selbst Horaz, um nur ein Beispiel zu nennen …«

Welche Anmaßung! Der Prinz gestattete sich ein Lachen. Doch anstatt sie anzugreifen, widmete er sich der angefangenen Verteidigung:

»Sicher, die römischen Dichter haben die große Kleopatra nicht geschont, wenn sie ihrer gedachten. Um nur ein Beispiel zu nennen: Nach der Schlacht von Actium waren mit beachtlichem Erfolg bestimmte Verse des Horaz im Umlauf, an die wir uns heute vielleicht erinnern sollten.«

Dann rezitierte er im Tonfall eines etwas manierierten Schauspielers:

… eine verrückte Königin
wollte Zerstörung bringen dem Kapitol
Tod über das ganze Reich
mit ihrem verderbten Heer von Eunuchen …

Alle Anwesenden applaudierten der schauspielerischen Leistung des Prinzen, und einer der Jünglinge schmeichelte, er möge doch noch andere Autoren rezitieren, die sich noch häßlicher über die Liebe zwischen Antonius und Kleopatra geäußert hatten.

Doch Juba, dem eitle Selbstdarstellung fernlag, widmete sich vielmehr den Reaktionen Octavias und denen der Vestalin der Aphrodite, die sich sehr gekränkt zeigte.

»Ich bin der Sache Cäsars innig verbunden, wer könnte das bezweifeln«, fuhr er mit ruhiger Stimme fort. »Als Soldat begrüße ich seinen Sieg über den orientalischen Traum von Antonius und Kleopatra. Ich werde jedoch nicht verschweigen, daß mir die Schriften der nationalen Dichter äußerst grausam erscheinen. Sie sagen wenig Positives aus über Rom, wenn sie aller Welt kundtun, daß sich die Stadt nicht mit dem Sieg begnügt, sondern es nötig hat, den Ruf der Besiegten in den Schmutz zu ziehen und für immer unter Schimpf und Schande zu begraben.«

Er lächelte freundlich und wollte sich damit der Zustimmung der anderen Gäste versichern. Schließlich wußten die Anwesenden, daß auch er, der Sohn eines besiegten Königs, als Gefangener nach Rom gebracht worden war, bevor Julius Cäsar ihn zu seinem Schützling gemacht, ihm die römische Staatsbürgerschaft verliehen und dann wie einen Jüngling aus höchsten Adelskreisen behandelt hatte.

Rom hatte ihm viele Gunstbeweise erbracht. Doch aus dem jungen Mann – diesem Musterbeispiel der Romanisierung –, der das Andenken Kleopatras so vehement verteidigte, hatte an diesem Abend die Stimme Afrikas gesprochen, ein Echo der uralten Geschichte dieses Kontinents.

Eine solche Haltung war ganz nach Octavias Geschmack, daran hatte sie Wohlgefallen, ihr zollte sie Bewunderung. Was Porcia Honoria sehr wohl bemerkte.

»Möchtest du ihn begrüßen, um ihm persönlich zu sagen, daß er vor deinen Augen bestanden hat?«

Octavia lächelte, denn das hatte sie soeben vorgehabt. Dabei wußte Porcia Honoria gar nicht, in welchem Fach Juba soeben die Prüfung bestanden hatte.

WÄHREND DIE HAUSHERRIN ihre Gäste verabschiedete, ging Octavia hinaus in den Garten und spazierte zu einem reizenden Nymphäum, das sich, den schlängelnden Verlauf eines Wildbachs imitierend, zu einem Bassin hin öffnete. Sie genoß dieses kunstvolle Werk und nahm auf einer der Bänke Platz, die sich im seerosendurchwobenen Wasser spiegelten. Während sie ihr Spiegelbild betrachtete, überkam sie eine angenehme Benommenheit, die zweifellos von den ausgezeichneten Weinen herrührte, von denen sie beim Empfang gekostet hatte.

Hier, angesichts dieser Idylle, die viele Erinnerungen wachrief und Traumbilder auslöste, verblaßten die inneren Bilder der letzten Stunden.

Das Plätschern der im Garten verteilten Brunnen und Fontänen drang an ihr Ohr; klare, liebliche Geräusche, die sie in andere Welten versetzten, in denen Zeit und Raum aufgehoben sind.

Die Architektur kam diesem Gefühl noch entgegen, denn im Haus der Porcia Honoria überwog die Farbe Weiß. Nicht nur die Marmorflächen im Inneren des Hauses waren weiß, nein, auch die Bänke, Tempelchen, Säulen und Skulpturen, die an den überraschendsten Stellen des Gartens auftauchten und die schattigen Wege des Parks schmückten.

Die Farben des Sonnenuntergangs legten sich über die makellosen Marmorgebilde und überzogen sie mit einem zauberhaftem Lichterspiel. Die Umrisse der Dinge verwischten sich, und die Silhouette der Stadtlandschaft jenseits der Bäume wurde im Dämmerlicht zu einem Wandgemälde.

Dieser Anblick brachte Octavia auf den Gedanken, ihre Lethargie als ein Geschenk der Götter zu betrachten.

Porcia Honoria holte sie mit der Äußerung, ihr umgehend ein gewisses Geständnis machen zu müssen, wieder in die Wirklichkeit zurück. Der Umstand, daß ein Sklave mit einem Trinkgefäß sie begleitete, bewies Octavia, daß ihre Freundin sie keineswegs verabschieden wollte. Im Gegenteil: Sie kniete vor ihr nieder, streichelte ihre Hand und sagte:

»Ich möchte dir gestehen, daß ich seit einigen Monaten eine Liebschaft mit dem Pädagogen deiner Kinder habe.«

Octavia zeigte sich keineswegs erstaunt, vielmehr entschlossen, dieser Eröffnung kein großes Gewicht beizumessen. So beschränkte sie sich darauf zu bemerken:

»Wenn er mir nichts davon berichtete, möchte er wohl nicht, daß ich davon weiß.«

»Warum dies?«

»Er ist in meinen Diensten, vergiß das nicht. Es könnte ihm peinlich sein, daß ich bestimmte Einzelheiten seines Lebens kenne. Schließlich betont er mir gegenüber hartnäckig, er glaube nicht an die Liebe.«

»Das stimmt. Er glaubt nicht daran. Was nicht weiter schlimm ist, weil auch ich nicht daran glauben will.«

»Ist das nicht ein wenig seltsam?«

»Zweifellos … aber das waren meine Liebschaften immer. Ich habe nie ein Geheimnis aus ihnen gemacht, und so ist es auch keines, daß ich hinterher nie wußte, worin die Liebe bestanden hatte. Kannst du dich daran erinnern?«

»Ich erinnere mich nur an ein großes Scheitern. Dann an einen Zusammenbruch. Schließlich an eine Resignation, die mir ein besseres Dasein bescherte.«

»Wie du es heute führst?« Octavia nickte. »Ist dieses Dasein wirklich besser, wie du sagst, oder suchst du nur eine Zuflucht?«

»Porcia Honoria, ich versichere dir, ich fand eine echte Zuflucht. Es gab keine, als ich mich wirklich allein fühlte. Es gab keine, als ich mich verlassen fühlte. Da habe ich gelernt, daß Zufluchtsorte wohl vorübergehenden Schutz bieten, ein Heim jedoch in keiner Weise ersetzen können.«

»Mein Vater hat einmal einen seiner Diener zu den Gütern in den Bergen geschickt, wo er gewisse Angelegenheiten regeln sollte. Der arme Mann wurde von einem heftigen Schneesturm überrascht, der mehrere Tage anhielt. Er fand in einer verlassenen Hütte Schutz, und das rettete ihn. Doch es schneite immer weiter, und die trostlose Lage hielt an, bis andere ihm zu Hilfe kamen.«

»Nun, du wirst wissen, was du vorziehst, Schneesturm oder Zuflucht.«

»Ich weiß es nicht. Nur, daß meine besten Werke Liebesgeschichten sind, die ich nicht erlebt habe. Nur, daß ich von einer Liebe inspiriert werde, die ich womöglich nie erlebe.«

»Aus deinen Erzählungen komme ich zu dem Schluß, daß du tatsächlich nicht verliebt bist.«

Da schwiegen die beiden Frauen, während die Sonne hinter den Bäumen versank, die den nahen Hügel begrenzten. Da schwieg auch die Liebe, irgendwo in ihren Seelen verborgen, während sich der Marmor des Nymphäums violett färbte und sich im Wasser des Bassins das letzte Licht des Tages spiegelte.

Und in diesem Augenblick absoluten Friedens, in dieser Idylle, allein mit den geheimsten Sehnsüchten, ergab sich Porcia Honoria plötzlich in ihr Schicksal und sprach zu sich: »Es gibt Liebende, deren Bestimmung es ist, nichts zu erhoffen, nichts zu empfangen und sich deshalb keineswegs als Opfer zu fühlen. Nur die Berufung zur Liebe bleibt bestehen. Sie regt mich an. Noch hat sie keine Früchte getragen, doch eines Tages wird es soweit sein. Ein neuer Kult wird entstehen, ein neuer Ritus. Mit mir als einziger Priesterin. Und ich werde mein ganzes Leben dem widmen, der da kommen wird.«

OBSCHON OCTAVIA SICH fragte, welcher Art und Qualität die Bande waren, die zwischen ihrer Freundin und Lucinus bestanden, beschränkte sich ihre Anteilnahme auf eine gewisse Neugier. An jenem Abend galten ihre Hauptgedanken einem anderen jungen Mann. Sie waren auf Cajus Julius Juba gerichtet, den Prinzen von Numidien.

Er war Teil einer besonderen Mission, deren historische Tragweite ihr nicht entging. Deshalb war die edle Dame entschlossen, ihre Einschätzung, obwohl sie sich noch nicht ganz sicher war, am nächsten Tag zum Palatin zu tragen. Cäsar Octavianus erwartete sie mit großem Interesse.

Bevor sie sich schlafen legte, schrieb sie ihm folgende Botschaft:

Ich habe von dem jungen Prinzen noch immer den allerbesten Eindruck. Ob er ein großer König sein wird, das vermag ich nicht zu sagen – wie sollte sich auch das Schicksal Afrikas in meinen Gemächern entscheiden? –, bin mir aber sicher, daß er eine ausgezeichnete Partie für die Prinzessin wäre. Wie dem auch sei, ich befürchte, daß das Schicksal der beiden weder in ihren eigenen Händen liegt noch von der Liebe bestimmt wird. Triff du die Entscheidung im Namen Roms, und lade mich diese Woche zum Abendessen ein, um mich vom Fortgang der Dinge zu unterrichten.

ANDERE PERSONEN DACHTEN in den frühen Morgenstunden ebenfalls an den Prinzen Juba. Doch im Gegensatz zu Octavia orientierten die sich nicht an sachlichen Überlegungen. Angeführt von einer gewissen Frau, zu deren verblüffendsten Aktivitäten es gehörte, nächtliche Ständchen für Männer zu organisieren, beschlossen sie, den schönen jungen Mann – halb Krieger, halb Philosoph – mit einem Besuch zu überraschen. Mit Umhängen und großen Kapuzen verhüllt, bestiegen diese Söhne der Nacht drei Quadrigen und rasten in wildem Galopp durch die Straßen von Rom. Ihre Fahrt machte so großen Wirbel, daß die Anwohner protestierten. Als daraufhin eine der neu eingesetzten nächtlichen Patrouillen die Gesellschaft anhielt und ihr befahl, sich auszuweisen, ließ die malerisch verhüllte Dame ihren Schleier fallen und bekam sofort freie Bahn.

Sie war eben eine Persönlichkeit, der sich alle Türen öffneten.

Die wilde Truppe zog weiter in Richtung des kleinen Palastes in einer der luxuriösesten und abgelegensten Gegenden des Aventins, den Juba bewohnte. Er genoß jene Zurückgezogenheit, die nur der Reichtum gestattet, und hatte sich nach einigen Stunden, die dem Studium gewidmet waren, zur Ruhe gelegt, ohne daran zu denken, daß in Rom bis in die Morgenstunden überbordendes, ja ausschweifendes Leben und Treiben herrschte.

Er war eben am Eindämmern, als draußen Geschrei aufkam und ihn aus dem Halbschlaf riß: Streit zwischen seiner Dienerschaft und den Leuten der Gruppe, die in seine Gärten eingedrungen war! Kurz darauf erschien sein Leibdiener, um ihn von einer außerordentlichen Begebenheit zu unterrichten. Die verhüllte Gestalt, die offenbar die Gruppe anführte, hatte behauptet, im Besitz eines Empfehlungsschreibens zu sein, das ihr auch zu dieser ungewöhnlichen Stunde Zugang zu seinen Privatgemächern verschaffe.

Draußen ertönten volkstümliche Liebeslieder, vermischt mit Bemerkungen über die alten Feste des Bacchus und einem Schwall von Obszönitäten, die sich auf die erfahrenen Liebesspiele von Eros und Aphrodite bezogen. Nun verstand Juba den wahren Sinn dieses Ständchens und fühlte sich in seiner Eitelkeit ungeheuer geschmeichelt.

»Was ist das für ein Empfehlungsschreiben, auf das sich dieser Herr bezieht?« fragte er seinen Leibdiener noch gähnend.

»Kein Herr, sondern eine Dame. Die du bereits kennengelernt hast. An deinen Augen war abzulesen, daß dir ihre wunderbare Erscheinung durchaus gefiel.«

»Sie muß schon sehr wunderbar sein, damit ich dir nicht befehle, sie mit einem Fußtritt hinauszubefördern.«

Dann befahl er dem Diener, die kecke Dame eintreten zu lassen, während ein anderer Wein in die Amphoren nachgoß und seine Blöße mit einer Leinentunika bedeckte.

Die Dame betrat den Raum mit festem Schritt. Sie war sehr hochgewachsen, in einen weiten, feuerroten Umhang gehüllt und von einer so dichten Parfümwolke umweht, daß Juba sogleich die erfahrene Verführerin in ihr erkannte.

Die Einrichtung des Gemachs versetzte sie in Erstaunen. Zeugte sie doch von einem äußerst erlesenen Geschmack, der bei einem so jungen Mann überraschte. Sie ließ auf ein weiches, freundliches Gemüt schließen, doch im Moment zeigte sich Juba alles andere als freundlich. Eher noch angriffslustiger als sämtliche Nachtschwärmer im Gefolge seiner Besucherin.

Er stand da, aufrecht wie ein Soldat oder eine Statue aus Bronze, nicht wie irgendein unschlüssiger Student. Und das gefiel der Dame so außerordentlich, daß sie sogleich ihren Umhang ablegte.

Stolz richtete sie sich auf, damit Juba sah, daß ihre Gestalt so herrlich war wie die seine.

Die Seidenstoffe, die ihre Nacktheit eher schmückten, als verhüllten, waren ebenfalls rot. Und als er sich näherte, um sie zu streicheln, bemerkte er, daß ihr Leib erregt war, und zwar stärker als beim wildesten Exzeß.

»Wer bist du? Du erscheinst gekleidet wie eine Hure.«

»Wenn dir meine Farben diesen Schluß nahelegen, wird ihn dir meine Entschiedenheit bekräftigen. Zwar bin ich eine Dame aus den besten Kreisen, dennoch ist es meine Bestimmung, dir als Hure zu dienen.«

»Dann trink vom roten Wein, denn deine Lippen sind blaß und sollten ein wenig gefärbt werden.«

Sie ergriff Jubas Hand, führte sie an ihren Leib und drängte sie, die Wärme ihrer schweren Brüste zu suchen.

»Beleidige mich nicht mit kühlem Verhalten, und gib dich nicht mit meinen Lippen zufrieden. Wenn du zwischen meinen Beinen suchst, findest du die Werkstatt, in der die Waffen geschmiedet werden, mit denen ich jede Schlacht gewinne.«

»Brüstest du dich deiner Werkstatt, nur weil sie begehrenswert ist? Oder weil sie so viel Arbeit hat, daß sie geöffnet bleibt, wenn andere Werkstätten in Rom bereits seit Stunden geschlossen sind?«

»Diese schließt nie, denn das gebietet Terentias Hitze.«

Dabei riß sie sich ihre Gewänder vom Leib, damit der junge Mann endlich ihre Verheißungen wahrnehmen konnte. Doch Juba, seiner eigenen Wirkung sehr bewußt, wich vor dieser Dreistigkeit keineswegs zurück. Er leistete sich ein kokettes Spiel – der junge Mann wußte ja, wie sehr er begehrt wurde – und zog seine Hand von Terentias Leib zurück, um sie damit noch mehr zu reizen. Doch sie ergriff sie von neuem, biß sie zärtlich und führte sie an ihr Geschlecht, während ihre Lippen über den bronzefarbenen Hals ihrer Beute wanderten.

»Hier ist meine Werkstatt, nicht dort, wo du sie suchtest. Arbeite dort mit Fleiß, und du wirst Gold im Überfluß finden.«

Da bemerkte er, daß ihr Venushügel mit Goldstaub gepudert war. Ja, er funkelte im Licht wie reinstes Gold.

»Nun, das ist tatsächlich eine Luxuswerkstatt, etwas ungewöhnlich allerdings. Bin ich doch noch nie einem Weib begegnet, ob ehrbar oder Hure, das sich dazu verstieg, ihre edelsten Teile mit solchem Zeug zu bestäuben.«

»Wenn dir Gold nicht gefällt, kann ich dir von Freundinnen erzählen, die Silber verwenden. Andere wissen sich so kunstfertig zu rasieren, daß sie die geschicktesten Orientalinnen in den Schatten stellen. Wähle also, denn Terentia will, daß all deinen Wünschen entsprochen werde.«

»Wird Terentia dabei nicht Schaden nehmen?«

»Terentia gewinnt immer, denn wie man es sich auch von den Bewohnern des fernen Tarraco erzählt, weiß auch ich Brot unter den Steinen zu finden. Deshalb magst du zwei Frauen deiner Rasse wählen. Terentia wird dabei sein und sich an drei Spielrunden ergötzen. Vielleicht fällt aber deine Wahl auf zwei gallische Epheben, dann liegt sie oben oder unten und wird drei Penisse empfangen, nicht nur einen. Und solltest du so grausam sein, ihr das Vergnügen deines Penis vorzuenthalten, wird sie sich einfach in eine Ecke setzen, beobachten, was du mit den anderen Körpern machst, und dabei die Ekstase mit der eigenen Hand herbeiführen. Du siehst, was immer du auch tust, Terentia gewinnt, denn in Angelegenheiten der Lust bekommt sie immer ihren Willen.«

»Wenn das so ist, lade ich dich ein, den Wein mit mir zu teilen und mich dabei so heftig zu erregen, wie du willst. Schließlich will sich der Prinz von Numidien nicht unterlegen fühlen, wenn von drei Penissen die Rede ist. Öffne mir dein Geschlecht aus Gold, und ich werde es mit einem Obelisken aus Silber füllen. Wobei du feststellen wirst, daß er so riesig ist, daß Octavianus, wenn es seiner wäre, ihn an Stelle der Kleopatra geraubten Obelisken auf dem Marsfeld aufrichten lassen würde.«

Als sich der Prinz dann entkleidete, konnte Maecenas' Frau bestätigen, daß er nicht gelogen hatte: Die Kraft seiner Jugend fand in der Form eines Gliedes Ausdruck, das sich jeder Beschreibung entzog. Sie fügte sich und ließ ab von kunstfertigen Formulierungen, obwohl dieser Anblick jedes Lob gerechtfertigt hätte.

Während draußen die Parasiten mit ihrem Ständchen beschäftigt waren, begrüßte die edle Dame den Sonnenaufgang mit dem Abmessen des numidischen Obelisken und der Bereitung seiner Herberge. Sie wußte ihm so viele und so viele verschiedene Herbergen, daß der Prinz vor Lust stöhnte und sie, zurück bei ihren Freunden, derart davon schwärmte, wie man sie seit Jahren nicht mehr hatte schwärmen hören. Es blieb nicht bei diesem einen Erlebnis. Im Gegenteil, es wiederholte sich in so vielen Nächten, daß unter Terentias Stammgästen die Rede ging, seit Pompejus' und Julius Cäsars Zeiten habe niemand soviel für die Kolonisierung der afrikanischen Provinzen getan. Deshalb trug sie von da ab den Spottnamen »Königin von Afrika«.

Und obwohl sich die Kunde, Maecenas wären wieder einmal die Hörner aufgesetzt worden, wie ein Lauffeuer verbreitete, erzählte man sich doch auch, daß es sich diesmal um königliche handele.

ALS OCTAVIA AN diesem Morgen einsam erwachte, bedauerte sie die Tatsache, daß sie allein geträumt hatte. Und sie beklagte noch mehr, daß es wohl immer so bleiben würde.

Im Grunde ihres Herzens mußte sie sich eingestehen, daß die Freiheit sie in der Nacht schmerzte, denn die Nächte waren voller Phantasien, die jetzt, nachdem sie keine Schrecken mehr auslösten, Gelüste weckten.

Das war der Grund, weshalb Octavia die Plackerei des Tages der Nacht vorzog. Denn tagsüber wird die Freiheit ganz vom Bewußtsein kontrolliert und die Seele von keinem Traumbild überrascht.

Octavia war eine vielbeschäftigte Dame. Neben der Überwachung der häuslichen Arbeiten und der Sorge für die Kinder hatte sie Verpflichtungen übernommen, die in ihrer Gesellschaftsschicht normalerweise Männern oblagen. Jeder Patrizier begann den Tag mit dem Empfang seiner vielen Klienten, die ihm ihre Kümmernisse erzählen kamen und meist um seine Hilfe baten. Bezahlt wurde mit Schmeicheleien und Klatsch, und wenn sich der Patrizier einer politischen Tätigkeit widmete, so machten diese Leute für ihn Propaganda und warben Stimmen.

Obwohl Octavia dergleichen nicht nötig hatte, unterhielt sie mit vielen Personen, die eines Rats oder auch der Hilfe bedurften, ein ähnliches Verhältnis. Es waren nicht Klienten im engeren Sinn, wohl eher Anhänger. Und zu diesen zählte sich auch gerne Adonis, als er um eine Audienz bat, weil er ihr eine Petition vortragen wollte, die er für zu wichtig hielt, um sie in einem kurzen Gespräch zwischen verschiedenen Alltagsarbeiten abzuhandeln.

Das Gewähren von Vergünstigungen war für Octavia eine Aktivität, zu der sie ihr Stand verpflichtete, und Adonis' Petition fiel in diese Kategorie. Sie wollte seinem Wunsch nachkommen, ganz sachlich, und empfing ihn zur ersten Morgenstunde im großen Atrium.

Dieser Zeitpunkt war wohlüberlegt.

Sie wußte, daß er, der Freigelassene, entgegen den Regeln des Hauses – die insbesondere für die Dienerschaft galten – jede Nacht wegging und erst am frühen Morgen wiederkam. Dieses Verhalten wäre einer anderen Herrin, der die privaten Angelegenheiten ihrer Leute gleichgültig sind, überhaupt nicht aufgefallen. Doch weil Octavia eben eine Herrin war, die sich für alle Vorgänge in ihrem Haus interessierte, hörte sie auch die vertraulichen Mitteilungen des Sklaven an, der ihm die Türe öffnete, wenn er im Morgengrauen heimkehrte. Natürlich lag der Gedanke nahe, daß Adonis sich diesen Mann gewogen gemacht hatte, indem er seinen sattsam bekannten Charme einsetzte. Doch in seiner Unvorsichtigkeit ahnte Adonis nicht, daß es eine Person gab, die noch weit indiskreter war als er, und dachte nicht daran, daß in der Welt der Bediensteten nichts verborgen bleibt.

So kam es, daß er Octavia bereits gewarnt vorfand und nicht bereit, ihm mit Sympathie entgegenzukommen, wenngleich sie durchaus die Form wahrte.

»Man hat mir erzählt, daß dir das Dach dieses Hauses auf den Kopf fällt«, fing sie an. »Es muß sich um eine sehr dringende Angelegenheit handeln, daß du sie mir nicht bei einer normalen Gelegenheit mitteilen kannst, etwa wenn du mir bei der Morgentoilette hilfst oder mich zu einer Besorgung begleitest.«

»Das Dach ist es sicher nicht«, erwiderte Adonis und nahm seinen ganzen Mut zusammen. »Ich weiß, daß es in ganz Rom kein besseres gibt. Doch jetzt, wo du das Thema so deutlich ansprichst, werde ich dir etwas sagen, was mir schon lange auf der Zunge liegt … etwas, das auch Phaidros betrifft. Denn das Leben in deinem Haus – die Götter mögen es segnen – nimmt uns auch etwas von der Freiheit, die uns zu gewähren du die Güte hattest. Mögen die Götter dich dafür segnen, aber auch bewirken, daß du das Geschenk noch größer machst und uns gestattest, auf eigene Kosten und eigenes Risiko zu leben.«

»Das Risiko ist euch gewiß. Denn die Vorteile, die ihr hier genießt, werdet ihr nirgendwo sonst finden. Wohl jedoch andere, begehrenswertere. Wie den, über deine Nächte zu verfügen, ohne den Zwang, Vorsicht walten zu lassen.«

Adonis nahm eine Spur von Ironie in ihren Worten wahr und gab sich deshalb betont unbeschwert und heiter:

»Was kümmern dich meine Nächte, wo du doch weiter über meine Tage verfügst? Denn das verspreche ich dir: Jeden Morgen beim Hahnenschrei stehe ich vor der Tür deines Alkovens, bereit für das Tagwerk. Und Phaidros wird sich um deinen Garten kümmern, als wäre er eine Erweiterung des Gartens der Hesperiden.«

Da unterbrach sie ihn wieder:

»Es mag mir nicht zustehen, dich daran zu erinnern, ich bin mir aber sicher, daß euch die zur Verfügung stehenden Mittel kein bequemes Auskommen garantieren.«

»Wir haben in der Subura Herberge gefunden. Es handelt sich zwar nur um einen Raum, und der ist nicht sehr groß, aber hübsch, mit einem Fenster, ja sogar einem Balkon zur Straße, wo ein so lebhaftes Treiben herrscht, wie kaum vor den besten Villen des Aventins.«

»Man hört, das rege Leben und Treiben in der Subura sei eine Maske, hinter der sich Elend, Hunger und Schmerz der niederen Schichten verbergen.«

Sie stellte sich einen Augenblick lang dieses Stadtviertel vor, in das hinunterzusteigen ihre hohe Stellung ihr immer verbieten würde. Dieses Gewirr von Gassen, dieses dichtbevölkerte Gebiet, das sich zwischen Viminal, Quirinal und Esquilin erstreckte, wie ein pulsierender

Leib, der die Wunden der verschiedensten Ausprägungen städtischen Elends aufwies …

Doch dergleichen Dinge, die sie deprimiert hätten, schienen Adonis' Entschluß in keiner Weise zu beeinflussen.

»Du wirst dir nicht mehr allzulange Sorgen machen müssen, schließlich hat dein Bruder versprochen, Rom zur marmornen Stadt zu machen. Andererseits behielt Julius Cäsar sein Haus in der Subura, obwohl er später, wie allgemein bekannt, andere, wesentlich schönere besaß. In diesem Viertel mischen sich Plebejer und Patrizier.«

»Mag sein, daß sie sich dort mischen, aber ihr werdet deshalb nicht zu Patriziern. Was den Marmor betrifft, den mein Bruder versprochen hat, so wird viel Zeit vergehen, bis er auch die Häuser der Armen ziert.«

Trotz ihrer Vorbehalte, trotz ihrer Vorwürfe konnte sie einen Anflug von Bewunderung nicht ganz unterdrücken. Bewunderung für die eiserne Entschlossenheit im strahlenden Blick ihres widerspenstigen Dieners. Sie entdeckte darin den unerschütterlichen Glauben der Jugend, auf Bequemlichkeiten verzichten zu können, wenn sie der freien Entwicklung ihrer Lebensvorstellungen entgegenstanden.

Und weil das ein Entschluß war, den zu fassen sie nie den Mut gehabt hatte, beneidete sie Adonis, wie sie zu anderer Zeit auch Kleopatra beneidet hatte. Es war ein Neid auf alle Risiken, die Herkunft und Erziehung ihr vorenthalten hatten, ein Neid auf alle Unwägbarkeiten, die auszuloten sie nie gewagt hatte.

»Und was sagt Phaidros zu alldem? Da ich euch beiden die Freiheit zur gleichen Zeit gewährt habe, steht mir die Frage zu, wie ihr diese Freiheit aufzuteilen gedenkt.«

Sie ließ nach dem Gärtner rufen. Was Adonis sichtlich unangenehm berührte, empfand er dies doch als eine Einmischung in seine Pläne. Er zuckte jedoch nur mit den Schultern und rief mit leichter Ironie in der Stimme:

»Mein Gärtner ist zu ländlich, um die Freuden des Stadtlebens zu schätzen. Doch um an meiner Seite zu sein, ist er zu allem imstande.«

Ganz mit seinen gewohnten wortreichen Ausführungen befaßt und überzeugt von seinem starken Einfluß auf Octavia, bemerkte er nicht, daß die Dame ihm ihre Aufmerksamkeit entzogen hatte. Seit der Pädagoge ihr von den seltsamen Betrebungen Phaidros' erzählt hatte, interessierte sie sich mehr für ihn, wobei noch nicht entschieden war, ob Neugier überwog oder Sympathie. Doch vor allem vermittelte er ihr ein Gefühl, über das sie sich selbst nicht im klaren war: ein Gefühl von geheimem Einverständnis, das alle Opfer der Liebe miteinander verbindet.

Deshalb überkamen sie Zärtlichkeit und Mitleid, als Phaidros das Atrium betrat. Wirkte er doch wie der Diener seines Freundes!

Er lebte nun schon recht lange in Rom, was ihm aber weder genützt noch geschadet hatte. Nein, es war schlichtweg nicht die geringste Veränderung seiner recht unzivilisierten Erscheinung zu beobachten. Selbst seine Tunika, fadenscheinig und von völlig nichtssagender Farbe, hätte die gleiche sein können, die er bereits in Athen getragen hatte. Und die breite Krempe seiner bäuerlichen Kopfbedeckung verbarg sein ganzes Gesicht, worauf der Pädagoge bereits mehrfach und humorvoll hingewiesen hatte. Adonis jedoch, der sah, wie verwirrt und ängstlich Phaidros dastand und den Hut auch in Anwesenheit der Herrin auf dem Kopf behielt, reagierte verärgert. Er machte Phaidros ein Zeichen und bedeutete ihm, den Hut abzunehmen, tat dies aber mit so auffallender Mimik, daß Octavia das lächerlicher fand als Phaidros' kleine Verfehlung.

Als Adonis merkte, daß Phaidros auf seinen deutlichen Hinweis nicht reagierte, riß er ihm diesen armseligen Hut mit einem Griff vom Kopf.

»Wenn du schon den Mut hast, dich in diesem Aufzug zu zeigen, solltest du wenigstens der Höflichkeit Genüge tun«, äußerte er deutlich belehrend und fuhr dann wütend fort: »Sieh ihn dir an, Herrin, er hielt es nicht einmal für nötig, sich für den Besuch bei dir zurechtzumachen.«

Octavias Blick fiel auf die makellosen Hände von Adonis, dann auf die schmutzverkrusteten des Gärtners, die anstatt hübsch geformter Ringe unschöne Beulen aufwiesen, Schwellungen, selbst kleine Narben, die zweifellos von den tückisch scharfen Rosendornen herrührten.

Sie betrachtete ihn nun mit größerer Aufmerksamkeit. Trotz seiner häßlichen Bekleidung war er ein sehr schmucker junger Mann, mit einem ausgesprochen schönen Gesicht. Er hatte sich den Charme der Jugend erhalten, und der ließ Reize erahnen, die er selbst nicht einmal kannte. Seine Gestalt war zwar klein, dafür aber wohlproportioniert und muskulös. Sein Körper war nicht ohne Vorzüge, die jedoch wegen seiner plumpen Manieren, seines schwerfälligen Gangs und natürlich auch seiner Befangenheit überhaupt nicht zur Geltung kamen. Das Stottern, das zwar durch die Lektionen des Lucinus teilweise verschwunden war, sich aber erneut einstellte, wenn er einer Respektsperson gegenübertrat, verstärkte sein Gefühl der Unterlegenheit. Und als ihn Octavia fragte, mit wem er denn Umgang pflege, blickte er sie so ratlos an, daß sie die Frage wiederholen und seinem Begriffsvermögen anpassen mußte:

»Wer sind deine Freunde innerhalb und außerhalb dieses Hauses?«

Phaidros wies mit dem Kinn auf Adonis und zuckte mit den Schultern.

»Er hat keine Freunde«, sagte Adonis und lächelte dabei seltsam triumphierend. »Er hat nur mich.«

Diese Antwort überraschte Octavia nicht. Es wunderte sie auch keineswegs, daß Adonis, der sich auf seinen Charme und seinen Erfolg bei den Mitmenschen soviel einbildete, den Freund fast wie einen Knecht behandelte.

Nun war Phaidros aber noch genau der Mann, der er in Athen gewesen war. Octavia erinnerte sich sehr wohl, wie leidenschaftlich ihr Adonis in Athen seine Liebe zu diesem Phaidros geschildert hatte. Dort hatte Adonis ihn geliebt, und zwar nicht nur seine Vorzüge, nein, auch seine Fehler. Damals waren ihr Adonis' Worte wie eine Lektion in wahrer Liebe vorgekommen.

War das, was in Athen schön gewesen, nach Rom versetzt, nur noch wunderlich? Sollte dies etwa das wahre Wesen der Liebe sein? Was über Jahre gegolten hat, ist in anderen Jahren wertlos. Was die eine Landschaft verschönt, macht die andere häßlich. In der passenden Wahl seiner Opfer versagt Amor jedoch nie.

Octavia, die früher eines seiner Opfer gewesen war, stand nun vor einem geeigneten Kandidaten, einem Neuling, der diesen Kummer noch nicht erlebt hatte. Sie war voller Verständnis und erfüllt von einer Zuneigung, nach deren Ursache sie lieber nicht forschen wollte. Sie bot dem Paar eine letzte Gelegenheit, seinen Plänen zu entsagen:

»Sag mir eines, Phaidros: Bist du lieber in diesen dunklen Gassen als in meinen Gärten?«

Einen Augenblick blitzte Angst in den Augen des Gärtners auf. Er sah sich geschwind um, als suche er Schutz vor etwas, das er selbst nicht genau kannte. Da antwortete Adonis, der dies bemerkte, schnell an seiner Statt. In einem Ton jedoch, der alles andere als liebevoll war.

Phaidros blieb weiter stumm, ertrug die Aggressionen des Freundes und äußerte nur hin und wieder ein Wort, das sein Stottern sehr in die Länge zog, weshalb Adonis immer Gelegenheit hatte, ihn zu unterbrechen.

»Er wird ihn niemals aussprechen lassen«, dachte Octavia. »Nie wird er seine Anstrengungen würdigen. Was nützen sie ihm am Ende? Unternimmt er sie aus Liebe, jetzt, wo die Liebe eben dabei ist, aus seinem Leben zu entschwinden? Damals, in Athen, als die Liebe am größten war, brauchte sie keinerlei Unterstützung, gedieh sie ganz mühelos. Die Liebe genügte sich selbst und war ihr eigener Lohn. Sein Stottern, sein ungeschliffenes Wesen, seine Unwissenheit zählten nicht, denn all das wurde geliebt …«

Als sich Phaidros an die Frau wandte, die ihm einst die Freiheit gewährt hatte, tat er es mit offenem Blick, ganz ungezwungen und bereit, ihr seine grenzenlose Verehrung zu beweisen. Doch wieder war es Adonis, der für ihn sprach.

»Weißt du, wie er seine freien Tage zubringt? Wie das Landvolk, das zum ersten Mal nach Rom kommt. Anstatt sich herzurichten, um sich an meiner Seite sehen lassen zu können, besucht er öffentliche Parks und Gärten!«

»Sehr löblich, schließlich ist das sein Beruf.«

Beinahe hätte sie gesagt: Die Liebe ist Phaidros' anderer Beruf! Doch Adonis würde diesen Gedanken nie verstehen, mochte er auch früher für diese Vorstellung gelebt haben. Und deshalb hatte sie ihn damals gemocht. Und deshalb schwieg sie heute.

Sie erinnerte sich, daß Phaidros geweint hatte, als er sich von seinem Garten in Athen verabschieden mußte. Daß er ein Säckchen voller griechischer Samen mitgenommen hatte, um sich unterm römischen Himmel an seinen Garten zu erinnern. Doch genau wie diese Samen, genau wie der Setzling aus einem kleinem Topf, der sich nicht an einen größeren gewöhnen kann, blieb dieser junge Mann in der anderen Umgebung völlig fremd. Er brauchte die Scholle, die er mit seinen Händen bearbeiten konnte, und Blumen, die auf seine Pflege angewiesen waren.

Deshalb kannte er bislang von Rom keine anderen Sehenswürdigkeiten als öffentliche Parks, Tempelgärten und die heiligen Haine der Umgebung.

Dasselbe galt für die großen Feste. Rom mochte mehr als zweihundert im Jahr feiern, doch während Adonis bei allen eifrig dabei war und nicht genug davon bekommen konnte, nahm Phaidros nur an den Festlichkeiten der Flora teil, wenn das römische Volk in Massen auf die Straße ging, um beim wichtigsten Ereignis des Monats April dabeizusein. Wenn beim ersten Säuseln des Zephyrs der Regen auf die Felder fiel und lange, dichte Prozessionen festlich gestimmter Verehrer der Flora durch die Straßen zogen und einen Teppich von Blumen sowie dichte Weihrauchschwaden hinter sich ließen.

Jahr für Jahr, seitdem er in Rom lebte, hatte sich Phaidros unter die Menschenmenge gemischt – wie alle anderen über und über mit den herrlichsten Blumen geschmückt. Wer ihn bei diesen Festen sah, berichtete, daß er dabei fröhlich und glücklich wirkte, erfüllt von einer wahnsinnigen Erregung, die ihn dazu trieb, zwischen den Prozessionen hin und her zu hüpfen und ganz ohne Hemmungen vor und hinter den göttlichen Bildern, die von den Jünglingen getragen wurden, herzulaufen – was seinen Freund widerlegen konnte, der ein völlig anderes Bild von ihm zeichnete.

Nicht jedoch das Bild, das sich Octavia von ihm machte. Denn sie erfreute sich an dergleichen Proben seiner Unschuld, sie mochte es, daß Phaidros alle Kulte feierte, die in irgendeiner Weise an die ewige Erneuerung des Lebens erinnerten. Denn obgleich Flora seine Lieblingsgöttin war, verehrte er auch Silvanus, den Gott der Bäume, der seinen Altar in allen Wäldern hat. Freudig weihte er seine jungen Pflanzungen dem Faunus, von dem bekannt ist, daß sich seine Prophezeiungen immer erfüllen und daß er über das Wohl der Gärten wacht. Auch legte er ein paar Mimosenzweige am Altar des Priapos ab, obwohl er den weniger achtete, weil sein enormer Phallus ihn zum Lachen brachte und weil er gehört hatte, daß sich bestimmte Damen seinem Kult aus Motiven anschlossen, die mit Gärten nichts, mit völlig enthemmter Sinnlichkeit aber sehr viel zu tun hatten.

Doch mehr als andere Gottheiten bewunderte er die Große Mutter Ceres, die Demeter seiner griechischen Heimat. Sie hatte unzählige Schmerzen durchleiden müssen, bevor sie mit ihrem Opfer die Erde wieder fruchtbar machen konnte. Aus irgendeinem seltsamen Grund, den er erst Jahre später verstehen würde, verknüpfte Phaidros den Schmerz mit der Erneuerung des Lebens in der Natur.

Wer aber konnte sein Leben erneuern?

Octavia hatte sehr bald begriffen, daß das Glück dieses seltsamen

Menschen völlig von dem seines Freundes abhing. Mochte sein Leben auch noch so sehr auf seine Blumen ausgerichtet sein, auf die Bäume und lauen Lüfte der Morgendämmerung, war er offensichtlich bereit, all dieser Freuden zu entsagen und sie für ein elendes Dasein im dichtbewohntesten Viertel der Stadt einzutauschen. Einzig und allein im Namen der Liebe.

Daß es Adonis tat, um sich freier dem Vergnügen hingeben zu können, machte Phaidros' Opfer noch größer.

Mochte Octavia auch auf die Nachteile der Veränderung hinweisen, auf die Unsinnigkeit, den Annehmlichkeiten ihres Hauses zu entsagen, um sich einem Leben voller Entbehrungen auszuliefern, sie wußte aus eigener Erfahrung, daß es ein Ding der Unmöglichkeit war, vor einem drohenden Schmerz zu warnen. Daß er durchlebt werden muß, um seinen Preis zu kennen. Und der konnte höher sein als selbst der Tod.

Dies wissend, konnte sie nur noch sagen:

»Wenn ich euch die Freiheit gab, dann, damit ihr sie nutzt. Vielleicht erteilt ihr mir damit eine Lehre. Vielleicht muß ich begreifen, daß Freiheiten nicht nur halb gewährt werden können.«

Wie vor Jahren, damals, als Octavia sie freiließ, kniete Phaidros vor ihr nieder und rief:

»Wir li-li-lieben dich. Wir li-li-lieben dich.«

Da wurde Octavia klar, daß dieser arme Tölpel, wenn er wegging und unter anderen Menschen lebte, sehr unglücklich sein würde.

DER VORABEND DES Triumphzuges von Cäsar Octavianus rückte näher.

Zur Vorbereitung dessen, was in Rom nach dieser Machtdemonstration geschehen sollte, lud der Triumphator Maecenas und Agrippa zu einem privaten Treffen in seine Residenz auf dem Palatin ein.

Einige Chronisten, wie beispielsweise ein gewisser Dio Cassius, schlachteten später dieses Ereignis genüßlich aus. Sie behaupteten, an diesem Abend sei der Versuch gemacht worden, in Rom die Monarchie einzusetzen.

Für den Fall der Richtigkeit dieser Vorhersage – sie wurde in den politischen Kreisen hinter vorgehaltener Hand weitergegeben – fand sich Cäsar Octavianus' Gattin, in der Hoffnung auf eine Einladung, eilends vor den Türen des Studierzimmers ein. Als diese jedoch ausblieb, aus welchem Grund auch immer, beschloß Livia, an der Tür zu lauschen wie die letzte ihrer Sklavinnen. Sie trieb sich nicht nur erfolgreich vor verschlossenen Türen herum, nein, ihre Beine standen so fest auf dem Boden der Gegenwart, daß sie sich wegen des Urteils künftiger Chronisten keine Gedanken machte.

An dem Tag hatte sie allerdings das große Glück, die Türen zu Octavianus' Gemächern sperrangelweit offen anzutreffen. Es herrschte ein lebhaftes Kommen und Gehen von Sklaven und Maurern mit Zementsäcken, Kellen, Hämmern und anderen Werkzeugen, die auf eine dringende und eilig vorgenommene Bautätigkeit schließen ließen.

Ursache für den ganzen Trubel war eine Laune von Octavianus, der für sein Vorzimmer die Aufstellung einer riesigen Statue des Apollo angeordnet hatte. Er wünschte, sie jeden Morgen beim Erwachen betrachten zu können, damit sie ihm als Inspiration und Leitbild dienen könne.

Die Stunden vergingen, und Livia stellte fest, daß die Arbeiten ihre Geduld allzusehr beanspruchten, ja sogar ihre Neugier erlahmte. Die Statue dem Heiligtum zu entreißen, auf dessen Altar sie seit Catos Zeiten gestanden hatte, war entschieden schneller vonstatten gegangen. Der Raub war im Nu geschehen. Die Wiedereinsetzung dauerte eine Ewigkeit.

Agrippa und Maecenas hatten das Thema, das Livia eigentlich interessierte, immer noch nicht angesprochen, sondern widmeten sich in aller Ausführlichkeit der Betrachtung und Bewunderung der Statue des schönsten aller Götter. Dabei lachte Maecenas vergnügt in sich hinein, denn schließlich wußte er, daß eine der erotischen Spezialitäten von Cäsar Octavianus darin bestand, sich, als Apollo verkleidet, mit den Huren zu vergnügen, die er, Maecenas, ihm jede Nacht schickte.

Unterdrücktes Lachen hier, dröhnende Hammerschläge dort: Livias Neugier prallte an einer undurchdringlichen Mauer ab. Das wirklich wichtige Gespräch würde offenbar erst beginnen, wenn alle Zeugen gegangen waren. Auch sie. Oder vor allem sie.

Während die Arbeiter letzte Hand an die Götterstatue legten – die Feinarbeit an der Nische, die sie beherbergen sollte, verschoben sie auf einen späteren Zeitpunkt –, ließen sich Octavianus und seine Gäste das Abendessen servieren. Dieses entsprach ganz dem Stil des glorreichen Siegers und war ein einfaches, aber dennoch reichliches Mahl: Rosinen, Oliven, Anisbrot und Früchte im Überfluß. Maecenas allerdings, dem das Maßhalten schwerfiel, gab sich dem Genuß des Weins aus Massicus hin, den er sich aus seinem Palast hatte kommen lassen, hielt sich jedoch angesichts der Nüchternheit des Gastgebers etwas mehr zurück als sonst.

Ganz im Gegensatz zu dem, was Livia auf der anderen Seite der Tür vermutete, tafelten die drei Männer unbeschwert und rührten nicht an Gesprächsthemen, die weittragenden Entscheidungen voranzugehen pflegten. Nein, dieser Abend galt freundlichen Erinnerungen und nostalgischen Gedanken, aber auch der Stärkung der freundschaftlichen Bande, die sie seit vielen Jahren vereinte.

Bande, so schön wie die der Liebe und so notwendig wie ein Dogma.

Sie äußerten sich lobend über die Münzen, deren Prägung Maecenas zur Erinnerung an die Siege von Octavianus in Auftrag gegeben hatte. Alle zeigten ihn von seiner würdevollsten Seite und im günstigsten Licht, zusammen mit einer prächtigen Darstellung der Victoria, die ihn mal im Streitwagen begleitete, mal bequem in seinem Schoß ruhte.

Da hoben die drei die Becher zu Ehren dieser Göttin, die all ihre gemeinsamen Unternehmungen von Anfang an so gnädig geführt hatte, und tranken gleich danach auf die glücklichen Vorzeichen des neuen Goldenen Zeitalters.

Gemeinsam hatten sie einen langen Weg zurückgelegt, und jeder seiner Abschnitte war ein Treueversprechen Agrippas und Maecenas für diesen jungen Mann, dessen Ruhmesglanz auch der ihre war. Wie hatten sie gearbeitet, damit er ihre eigenen, hochfliegenden Pläne verwirklichte!

Agrippa erinnerte sich noch gut an jene längst vergangene Nacht, als an der Universität von Apollonia, im Land der Griechen, die Nachricht von der Ermordung Cäsars eintraf. Octavianus, von der eigenen Familie schlecht beraten, zögerte einzugreifen. Agrippa war es, der ihn davon überzeugte, daß er sich in Rom zeigen und seinen Anteil am politischen Testament seines Onkels einfordern müsse, den er von da an eigensinnig seinen Vater nennen würde. Inzwischen war aus Octavianus ein erwachsener Sohn und Neffe geworden. Er war sechsunddreißig Jahre alt und hielt mehr Trümpfe in der Hand, als ihm in jenen Tagen ein simples Testament hätte verschaffen können.

Einer der Trümpfe bestand aus der anhaltenden Unterstützung seines alten Mitstreiters Agrippa. Alle Welt wußte, daß er der wahre Sieger von Actium war, daß er persönlich die Manöver lenkte, während Octavianus seekrank in seiner Kajüte lag. Und diese Geschichte wiederholte sich bei anderen, nicht weniger berühmten Schlachten. Doch Agrippa hatte zugunsten seines Freundes auf den Ruhm verzichtet, und der dankte es ihm mit einer für eine so kalte Person überraschenden Treue. Er lohnte es ihm, indem er den Platz in seinem Herzen, der für Vater, Freund und Bruder reserviert war, Agrippa widmete.

Maecenas kannte diese Einzelheiten sehr wohl, war aber mit Agrippa übereingekommen, daß es besser sei, sie zu verbergen. Das besorgte auf sehr erfolgreiche Art sein intellektueller Zirkel, dessen Mitglieder es sich zur Aufgabe gemacht hatten, mit Elegien, Hymnen, Oden, privaten Briefen und öffentlichen Reden den Sieger zu rühmen. Sie hoben Octavianus' Tugenden hervor und verschwiegen seine Fehler. Was hätten die leidenschaftlichen Huldigungen des Horaz, die überschwenglichen Dichtungen des Vergil getaugt, was all das Ansehen und der Ruhm, hätte Rom erfahren, daß der große Held, der junge Gott, seine Erfolge der Tatkraft anderer Männer verdankte?

Maecenas hob die Gestalt des Octavianus auf einen Altar, wie er es bereits mit den Dichtern getan hatte, die unter seinem Schutz standen. Er besaß große Reichtümer und hatte diese in den Dienst der Künste gestellt. Als er dann eines Tages Octavianus begegnete, beschloß er, diese Person und die Künste für immer zu verbinden. Er stürzte sich sogleich in die Politik und legte dabei eine außergewöhnliche Geschicklichkeit an den Tag. Das überraschte bei einem Mann, der sich bislang damit begnügt hatte, seine ungewöhnliche Begabung im Handel und einen ausgeprägten Hang zum guten Leben unter Beweis zu stellen. Mangel an Erfahrung war dabei kein Problem, denn der Mensch gewöhnt sich an die Finten und Listen der hohen Politik so schnell wie an die Regeln einer Spielhölle. Maecenas wurde perfekt in der Kunst, im verborgenen zu agieren. Weshalb seine Feinde zu sagen pflegten, er habe sich so lange im Dunkeln aufgehalten, daß er eine Fledermaus der hohen Politik geworden sei.

Sein gutmütiges Aussehen, seine bekannte leutselige Art hatten ihn zu einer überaus beliebten Persönlichkeit gemacht, einer Persönlichkeit, deren hohes Ansehen von der Zuneigung des Volkes gespeist wurde und nicht umgekehrt. Als bekannt wurde, daß er alle hohen politischen Ämter, die man ihm antrug, ausgeschlagen hatte, mochte und bewunderte ihn das Volk noch mehr. Stolz war er nur auf seine Zugehörigkeit zum Adel, derer er sich mit köstlichem Freimut rühmte, indem er behauptete, von alter etruskischer Familie abzustammen, und das hieß nichts anderes, als seine Ursprünge mit denen Roms gleichzusetzen.

Diese übertriebene Eitelkeit wurde ihm aber verziehen, weil alle Welt bestätigte, daß er trotz seines Reichtums ein einfacher, umgänglicher Mann geblieben war. Er gab sich noch immer so wie früher, als es noch ein ganz gewöhnlicher Händler war. So kam es, daß das Volk seine Tugenden unmittelbar auf Octavianus übertrug, wirft doch die Person des guten Freundes bekanntlich immer ein vorteilhaftes Licht auf den anderen Menschen und läßt ihn besser erscheinen, als er ist oder je sein wird.

Deshalb sagten die Römer:

»Octavianus kann nicht böse sein, wenn Männer wie Maecenas und Agrippa ihm so treu ergeben sind und er sich ihrer Treue zu versichern weiß.«

Da betrachtete der siegreiche Octavianus seine beiden treuen Freunde und beschloß, sich in diesem Fall wieder von ihnen leiten zu lassen und dies auch künftig zu tun.

Denn obwohl seine Stellung in Rom eine hervorragende war, bedurfte er zu ihrer endgültigen Festigung doch hin und wieder eines guten Rats. Deshalb pflegte er scherzhaft zu bemerken:

»Ein Trost bleibt mir erhalten: Nur Rom bedarf der Berater mehr als Octavianus selbst.«

Sicher, er hatte auch Feinde, und Maecenas pflegte ihn in gewohnter Deutlichkeit daran zu erinnern. Den alten Anhängern des Antonius war nicht zu trauen, die Aktionen der Adligen mußten beobachtet werden. Vor allem aber mußte man die Gruppe der alten Republikaner im Auge behalten, die jedem mit Mißtrauen begegneten, der versuchte, sich die absolute Macht anzumaßen und Rom damit zu demütigen.

Doch Agrippa blieb ernst, woraus seine beiden Gesprächspartner schlossen, daß er über die Frage nachgedacht hatte, die ihm die größten Sorgen bereitete.

»Hüte dich vor der Monarchie«, sagte er schließlich. »Wir sollten den Gedanken, so du dich damit trägst oder wir alle drei uns damit tragen, unbedingt sofort verwerfen.«

Da tauschten Octavianus und Maecenas einen beunruhigten Blick aus, denn Agrippa hatte ihre Gedanken erraten. Sie hegten jedoch nicht den geringsten Argwohn, schließlich kannten sie beide Agrippas außergewöhnlich edle Gesinnung, die ihnen schon bei vielen Gelegenheiten zugute gekommen war. Diese Noblesse spiegelte sich in seinen markanten Zügen und der klaren Ausdrucksweise, mit der er jedes Thema, und mochte es noch so heikel sein, direkt ansprach.

So ging er auch die Frage nach Octavianus' Zukunft an, die mit seiner, aber zweifellos auch mit der von ganz Rom eng verknüpft war.

»Erschrick nicht, daß ich so zu dir spreche, Cäsar Octavianus, und es wage, deinen strahlenden Siegen einen Dämpfer zu versetzen. Doch die Versuchung, eine Monarchie einzusetzen, ist allzu groß; ich muß dich einfach davor warnen. Entscheiden wir uns für diese Staatsform, werden uns die Leute für Opfer unserer eigenen Glückssträhne halten. Sie werden glauben, daß uns der Sieg zu Kopf gestiegen ist oder, was noch schlimmer wäre, daß du schon von Anfang an im Sinn gehabt hast, die absolute Macht an dich zu reißen, und daß dein Wunsch, den politischen Anspruch deines Vaters einzulösen und das Schiff mit Namen Allgemeinwohl in den sicheren Hafen zu lenken, nur ein Vorwand war, um das Volk für die eigenen Interessen zu benutzen. Jede dieser Erklärungen brächte uns zahlreiche Mißtrauensvoten ein, denn wer wäre nicht entrüstet, wenn er erfährt, daß wir die eine Sache getan und an eine andere gedacht haben?«

Agrippa redete lange, über eine Stunde, und legte soviel Lebensweisheit in seine Ratschläge, daß Octavianus sich einmal mehr glücklich schätzte, ihn zu seinen Anhängern zählen zu dürfen.

»Rom ist sehr müde«, sagte er schließlich, »was den Römern aber nicht bewußt werden soll. Denn ein Volk, das Frieden und Ruhe will, ist imstande, dafür sein Gewissen zu verkaufen.«

»Was ihm nicht vorzuwerfen ist«, meinte Octavianus, »denn zuvor verkaufte es in den Kriegen seine Seele.«

»Rom wird keinen Frieden akzeptieren, den es mit dem Gefühl erkauft, seine Prinzipien zu verraten. Das lehrt die Geschichte. Sie zeigt deutlich, daß eine Stadt wie diese, die über Jahre hinweg ein demokratisches System genoß, nur schwerlich dazu bereit ist, sich einem einzigen Willen zu unterwerfen. Deshalb rate ich dir, die Macht zu teilen. Auch du selbst wirst dich, abgesehen von dem, was ich dir eben dargelegt habe, viel freier fühlen.«

Er fuhr fort zu reden und verwandte dabei immer wieder den Plural, denn es war ganz deutlich, daß er diese Sache als eine Angelegenheit von allen dreien betrachtete. Nachdem er Octavianus vom politischen Standpunkt aus vor den Gefahren einer Machtkonzentration gewarnt hatte, dehnte er seine Betrachtungen auf den persönlichen Bereich aus. Er sprach vom Neid, von der Mißgunst, den Ränken der Rachsüchtigen, der Verachtung der Gelehrten, der üblen Nachrede vormals einflußreicher Leute, dem Haß der Emporkömmlinge, die sich nicht gebührend entschädigt fühlen. Mit all seinen Ausführungen wollte er beweisen, daß die Anhäufung von Macht sich in ein Schwert verwandelt, das fortwährend über dem Traum dessen schwebt, der sie besitzt.

Doch dann kam Maecenas, der ihm mit großer Aufmerksamkeit und großem Respekt zugehört hatte, auf ein anderes Thema zu sprechen:

»Die Gesetze der Demokratie sagen uns, daß die Teilung der Macht wünschenswert ist. Die Praxis beweist allerdings, daß sich dies auf Dauer nicht bewährt. Was Alexander zustieß, kann schließlich auch dir passieren.«

Octavianus stellte lächelnd fest, daß ihn die Erinnerung an den Helden noch immer begleitete. Sein ganzes Leben lang würde er wohl an ihm gemessen werden.

Er wußte nicht, führte man ihm Alexanders Verwegenheit als Beispiel vor Augen, als er in den eisigen Fluten des Indus badete, oder die phantasievolle Seite seines Charakters, als er nackt die Ehrensäule des Achilles umkreiste, oder der Gattin des Darius gegenüber Milde walten ließ. Denn all das waren Beweise einer inneren Größe, die einem Herrscher, aber auch einem Helden anstanden.

Agrippa wollte ihn offenbar an die Vorteile eines pragmatischen Vorgehens erinnern. Denn es war bekannt, daß Alexander seine Feldherren mit so vielen Ehrungen und Pfründen bedachte, daß sie übermütig wurden und jeder meinte, den anderen an Exzessen noch übertreffen zu müssen. Es kam so weit, daß ihm Olympia, seine Mutter, warnend schrieb: »Früher, o König, gab es nur einen Darius, doch nun hast du aus vielen je einen Alexander gemacht ...«

Dabei stellte die Dame vom Palatin auf der anderen Seite der Tür fest, daß ihr der Gedanke an viele Livias neben sich gar nicht behagte.

Ohne seine entspannte Haltung zu verändern, ein Zeichen für seinen Hang zur Bequemlichkeit, mischte sich kurz darauf Maecenas wieder in die langen Ausführungen ein:

»Ich werde Agrippas Meinung nicht widersprechen, die in allem so treffend ist, sage dir aber, daß du nicht umhinkommen wirst, die Monarchie einzuführen. Schließlich hast du die Macht mit den Methoden eines Monarchen an dich gezogen. Deshalb stehen dir nur zwei Wege offen: Entweder fährst du so fort wie bisher und orientierst dich an denen, die vor dir Könige sein wollten und dafür hingerichtet wurden, oder du verzichtest auf alles und gehst unter.«

»Bei allen Göttern, Maecenas, meinst du, die Lage ist zum Scherzen?«

»Das ist kein Scherz, sondern die Lehre aus der Geschichte. Meinst du etwa, Julius Cäsar hätte es zum König gebracht, wenn er sich damit begnügt hätte, es in aller Stille zu wünschen, statt es in alle vier Winde zu verkünden und zu behaupten, Rom schulde ihm dieses Privileg?«

Octavianus dachte über diese Worte nach. Schließlich sagte er:

»Der Geist der Republik hat zwar Schaden genommen. Das Wort aber flößt den Römern noch immer großen Respekt ein, das ist wahr.«

»Das Wort viel mehr als der Geist. Deshalb laß dir sagen: Vergiß nie den Respekt vor den Worten. Denn Worte sind es und nicht ihre Bedeutung, die den Gang der öffentlichen Meinung bestimmen. Das ist ein anerkannter, wichtiger Grundsatz in der Politik. Wenn du die Monarchie beim Namen nennst, wird dich das Volk alle deine Fehler doppelt bezahlen lassen. Die Fehler selbst und den Namen, mit dem du deine Herrschaft bezeichnest. Hältst du dich jedoch an die Demokratie, obgleich du monarchisch handelst, werden dir die Fehler verziehen, denn du hast sie im Namen einer Doktrin begangen, die sich eines hervorragenden Rufs erfreut, und dies seit der Zeit der Griechen.«

Octavianus blickte seine Freunde mit äußerster Schärfe an:

»Ich muß mich also davor hüten, König genannt zu werden, nicht davor, König zu sein.«

»Genau«, sagte Maecenas. »Gib dich demokratiefürchtig. Handle dennoch wie ein König, damit sie dich einen Republikaner nennen.«

Maecenas und Agrippa hatten nie behaupten können, Octavianus schlüge ihre Ratschläge in den Wind. Als ihn der Senat über alle Maßen ehren und ihm den Titel Romulus verleihen wollte – womit sie ihm die Gründung des neuen Rom zuschrieben –, hatte er ihn zurückgewiesen, weil dies bedeutet hätte, den Königstitel anzunehmen.

Das Treffen dauerte mehrere Stunden, und Livia hätte nur allzugern ihre Meinung zu dieser Angelegenheit geäußert. Ein überflüssiger Wunsch, denn Cäsar Octavianus hatte sich seine bereits gebildet.

Er mischte die Ratschläge Maecenas' mit denen Agrippas und seinen eigenen Ambitionen, bis er einen Kompromiß fand, den er jedoch bis zum Augenblick seiner Umsetzung in die Tat geheimhalten wollte.

Nur seinen beiden Freunden erklärte er sein Vorhaben mit solcher Vehemenz und solchem Ernst, daß er sie nachhaltig beeindruckte. Er schien von einem Glanz umgeben, von dem nicht genau festzustellen war, ob es der eines Gottes oder eines Erlösers war.

»Ich möchte viel mehr sein für Rom. Vielleicht muß ich aber zuvor die Auswirkungen des Sieges überwinden, denn der macht trunken, und noch liegen die Feierlichkeiten der kommenden drei Tage vor uns. Lassen wir die vorübergehen, um uns dann entschlossen an die Arbeit zu machen. Denn ich höre in meinem Innern die Stimme einer Nation, die berufen ist, die größte aller Zeiten zu werden, und eines Volkes, dem es bestimmt ist, die Zügel der Welt in Händen zu halten. Wir sind das Sprachrohr eines Erbes, das auf die Götter selbst zurückgeht, wie der erhabene Vergil sehr richtig schreibt. Deshalb sage ich euch: Wir haben zwar eine große Leistung vollbracht, sind aber erst am Anfang der Arbeit, die noch vor uns liegt. Unsere Sache ist lebensnotwendig für die große römische Nation. Wir kamen, um zu reformieren. Und wir werden reformieren.«

Welch ein Widersinn! Offenbar hatte dieser Mann die Lobhudeleien der Dichter des Maecenaskreises tatsächlich für bare Münze genommen!

Wie auch immer, er hatte in dieser Nacht eine wichtige Lektion gelernt und wußte nun, daß Macht nur Erfolg hat, wenn sie ihren wahren Namen verbirgt.

ALS ER SCHLIESSLICH wieder allein vor dem Bildnis des Apollo stand, legte er ihm einen Lorbeerzweig zu Füßen, lächelte und sprach zu ihm folgendermaßen:

»Laß dir sagen, schöner Sonnengott, daß wir kein Göttliches Kind nötig haben, weil wir Menschen ausreichend Göttlichkeit in unseren Werken finden.«

Maecenas versäumte es in dieser Nacht vor der Siegesfeier nicht, dem Freund eine junge Frau aus dem Tempel der Vesta zu senden. Sie war bei ihrer Ankunft völlig von Angst und Schrecken erfüllt, was Octavianus allerdings nur amüsierte, denn seiner Erfahrung nach reagierten alle Mädchen so, wenn sie ihre Jungfräulichkeit verlieren sollten. Nun war diese junge Frau jedoch bei ihrem Antritt als Vestalin schon keine Jungfrau mehr gewesen. Wenn sie Angst hatte, dann beim Gedanken an die Strafe, die Vestalinnen drohte, wenn sie sexuelle Kontakte mit Männern hatten, und die darin bestand, lebendig eingemauert zu werden. Als aber Octavianus dann als Apollo hinter dem Vorhang hervortrat, war die Vestalin ganz beruhigt, konnte sie sich doch nun immer damit verteidigen, daß ihr ein Gott beigewohnt habe, und alsbald mit Genugtuung feststellen, daß sich gewisse Götter im Bett zu Handlungen hinreißen lassen, die schmutziger sind als die, in welchen sich die wüstesten Strolche Roms zu ergehen pflegten.

Als die Sklaven die junge Frau wieder wegbrachten, versuchte Octavianus zu schlafen. Vergeblich. Eben hatte er auf dem Leib einer Priesterin einen Gott verkörpert, und schon bald würden ihn die Massen zum Gott erheben. Eben war er Apollo gewesen, morgen würde er Jupiter der Siegreiche sein.

So sah Cäsar Octavianus den Tag über Rom heraufziehen. Schon seit Stunden vibrierte die Luft vor Aufregung; die Morgendämmerung wurde ungeduldig herbeigesehnt. Denn Ruhmesglanz wartet nicht auf den Hahnenschrei, sondern läßt den Tag anbrechen, wie es ihm behagt, wenn dies den Auserwählten zum Vorteil gereicht.

BEI DEN GROSSEN Festlichkeiten für Octavianus lernte Phaidros, der Gärtner, endlich andere Menschen kennen. Denn an dem Tag ging er hinaus auf die Straße, mischte sich unter das Volk und wurde von den Wogen der Begeisterung hinwegtragen. Er wußte nicht, wie ihm geschah, noch wurde ihm der Unterschied zu seinem früheren Leben und den ersten Tagen in der Subura wirklich klar.

Er tauchte ein in die völlig entrückten Massen und ließ sich von deren Überschwang und musikalischen Ergüssen betäuben.

Doch selbst diese besonderen Tage mußte er ganz allein und einsam verbringen. Denn Adonis blieb der private Diener der edlen Octavia und nahm daher den seiner Stellung angemessenen Platz ein: in ehrbarer zweiter Reihe hinter den Herrinnen, falls diese während der stundenlangen Aufmärsche irgendeine Handreichung benötigten.

Phaidros hingegen mußte viele Stunden Wartezeit auf sich nehmen, um sich einen winzigen Fleck zu sichern, von dem aus er den Freund und seine Herrin von fern beobachten konnte. Er verbrachte also die Nacht ohne Schlaf und fand sich beim Morgengrauen überraschend in Gesellschaft anderer Diener des Hauses, die in der Via Sacra Plätze freihielten, zu Füßen des Jupitertempels, denn dort waren die Tribünen für die Familienmitglieder des Cäsar Octavianus errichtet, für seine engsten Mitarbeiter und alle Mächtigen der Nation.

Gegen Mittag befand sich Phaidros bereits mitten in einer erdrückenden Masse von Menschen, der er sich, um nicht überrannt zu werden, mit aller Kraft entgegenstemmen mußte. Selbst die Arme konnte er nicht mehr bewegen. Doch sobald das einmalige Schauspiel begann und die höheren Klassen sich auf den Tribünen niederließen, wurde er für alle Unannehmlichkeiten entschädigt.

Die Senatoren trafen ein, die Ädilen, Quästoren und Tribunen der verschiedenen Fraktionen des Senats. Dann ihre Gattinnen, angetan mit den herrlichsten Schleiern, die in den Geschäften des Forums zu haben waren und die über phantasievollen, ja geradezu ausufernden Aufbauten aus Haarteilen befestigt waren.

Maecenas kam in Begleitung seiner Dichter und wurde mit großem Beifall empfangen, an den er zweifellos gewöhnt war, denn jedermann erinnerte sich an den lauten Applaus, mit dem er begrüßt wurde, als er sich nach einigen Monaten der Krankheit wieder im Theater gezeigt hatte.

Dann kam die schöne Terentia, deren schwellende Körperfülle die Falten einer allzu engen Tunika kaum verbargen, einer Tunika aus roter Seide, was die Prüden ganz besonders peinlich empfanden, denn Material und Farbe waren bis zur republikanischen Epoche den Prostituierten vorbehalten gewesen. Ihr folgte die Schar junger Parasiten, auch sie in extravagante Farben gekleidet und mit Schmuck behängt, der aus den orientalischen Provinzen importiert worden war, wo das Gesetz des Luxus gilt und Mäßigkeit ein unbekanntes Wort ist. Das alles stand in so heftigem Kontrast zu den makellosen Tuniken der Patrizier, daß viele den Wandel der Sitten beklagten, der seit den nüchternen Zeiten der Republik unter den jungen Römern stattgefunden hatte.

Irgend jemand äußerte, daß man versuchen solle, im neuen Goldenen Zeitalter, das die Dichter so eifrig ausposaunten, zu Schlichtheit und Ordnung zurückzukehren.

Es kamen die Männer des berittenen Adels, begleitet von ihren juwelenbeladenen Gattinnen. Dann marschierten ein paar neureiche Händler auf die Tribünen, die von anderen Begleiterinnen belagert wurden, die ebenso schmuckbehängt, darüber hinaus aber auch noch vulgär, ja geradezu lächerlich waren. Und schließlich kam die stattliche Livia, umgeben von Freundinnen und Verwandten, die sich mit übertriebener Ehrerbietung um sie kümmerten, worauf sie mit einer zwischen Verständnis und Distanz schwankenden Haltung reagierte, bis sie sich letztendlich entschloß, sich möglichst wie eine Statue zu verhalten. Ihr Betragen war der hohen Feierlichkeit angemessen und durchaus standesgemäß, wofür das Volk sie bewunderte.

Endlich kam Octavia, ganz in Weiß gekleidet, mit einer am Schleier befestigten Brosche als einzigem Schmuck und einem Jasminsträußchen, das gut zur auffallenden Blässe ihres Gesichtes paßte. Während sie ihren Platz an der Seite der großen Livia einnahm, brach der Plebs in begeisterte Hochrufe aus, so daß der bissige Crispus Mellius mit seinem Wortwitz brillieren und bemerken konnte, daß das Volk für sie stärker in die Oktaven gegriffen habe als für ihren eigenen Bruder.

Hinter Octavia befand sich, als ihr persönlicher Gast, Prinz Juba. Alles bewunderte seine Erscheinung und ganz besonders die Würde, mit der er, der Afrikaner, die römische Toga trug.

Schon ertönten von fern die Fanfaren und kündigten die große Parade an, die eben in die Via Sacra einschwenkte, nachdem sie den traditionellen Weg durch die wichtigsten Straßen der Stadt absolviert hatte.

Viele von denen, die sie bereits an anderen Stellen gesehen hatten, rannten herbei und versuchten, sich einen Platz zu erobern, um sie noch einmal bewundern zu können, weil sie wirklich bewundernswert sei, wie sie sagten – eine Prachtentfaltung, wie es sie zum letzten Mal vor zehn Jahren, bei den Triumphzügen Julius Cäsars gegeben hatte. Da wurde Phaidros klar, daß dieser Aufmarsch alle anderen im Gedächtnis von Rom ersetzen würde, weil er sich nicht nur darauf beschränkte, den großen Triumph eines Feldherrn zu feiern, sondern den überragenden Sieg der Stadt selbst.

Endlich kam die Parade um die Biegung, die die Via Sacra dort machte, wo sie auf den Hügel des Kapitols traf. Die Begeisterung der Menge kannte keine Grenzen, obwohl die Parade weitgehend aus den gleichen Elementen bestand, wie man sie von den Triumphzügen anderer Feldherrn her kannte. Es war die Überfülle, die äußerste Steigerung der Pracht, wodurch sie sich auszeichnete.

Jetzt zogen die Senatoren und Magistraten vorbei, die erhabenen Repräsentanten der Legislative, gefolgt von den Trompeten, die mit ihren bekannten, kriegerischen Klängen die weihrauchgeschwängerte Luft erfüllten. Dann kamen die Standartenträger zusammen mit jungen Rekruten, die Jagdhörner erschallen ließen.

Dahinter marschierten die Soldaten, die in diesen Kriegen gekämpft hatten. Sie trugen keine Waffen, waren ganz in Weiß gekleidet, wie es der Tradition entsprach, und schleppten auf Planken aus Thujenholz die Kriegsbeute mit sich. Da waren die Schilde der eroberten Völker zu sehen, Schilde und Waffen aufgetürmt zwischen einer ungeheuren Vielzahl an Kostbarkeiten, Skulpturen und Truhen voller Gold- und Silbermünzen. Dann folgten mit müdem Gang die besiegten Feldherrn, in schweren Ketten, und ihnen zur Seite ein Liktor, der laut schreiend ihre Schande verkündete. Und dann geschah, was seit den Zeiten des König Jugurtha üblich war und auch in jüngerer Zeit, als Julius Cäsar den heldenhaften Vercingetorix gefangengenommen hatte, praktiziert wurde: Der Zug hielt vor dem Kapitol an, die Feldherren wurden von den anderen Gefangenen getrennt und zum Hinrichtungsplatz geführt.

Jetzt kamen die zum Dankopfer auserwählten Tiere und mit ihnen die Opferpriester, in prachtvolle purpurfarbene Tuniken gekleidet, umgeben von einer Jünglingsschar, die Laute oder Flöte spielte. Ihre Melodien verkündeten das Herannahen des majestätischen Wagens von Octavianus.

Da sah die Menge zwei Jünglinge aus allerbestem Hause die beiden ersten Pferde reiten und mit ihrer strahlenden Jugendlichkeit die Glorie des Siegers verkünden.

Der blonde Jüngling war der hübsche Marcellus, Octavias Sohn, und der dunkelhaarige Tiberius, Livias Sohn.

Beide trugen weiße Tuniken, wie die Soldaten und auch Octavianus selbst; beide wirkten ganz feierlich gestimmt, doch Marcellus war es, der die Blicke der Menge und die sehnsüchtigen Seufzer der jungen Mädchen auf sich zog. Phaidros sah, wie sehr die Römer diesen jungen Mann liebten, und war gerührt. Hatte dieser Herr ihm doch soviel Gutes erwiesen (und, das will auch gesagt sein, mit großer Geduld seinem mühsamen Stottern zugehört).

Offensichtlich liebte das ganze Volk die große römische Dame Octavia und mußte deshalb auch den Menschen lieben, der ihre Tage mit Freude erfüllte.

Tiberius wurde sehr viel weniger bewundert, denn man hielt ihn für einen verschlossenen Jungen, der keine Fröhlichkeit ausstrahlte und in der Politik keinerlei Zukunft hatte. Und obwohl er überaus stolz darauf war, seinem siegreichen Stiefvater voranzureiten, wäre er zweifellos viel lieber zu Hause im Kreis seiner auserwählten Freunde geblieben.

Endlich näherte sich der vergoldete Wagen des Siegers. Da verneigte sich ganz Rom vor Cäsar Octavianus, wie es die Dichter schon vor einiger Zeit getan hatten.

In dem Moment bemerkte Phaidros eine Kleinigkeit, die dem Rest des Publikums entging. Dieser lorbeerbekränzte Krieger war nicht mehr der gleiche Octavianus, den er von seinen häufigen Besuchen im Haus seiner Schwester in Erinnerung hatte. Seine Haltung war noch immer stolz, seine Gebärden elegant und nach wie vor außerordentlich beherrscht, wenn er die Menge grüßte oder deren Grüßen dankte. Dennoch, etwas war mit seinem Gesicht passiert.

Es hatte an Starrheit verloren, an Kälte vielleicht. Seine verkniffenen Züge waren weicher geworden, seine Mundwinkel schienen entspannter zu sein und ihm beinahe ein leutseliges Lächeln zu gestatten. Und in seinen Augen schmolz das Eis dahin.

Wie er da von seinem Wagen herab auf die Menschenmenge blickte, glich er einem Vater, der das Treiben seiner Kinder mit wohlwollender Nachsicht betrachtet.

Da rief einer aus dem Volk:

»Salve, Pater Patriae!«

Und diesen Ruf würde Phaidros nun künftig oft hören.

SO VERLIEFEN DIE Paraden der ersten beiden Tage, doch die waren nicht das Ende der Feierlichkeiten, denn die Nacht wurde zum Tag gemacht, wie es die offizielle Propaganda angekündigt hatte, und Rom erlebte eine ununterbrochene Abfolge von Vergnügungen. Es gab Festbankette und aufsehenerregende Darbietungen im Überfluß: Seeschlachten in einem riesigen Wasserbecken, das extra für dieses Ereignis gebaut worden war, unzählige Theateraufführungen, öffentliche Tanzveranstaltungen an jeder Ecke, muntere Gruppen von Mimen in den Hauptstraßen, Kostümwettbewerbe und Pferderennen. Im Zirkus wurden festliche Kämpfe ausgetragen. Man applaudierte den Teilnehmern der unterschiedlichsten Rassen, so daß das Volk ganz verwirrt wurde und einen Germanen nicht mehr von einem Sweben, einen Daker von einem Thraker oder einen Gallier von einem Hispanier unterscheiden konnte. Die Spiele wurden gekrönt von einer überraschenden Vielfalt wilder Tiere, die man speziell dafür aus Afrika herbeigeschafft hatte. Ein Nashorn und ein Nilpferd waren darunter. Und weil diese beiden Tierarten zum ersten Mal in Rom zu sehen waren, erweckten sie großes Interesse und gaben Anlaß zu allerhand Kommentaren. Die Leute stellten fest, daß das Nashorn fast wie ein Elefant aussieht, nur daß es mitten auf der Stirn ein Horn hat und deshalb seinen bildhaften Namen zu Recht trägt.

So kam dann der dritte Tag.

Der wurde am ungeduldigsten erwartet, weil er dem Sieg über Ägypten gewidmet war und das Gerücht umging, daß die ausgestellte Kriegsbeute alles übertraf, was Rom je einem unterworfenen Land abgenommen hatte. Sie bestand aus den gewaltigen Schätzen der Ptolemäer, die diese wiederum über Generationen angehäuft hatten, indem sie die Tempel der alten Götter plünderten sowie die Gräber der Könige, die das Land am Nil seit der Zeit der Entstehung der Pyramiden, das heißt seit ewigen Zeiten, regiert hatten.

Die Beute war in der Tat gewaltig. Der Raub schändlich. Ein Jahrhundert der Geschichte nach dem anderen, ein Tag der Schönheit nach dem anderen wurde nach Rom gebracht. Tausende von Gegenständen von unschätzbarem Wert sollten eingeschmolzen werden, um das Gold für die Bezahlung der Soldaten zu gewinnen, die jene Schätze geraubt hatten.

Doch das Geschrei der Römer hatte ein noch übleres Ziel gefunden. Die Verwünschungen, Beleidigungen und Verfluchungen aller Arten richteten sich gegen eine weibliche Gestalt, die hoch auf einem riesigen Wagen schwankte. Es war Kleopatra Septima!

Die Königin beider Länder, die wiedergeborene Isis, Herrin von

Alexandria, wurde durch die Via Sacra geführt, wie Octavianus es versprochen hatte.

Natürlich merkten die Römer sofort, daß es sich um eine grobe, ja abstoßende Nachbildung handelte, eine Figur aus Gips, um die sich eine künstliche Schlange wand.

Dem schändlichen Abbild folgten die beiden einzigen Kinder des göttlichen Geschlechts vom Nil, die noch am Leben waren. Ein Junge und ein Mädchen von neun Jahren, die von ihrer eigenen Dienerschaft – die sie hatten behalten dürfen – standesgemäß elegant gekleidet worden waren. Zwar trugen sie die Insignien ihrer Königswürde, die typischen Merkmale der nilotischen Kultur jedoch fehlten. Sie waren vielmehr nach griechischer Art gewandet, und auch ihr Haar war entsprechend frisiert, so daß Kleopatra Selene einer jungen Athene glich und Alexander Helios einem reizenden kleinen Amor.

Phaidros, der Gärtner, wurde plötzlich von tiefem Mitgefühl erfaßt. Denn er kannte die Schrecken der Versklavung, verstand den Schmerz des Exils und erinnerte sich ganz deutlich an seine eigene, mit brutaler Gewalt beendete Kindheit.

Die verängstigte Kleopatra Selene ging, von Soldaten flankiert, vor dem Wagen des Siegers einher. Sie stolperte immer wieder, verwirrt von den Zurufen des Pöbels, beschämt von dem bestialischen Geheul, den Beleidigungen ihrer Mutter, den Verwünschungen gegen den Verräter Marcus Antonius und den derben Witzen über die göttliche Abstammung der Ptolemäer.

Plötzlich blieb das Mädchen stehen, schwankte, legte sich die Hand auf die Brust und stieß einen Schreckensschrei aus. Alle konnten sehen, wie die Kräfte sie verließen und sie sich auf den Arm einer ihrer ägyptischen Kammerjungfern stützen mußte. Sie erblaßte langsam bis ihr Gesicht die Farbe von Wachs angenommen hatte. Und während sich die Soldaten um sie bemühten, brach ihr Bruder in Tränen aus.

Dieser Zwischenfall brachte den Zug zum Stehen. Was den Römern, gefühllos, wie sie waren, Gelegenheit gab, über Octavianus und die beiden Jünglinge vor ihm Blumen regnen zu lassen.

Auf der Tribüne aber richtete sich die edle Octavia jäh auf, heftig bewegt von einer Mischung aus Abscheu und Empörung.

Sie wandte sich um und begegnete dem Blick des Prinzen Juba, in dem das gleiche, wenn nicht noch größeres Entsetzen lag wie in ihrem. Denn vor zehn Jahren war er als Gefangener nach Rom gebracht worden, in einem ähnlichen Triumphzug, an gleicher Stelle wie jetzt der Prinz und die Prinzessin von Ägypten.

»Dieses Schauspiel ist unerträglich«, rief Octavia aus. »Ich gehe.«

Doch Livia packte sie fest am Handgelenk und hielt sie zurück.

»Du mußt es ertragen«, zischte sie. »Du wirst noch lang genug Gelegenheit haben, deine Güte walten zu lassen, wenn du diese Kinder einmal in deinem Hause hast.«

Octavia bemerkte den Hochmut in ihrem Blick, den Hochmut der Überlegenen und die Entschlossenheit der Amtsgewalt. So setzte sie sich denn, um einen Skandal zu vermeiden, wieder auf den Platz. Doch ihre Miene blieb ängstlich besorgt, solange die ägyptischen Königskinder vor der Tribüne verweilten und dem geifernden Pöbel ausgesetzt waren, bis sich der Zug wieder in Bewegung setzte.

Was Phaidros betraf, so widmete er sich der Betrachtung des Schicksals der armen Gefangenen, die Teil dieses erstaunlichen Schatzes waren, eines Schatzes, wie er ihn sich nie hätte träumen lassen.

Er wußte, daß das versklavte Mädchen einst eine Königin gewesen war. In Alexandria, wie man sich erzählte. Ja, in Alexandria, während dieser flüchtigen Epoche, die eigentlich für die Ewigkeit gedacht war. Im Frühling der Macht. In den unsicheren Anfängen des Ruhms.

Marcus Antonius und Kleopatra hatten vor dem Einfall der Truppen Octavianus' das orientalische Reich unter ihren Kindern aufgeteilt. Dabei fiel Cyrenaika an Kleopatra Selene.

Was war von all der Pracht geblieben? Kleopatra Septima war zu einer grotesken Witzfigur verkommen, Marcus Antonius zur Erinnerung an einen Einfaltspinsel, der seine Landsleute zu obszönen Witzen inspirierte. Und schließlich zwei königliche, zur Beute verdammte Kinder. Dazu, wie eine Botschaft des ewigen Ägyptens, ein gewaltiger Schatz, der nun nichts weiter darstellte als den tosenden Zusammenbruch dieses Reichs.

Phaidros, der schlichte Gärtner, der elendste unter den Elenden Roms, riß angesichts dieser Pracht und Fülle die Augen überweit auf und glaubte für einen Moment, die Zeit stehe still.

Vor seinen erstaunten Augen entfaltete sich die jahrtausendealte Geschichte des Landes am Nil, begleitet von einer Melodie, die ihn verzauberte. Sie klang so fern und zugleich nah! Schon seit einiger Zeit hatte er sie instinktiv in seinem Innern vernommen. Als hätte Adonis' Laute ihre Harmonien in den Tiefen seiner ungebildeten

Seele hinterlassen, als rührten seltsame Botschafter ihre Saiten und entlockten ihr Akkorde, die er nicht entschlüsseln konnte. Sie versetzten ihn in süße Träumereien und entfernten ihn zugleich von den ohrenbetäubenden Trompetenklängen und dem Geheul der triumphierenden Menge.

Da murmelte er mit seiner armen Stimme, seiner unharmonischen, gebrochenen Stimme, wieder und wieder:

»Was ist das nur? Was bedeuten all diese schönen Dinge?«

Doch von den Dienern Octavias konnte ihm keiner die Frage beantworten, geschweige denn sein Entzücken teilen.

Skulpturen aus schwarzem Basalt, gewaltige Bildwerke aus rötlichem Granit, überaus fein gearbeitetes Schnitzwerk, Mobiliar von einer Eleganz, wie es Rom noch nie gesehen hatte, überquellende Schatztruhen, Sarkophage mit lebendigen, festlich bunten Farben bemalt ...

Die Menge war geblendet vom Funkeln der Edelsteine, bewunderte mit offenem Mund den Glanz, den die Sonne dem Gold und dem Silber entlockte, doch das war nur ein Bestaunen, eine Verehrung des materiellen Reichtums, der Geist, den zu vermitteln seit Jahrhunderten seine Aufgabe war, blieb allen gänzlich verschlossen.

Denn der Geist äußerte sich in seltsamen Zeichen, die niemand zu lesen verstand.

Diese Zeichen gruben sich unauslöschlich in die Seele eines armen Gärtners ein, in die Seele eines ganz und gar ungebildeten Menschen. Was der versammelten Menschenmasse völlig entging, nahm er wahr. Jenseits des Goldglanzes, jenseits des silbernen Geklingels spürte er die Ausstrahlung dieser überaus phantasievollen Bilder: riesige Katzen, gewaltige Skarabäen, Ochsen und Kühe, die zwischen ihren Hörnern die unerreichbare Scheibe der Mondgöttin trugen ...

Inmitten dieses geheimnisvollen Bestiariums tauchten auch kostbare kleine Statuen auf, Abbilder von Männern und Frauen, auf völlig unbekannte Art gekleidet und den jahrtausendealten Gräbern entrissen, um heute durch die Straßen einer Stadt getragen zu werden, die zu ihren Lebzeiten noch nicht einmal existierte, noch nicht einmal in irgendwelchen Träumen vorkam.

Gesichter, Namen, Haltungen, deren Bedeutung Phaidros nicht kannte, die jedoch unvermittelt anfingen zu sprechen und ihm unendlich viele erstaunliche Geschichten erzählten. Die gewaltige Beute wurde von einer Skulptur aus rötlichem Granit überragt, die älter war als die bekannte Zeitrechnung: Sie stellte den Nil in Gestalt eines freundlichen Hermaphroditen dar, eines Schutzgeistes, der seine Reize Göttern darbot, die längst aus der Welt verschwunden waren.

Wohl sollten noch Jahre vergehen, bis Phaidros diese Bedeutung verstand, doch hier inmitten der abscheulichen Menschenmenge, die sich am Unglück eines anderen Volkes ergötzte, hier wurde ihm klar, daß diese Skulptur seinen Weg bestimmte – diese Skulptur, die den Nil verkörperte, den Fluß der hier schändlich vorgeführten Kinder.

Da wurde er Zeuge, wie Kleopatras Sprößlinge weggeführt wurden, nicht um zum Kapitol gebracht zu werden, wie andere Anführer, sondern um im Hause der Octavia ein neues Leben zu beginnen.

Diese Kinder, dachte er, sind verpflanzte Blumen, die fern ihrer Heimat nicht gedeihen, genau wie ich. Mochte die römische Sonne sie am Leben erhalten, der nährende Nilschlamm würde ihnen immer fehlen.

Dann mußte er mit ansehen, wie die Schätze Ägyptens ihrer endgültigen Zerstörung zugeführt wurden. Er sah den jahrtausendealten Königsstatuen nach, den feinen Möbeln, den herrlichen Schnitzwerken, sah, wie sich der Nil in der Ferne verlor, fortgerissen von der Menschenmenge, entschwunden wie Prinz und Prinzessin und mit ihnen der wunderbare Traum von Alexandria.

Ein Traum, den andere vor ihm geträumt hatten. Den er nun selbst träumen und dereinst verstehen sollte.

PHAIDROS ERFUHR VON Adonis, wie sich die Ankunft der Tochter Kleopatras im Hause von Octavia gestaltet hatte. Adonis sagte, der Abend sei sehr unterhaltsam gewesen und wäre schließlich wesentlich angenehmer verlaufen, als es die Situation anfänglich hatte vermuten lassen. Denn um eine so schwierige Begegnung nicht ganz allein bewältigen zu müssen, aber auch den beiden Königskindern einen ihrem Rang entsprechenden Empfang zu bereiten, hatte die umsichtige Octavia beschlossen, einige ihr nahestehende und einige ihr verpflichtete Personen einzuladen.

Adonis richtete zusammen mit den Sklaven ein paar Tische am sommerlichen Eßplatz in Gartennähe her. Obwohl eine solche Hilfe nicht zu seinen Aufgaben zählte, hatte er den Auftrag akzeptiert, ohne sich gedemütigt zu fühlen. Denn seine Neugier war in diesem Fall stärker als sein Stolz. Er wollte an dieser Begegnung unbedingt teilnehmen, um mit eigenen Augen den Aufmarsch der bedeutenden Personen zu sehen, die er dann zu einem Teil seines Repertoires an Indiskretionen machen würde, mit dem er später seinen Freundeskreis bis in die Morgenstunden bestens unterhalten, wenn nicht gar beeindrucken würde. Denn seine Freunde zogen aus den Erzählungen über die Ereignisse im Hause der Octavia den Schluß, daß er dort eine große Vertrauensstellung genoß, und das erhöhte seine Person in den Augen gewöhnlicherer Festgenossen ungemein.

Er hatte jedenfalls alles darangesetzt, an diesem Tag so prächtig wie möglich aufzutreten, um sich von den Sklaven und der anderen Dienerschaft deutlich abzuheben. Ja, er schien reicher und wohlhabender zu sein als Octavia selbst, so behängt war er mit Zierat, der strahlte wie echter Schmuck, obwohl es sich nur um billigen Tand handelte. Von seiner Aufmachung überzeugt, legte er einen geradezu lächerlichen Hochmut an den Tag, während er half, die Platten mit getrockneten Früchten nach draußen zu schaffen, die Schüsseln mit Fisch, der mit Öl aus Venafrum beträufelt war, die Teller mit verschiedenen Innereien, die noch dampfenden Gänselebern, die geeisten Trüffel und aus Korsika angelieferten Meeresfrüchte.

Seine Aufmerksamkeit galt allerdings nicht diesen häuslichen Verrichtungen, sondern dem Gespräch zwischen Octavia und dem jungen Marcellus. Zwar standen die beiden etwas abseits bei den Zypressen, wo sie nicht zu belauschen waren, er konnte aber aus den heiteren Mienen lesen, daß es sich um eine erfreuliche Begegnung handelte.

Octavia beglückwünschte wohl ihren Sohn zu seinem Auftritt bei der großen Parade. Adonis, der sich während des Triumphzugs nur entsetzlich gelangweilt hatte, war nun ganz Auge für die äußere Erscheinung des Jünglings.

Er kam, wie die Gattin des Maecenas bereits vor ihm, zu dem Schluß, daß Marcellus übers Jahr in den Herzen der Römer große Verwüstungen anrichten würde, wenn nicht gar in ihrer Libido. Das stand in den makellosen, von perfekter Harmonie geprägten Zügen seines Gesichts bereits geschrieben. Seine tiefblauen Augen unter den blonden Brauen schienen immerzu von einem Lächeln bewegt, was den Aberglauben, der diese Augenfarbe gern mit Grausamkeit in Verbindung bringt, eindeutig widerlegte.

Was seinen Körper anging, so konnte es keinen perfekteren geben. Beine und Arme waren noch zart, ließen aber bereits den Ansatz schöner Muskulatur erkennen, wohltrainiert durch die täglichen Übungen in den neuen Palästren des Marsfelds. Ein weiteres Detail war der Aufmerksamkeit des schlauen Adonis nicht entgangen: Marcellus hatte sich nach der Parade umgezogen. Zwar trug er noch immer die kurze, seinem Alter angemessene Tunika, doch diesmal war es eine hellblaue, die den sommerlich goldbraunen Farbton seiner Haut hervorhob, aber auch bestens zu seinen Augen paßte.

Deshalb bemerkte Adonis zu Cinarus, dem Küchenmeister:

»Er ist nicht dumm, der junge Herr. Er weiß, wie man gefällt.«

Octavia, die es zweifellos freute, daß ihr Sohn als Ausbund an Schönheit bewundert wurde, war jedoch mehr an seiner Meinung über das unmittelbar bevorstehende Zusammenleben mit den Kindern Kleopatras interessiert.

»Allein der Gedanke an die Begegnung mit ihnen berührt mich eigenartig«, bekannte er mit der für ihn von Kindheit an typischen Ehrlichkeit. Wobei er gleich hinzusetzte: »Ich versuchte, während des Triumphzuges keinerlei Überheblichkeit aufkommen zu lassen, wie Lucinus mir geraten hatte und es sicherlich auch deiner Empfehlung entsprochen hätte. Angesichts dieser Jubelrufe und des Blumenregens, der über meinen Kopf herniederging, und weil die Leute mich mehr bewunderten als Tiberius, der schließlich ein Stiefsohn von Cäsar Octavianus ist, lag Überheblichkeit recht nahe.«

»Nicht überheblich sagst du? Und wie sollen wir dieses Gefühl nennen, das dir die Gewißheit gibt, der Mittelpunkt der Welt zu sein?«

»O Mutter, mach dich nicht lustig über mich, und laß mich ausreden. Ich bin schließlich nicht dumm, sondern mir meiner Wirkung auf die Mitmenschen sehr wohl bewußt. Ich weiß, daß ich allen sympathisch bin und, was ein noch größerer Glücksfall ist, von vielen geliebt werde. Doch habe ich während der Parade von der privilegierten Position aus, die mir dein Bruder zugewiesen hatte, den Prinz und die Prinzessin von Ägypten beobachtet, die vor mir hergingen. Hätte mein Pferd gescheut, wären sie unter seine Hufe gekommen, so nah war ich ihnen. Da kam mir der Gedanke, daß das Glück so flüchtig ist wie das Unglück und beides zur Last werden kann. Denn wären diese Kriege anders ausgegangen, wäre ich es, der in Ketten vor dem Wagen des Siegers herginge, während Alexander Helios mich von einem

Pferd herunter bewachte, von einem Pferd, noch schöner als das meine.«

»Wie oft habe ich Glück zerrinnen sehen und Unglück sich wenden. Und beides manchmal sehr überraschend. Die Folgen von Kriegen sind unvorhersehbar. Sie verursachen nicht nur tausendfaches, sinnloses Sterben. Sie bringen es fertig, die Erinnerung an die Toten zu entstellen und das Schicksal der Lebenden so zu verändern, daß nichts mehr ist wie zuvor ... Obwohl es absurderweise auch ganz anders kommen kann.«

Sie dachte an die Schmähungen, mit denen die Dichter des Maecenas in ihren Werken die Erinnerung an Kleopatra befleckten. Da erschien es ihr angemessen, ihren Sohn auf ein Ereignis hinzuweisen, das jetzt, nach dem Ende der Parade, alle Gespräche beherrschte. Ein weiterer Akt der Demütigung sollte zu einem gesellschaftlichen Ereignis gemacht werden. Es war geplant, Kleopatras Garderobe einer öffentlichen Versteigerung zuzuführen, und die angesehensten Damen Roms rüsteten sich bereits für den bevorstehenden Preiskampf.

Welche dieser Damen träumte nicht davon, ihre Besucherinnen und Besucher als Königin gekleidet zu empfangen?

Allein der Gedanke daran rief bei Octavia ein verächtliches Lächeln über ihre Mitbürgerinnen hervor. Gleichzeitig streichelte sie die Hand ihres Sohnes und flüsterte:

»Ich flehe dich an, Cajus Marcellus, liebe diese Kinder. Sie könnten schließlich deine Geschwister sein.«

Er begegnete ihrer Bitte mit einem strahlenden, offenherzigen Lächeln, das nicht nur Gehorsam, nein, völliges Einverständnis signalisierte.

Octavia sah ihn an und stellte fest, daß das Leben es gut mit ihm meinte und ihn mit allen Gaben reich gesegnet hatte: mit einem gefälligen Äußeren, einem sympathischen Wesen, diesem undefinierbaren inneren Leuchten, das ihn aus allen gehobenen Persönlichkeiten hervorhob und eigenartigerweise unscheinbar machte, wenn er sich unter Unscheinbaren befand.

Er war der künftige Goldene Jüngling des neuen Rom.

Doch für weitere Gefühlsäußerungen, wie sehr Octavia sie auch wünschte, blieb nun keine Zeit mehr. Die Sklaven verkündeten das Eintreffen einiger Besucher.

Sie unterhielten sich lautstark über die Versteigerung am nächsten

Tag. Die Stimme, die alle anderen überschrie, ließ das ganze Haus wissen, daß auch Terentia mitgekommen war.

»Das luxuriöseste Kleid ist für mich! Und das verführerischste. Kleopatra hat ihre Brüste angeblich über dem Ausschnitt gezeigt. Ich will auch die meinen so präsentieren, falls ich einem zweiten Marcus Antonius begegne!«

Als dieser Name fiel, beobachtete der junge Marcellus besorgt das Gesicht seiner Mutter. Doch es schien von schmerzlichen Erinnerungen unberührt zu sein. Ihre Miene glich einer ernsten Maske, die sich für eine weitere Vorstellung bereithielt.

Endlich kam Terentia herein. Ihre Aufmachung ließ keine Übertreibung aus. Sie war sichtlich darauf aus, Kleopatras Kühnheit in den Schatten zu stellen. Denn als deutlichen Hinweis für ihre Absichten und im Vorgriff auf ein Kleid, das sie demnächst ersteigern würde, bewegte sie ihren Busen so aufreizend wie eine Fruchtbarkeitsgöttin.

Sie kam in Begleitung von Porcia Honoria und umgeben vom sattsam bekannten Hofstaat ihrer Parasiten, angeführt vom bereits leicht betrunkenen, unsicher schwankenden Crispus Mellius, dessen Narbe sich im Licht der Abenddämmerung überdeutlich abzeichnete. Er gebärdete sich wie der Feldherr einer Armee im Dienste der Damen.

Porcia Honoria hielt sich diskret im Hintergrund und trat nur hervor, als Octavia auf sie zuging und zärtlich umarmte. Womit sie demonstrierte, daß sie sich hier keinen Zwang antun mußte und ganz wie zu Hause fühlen konnte. Terentias Bande jedoch hätte etwas Zurückhaltung gut angestanden. Hemmungslos bedienten sich diese Parasiten von sämtlichen Getränken und Speisen in ihrer Reichweite und schäkerten mit den hübschesten Sklaven.

»Im Grunde ist das Leben eine Posse«, verkündete Terentia. »Morgen gehen wir zur Versteigerung der Kleider der Ägypterin, und heute begrüßen wir ihren Wurf. Müssen wir ihre Namen aussprechen, oder genügt es, sie Hurenkinder zu nennen?«

Da trat zu aller Überraschung Marcellus auf die lärmende Dame zu, sah ihr direkt in die Augen und wies sie in ihre Schranken:

»Diese Kinder waren Könige, vergiß das nicht. Bedenke ferner, daß sie in diesem Hause leben werden.«

Da dachte Octavia stolz: »Hätte ich den Charakter, den man Livia zuschreibt, würde ich nun anfangen, zu deinen Gunsten zu intrigieren. Doch ich weiß, daß das nicht nötig ist. Denn du besitzt große

Tugenden. Sie allein sollen dir die höchsten Ehren einbringen, sonst nichts.«

Doch Terentia, weit davon entfernt, sich zu zügeln, hörte nicht auf, ironisch zu sticheln:

»Sprechen sie Latein oder bellen sie auf ägyptisch, diese Welpen?«

Was die Anspielungen auf Marcus Antonius nicht vermocht hatten, erreichte nun diese Beleidigung seiner Kinder. Octavia reagierte sichtlich verärgert und setzte zu einer strengen Zurechtweisung an.

Doch da traf Prinz Juba ein, und das entspannte die Situation etwas. Alle Blicke waren nun auf seine Erscheinung gerichtet, seine edle Haltung und den unglaublichen Luxus, der ihn umgab. Denn er schleppte neben seinem Gefolge von jungen Berbern auch einen purpurfarbenen Umhang hinter sich her, einen Umhang, wie kein römischer Befehlshaber ihn je getragen hatte, noch die Liktoren, die bei den Triumphzügen die siegreichen Feldherren begleiteten.

Es war die unvergleichliche Farbe echten Purpurs, die so nur mauretanischen Färbern gelang. Dennoch war es nicht seine glänzende Erscheinung, die Octavias Aufmerksamkeit erregte, als sie sich Cajus Julius Juba zur Begrüßung näherte. Was sie einmal mehr fesselte, war die Reife dieses jungen Mannes, die aus seinen Augen sprach, und sein offenes, freimütiges Verhalten.

Terentia hingegen hatte beschlossen, den Numider mit so großer Dreistigkeit zu behandeln, daß selbst die frechsten jungen Männer in ihrem Gefolge sie um das Fehlen jeglicher Zurückhaltung beneideten.

Endlich traf auch Livia ein, von zahlreichen Bediensteten begleitet und emsig umsorgt von einer Schar von Verwandten, die ihr überallhin folgte, obwohl sie diese Leute gewöhnlich mit solcher Gleichgültigkeit behandelte, daß niemand unterscheiden konnte, wer zur Verwandtschaft und wer zur Dienerschaft gehörte.

»Octavia, Schwester, sag einem dieser Sklaven, er möge mir ein Getränk anbieten, denn ich bin sehr erhitzt. Allzu zahlreich sind diese städtischen Tage des Triumphs zu einer Jahreszeit, die eigentlich dem Landleben gehören sollte.« Da erblickte sie die Tische und rief überrascht: »Du hast eine Stärkung vorbereitet! Du bist ja so tüchtig, Kindchen, du bist ja so tüchtig.«

Dann tauschte sie mit den anwesenden Damen frostige Küsse aus. Sogleich fingen ihre Verwandten an, sich um das Privileg, sie bedienen zu dürfen, zu streiten. So flatterten ihre Hände von einer Seite zur anderen, wie die Flügel einer rundlichen, strahlenden Taubenmutter, die ständig pickt und dabei ununterbrochen schwatzt.

»Diese beiden Prinzen haben auf mich einen ausgezeichneten Eindruck gemacht. Das Mädchen fand ich sehr schicklich, sehr gut angezogen. Was mich nicht wundert. Galten die Alexandrinerinnen doch schon immer als die bestangezogenen Frauen. Ein wenig mürrisch, von weitem gesehen. Klar, die Situation bot nicht eben Anlaß zu Schalmeienspiel, doch da sie nun mal in Rom bleiben muß, hätte es sie nichts gekostet, sich ein wenig freundlicher zu zeigen. Der Junge ist wunderbar. So blond. Das hat überrascht. Plinia Varesa, die ein wenig boshaft ist – ihr kennt sie und wißt, daß ich nicht übertreibe –, sagte, für einen Sohn von Marcus Antonius sei er allzu blond. Und natürlich für einen Sohn *dieser* Königin.«

»Kleopatra war ganz hellhäutig«, entgegnete Octavia.

»Stimmt. Eigenartig, sehr eigenartig. Wir hatten mal eine ägyptische Gauklerin bei uns, die war zwar nicht ganz schwarz, aber sehr sehr dunkel. Klar, diese Völker vermischen sich gern. Stimmt's, Octavia?«

Doch Octavias Blick war in die Ferne gerichtet, wo in einer Ecke Adonis und Crispus Mellius einander offensichtlich näherkamen. Obwohl es sie nicht überraschte, daß zwei Wesen, die sich so ähnlich sind, zueinanderfinden, hätte sie doch gerne gewußt, wie weit die Sache inzwischen gediehen war.

Jeder Kenner römischer Nächte hätte gesehen, daß Crispus Mellius den Freigelassenen nicht mit der Zärtlichkeit eines Liebhabers behandelte, vielmehr mit der Komplizenschaft eines Saufkumpanen.

»Wo treibst du dich herum? Man hat deinen Hintern drei Nächte lang nicht gesehen.«

»Man hat ihn anderswo gesehen.«

»Sieh zu, daß man ihn nicht soviel sieht, sonst reißt die Miliz ihn dir auf.«

»Mit der Miliz komme ich schon zurecht«, entgegnete Adonis und lachte laut auf. »Ein Hintern wie der meine bringt mehr Mauern zum Einsturz als deren Legionen.«

Octavia konnte das Gespräch zwar nicht hören, doch das verschwörerische Gelächter zeigte ihr deutlich, daß Adonis' Freundeskreis sehr viel größer war, als sie vermutet hatte. Was erklären würde, warum ein armer Freigelassener wie er es sich erlauben konnte, besser gekleidet aufzutreten als etwa die ehrbare Gattin eines kleinen Hausbesitzers.

Je mehr Gäste eintrafen, desto ausschließlicher kreiste das Gespräch um die Kleider Kleopatras. Wieder einmal zeigte sich Terentia entschlossen, alle römischen Damen gegen sich aufzubringen und die kostbarsten und vor allem die verführerischsten Gewänder selbst zu erwerben.

»Sie eignen sich für besonders lustvolle Gelegenheiten und für die Aufführung obszöner Tänze.«

»Der ionische Tanz!« schrien sogleich ihre Parasiten, »der ionische Tanz!«

Jeder wußte, daß dieser als obszön geltende Tanz eine Spezialität Terentias war, wenn ein Übermaß an Falerner ihre Jagdgelüste anheizte. Ebensowenig war es ein Geheimnis, daß ihr Gatte sie zum dritten Mal verstoßen hatte, nachdem sie ihn während der berühmtberüchtigten Saturnalien halbnackt auf der großen Treppenanlage des Vestatempels getanzt hatte. Da sie sich zudem noch als syrische Hure verkleidet hatte, wurde ihr Verhalten als Beleidigung der heiligen Frauen betrachtet, die in diesem Tempel in Klausur lebten.

Weil aber andere behaupteten, daß Terentia nicht Dreistigkeit an den Tag gelegt, sondern die Phantasie bewiesen habe, die bei diesen turbulenten Festlichkeiten so notwendig war, nahm sie Maecenas fünf Tage später wieder bei sich auf, unter der einzigen Bedingung, nicht noch einmal als syrische Hure verkleidet in der Öffentlichkeit zu erscheinen.

Sie hielt Wort. Von nun an zeigte sie sich als libysche Hure.

An diesem Abend im Hause Octavias ermunterten sie ihre Parasiten, die diese denkwürdigen Tänze verpaßt hatten, mit Zurufen, sie zum Ergötzen aller Anwesenden zu wiederholen. Sie versuchte tatsächlich ein paar Schritte, konnte sich jedoch nicht wirklich dazu entschließen, weil Livias Anwesenheit sie einschüchterte. Deshalb entschied sie sich für ein sittsameres Verhalten und meinte:

»Im privaten Kreis, ihr Süßen, im privaten Kreis.«

Dabei bedeutete sie Juba mit ihrem Blick, daß er der erste Zuschauer ihrer vielversprechenden Darbietung sein werde. Was allen Anwesenden bewies, daß Terentia noch immer unter dem Einfluß afrikanischer Zaubertränke stand und das auch keineswegs zu verbergen suchte, denn weit davon entfernt, Kritik zu fürchten, genoß sie geradezu das Aufsehen, das sie erregte.

Porcia Honoria ging nicht aus ihrer Reserve heraus, was einige als Ausdruck tiefverwurzelter Abneigung interpretierten. Andere meinten, sie sei eben eine Sphinx. Octavia aber, die tags zuvor ihren vertraulichen Mitteilungen gelauscht hatte, zog es vor zu glauben, daß ihre Freundin die Abwesenheit von Lucinus bedauerte, der sich im Landhaus befand, um den Kindern von Marcus Antonius die Demütigungen dieses Tages zu ersparen.

Schließlich wurde die Ankunft der ägyptischen Königskinder verkündet. Soldaten begleiteten sie. Schon eilte Octavia ihnen entgegen, ohne den Gruß der Offiziere abzuwarten.

Sie gestattete sich kein Höflichkeitslächeln, es hätte banal oder billig wirken können. Sie zwang sich nicht zu übertriebenen Gebärden. Sie verhielt sich so, als befände sie sich am Hof von Alexandria, und so, als gewährten die Neuankömmlinge ihr die Ehre einer Audienz.

Für einen Augenblick nahmen diese Kinder, die sich bebend den Vertretern der höchsten Gesellschaft Roms näherten, wieder den goldenen Thron ein, der ihnen zustand. Octavia wollte es so. Weil sie von jahrtausendealten Göttern abstammten, weil sie einem Geschlecht edelster Herrscher angehörten, und vor allen Dingen, weil sie Kinder des allerschrecklichsten Unglücks waren.

Sie näherten sich, bewacht von Soldaten und den beiden Sklavinnen. Jedes Kind trug in seinen zitternden Händen einen Gegenstand, der aus dem Schatz ihrer Vorfahren stammte. Kleopatra Selene brachte ein Geschenk für Octavia. Alexander Helios eines für Livia.

Als die Kinder mitten im Garten innehielten und gänzlich schutzlos und ausgeliefert dastanden, wurde es vollkommen still. Selbst die Leichtfertigsten wagten keinerlei Kommentar.

Alle sahen, wie die edle Octavia, Cäsar Octavianus' Schwester, vor diesen besiegten Prinzen niederkniete.

Ihre Augen begegneten denen von Kleopatra Selene. Reine Verblüffung lag in diesem Blick. Kein Wunder, war diesem Mädchen doch seit dem Fall von Alexandria nichts Gutes mehr begegnet, weshalb es vergessen hatte, daß es das überhaupt noch gab. Verzweifelt wollte Octavia ihr beweisen, daß das Gute noch existierte, daß das Leben auch für sie weiterging.

Das Mädchen überreichte ihr mit zitternder Hand das Geschenk: einen goldenen Spiegel, verziert mit eingelegten Achaten und Lapislazuli, in dessen Griff Goldschmiede vor tausend Jahren das wunderschöne Antlitz einer Dame mit den Ohren und Hörnern einer Kuh eingearbeitet hatten. Unter sämtlichen Anwesenden wußten nur Octavia und Porcia Honoria, daß dieses seltsame Bild eine Darstellung der Göttin der Liebe war. So hatten sie sich die Träumer vom Nil seit Urzeiten vorgestellt.

Bis zu diesem Moment hatte sich Octavia strikt an die Etikette einer Monarchie gehalten. Doch als ihre Hände diese einmalige Kostbarkeit berührten und ihr Blick sich in die ängstlich geweiteten Augen des Mädchens versenkte, reagierte sie so, wie es der Plebs von einer seiner liebsten Heldinnen erwartet: tiefbewegt und angerührt vom Hauch der Geschichte.

Die Erinnerung an all das Leid, das Antonius und Kleopatra ihr zugefügt hatten, stieg in ihr auf. Der Gedanke konnte sich jedoch frei von jeder Frage nach Schuld in ihr ausbreiten, denn inzwischen hatte die Zeit Wunder gewirkt, so daß sie sich nicht mehr nach dem geliebten Mann sehnte, sondern an die Frau dachte, die einst ihren Haß auf sich gezogen hatte. War die Liebe Antonius' inzwischen doch zu einem Verhängnis geworden, das eine Kette von Schutzreaktionen ausgelöst hatte. Kleopatras Liebe aber präsentierte sich in neuem Licht. Sie zeigte sich in den unschuldigen Augen ihrer Tochter.

Sie war nun nicht mehr die wollüstige Königin, deren Körper Cäsar als Statue, gänzlich nackt, im Tempel der Venus hatte aufstellen lassen. Im Gegenteil: Sie trug nun die Züge einer anderen Gottheit und verkörperte sämtliche Tugenden. Sie kehrte nun als Isis zurück, als schmerzgequälte, leidgeprüfte Große Mutter.

So kam es, daß Octavia das völlig überraschte Mädchen umarmte. Doch Kleopatra Selene zuckte nicht einmal mit der Wimper.

Livia Drusilla, die Dame vom Palatin, verfolgte den Vorgang, dessen Bedeutung ihr gänzlich verschlossen blieb, erstaunt und bewegt. Weil sie jedoch wußte, daß ihre Schwägerin die Gabe besaß, im richtigen Augenblick das Richtige zu tun, beschloß sie, deren Vorbild zu folgen. Was ihr allerdings nicht recht gelang. Sie strich Alexander Helios über die blonden Locken, zu mehr hatte sie nicht den Mut. Der Knabe reagierte mit einer Grimasse, die entfernt einem Lächeln glich, und überreichte ihr dabei das Geschenk.

Es war ein Brustharnisch, reich verziert mit Darstellungen der wichtigsten Götter des ägyptischen Pantheons in ihren Tiergestalten.

Livia zeigte sich geradezu kindlich überrascht und äußerte ihr Wohlgefallen so deutlich, wie es unter Wahrung ihrer Würde möglich war. Alle wußten, daß sie die Gabe schätzte, weil sie so teuer aussah.

In einem Ton, der beinahe liebenswürdig zu nennen war, fragte sie den Prinzen:

»Wie heißt du, hübscher Knabe?«

»Alexander Helios«, antwortete das Kind.

»Alexander Helios«, wiederholte Livia nachdenklich. »Wie Alexander und wie die Sonne. Seltsam, wie Ägypten und Griechenland sich ähneln.«

»Wir sind Griechen«, erwiderte daraufhin das Mädchen mit echtem Stolz.

Livia reagierte mit einem Ausruf der Verwunderung, und die ganze Schar ihrer Verwandten tat es ihr nach.

»Liegt Alexandria nicht in Ägypten?«

»Wir sind in der Tat Ägypter«, erwiderte Alexander.

»Ich irre mich wohl im Land oder in den Kindern. Nun gut, egal was ihr in der Vergangenheit gewesen seid, von jetzt an seid ihr Römer. Die Edelsteine sind wirklich äußerst kostbar. Diese Figuren gefallen mir allerdings weniger. So viele Tiere, und wie seltsam sie sind! Hier sehe ich ein Hündchen. Ist es deines, Kind?«

»Das ist Anubis.«

»Ein ägyptischer Gott«, erläuterte Porcia Honoria.

»Also was nun, griechisch oder ägyptisch? Hier sehe ich einen Falken ...«

»Das ist Horus«, erklärte das Kind gelassen, »mein Vater.«

Stolz und Überzeugung lagen in seiner Stimme, als er von seiner göttlichen Abstammung sprach.

»Marcus Antonius wurde ja schon mit allerhand Bezeichnungen bedacht!« rief Terentia unter schallendem Gelächter. »Der Falke fehlte noch.«

Darauf Livia, nun schon sehr viel weniger begeistert:

»Ob nun ein Gott oder Marcus Antonius, was immer ihr wollt, daß es ein häßliches Tier ist, bleibt unbestritten. Häßlich wie die Eule der Athene. Seht ihr? Darin gleichen sich Ägypter und Griechen. Ich werde meinem Goldschmied den Auftrag erteilen, dieses ganze Bestiarium zu entfernen. Wenn es verschwunden ist, bleibt mir noch immer eine wunderbare Kamee. Die würde gut zu meiner maulbeerfarbenen Stola passen, meinst du nicht auch, Octavia?«

»Gold paßt zu allem«, murmelte Terentia beiläufig.

»Wenn ich du wäre, würde ich diesen Schmuck keinesfalls einschmelzen lassen«, warf Crispus Mellius ein. »Ägyptische Raritäten kommen jetzt in Mode. Wenn die Soldaten anfangen, die Beute ihrer Raubzüge zu verschleudern, wird keine Frau von Stand dem exotischen Flair solcher Schmuckstücke widerstehen.«

»Morgen findet die Versteigerung statt, dann wissen wir mehr«, entschied Livia. »Man sagt, Kleopatras Hausrat sei von unermeßlichem Wert, mein Mann hat aber verfügt, daß alles zu einem geringen Preis verkauft werden soll, um mit dem Erlös die Veteranen zu bezahlen, die in diesen schrecklichen Kriegen so sehr gelitten haben.«

Die wohlerzogenen Damen malten vor den Kindern Kleopatras das abstoßende Szenarium der Versteigerung der Kleider ihrer Mutter aus. Sie besprachen jedes einzelne Gewand, die feierlichen Anlässe, zu denen Kleopatra es getragen hatte, und erinnerten sich der prächtigen Zeremonien an jenem Hof, den alle mit Luxus und Verschwendung gleichsetzten. Alle Möglichkeiten wurden erwogen. Das mit goldenen Schuppen besetzte Prunkgewand der heiligen Isis könnte abgeändert werden und wäre dann ideal für die Feste des Adels. Die Tuniken aus kühlem Leinen würden im nächsten Sommer die Hitze leichter ertragen lassen. Und wieder einmal tönte Terentia frech:

»Ich weiß, daß ein Gewand völlig durchsichtig ist. Damit soll die ägyptische Hure die Männer aufgereizt haben. Du, Octavia solltest das Kleid behalten, das sie trug, als sie Marcus Antonius herumkriegte. Obgleich es, recht betrachtet, wohl schon ein wenig spät ist ...«

Octavia überging diese flegelhafte Anspielung. Ihre Augen, ihr Gefühl, ihre Angst waren auf die beiden Kinder gerichtet, die dieser Szene mit dem Ausdruck größten Entsetzens folgten.

Da brach Alexander Helios in so verzweifeltes Schluchzen aus, daß es der illyrischen Sklavin nicht gelang, ihn zu beruhigen. Sie murmelte seltsame Worte in einer unbekannten Sprache, einer Sprache, die in diesem Haus nach Exil klang und wie die trostlosen Weisen eines Chors von Klagefrauen.

Plötzlich zeigte sich in Kleopatra Selenes Augen eine Härte, die niemand bei einem Kind ihres Alters vermutet hätte. Zumal sie während der Parade so deutliche und besorgniserregende Zeichen geringer Belastbarkeit an den Tag gelegt hatte. Alles war überrascht, als sie zu ihrem Bruder rannte, ihn umarmte und heftig an sich drückte, wie es eine Mutter mit ihrem Kind tut. So, in dieser Haltung, die sie äußerlich und innerlich groß erscheinen ließ, blickte sie herausfordernd in die Runde. Und diesen Blick einer wild entschlossenen Furie hielt sie lange Zeit durch.

Auch Cajus Julius Juba, der bislang bei Porcia Honoria gestanden und aus seinem Abscheu keinen Hehl gemacht hatte, reagierte überraschend. Er ließ seinem Gefühl die Tat folgen, nahm seinen herrlichen Purpurumhang ab, trat auf die beiden Kinder zu und hüllte sie darin ein.

Daraufhin kniete er sich nieder, wie es die edle Octavia getan hatte.

Da erinnerte sich Octavia gerührt, daß auch er, bevor er sich Cajus Julius nannte, ein armes Kind gewesen war, das bei Julius Cäsars Siegeszug als Gefangener vor dessen Wagen marschieren mußte.

ALS OCTAVIA PORCIA Honoria zu ihrer Sänfte begleitete, war es bereits stockfinster.

»Du scheinst ein wenig traurig zu sein. Den ganzen Abend hast du kein Wort gesprochen. Bist du enttäuscht, daß dein Pädagoge nicht anwesend war?«

»Keineswegs. Er ist für meine lustvollen Zeiten zuständig, in der Betrübnis vergesse ich ihn völlig.« Und nach einer kleinen Pause fügte sie hinzu: »Ich dachte an Ägypten. Wie viele Länder hat Rom schon erbeutet, doch nur Ägypten beschäftigt meine Phantasie, nur Ägypten löst Gefühle aus, die ich mir selbst nicht erklären kann. Und Alexandria ganz besonders, das sich vom Rest des Landes angeblich so sehr unterscheidet.« Dann schloß sie mit einem Seufzer: »Sollte ich je diese Stadt besuchen, werde ich Wirklichkeit und Traum unmöglich unterscheiden können, soviel wurde von dieser Stadt geträumt.«

»Es muß wohl immer eine Traumstadt geben«, flüsterte Octavia. »Egal, wie sie in Wirklichkeit ist. Egal, ob wir sie jemals sehen. Mag auch der Tod über die Stadt herrschen, als es sie noch gab, hat uns der Traum belebt.«

Für Octavia hatte dieser Traum viele Namen gehabt. Die Erinnerungen daran viel Bitternis verursacht. Im Laufe der Zeit waren die vielen Gefühle zu einer einzigen Last verschmolzen. Daß die Umstände ihr den Schutz dieser bedrängten Kinder auferlegt hatten, den Sprößlingen eines zerronnenen Traums, war ein Teil dieser Last.

Für diese Kinder in römischer Gefangenschaft trugen Unglück und Scheitern einen Namen: Alexandria.

Dann begab sie sich unverzüglich in die Zimmer ihrer neuen Gäste. Sie erwartete sie schlafend vorzufinden, schließlich war die Zeit zwischen dem Fall von Alexandria bis zu diesem beschämenden Tag, den sie heute erlebt hatten, lang und seelisch äußerst belastend gewesen. Doch die Sklavinnen waren noch damit beschäftigt, ihre soeben eingetroffenen Habseligkeiten zu versorgen, und Marcellus unterhielt den kleinen Alexander Helios mit dem Knöchelspiel, das er nicht kannte, obwohl es alle römischen Kinder eifrig spielten. Der Prinz hingegen überraschte Octavias Sohn mit einem seltsamen Gegenstand, den er unter dem Vorwand, es sei seine Lieblingspuppe, aus Ägypten mitgebracht hatte und nun mit allen Anzeichen der Ehrfurcht zeigte.

Es war eine mumifizierte Katze, die bei Marcellus nicht nur Erstaunen, sondern auch Übelkeit auslöste, weil die Bandagen verfault waren und das, was vom Fell übrig war, einen ziemlich unangenehmen Staub absonderte.

Kleopatra Selene war ganz in die Betrachtung eines Gegenstands versunken, der wegen seiner außergewöhnlichen Schönheit sofort Octavias Blick auf sich zog. Es war ein Kelch aus Alabaster in Form einer weit geöffneten Lotosblüte. Einer Lotosblüte, deren Krone immer zum Himmel wies.

Das Mädchen streichelte den Kelch mit sanfter Hand und las dabei mit gedämpfter Stimme seine Inschrift aus Hieroglyphen und griechischen Buchstaben.

Es waren die Namen und Titel von Ptolemaios Cäsarion, dem König der Könige.

Da wurde die Schönheit dieses Gegenstands plötzlich zum goldenen Schlüssel, der das Tor zur Vergangenheit öffnete und die gemeinsten Angreifer einließ.

Die Vergangenheit wußte im richtigen Moment anzugreifen, wußte zu morden und bediente sich dabei der Erinnerung an die Schönheit, die unter den Ruinen der Gegenwart begraben lag. Die Vergangenheit tauchte unversehens auf, und vor ihrem gewaltigen Ansturm verblaßten die Farben des Optimismus zu einer grauen Schicht, wurden zu einer grausigen Wirklichkeit – sie überbrachte die Botschaft des Schmerzes. – Der Schmerz, sich an Alexandria zu erinnern. Die Furcht, sich des prunkvollen Tags ihrer Krönung zu erinnern.

Die Stadt hatte all ihre Kräfte aufgeboten, um in einem einmaligen Weihefest das Fortbestehen der Dynastie zu zelebrieren. Die Alexandriner hatten sich vor der großen Schaubühne versammelt, die am Gymnasium aufgebaut war, und die Trompeten verkündeten die umjubelte Ankunft der jüngsten Könige des Orients. Da erschienen die in Gold gekleidete Kleopatra, Antonius mit silbernem Brustharnisch, Cäsarion mit seinem Purpurmantel, der kleine Ptolemaios Philadelphos mit seiner amethystbestickten Dalmatika, Alexander Helios in priesterlichen Gewändern und dann sie selbst, Kleopatra Selene, die strahlende Königin von Cyrenaika, ganz in zarte Schleier gehüllt, die sich in der Brise dieses herrlichen Nachmittags leicht bewegten.

Die vier Kinder trugen stolz die Insignien und Kronen der ihnen übertragenen Königreiche. Königreiche, Kronen und Diademe, ein Erbe, das schließlich zum Fluch wurde. Alles war falsch an dieser Erinnerung, alles Lüge, alles ein gewaltiger, allein auf Ehrgeiz gegründeter Traum. Was waren sie schon, angesichts des gewaltigen Projekts, das Orient hieß? Vier armselige, als Monarchen verkleidete Kinder. Ein Vorwand für Alexandria, ein Fest auszurichten und den Wein in Strömen durch die Stadt fließen zu lassen. Inzwischen hatte sich in den Träumen der kleinen Überlebenden der Wein in Blut verwandelt, und aus den Reichen, von Marcus Antonius und Kleopatra verteilt, waren nurmehr vereinzelte, ziellos umherdriftende Inseln geblieben.

Alles war Trug gewesen. Alles Teil einer schmutzigen Vorspiegelung von Macht.

Auch Cäsarion, ein Trug? Der göttlichste unter den Jünglingen Ägyptens, hingerichtet in einem elenden Kerker. War auch dieses gräßliche Verbrechen ein Trug?

Cäsarion, der wunderbare Bruder. Der Bruder, in dessen Zukunft sich der Traum Alexanders mit den Phantastereien einer ganzen Nation verband, einer Nation, die am Verlöschen war. Ja, er strahlte wie die Sonne, überstrahlte selbst Alexander Helios, der doch die Sonne in seinem Namen trug. Schöner als der kleine Ptolemaios Philadelphos war Cäsarion. Schöner als alle Epheben der Gymnasien Alexandrias. Und doch eine bereits vom Tod gezeichnete Schönheit.

Die glanzvollen Bilder der Krönung im alexandrinischen, aquamarinfarbenen Sommer erloschen, und aus den strahlenden Prinzen wurden arme Kinder ohne Zukunft. Der Traum vom Orient offenbarte seine schlimmen Folgen, und übrig blieb das fürchterliche Bild der Gefangenschaft.

Ptolemaios Philadelphos, der jüngste der Geschwister, starb an einer Krankheit, die die Ärzte nicht benennen konnten, die sie aber auf Traurigkeit zurückführten. Cäsarion, der Thronerbe so vieler Reiche, wurde ermordet. Der Enthauptete war zu einem grauenvollen Gespenst geworden. Zu einem armseligen Geist, der die Arme nach ihr ausstreckte und seinen schönen, blutigen Kopf darbot.

Daran dachte Kleopatra Selene, während sie ihren Bruder, den einzigen, der am Leben geblieben war, betrachtete. Nun war er endlich friedlich eingeschlafen im Nachbarbett, sein Lieblingsspielzeug, die jämmerliche Katzenmumie fest im Arm, die letzte Erinnerung an seine ägyptische Kindheit.

Und als letztes Bild vor dem Einschlafen erschien ihr das freundliche, gerührte, zärtliche Gesicht einer neuen Mutter. Nicht mehr das ihrer eigenen, der majestätischen Kleopatra, sondern das Gesicht einer Frau von edler Erscheinung namens Octavia.

Der Schwester des Peinigers.

DIE ERINNERUNG AN Alexandria flog über die Parkanlagen von Rom und erreichte schließlich ein heruntergekommenes Quartier im allerärmsten Teil der Subura. Sie erreichte zwei junge Männer, die unter einem Dach aus morschen Balken auf einem abgenutzten Strohsack lagen, sich umarmt hielten und den alexandrinischen Traum träumten.

»Ich kenne einen Veteranen dieser Kriege«, sagte Adonis. »Er berichtet wunderbare Dinge von den orientalischen Städten, vom Luxus ihrer Paläste und den Reichtümern ihrer Tempel. Junge Männer wie wir tragen Samt und Seide, und es vergeht kein Tag, an dem sie nicht einen Topas bekommen, ohne daß sie dafür zu Gefallen sein müssen, so erzählt er.«

Phaidros hörte ihm versonnen zu, denn seine Rede war noch immer kultiviert und voll schöner Worte, die seine Phantasie jedoch nicht nötig hatte, denn alles, was er bei der Parade gesehen hatte, stand noch immer lebhaft und intensiv vor seinem inneren Auge. Von nun an würde er jedes Wunder für immer mit den Tempeln, Palästen und Gärten von Alexandria verbinden.

Er träumte davon, diese Stadt einmal mit Adonis zusammen zu besuchen. Noch immer war all sein Sehnen auf den Freund gerichtet. Was immer sie in der Vergangenheit zusammen erlebt hatten, war doch noch lebendig, und deshalb würde es auch in Zukunft wieder Zärtlichkeit und Schönheit geben, so dachte er. Schließlich war ihre Verbindung von einer Macht, die sich dem Willen beider entzog. Vom Anbeginn aller Zeiten waren sie füreinander bestimmt.

Die Liebe ist unberechenbar und weiß nichts von der Erfindung des Kalenders. Eine Schwärmerin ist sie, die meint, ihr Lied von gestern währe immer, sei auch die Melodie von heute und bestimme das Morgen.

»Doch sie ist auch die Stadt der Dichter«, fuhr Adonis fort, ganz gefesselt von seinen eigenen Beschreibungen. »In Alexandria sind die Dichter immerzu verliebt. Das weiß ich, weil ich viele Gedichte dieser Art auswendig lernen mußte, um sie Octavia und Marcus Antonius vorzusingen.« Und bitter fügte er hinzu: »Ganz umsonst gab ich mir damals solche Mühe, heute habe ich nichts davon!«

Doch Phaidros legte ihm die Finger auf die Lippen. Er sollte das schöne Bild, das Phaidros von ihm hatte, nicht beschädigen. Denn er erinnerte sich nicht nur an diese Bilder, er lebte von der Erinnerung an damals, als Adonis poetische Gesänge anstimmte und sich auf der Laute begleitete, eine Gepflogenheit, die sie schon vor Jahren abgelegt hatten, wie so viele andere, die ihrer Zweisamkeit gutgetan hatten.

Mochten auch Laute und Poesie verschwunden sein, noch war die Glut dieser jahrelang gepflegten Nähe nicht ganz erloschen und schien in diesem traurigen Loch in der Subura für eine Nacht wieder aufzuflackern.

Es war eine der wenigen Nächte, die Adonis an der Seite seines Freundes verbrachte, die einzige vielleicht, in der er bis zum Morgen blieb. Deshalb erinnerte sich Phaidros noch lange an diese besonders zärtlichen Stunden. Sie teilten das gleiche Lager, und er spürte wieder seinen Körper. Der war zwar ohne jedes Begehren, doch ein festes Band der Gewohnheit umschlang sie, das – er mußte es einfach immer denken – sie beisammengehalten hatte und auch in Zukunft verbinden würde. Da wurde Adonis wieder zum naiven und gefälligen Epheben der attischen Nächte, seine Züge wurden weicher und seine Stimme wärmer und zärtlicher.

Er war nicht so gefühllos, wie er immer vorgab. Doch über dem Gefühl lag ein schwarzer Schatten.

Phaidros betrachtete den Kindheitsfreund, der da an seiner Seite ruhte, und wollte nicht schlafen. Seine Augen füllten sich mit Tränen beim Gedanken, wie weit sie es gebracht hatten, doch vor allem weil er wußte, daß alles Schöne in seinem Leben immer auch mit Adonis' Namen verbunden sein würde.

Da sie nackt waren, unterschieden sie sich nicht mehr und waren wiederum zwei Jünglinge, die in der Vergangenheit, in der Sklaverei, im gegenseitigen Verständnis Trost fanden, dann in zärtlicher, brüderlicher Zuneigung und schließlich in einer eigenartigen Form der Liebe, die mehr war als eine geschwisterliche. Obgleich Adonis ein wohlerzogener, ja gebildeter Sklave war und der andere ein ungeschliffener Tor, hatten sie so viele Dinge gemeinsam und fühlten sie sich so verbunden, daß die Grenzen zwischen ihnen verschwammen.

Bescheidene Dinge, armselige Sachen, wertlose Gegenstände, die sich in einen königlichen Schatz verwandelt hatten.

Die Hütte aus Holz, im hinteren Teil des Gartens, den Blicken der Herrschaft und anderer Bediensteter entzogen. Gefäße aus gebranntem Ton, abgenutzte Weidenkörbe, zwei Matratzen, die bald aufplatzen würden, zwei zerschlissene Decken. Der weiße Hund mit den schwarzen Flecken, dem sie den Namen eines ägyptischen Königs gegeben hatten, welchen sie aus dem Mund eines fahrenden Händlers gehört hatten, der nahe der römischen Agora seinen Kram feilbot.

All das blieb für immer in Athen zurück, wie auch die Jugendträume. Begraben wie das Hündchen, vergessen wie sein elendes Los. Adonis erinnerte sich mit Wehmut an den Schmerz des armen Tieres und den Tag, an dem sie es töten mußten, um ihm weiteres Leiden zu ersparen. Er erinnerte sich, mit welcher Zärtlichkeit Phaidros den kleinen Hund bis zum letzten Augenblick versorgt hatte. Nun sah er Phaidros so wehrlos, wie damals der arme Hund gewesen war, und das brachte ihn zum Weinen.

Adonis' Tränen waren die Folge einer grausamen, klaren Erkenntnis, die seine Gefühle regierte und allen Hoffnungen seines Freundes entgegenstand. Phaidros hingegen deutete sein Schluchzen als Zeichen der Zuneigung, weshalb er die Hand seines Freundes ganz fest drückte, überzeugt, ihn wieder für sich gewonnen zu haben, dank dessen, was er inzwischen begriffen hatte. Deshalb sprach er nun die Worte aus, die er bereits ohne Stottern sagen konnte, begeistert von sich selbst, wie ein Spiel, das er zur Freude des anderen erfunden hatte, und gleichzeitig eine Strategie, um ihn an seiner Seite zu halten.

Doch Adonis blieb tief betrübt. Die lebhaften Beschreibungen von Alexandria wurden von einem langen Schweigen voll böser Vorahnungen abgelöst, die langsam zur Gewißheit wurden.

Es war die Gewißheit, daß die Zeit ihrer innigen Verbindung dem Ende entgegenging.

ALS DIE SONNE über den bemoosten Dächern des Viertels aufging, machten sie sich zum Haus von Octavia auf, denn schließlich waren die Festlichkeiten vorbei und sie wieder zwei Diener, die sich an ihre Arbeitszeiten zu halten hatten. Noch einmal strengte sich Phaidros an, um fehlerfrei zu sagen:

»Danke, mein Freund, daß du mich liebst.«

Doch Adonis antwortete ihm mit gleichgültigem Blick. Er dachte bereits an die Verpflichtungen des kommenden Tages, rannte zum Spiegel, schnitt eine Grimasse und nahm wieder die gezierte Haltung an, die er sich in letzter Zeit angewöhnt hatte.

Als sie auf die Straße traten, sagten die Nachbarn das, was vor Tagen bereits Octavia gedacht hatte: daß einer der Sklave des anderen zu sein schien. Und wie zur Bestätigung verlangte Adonis von Phaidros, er solle ein paar Schritte hinter ihm bleiben, weil er sich seines Aussehens schämte.

ALS PHAIDROS ABENDS in die Subura zurückkehrte, fand er sich wieder allein in ihrer Behausung. Er hörte nur sich selbst, und das machte ihn noch einsamer.

Das waren entsetzliche Momente, denn Phaidros dachte ununterbrochen an die Nächte der Vergangenheit. Schließlich verstärkt nichts den Schmerz mehr als die Erinnerung an vergangenes Glück, und nichts ist tröstlicher als die Hoffnung auf die Rückkehr, die Erneuerung des Glücks.

So kam der Herbst, und die Nächte in Rom wurden langsam ruhiger, ja selbst in der Subura war es ganz still, weil Kälte und Regen die Leute in ihren Häusern hielten. Niemand ging jetzt gern vor die Tür, aus Angst vor Räubern, die die Gegend verunsicherten, obwohl sich Octavianus' Polizei in letzter Zeit sehr tatkräftig gezeigt hatte.

Mit dem Herbst und dem Winter kam auch die Dunkelheit. Das Einbrechen der Dunkelheit war immer die Zeitspanne, die Phaidros am meisten fürchtete. Sie zog sich schier endlos hin und schien nicht vergehen zu wollen. In diesem verwirrenden Zwischenzustand konnte Phaidros die fortgeschrittene Zeit nur am Quietschen der hölzernen Riegel erkennen, die einer nach dem anderen die Häuser verschlossen.

Dann endlose Stunden schwarzer Stille, die nur unterbrochen wurde, wenn eine Patrouille auftauchte oder Fackelträger vorbeikamen, die einem hohen Herrn den Weg von einem Fest heimleuchteten. In der Ferne war der Wasserwagen zu hören, der zu irgendeinem oder mehreren der Brände in einer Nacht gerufen wurde. Doch ob Geräusche eines Unglücks oder der Bewachung, sie entfernten sich schließlich, die Stille brach unweigerlich wieder über Phaidros herein und erdrückte ihn wie eine mächtige Platte aus Stein, der er nicht ausweichen konnte.

Er atmete tief ein, um zumindest einen Ton zu hören, der ihm Gesellschaft leistete. Er ging in seinem elenden Loch auf und ab und suchte im Geräusch seiner Schritte die Illusion, daß ihm jemand folgte und ihn gleich ansprechen würde. Doch wenn er sich umdrehte, war da niemand. Nur seine Bettstelle, der wackelige Tisch und die Truhen mit Adonis' Kleidern leisteten ihm Gesellschaft.

Er war zwar nicht besonders hell im Kopf, doch es reichte, um zu merken, daß seine Einsamkeit gegen die Harmonie der Welt verstieß und ihn zu einem Außenseiter machte. Die Vögel sind nicht allein, dachte er, die braven Hunde sind nicht allein und die bösen Schlangen auch nicht. Phaidros aber ist allein. Phaidros aber ist tot.

Dann ging er hinaus in den Innenhof, den sich alle Hausbewohner teilten. Doch um diese Jahreszeit war er verödet, und die Enge verstärkte noch den traurigen Eindruck.

Welch ein Kontrast zu den weiten Räumen der Villa von Octavia! Die strenge Nüchternheit, die sie bei der Ausstattung walten ließ, die überwiegend leeren Räume schufen eine Weite, in der man sich gern bewegte. Der Innenhof hier war dagegen so karg bemessen und die begrenzenden Wände so hoch und schlecht gebaut, daß er dem Kamin eines Vulkans glich, auf dessen Grund er nun kauerte und mühsam nach Luft rang. Er konnte den Himmel von Rom nicht sehen. Das wollte er aber unbedingt, und deshalb suchte er sich eine Stelle, von der aus er oben, hoch oben ein Stückchen Firmament erspähen konnte.

Dabei erinnerte er sich, daß er vor vielen Jahren, als Kind, in den griechischen Bergen gelernt hatte, die Sterne zu beobachten, ihre Namen kannte und die Phänomene, die sie auf der Welt bewirkten. Er hatte gelernt, die Stürme zu fürchten, die den Himmel verdunkelten, wenn Ende September die Schar der Steinböcke auftauchte, oder die Gewitter, die im November die Flucht Orions, des großen Jägers, auslösten, dem der lebhafte Südwind folgt. Er hatte gelernt, das Erscheinen der Hyaden, der Töchter des Atlas, zu fürchten, die nahe beim Schwanz des Stiers auftauchten und schlimme Ereignisse ankündigten. Er staunte über die strahlende Schönheit von Arkturus, dem Bärenhüter, und freute sich über das Kommen der Zwillinge, dem Schutzgestirn der Seefahrt. Wenn ihm die Sterne nicht von Ereignissen kündeten, dann erzählten sie ihm unterhaltsame Geschichten, wie die von der Krone, die Theseus der Ariadne schenkte und dann als Sternbild an den Himmel setzte.

Im verzweifelten Versuch, diese wunderbaren Gefühle wiederzubeleben, kauerte er sich in eine Ecke des kleinen Innenhofs, hüllte sich in seine Decke und suchte nach einem Stückchen Himmel, um das Zwiegespräch mit seinen Freunden aufzunehmen. Diese antworteten ihm, erlaubten ihm einen flüchtigen Blick, konnten sich aber wegen des begrenzten Rahmens nicht in ihrer ganzen Fülle zeigen.

Da sah er, von diesem blumenlosen, kargen Fleckchen Erde aus, einen besonders auffallenden Stern, der ihm seit Jahren immer wieder begegnete, als suche er ein intimes, von niemandem belauschtes Gespräch mit ihm.

Es war ein Himmelskörper, der alle anderen überstrahlte, ein hellfunkelndes Licht, das silberne Pfeile auszusenden und ihm tausend Wege aufzuzeigen schien, lauter positive Pfade. Er interpretierte seine Signale als gute Vorzeichen, hatten die Planeten in der Vergangenheit schließlich auch Wunderdinge angekündigt und taten es wohl heute noch. Sein Stern, der ihm hier erschienen war und ihn bis zur Morgendämmerung begleitete, schien ihm Botschaften zu diktieren, die er sofort mit einem Leben an der Seite von Adonis in Verbindung brachte.

Doch sobald er den Blick wieder senkte, erlosch das Glücksgefühl. Seine Augen begegneten schimmelfeuchten Wänden, dem Lehmboden, der von stinkenden Rinnsalen durchfurcht war, und Löchern, die riesengroßen Ratten als Unterschlupf dienten.

Alles war so eng. Alles so erdrückend und erbärmlich.

Da begriff er, daß sein Stern nach offenem Land verlangte, nach endlosen Pfaden, die nicht von Wänden begrenzt und nicht von Schmutz und Kälte beeinträchtigt wurden.

Dazu die Einsamkeit. Denn die machte sich bemerkbar, sobald er die Augen von seinem Stern abwandte und nach Adonis' Gegenwart suchte.

Er sah sich gezwungen, noch einmal den Himmel zu betrachten, um nicht denken zu müssen, was nur allzu offenkundig war.

Daß Adonis erst in den Morgenstunden zurückkommen, sich nur ganz schnell umziehen und dann zu Octavias Haus rennen würde.

SO VERGINGEN DIE Wintertage, und so erwartete Phaidros die Wiederkehr des Lichts.

Selbst seine Gebete glitten ab in die Monotonie. Als der Februar kam, bereitete er die Opfergaben vor, die er dem Gott Faunus darbringen wollte, wie er es immer getan hatte, wenn der Frühling nahte. Doch er konnte die Gaben mit niemandem teilen, und das tat ihm weh, bis er sie schließlich haßte, weil ihn ihre Pracht an die Schönheit erinnerte, die seinem Leben fehlte. Die Wochen gingen dahin; er versuchte seine Niedergeschlagenheit zu überwinden und begann mit den Vorbereitungen zum Fest der Flora. Seine Stimmung hob sich, als seine Gedanken wie besessen um die Wahl der passenden Verkleidung kreisten – ein Kostüm des Silvanus vielleicht? Oder sollte er besser den enormen Penis des Priapos darstellen? Auch grübelte er über die Herstellung der Girlanden und Kränze nach, die er den Göttinnen, wenn sie auf den Schultern der Freunde des Frühlings durch die Straßen Roms getragen wurden, höchstpersönlich zu Füßen legen würde.

Doch wieder wurde die Freude durch seine offensichtliche Einsamkeit getrübt. Niemand würde seine Verkleidung loben, niemand das andere Ende der Girlande halten, wie es Freunde und Liebende taten, niemand an seiner Seite hinter den Götterbildern herlaufen, in seine Lobgesänge einstimmen oder Blütenblätter über ihn regnen lassen.

Eine Ahnung hatte er schon in der Zeit vor den festlichen Tagen gehabt, doch als die Feiern begannen, machte sich das Gefühl der Einsamkeit mit aller Grausamkeit bemerkbar. Er verfügte über einen ganzen freien Tag, der ihm aber nichts nutzte, weil Adonis sich die Freiheit nahm, den seinen andernorts zu verbringen. Da wurde Phaidros klar, daß er nichts hatte, was ihm Adonis' Liebe oder auch nur seine simple Anwesenheit ersetzen konnte. Weder einen Freund noch eine Nachbarin, niemand ertrug die verzweifelte Langsamkeit seiner Rede.

Ihm blieb nur noch die Flucht aus den düsteren Mauern, die Flucht aus dem nicht weniger düsteren Stadtviertel hinaus, das er sich nicht einmal ausgesucht hatte. Flucht vor den schlammigen Straßen, dem an allen Ecken aufgetürmten Abfall, dem ungeheuren Gestank, der aus den öffentlichen Latrinen aufstieg. Flucht ins offene Land, ins Reich seiner Fruchtbarkeitsgötter, unter einen sauberen, klaren Himmel, um sich dort wie ein munteres kleines Tier zu fühlen, ganz im Einklang mit seiner Welt.

Um dies zu erreichen, nahm er seine Einsamkeit bei der Hand, als wäre sie sein eigenes Kind, und führte sie spazieren unter den Akazien, zwischen den Magnolien und zu den üppig blühenden Beeten, die die Hügel der Reichen überzogen.

Rom glich einem weitläufigen Garten, wie ihn die Dichter besangen. Alle begrüßten sie die Wiederkehr der ländlichen Idylle, alle sprachen von den wunderbaren Werken der Natur. Da träumte Phaidros davon, eines Tages auf dem Land zu arbeiten, sich an den prallen Trauben zu laben, die in der warmen Septembersonne reifen, und die Augen am üppigen Efeu zu erquicken, der die Wände hochklettert, während ein leichter Wind sein Spiel mit den zarten Blättern der Weide treibt.

Doch vorerst begnügte er sich damit, über die Hügel von Rom zu spazieren und sich der Pracht, die die Stadt seinen Sinnen darbot, zu erfreuen. War in ihren Straßen Getümmel und Schmutz, so bot sich den Augen ein wunderbares Bild, sobald man den Aventin oder den

Caelius bestieg, die Hügel mit den schönsten öffentlichen Parkanlagen der republikanischen Zeit. Dort litt die Stadt unter den Menschenmassen, hier glich sie einem schattigen Wald, als befände sich die Welt tatsächlich im Goldenen Zeitalter, und aus jedem Brunnen, jeder Quelle streckten die lieblichen Musen und Nymphen ihre Hände nach ihm aus und wollten seine Freundinnen sein.

Auf dem Esquilin herrschte ein lebhaftes Kommen und Gehen, und dies zu erleben war ein besonderes Vergnügen. Der mächtige Maecenas ließ sich hier weitläufige Gärten anlegen, denn er beabsichtigte, seinen Besitz um ein zukünftiges Auditorium zu vergrößern. Für Phaidros aber hatte das Paradies, das hier entstehen sollte, eine tiefere Bedeutung als alle anderen Gärten. Wurde es doch auf einem Landstück errichtet, das einst der Armenfriedhof gewesen war, der in unheimlichen Nächten von Hexen auf der Suche nach Kräutern für ihre Zaubertränke bevölkert wurde. Wunderbar zu sehen, wie eine Schar von Gärtnern diesem riesigen, einst so trostlosen Terrain Leben einhauchte. Hier entstanden zweifellos die schönsten Anlagen von ganz Rom.

Doch Phaidros verweilte nicht bei diesem Wunder. Nein, er spazierte zum Tiber hinunter und bewunderte die riesigen Gärten des Sallustius, wo man vor Zeiten die prunkvollen Feste der dreisten Clodia gefeiert hatte. Er ging weiter bis zu den Gärten des Volkes, betrat die öffentlichen Parkanlagen um das Marsfeld herum und hielt nach neuen Ideen, Projekten, Anregungen Ausschau, die er bewundern und später im Garten seiner Herrin Octavia umsetzen konnte.

Auf einem dieser Spaziergänge gelangte er zu einem zauberhaften Obstgarten, der ihn einmal mehr an eine andere Stadt erinnerte, seine Sehnsucht nach einem anderen Land und anderen Träumen weckte: seine Sehnsucht nach Alexandria. Denn diese Gärten hatten Marcus Antonius gehört, der, verrückt, wie er war, zahlreiche exotische Pflanzen ins Land gebracht hatte, die jedoch nur am Nil gedeihen. Und wieder erfaßte ihn beim Gedanken an die entwurzelten Pflanzen und besonders beim Gedanken an die Flüchtigkeit menschlichen Strebens ein heftiger Schauder. Denn dieser Besitz war einst der des großen Pompejus gewesen. Nach dessen Niederlage geriet er in die Hände von Marcus Antonius, um dann, als dieser besiegt wurde, ins Eigentum des Staates überzugehen.

Da begriff Phaidros, daß auch seine geliebten Gärten das Los der

Menschen teilten und genau wie diese dem Auf und Ab des Schicksals ausgesetzt waren.

Obwohl die Sonne noch kräftig schien und die ersten Sterne noch viele Stunden auf sich warten ließen, hob Phaidros den Blick zum Himmel und fragte seinen Stern: Gibt es irgendein Stück Land – wo und wie auch immer –, ein Stückchen Leben, das sich nicht verändert, das sicher und verläßlich ist?

Etwas, wofür es lohnt zu leben, ohne fürchten zu müssen, daß es sich am Ende als Sinnestäuschung erweist.

SINNESTÄUSCHUNGEN BEGEGNETE CÄSAR Octavianus mit Argwohn. Er hatte allzu viele Politiker gekannt, die daran litten wie an einer Krankheit und sie nicht als Naturschauspiel genossen und bestaunten, wie es Wüstenreisende taten. Octavianus war weit davon entfernt, sich diesem Phänomen hinzugeben. Er ließ vielmehr die notwendige Vorsicht walten, weil er wußte, daß der Ruhm launisch ist wie eine Dirne und das Glück unberechenbar wie ein Korken, der auf dem Wasser tanzt. Seine Eitelkeit war noch immer geschmeichelt von den Hochrufen der Massen, wobei er aber keineswegs vergaß, daß das Volk auch anderen vor ihm zugejubelt hatte, womöglich noch eifriger.

Hatte sich diese gesichtslose Menge nicht aus lauter Liebe zu Antonius die Lunge aus dem Hals geschrien? Und hatten die Hochrufe bei der siegreichen Rückkehr Julius Cäsars dessen Verbrechen nicht in den Hintergrund gedrängt?

Das Resultat seiner Überlegungen war die Erkenntnis, daß alle Politiker grundsätzlich vom Zufall abhängig sind und daß sein Ithaka nur erreicht und bewahrt, wer listenreicher agiert als Odysseus.

Nun mißtraute er zwar der Standfestigkeit der Massen – das Volk hatte sich schon bei so vielen Gelegenheiten als wankelmütig erwiesen – glaubte aber unerschütterlich an jede Art von Hellseherei, Wahrsagerei, ja selbst an Geisterbeschwörungen.

Er suchte Rat bei den Gestirnen. Jedoch nicht beim poetischen Wandelstern eines bescheidenen Gärtners, sondern bei den Planeten, die von alters her die Geschicke der Imperien gelenkt haben.

In letzter Zeit hatten die Sterne allerdings gezeigt, daß sie sich über den Platz, den Octavianus in Rom einnehmen sollte, nicht ganz einig waren. Denn er war im Sternzeichen des Steinbocks geboren, das beim Volk als ungünstiges galt. Zudem durfte er bei der Planung des neuen Roms nicht außer acht lassen, daß das ewige Rom einst unter dem Zeichen der Waage gegründet worden war.

Der astrologische Konflikt war so gewaltig, daß sich alle Wahrsager unverzüglich ans Werk machten, um ihn auf eine Weise zu lösen, die sowohl Cäsar Octavianus als auch Rom selbst zufriedenstellte, damit sie in schöner Gemeinsamkeit eine glückliche Zukunft ansteuern konnten.

Eines Morgens, nachdem er den Tag dem Apollo in seinem Vorzimmer geweiht und sein Frühstück aus getrockneten Feigen und klarem Wasser zu sich genommen hatte, beschloß er, den Tagesbericht seiner Auguren anzufordern.

Diese hatten soeben Befragungen an den Altären durchgeführt, weshalb sie mit blutverklebten Händen eintrafen. Sie wurden von einem Astrologen begleitet, der recht bekannt war und sie mit notorisch abfälligen Blicken bedachte, wußte er sich doch im Besitz einer erheblich exakteren Wissenschaft, die zudem die Hände nicht beschmutzte.

»Die Zeichen waren günstig«, sagte der erste Augur.

»Günstig für wen«, fragte Cäsar Octavianus mit ernster Miene.

»Für Rom, edler Cäsar.«

»Das ergibt keinen Sinn«, erwiderte Octavianus. »Wenn sich die Götter einer Stadt wohlgesinnt zeigen, können sie einen guten Regen oder Sonnenschein meinen. Wichtig wäre zu wissen, ob sie einem Manne geneigt sind, der die Stadt zum Wohlstand führt, oder aber sich einem Mann widersetzen, der ihr Schaden zufügt. Sagen die Eingeweide der Rinder nicht, wer dieser Mann ist?«

Die Auguren atmeten erleichtert auf, weil sie, trotz allem, die richtige Antwort parat hatten.

»Sie teilen selbstverständlich mit, daß du dieser Mann bist, edler Cäsar.«

Und der andere Augur sagte, angesichts des mißtrauischen Blicks des Astrologen:

»Wir haben eine Taube geschlachtet, deren Eingeweide ein wenig trübe waren, was nicht ungewöhnlich ist, denn heutzutage ernähren sich die Tauben von allerhand Zeug. Doch gleichzeitig schoß aus einem der Länge nach geöffneten Rind ein Blutstrahl, der so klar war wie eine Quelle, die dem Schnee der hohen Berge entspringt. Dieses Blut war so makellos, wie man es zum letzten Mal sah, als Romulus das Orakel befragte, ob eine Heirat mit der Tochter des Königs der Sabiner von Vorteil sei.«

»Warst du dabei, in jenem längst vergangenen Jahrhundert?« fragte Cäsar Octavianus leicht ironisch.

»Nein, aber man hat es mir erzählt.«

Darauf mischte sich der Astrologe ein:

»Nimm diese Scharlatane, die nur in den Eingeweiden der Tiere lesen können, nicht ernst. Vertraue den Sternen, denn ihre Bahnen enthalten die wichtigen Botschaften.«

»Nun gut, was hast du denn gesehen in den Sternen?«

»Die Zeichen sind ein wenig widersprüchlich. Steinbock und Waage liegen noch immer im Streit.«

Da ertönte plötzlich die entschiedene und feste Stimme einer Frau:

»Was soll dieses dumme Zeug? Wie kann mein Ohr solchen Unsinn ertragen, ohne daß meine Lippen protestieren?«

Dieser plötzliche Auftritt überraschte Auguren und Astrologen, Cäsar Octavianus aber nicht, weil er Livias Unterbrechungen gewohnt war. Er kannte sie und dachte deshalb: Schon wieder an der Tür gelauscht. Doch das war wohl nicht der richtige Augenblick, um sie wegen einer so geringen Verfehlung zurechtzuweisen.

Ihn störte viel mehr, daß sie zu früher Stunde schon so ein Geschrei machte.

»Entscheidet sich das Schicksal von Rom daran, daß sich ein Bock und zwei Waagschalen am Himmel nicht einigen können? Laß dir sagen, Sternendeuter, daß hier auf Erden die Dichter sehr deutlich gemacht haben, welcher Platz meinem Gatten zukommt.« Worauf der Astrologe dachte: Und auch dir, du Luder! Doch er hütete sich vor einer lauten Äußerung, denn Livia war sowieso nicht zu übertönen. »Der größte aller Dichter, Vergil höchstpersönlich, hat geschrieben, daß die Linie meines Gatten direkt auf Äneas zurückgeht. Und wenn man sie noch ein wenig weiter verfolgt, stößt man auf Venus selbst und keine geringere. Soll ein elendes Horoskop glaubwürdiger sein als Vergil? Wer hat hier recht?«

Die ungezügelte Wut der Matrone war so überzeugend, daß Auguren und Sterndeuter beschlossen, den Lauf des Schicksals in ihre Hände zu legen. Weshalb einer der Auguren sagte:

»Die herrliche Livia hat recht. Wissen wir doch ganz genau um die Doppeldeutigkeit von Prophezeiungen. Hat die heilige Stimme von Cumae nicht tausendmal gesagt, eine Sache sei weiß, und dann erwies sie sich als schwarz? Hat in der Vergangenheit nicht Phöbus beim Omphalos von Delphi einem bestimmten Heer den Sieg vorhergesagt, und dann blieb keine Seele davon übrig?«

Während sich der Augur in Erklärungen über die Fehler der berühmtesten Orakel erging, lächelte Livia schadenfroh und flüsterte ihrem Mann zu:

»Sieh nur, wie falsch sie sind. Um dir recht zu geben, verleugnen sie die Wissenschaft, die sie ernährt.«

Nur der Astrologe wahrte seine Würde. Cäsar Octavianus, der hinter dieser Haltung große Sorge vermutete, drängte ihn, klare Worte zu sprechen:

»In einer Sache stimmen alle Orakel überein«, sagte der Astrologe. »Der achte Monat des Jahres ist unzufrieden.«

»Birgt dieser Monat irgendeine Gefahr für mich?« fragte Cäsar Octavianus erschrocken.

»Weder der noch ein anderer«, beeilte sich der Astrologe zu versichern. »Die Gefahr traut sich dir nicht über den Weg, weil all deine Geschäfte von Fortuna beschützt werden, und wer würde es wagen, ihr in die Quere zu kommen? Dieser Monat ist unruhig, weil ihm sein Name nicht gefällt.«

»Da hat er unrecht«, sagte Livia. »Sextilis ist doch ein hübscher Name.«

»Nun, er ist eben wütend«, beharrte der Astrologe.

»Schlechte Sache«, meinte Livia nachdenklich. »Wenn einem Monat sein Name nicht gefällt, begehrt er den eines anderen, und das führt zu schlimmsten Katastrophen.«

»Drück dich deutlich aus, Frau«, drängte Cäsar Octavianus.

»Seltsame Dinge passieren, wenn der Mai darauf besteht, der Januar zu sein. Hagel auf die Blumen, die betrogen wurden und sich bereits geöffnet haben. Und wenn der Januar vorgibt, der Mai zu sein, passiert das gleiche. Die Natur erwacht vor der Zeit, und dann sterben in der Februarkälte, die keine Rücksicht kennt, all ihre ausgebreiteten Gaben.«

»Groß ist deine Weisheit in diesen höheren Dingen«, rief der Astrologe, überrascht, daß auch andere sein Wissen teilten.

Sie betrachtete ihn von oben herab. Von ziemlich weit oben herab. Von ihrem neuen Platz aus.

»Das haben mir die Bauern erzählt, mit großer Selbstverständlichkeit. Ihr seht, man muß nicht unbedingt gelehrt sein, um zu wissen, daß es sich empfiehlt, die Monate in Ruhe lassen.«

Da meldete sich Cäsar Octavianus zu Wort und meinte versöhnlich:

»So sei es in alle Ewigkeit. Schließlich hat die Natur die verschiedenen Jahreszeiten eingerichtet, und mein Vater, der große Julier, hat sie in eine Ordnung gebracht. Ich werde auf alle Fälle verfügen, daß in den Tempeln Bittgebete gesprochen werden, damit sich die Monate nicht auflehnen und Iden, Nonen und Kalenden sich nicht zerstreiten.«

»Nun ist es aber so, edler Cäsar, daß der achte Monat mit seinem Namen nicht zufrieden ist. Und das macht mir Sorgen. Große Sorgen«, beharrte der Astrologe.

Dann ging er mit dieser Sorge seine Sternenkarten konsultieren. Die Auguren, auf ihre Schlachtereien beschränkt, beneideten ihn nicht um die anstehende Aufgabe: den Streit zwischen Steinbock und Waage zu schlichten, damit die Geburt des neuen Roms glücklich vonstatten gehen konnte.

Nur Livia wagte es, ohne Heuchelei festzustellen, daß die Sterne inzwischen nicht mehr das letzte Wort hatten.

WENN DIE ANDEREN Kinder des Hauses im Garten spielten, zog sich Kleopatra Selene in eine Ecke zurück, wo sie in nachdenklicher Haltung und mit von Trauer umschatteten Augen verharrte. Manchmal verschwand die Traurigkeit, doch nur um einer tiefen Sehnsucht Platz zu machen. Ihr verlorener Blick war Richtung Orient, nach Alexandria gewandt.

Sie suchte hartnäckig nach dieser Stadt, die sie nicht mit den Römern, die widerrechtlich von ihr Besitz ergriffen hatten, teilen wollte. Nun nahm die Zeit auch ihre unbeschwerte Kindheit widerrechtlich in Besitz.

Zwei Sommer waren vergangen, seit Kleopatra Selene nach Rom gekommen war, doch ihr Bewußtsein hatte sie überhaupt nicht wahrgenommen. Sie fühlte, daß für sie die Zeit stehenblieb, und obwohl bereits niemand mehr von Alexandria sprach, streichelte sie noch immer allnächtlich den Alabasterkelch, der Cäsarion gehört hatte. Und Alexander Helios hielt stundenlang seine mumifizierte Katze umarmt, die bei der Dienerschaft und den Sklaven des Hauses großen Abscheu auslöste.

Zwei Personen beobachteten die beiden heimlich, Octavia von ihren Gemächern, Phaidros von seiner Arbeit aus. Und beide machten sich Sorgen. Während sich die Dame für die Distanz entschied, weil sie fürchtete, jede Einmischung könnte dem Mädchen schaden, überwand Phaidros seine anfängliche Schüchternheit, trat eines Tages auf sie zu und reichte ihr mit zitternder Hand einen Blumenstrauß. Oder war es ein etwas zerzauster Kranz, den er in den einsamen Stunden seiner freien Tage hergestellt hatte? Was auch immer die erste Gabe gewesen war, Strauß und Kranz wechselten sich künftig ab. Immer zur Stunde des Spiels, wenn sie sich gern zurückzog, näherte sich der Gärtner mit schüchternem Schritt und bot ihr seine bescheidene Gabe. Kleopatra Selene gewöhnte sich daran.

Sie bemerkte in seinen Augen eine Sehnsucht, eine Faszination, die aus ihr, der Gefangenen, wieder eine Prinzessin machte.

Denn Phaidros verstand die Bedeutung ihres unablässig auf das verlorene Paradies gerichteten Blicks. Er versuchte ihr zu schmeicheln und sie zu ermuntern, in ihren Erinnerungen zu schwelgen. Seine noch unbestimmte Neugier trieb ihn dazu, seine noch schlummernde dichterische Begabung.

Schließlich gelang es ihm, einen ganzen Satz zu formulieren und sie nach dem Leben in Alexandria zu fragen.

Da antwortete die Prinzessin:

»Wenn ich die Stadt von der Terrasse meines Palastes aus betrachtete, erschien sie mir makellos weiß, denn sie war ganz aus Marmor, und wer behauptet, daß die Sonne sie so weiß erstrahlen ließ, daß ihr Anblick jeden erblinden ließ, lügt nicht. Und weißt du was, Gärtner? Die Straßen waren breiter als die Straßen in eurem Rom. Was nicht verwunderlich ist, denn meine Stadt ging aus der Chlamys eines Helden hervor.«

»Welches Helden?« fragte Phaidros.

»Alexanders, du Dummkopf.«

Da erzählte sie ihm vom mythischen Ursprung der Stadt, was Phaidros' Phantasie beflügelte. Er beschäftigte sich nächtelang mit diesen

Bildern, weil sie seine Einsamkeit linderten und mit mancherlei Wesen bevölkerten, mit kampferprobten Paladinen der Liebe und des Abenteuers, heldenhaften Wagenlenkern ... über allem aber stand das Bild der mächtigen, ungezähmten Königin, die alles opferte für diesen Traum.

Den Verkündern der offiziellen Wahrheit hätte dieser Traum im Kopf eines armseligen griechischen Gärtners sicher nicht gefallen: denen, die es geschafft hatten, die Königin von Ägypten, vor allem aber ihren römischen Geliebten in anhaltenden Verruf und Mißkredit zu bringen.

Auch all die Schätze konnte Phaidros nicht vergessen, die, bevor sie zerstört wurden, in Octavianus' Triumphzug mitgeführt worden waren.

Einmal, als er Kleopatra Selene seinen bescheidenen Blumenstrauß oder seinen schlecht gebundenen Kranz überreichte, erklärte sie dem ernüchterten Gärtner, daß Alexandria nicht Ägypten war. Sie erzählte ihm vom Land am Oberen Nil, wo die Ruinen der Städte dahindämmerten, die vor tausend Jahren geblüht hatten, erzählte von Stimmen, die der Mond den geheimen Hypogäen entlockt, von schrecklichen Arkanen, die in den Tempeln Nubiens bewahrt wurden, von den Grabstätten berühmter Herrscher, die zusammen mit den Göttern die Welt erschaffen hatten. Und weil sich Phaidros so lange Zeiträume nicht vorstellen konnte, erzählte sie ihm weiter, daß Ägypten schon vor der Gründung Alexandrias so alt war, daß einer ihrer Vorfahren, der große Ptolemaios, dem Priester Manethon befehlen mußte, eine Liste aller früheren Könige zu erstellen, denn die Zeit hatte die Erinnerung an ihre Namen ausgelöscht und die Menschen das Andenken an ihre Heldentaten.

Die Kunde von der Doppelnatur Ägyptens eröffnete der Phantasie des Gärtners neue Horizonte. Sie beschäftigte sich nicht länger mit dem Klassizismus, für den Alexandria berühmt war, sondern reiste nilaufwärts, wo neue Visionen warteten, geheimnisvolle Bilder, unbekannte Zeichen, Symbole, die an das vielfältige Bestiarium gemahnten, das ihn bei der Parade in Erstaunen versetzt hatte. Das Unbekannte erschütterte seine Seele. Ein seltsamer Schwindel erfaßte ihn angesichts einer Zivilisation, die in ihrem Vergehen die Sterblichen vor der Flüchtigkeit der Zeit und der Dinge warnte.

Seine Schimären fanden eine ironische Entsprechung in der Realität.

Hier war die letzte Vertreterin dieser Kultur, Kleopatras Tochter, ihres Königtums beraubt und zu einer Jugendlichen geworden, wie man sie in jeder römischen Schule finden konnte, ein plumpes Kind, nicht einmal hübsch, ohne die Spur einer eigenen Persönlichkeit. Denn der Wechsel hatte das eine Mädchen ausgelöscht, ein anderes aber nicht erschaffen. Sie hatte sich der Sitte ihrer neuen Heimat angepaßt und ihre komplizierte griechische Frisur aufgegeben. Die weiten Tuniken aus Leinen waren von solchen aus Wolle ersetzt worden. Und wenn irgendeine hochstehende Dame das Haus besuchte und, wie es der Brauch war, die Huldigung der Kinder entgegennahm, konnte sie bereits nicht mehr sagen, welches der Kinder nun diese ägyptische Prinzessin war, denn sie hätte, wie sie so zwischen Claudia Marcella und den beiden Antonias stand, genausogut Flavia heißen können.

Nur der Name verriet sie. Und wegen dieses Namens fühlte sie sich den anderen unterlegen. Der Name verhinderte jeden Versuch, sich ihrer Umgebung anzugleichen. Der Name sonderte sie ab, nicht nur weil er alle Welt daran erinnerte, daß sie der letzte Sproß eines verfluchten Geschlechtes war, nein, er machte sie zur Außenseiterin, die in der perfekten Ordnung des Hauses der Octavia und der Reihe ihrer Töchter und deren Freundinnen nicht vorgesehen war.

Doch da schaltete sich Octavia ein und erinnerte sie daran, daß sie ihr Name hier in Rom wohl zu einer Fremden machte, sie sich dessen aber nicht zu schämen brauchte, weil er früher, in ihrer Heimat, den allerbesten Klang gehabt hatte. Vor ihrer Mutter hatten ihn sechs große Königinnen getragen, und auch Alexanders Schwester habe so geheißen.

Dennoch waren diese freundlichen Ermahnungen vergeblich. Das Mädchen zitterte noch immer, wenn sie den Namen Kleopatra hörte. Noch immer mußte sie sich verstecken, um ungesehen weinen zu können. Sie litt, hatte aber auch das Gefühl, die Erinnerung an ihre Mutter zu verraten, und das demütigte sie und verdoppelte ihre Qual.

Aus diesem Zustand heraus wandte sie sich dem einzigen Menschen zu, der sie aus der Niedergeschlagenheit befreien konnte. Sie erzählte dem armseligen Gärtner mit seinem breitkrempigen Bauernhut ihre schönsten Erinnerungen, und der schenkte ihr jeden Tag einen Beweis seiner Zuneigung, die für viele schon an Zudringlichkeit grenzte.

Er war ihr aber mehr ein kleines Lieblingstier als ein Freund. Kein

Tier wie die einbalsamierte, steife, verweste Katze, die Alexander Helios bei sich verwahrte, eher ein gutmütiges Hündchen, brav und zärtlich, das einfach da war, ihre Hände zu lecken. Das tat er allerdings mit so großer Begeisterung, daß er lebendiger wirkte als alle anderen Menschen in ihrer Umgebung. Seltsamer Widerspruch! Wie konnte ein armes Mädchen, dessen Leben jenseits des Meeres, in einer verlorenen Stadt verschüttet lag, die Lebenssehnsucht fühlen, die in der Seele dieses armen Stotterers brannte?

So finden die besonderen Menschenkinder zueinander, diejenigen, die das Pech haben, einzigartig zu sein. Sie entdecken in ihresgleichen Tugenden, die andere nicht sehen. Der Preis dieser heimlichen Übereinkunft besteht allerdings darin, daß sie weiter Fremdlinge bleiben in der Welt.

Und fremd blieb Kleopatra Selene im Hause der Octavia.

Das verursachte eines Tages einen unangenehmen Zwischenfall, der auch Phaidros berührte.

Lucinus, der Pädagoge, sah sich gezwungen, Rom für fast zwei Monate zu verlassen. Die Gattin des Kolonisten in Utica, der ihm die Freiheit geschenkt hatte, war gestorben, und Lucinus wollte an der Seite seines früheren Herrn sein, um ihm Trost zu spenden und Gesellschaft zu leisten. Octavia war bereit, ihn gehen zu lassen, und nahm sein Ansinnen mit großem Wohlwollen auf, weil es seine noble Gesinnung unter Beweis stellte. Der gehässige Adonis interpretierte die Sache weniger positiv und erzählte sogleich, daß Lucinus recht müde und mit noch mehr weißen Haaren, falls es noch eine Steigerung gab, nach Rom zurückkehren würde. Wobei er mit dieser Geschichte durchblicken lassen wollte, daß sich der Witwer mit dem Körper seines ehemaligen Sklaven über den Verlust hinwegtrösten und sich so frühere Gunstbeweise bezahlen lassen werde.

Die ersten Wochen nahm ein sprachkundiger Grieche, der von Bekannten Livias empfohlen worden war, Lucinus' Posten ein.

Diesem Mann waren die ägyptischen Königskinder ein Dorn im Auge. Er war einer dieser Untergebenen, die ihre Herrschaft an Tugendhaftigkeit noch übertreffen wollen. Die Anwesenheit eines gewöhnlichen Gärtners beim Unterricht, der für adlige Kinder gedacht war, störte ihn bereits, und noch viel mehr ärgerte ihn, daß Fremde, Kinder eines besiegten Landes, den gleichen Rang einnahmen wie die Neffen des Cäsar Octavianus, wobei er insbesondere an den wunderbaren Marcellus dachte. Für ihn war das, als mische sich Schlamm vom Nil mit der Blüte von Rom.

An jenem Morgen verkündete er wichtigtuerisch, er wolle die Eroberungszüge des Cäsar Octavianus besprechen, die ihm die hohe Wertschätzung der Römer verschafft hatten. Er sah Kleopatra Selene mit dem gewohnten Abscheu an – ihre Mutter war bekanntlich eine Hure gewesen! –, als er das Wort Alexandria aussprach. Worauf die beiden Antonias anfingen zu zittern, wußten sie doch, daß die offizielle Version erheblich von der abweichen würde, die ihre ägyptischen Stiefgeschwister erlebt hatten.

Phaidros, den noch immer jede Geschichte überraschte und fesselte, freute sich schon sehr auf diese Unterrichtsstunde. Denn Octavia mit ihrem ausgeprägten Feingefühl hatte zur freien Entwicklung des Gemüts ihrer Kinder dafür gesorgt, daß der Unterricht in einer förderlichen Umgebung stattfand, also nicht in einem geschlossenen Raum, sondern in einer der Rotunden im Garten, die – es war ein herrlicher Morgen – ein idealer, inspirierender Ort war.

Phaidros schloß also die Augen und versetzte sich in die Stadt seiner Träume. Aus den Worten des Pädagogen wurden Bilder, verführerische, wie von Lautenklang begleitete Bilder, und die Schilderung der Zerstörung bekam liebliche Akzente.

DER PÄDAGOGE EUPHETES überlieferte die Ereignisse mit folgenden Worten:

»Cäsar Octavianus wußte sehr wohl, daß Angst die Stadt Alexandria beherrschte, daß sich die Bewohner in ihren Häusern versteckten und alle, die in Antonius' und Kleopatras Gunst gestanden hatten, in der Wüste Zuflucht gesucht hatten. Er wußte ferner, daß die Priester des Serapis zur Oase Siwa pilgerten, in deren Palmenhainen Alexander einst der große Gott Amon erschienen war. Sie hofften, das für seine Wunder berühmte Orakel dieses uralten, heiligen Ortes werde ihnen sagen, wie sie sich vor dem barbarischen römischen Feldherrn retten konnten, der das Imperium der Ptolemäer zerstört hatte. Cäsar Octavianus aber, der diese Ängste kannte, beschloß, Alexandria zu schonen.

Eine Stadt von solcher Schönheit, die Wiege so unermeßlicher

Weisheit, würde Rom in ihrer Pracht dienlicher sein als in ihrem Elend.

Ihm war ferner sehr daran gelegen, nicht wie ein siegreicher Krieger in die Stadt einzuziehen, sondern wie ein Bewunderer all ihrer Herrlichkeiten.

Er war überzeugt, daß ein weiser Regent vom Volk noch höher geschätzt wurde, wenn er sich mit anderen Weisen umgab, weshalb er in Alexandria nicht in Begleitung seiner Feldherren erscheinen wollte, sondern mit dem Philosophen Areios an seiner Seite, der nicht nur Alexandriner war, sondern bereits in Rom mit Cäsar Octavianus zu tun gehabt, ja ihm sogar die Wissenschaften vermittelt hatte.

So sahen die Alexandriner Cäsar Octavianus durch die kanopische Pforte einziehen, zu Fuß, seine rechte Hand in der des Philosophen und ganz gelassen mit ihm plaudernd, weder über Kriegsangelegenheiten noch über Politik, sondern über den letzten Sinn des Lebens und die religiösen Geheimnisse dieses Landes. Das erregte bei zahlreichen Bürgern so große Bewunderung, daß schließlich viele dem Weg der Gruppe durch die Straßen folgten. An jeder Ecke wuchs die Zahl der Neugierigen, die sich, nachdem sie ihre Angst überwunden hatten, den Anhängern dieses klugen Eroberers anschlossen.

Schließlich hieß es im Volk: ›Wir brauchen keine Katastrophe zu fürchten, denn offensichtlich achtet dieser Römer seine Götter und wird deshalb auch die ägyptischen achten. Dieser Römer behandelt seine Frau, die edle Livia, mit Respekt und Zuneigung, also wird er auch die Frauen von Alexandria respektieren. Dieser Römer zeichnet einen alexandrinischen Philosophen aus, reicht ihm die Rechte und hört auf seinen Rat. So wird er auch die Gelehrten achten und nicht zulassen, daß das lodernde Feuer der Wissenschaft und der Weisheit verlöscht, das von Alexandria aus in alle Welt leuchtet ...‹

Als sie zum Gymnasium gelangten, sah Cäsar Octavianus, daß viele Leute gekommen waren, die so große Angst hatten, daß sie sich auf die Erde niederwarfen, nicht als Zeichen der Anbetung der Götter, sondern weil sie ihn, einen Menschen, um Erbarmen anflehten. Da erklomm Cäsar Octavianus eine erhöhte Tribüne und forderte alle Menschen auf, sich zu erheben. Jetzt blickte das Volk von Alexandria schon nicht mehr furchtsam zu ihm auf, sondern mit Wohlwollen und bereit, ihn zu empfangen. Das erwartete Rom von den Völkern, denen es zu Hilfe eilt, wie es hier der Fall war, denn schließlich war

Rom gekommen, die Alexandriner zu schützen, nicht um sie auszurotten.

Das und nichts anderes äußerte Cäsar Octavianus, und zwar in griechischer Sprache, damit ihn alle verstehen und bewundern konnten. Worauf sich viele Alexandriner, die hier am Gymnasium versammelt waren, sagten: ›Wahrlich, dieser Cäsar Octavianus ist ein ehrlicher Mann, der die Dinge hier wieder in Ordnung bringen wird.‹

Obwohl die Orakel an diesem Tag schwiegen und sich die Hellseher betrübt und zweifelnd äußerten, war das Volk sich einig, daß Cäsar Octavianus' Friede der Stadt einen bislang unbekannten Wohlstand bringen würde. Nun, nach all den Kriegen, sehnten sich die Händler danach, daß der Verkehr im Hafen Eunostos wieder aufgenommen würde, die Bauern erhofften sich bessere Preise für ihre Produkte, die vielen Juden in der Stadt vorteilhaftere Bedingungen für ihre Leihgelder und die Angehörigen des Adels und der einflußreichen Schichten große Feste nach römischer Art, um die letzten Sommernächte zu beleben, bevor der stille Herbst kam, der an der Küste Alexandrias so mild und angenehm zu sein pflegte …

Von der Tribüne herab erklärte Cäsar Octavianus mit seinem nobelsten Lächeln die Stadt für frei von jeder Schuld. Erstens, weil sie auf einen Traum Alexanders zurückging, zweitens, wegen der Bewunderung, die ihr Anblick in ihm geweckt hatte, und drittens, um seinem Freund und Meister, dem Philosophen Areios, einen Gefallen zu erweisen. Daraufhin brachen die Alexandriner in Jubel aus, denn einer der ihren war ausgezeichnet worden.

Dieser Areios brachte es bei Cäsar Octavianus zu hohen Ehren, ja, er erreichte sogar die Begnadigung vieler zum Tode Verurteilter. Eine hohe Ehre, in der Tat. Denn ungeachtet seiner Gutherzigkeit und ungeachtet seines angenehmen Wesens hatte sich Cäsar Octavianus in Erfüllung einer äußerst unangenehmen Pflicht gezwungen gesehen, einige der Rebellen kreuzigen zu lassen. Ihm war klargeworden, daß er zur Sicherung des schwer errungenen Friedens nicht umhinkonnte, den Sohn von Königin Kleopatra und Julius Cäsar zu opfern, weil diese Königin in dem Jüngling den König der Könige sah, dessen Bestimmung es war, über Orient und Okzident zu herrschen, was die Welt wiederum in zwei Teile gespalten und wiederum Zwistigkeiten unter den Menschen vieler Nationen ausgelöst hätte.

Obwohl er ganz deutlich sah, daß der Jüngling zur Sicherung eines dauerhaften Friedens sterben mußte, verursachte ihm diese schwerwiegende Entscheidung doch erhebliche Probleme. Seine Redlichkeit gestattete ihm keine leichtfertig gefaßten Entschlüsse. Die Anwesenden berichteten später, der Philosoph Areios habe in Abwandlung jenes Verses von Homer, in dem es heißt, daß ein Heer nicht eine Menge von Anführern verkraftet, gesagt, allzu viele Cäsaren wären einem Reich nicht zuträglich. Das mußten alle einsehen. Cäsarion wurde zum Tode verurteilt, obwohl dieser Schritt dem großen Octavianus eigentlich widerstrebte …«

AN DIESER STELLE der Erzählung stieß die kleine Prinzessin von Ägypten einen Schrei aus:

»Cäsarion«, rief sie, »Cäsarion!«

Selbst ihr Bruder konnte sie nicht daran hindern, Täfelchen und Griffel auf den Boden zu werfen, verzweifelt aufzuspringen und wegzulaufen, weg von der Rotunde zur anderen Seite des Gartens. Da rannten ihr die beiden Antonias hinterher, Phaidros folgte ihnen, an seiner Seite Alexander Helios, zitternd vor Angst, wie immer, wenn seine Schwester irgendeiner Situation nicht gewachsen war.

Sie fanden sie bei den Mimosen, bitterlich weinend, das Gesicht in die Erde gedrückt. Phaidros bohrte sich seine Fingernägel in die Arme, hilflos angesichts dieser Welle von Erinnerungen. Marcellus war inzwischen auf die Suche nach Octavia gegangen. Als sie vom Inhalt der Unterrichtsstunde hörte, ließ sie den Pädagogen rufen, nahm ihn zur Seite und erteilte ihm einen strengen Verweis:

»Ich hatte gehofft, Lucinus habe dich besser über die Art informiert, wie ich wünsche, daß die Kinder einer Königin in meinem Hause behandelt werden.«

»Einer besiegten Königin«, erwiderte dieser im herablassenden Ton einer Person, die weiß, daß sie die Fakten auf ihrer Seite hat.

»Einer Königin, wie auch immer. Ich kann nicht dulden, daß ihre Kinder eine solche Version ihres schweren Schicksals zu hören bekommen.«

»Sie hören auf diese Weise vom Frieden des Cäsar Octavianus«, entgegnete der Lehrer ungerührt. »Seine Rechtschaffenheit, seine

Umsicht, sein ausgeprägter Gerechtigkeitssinn bewahrten Alexandria vor der Zerstörung. Zumindest ist das die offizielle Version, die zu lehren ich verpflichtet wurde.« Dann blickte er sie mißtrauisch an und fügte hinzu: »Müßtest du diese Version nicht vor allen anderen kennen und verbreiten?«

Daraufhin entließ Octavia diesen Mann, weniger wegen seiner Unverschämtheit, mehr aus Angst, seine pure Anwesenheit könnte in der bereits so sehr heimgesuchten Seele von Kleopatra Selene noch einmal ungute Erinnerungen aufrühren.

Während man sie in ihr Zimmer brachte, wurde das Mädchen von einem schier endlosen Alptraum heimgesucht, der ihren Körper schüttelte. Aus ihren unzusammenhängenden Sätzen war nur ein Name zu verstehen …

Cäsarion, der ermordete Bruder.

Sie lag mehrere Tage in diesem Delirium, dann beschloß Octavia, Antonius Musa, den Leibarzt von Cäsar Octavianus, rufen zu lassen. Wodurch die Nachricht den Palatin erreichte und Livia anfing, der kleinen Kranken Geschenke zu senden. Böswillige Zeitgenossen meinten, das Mädchen würde sicher noch wichtig werden, denn daß Livia etwas ohne Gegenleistung tat, war einfach undenkbar. Anders gesagt: Wenn Livia sie beschenkte, tat sie es zweifellos im Glauben an eine große Zukunft dieses Mädchens.

Im Augenblick aber hatte Kleopatra Selene nur eine bittere Vergangenheit, und die verfolgte sie unablässig.

Immer wieder tauchte Alexandria in ihren Fieberträumen auf.

Sie erinnerte sich an die letzte Nacht, an das Eintreffen der Nachricht, die widersprüchlich war wie die ganze Lage, an diese letzte, sich endlos dehnende Nacht. Alles war verloren, Marcus Antonius hatte sich den Tod gegeben, Kleopatra war eine Gefangene. Nun mußten die Prinzen an einem sicheren Ort versteckt werden, bis klar war, welches Schicksal Rom ihnen zugedacht hatte. Da durchlebte sie wieder die Flucht durch die endlosen Gänge, die den Palast von Lochias mit der großen Kloake verbanden und diese wiederum mit den geheimen unterirdischen Gewölben des Serapistempels. Sie sah sich wieder in Begleitung ihrer beiden jüngeren Brüder, erinnerte sich an die königlichen Ammen, denen sie nur mühsam folgen konnte, wie sie den Weg durch diese Unterwelt suchten, nur geführt von den Fackeln, die zwei königstreue Eunuchen mit zitternden Händen vorantrugen.

Nur zwei Eunuchen waren bereit, die göttliche Nachkommenschaft Ägyptens zu verteidigen!

In der geliehenen Sicherheit eines Hauses in der Fremde erinnerte sie sich an den übelriechenden Felsen und das schmutzige Wasser, das allen Unrat Alexandrias mit sich führte und den Stein seit Generationen anfraß. Und an die Ratten, die den vorwärts drängenden Flüchtlingen, die sich von keinem Hindernis entmutigen ließen, um die Füße rannten. Die Flucht vor der entsetzlichen Wirklichkeit hatte sie durch den Vorhof der Hölle geführt.

Als sie feststellte, daß eine wichtige Person fehlte, schrie Kleopatra Selene ihre Ammen an:

»Cäsarion! Wo ist Cäsarion? Warum flieht der König der Könige nicht mit uns?«

Und der Name Cäsarions, mit so drängender Angst ausgesprochen, hallte an den Wänden der Kloake wider, verlor sich in den Winkeln und stieg anklagend hinauf in die Straßen Alexandrias. Die Stadt zitterte vor Entsetzen, weil bereits bekannt geworden war, daß Roms Schwert in Memphis den göttlichen Kopf Cäsarions von seinem Rumpf getrennt hatte.

Schließlich konnten sie am Ende der Finsternis die makellos weißen Tuniken der Diener des Serapis ausmachen. Sie erwarteten die Prinzen an einem der Abflüsse des heiligen Sees. Dort angekommen, kleideten sie die Kinder mit großer Ehrfurcht an und führten sie dann durch andere, weniger bedrückende Flure. Sie gehörten schließlich zur heiligen Behausung der Götter.

Tiefer Frieden erfüllte diese wunderbaren, fast leeren Säle, die in ihrer Kahlheit an die letzte Reise der Seele in die Ewigkeit gemahnten! Und dann, welcher Schrecken, als sich dieser Friede als trügerisch erwies. Schließlich wußte Kleopatra Selene so gut wie ihre Brüder, daß draußen das Gefecht, ja vielleicht das Massaker weiterging. Daß sich ganz Alexandria ohne die geringste Hoffnung auf Erfolg der Belagerung widersetzte. Denn Antonius' Schutzgott Dionysos, als dessen Sohn er sich bei jeder Gelegenheit bezeichnete, hatte die Stadt für immer verlassen und sie den Geistern des Mißerfolgs überlassen.

Als sie dann aus der Ferne das Mausoleum ihrer Mutter entdeckte, umgeben vom Qualm der Schlacht und aufgewühlten Meereswellen, graute Kleopatra Selene vor der Präsenz des Todes. Vor dieser Präsenz, die über Jahrhunderte die ethische Grundlage ihres Landes dargestellt hatte.

Aus ihren ängstlichen, bis zur Entstellung geschwollenen Augen sprach unbändiger Überlebenswille. Und genau dieser Wille, dieser Drang war es, der sich auf Kleopatra Selenes Gesicht abzeichnete, als sie im Haus der edlen Octavia aus ihren schwarzen Träumen auftauchte und Octavia am Fußende ihres Lagers vorfand. Sie lächelte, wie immer, und wachte bei ihr. Die Sklavinnen hatte sie weggeschickt. Octavia, die Schwester des Mannes, der ihre goldene alexandrinische Kindheit für immer zerstört hatte, die jedoch über die seltene Gabe verfügte, einen Raum mit Leben zu erfüllen, ja sogar Menschen zu beleben, die von Todesgedanken beherrscht waren.

Dann hatte sie noch einen kleinen, bescheidenen, fast lächerlichen Trost: den Gärtner, der sie jeden Morgen mit einem Strauß Blumen begrüßte und fragte, wie die Farben des Himmels sind, wenn er die Küste Alexandrias küßt.

Dabei wurde Phaidros klar, daß er machtlos war gegen den Schmerz dieses Mädchens, so machtlos wie andere Menschen, wenn er Trost bei ihnen suchte.

AN EINEM TAG entdeckte Phaidros die Schönheit der römischen Parkanlagen, am nächsten das faszinierende Durcheinander des städtischen Lebens. Es stieß ihn ab, übte aber zugleich eine eigenartige Faszination aus, die ihn immer wieder überraschte und schließlich seinen Willen außer Kraft setzte.

Wenn nach der schrecklichen Stille der Nacht die ersten Straßengeräusche zu hören waren, sprang er hoch von seinem elenden Bett und rannte auf den Balkon, bereit für einen neuen Tag, voller Hoffnung, wie er auch den ersten Knospen im Frühling begegnete.

Die Subura erwachte und damit der bunte Melodienreigen des Viertels.

Das Weinen eines Kindes, das Geräusch, das sich mit dem Hahn um das Recht streitet, als Weckruf zu gelten. Gleich darauf ertönte das Knarren der Balken, mit denen die Ladentüren der Händler verschlossen waren, das Rauschen der Zeltplanen, die Sklaven über die Straßen spannten, das Räderrattern der ersten Karren, und dann folgte bereits das monotone Schlagen des Schmiedehammers, das Klopfen des Schusters, das Geräusch der Mühlsteine, die das Korn zermalmten, und das Knistern des Feuers im Ofen, das den Teig buk. Und zum Zeichen, daß das Tagwerk begonnen hatte, kam aus dem Bäckerladen der köstliche Duft verschiedener Sorten Brot, vom einfachen Gerstenbrot bis zum luxuriösen Feingebäck mit Anis und Kümmel.

Darauf folgten die eiligen Schritte der ersten Nachbarin, die zum Wasserholen an den öffentlichen Brunnen rannte. Dann hörte man, wie eine andere ihren Abfall aus dem Fenster kippte, gleich darauf das Lachen der Männer, die, bevor sie an die Arbeit gingen, der öffentlichen Latrine ihren morgendlichen Besuch abstatteten.

Sobald sich die Straße mit Menschen füllte, wurde aus den ersten Geräuschen richtiger Lärm, und Phaidros beobachtete mit offenem Mund den pausenlosen Einsatz der Handwerker, deren Werkstätten die unteren Geschoße der Häuser einnahmen. Er begeisterte sich an den bunten Kleiderstoffen der Färber, erschrak beim übellaunigen Klagelied der Tavernenbesitzer, deren Tagelöhner die Schläuche mit dunklem Wein abluden, die sie als Nachschub für den gewaltigen Durst der Römer aus den Vorratskellern am Tiber geholt hatten. Da öffneten auch schon die Lebensmittelläden. Sie quollen über mit Früchten der Saison, als reichten die großen Märkte des Zentrums bis hierher in diese engen Gassen, nur um ihn Tag für Tag mit der Fülle ihrer eindrucksvollen, natürlichen Farben zu verblüffen.

Immer wieder blieb er stehen, um den Gesprächen der Passanten zu lauschen. Manchmal verweilte er vor einem der vielen Barbiere, die ihre Stände auf den Gehsteigen aufgebaut hatten und dort ihre Dienste anboten, und lauschte gedankenverloren ihrer sprichwörtlichen Beredsamkeit. Dann ging er weiter und hielt bei den Metzgereien an oder den Heilmittelläden, um auch hier mit so großer Ausdauer zuzuhören, daß sich die Verkäufer genötigt sahen, ihn mit unguten Methoden hinauszuwerfen, etwa indem sie ihm Schmutzwasser vor die Füße kippten oder verfaulte Früchte mitten ins Gesicht warfen. Er ließ sich aber davon nicht abschrecken. Deshalb hielten die Händler des Viertels diesen Griechen nach einer Weile nicht nur für einen Stotterer, sondern auch noch für einen rechten Dummkopf. Nicht lange jedoch, da begannen sie ihn zu achten, weil sie merkten, wie sehr er sich bemühte, seinen Sprachfehler zu überwinden. Sie lernten, ihm zuzuhören, obwohl der Zeitaufwand jedesmal erheblich war, wenn er sie um etwas bat oder fragte.

Phaidros aber entdeckte durch das viele Zuhören eine Sache, die ihm bislang noch nie aufgefallen war, nämlich die unendlichen Variationen der Sprache. Ihm war zwar nicht verborgen geblieben, daß alle Völker der Erde verschiedene Sprachen hatten, daß sie aber hier in der gleichen Stadt vorkamen, das hätte er nie gedacht. Ferner bemerkte er verwundert, daß es unterschiedliche Redeweisen gab, je nachdem, ob eine Gemüsefrau sprach oder ein Adliger, und daß in den Straßen viele Ausdrücke fielen, die im Hause der Octavia nie zu hören waren.

Doch bald schon wurde die Neugier zur Mühsal, wenn er sich nämlich einen Weg durch die Massen in den Straßen bahnen mußte. Was für ein Thema für einen großen Satiriker! An den Straßenecken traf sich eine ebenso dichte wie bunte Menge, wahre Trauben von Menschen, die sich gegenseitig behinderten, immer mehr wurden, sich vermischten und mit Ellbogenstößen darum kämpften, ein paar Schritte weiterzukommen. Als genüge dieses menschliche Durcheinander noch nicht, kamen auch noch Fahrzeuge jeder Art hinzu, die in den Menschenmassen steckenblieben, dadurch Auseinandersetzungen auslösten und einen neuen Schwarm Neugieriger anzogen. Phaidros lernte das Staunen. Er zog mit offenem Mund von hier nach dort und beklagte sich nicht, wenn ihn ein Sklave zur Seite stieß, um der Sänfte seines Herrn Platz zu schaffen, wenn er unter den Hufen eines Pferdes, das sich mitten in der Menge aufbäumte, beinahe den Tod fand, oder unter den Rädern einer Quadriga, deren unbesonnener Wagenlenker sie im Galopp durch die allzu engen Straßen jagte.

Manchmal nutzte Phaidros seine freien Tage auch dazu, den Ameisenhaufen der Subura hinter sich zu lassen und ruhigere Gefilde aufzusuchen.

Mit einer dürftigen Verpflegung im Knappsack vermied er die Staus und ging hinaus auf die weite Esplanade, auf der sich das Forum des Julius Cäsar erhob.

Er setzte sich zwischen die winzigen Nymphen aus Marmor, die die Säulen des Brunnens zierten, genoß den günstigen Ausguck und betrachtete die Menschenmenge, die hier womöglich noch bunter war als in seinem Viertel, weil die Bekanntheit des Ortes und die Bedeutung seiner politischen und kommerziellen Einrichtungen Personen der höchsten Klassen, aber auch unzählige Fremde anzogen. Auf diese

Weise entdeckte er, nach der verflixten Vielfalt der römischen Dialekte, die erstaunliche Anzahl der verschiedenen Nationen, die unter dem Schutze Roms standen. Diese ausgelassene, buntgemischte Menschenmenge weckte seine Neugier und löste eine Vielzahl von Fragen aus, die er sich bislang nie gestellt hatte.

An welcher Stelle der bekannten Welt befand sich Epidaurus, wo Sicca, was war mit Siena? Die Namen klangen nach fernen Ländern, die Stimmen nach Völkern, von denen er noch nie gehört hatte. Es mischten sich Parther, Zyprioten, Juden, Armenier, Skythen, Gallier … sie alle waren in Rom vertreten, alle standen an der Seite der Römer.

Zusammen bildeten sie einen unablässigen Strom von Menschen, der sich zu den Tempeln durchkämpfte, zu den Regierungsgebäuden oder den großen Verkaufsständen der Säulenhallen. Die Massen drängten zu den Eingängen der Kampfplätze und kamen in Scharen aus dem neuen Theater des Pompejus, der Hauptattraktion jener Jahre, denn es war das erste ganz aus Stein gebaute Theater in Rom.

Doch es gab noch andere Dinge, die seine Aufmerksamkeit fesselten, so zum Beispiel die zahlreichen ehrbaren Alten oder ordentlichen jungen Leute, die sich in den Säulengängen der beiden Bibliotheken, der griechischen und der lateinischen, ergingen oder in Gruppen beisammenstanden, um in aller Ruhe und Ausführlichkeit philosophische Probleme zu erörtern. Oft ergriff ein Redner spontan das Wort, um Fragen politischer Art aufzuwerfen, die das Denken des neuen Roms bestimmten, das sich mehr denn je an den Auffassungen Cäsar Octavianus' orientierte.

Phaidros wanderte weiter, immer allein. Weg von den am meisten überlaufenen Orten verlor er sich in der vornehmen Stille der großen Gärten um die herrschaftlichen Villen. Da tauchten unvermittelt neue Gebäude auf, so hoch und prächtig, daß sich sein Staunen in Bestürzung verwandelte und seine Bestürzung in eine angenehme, einem Opiumtraum ähnliche Lethargie.

Manchmal gelang es ihm, den Tempel der Venus Genetrix zu betreten, der Schutzgöttin des Geschlechts der Julier, das sich rühmte, von ihr abzustammen. Riesengroß wurden seine Augen vor den gewaltigen Bronzeskulpturen, den Mosaiken und Malereien, die, allerdings ein wenig übertrieben, diesen Anspruch illustrierten. Dort wurde mit bildlichen Mitteln dargestellt und behauptet, daß ein entfernter Vorfahre dieser Familie, Anchises, der Vater von Äneas, amourösen Umgang mit der willfährigsten der Göttinnen gehabt hatte und diese göttliche Linie ohne Unterbrechung zu dem Manne führte, der derzeit die höchste Macht in Händen hielt. Zu Cäsar Octavianus, genauer gesagt.

Doch Roms Vormachtstellung beschränkte sich nicht auf die kulturellen Ansprüche einer einzigen Familie: Im Inneren der großen Tempel, in den herrschaftlichen Säulenhallen, ja selbst in den öffentlichen Gärten ließen die Künstler ihrer Phantasie freien Lauf und befaßten sich mit den großen Geschlechtern der Vergangenheit oder den schönsten Episoden der Geschichte und Mythologie. Phaidros betrachtete mit wachsender Bewunderung die Werke hervorragender griechischer Maler. Er sollte sich für immer an das Bild einer Medea erinnern, die beschloß, ihre Kinder zu töten, einer Hekuba, die Zerstörung Trojas beweinend, oder einer Persephone, die den Stier streichelte, für den sie eine so große, unheilvolle Leidenschaft pflegte.

Er setzte seinen Weg fort zu immer entlegeneren Stätten. Auf dem Palatin sah er die Nachbildung einer Hütte, in der angeblich Romulus geboren worden war. Dort hatte sich vor Zeiten eine Kultstätte befunden, fern der anderen Bebauung, doch das Wachstum der Stadt hatte sie mit Palästen umstellt, und Phaidros fürchtete, daß sie bald komplett verschwinden würde, weil am Ende der Luxus der Mächtigen immer stärker ist als die Frömmigkeit des Volkes. Doch da irrte er sich, denn einer der ehrgeizigen Reformpläne von Cäsar Octavianus sah vor, diesen heiligen Ort in ein prachtvoll ausgestattetes Ensemble zu verwandeln und zu einer der bekanntesten Attraktionen der Frömmigkeit der Stadt zu machen.

Dann lenkte er seine Schritte zum Forum, das der Erbe Julius Cäsars hatte errichten lassen. Er betrachtete die Ruinen der enteigneten Häuser, eine Aktion, die im Viertel viele Klagen ausgelöst hatte, weil die Leute gezwungen waren, sich an Orten der Stadt anzusiedeln, die bislang als ungesundes Sumpfgebiet gegolten hatten. Doch der großartige Agrippa war dabei, diese Zone aufzuwerten, und alle waren der Meinung, daß sie bald eine wirklich außergewöhnliche Lebensqualität bieten würde. Denn dort sollte das neue Marsfeld angelegt werden, mit noch weitläufigeren Gärten, großen Sporteinrichtungen und einem außergewöhnlichen Heiligtum, Pantheon genannt, weil es die drei wichtigsten Gottheiten des römischen Olymps beherbergen würde.

Doch viele sagten, daß sie selbst die Vollendung dieses gewaltigen Werks wohl nicht mehr erleben würden, und Phaidros beschränkte sich darauf, traurig zu lächeln und zu denken, daß das Leben ungerecht ist, weil es die Menschen oft von halb fertiggestellten Dingen und aus Landschaften, die noch im Entstehen sind, abberuft. Doch auch wenn Menschen hundert Jahre lebten, würden Dinge und Landschaften sie überdauern.

Dennoch war es, ungeachtet solch düsterer Überlegungen, spannend zu sehen, wie sich die jahrhundertealte Stadt Stück für Stück aus eigener Kraft erneuerte. Wie sie ihre engen Grenzen sprengte und mutig neue Räume erschloß.

Diese Stadt hatte sich vorgenommen, alle anderen an Pracht zu übertreffen, und so wuchsen bereits neue Gebäude heran. Noch waren sie im Bau und glichen gewaltigen, aus Holzverbindungen hergestellen Skeletten. Baugerüste wuchsen in die Höhe, und allenthalben traf man auf halbfertige Gewölbe oder Säulenkörper, die nach und nach ihre eleganten Silhouetten aufrichteten …

Und wenn Phaidros in den Straßen der Subura gezwungen war, sich mit den Ellbogen einen Weg durch die wild durcheinander laufenden Menschenmassen zu bahnen, so mußte er in dieser Gegend über riesige Marmorblöcke klettern, über Mörtelwannen hüpfen und über Zementhaufen steigen. Auch begegnete er hier einer großen Anzahl von Sklaven, Vorarbeitern, Facharbeitern und Künstlern aus allen Bereichen. Die einen schnitten die Blöcke, andere bearbeiteten sie mit Meißeln. Dort wurden mit gewaltigen Hämmern die Kanten begradigt; da schufen Bildhauer mächtige Statuen, die alsbald an den endgültigen Platz ihrer Bestimmung gebracht werden sollten. Schreiner glätteten die Täfelungen der bereits fertiggestellten Bogengewölbe, während ein Malertrupp feine Schichten von Blattgold auftrug und hundert weitere Trupps, hoch auf sicheren Gerüsten, herrliche Gemälde ausführten, die der Welt beweisen sollten, daß sich der Olymp in Rom befand und nirgendwo anders.

So sah es jedenfalls Phaidros, der Gärtner, der das große Glück hatte, Rom zu einer Zeit kennenzulernen, als sich die Stadt in den Traum der Götter verwandelte.

DAS ROM DER Republik machte sich auf, um zum Rom des Imperiums zu werden. Einem Fenster gleich, das plötzlich seine wahren Funktionen entdeckt, öffnete sich das alte Stadtgebiet neuen Bereichen, die nur vom Himmel begrenzt wurden. Das alte Gelände eroberte sich ungeahnte Räume, dehnte sich über unerforschte Hügel aus, stieg über die uralten Begrenzungsmauern, überquerte den Fluß und breitete sich auf dem offenen Land aus. Das Rom der Republik, das selbstgenügsame, verschlossene, beengte und beschränkte, mußte einer offenen, einladenden Metropole weichen, einer Metropole, die bereit war, bislang unvorstellbare Menschenansammlungen gastlich aufzunehmen. Schließlich hatte die von Agrippa vorgenommene Volkszählung ergeben, daß Rom erheblich mehr Einwohner hatte als bislang errechnet. Denn schon zu Zeiten Julius Cäsars war den Bewohnern vieler verschiedener Provinzen und Städte die römische Staatsbürgerschaft verliehen worden, und diese Menschen begaben sich nun in die Hauptstadt, um dort ein neues Leben anzufangen. So kam es, daß sich immer mehr Gruppen nach ihren Herkunftsländern zusammenfanden und die Zahl der Viertel so lange anstieg, bis die Stadt aus allen Nähten platzte.

Doch Rom dehnte nicht nur seine Stadtgrenzen aus, sondern tat auch alles Erdenkliche zu seiner Verschönerung. Überall entstanden große Monumente zur ewigen Erinnerung an das, was bereits zur Obsession von Cäsar Octavianus geworden war: daß die Vorzüge des Sternzeichens Steinbock, mochte es dem gewöhnlichen Volk noch so unglaubwürdig erscheinen, all jene übertraf, die die Römer seit den fernen Jahrhunderten der Gründungen des Romulus mit der Waage verknüpft hatten.

Aus einem unübersichtlichen Gewirr enger, schmutziger Gassen von überwältigender Armut, in denen sich der Unrat häufte, war nun der Drang nach Größe entstanden. Und die sollte schließlich alles bisher Dagewesene in den Schatten stellen.

Der große Octavianus hatte nicht gelogen, als er sagte, daß er aus der steinernen Stadt, die er übernommen hatte, eine Stadt aus Marmor machen würde. Es war sein Traum gewesen, Agrippa jedoch setzte ihn in die Realität um. Während also im Maecenaskreis die Dichter damit beschäftigt waren, neue Adjektive zu erfinden, originelle Elogen, unerhörte Hyperbeln und Vergleiche, widmete sich Agrippa der Aufgabe, die poetischen Gedankenflüge, zumindest ansatzweise, in die Praxis umzusetzen.

Er ordnete den Bau neuer Straßen an, dehnte das Netz der Aquädukte aus und löste die drängendsten Probleme der öffentlichen Ordnung, während Octavianus die spektakuläreren Reformen plante und daran arbeitete, sein Ansehen zu festigen. Dafür scheute er keine Mühe und keinen Aufwand. Wie leicht der Plebs zu blenden war! Wenn Rom sich nach außen groß darstellte, war das Volk sicher bald der felsenfesten Überzeugung, daß Rom auch innere Größe besaß.

So sagten sich schließlich die Römer, dieses Baufieber sei ein klarer Hinweis auf die Selbstsicherheit von Cäsar Octavianus und seinen Freunden. Andere murrten, daß er es wohl übertreibe, nicht mit den Bauwerken, sondern seinen anderen Maßnahmen. Denn Cäsar Octavianus nahm im Senat eine Reihe von Säuberungen vor, deren Tragweite der Plebs nicht verstand. Man wußte zwar, daß Agrippa ihm den Titel des *princeps* verliehen hatte, doch nur die ewig Unzufriedenen sahen in dieser Ernennung ein Alarmzeichen, weil ihm dieser Titel die Möglichkeit gab, mit seinem Votum die Entscheidungen des Senats auszuhebeln, und dieses Privileg fast die ganze Macht in seine Hände legte.

Für den Plebs jedoch waren die Folgen dieser Machtfülle positiv, ja großartig. Sie machten sich umgehend in der Verteilung der öffentlichen Mittel und Finanzierung der spektakulären städtebaulichen Reformen bemerkbar. Denn seit dem Sieg von Actium hatten Octavianus und seine Freunde sehr deutlich wissen lassen, daß sie sowohl die Monumente als auch die Siegesfeiern, die der Bekräftigung seines persönlichen Ruhms dienten, aus ihrer eigenen Tasche bezahlten. Nur die Gebäude und Gedenkfeiern von öffentlichem Interesse wurden mit Staatsgeldern finanziert. Die Römer nahmen solche Entscheidungen mit großer Zufriedenheit zur Kenntnis und meinten, endlich sei ein Herrscher gekommen, der sich dem Gemeinwohl verpflichtet fühle und es nicht darauf anlege, sie auszupressen. Was vom Senat, von dessen Mitgliedern sich in letzter Zeit viele als außerordentlich korrupt erwiesen hatten, nicht behauptet werden konnte.

Cäsar Octavianus, der sich dessen sehr wohl bewußt war, äußerte sich kritisch über die Pracht der großen römischen Adelspaläste, bezeichnete sie als beschämend und verwerflich und verkündete, er habe die Absicht, Rom die Nüchternheit wieder zu verleihen, die der Stadt in den Zeiten der Zügellosigkeit verlorengegangen war. Daß dies keine leeren Worte waren, zeigte sich in seiner Lebensführung, besonders aber an seiner Residenz auf dem Palatin, die für eine Person in so hervorgehobener Position äußerst bescheiden war.

Gleichzeitig lieferte er fortlaufend Beweise einer ungewöhnlich tiefen Religiosität, die sich unmittelbar in der Gründung zahlreicher Tempel äußerte sowie in der Restaurierung älterer Kultstätten, die mit nachlassender Frömmigkeit dem Vergessen anheimgefallen waren. Meinte dann ein Fremder im Scherz, daß die Götter wohl an keinem Ort freundlicher behandelt würden, erwiderte ihm ein Bürger, stolz auf die neue Situation:

»Der Pater Patriae hat der Stadt Rom die Frömmigkeit wiedergegeben, die sie verloren hatte. Er hat Rom, das so vielen fremden Einflüssen ausgesetzt war, wieder zu seinem wahren Wesen verholfen. Deshalb hat er die fremden Götter des Landes verwiesen und jenseits der Hügel an entlegene Orte gebracht, deshalb ließ er die Bücher mit den griechischen Prophezeiungen verbrennen, zusammen mit anderen Zeugnissen fremdländischer Einflüsse. Er krönte seine Umsicht jedoch mit der Rückbesinnung auf die Bedeutung der sibyllinischen Bücher, dem Herzstück römischer Religiosität, bevor uns die Korruption beherrschte. Deshalb sagte ich dir, dieser Cäsar Octavianus ist ein äußerst frommer Mann und wird erreichen, daß auch in dieser Stadt wieder Frömmigkeit herrscht, um der von Rom regierten Welt ein Beispiel zu geben.«

Die Römer erlebten baß erstaunt die Wiedergeburt ihres Nationalstolzes. Der wuchs zusammen mit der neuen Frömmigkeit, die jedoch nur schöner Schein war, nicht weniger spektakulär allerdings als das maßlose Wachstum der Stadt. Mochten traditionell eingestellte Römer diese neue Frömmigkeit begrüßen, andere lästerten darüber. Sie hielten diese Bemühungen schlichtweg für überflüssig, denn der religiöse Glaube war einfach außer Gebrauch gekommen; ja, es kam sogar soweit, daß Cäsar Octavianus für die Pflege der Tempel nicht genügend Leute fand. Die Sitten hatten sich tatsächlich so sehr gelockert, daß niemand mehr sein Leben eingeschlossen in die vier Wände eines Heiligtums verbringen wollte, mochte dessen Restaurierung auch eine patriotische Tat darstellen.

Das alles hielt Cäsar Octavianus aber nicht davon ab, weitere Tempel zu restaurieren, eine Mission, die ihm, wie die Allerfrommsten sagten, von Apollo selbst aufgetragen war, dessen Statue er in seinem Haus aufgestellt hatte, damit dieser Gott alle seine Handlungen leite. Was nichts anderes hieß, als daß Apollo ganz Rom leite.

In der Alltagspraxis waren Octavianus' Eingebungen weit weniger göttlicher Natur. Er hörte noch immer demütig auf die Ratschläge von Maecenas und Agrippa, die sich in der Vergangenheit so gut bewährt hatten, brachte aber auch seinen eigenen Instinkt mit ein, dieses ausgeprägte, für einen Polititker unerläßliche Mißtrauen. Gut, er reformierte gründlich, tat es aber ohne Eile und nicht auf einen Schlag. Hatten ihn seine Vorgänger doch nicht vergeblich gelehrt, daß allzu große Eile jede Reform zum Scheitern verurteilt.

Letzten Endes agierte er wie ein König, jedoch ohne sich den Haß zuzuziehen, den die Römer beim bloßen Wort Königtum empfanden. So trefflich wahrte er den Schein, daß naive Seelen riefen:

»Mögen die Götter diesen Cäsar Octavianus, der uns die Republik wiedergegeben hat, beschützen.«

DIE MONATE GINGEN dahin, und langsam begriff Phaidros, daß die Freude, die er bei seinen Spaziergängen empfand, nur eine Scheinlösung war, denn obwohl er sich unter die Menschen mischte, blieb er allein und vereinzelt. Das deutliche Gefühl der Isolation schmerzte ihn, weil seine Seele sich danach sehnte, alle Erlebnisse mit einem anderen Menschen zu teilen. Mit einem Menschen, wie Adonis einer gewesen war.

Adonis kam inzwischen nur noch nach Hause, um die Kleidung zu wechseln und dann zu seiner fröhlichen Runde mit den Söhnen der Nacht aufzubrechen. Selbst das Umziehen verrichtete er in Windeseile, so daß Phaidros nur ganz kurz in den Genuß seiner Gesellschaft kam. Adonis wusch sich vorher im Hause der Octavia, denn zu den miserablen Wohnbedingungen in der Subura kam noch hinzu, daß es kein Wasser gab. In der elenden Behausung angekommen, vollendete er seine Körperpflege, indem er sich reichlich mit Parfüm benetzte, schwer duftenden Wässern, die Phaidros mit Eleganz und Reichtum in Verbindung brachte. Mit einem Reichtum, den er sich nicht erklären konnte.

Noch viel mehr aber wunderte er sich, wenn Adonis die Truhe öffnete, in der er seine Kleider und seinen Putz aufbewahrte. Beides stand in so krassem Gegensatz zu der ärmlichen Umgebung, daß Phaidros der Versuchung nicht widerstehen konnte, nach der Herkunft dieser Schätze zu fragen. Worauf Adonis erwiderte:

»Zahlt uns die edle Octavia etwa keinen Tagelohn? Das erklärt ihre Herkunft.« Und dann setzte er mit Nachdruck hinzu: »Denke nichts Schlechtes, denn wenn ich die Sachen mit meinem Hintern verdient hätte, würde ich meine Achselhöhlen mit Ölen aus Arabia Felix betupfen, und Seide aus Kos würde meine Haut streicheln, das kann ich dir versichern.«

Nicht zu wissen, woher diese Schätze tatsächlich kamen, peinigte Phaidros, der sehr wohl wußte, wie leicht es für einen jungen, schönen Mann wie Adonis war, von einem schmierigen Händler oder einem lüsternen Alten Geschenke zu bekommen. So groß war seine Qual, daß er ganz übersah, was Adonis selbst ihm zur Beruhigung immer wieder versicherte: daß die Kleider aus Räumungsverkäufen kamen, die Halsketten, Ringe und Armbänder Ramsch waren und das Parfüm so billig wie der Eselsurin, den die Drogisten in der Subura mit ein paar Tropfen Eisenkrautessenz versetzen und dann dicken Matronen verkaufen, die sich damit einschmieren, wenn sie zum Circus oder ins Theater gehen.

Doch Blindheit ist das Wesen der Eifersucht; sie erfindet immer Gründe und Rechtfertigungen. Und so sah Phaidros in seiner Eifersucht, die schon eher einer Krebserkrankung der Seele glich, überall Schätze, wo keine waren, um das Unentschuldbare zu entschuldigen. Die Tatsache nämlich, die schreckliche schlichte Tatsache, daß sich Adonis in ein anderes Leben stürzte, um nicht an seiner Seite zu sein.

Doch so war es tatsächlich. Adonis war noch dabei, sich herauszuputzen, da ertönten bereits die Flöten der Parasiten, die ihn allabendlich abholten. Und wenn dann Phaidros mit dem Auftrag, sie zu beruhigen, auf den Balkon trat, schrien sie ihm zu:

»Stotterer! Sag deinem Herrn, er soll sich beeilen, bevor unsere Schwänze erkalten.«

Und ein andermal:

»Adonis, Sohn einer ehebrecherischen Schlange, sag deinem Knecht, er soll dir endlich die Sandalen fertig anlegen.«

So blieb Phaidros wie der letzte der Dienstboten zurück, wenn sein Freund, in einen kurzen Umhang gehüllt, den er sich mit gezierter Geste über die Schulter schwang, das Haus verließ und dabei nicht versäumte, einen letzten, vergnügten Blick in die Runde zu werfen, voller Freude auf die vielversprechende Nacht und voller Abscheu über das, was er hinter sich ließ: eine stinkende Kammer und einen

Gefährten, der so schmutzig und traurig war, daß sein Anblick jeden empfindsamen Menschen deprimiert hätte.

Phaidros fühlte sich elend, so elend wie das Zimmer. Der zerschlissene Vorhang am einzigen Fensterchen flatterte im Wind, so daß die Kälte ungehindert einfallen konnte. Keine Möbel oder andere Gegenstände stellten sich ihr entgegen, und so drang sie bis in die letzte Ecke und nistete sich überall ein, ohne sich von der schwachen Wärme des kleinen Kohlenbeckens, das kaum groß genug war für eine Person, vertreiben zu lassen.

Die Stunden vergingen, die Kälte des Winters, dann die Hitze des Sommers, bis wieder die Kälte kam.

In diesen mit endlosem Warten auf die Rückkehr des Freundes verbrachten Morgenstunden vertrieb sich Phaidros die Zeit, indem er auf das Täfelchen die Übungen schrieb, die Lucinus seinen Schützlingen aufgegeben hatte. Das hatte er sich seit kurzem zur Pflicht gemacht, weil er es angesichts seiner vielen Nachteile gegenüber Adonis für nötig hielt, ihn immer wieder mit Fortschritten zu überraschen, mit Erfolgen, die ihn beeindrucken und seiner Liebe würdig machen sollten.

Die Monotonie beim Wiederholen des immer gleichen Satzes ließ ihn mit noch größerer Intensität und Genauigkeit fühlen, wie langsam die Zeit verging, wie lang eine Ewigkeit war. Bald gingen ihm die Themen aus, die Zeit dehnte sich endlos, und Adonis erschien nicht.

Er suchte nach weiteren Übungsaufgaben.

Die beiden Antonias waren um einiges zurück, und der unbesonnene Julius Antonius dachte bereits mehr an seine Vergnügungen als an seine Studien. Was Kleopatra Selene und Alexander Helios anging, so waren ihm nur ihre guten Griechischkenntnisse von Nutzen, ihr Latein war noch immer äußerst dürftig. Deshalb hielt sich Phaidros an die Aufgaben von Marcellus und schrieb sie ab, denn die waren nahezu perfekt gelöst.

Er wiederholte die Sätze so oft – es waren gewöhnliche Deklinationen –, daß sie zu einer abstrakten, rhythmischen Melodie ohne jeden Sinn wurden. Er starrte die Buchstaben an, bis sie sich vom Täfelchen zu lösen schienen. Die Finger konnten den Stift kaum mehr halten, die Schrift wurde zum Gekritzel, die Buchstaben gehorchten ihm nicht mehr, sondern widersetzten sich seinem Willen.

Plötzlich riß Phaidros die Augen auf, überrascht von dem, was seine Schrift ihm zu lesen gab:

Der kalte Wind springt mich an
Adonis ist nicht gekommen
Der Quilon bläst mich um
Ich möchte weinen
Adonis fehlt mir …

Diese Worte erstaunten ihn. Er hielt inne, fühlte sich in den Text ein und versuchte, sich daran zu erfreuen. Doch beim Lesen dessen, was er selbst eben zu Papier gebracht hatte, wurde aus dem ursprünglichen Erstaunen Angst und schließlich große Beunruhigung.

Die Worte stimmten mit dem, was abzuschreiben er sich vorgenommen hatte, in keiner Weise überein. Sie standen weder mit den Diktaten von Lucinus noch mit den Aufzeichnungen von Marcellus in irgendeiner Verbindung. Nichts von dem Gelernten, nichts von dem, was man ihn gelehrt hatte, tauchte in dem Geschriebenen auf, und nützen würde es ihm wohl auch nichts. Denn die verräterischen Worte, Ausdruck seiner Ängste, waren unvermittelt aufgetaucht, völlig unbewußt und ganz ohne Vorankündigung.

Irgend etwas hatte seinen Willen überwunden, irgendeine starke Kraft. Ein heimlicher Gedanke vielleicht, eine in den Tiefen seiner Seele versteckte Befürchtung, ein Grauen, das zu benennen er bislang nicht den Mut gehabt hatte. Ein Konglomerat unangenehmer, schmerzlicher Gefühle hatte hier endlich Ausdruck gefunden. Dieser Ausdruck bereitete ihm noch mehr Schmerzen, marterte ihn, als hätte sich soeben zu seinen Füßen ein klaftertiefer Abgrund aufgetan, in dessen Schlund er nun hineinrutschte – eine Qual überfiel ihn, die ihn nicht mehr verlassen sollte.

Was war es, das sein eigenes Bewußtsein überlistet hatte? Wenn das, was er eben geschrieben hatte, nicht angelernt war, wenn es keinem Lehrplan folgte, was mochte es dann sein?

Worte, die in seinem gewöhnlichen Wortschatz nicht vorkamen. Worte, durch Zufall an verschiedenen, ja völlig gegensätzlichen Orten aufgeschnappt, in Gesprächen, an die er sich nicht mehr erinnerte. Gewöhnliche Worte, die plötzlich kultivierte und verfeinerte Vorstellungen aufscheinen ließen, als mischten sich das Heilige und das Profane in einer gleichen Sprache, um ihn nach ihrem Willen zu erheben oder zu erniedrigen.

Im normalen Gespräch hätte er vom Winterwind gesprochen, niemals vom Quilon. Er hätte den Namen Adonis vermieden, und es nie gewagt, ihn mit einem Sturm in Verbindung zu bringen.

Er schämte sich schrecklich, hätte sich am liebsten in ein Erdloch verkrochen und fühlte sich plötzlich nackt, der Welt ausgesetzt. Hatte er doch einen heimlichen, deshalb heiligen Gedanken niedergeschrieben, der, von wem auch immer, gelesen werden konnte.

Er warf die Schreibutensilien von sich, fühlte sich dann aber noch einsamer. Wie der Soldat, der vor der Schlacht seine Waffen wegwirft und dann mit nackten Händen kämpfen muß, wie die Mutter, die das Kind in ihrem Leib umbringt und dann in den Kindern anderer Frauen Trost sucht, so fühlte sich Phaidros, als er sich von den Gegenständen trennte, die ihn verraten hatten.

Doch schon rief ihn eine fremde Stimme zu den Schreibsachen hin. Und andere, noch viel fremdere, dennoch vertraute Stimmen sagten ihm, er solle den Stift aufheben und festhalten, dann würde er die Angst, die ihn soeben erfaßt hatte, schnell loswerden.

Er fing noch einmal an mit einer der Lektionen, die der Lehrer Marcellus aufgegeben hatte, doch schon bald hielt er überrascht inne und blickte wieder in den Abgrund.

Denn während er die Sätze abschrieb, die alle Schüler auswendig können, erschienen auf dem Täfelchen unversehens andere Worte. Worte, die er sich in letzter Zeit zu seinem traurigen Sinnbild erkoren hatte:

»Die Vögel sind nicht allein, die braven Hunde sind nicht allein und die bösen Schlangen auch nicht. Phaidros aber ist allein. Phaidros aber ist tot.«

EINES TAGES WARFEN die Sklaven Alexander Helios' mumifizierte Katze zum Abfall. Da weinte ein Dutzend schwarzgekleideter Klagefrauen, und Phaidros suchte den Tannenzweig, der für den Haupteingang der Villa gedacht war, flocht dann den kleinen Myrthenkranz, um Alexander Helios damit zu krönen, der zu einer anderen Zeit und an einem anderen Ort zum König so vieler Länder des Orients gekrönt worden war. Doch jetzt, als Toter, trug er die kurze Tunika der römischen Kinder, seine Sandalen standen unter dem Totenbett, und die Sklaven legten ihn so zurecht, daß er aussah wie ein Lebender.

Kleopatra Selene jedoch war von dem Gedanken besessen, daß soeben wieder ein Kind dem Fluch von Alexandria zum Opfer gefallen war. Sie erinnerte sich der folgenschweren Nacht, als die drei Unglücksschwestern über die Stadt geflogen waren, die das Schicksal der Menschen bestimmen und es nach ihrem Gutdünken gestalten.

Dieser Tod wurde von der Geschichtsschreibung übergangen, weshalb wir nichts über seine Umstände wissen. Wie auch immer, bald sprach niemand mehr von diesem Kind, wie auch niemand mehr von Ptolemaios Philadelphos, seinem jüngeren Bruder, sprach, der in Ägypten geblieben war.

An den Ufern des Nils, zu Zeiten der alten Gott-Könige, wußte der Hof den unverhofften Tod eines Prinzen zu erklären. Man führte ihn auf einen Stich zurück, der dem Knaben zugefügt wurde, als er Steine suchte für den Bau seiner Schlösser, oder aber dem Biß einer Natter, während er im Röhricht am Fluß Nilpferdjagd spielte.

Kleopatra Selene dagegen, von klein an über dergleichen Intrigen informiert, wußte, daß in Octavias Villa Intrigen keinen Platz hatten und in der elenden Lage ihres armen Bruders sowieso nicht angebracht waren. Deshalb suchte niemand hinter dem, was ganz offensichtlich eine schlecht auskurierte, einfache Grippe war, mysteriöse Ursachen. Und so erzählte es Livia, bestürzt, als sie am Abend zur Totenwache kam, begleitet von ihrer Stieftochter Julia und einer Heerschar von Verwandten.

Ihr fiel kein anderer Kommentar ein als der, den sie schon geäußert hatte, bevor sie den Leichnam von Alexander Helios gesehen hatte:

»Er sieht aus wie ein Römer, blond, wie er ist. Und wenn er schon so aussieht, mag Rom ihn auch beweinen.«

Rom weinte, wie zu erwarten war. Nämlich gar nicht. Weshalb nicht einmal die in der Stadt lebenden Ägypter erfuhren, daß einer ihrer Prinzen gestorben war.

Nur Octavia war sich darüber im klaren, nur Octavia wußte, daß in diesem Zimmer ein weiterer Zweig von einem ehemals herrlichen Stamm abbrach. Und daß ein Teil des alten Ägyptens im Exil weinte, in einem grausamen Exil, das die Menschen zur Aufgabe der eigenen Identität zwang.

Es überraschte sie dann auch nicht, daß Kleopatra Selene endlich beschloß, in ihren Armen Trost zu suchen. Dort brach das Mädchen in ein verzweifeltes, bereits nicht mehr kindliches Weinen aus.

»Ich will nicht, daß mein Bruder verbrannt wird«, flüsterte sie an Octavias schützender Schulter. »Ich will nicht, daß er endgültig stirbt.«

»Ich verstehe deinen Schmerz«, sagte Octavia. »Obwohl du mir vielleicht schwer glauben kannst, ich weine mit dir.«

»Ich glaube dir, edle Octavia, und schäme mich meiner Tränen, denn sie sind meines Ranges nicht würdig.«

Daraufhin bemerkte Octavia, wie sich Kleopatra Selene zum ersten Mal seit ihrer Ankunft in Rom majestätisch aufrichtete, als erinnerte sich sich einer anderen Zeit. Zugleich beschenkte das Mädchen sie mit einer Zuneigung, auf die sie schon so lange gewartet hatte.

»Ich werde den Gesetzen Roms gehorchen, schließlich hat Rom uns Asyl gewährt. Dennoch empfinde ich den Brauch der Totenverbrennung als barbarisch, weil ich weiß, daß mein Bruder morgen ohne seinen Leib nicht vor das Gericht des Osiris treten kann. Ich weiß, daß eine fromme Seele, wenn sie an seinem Grab vorbeigeht, vergeblich seinen Namen ausspricht, weil es für ihn keine Ewigkeit geben wird. Doch damit habe ich mich bereits abgefunden, edle Octavia. Das ist der Fluch meiner Familie. Niemand weiß, wo die Leichname meiner Eltern sind. Auch mein Bruder Cäsarion hatte kein Begräbnis. Sein Haupt verwest im Wüstensand, obwohl er einmal König der Könige hieß.«

»Ich kann dir nur versichern, daß dieses Kind, wäre es das meine gewesen, nicht höher geehrt worden wäre, noch meine Seele größeren Schmerz empfunden hätte.«

»Ich weiß«, sagte das Mädchen und fügte sogleich hinzu: »Doch gib ihm die Ehren eines Königs, edle Octavia, denn ein König wäre er geworden, läge auf meiner Familie nicht dieser Fluch.«

Aus ihren Worten sprach ein so großer Stolz, daß Octavia gerührt war. Wie tröstlich, daß ihre Bemühungen offensichtlich nicht vergeblich waren. Sie hatte erreicht, daß dieses Mädchen in der Gefangenschaft nicht die unedlen Wesenszüge einer Sklavin angenommen hatte.

Doch dann verschloß sich Kleopatra Selene wieder und verharrte viele Stunden in diesem Zustand, während sich die Klagefrauen am fremden Schmerz heiser schrien und Phaidros in einer Ecke döste, wie ein treues Hündchen, das seine Herrin in der langen Nacht, die der ewigen Nacht der Toten vorangeht, nicht allein lassen möchte.

Kleopatra Selene dachte noch immer an die Begräbnisriten ihres Landes. Sie stellte sich vor, wie die goldene Galeere langsam nilaufwärts segelte und allen Dörfern verkündete, daß ein Thronfolger gestorben war. Doch dieses Bild, so glanzvoll noch im Tod, wurde von dem eines Scheiterhaufens überlagert, dessen Flammen Alexander Helios' kostbaren Leib verschlangen. Und dann sah sie die Urne mit seiner Asche vor sich, das einzige Unterpfand der Unsterblichkeit.

Sie weinte und weinte. Als sie keine Tränen mehr hatte, flehte sie die Götter um neue Tränen an, damit sie ihrer Verzweiflung Linderung verschafften.

Ein Mädchen, das sie nicht kannte, streichelte ihr sanft den Arm und versuchte, sie ein wenig abzulenken.

Es war Julia, die Tochter von Octavianus und Scribonia. Als Kleopatra Selene sie neben sich sah, dachte sie: Für ihre hohe Geburt lächelte sie allzu schüchtern. Es war aber allgemein bekannt, daß Julia mit größter Strenge erzogen wurde und Cäsar Octavianus persönlich darüber wachte, daß sie sich zu einer traditionellen römischen Matrone entwickelte. Kleopatra Selene hatte gehört, wie den Kindern Octavias erzählt wurde, daß dieses Mädchen zwar im Palatin residierte, der Palast jedoch ein rechter Käfig für sie sei. Ein nicht einmal vergoldeter Käfig, denn Octavianus war von einer Manie der Nüchternheit besessen, und so war der Palatin einer der kargsten und tristesten Orte Roms.

Schon vor vielen Jahren, noch am Hofe Alexandrias, war ihr Julias Name zu Ohren gekommen. Nicht jedoch als Tochter von Octavianus, sondern weil sie Marcus Antonius' Erstgeborenem, dem schmucken Antillus, versprochen war. Obgleich Julia damals erst zwei Jahre alt war und Antillus fünfzehn, hielt man eine Heirat der beiden für sehr vernünftig; die ideale Verbindung zweier großer Familien. Dennoch zeigten die späteren Ereignisse, daß dieses Bündnis keinen Bestand hatte, so wenig wie der Frieden.

Beim Anblick der erschrockenen Julia erinnerte sich Kleopatra Selene an diesen Knaben Antillus, der so fröhlich und glücklich war, wenn er mit Cäsarion auf den Terrassen des Palastes von Lochias spielte und sie die beiden voller Bewunderung beobachtete.

Sie hatten vor kurzem die Männertoga erhalten, obwohl sie noch nicht im entsprechenden Alter waren. Doch Antonius und Kleopatra war sehr daran gelegen, daß aus den Welpen schon vor der Zeit Raubtiere wurden. Sie wollten alle Angelegenheiten geregelt und den ganzen Orient aufgeteilt wissen, um den Fortbestand der Dynastie zu sichern. Indem Antonius seinen Erstgeborenen früher für volljährig erklärte und diesem Akt einen höchst offiziellen Charakter gab, wurde er zu einer Gefahr für die Sieger.

Später berichteten die Chronisten all dieser Schicksalsschläge, daß Cäsar Octavianus keinen Augenblick zögerte, sein Urteil zu sprechen: »Was die Söhne von Marcus Antonius betrifft, so wird Julius, der jüngere, der Obhut meiner Schwester Octavia anvertraut werden, der erstgeborene aber hingerichtet wie Cäsarion.« Sie behaupteten, Agrippa selbst habe für den Knaben interveniert: »Begnadige ihn, Mächtiger. Er ist deiner Tochter versprochen, vergiß das nicht!«

»Familienangelegenheiten haben sich den höheren Interessen des Vaterlandes unterzuordnen«, erwiderte Cäsar Octavianus. »Ich gab ihn einst Julia, ohne daß sie mich darum gebeten hatte. Heute entreiße ich ihn ihr, um ihn Rom zu übergeben, das ihn einfordert.«

Unglücklicher Antillus!

Sein eigener Hauslehrer denunzierte ihn, sein eigener Hauslehrer zeigte den Siegern sein Versteck. Was der Niederträchtige allerdings mit seinem Leben bezahlte. Er wurde jedoch nicht ein Opfer seines Verrats, sondern seiner Gier. Denn als Cäsar Octavianus erfuhr, daß er eine kostbare Gemme geraubt hatte, die sein Schüler immer am Hals getragen hatte, ließ er ihn kreuzigen, allen zur Warnung, die aus einem Akt der Justiz einen Vorteil schlagen wollten.

Als Antillus erfuhr, daß ihn die Soldaten holen kamen, verließ er sein Versteck, stürzte auf die Straße und schrie um Hilfe, merkte aber bald, daß er seinem Schicksal ganz allein entgegentreten mußte. Er hatte niemand auf der Welt, niemand kämpfte für ihn, niemand tröstete ihn jetzt, wo es ans Sterben ging. Er schluchzte verzweifelt, irrte durch die verlassenen Straßen und versuchte, irgendein Wasserfahrzeug zu finden, auf dem er sich verstecken und diesen Gestaden entkommen konnte.

Doch schon als Alexander von ihr träumte, wußte die Stadt, daß nicht einmal die Götter die Wege des Schicksals beeinflussen können. Und Antillus' Schicksal stand von Anfang an, seit er nach Alexandria gekommen war, um teilzuhaben am Traum von Antonius und Kleopatra, unter einem unglücklichen Stern.

Er rannte zum Tempel, den Kleopatra zu Ehren ihres Geliebten hatte errichten lassen, und warf sich vor einem gewaltigen Standbild nieder, das Marcus Antonius darstellte, angetan mit Gewändern nach Art der alten Pharaonen vom Nil.

Da schloß sich unvermittelt die gewaltige, goldbeschlagene Tür. Antillus hörte in seinem Rücken dieses Knarren, einem rollenden Donner gleich, wandte sich um und sah, daß auch der Tempel des Antonius von Octavianus' Truppen besetzt war. Fast schien es, als hielten sie ihn nur seinetwegen besetzt. Denn schon traten vier Soldaten auf ihn zu, Schwerter in Händen, und bildeten einen immer enger werdenden Kreis um ihn.

Antillus flehte seine Landsleute laut um Gnade an. Um Gnade für einen Römer. Als er feststellte, daß dies umsonst war, versuchte er, über die Angreifer hinweg die Tür zu erreichen. Doch auch dies war so vergeblich wie sein Flehen. Mehrere Soldaten hielten den Ausgang verschanzt, während die anderen, in der Rolle der Henker, weiter vorrückten.

Antillus brüllte verzweifelt. Er schrie ihnen Bitten entgegen, Verwünschungen, Beleidigungen, bot wahnwitzige Bestechungen an, Dinge, die er gar nicht besaß, alles, um sein armes Leben zu retten.

Er klammerte sich an die Statue und rief unter haltlosem Schluchzen Marcus Antonius' Namen an. Doch die vier Soldaten fielen gleichzeitig über ihn her. Einer hielt seine Schultern fest, der ein Bein, der dritte sein lockiges Haar. Er wehrte sich, wollte seinen letzten Halt nicht verlieren und biß seine Angreifer, bespuckte sie, trat mit dem freien Bein wild um sich. Doch dann wurde auch dieses vom vierten Soldaten gepackt. Antillus wurde mit Gewalt von der Statue getrennt und ihr mit solcher Gewalt zu Füßen geworfen, daß ihm beinahe die Sinne schwanden.

Doch dieses Glück war ihm nicht beschieden. Sein Leib spürte jeden Schritt des nahenden Todes. Und der kündete sich mit gewaltigem Getöse an. Er fiel dem Tod unter Schwertstreichen an die Brust. Fünfmal durchstachen sie ihn, bis er in einer Blutlache sein Leben aushauchte. Ein Mantel dunkler Tränen bedeckte seinen Leichnam …

Dann schnitten sie ihm den Kopf ab, wie es andere Soldaten an einem anderen Ort Ägyptens mit Prinz Cäsarion getan hatten.

Doch in der Nacht beweinte niemand den fröhlichen Antillus, dem die Götter, unbeständig, wie sie waren, eigentlich das höchste Glück zugedacht hatten, das ein römischer Jüngling anstreben konnte: eines

Tages Gatte der klugen Julia zu sein, der Tochter des neuen Gottes der Welt – des Octavianus, Julius Cäsars Erben, des Siegers über Alexandria.

SIE MUSSTE SICH schon an so viele Tote erinnern. Ihr Gedächtnis glich einer ausgedehnten Nekropole, auf deren Wegen die letzte Ptolemäerin unablässig hin und her ging. Es war eine schier unerträgliche Last. Kleopatra Selene, anstatt die Grabstätten ihrer Lieben zu besuchen, wohnte unter den Toten, ohne sie damit zum Leben erwecken zu können.

Cäsarion, Antillus, Ptolemaios Philadelphos, Alexander Helios, Marcus Antonius und Kleopatra … allzu viele Grabbewohner für eine so verletzliche Seele.

Als sie nun der Tochter Cäsar Octavianus' begegnete, fragte sich Kleopatra Selene von neuem, wann die drei Unglücksschwestern aufhören würden, die Kinder Alexandrias auf so entsetzliche Weise zu verfolgen, und endlich die vielen Verzweiflungsschreie aufhörten, in ihrer Seele nachzuhallen.

Doch das Leben ist grausam mit den Nekropolen; es macht aus ihnen schließlich das, was sie sind: Orte, die das Leben negieren, weshalb auch sie dem Nichts anheimfallen. Am Ende siegt die Grausamkeit des Lebens. Sie zwingt uns, ihren Weg zu gehen, zu welchem Ziel auch immer.

Auf diese Weise wird das Leben zu einer gewaltigen, tausendjährigen Ansammlung von Überlebenden.

Der Drang zum Überleben schrie aus Kleopatra Selenes Blicken, und wieder reagierte Octavia verständnisvoll. Diesen Schrei zu beschwichtigen lag ihr jedoch völlig fern, nein, sie förderte ihn und bat das Mädchen inständig, bis zur Erschöpfung zu schreien.

Diese Aufforderung wirkte Wunder, was allzu großer Weichheit und übermäßiger Zärtlichkeit womöglich nicht gelungen wäre. Die Beziehung zwischen Octavia und ihrer kleinen Schutzbefohlenen gründete nicht auf irgendwelchen Sentimentalitäten.

Wie sie sie am Tag ihrer Ankunft nicht zu aufgesetzter Höflichkeit gezwungen hatte, so achtete sie auch darauf, daß sie die Zeit in ihrem Hause nicht in grenzenloser, kritikloser Zuneigung verbrachte. Octavia wußte aus eigener Erfahrung, daß Schreien besser war als Resignation, und es beruhigte sie, als sie sah, wie Kleopatra Selene sich ihr nun als Prinzessin näherte, bereit, sie von gleich zu gleich zu lieben.

Bewunderung und Zärtlichkeit waren ja auch ihr nicht fremd. Die Vergangenheit fing an, zu ihren Gunsten zu arbeiten. Denn in den Augen des Mädchens war sie die Frau, die ihren Vater geliebt und sein Andenken immer in hohen Ehren gehalten hatte und die seinetwegen ein gespaltenes Leben lebte. So hoch war ihr Ansehen, daß selbst am alexandrinischen Hof ihr Name, der Name einer Schwester des Feindes, immer mit Respekt genannt wurde.

Dieser Respekt verbot es Kleopatra Selene, Octavia in sentimentalem Licht zu sehen, diese Frau, von der sie zwar viel wußte, die aber auch ein letztes, unentwirrbares, verschwiegenes Geheimnis barg.

Octavia blieb für andere immer irgendwie ein Rätsel.

Während sie sich mit diesen Fragen auseinandersetzte, bemühte sich die letzte Nachfahrin der Ptolemäer zugleich, sich dem römischen Leben anzupassen. Sie, eine Tochter aller Götter des Nils, konnte sich durchaus vorstellen, eines Tages den besten Eigenschaften Octavias nachzueifern, der Schwester des Mannes, der ihre alexandrinische Kindheit zerstört hatte.

DER SCHMERZ KOMMT und geht unablässig, der Schmerz sucht sich immer ein anderes Feld, damit die Menschen seine Gegenwart nicht ganz vergessen. Nun sah die Prinzessin von Ägypten, wie der Gärtner weinte, wie er zuvor sie hatte weinen sehen. Das erschütterte sie zutiefst, zumal sie nur einmal dem Schmerz begegnet war, nach ihrer goldenen Kindheit im Palast von Alexandria, in der Periode völliger Zerstörung. An dem Tag, als mit dem Fall von Alexandria ihre ganze Welt zusammenbrach.

Hatten die Unglücksschwestern, die in jener Nacht über die Stadt geflogen waren, nun ihre schwarzen Flügel über den liebenswürdigen Phaidros gebreitet?

Es geschah in Octavias Garten, an einem Wintertag. Die Natur verweigerte all ihre Gaben, und in der traurigen Seele häuften sich die öden, im Laufe dieser Jahreszeit mit weinenden Augen angesammelten Bilder.

Kleopatra Selene trotzte der ungünstigen Witterung und ging mit den beiden Antonias spazieren. Mit einer gewissen Sehnsucht, weil der wunderbare Marcellus immer öfter und länger abwesend war. Er beschäftigte sich inzwischen mit wichtigeren Dingen, schließlich wußte alle Welt, daß Cäsar Octavianus Gefallen an ihm gefunden hatte und ihn in seiner Residenz auf dem Palatin ständig um sich haben wollte.

Sie kommentierten im Gehen diese kleinen Erfolge ihres bewunderten Bruders und bemerkten, als sie um eine Wegbiegung kamen, den Gärtner. Er lehnte am Stamm eines alten Feigenbaumes, sein Gesicht war von Tränen überströmt. An seine Brust hielt er eine Hacke gedrückt, als wäre sie eine Waffe, mit der er sich den Tod geben wollte, oder ein Instrument zum Schutz gegen böse Geister.

Fast hätte Kleopatra Selene angesichts dieses beinahe lächerlichen Bildes eines schluchzenden, ausgewachsenen Kerls gelacht, doch Antonia die Jüngere, die als sehr vernünftig galt, zupfte sie am Arm und flüsterte:

»Lach nicht über seine Traurigkeit. Ich habe Mutter sagen hören, daß eine Welt für ihn zusammengebrochen ist. Ein Lachen könnte ihn noch mehr verletzen.«

Was ihn verletzt hatte, war eine ganz einfache und, in den Augen der Mädchen, schlichtweg absurde Geschichte. Octavia hatte eine Neuplanung des Gartens angeordnet. Das Projekt griff verschiedene Gestaltungselemente auf, die der neuen Mode entsprachen, stand jedoch in krassem Gegensatz zu Phaidros' Vorstellungen und Plänen.

Gewohnt, Gärten nach den Bedürfnissen der Pflanzen anzulegen, hatte er nicht damit gerechnet, daß sich andere Elemente eines Tages deren Privilegien aneignen könnten. Daß die Dekoration schließlich über die Gesetze der Natur bestimmen und Pflanzen, Blumen, Bäume zum Vorwand würden, nur dazu da, mit ihrer Schönheit andere, höhere Künste zu unterstreichen.

Dieser einfachen Seele zum Kummer waren Architektur und Städteplanung in die römischen Gärten eingezogen. Und zwar mit Glanz und Glorie.

Alles hatte Jahre zuvor begonnen, als man Skulpturengruppen aufstellte, Darstellungen der bekannten Götter und Helden – eine Niobe, einen Hektor, die Najaden. Doch in dem Maße, wie der Wunsch der Reichen von Rom stärker wurde, mit ihrem Überfluß zu prahlen, wurden aus den Gärten wahre Museen, wenn nicht gar Miniaturstädte mit naturgetreuen Nachbildungen der berühmtesten Gebäude Roms. Und in letzter Zeit war man sogar so weit gegangen, im verkleinerten Maßstab die spektakulärsten Naturerscheinungen nachzubilden, angefangen von wild herabstürzenden Wasserfällen, bis zu steilen Gipfeln oder Inseln mit zahlreichen Buchten, die aus Wasserbecken emporragten, welche mit den seltensten Pflanzen, aus orientalischen Flüssen etwa, bestückt waren.

Auch die Malerei mischte sich ein und mit ihr die Vorliebe für pittoreske Landschaften. So war nicht zu verhindern, daß zwischen Hecken und Blumenbeeten die sandigen Weiten der Wüste erschienen, die Befestigungsanlagen von Troja, die gefährliche Grotte der Zauberin Circe, die Villen von Capri und was immer sich als großartige Dekoration einer imaginären Theateraufführung eignete.

Die Farbkompositionen spielten eine Rolle, die Perspektive, die Proportionen, kurz: Einfälle und Launen. Phaidros fühlte sich von der Fülle der Eindrücke schlicht überfordert. Und als Octavia auf den Gedanken kam, von Landschaftsmalern ein riesiges Diorama herstellen zu lassen, in diesem Garten, den er mit so großer Sorgfalt gepflegt hatte, fühlte er sich völlig überflüssig.

Er taugte nicht einmal mehr zu dem, wozu er von Kindheit an getaugt hatte.

Alles, was er gelernt hatte, war einfach, waren Grundbegriffe, war ein Gut, das er von der Erde bekommen hatte und ihr tagtäglich wieder zurückgab. Über die Jahre hatte er die typischen Merkmale jeder Pflanze kennengelernt, ihre unterschiedlichen Bedürfnisse. Er pflegte jede nach ihrer Art, ja sogar nach ihrem Charakter: Er erkannte, welche Pflanze rechtschaffen war, welche leichtsinnig, welche Blume beständig war, welche Grillen hatte. Darüber hinaus wußte er, welches Kleinklima ihnen nicht gut bekam, und er kannte die Plätze, wo sie den schädlichen Winden am besten widerstanden. Er konnte die wichtigsten Krankheiten diagnostizieren, die sie bedrohten, ja sogar zu einem höchst erfahrenen Chirurgen werden, wenn es darum ging, ihnen das Leben zu retten.

Er verstand es, Rabatten anzulegen, Harmonie zwischen den jeweiligen Blumen zu erzielen, Kletterpflanzen richtig hochzubinden und Kriechpflanzen so zu lenken, daß sie nicht entwischen und sich über die Wege schlängeln konnten. Er fühlte sich von Flora beschützt, von Priapos, von Ceres, er wußte sich von Silvanus und Pomona gefördert, einfach von allen Göttern, die für die Schaffung von neuem Leben zuständig waren, doch nie und nimmer hätte er daran gedacht, daß er sich darüber hinaus auch an die Musen, an die Herrinnen der Künste, wenden müsse.

Er begriff nicht nur, daß ihm sein geliebter Garten entrissen worden war, sondern wurde sich auch bewußt, daß er ihm nie gehört hatte. Und das führte ihn zu einer noch viel weitreichenderen Erkenntnis: daß sein Platz auf der Welt ein unsicherer war, wenn er überhaupt einen hatte. Ja, ein Besitzloser war er, in jeder Hinsicht. Insbesondere aber hinsichtlich der Zuneigung von Adonis, die so zerbrechlich war, wie die schönen Hoffnungen, die er einst in Octavias Garten gesetzt hatte.

Kleopatra Selene betrachtete den Gärtner in seiner Erschütterung und bemerkte, daß das von Octavia in Auftrag gegebene Diorama ein ägyptisches Motiv hatte. Es bestand aus der minutiösen Reproduktion der Ufer des Nils, natürlich mit römischen Augen betrachtet. Etwas, das sie an den Ort ihrer Herkunft erinnerte.

Das Mädchen war dankbar für dieses Werk und bemerkte sehr wohl, daß Octavia ihr damit einen Gefallen tun wollte, einen von vielen, seit sie in diesem Hause lebte. Doch es mußte erst eine gewisse Zeit vergehen, bis sie das klar erkannte und anerkannte.

Im Augenblick sah sie nur, daß diese Neuerung den Freund zutiefst kränkte.

Er hörte nicht auf zu weinen, so daß die beiden Antonias schließlich seinen Kummer für übertrieben hielten.

Doch Phaidros' Tränen an diesem Wintermorgen galten nur vordergründig der Zerstörung seines Gartens. Octavia, die durch die großen Fenster ihres Gemachs die Szene beobachtete, wußte genau, daß kein verödeter Garten je so trist sein würde, wie seit langem die Seele ihres Gärtners.

NACHTS VERWANDELTEN SICH Verzweiflung, Traurigkeit und Einsamkeit in ein heftiges Fieber, das ihn niederzwang. Es ersetzte den Schmerz, wurde aber zugleich von ihm genährt. Phaidros wandte sich wieder seinen Schreibtäfelchen zu, als gehorche er einem inneren Zwang. Schließlich wurden aus der Wucht der Gefühle Schriftzeichen, eigene, endlich erkennbare Zeichen, Träger seiner, Phaidros' Botschaften.

Noch zerrte der Wind an dem elenden Vorhang seiner Zuflucht in der Subura, und die Kälte richtete sich in seinem Körper ein wie eine zweite Natur, doch seinen Geist erreichte sie nicht mehr, denn der glühte vor Eifer.

Da ihn die rauhe Witterung im Haus hielt und er sich nicht mit den Sternen unterhalten konnte, nötigte er den Wachstäfelchen ein verzweifeltes Zwiegespräch ab, das ihn nun weniger erschreckte als beim ersten Mal. Im Gegenteil, an die Stelle des unbestimmten Schmerzes war eine bewußt wahrgenommene Furcht getreten, die viel mit Respekt zu tun hatte und einer Verpflichtung glich. Eine größere Mutprobe hatte ihm das Leben bislang wohl nicht auferlegt, doch sie berauschte ihn, und er fühlte sich wie ein Feldherr vor dem Sieg.

Er hatte in den Abgrund geblickt, jetzt strebte er danach, seinen tiefsten Tiefen ein Geheimnis nach dem anderen zu entreißen. Er wußte sehr wohl, daß diese Geheimnisse ihm allein zustanden, und baute darauf zurecht seinen Stolz. Denn die Sicherheit beim Schreiben, der Eifer, mit dem er über sein Geheimnis wachte, bewiesen, daß ihm diese Augenblicke der Offenbarung niemand mehr abspenstig machen konnte. Diese Augenblicke der Offenbarung waren von so fiebriger Intensität, daß sie ihn für immer prägten.

IN EINER DER vornehmsten Villen auf dem Caelius rief das heftige Fieber, das Phaidros' Puls beschleunigte, bei einer angesehenen Dame ganz andere Reaktionen hervor. Porcia Honoria entdeckte bei sich, daß die erhöhte Temperatur, die einen großen Teil ihres Lebens geprägt hatte, nur ein trügerischer Schleier war, hinter dem sie mehr oder minder erfolgreich ihr wahres Wesen versteckte. Und das entsprach nicht ihrem Wunschbild, ja schlimmer noch: Das würde ihm auch künftig nicht entsprechen. Sie hatte entdeckt, daß die enge Verbindung mit allen Künsten aus ihr noch keine richtige Künstlerin machte, und diese Erkenntnis versetzte ihr einen derartigen Schock, daß sie sich völlig abschottete, bis der Pädagoge Lucinus von seiner Afrikareise zurück war.

Als sie dann allerdings feststellen mußte, daß ihr der Geliebte keineswegs hilfreich zur Seite stand, sondern selbst um Hilfe bat, war sie sehr enttäuscht.

Die knappen drei Monate seiner Abwesenheit hatten ihn in einer Art verändert, die Porcia Honoria nicht deuten konnte. Als sie jedoch dessen gewahr wurde, erschrak sie. Lucinus kam mit dem gespenstischen Blick äußerster Ernüchterung zurück und sah noch ernster aus als vor Antritt seiner Reise.

Sein Haar, bisher weiß, hatte den fahlen gelblichen Schimmer des Greisenalters angenommen, viel zu früh, wie es auch vorzeitig weiß geworden war. Dazu bewegte er sich mit solcher Langsamkeit, und in seiner ganzen Haltung, in all seinen Gebärden lag ein solcher Ernst, daß Porcia Honoria zu dem Schluß kam, er mache wohl eine innere Erfahrung durch, die so intensiv und weitreichend war, daß er nicht einmal den Drang verspürte, sie anderen mitzuteilen.

Sie hingegen wollte ihm die Erfahrung ihrer kürzlich enttäuschten Hoffnung unbedingt mitteilen. Obwohl sie auf dem Bett lagen, äußerte sich ihre innere Unruhe in einer Reihe unkontrollierter Bewegungen, die er mit Zärtlichkeiten zu beschwichtigen versuchte.

»Diese Enttäuschung, von der du pausenlos redest, wird eine langweilige Geliebte aus dir machen«, flüsterte er und streichelte ihr weiches Haar.

»Du hast dich in Afrika noch stärker verändert, Liebster, das laß dir sagen«, erwiderte sie und entzog sich seinen Armen, um nach einem Becher mit warmem Wein zu greifen. Nachdem sie getrunken hatte, setzte sie hinzu: »Was ist auf deiner Reise Seltsames geschehen?«

»Es war mehr als eine Reise, eher Stoff für eine dieser albernen Komödien, wie sie heutzutage die Theater füllen. Mal zeigte sich die Reise so, mal ganz anders. Als wären die Masken vertauscht, die Togen verwechselt, und als kämen und gingen diese beiden Teile meines Selbst unablässig durch Türen, die ins Nichts führen.«

»Geliebter, wenn du mir eine Komödie von Menander erzählen möchtest, so bedenke, daß mir heute abend nicht der Sinn danach steht …«

»Ich versuche, dir den Grund für meine Erschütterung zu erklären. Ich wollte meinen Adoptivvater über den Verlust seiner Gattin hinwegtrösten, da stellte sich heraus, daß er es war, der mich trösten mußte. Ich kam zwar aus Rom und blickte zufrieden auf alles, was ich in den letzten Jahren erlebt hatte, merkte dann aber, als er mich bat, ihm diese Dinge zu erklären, daß ich mit leeren Händen dastand. Ich konnte ihm nichts vorweisen, weil meine Suche tatsächlich vergeblich gewesen war.«

»Deine Ehrlichkeit rührt mich. Du hättest sagen können, daß du mich gefunden hast.«

Sie schickte der Bemerkung sogleich ein nervöses Lachen hinterher, ein Hinweis, daß sie natürlich nicht ernst gemeint war. Was Lucinus dankbar registrierte, ersparte sie ihm doch das schwierige Spiel der Heuchelei.

»Noch schmerzlicher war es, all die Orte meiner Jugend, meiner frühen Erziehung aufzusuchen. Ich habe dir erzählt, daß mir mein Gönner nach der Freilassung eine Ausbildung zukommen lassen wollte, die mich mit den – seiner Meinung nach – höchsten Disziplinen des Geistes vertraut machen sollte. Er lehrte mich, die Quellen der Weisheit zu suchen, und zwar mit aller Hartnäckigkeit. In den ersten Jahren erfüllte ich treu seine Erwartungen. Besser gesagt, ich übertraf sie sogar. Das erweckte in meinem Gönner völlig überzogene Hoffnungen. Er dachte wohl, ich bliebe mein Leben lang ein Musterschüler. Da traf es sich gut, daß einer seiner Jugendfreunde am Gymnasium von Alexandria Philosophie unterrichtete. Er schrieb ihm, berichtete von meinen großartigen Leistungen und bat ihn, er möge mich trotz meiner jungen Jahre in diese Institution aufnehmen. Der besten der Welt, allem Anschein nach.«

Er schwieg einen Augenblick. Ein melancholisches Lächeln huschte über sein Gesicht, und auch Porcia Honoria lächelte.

»Ich war nie in Alexandria.«

»Ich auch nicht«, flüsterte Porcia Honoria.

»Du auch nicht?« fragte Lucinus, ohne den Zusammenhang zu erkennen.

»Auch ich war dazu bestimmt, in Alexandria zu leben, genau wie du. Es muß ungefähr die gleiche Zeit gewesen sein.«

Er nickte.

»Mein Vater war ein Anhänger von Marcus Antonius, und damals wurde der gesamte Handel über Alexandria abgewickelt. Diese Stadt war kosmopolitisch wie keine andere, ein idealer Ort für eine höhere Bildung.«

»Dann kamen die großen Kriege …«, griff Lucinus ihr vor.

»Die großen Kriege …«, murmelte sie. »Alexandria wurde zur ewig unerreichbaren Stadt. Eine Unmöglichkeit. Wie meine schlechtesten Verse, wenn denn nicht alle gleich schlecht sind ...«

»Alexandria war eine Unmöglichkeit, wie du ganz richtig sagst. Doch irgendein Ort mußte es sein, und meine Wahl fiel auf Rom. Das war zweifellos eine Fehlentscheidung, die ich dann vor meinem Gönner rechtfertigen mußte. Denn in Rom kam mir mein Ehrgeiz abhanden. Ich schloß kein Studium ab und wurde immer mehr zu einem gewöhnlichen Ausprobierer, der sich mit keiner Sache wirklich ernsthaft befaßt. Am Ende meiner Wege werde ich ein Philosoph ohne Philosophie sein, ein Lehrer ohne Fach, ein Schreiber ohne Schönschrift. Allenfalls ein blasser Abglanz meiner jugendlichen Träume.«

»Was bleibt dir heute von diesen Träumen?«

»Nur ein Versprechen der Octavia. Sie will mich im kommenden Jahr als Begleiter von Marcellus bei seiner Studienreise nach Griechenland mitschicken.«

»Deine Pläne nehmen auf mich keine Rücksicht. Doch darf ich mich nicht beklagen, weil ich es ganz genauso halten würde. Trotzdem möchte ich gerne wissen, wie es kam, daß deine Träume nie Wirklichkeit wurden.«

»Ungeachtet des bisher Gesagten, muß ich gestehen, daß ich im Leben keine größere Freude kannte als das Wissen, kein schlimmeres Leiden als Unwissen. Wenn ich betrachte, was ich alles nicht weiß, erfaßt mich Verzweiflung. Und die möchte ich so schnell wie möglich überwinden.«

Porcia Honoria, die ihn nicht liebte und von ihm nicht geliebt wurde, empfand plötzlich Eifersucht auf diese Leidenschaft des Geistes, die ihr verschlossen blieb. Es schien, als verblasse aller Einfluß, den sie meinte auf sein Denken gehabt zu haben. Sie sah sich bereits im Vorfeld geschlagen, weit entfernt von der Mauer, die er um sich aufgerichtet hatte und die zu überwinden er ihr nie gestatten würde.

Im selben Augenblick empfand Lucinus, der jede Beteiligung von Liebe in dieser Liebschaft abstritt, das gleiche Gefühl in bezug auf Porcia Honoria. Auch bei ihr gab es einen Bereich, der sich seinem Zugriff, ja sogar seinem Verständnis entzog. Die Feststellung, daß sie eine eigene Welt für sich hatte, spornte seine Phantasie an und ließ ihn kämpfen, nicht um sie ihr zu entreißen, sondern mit dem festen Vorsatz, ihr diese Welt zu ersetzen.

Nun hatten sich aber beide so sehr gegen jede Möglichkeit der Liebe gewehrt, daß es bei diesem Konflikt inzwischen nur noch um den Beischlaf an sich ging.

Was die eigene Welt von Porcia Honoria betraf, so war diese so weitläufig, daß nur eine Liebe, die stärker war als das Leben, sie hätte ersetzen können. Da dieses Gefühl aber nicht existierte, meinte sie, es mit dem Fieber der Kreativität aufwiegen zu können. Die Vergeblichkeit dieses Strebens war das Grundgefühl, das in jener Nacht all ihre Handlungen bestimmte. Irritiert und verzweifelt kam sie nun zu dem Schluß, daß sie sich am Ende der wichtigsten Epoche ihres Lebens befand.

Alles war ans Licht gekommen durch ein Pamphlet, das ein namhafter Satiriker veröffentlicht hatte, dessen Abneigung gegen allzu freizügige Frauen sattsam bekannt war. Und weil die Skandale der vor Lebenslust überschäumenden Terentia keinesfalls kritisiert werden durften – schließlich war sie die Gattin des einflußreichen Maecenas –, richtete sich der Zorn des Autors auf eine Gruppe von Damen, der auch Porcia Honoria angehörte.

Diese Gruppe hatte bei den fortschrittlicheren Leuten Bewunderung ausgelöst, sich jedoch gleichzeitig den Zorn der bigotteren zugezogen, und zwar in beiden Lagern jeweils mit eindrucksvollen Ergebnissen. Obwohl sich einige wirklich sehr sittsame Matronen – das heißt achtzigjährige – dazu verstiegen, diese Damen mit hochgestellten Huren zu vergleichen, war doch ganz klar, daß deren Aktivitäten nichts mit erotischen Abenteuern zu tun hatten, wie es bei anderen, Terentia zum Beispiel, durchaus der Fall war.

Porcia Honoria und ihre Freundinnen widmeten sich wie andere Matronen vor ihnen dem zähen Kampf um die Gleichberechtigung der Frauen. Angesichts der umfassenden Vorrechte der Männer ein nicht ungefährliches Unterfangen. Obwohl es Frauen schon seit Jahren gestattet war, sich mit unverschleiertem Gesicht in den Straßen von Rom zu zeigen, ohne auf Ablehnung zu stoßen, waren die Kämpferinnen für die Gleichberechtigung der Geschlechter in permanentem Alarmzustand. Sie verhielten sich so herausfordernd und hielten sich so wenig an die Sitten, daß sie immer wieder für Überraschungen sorgten.

Porcia Honoria ging nicht so weit wie andere, extremere Mitstreiterinnen, die sich bei gymnastischen Übungen an der Seite behaarter Athleten auf dem Marsfeld zur Schau stellten oder mit ihrer eigenen

Quadriga in Wahnsinnsgeschwindigkeit dahinjagten, um zu beweisen, daß sie die besten Wagenlenker der Armee noch übertrafen. Porcia Honoria beschränkte sich darauf, sich, wie ein Mann gekleidet, auf die Straße zu wagen, in Begleitung ihrer Freundinnen, um beim anderen Geschlecht Verwirrung zu stiften und amüsante Verwechslungen zu provozieren, die sie dann dreist korrigierten und das Gegenüber damit demütigten.

Mit diesen Umtrieben folgte Porcia Honoria jedoch nur ihrer eigenen geheimsten Veranlagung, die sie immer das Gegenteil dessen machen ließ, was man von ihr erwartete. Je mehr die Römer sie kritisierten, desto überzeugter war sie von der Wirksamkeit ihrer Methode. Denn letztendlich demonstrierte sie damit nur, daß sie ausschließlich sich selbst gehörte und sonst niemand.

Über viele Jahre hatte sie geglaubt, ihr dichterisches Talent könne Schritt halten mit dem Talent, womit sie ihr Leben meisterte. Mit dieser Überzeugung hatte sie geschrieben, von dieser Hoffnung war sie ganz erfüllt gewesen.

Nun hatte der misogyne Schreiberling genau diese Facette ihres innersten Wesens, diese geheimste Sehnsucht mit großer Treffsicherheit angegriffen. Wohlwissend, daß eine Kritik ihres Betragens sie nur amüsieren würde, entschied er sich, eine sorgfältige und äußerst satirische Analyse ihres dichterischen Werks durchzuführen, um ihr so dessen Mittelmäßigkeit zu demonstrieren. Dieser Lanzenstoß aber war tödlich.

Die zugefügte Wunde hatte so heftig geblutet, daß Porcia Honoria selbst in den Armen ihres wiedergefundenen Geliebten ein quälendes Gefühl der Bedrängnis und die Angst vor der Wahrheit nicht loswurde.

»Wenn du von Enttäuschungen sprichst, wie mag dann mir bei der Erkenntnis, daß ich nur eine mittelmäßige Dichterin bin, zumute sein?«

»Ich dachte, du würdest das Geschreibsel dieses Schmierfinken nicht ernst nehmen«, stammelte Lucinus völlig überrascht.

»Der Text ist ausgezeichnet, obwohl er sich gegen mich richtet. Das weißt du sehr wohl, und es ist nicht statthaft, mich mit Lobhudelei zu betrügen, als wäre ich eine von Terentias Parasiten und bereit, mir mit einem Loblied auf ihre Kuheuterbrüste ein Abendessen zu verdienen … Ich weiß, daß alles, was ich schreibe, eine Nachahmung dessen ist, was die großen Geister der Vergangenheit verfaßt haben. Was mich jedoch am meisten bekümmert, ist: Selbst wenn ich mir noch so Mühe gebe, gelingt es mir nicht, völlig im Schreiben aufzugehen. Was möglicherweise daran liegt, daß in meinem Fall Kunst und Kreativität nicht alles sind.«

Lucinus betrachtete den Körper seiner Geliebten und stellte fest, daß sie stolz sein könnte auf das einzige, worauf sie nicht stolz war. Denn ihr Körper war schlank, schön und in seiner Ambiguität äußerst verführerisch. Ein fast jugendlicher, noch nicht ausgereifter Körper, der dem androgynen Idealbild sehr nahe kam.

Da lächelte der Geliebte melancholisch, wie ein Mann, der vorgibt, Besitzer eines fremden Grundstücks zu sein.

Doch Porcia Honoria küßte ihn sanft und setzte ihm dann einen Becher Wein an die Lippen. Als sie sah, wie feucht sie waren, küßte sie ihn von neuem.

»Du hast eine stürmische Heimkehr gehabt, armer Lucinus. Ich möchte nicht, daß du dich mit dem Eindruck entfernst, den Buchhändler Sosius, nicht deine Geliebte geküßt zu haben. Deshalb gestatte ich dir, mir beizuwohnen, damit du aufhören kannst zu denken.«

»Ich kann es nicht lassen«, meinte Lucinus, noch immer versonnen. »Ich denke daran, wie seltsam die Natur ihre Gaben verteilt. Der gute Mann ist nicht intelligent, der gescheite nicht feinfühlig, der Künstler kein guter Politiker. Es muß wohl irgendeine verborgene Macht geben, die einen perfekten Zustand verhindert. Deshalb versichere ich dir, das Goldene Zeitalter, von dem unsere Dichter künden, wird zwar kommen, wir Menschen aber werden tönerne Figuren bleiben.«

Dann begannen sie sich zu lieben, als wäre dies eine der vielen Disziplinen, von denen sie gesprochen hatten.

Währenddessen trieb in einem armseligen Zimmer in der Subura der Schmerz einen ungebildeten Gärtner zu dichterischen Höhen, wie Porcia Honoria sie mit all ihrem Talent nie erreicht hatte.

FÜR PHAIDROS KAMEN weitere Tränentage, dann langanhaltendes Schweigen, das die edle Octavia mit Sorge erfüllte. Der fleißige Gärtner, der nie bei der Arbeit, noch viel weniger beim Unterricht von

Lucinus gefehlt hatte, tauchte nicht mehr auf und versäumte es sogar, sein Fehlen zu entschuldigen.

Nachricht kam nur über Adonis, der mit fröhlicher Sorglosigkeit verkündete, sein Freund habe sich ein Fieber zugezogen, das ihn zu mehreren Wochen absoluter Ruhe zwang. Das habe ihm ein Nachbar in Subura empfohlen, fügte er hinzu, ein Arzt mit sehr gutem Ruf und hervorragender Klientel, obwohl er nicht studiert hatte.

Je mehr Octavia nachfragte, desto mehr und immer unglaublichere Lügen erfand er. Die erzählte er aber so schlecht, daß besagter Nachbar bald einem Scharlatan der übelsten Sorte glich und nicht einem vertrauenswürdigen Arzt. Als Adonis dann bei einer anderen Gelegenheit den Namen der Krankheit nannte und sie einer Blütenstauballergie zuschrieb, merkte Octavia, daß Adonis eine äußerst bedrohliche Situation vor ihr verheimlichte, aus dem einfachen Grund, daß sie mit ihm zu tun hatte, und zwar ursächlich mit ihm.

Durch den üblichen Klatsch der anderen Dienerschaft wußten alle, daß Adonis die Tavernen und Bordelle am Fluß zu frequentieren pflegte, und das so ausgiebig, daß er unmöglich noch nach Hause gehen, geschweige denn einen Kranken pflegen oder sich auch nur nach seinem Befinden erkundigen konnte.

Wohlwissend, daß sie nicht selbst in die Subura gehen konnte – es wäre unschicklich gewesen, entschied sie sich, auf die Dienste des Pädagogen Lucinus zurückzugreifen, hatte er doch seine Zuneigung zu Phaidros in reichem Maße bewiesen, und zwar als allererster in diesem Hause.

Er war die ideale Person, ihrem Gärtner beizustehen, der offenbar eine äußerst schwierige Phase durchlitt.

»Ich fürchte sehr, daß die Ursachen seines Leidens seelischer Art sind«, sagte die Dame. »Zweifellos bricht nun die Katastrophe herein, die ich seit Monaten vorausahne.«

»Sicher ahnt auch Phaidros sie voraus«, meinte Lucinus darauf. »Leute, die von Liebesdingen etwas verstehen, sagen, die Vorahnung des Endes sei grausamer als das Ende selbst. Denn mag es auch wie der Tod sein, so ist es doch schnell und unerbittlich, und das ist auch irgendwie tröstlich. Der Aufschub aber – so berichten es Liebende – schmerzt doppelt, weil er einen zwingt, Wundbrand und Amputation gleichzeitig zu ertragen.«

Octavia, die in seinen Worten eine gewisse Traurigkeit festzustellen meinte, wagte die Vermutung, seine Beziehung mit Porcia Honoria befinde sich womöglich in einer kritischen Phase. Trotz der Gefahr allzu großer Vertraulichkeit und von ihm zurückgewiesen zu werden riskierte sie es zu bemerken:

»Ich möchte nicht, daß dich die Situation beeinträchtigt. Sollte es so sein, werde ich einen anderen Weg finden.«

»Sei beruhigt«, antwortete Lucinus. »Ich kenne die Verwüstungen der Liebe und habe gelernt, mich zu schützen.«

Octavia wunderte sich auch über diese Bemerkung, weil sie an Porcia Honorias vertrauliche Mitteilungen denken mußte. Sie beschloß, der Sache jetzt nicht nachzugehen. Ja, es war ihr in der Tat eine Beruhigung, daß sich Lucinus den Angriffen der Liebe gegenüber so gewappnet fühlte, denn vermutlich würde er in der Subura eine so dramatische Situation antreffen, daß sie auch einen abgeklärten Liebhaber schmerzen würde.

Der junge Erzieher war zwar abgeklärt, doch nicht so, daß ihn die Bilder nicht beeindruckten, die ihn gleich am Eingang zum Viertel erwarteten. Er benutzte zunächst Octavias Sänfte, war aber dann daran interessiert, seine Kenntnisse über das Leben in diesem Viertel zu erweitern, und legte deshalb das Stück Weg zwischen den großen Märkten und dem elenden Ort, wo Phaidros und Adonis wohnten, zu Fuß zurück. Sein Wissensdurst wurde dabei auf höchst unglückliche Weise gestillt. Denn das bunte Treiben, das dem Stadtteil untertags seinen unverwechselbaren Charakter verlieh, entpuppte sich jetzt, nach Sonnenuntergang, als pure Armseligkeit, hinter der das Verbrechen lauerte.

Der Pädagoge Lucinus mußte also über Abfallberge steigen, über Wasserlachen, getrocknete Kuhfladen, frischen Kot, verfaulte Früchte und sich den Weg durch eine wüste Menschenmenge bahnen. Denn zu dieser Stunde drängten sich die Bettler in den Straßen, Krüppel, Gassenjungen, Gauner und die eine oder andere vorzeitig gealterte Prostituierte, die sich ihr Brot nicht an gehobeneren Orten verdienen konnte.

Die Tatsache, daß die beiden jungen Griechen im Dienst der Octavia waren, machte sie im Viertel so bekannt, daß Lucinus ihre Unterkunft ohne allzu große Schwierigkeiten ausfindig machen konnte. Ein betagter Talismanverkäufer begleitete ihn schließlich durch ein kompliziertes Labyrinth unwegsamer Gassen in eine noch deprimierendere Gegend. Als ihn der Alte dort schließlich allein ließ, fing Lucinus angesichts des überwältigenden Bildes städtischen Elends an zu zittern. So etwas hatte er in Rom bislang nicht gesehen.

Soeben wollte er das dunkle Loch betreten, wo er die Treppe vermutete, da legte sich ihm eine Hand fest auf die Schulter.

Er drehte sich geschwind um, bereit zur Verteidigung, denn er fürchtete, mit seiner eleganten Erscheinung die Habgier eines Diebes oder einer ganzen Bande erregt zu haben. Doch zu seiner allergrößten Überraschung blickte er in das lächelnde Gesicht von Adonis. Anscheinend schickte er sich eben an, das Viertel zu verlassen, denn er war nicht weniger elegant gekleidet als Lucinus selbst. Oder, genauer gesagt, mit dieser übermäßigen Zurschaustellung von Luxus, die reich gewordene Bauernlümmel mit Eleganz gleichsetzen.

»Klar, daß die edle Octavia, die sich so gerne in die Angelegenheiten anderer Leute einmischt, schließlich ihre Spione schicken würde«, rief Adonis mit lautem, entschieden feminin klingendem Gelächter und fügte hinzu: »Phaidros liegt oben, zusammengekrümmt auf seinem Lager. Seit Tagen kommt ihm kein Wort über die Lippen, was vielleicht besser ist, angesichts dessen, wie sie ihm sonst, trotz all seiner Bemühungen, über die Lippen kommen ...«

»Ich will hochgehen und ihn besuchen«, sagte Lucinus und unterstrich seinen Wunsch mit einer an ihm ungewohnt heftigen Geste.

»Ich täte es nicht. Du wirst dich vor ihm ekeln. Er ist schmutzig, riecht schlecht und hat aus dem kleinen Zimmer einen Schweinestall gemacht. Nicht einmal den Abfall trägt er hinaus.«

Lucinus sah ihn scharf an. Er verkörperte das genaue Gegenteil des schrecklichen Zustands, den er soeben geschildert hatte. Denn er sah glänzend aus mit seinem gelben Peplos, dem griechischen Frauengewand mit extrem kurzem Rock, dem trefflich gelockten, mit Gel und Duftwasser getränkten Haar und den nackten, mit Schmuckreifen wie von eigenwilligen Schlangen umwundenen Armen.

Ein prächtiger Aufputz, dennoch schlug Adonis einen bescheidenen Ton an:

»Begleite mich in die Taverne, ich möchte mit dir reden.«

Der Pädagoge bedachte ihn mit einem abfälligen Blick.

»Um mich betrunken zu machen, mir Vertraulichkeiten zu entlocken und sie dann entstellt weiterzuerzählen? Ich habe den Auftrag, Phaidros zu besuchen, nicht den, deinen Phantastereien zu lauschen.

Und überhaupt, warum sollte ich mich dafür interessieren? Liebesdinge lassen mich kalt, Neugier ist nicht meine Schwäche, und Gespräche über diese Themen sind mir peinlich.«

»Sohn einer Eselin, was sagst du da? Du sprichst von Kälte, wo doch ganz Rom weiß, daß du drei Nächte die Woche damit beschäftigt bist, der Porcia Honoria die Möse zu lecken. Und aus der Sklaverei entlassen wurdest du nur deshalb, weil ihn dir dein Herr kräftig reingesteckt hat, bevor du zum Mösenlecker wurdest.«

Lucinus reagierte mit einer zornigen Handbewegung, stieß Adonis gar in eine Ecke.

»Du bist schlimmer als das schlimmste Lästermaul!« rief er. »Ein widerliches Schwein bist du. Laß mich in Ruhe, du ekelst mich.«

Adonis packte ihn am Ärmel und hielt ihn zurück.

»Ich ekle dich? Du bist der letzte, dem ich Rechenschaft darüber schulde, daß mir die Lust Freude macht. Das fehlte gerade noch.«

»Über die Lust brauchst du mir keine Rechenschaft abzulegen, wohl aber über den Schaden, den du einer Person zufügst, der ich in Liebe verbunden bin.«

»Liebe ich ihn etwa nicht? Wofür hältst du mich? Bin ich etwa sein Peiniger? Auch ich habe ein Herz. Bedenke: Würde ich mich so weit herabwürdigen und dich bitten, mich anzuhören, auch auf die Gefahr deiner Verachtung hin, wenn ich ihn nicht liebte?«

Lucinus erwiderte seine Worte mit einem Blick höchsten Mißtrauens. Doch schon wechselte Adonis die Taktik und setzte sein Lächeln ein, das sich beim Umgang mit anderen Menschen immer bestens bewährt hatte. Sein unbefangenes, offenes, in dieser Situation bittendes Lächeln.

»Los, komm schon mit. Du tust es für Phaidros, nicht für mich. Hilf mir, ihn umzubringen, ohne ihm weh zu tun!«

Diese Worte verwirrten Lucinus gewaltig. Adonis, der merkte, daß es ihm gelungen war, sein Interesse zu erwecken, zog ihn mit sich und schob ihn nun mit sanfter Gewalt ins Innere einer schmutzigen, nach Viehstall stinkenden Kneipe.

In diesen frühen Nachtstunden war das Lokal noch halbleer, so daß sie freie Plätze auf den Bänken fanden, die zwischen den großen Tonkrügen und den Weinschläuchen standen, die einen unangenehm säuerlichen Geruch verströmten, wie gewöhnlicher Essig, der sich als Falerner ausgibt.

In der Spielecke drängte sich eine Gruppe von Stammgästen und würfelte. Von dort kam ein Schankmädchen auf sie zu, dessen außergewöhnliche Schlankheit Lucinus' Aufmerksamkeit erregte. Wurden sie hier von einem Skelett bedient? Es hatte ganz den Anschein, denn der Wein schmeckte entsprechend grausig.

Sie leerten zwei ganze Krüge, erst dann begann Adonis mit seinen Ausführungen. Sein Tonfall war dabei so klagend, daß der Pädagoge fast geneigt war, ihm eine gewisse, wenn auch eingeschränkte Menschlichkeit zuzuschreiben.

»Mir ist klar, daß ich mich in einer sehr schwierigen Lage befinde. Im Hause der Octavia meine ich. Alle schauen mich scheel an, sie eingeschlossen. Sie hat mir nur deshalb noch nicht im Vorbeigehen vor die Füße gespuckt, weil sie hochherrschaftliche Umgangsformen besitzt. Hinter meinem Rücken verflucht ihr mich alle, nicht wahr? Ja alle: Dienerschaft und Sklaven, selbst die Stallsklaven, was überhaupt der Gipfel ist. Alle bedauern sie den armen Phaidros, armer Phaidros hier, armer Phaidros da. Laß dir eines sagen: Mein Gärtner ist ein Goldstück, einverstanden, aber wer erbarmt sich des armen kleinen Adonis, wer versteht den armen kleinen Adonis, der ein Herz zu verschenken hat, was nur keiner zu merken scheint?«

»Das mit dem armen kleinen empfinde ich als Übertreibung.«

»Verschone mich mit deinen Phrasen, Sohn einer schwindsüchtigen Mauleselin. Versetze dich an meine Stelle, versetze sich die hochwohlgeborene Octavia an meine Stelle. Weißt du, weiß sie, was es bedeutet, vierzehn Jahre lang mit einem Bauerntölpel behaftet zu sein? Lieben ist eine Sache, der Liebe Dauer zu verleihen eine ganz andere. Aushalten, aushalten, obwohl aus der Liebe ein Mühlstein geworden ist. Über vierzehn Jahre einen Kerl verkraften, der nur über Pflanzen und Wurzeln reden kann! Ist es nicht bezeichnend, daß ihr seine guten Seiten erst entdeckt habt, als ich anfing, ihn zu vernachlässigen? Solange ich ihn ertrug, schien er glücklich zu sein, weshalb sich sonst keiner um ihn scherte. Es ist bekannt, daß ihr einen Menschen erst dann zu schätzen wißt, wenn ihm ein Unglück zustößt. Und das hier ist eins, ganz ohne Zweifel. Denn ich liebe Phaidros wie meinen Bruder, wie meinen Vater und wie meine Mutter. Aber, sprich, stört soviel Verwandtschaft nicht, wenn einer intensiv leben will? Muß einer die Familie nicht zum Teufel schicken, um sich endlich lebendig fühlen zu können?«

Als ihnen die klapperdürre Bedienung Wein nachschenkte, spürte der Pädagoge eine Welle von Scham in sich hochsteigen. Was Adonis da sagte, war schon richtig.

»Ich eigne mich nicht für Vertraulichkeiten, bin aber, das sei angefügt, auch kein Moralist. Deshalb werde ich dir wegen deines Lebenswandels nicht mit Vorwürfen kommen ...«

»Das könntest du gar nicht. Denn weißt du, was ich antworten würde? Daß im Hause der Octavia ich der einzig intelligente Mensch bin, weil ich als einziger das Leben wirklich leben und nicht nur dahinvegetieren möchte.«

»Und was bedeutet das bei dir?«

»Leben bedeutet, daß jeder Augenblick einmalig ist und entsprechend ausgekostet sein will. Das soll es heißen. Warum lachst du? Dieser Grundsatz ist das Vademekum aller Weisen!«

»Weil Horaz das gleiche sagt, wenn auch mit eleganteren Worten.«

»Was, Horaz ist dir auch hinterhergestiegen?«

»Du kränkst meine Ehre«, rief Lucinus, nun reichlich erzürnt. »Warum hast du so wenig Achtung vor mir?«

»Weil es mir guttut.«

Das verschlug Lucinus die Sprache. Adonis betrachtete ihn mit zorniger Verachtung, was sein vorheriges Verhalten Lügen strafte.

»Soll etwa ich der einzige Stricher sein? Ach was. Ihr steht mir in nichts nach. Alle. Ihr seid genauso verdorben. Dir nahmen die Götter die Farbe aus dem Haar als Strafe für deine Schweinereien. Sieh nur, wie weiß es ist, alte Schindmähre. Das kommt von der Abnutzung, behauptet der Volksmund!«

Da kamen weitere Weinkrüge auf den Tisch. Später noch mehr. Weshalb nach einiger Zeit Lucinus den Adonis nur mehr durch Nebelschwaden und Adonis ihn in einer Wolke buntester Farben aufgelöst wahrnahm.

»Wir sind ein wenig besoffen. Und dein Haar erscheint immer mehr wie reines Silber, obwohl du mein Alter hast und es die Farbe eines Araberpferdes haben sollte, dessen Schwarz mein Soldat mit meinen Augen vergleicht. Gepriesen meine Augen, die meinem Soldaten so sehr gefallen! Heilige Klitoris der Venus, in was bin ich da hineingeraten! Auch meinen kleinen Soldaten habe ich versetzt. Du siehst, so hält es der schöne Adonis. Nicht nur Phaidros muß leiden, nein, nicht nur er, auch andere zittern, wenn sie in meine großen Augen schauen.

Habe ich schon wieder etwas angerichtet? Ich spreche von meinen verführerischen Augen, dabei sollte ich von den verfluchten Jahren sprechen! Das ist ein Thema, Säufer! Nun hat dieser Leib schon fünfundzwanzig Jahre hinter sich und ist noch prächtig beisammen und allzeit bereit, doch der Tag wird kommen, an dem er es nicht mehr ist. Dann ist Zeit genug, einem dummen Gärtner treu zu sein und gelangweilt und bedachtsam die Schritte zu zählen, die uns noch vom Tod trennen ... Doch jetzt bin ich in der Blüte des Lebens und in einer Stadt, die bei meinesgleichen so hoch im Kurs steht wie keine andere. Sag mir also, warum sollte ich den Augenblick nicht nutzen? Was würde aus mir werden? Und wenn ich ihn nutze, wie mir der Sinn steht, was wird aus dem armen kleinen Phaidros?«

Lucinus, der sah, wie sich Adonis' Augen mit Tränen füllten, war seltsam bewegt, zugleich aber verwirrter denn je.

»Das mit dem Schwein nehme ich nicht zurück. Füge aber zu deiner Entlastung hinzu, daß du offensichtlich ein gutes Herz hast.«

»Das habe ich, das habe ich«, klagte Adonis unter heftigem Weinen. »Das Leid der anderen schmerzt mich, zugleich leide ich, daß ich es nicht lassen kann, und so leide ich von früh bis spät. Sag, was ist das für ein Leben? Entweder muß sich mein Gewissen meinem Willen anpassen oder ich mich an die Entbehrung.«

»Worauf willst du hinaus? Ich frage, weil ich zum Abendessen erwartet werde und die Nacht fortschreitet.«

»Ich werde zum Vögeln erwartet und habe keine Eile. Mag es dem, der meine Begierde stillen soll, auch Verdruß bereiten, ich beachte die Rangfolge und räume nun eben den Angelegenheiten des Gewissens Priorität ein. Weil ich dich um einen großen Gefallen bitten möchte, wenn ich dann gehe.«

»Wenn du von hier weggehst?«

»Wenn ich Rom verlasse.« Er schluckte schwer und fuhr fort: »In zwei Tagen ist es schon soweit. Ich gehe nach Alexandria. Das sage ich zu dir, Phaidros darf es nicht wissen. Weil ich ihn kenne und weil er imstande ist, mir, auf einem Delphin reitend, zu folgen und das arme Tier mit netten Geschichten über mich zu belästigen.« Dabei lächelte er zärtlich, und seine Tränen waren nun überhaupt nicht mehr lächerlich. »Ja, er wird mir folgen wollen. Ich will aber, daß er mich nie mehr sieht, weil ich ihm zweifellos großes Leid verursache. Er mir allerdings auch, indem er sich gegen die Trennung wehrt wie ein Besessener.

Dabei wäre es so einfach zu sagen: Die Zeit ist vorbei, die Dinge haben sich geändert und wir uns mit ihnen ... Doch was wird er schon sagen, was wird sich schon ändern bei diesem verdammten Einfaltspinsel ...«

Lucinus bliebt einen Augenblick stumm. Schließlich fragte er schüchtern:

»Warum Alexandria?«

»Weil ich mit einem Kaufmann gehe, der dort Handel treibt«, erwiderte Adonis ganz selbstverständlich.

»Was für ein gewöhnlicher Abgang!« rief Lucinus stirnrunzelnd aus.

»Gut, dann ist er eben gewöhnlich. Mir gefällt er. Ich pfeif auf die Meinung der Welt. Ich pfeife auf sie, weil ich sie von einem Ende zum anderen durchstreifen werde. Weil weder Flüsse noch Berge mich daran hindern werden. Und wenn mir gestern ein einfacher Soldat Lust bereitete, so kann es morgen ein Kaufmann aus Alexandria sein, am nächsten Tag ein Priester der syrischen Götter. Womöglich begegne ich auch einem Heer von Satyrn, das mich durch die Lüfte ins Land der Lüste entführt, das keinen Schmerz kennt.« Hier angelangt versank er in melancholisches Schweigen. Da begriff Lucinus, daß er nicht log, wenn er Phaidros' Schmerz bedauerte. Sein Nachsatz überzeugte ihn dann vollends: »Doch um meine Reisepläne geht es nicht. Tu mir den Gefallen, um den ich dich bitten werde, und die Götter werden es dir danken, indem sie deinem Haar die Farbe zurückgeben, auch wenn du dir noch so oft einen runterholst.«

»Nun sag schon, Trunkenbold.«

»Hör gut zu, Rauschkugel. Du gehst jetzt zu Phaidros hinauf und wäschst ihn als erstes. Das ist in deinem Sinne; damit du nicht am Gestank dieses Unglücklichen erstickst. Wenn er dann sauber ist, sagst du zu ihm: Adonis ist mit so einem dahergelaufenen Kaufmann davon, und der ist nicht so gut wie du, weder sauberer noch sehr viel netter. Häßlich ist er geradezu, hat zwei Zahnlücken und auf der Nase eine rote Warze. Weiter sagst du ihm: Keiner weiß, wohin er jetzt ist. Er hat hundertmal auf deinen Namen gespuckt, damit du nicht mehr an ihn denkst.«

»Wäre es nicht besser, ihm zu sagen, du seist gestorben?«

»Wie naiv ihr seid, ihr studierten Neunmalklugen! Wenn du ihm sagst, ich sei gestorben, wird er mir einen Altar aufstellen und ein Feuer entzünden, gegen das das Feuer der Vesta ein bescheidenes

Flämmchen macht. Male mich, wie ich bin, besser noch: schwärze mich an. Sag ihm, daß ich unbeschwert gegangen bin, trunken vor Freude, und ihn mit Vergnügen verletzte. Und wenn er dich nach dem Grund für meine Flucht fragt, sagst du ihm, daß es keinen gibt, daß ich einfach so bin, unberechenbar und verrückt. Und er mich deshalb verabscheuen soll.«

Er erlaubte Lucinus nicht den geringsten Einwand.

»Er soll mich endlich verabscheuen. Wenn du das schaffst, Lucinus, werden die Götter dich segnen. Denn ich kann ihm nicht helfen und täte es nicht, selbst wenn ich es könnte, weil ich mir damit schaden würde. Das will ich aber nicht. Denn schließlich lebt man nur einmal, und mein Körper hier, der für so viel Unruhe sorgt, hat sein halbes Leben schon hinter sich, und das mußte er in dem verdammten Gefängnis der Liebe verbringen.«

Er war ganz offensichtlich zu keinerlei Zugeständnissen bereit und daher nicht willens, das Gespräch eine Sekunde länger als nötig fortzuführen. Unvermittelt richtete er sich auf, stützte sich weinselig haltsuchend auf den Tisch und verkündete, er wolle jetzt sofort aufbrechen.

»Ich gehe zu meiner Abendeinladung und lasse dir völlig freie Hand.«

»Freie Hand wozu?«

»Um sofort zu Phaidros hinaufzusteigen. Tu es, ich flehe dich an!« Dann packte er Lucinus überraschend heftig am Handgelenk und schrie: »Schwör mir, daß ich nicht vergeblich flehe!«

»Ich schwöre es, bei der vom Teufel besessenen Furie, deren Schoß dich zweifellos gebar, du ekliges Schwein.«

»Mit einem guten Herzen, immerhin.«

»Das ja. Ein Herz aus Gold.« Lucinus befreite die Hand aus seinem Griff und fuhr fort: »Ich bin der Joker im Unglücksspiel anderer Leute.«

»Eines Tages, im Unglück, wird auch dir jemand zur Seite stehen.«

»Ich kenne weder Glück noch Unglück.«

Doch Adonis verstand ihn nicht, denn seine Philosophie – wenn eine Philosophie bei ihm überhaupt je fruchtbaren Boden gefunden hatte – bestand in der Annahme, ein Leben ohne Unglück sei ein rundum gelungenes Leben.

Er verzichtete daher bedenkenlos auf weitere geistige Anstrengungen und entfernte sich mit so schwungvollen Bewegungen, daß er mit der Hüfte gegen den Tisch stieß und der Wein sich über die Hand des Pädagogen ergoß.

WIEDER AUF DER Straße, stellte sich Lucinus kurz die Szenerie vor, die Adonis ihm beschrieben hatte. Trotz seines weinschweren Kopfes kam ihm das herzzerreißende Bild des verzweifelten Phaidros in seiner Kammer in den Sinn. Daraufhin wankte sein Entschluß, geradeso wie seine Schritte wankten. Am Ende beschloß er, sich völlig rauszuhalten.

Er wollte nicht Zeuge dieser Grausamkeit sein, nicht Handlanger bei diesem Verbrechen der Liebe. Warum sollte er sich der Qual aussetzen, die andere verursacht hatten? Wozu, wenn er doch sein Leben lang darum gekämpft hatte, vom Schmerz verschont zu bleiben?

Er setzte seinen Weg fort und entfernte sich von dem heruntergekommenen Gebäude, das ihm eben einen solchen Schrecken eingejagt hatte. Dieses Gefühl kam ihm plötzlich bekannt vor, überrascht blieb er stehen. Es pflegte sich bei jedem Entschluß, bei jedem Versuch einzustellen, an irgendeiner Lebensäußerung der Menschen in seiner Umgebung echten Anteil zu nehmen.

Da stand er, unbeweglich mitten in der Menge, die nun die Straßen füllte, gefangen in ihrem lebhaften Kommen und Gehen und wandte sich wieder einmal von den Tatsachen ab, um sich der grenzenlosen Freiheit des Denkens hinzugeben.

Er dachte kurz an die Menschen, die sein Leben in Rom bislang ausgemacht hatten, und erwog die Handlungen eines jeden einzelnen. So unterschiedlich ihre Charaktere waren, so schwer oder leicht ihr Schicksal, alle kreisten sie um die Liebe. Sie lebten aus ihr und von ihr, litten oder waren glücklich. Manche hatten sich wohl in einem Zwischenzustand eingerichtet und lebten eine wenig glanzvolle, wenngleich durchaus bequeme Art der Liebe.

Die zweite Möglichkeit, völlig ohne Liebe zu leben, hatte unweigerlich die gleichen Folgen. So viele Leute hatten diese Erfahrung gemacht! Octavia zum Beispiel, die geliebt und deshalb gelitten hatte. Porcia Honoria zum Beispiel, die sich weigerte zu lieben, um sich diese Qual zu ersparen. Und schließlich Phaidros, der in die tiefsten Abgründe des Schmerzes hinabgestiegen war.

Nun wurde ihm klar, daß all diese, von der Liebe manipulierten Menschen, durch die Liebe einfach nur unterschiedliche Lebenseinstellungen zum Ausdruck brachten. Wobei das Leben noch knausriger war als die Liebe, weil es nur zwei Möglichkeiten anbot:

Es zu ertragen, wie Octavia es tat, oder intensiv zu leben, mit der selbstmörderischen Kühnheit eines Soldaten, wie Adonis und Terentia es taten. Besonnen und sittsam durchs Leben zu gehen oder aber mit Blut und Feuer und dabei den Becher des Lebens bis zur Neige zu leeren, den Becher mit dem Trank, der das Gewissen zum Schweigen bringt.

Am Ende siegte eine unanfechtbare Wahrheit, die Quintessenz der Grausamkeit des menschlichen Daseins. Nur wer sich schrankenlos den Freuden hingibt, entkommt dem Leiden. Nur die Egoisten, nur die Toren waren sicher, zu überleben und sich zu überleben.

Im Lichte dieser Gedanken begriff Lucinus schließlich, daß auch er, der vorsichtige, der eiskalte Lucinus, nur auf äußerst mühsame Weise überlebte. Er überlebte nicht durch die Freuden, sondern durch völlige Unkenntnis derselben. Nicht die Abwesenheit von Schmerz rettete ihn, sondern seine strikte Weigerung, sich dem Schmerz auszusetzen.

In solche Betrachtungen versunken, lenkte er seine Schritte nach Carinae, einem Stadtviertel mit wesentlich ruhigeren Nächten und einer wesentlich effektiveren Sicherheitswache. Doch ohne es zu merken, wechselte er die Richtung und fand sich nach einer Weile wieder an der engen Straße am Eingang zur lärmenden Subura.

Nun stand er wieder an dem Ort, dem er zuvor den Rücken gekehrt hatte. Seine Weigerung, Schmerz zu fühlen, führte ihn seltsamerweise direkt ins Herz des Leidens.

Ein sicherer Instinkt, über dessen Natur er sich nichts vormachen wollte, hatte ihn zu Phaidros zurückgebracht. Nicht Menschenliebe war es, die ihn erfüllte, sondern gewaltige Neugier. Als enthielte die schreckliche Szenerie, der er sich aussetzen würde, eine Antwort auf viele der Gedanken, die ihn in dieser Nacht bewegt hatten.

Die Antwort kündigte sich bereits im schrecklichen Zustand des Vorraums an. Er war schon unter normalen Voraussetzungen nicht eben einladend, Phaidros aber hatte ihn schlimmer wie einen Stall vernachlässigt. Überall lagen verfaulte Essensreste herum und anderes schmutziges Zeug, wie ekelerregende Ansammlungen von Erbrochenem und Exkrementen, ganz klare Hinweise dafür, daß der Bewohner diese Behausung lange nicht verlassen hatte.

Ein durchdringender Geruch nach Urin erfüllte den Raum, und sein umherschweifender Blick traf auf einen völlig verschmutzten Strohsack, auf dem ein zusammengekauerter, nackter Mensch lag, so behaart, daß er leicht mit einem Tier zu verwechseln war. Ein bestialischer Gestank aus dieser Richtung machte deutlich, daß dieses elende, dieses schon nicht mehr menschliche Wesen längst keine Latrine mehr aufsuchte.

Es reagierte kaum auf die eingetretene Person, machte lediglich mit dem Kinn ein Zeichen ins Leere, was wohl heißen sollte, daß Adonis bereits die Truhe mit seinen Kleidern fortgetragen hatte. Lucinus aber konnte die Kopfbewegung nicht deuten, lediglich Octavias Befürchtung bestätigen, daß Adonis tatsächlich seit Tagen nicht mehr hier wohnte.

Phaidros aber blieb stumm.

Er kauerte reglos an der äußersten Kante des Strohsacks, als wolle er mit der Zimmerecke verschmelzen. Seine Haltung war seltsam verschlungen: Er hielt sich mit angestrengten Armen selbst umfaßt, die Knie bis ans Gesicht hochgezogen, glich er einem jungen Wolf, der sich tief in seinem Bau vor dem Angriff noch wilderer Tiere zu schützen versucht.

Und diese Rolle mußte Lucinus nun übernehmen, indem er sich als Überbringer einer schlechten Nachricht vorstellte.

Doch Phaidros antwortete nicht. Sah ihn nicht einmal an. Sein Blick blieb ins Leere gerichtet.

Lucinus suchte nun angestrengt nach einem Einstieg in das Thema, das anzusprechen ihm Adonis aufgetragen hatte:

»Kannst du dir vorstellen, daß auch ich unglücklich bin, allem Anschein zum Trotz?«

Eine solche Frage, dieser armseligen menschlichen Hülle gestellt, erschien pure Ironie. Das merkte auch Lucinus, weshalb er seinen Ekel überwand, Phaidros' Hand ergriff und mit aller Kraft drückte.

»Eine Antwort würde dir doppelte Anstrengung kosten, nicht wahr? Zum einen das Artikulieren deiner armseligen Worte, zum andern müßtest du lügen. Was aber nicht nötig ist, Phaidros, weil ich weiß, daß die Natur fortwährend lügt. Ich weiß auch, was ich dir sagen sollte: Magst du auch deinen Herzensfreund wiedergewinnen, magst du reich werden wie Octavia und gelehrter als Porcia Honoria, du wirst nicht glücklicher sein, als es mir vergönnt ist.«

Phaidros sah ihn an. Seine Augen waren mitleiderregend gerötet, wie blutunterlaufen. Dann reagierte er lediglich mit einem ausgedehnten Seufzer, der langsam in ein nicht weniger trauriges Heulen überging. So, daß er wieder einem Wolf glich.

»Verschlinge mich nur«, sagte Lucinus, »denn ich habe eine schmutzige Mission übernommen. Der Gedanke, dir die Wahrheit sagen zu müssen, jagt mir großen Schrecken ein, denn du wirst mir ganz zu Recht nie vergeben ...«

Doch Phaidros' geistesabwesender Blick bewies, daß er seine Worte nicht einmal hörte. Was Lucinus Verzweiflung noch verstärkte. Er fühlte sich so schwach, so winzig klein angesichts dieses gewaltigen Schmerzes.

Er wagte es nicht, die Worte so zu formulieren, wie Adonis ihn gebeten hatte, war aber auch nicht imstande, sich Octavias Erwartung gemäß zu verhalten. In diesem Zwiespalt griff er sich ängstlich an den Kopf, wie immer vor einer wichtigen Entscheidung und fing an, im Zimmer auf und ab zu gehen. Als er dabei versehentlich an die Tischkante stieß, wollte er schon einen Fluch ausstoßen, doch dann fiel sein Blick auf Phaidros' Sachen, insbesondere auf die Schreibtäfelchen und einige zerknitterte Bögen Pergament, die bis dicht an den Rand beschrieben waren.

Einige Texte waren in Form von Gedichten abgefaßt. Er betrachtete die sorgfältige Schrift und war sich ganz sicher. Es war eine elegante Kalligraphie, die von vielen Stunden der Übung zeugte.

Dann richtete sich seine Aufmerksamkeit auf ein Gedicht, das einen schlichten, aber aussagekräftigen Titel trug.

Es hieß einfach *Der Gärtner*.

Beim Lesen stieg seine Verwunderung, und in seiner Seele erwachte ein seltsames Gefühl. Eine Empfindung, die sich der Vernunft entzog, wie die klare, helle Erkenntnis vom wunderbaren Ursprung der Dinge.

»Unglaublich«, murmelte er, »wirklich ganz unglaublich.«

Dann drehte er sich unvermittelt um und schrie Phaidros an:

»Was bist du für ein seltsames Wesen? Mensch oder Tier? Woher dieser Widerspruch? Verrate es mir endlich, du Irrer, denn ich verstehe überhaupt nichts mehr!«

LUCINUS SCHILDERTE OCTAVIA alles, was er in der Subura erlebt hatte, jedes Detail. Sie war entsetzt. Als sie dann Phaidros' Pergamente las, konnte sie ihre Verblüffung nicht verbergen. Schließlich zitterte sie um ihn, denn nie hatte sie Texte gelesen, die den Schmerz so brutal deutlich beschrieben, den Schmerz einer Seele, der aller Lebensmut abhanden gekommen war.

Dann erinnerte sie sich der Worte, die Lucinus bei einer anderen Gelegenheit gesagt hatte, damals, als er den Lerneifer des schlichten Gärtners beschrieb:

»Unberechenbar sind die Wege der Begabung! Einer, dessen Talent es bislang war, der Erde Leben zu entlocken, setzt es nun ein, um selbst zum Leben zu erblühen.«

Genau konnte Octavia nicht sagen, ob diese Gedichte von echtem Talent zeugten oder nur das Ergebnis äußerster, verzweifelter Anstrengung waren, sich aus dem bedrückenden Gefängnis zu befreien. Sie war sich letztendlich nicht sicher, ob das, was sich Phaidros mit dieser verzweifelten Geste entrissen hatte, Ähnlichkeit mit dem Leben hatte.

Sein Talent nährte sich aus der Zerstörung. Besang er nicht die großen Niederlagen des alltäglichen Lebens? Octavia verglich diese Gedichte mit jenen, die sie in den letzten Jahren bei verschiedenen Lyriklesungen kennengelernt hatte und die derzeit in Mode waren. Sie stellte sofort fest, daß Phaidros' Gedichte etwas völlig Neues darstellten.

Der überraschende Poet folgte zwar ganz ungeniert der Mode, die Natur zu beschreiben, tat dies aber mit völlig anderen Mitteln als die berühmtesten Verehrer ländlicher Idyllen. Diese beschrieben die Schönheiten des Landlebens als Spiegel höhergeistiger Erfahrungen. Phaidros dagegen erging sich in heftigen Klagen, die ihm jede Schönheit absprach, in einem Lamento, das schlicht ihr Fehlen beklagte. Das alles geschah in einem Stil, der ein Angriff auf die akademische Perfektion war, die Lucinus immer so sehr bemüht war der Kinderschar Octavias, aber auch all seinen früheren Schülern beizubringen.

Die Gedichte – wenn es denn Gedichte waren – stellten die Meditationen eines alten Gärtners dar, der am Ende seines Lebens mit Schauder feststellt, daß eine namenlose Katastrophe sein Werk zerstörte, dem er so viele Jahres seines Lebens und so große Anstrengungen gewidmet hatte. Wobei die Art der Katastrophe nicht so wichtig war –

eine Dürre, eine Überschwemmung, eine Insektenplage –, vielmehr stand die Verzweiflung dieses armen Menschen im Vordergrund, seine Verzweiflung angesichts eines schrecklichen Unheils, das ihn auslöschen würde.

Immer war vom Tod die Rede, von der Wehrlosigkeit einer feindlichen Natur gegenüber, angesichts eines täglich neu begangenen Verbrechens, angesichts des Unwetters zerstörerischer Kräfte, das sich über der trügerischen Idylle fruchtbarster Frühlingstage zusammenbraute.

Welche Strecke hatte die Poesie hier zurückgelegt, wie viele Skorpionnester mußte sie umgehen, wie vielen Höhlen schwarzer Schlangen und Behausungen grausamer Geier mußte sie ausweichen auf ihrem Weg von den fruchtbaren Gärten der Sabinerin des Horaz, um sterbenselend und verzweifelt in einem Elendsquartier in der Subura wieder neu geboren zu werden? Warum glichen Gespenstern die Eschen, Dämonen die Eichen, riesigen Leichnamen die lieblichen Apfelbäume? Warum entquoll Gift der rötlichen Rebe, während der Most zu Essig wurde und an den Füßen der Arbeiter, die sie kelterten, schwärende Wunden verursachte?

Das war nicht der Text eines Gelehrten, sondern der eines Erleuchteten. Doch in seiner Erleuchtung war durchweg die Spur einer menschlichen Erfahrung zu erkennen, die Verwirrung auslöste und gleichzeitig Widerwillen, dabei aber immer gefangennahm.

Die verblüffte Octavia wandte sich an Marcellus, schließlich war er jung und daher wohl eher für alles Neue aufgeschlossen. Durch Maecenas' Vermittlung hatte er sich mit einem Kreis junger Leute umgeben, die sich für die schönen Künste interessierten und in den neuesten Strömungen auskannten, die sich oft genug vom Althergebrachten völlig gelöst hatten. Marcellus wäre, mehr als andere imstande, diese verwirrenden Texte zu verstehen.

Doch der Torsklave berichtete, Marcellus habe sehr früh schon das Haus verlassen und sei einer Gruppe junger Leute gefolgt, die ihn mit großer Eile und seltsam aufgeregtem Gebaren abgeholt hatte. Das war für Octavia der erste Hinweis, daß sich an diesem Morgen an irgendeinem Ort in Rom außergewöhnliche Dinge ereignen würden.

Ihre Aufmerksamkeit richtete sich nun wieder auf die Schriften ihres Gärtners.

Was war wohl der Ursprung dieser Betrachtungen? Aus welchem

Winkel dieser Seele, die sie bislang immer für ungebildet gehalten hatte, war dieses Verlangen nach Schönheit entsprungen? Wobei das Verlangen erstaunlicher war als das eigentliche Ziel. Die edle Octavia las und las. Schließlich bemerkte sie in diesen Klagen die Ankündigung eines nahen Todes, eines unmittelbar bevorstehenden Todes, den es um jeden Preis zu verhindern galt.

Da hörte sie ihre eigenen Gedanken auch schon aus Lucinus' Mund:

»Kann der Verlust einer Liebe so großen Schaden anrichten?« fragte er.

»Das kann er«, entgegnete sie leise und fügte wie im Selbstgespräch hinzu, »die Zeit allerdings schafft es, und das ist vielleicht ihr einziges Verdienst, daß uns die Liebe immer weniger Schaden zufügt.«

Zweifellos war das Octavia gelungen. Diesen Sieg hatte sie sich mit der Zeit abgerungen. Doch in Lucinus' Augen lag ein Vorwurf, den sie akzeptieren mußte. Die Jahre konnten nicht garantieren, daß jeder Mensch heil aus der gleichen Gefühlserschütterung, aus einer ähnlich unglücklichen Liebe hervorging. Für manche Dichter war sie eine Anregung. Es gab welche, die dann ihre Geliebte oder ihren Geliebten unbesonnen mystifizierten, deren Dichtkunst dadurch lebendiger wurde, bis hin zur Schilderung höchsten erotischen Glücks. Wenn das Objekt dieser Leidenschaft sie dann eines Tages verließ, löste das Verlassenwerden wiederum eine Welle der Kreativität aus, so intensiv oder noch intensiver als die vorhergegangene. Mit dem Ergebnis, daß sie nie mehr und nie besser schrieben.

Andere jedoch trieb der Tod der Liebe völlig in den Ruin. Menschen, die es gewohnt waren, der immerwährende Schatten des anderen zu sein, blieben nackt zurück, verbannt in eine Leere, die keinen neuen Gedanken mehr zuließ und jedes andere Gefühl im Keim erstickte.

Auch Octavia, die sich selbst noch nie in der Dichtkunst versucht hatte, war in diese Leere gefallen, hatte sich dort aber nicht häuslich eingerichtet. Sie erinnerte sich an die erste Zeit, als der Schmerz sie zu ersticken drohte, und kam zu dem Schluß, daß sie unverzüglich eine Entscheidung treffen mußte, um der grausamen Einsamkeit etwas entgegenzusetzen, die die Seele ihres Gärtners am Ende auffressen würde.

Doch ihre guten Absichten wurden zunächst vom eiligen Eintreten eines Sklaven unterbrochen, der einen hochstehenden Besuch ankündigte. Schon erschien die stattliche Livia, sonst immer ein prächtiger Anblick, diesmal jedoch alles andere als das.

Ihr verwirrtes Auftreten und Aussehen ließ alle vermuten, daß auf dem Palatin seltsame Dinge vor sich gingen. Und daß der eilige Abgang des Marcellus zur frühen Morgenstunde mit dem Ereignis in Verbindung stand, das, kaum vom Forum aus verkündet, die Öffentlichkeit erschüttert hatte.

Livia, in dunkelviolette Schleier gehüllt, wirkte äußerst erregt. Ihre rundliche Figur bewegte sich von einer Seite zur anderen, während die Verwandten mit aufgeregtem Getue und Gezeter den Alarmzustand unterstrichen. Ihr Gefolge bestand diesmal nur aus vier Frauen, doch die klagten so heftig und laut wie eine ganze Hundertschaft. Weshalb sich die stattliche Livia umwandte und sie anherrschte:

»Wann schweigt endlich dieser Chor von Klageweibern? Meinen Verdruß kann ich auch gut allein ausdrücken ...«

Sie bedeutete Octavia, daß sie mit ihr ungestört sprechen wollte. Auf dem Weg hinaus in den Garten flüsterte sie mit tiefbetrübter Stimme:

»Du weißt anscheinend noch nichts von der Katastrophe.«

»Was auch so bleiben wird, wenn sich niemand findet, der mir davon berichtet«, sagte Octavia mit gespieltem Gleichmut.

»Dein Bruder hat beschlossen, von allen seinen Ämtern zurückzutreten.«

»Was sagst du da?«

»Er will der Macht entsagen. Heute morgen schon legt er sie in die Hände des Senats.«

LIVIA ERZÄHLTE, SIE habe durch Zufall davon erfahren, als Maecenas und Agrippa ihren Mann zu einer Senatsversammlung abholten. Sie waren nicht allein gekommen. Diesmal begleitete sie der Feldherr Munantius Plancus, der unter anderen hohen Titeln den des Präfekten von Gallien trug ... auch die Gründung des Garnisonsorts Lyon war sein Werk. Bekannt war er auch wegen gewisser Dienste, die er den Mördern des Julius Cäsar geleistet hatte, nur allzu überraschende Dienste, denn Jahre danach widmete sich der Feldherr ganz und gar der Sache des Cäsar Octavianus, obwohl diese Haltung im Widerspruch zu seiner früheren stand und auf mangelndes Rückgrat schließen ließ.

Doch an diesem Morgen war Livia nicht an Feinheiten und Nachforschungen über Vergangenes interessiert. Sie wollte endlich über die Sache informiert werden. Und das wurde sie. Wenngleich, in Octavias Augen, ein wenig spät. Schließlich war bekannt, daß angelehnte Türen auf ihre Schwägerin große Anziehungskraft ausübten, und so war es legitim zu fragen, warum sie diese besorgniserregende Entscheidung des Octavianus nicht bereits bei einem der früheren Treffen zwischen dem Feldherrn, Maecenas und Agrippa mitbekommen hatte.

Livia überging diesen Punkt, beschränkte sich vielmehr darauf, die Unsicherheit der Zukunft zu beklagen.

»Ich sagte es dir bereits bei einer anderen Gelegenheit: Nichts ist jemals sicher, denn keiner hat bisher den morgigen Tag gesehen.«

»Ich schon, ich kenne die Zukunft, wie jeder Mensch, der das Auf und Ab der Politik aus der Nähe beobachten kann. Deshalb kann ich dich beruhigen. Die Macht wird den Palatin nicht verlassen.«

»Welche Macht könnte Octavianus denn noch anstreben, jetzt, nachdem er alle beleidigt hat, die ihm einst die Macht in die Hände legten?«

Octavia hütete sich, Livia ihre Vermutung anzuvertrauen, und erwiderte lediglich:

»Mehr Macht. Sehr viel mehr.«

Dabei war ihr Blick rätselhaft; wie der einer Sphinx, dachte Livia.

Doch Octavias Verdacht war keineswegs unbegründet. Sie kannte ihren schlauen Bruder, seine Überzeugungskraft und, schließlich und endlich, auch die Bedürfnisse Roms in diesen Tagen. Er selbst hatte es vor einiger Zeit einmal angesprochen. Mochte er noch soviel Rat benötigen, Rom benötigte mehr. Mochte sein Streben nach Macht noch so ausgeprägt sein, ausgeprägter noch war das Bedürfnis Roms, ihm die Macht zu verleihen.

Octavia erklärte sich zur Beruhigung ihrer Schwägerin bereit, diese zur Kurie zu begleiten. Außerdem mochte sie selbst weder ausgedehnte Wartezeiten noch Nachrichten, die über hundert andere Münder verbreitet und ihr entsprechend entstellt übermittelt wurden. Besser war es, der Zeremonie, die unter so düsteren Vorzeichen stand, persönlich beizuwohnen.

Kaum ihrer Sänfte entstiegen, wurde sie von einer brodelnden Menge neugieriger Menschen empfangen, die sich sofort nach Bekanntwerden der neuesten Nachrichten auf den Foren versammelt hatte. Angesichts dieses Volksauflaufs verstärkte sich Octavias erster Verdacht. Wer hatte wohl die weise Voraussicht besessen, die Ereignisse zu verbreiten, um die Volksseele im passenden Moment in Aufruhr zu versetzen? Maecenas vielleicht oder Munantius Plancus, womöglich beide?

In der Umgebung der Kurie herrschte helle Aufregung. Unterschiedliche Vertreter der sogenannten öffentlichen Meinung taten lauthals ihre Ansichten kund. Es schrien diejenigen, die Politik machten, und wurden von denen, die sie zu erleiden hatten, überschrien. Es protestierten die alten Republikaner, und die jungen Adligen erregten sich. Octavianus bleibt an der Macht, wetteten die einen, er wird bald abtreten, die anderen. Während die einen seine Tugenden priesen, machten sich die anderen über sie lustig. Nur wenige philosophierten, diejenigen nämlich, die mehr von der Welt gesehen hatten, als diese von sich aus zu zeigen bereit war. Sie lauschten den Gesprächen mit offen zur Schau gestellter Ironie und enthielten sich jeden Beitrags. Octavia beobachtete sie mit Sympathie, denn das war auch die Haltung, die ihr geziemte.

Die Ereignisse fanden in ihrer Nähe statt, streiften sie und wollten von ihr nur betrachtet werden. Sie konnte sie letztlich nur ertragen, nicht beeinflussen.

Das würde schon bald Marcellus für sie übernehmen, und zwar vermutlich auf sehr aktive Weise. Sie entdeckte ihn in einer Gruppe junger Männer seines Alters und Standes. Die jungen Leute aus den besten Familien Roms, die eben anfingen, sich ins politische Leben einzumischen, wollten seine Meinung hören, die, obgleich nicht offiziell gebilligt, dennoch nicht zu übergehen war. Schließlich hob sich Marcellus von allen anderen ab, nicht so sehr wegen des Feuers seiner Rede als durch seine privilegierte Stellung auf dem Palatin. Er war das Ideal, das alle Blicke auf sich zog …wenn sie sich von Cäsar Octavianus abwandten.

Denn die schlauen Römer wußten sehr wohl, daß, wenn es um wirkliche Größe ging, die Realität immer wichtiger war als ein Versprechen, mochte es auch noch so rosig sein. Hoffnungen und Bewunderung orientierten sich an der Realität.

Marcellus war es, der die Neuankömmlinge zu den Tribünen im oberen Stockwerk begleitete. Von einem der reservierten Besucherplätze aus konnten sie, durch Sichtgitter gut geschützt, dem Verlauf der Debatte folgen.

Als Octavia bemerkte, daß ihr Sohn offensichtlich äußerst nervös war, fragte sie sich, ob er womöglich ehrgeizige Ziele verfolgte, die sie noch gar nicht ahnte. Dies wäre ein weiterer Hinweis auf die Schnelligkeit seiner Entwicklung und die logische Erklärung seiner Fortschritte. Hatte er die Kinderspiele mit seinen Freunden geteilt, würde er künftig seine Liebesgeschichten und wohl auch seine politischen Ansichten mit ihnen teilen. Oder sie lenken, denn seine Persönlichkeit ließ bereits ahnen, daß er ein Mann war, der die Massen zu begeistern verstand.

Jedenfalls vertrat er die Sache von Cäsar Octavianus, als wäre es seine eigene, und war dabei noch aufgeregter als selbst Livia.

Es gelang Octavia, die Ereignisse mit großer Gelassenheit zu verfolgen, schließlich war ihr gesunder Menschenverstand sprichwörtlich. Weit davon entfernt, sich Sorgen zu machen, vermutete sie ein geschicktes Manöver, bei dem wohl auch die Ränke von Agrippa und Maecenas eine gewisse Rolle spielten.

Eine keineswegs unbedeutende Rolle. Sie waren geradezu Komplizen. Hatte doch Agrippa seinem Freund den Weg geebnet und ihm kraft seines Richteramts den Titel des *princeps* verliehen. Mit dieser höchsten Autorität ausgestattet, hatte Cäsar Octavianus eine Zeitlang regiert, wobei er mit dem Senat rechnete, ihn aber auch wissen ließ, daß er den Senat durchaus einmal, ganz unverhofft, entbehren konnte.

Daß er der Macht entsagen würde, das konnte allerdings niemand ahnen.

Die Nachricht von seinem Rücktritt erreichte den Senat ohne Vorwarnung und löste deshalb große Bestürzung aus. Sie wirkte wie ein Erdbeben und erschütterte das Gefühl der Sicherheit, das seit dem Ende der Bürgerkriege Roms große Errungenschaft war. Endlich, nach so vielen Wirren schien die Macht in guten Händen zu liegen. Nun, da sich der Senat daran gewöhnt hatte, diesen Händen uneingeschränkt zu vertrauen, kam der Besitzer dieser Hände daher und bat darum, sie ihm wieder völlig frei zu machen.

Was er mit großer Demut verkündete.

Denn demütig waren seine Schritte, die ihn zur Tribüne führten, demütig seine Gebärden, seine brüchige Stimme, die äußersten Überdruß an den Dingen der Macht signalisierte.

»Erlöst mich von dieser Last, ich flehe euch an. Nehmt mir all diese Verpflichtungen, damit ich wieder ein einfacher Bürger sein kann, ein schlichtes und zugleich so großes Wort, ein Auftrag, der alle anderen Aufträge aufwiegt, ja sogar übersteigt. Denn besser ist es, ein guter Bürger Roms zu sein, als ein schlechter Diener seiner Größe.«

Sodann hielt er eine Rede, ein wahres Meisterwerk der Eloquenz, worauf auch seine schärfsten Kritiker meinten, daß der Unterricht an der Universität von Apollonia ausgezeichnete Früchte getragen hatte. Und obwohl andere hinterher sagten, die Rede habe nur aus hohler Rhetorik bestanden, wurde doch das Geschick, durch Phrasen zu überzeugen, als Instrument der hohen Politik gewürdigt.

Was die verschiedenen Fraktionen des Senats betraf, so reagierten diese je nach eigener Interessenlage oder orientierten sich, in manchen Fällen, an ihren ehrlichen Überzeugungen – eine Seltenheit in jenen Tagen. Die einen trauten seinen Worten und nahmen Octavianus' Vorhaben mit einer seltsamen Mischung von Naivität, Bewunderung und Respekt auf. Andere waren weniger gutgläubig, witterten Betrug und hörten seine Rede mit großem Mißtrauen, weil sie fürchteten, dahinter verberge sich doch nur eine Strategie zur Machtsteigerung. Ja, es gab sogar eine recht umfangreiche Gruppe, die diese Möglichkeit nicht verurteilte, sondern begrüßte, weil sie den Glauben an die Demokratie verloren hatte und sich eine mächtige, willensstarke Autorität herbeiwünschte, die die Zügel des Staates fest in die Hand nahm.

Doch selbst die, die nicht einverstanden waren, wagten es nicht laut zu verkünden, aus Angst, jede Art von Opposition könne schlimme Folgen haben, sollte diese Farce erfolgreich sein und Cäsar Octavianus gestärkt aus der Sache hervorgehen. Seine Schwester Octavia, im Dämmerlicht hinter dem Sichtschutz, wußte bereits jetzt, daß die Dinge wohl diesen Gang nehmen würden.

Im Moment war es Cäsar Octavianus gelungen, einen Alarmzustand herbeizuführen.

Die Magistraten fühlten, wie sich die Erde unter ihren Füßen auftat. Das Machtvakuum kündigte die Möglichkeit, wenn nicht gar das unmittelbare Bevorstehen künftiger Unruhen an, wobei die Aussicht auf Bürgerkrieg eine der schlimmsten Befürchtungen war. Womöglich wiederholten sich die fürchterlichen Zeiten der großen Zerwürfnisse, als die Macht auf zu viele, untereinander verfeindete Hände, verteilt war. Unter solchen Umständen würde das Zeitalter des Eisens, wie die Dichter es abfällig bezeichneten, niemals enden.

In Ermangelung einer anderen glaubwürdigen Persönlichkeit entschied der Senat, sich in die Hände des einzigen Mannes zu geben, der es zumindest geschafft hatte, daß alle an ihn glaubten.

Und um ihn davon zu überzeugen, wie notwendig er – das heißt seine absolute Vormundschaft – war, boten ihm die Senatoren die wenigen Befugnisse an, die er noch nicht besaß. Man gewährte ihm den Oberbefehl über die Streitkräfte zu Wasser und zu Land, überließ ihm das höchste Richteramt und die Führung aller Provinzen des Imperiums.

Er aber wollte noch ein weiteres Zeichen seiner Demut setzen und akzeptierte nur die fremden Provinzen, die landeseigenen beließ er in den Händen des Senats. Was seine Ämter betraf, so würde er sie nur für zehn Jahre übernehmen. Das war ein vernünftiger Zeitraum, der es Rom erlaubte, ruhig zu schlafen. Da er jedoch um jeden Preis vermeiden wollte, daß Rom noch einmal schlaflos lag, erneuerte er den Vertrag immer wieder, bis zum letzten Tag seines Lebens.

Als er sich zu Livia und Octavia gesellte, wobei ihn deren Anwesenheit keineswegs zu überraschen schien, genoß er bereits eine neue Anrede:

Er war Imperator.

Ein paar Tage danach entschied sich der Senat, und Munantius Plancus' Mund verkündete es, den Geschenken an Octavianus noch eines hinzuzufügen und ihn in den Rang des Augustus zu erheben, was alle bisher in Rom verliehenen Auszeichnungen in den Schatten stellte. Diese Ernennung war logisch. Mochte Vergil an ein Göttliches Kind gedacht haben, die Magistraten, nüchtern, wie sie waren, gingen noch weiter. Sie hielten Octavianus weder für den Sohn irgendeiner Gottheit noch für den Abgesandten einer ganzen Götterschar. Sie wollten ihn mit diesem Titel über alle erheben, einem Titel, der trotz seines komplizierten Ursprungs die Funktion der Vergöttlichung erfüllte, ohne dabei Argwohn zu erregen. Er erinnerte nicht an die Monarchie und negierte aber auch die Republik nicht ganz.

Er erinnerte nur an Augustus selbst.

Die stattliche Livia hörte nun auf, sich der schlechten astrologischen Vorzeichen wegen Sorgen zu machen. Auf ihrem Kalenderblatt zeigte sich der achte Monat nicht mehr mißvergnügt und reizbar. Er hieß nun nicht mehr Sextilis sondern Augustus, ein Name, der ihm offenbar gefiel, hielt er doch über zwei Jahrtausende hartnäckig an ihm fest.

Die Dichter behaupten, daß mit dieser astrologischen Veränderung das weltweite Goldene Zeitalter begonnen habe.

EINE PERIODE GROSSER Festlichkeiten brach über Rom herein. Die Fröhlichkeit erreichte auch die Subura, wollte sich jedoch nicht die Mühe machen, die dunkle Treppe zu Phaidros' Refugium hinaufzusteigen. Sie meidet bekanntlich die Orte, an denen ihre Feinde hausen, und zum überzeugten Feind des Lebens war Octavias Gärtner geworden, seit vor wenigen Tagen Adonis aus der Stadt verschwunden war.

Freudengesänge erfüllten die Nacht und erklangen am Tag; er hörte sie aus der Ferne, doch sein Geist blieb von Erinnerungen besetzt, und die Hartnäckigkeit dieser Gedanken bedrückte ihn wie ein Grabstein, den zu heben er bereits keine Kraft mehr hatte.

Er reagierte auch nicht auf Lucinus, der kam, um das Versprechen einzulösen, das er Adonis unter Eid gegeben hatte. Er hatte keine Tränen mehr. Er beschränkte sich auf ein Lächeln, auf die Grimasse eines erschrockenen Kindes. Und erstmals seit vielen Tagen bewegte er die Hand, um sie in die von Lucinus zu legen, hatte jedoch nicht die Kraft, sie zu drücken. Hinfällig und niedergeschlagen, wie er war, schien er um Hilfe zu bitten.

In Wirklichkeit bat er Lucinus, ihm endlich den Gnadenstoß zu versetzen.

NOCH EINMAL BERICHTETE Lucinus von der traurigen Lage des Gärtners. Da zog sich Octavia längere Zeit zurück und dachte nach, bis sie wußte, was zu tun war. Sie schickte nach Marcellus und bat ihn, Phaidros' Gedichte zu lesen, bevor sie ihm ihre Entscheidungen mitteilte.

Am Ende der Lektüre war Marcellus ebenso überrascht wie seine Mutter. Genau wie Octavia hatten auch ihn diese Gedichte mit einem intensiven, allerdings schwer zu benennenden Gefühl erfüllt.

Er wandte sich an Lucinus und bemerkte:

»Sicher ist, daß in diesen Naturbeschreibungen viel vom Tod die

Rede ist und daß sie mich durchaus berühren. Doch weder seine Metrik noch seine Wortwahl hält sich an die Regeln, die zu beachten du mich gelehrt hast.«

»Du bist frei in deinem Urteil. Orientiere dich an deinem Geschmack, nicht an den Regeln. Ich habe sie dir als Krücken gegeben, als Hilfe auf den Wegen des Wissens. Schlecht wäre es, würden sie zu Ketten, die dein freies Denken einschränken.«

»Dann will ich dir sagen, daß mir diese seltsamen Gedichte sehr gut gefallen. Obwohl sich bei ihrer Lektüre alle Dichter der Vergangenheit in ihren Gräbern umdrehen würden.« Als er sah, daß Lucinus lachte, fragte er alarmiert: »Warum lachst du? Habe ich vielleicht etwas Unpassendes gesagt?«

»Ich lache, weil deine Bewertung bewirkt, daß ich mich alt fühle, edler Marcellus. Nicht wegen meines Haars, sondern weil meine Schüler, die lernen, auf eigenen Füßen zu stehen und eigenständig zu urteilen, wertvolle Dinge erkennen, die ich überhaupt nicht bemerkt hatte.«

»Und das ist gut so«, bemerkte Octavia etwas melancholisch. »Wie eine Mutter ihren Sohn, dem sie die ersten Schritte beigebracht hat, eines Tages reiten sieht, obwohl sie selbst nichts von Pferden versteht, so stellt der Lehrer mit Freude fest, daß die Schüler mit seiner Hilfe neue Wege entdecken und dann auch beschreiten.«

»Es ist gut so, wie du sagst. Wenn aber eine neue Generation ans Ruder kommt und den Geschmack bestimmt, ist es nur natürlich, daß wir uns verdrängt fühlen und ein wenig Selbstmitleid aufkommt. Ich glaube jedenfalls, daß diese freien Verse eines armen Stotterers bei den Leuten ankommen und schließlich ihre Herzen berühren werden.«

Doch dann ließ Octavia das Thema fallen, um ihren beiden Vertrauten den eben gefaßten Entschluß mitzuteilen.

»Die Qualität der Gedichte ist mir weniger wichtig als die Person, die sie geschrieben hat. Ich will, daß Phaidros rausgeholt wird aus dem Viertel, in das er nie hätte ziehen sollen. Sein Platz war in meinen Gärten, nicht in einem Schweinestall. Ich will, daß du, Marcellus, dich persönlich in diese Niederung begibst, um ihn herauszuholen.«

»Warum ich, Mutter?«

»Weil du sein Herr warst und ab jetzt sein Beschützer sein wirst.« Und dann setzte sie in einem Ton, der deutlich erkennen ließ, daß sie zu keinen weiteren Erklärungen bereit war, hinzu: »Lucinus wird dich begleiten.«

»Wann soll das geschehen?«

»Sofort. Dichtung muß nicht notwendigerweise aus dem Tod entstehen. Helfen wir ihm dabei, sie aus dem Leben zu schöpfen.«

Und schon machte sie sich auf die Suche nach dem Aufseher der Sklaven, um ihn mit Phaidros' Umzug zu beauftragen.

Wie sie sich nun zwischen den Skulpturen im langen, düsteren Gang entfernte, konnte Lucinus eine bewundernde, verehrende Bemerkung nicht unterdrücken. So würdevoll war ihre Haltung, so schön waren ihre Bewegungen und so unwiderstehlich die hoheitliche Aura, die ihre Gestalt umstrahlte.

»Wäre deine Mutter nicht so perfekt, würde ich sie für unverbesserlich halten.«

»Aus welchem Grund, Lucinus?«

»Weil sie sich jetzt, nachdem sie sieben Kinder aufgezogen hat, wovon drei nicht einmal ihre eigenen waren, auch noch zur Schutzgöttin für mehr oder weniger erwachsene Spinner aufschwingt.«

Er scherzte, konnte aber seine Zufriedenheit nicht verbergen. Durfte er doch seiner Bewunderung für die edle Octavia nun auch noch die Gewißheit hinzufügen, daß dank ihrer Hilfe die Seelenruhe seines armen Freundes sichergestellt war.

Allerdings bemerkte er sogleich seinen Fehler. Er hatte die Begriffe verwechselt. Octavia konnte nur für die Sicherheit des Gärtners sorgen, seine Seelenruhe, sein innerer Friede waren etwas völlig anderes. Die waren ihm entrissen worden. Es würde ihm schwerlich gelingen, sie eines Tages wiederzugewinnen. Denn Friede in der Liebe gibt es nur einmal. Und zwar, wenn die Liebe aufgehört hat zu existieren.

An diesem Abend waren die Bewohner der engen Straße sehr überrascht und fasziniert. Einen solchen Besuch hatte es seit Jahren nicht mehr gegeben: Der Sohn der mächtigen Octavia drängte sich durch die Menge, auf einem Roß mit weichem Fell, das so anders war als die schmutzigen, knochendürren Klepper, die sonst im Viertel zu sehen waren. Welch ein Kontrast auch zwischen dem goldhaarigen Reiter im hellblauen Gewand und dem schmutzigen Straßenvolk, das ihm den Weg freimachte. Glich er doch einem jungen Gott, der freiwillig auf die Erde herabgestiegen war, um den Besitzlosen zu zeigen, daß es eine Welt voller Schönheit und Perfektion tatsächlich gibt.

Hinter dem Jüngling kamen fünf ebenfalls außergewöhnlich elegant gekleidete Sklaven, und dann folgte ein Wagen mit feinster Überdachung, rundum mit roten Fransen geschmückt, die hübsch hin und her schaukelten, wie bewegt vom Frühlingswind, der die festliche Zeit ankündigt. Und als der prächtige Wagen anhielt, entstieg ihm dieser junge Mann mit der stolzen Haltung und den unverwechselbaren schneeweißen Locken, der in den letzten Tagen oft hier gesehen worden war.

Als Phaidros die Besucher sah, spürte er, daß die Welt der Schönheit, der das Volk auf der Straße begegnet war, wieder in sein Leben trat, war aber zu kraftlos, um darauf zu reagieren. Er verharrte zusammengekauert in seiner Ecke, völlig nackt, von den eigenen Exkrementen bedeckt und inmitten der Reste des Essens, das ihm der gute Lucinus am Morgen gebracht hatte. Dieser Anblick war stärker als Marcellus' guter Wille. Ekel übermannte ihn, und er entfernte sich vorsichtig, um ihn nicht offen zu zeigen. So war es wiederum Lucinus, der die Situation meistern mußte.

Als sie das Elend der Subura bereits weit hinter sich gelassen hatten, starrte Lucinus noch immer unverwandt auf dieses Antlitz, auf dem sich alles Grauen der gefürchteten Liebe eingegraben hatte. Er sah, daß die Augen nun nicht mehr so gerötet waren wie vor Tagen, sondern von einem seltsamen Nebel verhangen, der alles zudeckte: die gelebte Zeit und die Zeit, die noch zu leben war. Phaidros ließ keinerlei Regung erkennen. Es berührte ihn nicht, daß er nun das Leben in den stinkenden Gassen des miserablen Viertels hinter sich ließ. Und er zeigte auch keinerlei Freude angesichts des Näherkommens der grünenden Gärten im Stadtviertel der Reichen.

Vier Sklaven waren nötig, um ihn zu baden und dann ins Bett zu legen, denn sein Leib war völlig starr und mußte wie der eines Kindes behandelt werden. Doch niemand äußerte die geringste Klage, erinnerten sich doch alle, daß er der angenehmste Mensch gewesen war, selbst in den Zeiten seiner Stummheit, als er sich nicht mitteilen konnte. Die Frauen des Hauses weinten ganz ungeniert, denn sein Zustand war noch kläglicher, als es die verschiedenen Nachrichten hatten vermuten lassen.

Gemeinsam richteten sie ihn wieder her – keine geringe Mühe –, zogen ihm danach eine Tunika aus feiner Wolle an und betteten ihn in ein Zimmer im Gästetrakt des Hauses. Lucinus hatte Octavia geraten, ihn bloß nicht in den Gemächern unterzubringen, die er mit Adonis bewohnt hatte, um nur ja keine Erinnerungen zu wecken. Schließlich sollten die Erinnerungen so schnell wie möglich verschwinden. Octavia sah ihn an, erstaunt ob seines Optimismus, denn schließlich weiß alle Welt, daß eher Neptun in seinem Ozean verschwindet als die Erinnerung an eine unglückliche Liebe. Lucinus log also tatsächlich nicht, wenn er sich damit brüstete, in Gefühlsdingen völlig unwissend zu sein.

Kaum hatte sie erfahren, daß Phaidros wieder in präsentablem Zustand war, da begab sich Octavia schon in sein Zimmer, begleitet von Kleopatra Selene und den beiden Antonias. Sie ließ die drei Mädchen, jede mit einem Blumenstrauß in der Hand, vorangehen. Kleopatra Selene legte ein Narzissensträußchen auf seinen Schoß, Antonia die Ältere eine Handvoll Hyazinthen und Antonia die Jüngere ein paar Mimosenzweige.

Doch selbst angesichts dieser Gaben reagierte Phaidros nicht. Nein, er blieb unbeweglich liegen, den Blick ins Nichts gerichtet, beide Arme schlaff neben sich. Seine Reglosigkeit war so erbarmungswürdig, daß die drei Mädchen bei dem Anblick in Tränen ausbrachen und schnell weggebracht werden mußten.

Da begriff Octavia, daß er nicht aus eigener Kraft ins Leben zurückkehren würde und sie ihm helfen mußte. Lucinus sah mit eigenen Augen, wie sich diese Dame, die Schwester des Augustus, Mutter des Marcellus, neben dem Lager des Gärtners niederkniete, seinen eiskalten Arm streichelte und ihn laut anflehte:

»Ich weiß, daß der Schmerz dich blind macht, armer Liebender. Doch jeder weitere Blick in die Tiefe deines Schmerzes läßt dich noch stärker erblinden. Deshalb rate ich dir, schau um dich, bald, fang nur gleich damit an. Wenn du gelernt hast, mit neuen Augen zu sehen, wirst du die Dinge wieder wahrnehmen. Und erst dann wirst du gerettet sein, mein armer Phaidros …«

So sprach Octavia, die edle Römerin, diesen Rat erteilte eine Frau, die die Pein der Zurückweisung ertragen hatte, die Kränkung des Verlassenwerdens, die Qual einer unerwiderten Liebe. Eine Frau, die diesen Zustand der Verzweiflung am allerbesten verstand, weil sie aus eigener Erfahrung wußte, daß selbst der Tod einer derartigen Reihe seelischer Erschütterungen vorzuziehen ist. Ist doch der Tod zumindest ein mit Worten beschreibbarer Zustand.

Die Zeit verstrich, der Tag hatte sich bereits geneigt über Rom, und Octavia kniete noch immer am Lager ihres Gärtners.

»Lerne wieder zu sehen, Phaidros, ich befehle es dir.«

Sie hob den Arm und deutete auf die Gegenstände und zum Fenster, um ihm das Gefühl zu vermitteln, daß die Dinge noch immer existierten, daß sie ihn erwarteten, um ihm beim Überleben zu helfen.

Als die Dämmerung das Zimmer erfüllte, suchte Lucinus Phaidros' leeren Blick, um ihm das Augenlicht wiederzugeben, wie er früher seinen ungeschickten Lippen die Worte wiedergegeben hatte.

»Ein trauriges Los«, dachte er. »Früher mußte dieser verliebte Dummkopf die Namen der Dinge aussprechen lernen, und nun muß er lernen, sie wieder neu zu sehen, um sie dann benennen zu können. Ob er der Widersprüche nicht müde wird?«

Doch Phaidros' Blick bliebt ins Unendliche gerichtet. Schon wurde im Haus erzählt, er leide an einer heiligen Krankheit. Denn er war völlig tot, obwohl er noch atmete.

AN DIESEM ABEND aß Lucinus im Haus der Porcia Honoria zu Abend, und sie räumte ihm einen Platz auf ihrem Triklinium ein, denn die anderen Gäste wußten über ihre Beziehung Bescheid und akzeptierten sie als leicht zu entschuldigende Laune einer Dame von bester gesellschaftlicher Stellung, die zudem eine aktive *docta puella* war.

Während des Mahls lauschten sie einem Quartett alexandrinischer Histrionen, das Stücke aus seinem tragischen Repertoire vortrug, zum Ergötzen eines Publikums, das, wenn es schon nicht alles verstand, zumindest so tat, als ob. Das Publikum an diesem Abend bestand aus einigen Freundinnen von Porcia Honoria, alle gebührend gebildet, und verschiedenen, nicht weniger erlesenen jungen Männern, die dem hochfeinen Zirkel um Tiberius angehörten. Allen voran der redselige Nidius Canus, Sohn des berühmtesten Buchhändlers von Rom, in dessen Werkstatt die Werke der großen Dichter abgeschrieben wurden … und die vieler anderer, die kaum das Mittelmaß erreichten.

Deshalb kannte der junge Mann nicht nur perfekt die von den griechischen Rhapsoden vorgetragenen Verse, er hatte darüber hinaus Zugriff auf Bücher, die den gewöhnlichen Lesern unzugänglich waren. Alle wußten, daß eine seiner Lieblingsbeschäftigungen darin bestand, die von den Kopisten fertiggestellten Seiten als erster zu lesen.

Deshalb stand er natürlich im Zentrum der Aufmerksamkeit der

Abendgesellschaft, sobald die Histrionen den ersten Teil ihres Vortrags beendet hatten. Jemand kommentierte die letzten Skandale der temperamentvollen Terentia, und das war ihm eine willkommene Gelegenheit, ein paar Indiskretionen über ihren Gatten, den erlauchten Maecenas, einzustreuen.

Nachdem man sich ganz offen über die Verrücktheiten der Gattin lustig gemacht hatte und noch mehr über die mühsamen Versuche des Gatten, Rom davon zu überzeugen, daß er von nichts wußte, erfuhr man, daß die Sklaven von Nidius' Vater dabei waren, Epigramme von Maecenas zu kopieren, und der Jüngling Gelegenheit gehabt hatte, sie wenige Stunden vor diesem Mahl in ihrer vollständigen Fassung zu lesen. Sein Verdikt konnte vernichtender kaum sein, er hielt die Epigramme für hoffnungslos mißlungen.

Nidius Canus beschränkte sich darauf, die verbreitete Meinung zu bestätigen und von Maecenas' großem Scheitern zu sprechen: Hatte doch diese hochgestellte Persönlichkeit trotz ihres Goldes, ihrer Sensibilität und Intelligenz, nur eine Blütenlese gewöhnlicher Gedichte, voll mit übertriebenen, billigen, hohlen und sinnentleerten Ausschmückungen vorgelegt.

An diesem Punkt bemerkte einer der Gäste mit aufrichtigem Mitleid in der Stimme:

»Welches Unglück mag den armen Maecenas mehr schmerzen: daß seine Frau so eine Hure ist oder er so ein schlechter Dichter?«

»Zumindest kann er als Ersatz dafür einen großen Dichter protegieren. Die Freundschaft, mit der Horaz ihn auszeichnet, ist rührend und nur vergleichbar mit den Wohltaten, die Maecenas ihm angedeihen ließ.«

Porcia Honoria war unangenehm berührt. Alle wunderten sich, daß sie sich so vehement für die verlorene Sache von Maecenas einsetzte.

»Ein seltsames Verhalten, zugleich aber ein nobles«, murmelte Porcia Honoria, als spräche sie zu sich selbst. »Wie kann sich jemand über sein fehlendes Talent hinwegtrösten, indem er das Talent anderer fördert? Ist es Großzügigkeit oder Heilmittel? Ich weiß nicht, ob ich dazu imstande wäre.«

»Ich trinke auf Horaz«, sagte Lucinus, schon ein wenig berauscht. »Er hat es fertiggebracht, dem Alltag Würde zu verleihen. Maecenas begnügt sich damit, dies zu finanzieren.«

Porcia Honoria war tief in Gedanken versunken. Da ertönten wieder die melodiösen Gesänge der Histrionen; sie fühlte die Präsenz der Größe der Vergangenheit und war irgendwie peinlich berührt. Sie dachte weniger an sich selbst als an ihre Schriften und faßte dabei plötzlich eine Abneigung gegen Nidius Canus. Vielleicht war sie das nächste Opfer seiner Indiskretionen? Wenn dieser lächerliche Hanswurst nun bei irgendeinem Abendessen verkündete, daß ihre Gedichte nichts weiter waren als Nachahmungen, gut gemachte, aber alberne Nachahmungen?

Da suchte sie Zuflucht bei ihrem Liebhaber, doch Lucinus war nicht bei ihr, obwohl er sich an ihrer Seite befand. Er wirkte zerstreut und hatte seine Aufmerksamkeit auf irgendeinen unbekannten Punkt gerichtet. Jedenfalls schien er wenig geneigt, sich seiner Umgebung mitzuteilen und sich der zunehmend munterer werdenden Gesellschaft anzuschließen.

Dann kam, wie jede Nacht, die Stunde, die Lucinus am meisten fürchtete. Wenn der Appetit der Tischgesellschaft gestillt, das Gespräch abgeflaut und die Nacht noch jung und vielversprechend war. Jetzt begann der lange Zug durch die Vergnügungsstätten oder, im Falle der kleinen Gästegruppe, die zu diesem Abendessen zusammengetroffen war, der Besuch verschiedener literarischer Zirkel, die bis in die Morgenstunden tagten.

Porcia Honoria schlug vor, alle sollten sich zum Haus des Maecenas begeben, wo zweifellos der Sieg des Augustus im Senat mit großem Pomp gefeiert wurde. Sie trug den Vorschlag jedoch so lustlos vor, daß Lucinus in schallendes Gelächter ausbrach. Porcia Honoria hörte aufmerksam zu und stellte fest, daß es ein ganz freudloses, ja gelangweiltes Lachen war.

»Geliebte, dein Plan ist ein totgeborenes Kind. Er unterscheidet sich nicht von dem aller anderen Nächte, betrifft die gleichen Personen und wird die gleichen Folgen haben. Irgendein Gelegenheitsdichter wird mittelmäßige Verse lesen, die, sobald er den Rücken kehrt, kritisiert werden, oder aber man kritisiert ausgezeichnete Gedichte, deren Existenz die mittelmäßigen nicht ertragen.«

»Das ist leicht zu ändern. Gehen wir ins Haus von Valerius Messalla.«

»Noch schlechter. Denn dort werden wir erleben, daß Maecenas' Dichter kritisiert werden, mit dem Hinweis, sie nützten doch nur die offizielle Protektion aus. Es gibt also kein Entkommen. Wo immer wir hingehen, wir werden einer Dichtkunst begegnen, die in ihrer Langeweile tödlicher ist als die Spiele im Circus.« Und ohne sich die Mühe zu machen, ein deutlich provokatives Gähnen zu unterdrücken, fügte er hinzu: »Was Wunder, daß Horaz mit seiner besten Satire den Beweis führt, daß von den zahlreichen Schriftstellern Roms viele überflüssig sind.«

Porcia Honoria verabschiedete die Rezitatoren mit einem Händeklatschen, neigte sich zu Lucinus und bemerkte ironisch:

»Mag sein, daß Horaz die Überzahl kritisiert. Doch was bleibt denen, die nicht über sein Talent verfügen?« Dann lächelte sie einer ihrer Freundinnen komplizenhaft zu und fuhr fort: »Ich für meinen Teil weiß den Dichter zu erkennen, der keineswegs überflüssig, sondern notwendig ist.«

»Kennen wir dieses Wunderkind bereits, Porcia Honoria?« fragte Nidius Canus.

»Ich kenne es selbst noch nicht. Ich weiß nur, wie ich es mir wünsche. Mein Poet muß nicht unbedingt gut sein. Noch unbedingt sehr schmuck. Vielleicht muß er nicht einmal schreiben, wie wir es tun. Kurz, mein Poet ist ein Verrückter, der sich wohl an irgendeinem unvermuteten Ort aufhält und Poesie lebt, nicht verfaßt.«

»Hüte dich vor diesem noch nicht Geborenen!« meinte Lucinus darauf. »Es könnte ein Gott sein, der sich den Spaß erlaubt, auf die Erde herunterzusteigen und seinen Samen in die Vulva einer Menschentochter zu legen.«

»Das gäbe dann das Göttliche Kind«, rief Nidius Canus lachend aus. »Was, wenn dieses Wunderwesen nicht der große Augustus wäre, wie alle behaupten, sondern der von Porcia Honoria erwartete Poet? Und was täte Lucinus angesichts so eines furchterregenden Feindes?«

Doch Lucinus bemerkte lediglich:

»Sollte dies geschehen, ginge ich zur Sklaventüre hinaus und sagte demütig: Herzlichen Dank für alles.«

Da streichelte Porcia Honoria zärtlich die weißen Locken ihres Geliebten.

»Mag auch das Göttliche Kind mein Haus regieren, du wirst immer durch den Herrschaftseingang kommen.«

»Aber nicht in deinen Schlafraum ...«, erwiderte Lucinus traurig.

»In meinen Schlafraum selbstverständlich nicht. Wenn dort mein Poet ruht und er das Göttliche Kind ist, wird auch mein Lager zum Heiligtum.«

Seltsame Freundin, dachte Lucinus. Noch seltsamere Geliebte. Wäre diese Vorstellung Wirklichkeit, hätte sie mein Mitleid; da sie aber nur Fiktion ist, muß ich mich fragen, warum sie ihr anhängt und welche Rolle ich dabei spiele.

Laut bat er dann Porcia Honoria, ihre Gäste zu verabschieden. Als alle weg waren, nachdem sie sich gegenseitig versichert hatten, sich anschließend im Haus von Maecenas wieder zu treffen, sagte sie:

»Es war sehr unhöflich von dir, mich aufzufordern zu tun, was eine Gastgeberin erst tun darf, wenn ihre Gäste selbst auf den Gedanken kommen.«

Doch er überging ihre Worte und tastete nach ihrem Körper.

»Porcia Honoria, der Wein, den du uns heute serviert hast, war sehr stark, und deshalb bin ich nicht mehr ganz bei klaren Sinnen. Nur so wage ich zu fragen, ob du mich liebst.«

»Ich liebe dich so, wie du mich liebst, das heißt, ausreichend. Was vielleicht bedeutet, nur soviel wie unbedingt nötig.«

Lucinus war von dieser Direktheit verblüfft, doch Porcia Honoria hörte nicht auf, ihn mit großer Zärtlichkeit zu streicheln.

»Du wunderst dich? Erzählst du nicht selbst der Octavia, daß du nicht verliebt bist? Bist du vielleicht nicht ganz so ehrlich, wie es den Anschein hat? Schämst du dich etwa deiner Liebe zu einer mächtigen Frau?«

»Sie kann mich nicht beschämen, weil sie nicht existiert. Vor ein paar Tagen dachte ich, nichts zu haben bedeutet auch, kein Unglück zu haben. Heute füge ich hinzu: auch keine Liebe.«

»Dein bewunderter Horaz würde jetzt sagen, daß unsere Situation die ideale ist. Weil genau bemessen, die richtige Menge, goldenes Mittelmaß, um es deutlich auszudrücken.«

»Mein bewunderter Horaz würde aber auch sagen: Pflückt die Frucht vom Baum, wenn sie reif ist. Deshalb laß dir sagen, daß mein Geschlecht vor Begehren anschwillt und dich besitzen will, als Beweis, daß zumindest etwas Greifbares zwischen uns besteht.«

»Des Horaz und jedes anderen Dichters unwürdige Worte.«

»Dann irren sich entweder die Dichter oder das Leben. Schließlich ist allgemein bekannt, daß der große Horaz, wie auch immer seine Devise lauten mag, verrückt ist nach Huren der niedersten Kategorie. Man sagt, er habe in seinem Haus in den Sabiner Bergen ein Spiegelkabinett, damit er sich in allen Stellungen der Liebe betrachten kann.

Wenn das der Priester der Musen tut, was mag uns, seinen bescheidenen Lesern nicht alles vergönnt sein?«

»Du berufst dich auf Beispiele der hohen Dichtkunst und widerlegst mich mit meinen eigenen Argumenten. Wenn dein Geschlecht mich begehrt, nun, meines schläft, aber ich werde dich befriedigen, wenn du es wünschst, denn ich kenne die Pflichten einer zuverlässigen Geliebten.«

Da fügte sie sich seinem Willen, sie liebten sich und erlebten Befriedigung, Sicherheit jedoch nicht. Schließlich wußten beide, daß ihre Küsse nur schwache Versuche waren und ihr Beischlaf nichts als eine Kostprobe. Und als sich die Ekstase verflüchtigt hatte und ihre Seelen öde zurückließ, blieb Lucinus bewegungslos liegen und streichelte träge die Brüste seiner Geliebten, pflichtbewußt, wie es seiner Funktion entsprach, nicht als Folge einer Sache, die vorbei war und die er zu verlängern wünschte. In Porcia Honoria aber regte sich einmal mehr das Gefühl, das ihr von anderen, ähnlichen Erfahrungen her bekannt war. Es trat immer dann auf, wenn sie mit dem Mann beisammen war, der zwar ihr Leben teilte, ihr aber nicht im geringsten verbunden war.

»Deine Geliebte zu sein, ohne daß Liebe im Spiel ist, gibt mir das Gefühl, eine Hure zu sein«, flüsterte sie Lucinus ins Ohr. »Natürlich keine Straßendirne, sondern eine kultivierte, gebildete, empfindsame und vernünftige Hure, mit der Umgang zu haben du dich nicht zu schämen brauchst.«

»Sind das deine Gedanken, wenn du von deinem imaginären Dichter sprichst?«

»Er ist ein Bild, ein Gleichnis, das zeigt, wie der Künftige sein wird. Hast du kein inneres Bild von der Frau, auf die du wartest, der wahren Frau deines Lebens?«

Lucinus bewunderte einmal mehr ihren knabenhaften Leib und ihr wild zerzaustes Haar.

»Ich warte auf keine Frau. Natürlich auch auf keinen Mann. In dieser Sache habe ich weder Octavia belogen noch dich. Was aber deinen Dichter angeht, so läßt mich irgend etwas vermuten, daß es ihn tatsächlich gibt. Um ihn zu finden, ist es jedoch nötig, in fürchterliche Abgründe hinabzusteigen.«

Daraufhin erzählte er ihr die Geschichte seiner Beziehung zu Phaidros, seit er angefangen hatte, ihm Unterricht zu erteilen, bis zum erbärmlichen Zustand, in dem er ihn tags zuvor angetroffen hatte. Dabei betonte er seine Primitivität und seine wilden Einfälle so sehr, daß Porcia Honoria eine angeekelte Grimasse nicht unterdrücken konnte.

»Du verstehst mich noch immer nicht, Geliebter. Ich könnte mich nie für solche Männer interessieren, mögen sie auch edlen Matronen Freude bereitet haben. Wer hätte noch nicht von der Gattin eines Magistraten gehört, die mit einem Gladiator durchbrannte, oder von der reichen Witwe, die für einen kräftigen gallischen Wagenlenker entflammte? Ich mache keiner einen Vorwurf, spüre selbst aber nicht den Drang, mich in die Wildnis zu begeben, um meine geheimsten Sehnsüchte zu befriedigen. Zu meinem Vergnügen suche ich nicht den riesigen Phallus des Priapos. Was ich brauche, ist ein wohlerzogener Penis.«

»Im Grund sind wir beide gleich«, sagte Lucinus traurig. »Ob das so gut ist? Vielleicht sollten wir unser Glück in der Wildnis und nicht auf den Triklinien des Maecenas suchen.«

So erfuhr Porcia Honoria von der Existenz des Gärtners Phaidros. Doch schon vergaß sie ihn wieder, denn noch einmal begehrte Lucinus ihren Körper, und so mußte sie schnell wieder die Geschicklichkeit einer Hure zeigen und in die Seele einer Sklavin schlüpfen.

ALS LUCINUS PHAIDROS aufsuchte, fand er ihn reglos daliegen, mit verlorenem Blick wie am Vortag. Er bot noch immer einen traurigen, mitleiderregenden Anblick, doch der Pädagoge glaubte fest an seine Heilung. Lucinus setzte sich also ans Fußende des Lagers und versuchte zu scherzen, als ginge das Leben seinen gewohnten Gang:

»Du bist offensichtlich ein treuer Anhänger der Ceres, denn du hast von ihrem heiligen Schlafmohn gekostet und dabei dein früheres Selbst vergessen.«

Phaidros jedoch reagierte auf keinen Reiz von außen. Weder auf die Scherze von Lucinus, noch auf die Fruchtsäfte und Brühen, die ihm die Sklaven aufdrängten, noch auf die Blumen, die Kleopatra Selene ihm täglich schenkte.

Auch sie bemühte sich um einen normalem Ton und sagte:

»Süßer Gärtner, freu dich doch, denn es naht dein Tag. Ganz Rom bereitet sich auf das Fest der Flora vor. Hast du sie nicht immer als deine Schutzgöttin bezeichnet? Freue dich also, denn ihre Gaben werden dich heilen.«

Auch Octavia besuchte ihn und befahl ihm, sich wieder den Dingen zuzuwenden. Wie Kleopatra Selene, erinnerte sie ihn an das nahende Fest der Flora, schlug ihm lustige Verkleidungen vor und sorgte dafür, daß sich Lucinus hin und wieder an seinem Lager sehen ließ. Er sollte ihn mit Geschichten über den weit zurückliegenden Ursprung dieses Kults unterhalten, des Kults, der ihn bislang immer entzückt hatte.

Doch Phaidros blieb unbeweglich liegen, den Blick ins Leere gerichtet. Nur die Tränen in seinen Augen zeigten den Besuchern, daß er noch am Leben war.

Aber Lucinus ließ nicht nach mit seinen Bemühungen und sagte ihm lächelnd, daß es nur wenigen Sterblichen vergönnt sei, Flora in so guter Begleitung zu empfangen, weil nur wenige das Privileg haben, so liebevoll von der besten Dame Roms und der edelsten Tochter des Nils versorgt zu werden.

Endlich begannen die Festlichkeiten der Flora, und der April präsentierte den allerschönsten Tag. Ganz Rom glich einem weitläufigen, blumengeschmückten Hain, dessen Pracht die drückende Enge der Straßen vergessen ließ und die stolzen Gebäude in den Schatten stellte.

Die Menge fand sich an dem Weg ein, den die Prozessionen nehmen würden, vom ersten Tempel der Flora auf dem Quirinal bis zum jüngsten Bau neben dem Heiligtum der Großen Mutter Ceres, am Fuße des Palatins.

Doch der kranke Phaidros war weit weg von diesen schönen Wegen, die er in früheren Zeiten Hand in Hand mit Adonis gegangen war. Er nahm den Verlauf des Festes nur durch den Duft wahr, der zum Fenster hereinwehte. Da erinnerten sich seine Sinne einen Augenblick lang an die Liebe.

Nun drangen die Worte Kleopatra Selenes durch seine dumpfe Lethargie und hallten tausendfach wider: »War das nicht dein Fest, Gärtner? War das nicht deine Göttin, schlechter Verehrer? Komm zurück ins Leben, um sie zu preisen. Lauf, lauf, komm heraus aus dieser Hölle. Lauf hinaus in die herrlichen Wiesengründe, die gestern noch düstere Gassen, in die üppigen Auen, die gestern noch schlichte Straßen waren. Lauf, mische dich unter die Söhne des Frühlings, beeil dich, schon ertönen die kleinen Pfeifen, füllen sich die Plätze mit Düften und erklingt der himmlische Gesang, der die Prozession der Göttinnen ankündigt ...«

Da spürte er einen Drang, stärker als seine Lethargie, und all seine Muskeln fingen an zu zittern. Und unter Tränenschleiern riß es ihn hoch, ganz von allein, schon fand er sich aufrecht mitten im Zimmer stehen. Er spürte die Kühle des Marmors, sie wirkte wie ein Weckruf. Ganz erfüllt von dieser plötzlichen Anwandlung, zog er sich die Sandalen an, fast ohne hinzusehen, hüllte sich in einen wollenen Umhang und ging aus dem Zimmer, allein und verstohlen. Doch diese Vorsichtsmaßnahme war unnötig. Das Haus war leer, denn Octavia und die ihren waren von Livia eingeladen worden, die Festlichkeiten von den Terrassen des Palatins aus zu verfolgen. Sklaven und Dienerschaft hatten die Erlaubnis ihrer Herrin, die Prozessionen an den Hauptstraßen zu beobachten. Nur vier Wächter waren zurückgeblieben, die vom Torhaus aus die vorbeiströmende Menschenmasse betrachteten.

Phaidros nutzte diese seltene Gelegenheit, setzte sich in Trab und lief durch den Garten bis zu einer kleinen Tür, die zum Caelius führte.

Da spürte er, heftiger noch als zuvor, das Verlangen zu leben. Er stürzte sich auf das Leben, wollte es packen, obwohl es noch so weit weg schien. Plötzlich fing er an, wie verrückt zu rennen. Er rannte wie ein verletztes Wild, warf sich in die wogende Menge, setzte sich Püffen und Stößen aus, versank zwischen den Leibern und tastete sich durch einen Regen von Blütenblättern, ohne zu wissen, was er suchte, ohne zu wissen, wohin er ging.

Er hörte in seinem Innern nur seine verzweifelte Stimme:

»Ich bin bei euch, Söhne des Frühlings. Ich bin bei euch, wie erhofft, ihr tanzenden, verkleideten Gestalten, doch ihr erkennt mich nicht. Ich will euch fassen, anmutige Blumen, doch ihr seid nicht mehr für mich. Ich laufe euch hinterher, wer immer ihr seid. Ich rufe nach euch, doch immer vergeblich. Ich werde hierbleiben, damit ihr mich dem Freund gebt, dem einzigen Freund. Er soll mich mitnehmen. Gebt mich ihm schon, Söhne des Frühlings. Gebt mich ihm, denn ich sterbe.«

Doch die Schreie der Leute galten nur dem Fest. Das Menschengewühl war das Fest. Die Welt feierte sich selbst.

»Der Zug der Flora«, schrien die einen und deuteten auf die näher kommende Pracht.

»Die Bilder«, riefen andere, »die Bilder kommen!«

Doch vorher erschienen die Masken. Die Menge rannte ihnen entgegen und schleppte den taumelnden Phaidros einfach mit. Da sah er sich plötzlich gegen einen Faun geworfen, der ihn vor die Füße eines Zentauren stieß, der wiederum schüttelte ihn und überließ ihn dann den Umarmungen einer bunten Truppe aus wilden Satyrn, kecken Sylphen, unberechenbaren Waldgöttern und jubilierenden Tritonen. Plötzlich zogen ihn diese Waldgeschöpfe auf eine Tribüne hoch, wo grünbemalte Akrobaten ihre Kunststücke vorführten. Dann packte ihn wieder die Menge, trug ihn davon und schleppte ihn in andere, engere Straßen, durch die sich dennoch blumengeschmückte Wagen zwängten, Wagen mit munteren Gartennymphen, den Kamenen, umgeben von einer kreischenden Gesellschaft aus Wassernixen, Fußgeistern, Hesperiden und Bergnymphen.

Phaidros konnte nur heulen:

»Ganz Rom soll es hören. Liebt mich! Liebt mich! Seht ihr nicht, daß ich sterbe?«

Die aufgepeitschte Menschenmenge jubelte, gebärdete sich wie verrückt und erging sich in den Ritualen des wiedergeborenen Lebens. Hin und her wogten die Massen, die Menschen umarmten sich über die Köpfe anderer hinweg, warfen sich Blumen zu, verteilten Süßigkeiten, Naschwerk, Obstmus und Amphoren randvoll mit den verschiedensten Weinen.

»Liebt mich!« brüllte Phaidros, »liebt mich!«

Doch die Kinder des Frühlings hörten nicht auf zu schreien:

»Der Zug der Flora kommt! Seht die Girlanden. Seht die Verkleidungen. Hört, wie die Musik zu den Gestirnen emporsteigt.«

Das Fest der Blumen setzte sich in den Höhen fort. Es drang durch alle Fenster, stürzte sich von den Balkonen herunter und senkte sich wie ein buntgeschmückter Hut auf die Dächer der Häuser und die Giebel der Tempel. Auf den Balustraden der größten Terrassen standen dichtgedrängt allerhand Gefäße für Floras Geschenke bereit: Schlanke Vasen, dickbäuchige Krüge, langhalsige Amphoren, Blumentöpfe, Kannen, Fässer, Kübel, ja sogar Waschbecken, über deren Ränder dichte Pflanzenvorhänge bis auf die Köpfe der Feiernden hingen. Andere Pflanzen kletterten in die Höhe, wieder andere wanden sich um die Balkone, wo sich die Hausbesitzer zusammen mit ihren fröhlichen Gästen drängten – alle angetan mit ihren schönsten Blumenkostümen –, sich gegenseitig mit Blütenblättern bewarfen und kühne, hohe Kronen aufs Haupt setzten.

»Ich sterbe!« heulte Phaidros. »Ich sterbe!«

Da nahten die Statuen, auf Gestellen, von kräftigen, als Silenen verkleideten Athleten getragen. Sie waren mit leichten Lendenschurzen aus Tigerfell angetan und hatten wilde, von purpurfarbenen Stirnbändern zurückgebundene Locken, die mit Lorbeerzweigen und bunten Blumenkränzen geschmückt waren.

Gefolgt wurden sie von Priesterinnen verschiedener Kulte, die allesamt die Flora verehrten. Junge Mädchen mit Efeukronen auf dem Haupt, bekleidet mit leichten Stoffen der verschiedensten Muster. Dann kamen löwenmähnige Epheben, ihre zarte Nacktheit kaum bedeckt von knappen Schurzen aus Pantherfell, die elfenbeinfarbenen Arme mit Girlanden umwunden und von Düften umweht. Sie schlugen das Tamburin oder klapperten heftig mit ihren Kastagnetten. Schon folgten winzige Amoretten, die Palmen und blumenbekränzte Stäbe in die Höhe streckten und zierliche, weißgekleidete kleine Mädchen mit Körbchen voller Wildblumen in allen Farben des Regenbogens, die sie in die Luft warfen. Ein Blumenteppich bedeckte den römischen Boden, so dicht, als wäre er für die Ewigkeit gemacht.

Phaidros versank im bunten Farbenmeer und zertrat mit seinem schwankenden Schritt die Blütenblätter auf dem Straßenpflaster, während es in seinem Innern schluchzte:

»Was soll diese Schönheit, was sollen diese Farben? Sie sind nicht für mich. Wo gehen diese jungen Verliebten hin? An die Ufer der Flüsse, deren Wellen vom Leben gesegnet sind? Es ist mir alles so fremd.«

Und plötzlich war die Angst wieder da. Alle weltliche Freude entschwand, und die Feiernden erschienen ihm wie ein Heer von Besessenen, die über ihn herzufallen drohten. Aus den blumengeschmückten Mädchen wurden abscheuliche Weiber, aus den Damen entsetzliche Gorgonen, deren gräßliches Schlangenhaar seine Seele streifte, die edlen Reiter zu neunköpfigen Hydren, die sich um seinen Leib wanden, um ihn zu erdrosseln, die Amoretten verwandelten sich in gemeine Geschöpfe des Tartaros, die sich anschickten, ihn in die Flammen zu ziehen.

Alles trug das Stigma des Todes!

Er rannte und rannte, entfloh diesen Gestalten der Unterwelt und wurde immer verzweifelter. Er wehrte sich, kämpfte gegen sie an, schlug die Zähne in die haarigen Tatzen des scheußlichen Monsters, das seine Seele bedrohte und ihm die quälenden Furien sandte.

Da tauchte aus dem Alptraum gräßlicher Gesichter, auf den Schultern schöner Athleten, die herrliche Statue der Göttin auf, strahlend, hoch auf dem Blumenberg, den ihr ihre Verehrer gestaltet hatten.

»Ich bin Flora, die Schönste, deren Schönheit du besingen mußt, weil mir meine Bescheidenheit verbietet, es zu tun. Besinge mich, denn meine Schönheit ist die Schönheit der Welt. Besinge mich, denn meine Zaubermacht verschönt die ganze Welt.«

»Ich habe keine Stimme!« schrie Phaidros. »Ich habe keine Augen! Ich bin tot!«

Und die Göttin antwortete:

»Ich sorge dafür, daß es immer wieder Frühling wird, daß das Jahr nie seinen Glanz verliert, daß der Baum sein Laub behält und die Erde ihr Grün. Ich bin das Wunder des Lebens, das dem Schoß des Lebens entspringt.«

»Ich bin tot!« schrie Phaidros. »Ich bin tot!«

»Mein ewiger Frühling läßt dich erneuert und gestärkt aus diesem Schmerz hervorgehen. Besinge mich, denn durch deinen Schmerz wird sich das Leben erneuern!«

Ein Chor lieblicher, fast überirdischer Stimmen sang die Worte der Göttin, während sich ihr Standbild über die Köpfe der Menge hinweg entfernte.

Als das Lied verklang, schlug Phaidros die Hände vors Gesicht und brach in verzweifeltes Schluchzen aus.

Schon drängte die Menschenmasse wieder in die andere Richtung, denn kaum waren die Standbilder zurück in ihre Heiligtümer gebracht, begannen die großen Spiele.

Er rannte weiter, ließ die schönen Gärten hinter sich, überquerte den Fluß und hielt nicht inne. Schließlich merkte er, daß er die alten Mauern hinter sich gelassen hatte und sich auf offenem Feld befand.

Hier draußen, in der Weite, wo nur der Horizont seine schreckliche Einsamkeit begrenzte, hier fiel er auf die Knie, barg das Gesicht im Gras und sprach mehrmals Adonis' Namen aus.

Dann brüllte er mit aller Kraft:

»Mörder! Mörder!«

Haß, Liebe, Verlassenheit – alles wirbelte in seinem Innern wild durcheinander, so daß er nur noch an Flucht denken konnte. Zärtliche Erinnerungen mischten sich mit dem heißen Wunsch nach Rache, die Sehnsucht nach dem Leib des Geliebten mit der Abscheu vor der Promiskuität dieses Leibes, das Mitgefühl mit sich selbst mit Abscheu davor, sich so erniedrigt zu sehen. Und vor allem der Wunsch, das Schreckliche, das sich einst als Schönheit getarnt hatte, aus seiner Erinnerung zu tilgen.

Bald herrschte tiefe Nacht. Alles wurde dunkel um ihn herum. Alles, außer den göttlichen Lichtern, die am Firmament strahlten, wie Floras Gaben während des vergangenen Tages über der Welt gestrahlt hatten.

Aus den Blumen waren Sterne geworden.

Er hob den Blick und riß die Augen auf, wollte unbedingt das abgebrochene Gespräch mit den Wesen wieder aufnehmen, die ihn in den Nächten in der Subura begleitet hatten. Dort oben, am äußersten Rand der Schöpfung standen noch immer, goldschimmernd, seine Freunde. Die Sterne, Abend- und Morgenstern, die Sternbilder und Planeten, kostbare Edelsteine an einem unvergleichlichen Baldachin, Wesen, die von jeher auf ihn gewartet hatten, immer gewillt, ihn zu begleiten.

Millionen Freunde, versammelt zu einer außergewöhnlichen Feier! Dort oben waren seine Reisebegleiter, alterslos und ewig unverändert. Er kannte sie, konnte sie anrufen und beim Namen nennen, bei den Namen, die ihnen ein Träumender vor Urzeiten gegeben hatte.

Er sah zum glitzernden Lichtermeer auf und flehte schließlich um Erfüllung eines letzten Wunschs:

»Stern, du quälst mich. Wenn du keine Stimme hast, mir zu raten, warum frage ich dich? Wenn du keinen Altar hast, warum sollte ich zu dir beten? Du kannst nur noch eines für mich tun. Laß mich holen. Nimm mich endlich zu dir!«

Mit tränenfeuchtem Gesicht erwartete er den Tod, doch es kam nur die Morgenröte. Mit ihrem rotschimmernden Tuch fegte Aurora allzu früh die Pracht der Sterne hinweg. Schon krähten in der Ferne die Hähne, doch der Tod, den Phaidros herbeigefleht hatte, kam nicht.

Er machte sich auf den Weg zurück ins Haus der Octavia und hatte dabei das schmerzliche Gefühl, daß selbst der Tod ihn nicht haben wollte, daß auch er seine Liebe verschmähte.

EIN EDLER JUNGER, dunkelhäutiger Mann kam nun immer öfter in Octavias Haus. Er war so stattlich, daß sofort Gerüchte entstanden. Nicht, daß man Octavias guten Ruf in Frage stellte – wer würde es wagen? – nein, es verwunderte lediglich die Neigung dieser Dame, sich immer wieder mit Leuten ganz anderer Altersstufen zu umgeben. Schließlich war ihr Besucher, Cajus Julius Juba, zwanzig Jahre jünger als sie.

Als die Gerüchte Porcia Honoria zu Ohren kamen, erinnerte sie sich, daß ihre Freundin in letzter Zeit großes Interesse an dem Prinzen gezeigt hatte, vermutete aber einen Grund, der mit dem Gemunkel nicht das geringste zu tun hatte.

Sie stellte sogleich logische Überlegungen an. Warum sollten sich ihre Gedanken auf den unwahrscheinlichen Fehltritt einer ehrbaren Matrone beschränken, die in der Vergangenheit bewiesen hatte, daß sie sich von Leidenschaften nicht beherrschen ließ und Gefühlsausbrüchen abhold war? Außerdem fehlte es in ihrem Haus nicht an weiblichen Wesen, die an einer Ehe interessiert sein mochten. Julia Marcella und die beiden Antonias waren bereits über zwölf Jahre, alt genug, um den Brautschleier zu nehmen und aus den Händen ihrer glücklichen Gatten das rituelle Wasser und Feuer zu empfangen. Nun war die endgültige Wahl zwar noch nicht getroffen, dennoch stand fest, daß der schmucke und gebildete Prinz Juba durchaus ein akzeptabler Kandidat war. Mochten auch einige seine afrikanische Herkunft gegen ihn ins Feld führen, andere lobten ihn, weil er im römischen Heer gekämpft hatte und Augustus ihm in Anerkennung seiner Verdienste vor kurzem die römische Staatsbürgerschaft verliehen hatte. Schließlich sagte die Wahl des Namens Cajus Julius viel über das edle Wesen dieses Prinzen aus, bezog er sich doch in Dankbarkeit und Bewunderung auf seinen früheren Gönner, den großen Julius Cäsar.

Die Gerüchteküche übersah dabei völlig, daß in Octavias Haus noch ein anderes Mädchen lebte. Es war zehn Jahre jünger als Juba und hatte eine ähnliche Vergangenheit wie der Prinz. Dazu eine völlig unsichere Gegenwart. Denn obwohl Rom das Mädchen einst adoptiert hatte, war es immer eine Fremde geblieben.

Vor diesem Hintergrund war es für Porcia Honoria keine Überraschung, als sie erfuhr, daß der Augustus selbst dem nubischen Prinzen geraten hatte, Prinzessin Kleopatra Selene aus Alexandria zu umwerben.

Was die edle Porcia Honoria jedoch tatsächlich überraschte, war Octavias Information, daß die Verbindung zwischen dem Prinzen aus Numidien und der Prinzessin aus Ägypten schon vor langer Zeit beschlossen worden war, konkret seit dem großen Sieg von Actium.

Auch Kleopatra Selene erfuhr die Nachricht aus Octavias Mund, wobei sie lediglich lächelte, mit gewissem Gleichmut und ohne irgendein Anzeichen von Überraschung. Vielleicht dachte sie nur daran, daß ihr einmal mehr ein Schicksal zugewiesen wurde. Ein Schicksal, bei dem ihr eigener Wille nicht gefragt war, das auf ihre Wünsche keinerlei Rücksicht nehmen würde.

Ansonsten hatte sie gute Erinnerungen an Juba. Seine gütige Reaktion, als ein paar römische Harpyien das Gedächtnis ihrer Mutter verunglimpften, war ihr unvergessen. Ferner erinnerte sie sich sehr wohl daran, wie Juba sie und ihren Bruder bei dieser Gelegenheit mit in seinen Purpurumhang gehüllt und damit ihre königliche Abstammung ein für allemal deutlich gemacht hatte. Und daß auf Alexander Helios' Scheiterhaufen nicht einige Lorbeerzweige gefehlt hatten, die zeigten, daß der Sohn eines besiegten Königs den letzten männlichen Nachkommen des aussterbenden Geschlechts der Ptolemäer als seinesgleichen betrachtete.

Kleopatra Selene hatte demnach allen Grund, ihn nicht nur für schmuck, sondern auch für äußerst edel zu halten. Vor allem jedoch war ihr der Vorteil seiner königlichen Abstammung sehr bewußt.

Sie war alt genug, um an die Möglichkeit einer Ehe, ja sogar an eine unmittelbar bevorstehende Ehe zu denken. Lebte sie noch in Ägypten, wäre sie schon sehr viel jünger mit einem ihrer Brüder oder womöglich irgendeinem orientalischen Prinzen verheiratet worden, eine Ehe im Sinne der Verbindungen, wie sie Antonius und Kleopatra so eifrig geknüpft und gelöst hatten.

Sicher, Numidien war kein so zivilisiertes und altes Land wie Ägypten, dennoch konnte sich der Stammbaum seiner Könige mit dem des ruhmreichen Geschlechts der Ptolemäer messen und zumindest eine ununterbrochene Ahnenreihe vorweisen, was einem römischen Bewerber niemals vergönnt wäre, mochten seine Ansprüche noch so aristokratisch sein. War Juba ein König ohne Krone, so war sie eine Prinzessin ohne Reich und ohne jede Aussicht darauf. Deshalb suchte sie nach Gründen, beim Gedanken an ihren Verlobten und an seine Besuche stolz zu sein.

Was ihr nicht weiter schwerfiel, denn Juba besaß nicht nur seine allseits bekannten Tugenden, sondern erwies sich als außerordentlich unterhaltsamer Gesprächspartner und phantasievoller, lebhafter Kamerad, der sie mit phantastischen Geschichten und Anekdoten unterhielt, die er im Laufe der Zeit mit dem Ziel, sie später einmal niederzuschreiben, gesammelt hatte. Aus dem reichen Schatz seines Wissens wählte er vor allem solche aus, die mit der Natur zu tun hatten, und, zum Entzücken seiner kleinen Zuhörerin, Legenden, in denen Tiere und Pflanzen mit menschlichen Gefühlen ausgestattet dargestellt wurden. Juba beschrieb mit warmen Worten die Liebe zwischen Delphinen und Najaden, den Konflikt der beiden Elefanten, die sich in die Gattin ihres Herrn verliebten, die Geschichte vom Leoparden, der eine Liebschaft mit einer allzu koketten Tänzerin hatte, oder das Drama einer Wölfin, die für einen schönen Ziegenhirten entflammte.

Kleopatra Selene wußte ihrerseits ihren Verlobten mit nicht weniger phantastischen Geschichten zu fesseln, mit Geschichten, die man sich seit Urzeiten in den Tempeln am Nil erzählte. Dem von Juba so oft erwähnten Bestiarium stand eine bunte Prozession göttlicher Tiere gegenüber, deren Ruhm die Millennien überdauert hatte. Dabei handelte es sich nicht um irgendwelche Elefanten, Skorpione, Delphine oder Kamele, sondern um Thoëris, die Nilpferdgöttin, Anubis, den Schakalgott, Bes, den zwergenartigen Gott, der die Wöchnerinnen schützt, oder Apophis, die gütige Schlange, die sich der Seelen annimmt, die in Gefahr sind, sich in der Unterwelt zu verirren.

Juba war angenehm beeindruckt. War er doch, nicht ganz grundlos, davon ausgegangen, daß es die römischen Erzieher darauf angelegt hatten, seiner kindlichen Verlobten alle Erinnerungen an ihre ägyptischen Wurzeln zu rauben. Wobei er die enorme Arbeit der edlen Octavia unterschätzte. Hatte sie doch alles darangesetzt, die Persönlichkeit Kleopatra Selenes zu erhalten, und deshalb öffnete sich die Prinzessin der ersten zarten Liebe unter dem Schutz ihrer eigenen Götter und im Schmuck der Symbole ihrer königlichen Herkunft und Kultur, die sich von der römischen so deutlich unterschied.

Als sich der Prinz dessen bewußt wurde, war er Octavia und auch Lucinus für das geleistete Werk zutiefst dankbar. Denn er war ein begeisterter Kenner der ägyptischen Kultur und unermüdlicher Erforscher ihrer Geheimnisse. Wie alle großen Gelehrten seiner Zeit vermutete auch er den Ursprung von Weisheit und Wissen im Land am Nil, einer Weisheit und eines Wissens, an die Rom, ungeachtet seiner Macht, nicht heranreichte.

DIESE MYTHISCHE HERKUNFT verband ihn immer stärker mit Kleopatra Selene. Sie wiederum betrachtete ihn nicht einfach als einen unbescholtenen, überlegenen jungen Mann, den Octavia in ihrer Güte ausgewählt hatte, um ihre Zukunft abzusichern. Im Gegenteil: Sie sah in ihm ein wehrloses Kind, wie sie eines war, einen armen Gefangenen, einen Menschen, der für immer im Exil leben mußte und wie sie von einer Aura des Scheiterns umgeben war.

Er war für sie der Beweis, daß sich die Unglücksschwestern nicht damit zufriedengaben, die Kinder Alexandrias zu verfolgen. Nein, sie stifteten auch in anderen Breiten Unheil und versklavten dort viele Menschen.

Cajus Julius Jubas Kindheit war, wie auch die ihre, von der Schande der Niederlage und dann von der Demütigung einer Gefangenschaft gezeichnet. War er doch schon mit zehn Jahren seiner afrikanischen Heimat entrissen worden, den Armen seiner Mutter, der Wärme der Geschwisterschar und allem, was bislang das Glück seiner Kindheit ausgemacht hatte.

Wie seine Verlobte zitterte, wenn der Name Alexandria genannt wurde, so erinnerte er sich, einem weit zurückliegenden Alptraum gleich, an die Stadt Zama, in deren Mauern die königliche Familie Zuflucht gesucht hatte, während der große König Juba I. in die letzte Schlacht gegen Julius Cäsars Heer zog. Sie war das Ende eines langen Konflikts, der in Rom begonnen, die Landesgrenzen überschritten und sich nach Ägypten ausgedehnt hatte, um dann Numidien und schließlich Hispanien zu erreichen.

Julius Cäsar kämpfte gegen Pompejus und seine Söhne.

Wie bereits andere afrikanische Könige vor ihm, so verbündete sich auch Juba I. mit einer der beiden Konfliktparteien. Er stellte sich an die Seite von Pompejus. An einem Ort namens Thapsus wurden die Anhänger dieser Partei von ihrem Gegner vernichtend geschlagen.

Julius Cäsar konnte Juba I. nicht in seinem Triumphzug mitführen, wie es auch Jahre später Octavianus mit Königin Kleopatra von Ägypten nicht vergönnt war. Die Herrscher dieser beiden altehrwürdigen

Länder hatten es vorgezogen, sich selbst den Tod zu geben, um sich die Schande zu ersparen, an den Wagen des Siegers gefesselt durch die Straßen von Rom ziehen zu müssen. Ein römischer Feldherr ließ sich aber vom Tod nicht schrecken noch die Zeremonien zur Festigung seiner Macht und seines Ruhms beeinträchtigen. Da mußte eben der kleine Juba seinen toten Vater repräsentieren und zwischen den nubischen Offizieren und einigen Anhängern von Pompejus gehen, die nach der Niederlage in Zama beim Rest der königlichen Familie von Numidien Zuflucht gesucht hatten.

Später, als Erwachsener, betrachtete Juba II. diese zufällige Übereinstimmung als Beispiel für den absurden Lauf der Geschichte. Er konnte diese düsteren Erinnerungen nur mit Ironie ertragen und nur so seiner Verlobten zur Seite stehen, wenn diese von ganz ähnlichen überfallen wurde.

Wenn sie also traurig war und von dem gräßlichen Erlebnis sprach, als sie in Octavianus' Triumphzug durch Rom geschleppt wurde, antwortete er heiter:

»Eins habe ich dir voraus, Prinzessin von Alexandria: Ich hatte die übergroße Ehre, die Demütigung mit einer Gruppe von Berühmtheiten zu teilen, wie sie bislang in keinem anderen Triumphzug mitgeführt wurden.«

Kleopatra Selene lachte gern über diesen sarkastischen Ton, der den dramatischsten Episoden ihrer beider Leben eine humorvolle Note gab.

Niemand konnte bestreiten, daß Jubas Stolz seine Berechtigung hatte. In den vier Tagen, die seine Siegesfeier dauern sollte, schaffte es Julius Cäsar, den großen Vercingetorix aus Gallien gefesselt vorzuführen, den stolzen Pharnakes, König von Pontos, und die hinterlistige Arsinoe, Prinzessin von Ägypten, die wegen ihrer Intrigen gegen ihre Schwester, die berühmte Königin Kleopatra, weithin bekannt war.

Außergewöhnliche, weltberühmte Persönlichkeiten, in der gleichen Niederlage vereint, wie um zu demonstrieren, welch seltsame, verrückte Zufälle die Geschichte produzieren kann.

Doch dann folgten weitere, noch viel unglaublichere Zufälle:

Einige Tage vor Julius Cäsars Siegesfeiern traf auf Einladung des Mannes, der ihr den Thron verschafft hatte, die junge, strahlende Königin Kleopatra von Ägypten in Rom ein. Sie wurde begleitet von ihrer beider Sohn, der umstrittensten Frucht der Begegnung zwischen Orient und Okzident: Prinz Cäsarion, der kleine Cäsar, wie er von den

Römern, die der traditionellen Moral und den Geboten der Republik anhingen, abfällig genannt wurde.

Die beiden letzten Frauen der Dynastie der Ptolemäer erlebten in Rom den Ausbruch der Kämpfe um den Thron von Ägypten. Doch ihr Schicksal konnte verschiedener nicht sein. Hier Kleopatra, dank des Eingreifens ihres römischen Geliebten zur Alleinherrscherin gemacht. Dort Arsinoe in Ketten, an der Seite der Offiziere und ägyptischen Adligen, die ihre Intrigen unterstützt hatten.

Dann, fünfzehn Jahre nach dieser Koinzidenz wurde ein Mädchen – das damals noch nicht geboren war – dem numidischen Knaben versprochen, dessen öffentliche Demütigung den Höhepunkt des vierten Tages bildete, welcher dem Gedenken der Siege Julius Cäsars über Afrika gewidmet war.

Wahrlich, die Unglücksschwestern suchten nicht nur die Kinder Alexandrias heim.

Doch im Leben von Juba waren seither viele Dinge passiert. Er hatte nicht mehr an diese frühen Qualen gedacht, doch als seine Verlobte, die kleine ägyptische Prinzessin, ihren noch allzu frischen Schmerz aufwühlte, machte sich der seine überraschend wieder bemerkbar. Und die Ähnlichkeit ihrer beider Schicksal bewirkte, daß der Prinz eine große Zuneigung entwickelte. Seine Gefühle der Verlobten gegenüber glichen dem eines Bruders, eines Vaters vielleicht oder eines Freundes aus Jugendtagen. Er verspürte den heftigen Drang, sie vor allen Alpträumen zu beschützen, den Folgen der bitteren Niederlage und des gewaltigen Scheiterns.

Cajus Julius Juba von Numidien und Kleopatra Selene von Alexandria. Letzte Sprößlinge zerstörter Dynastien, späte Früchte fremder Kriege, Opfer von Verträgen, die ohne ihr Zutun zustande gekommen waren, Gefangene einer Willkür, die ihre bescheidenen Kräfte überstieg.

Kinder, die noch immer Opfer der Unglücksschwestern waren, die den Lebensfaden spinnen.

EINES NACHTS HATTE es Juba mit einem anderen Problem zu tun, das weder mit der Zuneigung für seine Verlobte noch mit den dramatischen Erinnerungen an seine Kindheit das geringste zu tun hatte.

Als die Ereignisse dann nach einigen Tagen in den besten Kreisen kommentiert wurden, verglich man sie mit einer pikanten Komödie aus niederträchtigster Feder. Einmal mehr wurde der edle Name des Maecenas ins Lächerliche gezogen.

Porcia Honoria und Lucinus hatten erstmals seit ihrer neuerlichen Begegnung vorgehabt, sich dem Kreis um diesen vornehmen Herrn anzuschließen. Doch die von Porcia Honoria zu ihrer Ankündigung ausgeschickten Sklaven kehrten vorzeitig zurück und berichteten, daß in den Gärten keine Fackeln brannten, die Wege nicht beleuchtet waren und an den Türen keine Sklaven zur Begrüßung standen. Alles Zeichen, daß Maecenas seine vornehmen Räume in dieser Nacht geschlossen hielt.

Da dies aber noch nie passiert war, selbst in Kriegszeiten nicht, schloß Porcia Honoria auf ein politisches Ereignis ungewöhnlicher Tragweite, das Maecenas bei Augustus festhielt.

Porcia Honoria war ganz in dergleichen Überlegungen versunken, als im Garten das laute Rattern einer Quadriga zu hören war, die sich mit ungewöhnlicher Geschwindigkeit näherte. Kurz darauf verkündete der Sklave überraschend die Ankunft des Prinzen.

Cajus Julius Juba, in seinen Purpurmantel gehüllt, hatte es so eilig, daß er beinahe mit Lucinus zusammenstieß. Es war außerordentlich erregt, was unschwer an den verzerrten Zügen seines schönen, sonst so gelassenen Gesichts abzulesen war.

»Verzeih den Überfall, edle Porcia, aber an wen sollte ich mich wenden in meiner großen Bedrängnis?«

»Wohl wegen einer Dame?«

»Woher weißt du das?« fragte Juba, von soviel Scharfsinn ehrlich überrascht.

»Es gibt keinen Mann, der nicht zum Experten in Sachen Drangsal wurde, nachdem er es mit Terentia zu tun hatte.«

Der Numider verzog bei der Erwähnung dieser intimen Aspekte seines Lebens das Gesicht noch mehr. Die sollten nicht enthüllt werden! Da aber Porcia Honoria die Ursache seiner Erregung ganz richtig geraten hatte, beschloß er, alle Schamhaftigkeit beiseite zu lassen und sich ihr ganz anzuvertrauen.

»Ich wäre durchaus bereit, alle aus Liebe und Liebeshändeln entstehende Drangsal zu ertragen. Was ich mir aber in keiner Weise leisten kann, ist ein Skandal. Als Gast Roms ist meine Stellung äußerst heikel. So heikel, daß ich Terentia ihrem Schicksal überlassen habe und wie ein Feigling geflohen bin.«

»Ein Skandal ...«, murmelte Porcia Honoria nachdenklich. »Grund für Maecenas, sie wieder einmal zu verstoßen und dann anläßlich irgendeines hohen Festes wieder zurückzunehmen. Das ist kein Anlaß zu größerer Besorgnis, schließlich haben die beiden ihren Spaß dabei. Doch sag mir nun lieber Prinz, wo befindet sich diese Törin?«

»Bei der Versteigerung der Huren.«

Auf Lucinus' Gesicht zeichnete sich eine komische Verwirrtheit ab: »Terentia wurde versteigert?«

»Beinahe«, sagte Juba. »Als ich ging, war die zweite Hure dran. Sie kam nach der zwanzigsten an die Reihe.«

Lucinus brach in schallendes, unhöfliches Gelächter aus. Porcia Honoria jedoch bat ihn um Zurückhaltung und fragte den Prinzen nach der Quelle dieser Geschichte. Da fing er an zu erzählen, noch immer sichtlich erregt:

»Sie kam überraschend in mein Haus, begleitet vom unerträglichen Hofstaat ihrer Parasiten und als Mann gekleidet, wie gewöhnlich. Daß sie völlig nüchtern war, könnte ich nicht sagen. Im Gegenteil, ich könnte schwören, daß sie total ... betrunken war. Sie erschien wirklich zur Unzeit, weil ich nicht die geringste Lust hatte, ihre bizarren Launen zu ertragen. Ich hatte soeben gewisse Dokumente bekommen, von meinen Korrespondenten in Athen, naturkundliche Aufzeichnungen, um es genau zu sagen. Beschreibungen bestimmter vulkanischer Materialien, die nur bei den Glückseligen Inseln vorkommen, jenseits der Säulen des Herkules. Ich wünschte unter keinen Umständen gestört zu werden, doch als ich das Terentia wissen ließ, reagierte sie auf meine Gleichgültigkeit hysterisch und wurde ausfallend. Zu meiner großen Verblüffung schrie sie weinend, mein ›neuer Stand‹ habe mich wohl hochmütig und tyrannisch gemacht. Da ich jedoch von nichts Neuem in meinem Leben wußte, wunderte ich mich über diese Bemerkung noch mehr als über die Texte meiner Korrespondenten ... obwohl sie von indischen Kolibris berichteten, die Aristoteles zitieren. Schließlich verriet Terentia mir die Geschichte, warf sie mir aber zugleich vor: Über Maecenas hatte sie erfahren, daß Rom gedachte, mir die Gebiete zurückzugeben, die mein Vater verloren hatte.«

»Eine seltsame Art, ein Königreich wiederzugewinnen, von den Lefzen einer vor Eifersucht tobenden Löwin.«

»Seltsam benahm sich vor allem Terentia«, fuhr Juba fort. »Sie kam sonst immer herrisch fordernd in meine Arme, gab sich der Lust nicht hin, sondern befahl sie mir; doch diesmal kniete sie vor mir nieder und flehte mich an, sie wie eine Hündin zu behandeln. Verzeih, aber das waren ihre Worte und keine anderen. Außerdem wollte sie meine Füße salben, wie es Liebende im Orient und hebräische Prostituierte tun, wobei sie ihre Unterwerfung so weit trieb, daß sie mir lästig wurde und mich langweilte. Weit davon entfernt, ihrem Ansuchen zu entsprechen, hatte ich nur noch den Wunsch, sie solle sich endlich entfernen und mich mit meinen Texten allein lassen. Darauf überschüttete sie mich wieder mit Beleidigungen und erniedrigte sich dabei zugleich. Ich blieb dermaßen kalt, daß sie mich mit einem überaus verrückten und übertriebenen Einfall bedrohte.«

»Eine Übertreibung ist nie übertrieben, wenn es um Terentia geht. Bei ihr ist jede Übertreibung die Norm.«

Doch der Prinz begriff Porcia Honorias Ironie nicht, im Gegenteil, auf seinem Gesicht stand noch immer das blanke Entsetzen.

»Sie drohte mir ganz offen, laut zu schreien und zu behaupten, ich hätte versucht, sie zu vergewaltigen, wenn ich ihren Gelüsten nicht zu willen sei.«

»Niemand würde ihr glauben. Wenn die Gänse am Kapitol bei jeder Vergewaltigung Terentias schnattern würden, wäre das Heer in permanenter Alarmbereitschaft.«

»Wie dem auch sei, ich hatte Angst und hielt es für ratsam, ihre Aktivitäten genau zu verfolgen, um eingreifen zu können, falls nötig. Als sie mich fragte, was meiner Meinung nach die niedrigste Stufe sei, auf die eine Frau herabsinken kann, antwortete ich, nur um irgend etwas zu sagen, daß ich Sklavinnen und Huren auf diese Stufe stelle. Da sagte die Törin, sie würde alle noch übertreffen, denn heute nacht könne ich mich mit den niedrigsten Männern um sie streiten und dann besitzen. Daraufhin schleppte sie mich zu ihrem Haufen von Parasiten, entriß einem die Zügel der Quadriga, hieß mich auf den Kutschsitz steigen und den Arm fest um ihre Taille legen. Das tat ich, ohne ihr Spiel zu verstehen. Denn obwohl sie sich vor mir demütigte und darum flehte, schlecht behandelt zu werden, erteilte sie mir noch immer Befehle und ließ ihre Launen an mir aus. Wenn sie damit erreichen wollte, daß ich mich geehrt fühlte, so trat das genaue Gegenteil ein. Denn die wahnsinnige Art, wie sie den Pferden die Peitsche gab, flößte mir Angst ein. In keinem Hippodrom hatte man je eine geschicktere, um nicht zu sagen wildere Wagenlenkerin gesehen. So rasten wir dahin wie der Wind, wichen den Verwünschungen der Römer aus, die zur Seite springen mußten, um nicht überfahren zu werden, ließen die Stadt hinter uns, durchquerten die Sümpfe und erreichten die Stadt Ostia. Überflüssig, die Masse der Seeleute aller Nationen zu beschreiben, die, auf der Suche nach Vergnügen um jeden Preis, die Lasterhöhlen dieser Stadt bevölkern. Beschrieben werden muß jedoch der unbeschreibliche Blick, den Terentia mir zuwarf. Denn darin lagen solche Abgründe, daß ich wußte: Sie war zu allem bereit. Tatsächlich, sie warf sich in die Menge, rannte los und schrie mir zu, daß ich mich noch lange an diese Nacht erinnern werde. Nach einer Weile kam einer ihrer Parasiten herbei, von Lachen geschüttelt, und wies uns an, Geld bereitzuhalten, denn der Leiter der Hurenversteigerung hatte Terentia ohne Zögern angenommen, so schön und überaus verführerisch erschien sie ihm. Und der empörte Crispus Mellius, der uns begleitete, murmelte: ›Sie wird dich leiden lassen, wie Clodia den armen Catull leiden ließ.‹ Doch ich zuckte nur mit den Achseln, denn während dieser große Dichter stundenlang an diese Verrückte dachte, waren meine Gedanken nur bei den Mineralien der Glücklichen Inseln und ein klein wenig auch bei dem neuen Stand, den Terentia, wenngleich auch höchst ungern, angekündigt hatte.«

»Wo ist denn nun das Problem?«

»Daß diese Verrückte auf der Versteigerungsliste stand und wir, die Parasiten und ich, feststellen mußten, daß wir kein Geld dabei hatten, um sie zu kaufen.«

Porcia Honoria fing lauthals an zu lachen. Hatte sie im Laufe der Unterhaltung großes Interesse gezeigt, so malte sich nun echte Erregung auf ihre Züge.

»Entschuldige mein Lachen, Cajus Julius. Doch jetzt, wo deine Ehre keine Gefahr mehr läuft, ist diese Situation doch überaus spaßig. Allein der Gedanke, daß irgendein übelriechender Seemann für vier Kröten Maecenas' Gattin bekommen kann!«

»Und das hältst du nicht für ein Problem? Siehst du denn nicht, daß mir dieser Skandal den Maecenas, dessen Rat einen so großen Einfluß auf Augustus hat, für immer zum Feind macht? Jetzt, wo es um das Geschick meines Landes geht, was gleichbedeutend ist mit meinem und dem meiner künftigen Gattin, wird alles, gar alles aufs Spiel gesetzt von einem Unglücksweib, das darüber hinaus die Regeln verwechselt. Denn ich wollte sie als Vergnügen für eine Nacht, nie als eine Kette, die mich alle Nächte meines Lebens stranguliert.«

»Deine Mineralien, Kolibris und Elefanten machen dich zum Dummkopf. Die Interessen Roms in Afrika sind so bedeutsam, daß die Hörner auf dem Kopf von Maecenas keinen Einfluß darauf haben. Wie dem auch sei, die Situation ist für jede Art von Spiel gut. Wenn es das ist, was Terentia will, na denn, spielen wir eben ...«

»Mehr Ernst, Porcia Honoria!« rief Juba fassungslos. »Das Schicksal Numidiens darf nicht in einem Hurenhaus entschieden werden!«

»Du brauchst es nicht wieder zu betreten. Leg dich schlafen, und träum von deinen Berberländern. Eine Römerin wird sich um die Klitoris dieser Wahnsinnigen kümmern.«

Zur Verwunderung der anderen beiden, rief sie ihre Sklaven und befahl ihnen, sofort ihre Männerkleider zu bringen: das Gewand, die Strümpfe und die phrygische Haube. Während sie sich das Haar im Nacken zusammenband, war sie so offensichtlich erregt, daß Lucinus plötzlich eine völlig andere Frau in ihr entdeckte, als die, die sich in seinen Armen langweilte. Diese offenkundige Tatsache erboste ihn dermaßen, daß er den Arm seiner Geliebten packte und in strengem Ton verlauten ließ:

»Was hast du vor, ohne meine Erlaubnis einzuholen?«

Sie sah ihn an, als traute sie ihren Ohren nicht.

»Ich sagte es. Das Spiel der Terentia spielen. Ich bin mir sicher, daß in diesem Haus genug Geld vorhanden ist, um sie für eine Nacht zu kaufen, ohne daß ein Geldleiher bemüht werden muß.«

»Ich will nicht, daß du gehst«, erwiderte Lucinus heftig.

»Was ist los mit den Männern Roms?« rief Porcia Honoria noch immer ungläubig. »Den Konflikt des Prinzen verstehe ich, den deinen nicht.«

»Ganz einfach: Es steht einer so gescheiten Dame wie dir nicht an, sich zur Hüterin von Huren zu machen.«

Da brach sie in eine Lachsalve aus. Sie hatte die Situation nun erfaßt und betrachtete sie als eine Herausforderung.

»Es steht ihr dagegen sehr wohl an, die Hure eines Hüters so geringer Befugnisse zu sein?«

Lucinus wandte den Blick ab, beschämt und verletzt.

»Das hättest du nicht sagen sollen, Porcia Honoria.«

»Im Gegenteil, ich hätte es dir schon viel früher sagen sollen. Küken, du bist zur Unzeit aus der Schale geschlüpft. Denn ich lebe schon längere Jahre nach meinem Willen und werde das auch nicht lassen, nur weil es dir an Willen gebricht.«

Der Pädagoge entfernte sich von ihrer Seite, unfähig, diesem harten und schrecklichen Blick standzuhalten, in dem die nackte Wahrheit ihrer Beziehung zu lesen war, der er nicht entkommen konnte.

Da trat Porcia Honoria, die gemerkt hatte, daß sie zu weit gegangen war, auf ihn zu und streichelte ihn so zärtlich wie immer. Mit einer freundschaftlichen Zärtlichkeit, die der Härte ihres Blicks keinen Abbruch tat.

»Im Grunde seid ihr Kinder, ihr Liebenden! Na, komm schon. Sei heute nacht weder das eine noch das andere. Begleite mich, beobachte mich, vielleicht kannst du noch etwas lernen.«

Lucinus schenkte ihr einen letzten Blick, eine Mischung aus Resignation und Trauer lag darin. Wußte er doch, daß er nicht anders konnte, als sie zu begleiten, trotz allem.

GANZ IN EINEN schwarzen Umhang gehüllt, so daß sie nicht zu erkennen war, traf Porcia Honoria am Ort des Vergnügens ein. Zu nächtlicher Stunde herrschte dort Hochbetrieb. Lucinus folgte ihr mit ein paar Schritten Abstand, wirkte allerdings durch das weiße Haar, das ihm eine ernste Würde verlieh, und in der schlichten, eleganten Toga griechischer Pädagogen hier völlig fehl am Platze. Für ein nächtliches Abenteuer in Ostia war er mit Sicherheit der unpassendste Begleiter.

Hier tummelten sich ganze Schiffsmannschaften: herrische Kapitäne, freche Schiffsjungen, erfahrene Steuermänner, kräftige Löscher, Obermaate, Wachen – eine grölende Horde, die von den Molen kam und sich in die angrenzenden Gassen drängte, überall dichtestes Menschengewimmel.

Das verrückte Gedränge erschütterte auch die altersschwachen Mauern aller anderen Häuser. Die Luft war erfüllt von unglaublichem Stimmengewirr und endlosem Geschrei in oft nicht zu erkennenden Sprachen. Welche Nation war hier wohl nicht angemessen vertreten? Es gab Räter, Lyder, Hispanier, Syrer, Mauren, Vindelizier, Daker, Numider, Ägypter … bis zu fünfzig verschiedene Nationen. Dann all die verschiedenen Hautfarben! Weiß, rötlich, dunkel, ebenholzschwarz, ja sogar blasse Anklänge an das Gelb der Steppenländer. Eine wilde Mischung, auch im Hinblick auf das Äußere: herrlich kräftige und hinfällige Gestalten, edle und ganz abscheuliche Erscheinungen.

Am Eingang zum Viertel priesen Marktschreier von Podesten aus ihre tolle Ware an:

»Willkommen bei der Versteigerung, Gesindel der Ozeane! Kommt herein, ihr Bastarde eines besoffenen Tritonen. Hier ist der Tempel der Möse und der Altar der Titte. Hier ist das Heiligtum der Unzucht und der Sitz der Fellatio. Wer Eier hat, möge sie zeigen. Kommt herein, genießt meine lüsternen Weiber! Entscheidet euch, die Auswahl ist groß: zierliche und üppige, mit viel und wenig Busen, fette und magere, die teuersten haben einen Buckel, was manchen Spezialisten gefällt, und am besten sind die schwangeren, für den extravaganten Genießer.«

Der andere Ausrufer brüllte:

»Kommt herein, Söhne des Neptun, kommt herein und verkehrt mit den Nichten der Venus! An keiner Küste ist die Auswahl größer, meine Huren sind Expertinnen, an den besten Akademien ausgebildet. Wir haben Neulinge hier, in der Blüte ihrer Jahre, und geile Weiber, die bereits Greisinnen waren, als die Wölfin die beiden Brüder säugte. Wir haben junge Mädchen mit bereits beschädigter und Hürchen mit intakter Jungfernhaut, Gaunerinnen, die nie eine hatten, säugende Wölfinnen, schlaue Luder, unterwürfige Herumtreiberinnen und wilde Amazonen …«

Auf einem anderen Podest pries eine Kupplerin ihre Ware an:

»Prostituierte aus Hispanien, Dirnen aus Gallien, germanische Flittchen, Stricherinnen aus Syrien, griechische Freudenmädchen …«

Auf den breiten, mit Gewölben überdachten Gängen gingen die erwähnten Damen auf und ab. Einige präsentierten sich halb-, andere völlig nackt, doch alle hatten ihre Nacktheit mit irgendeinem Attribut geschmückt, das sie von den anderen unterschied und den Appetit anregen sollte. Die einen trugen ausladende Turbane, die anderen mottenzerfressene Federn. Andere hatten sich rote Tücher um die Taille gebunden, ließen das hübsch geflochtene Haar des Venushügels dagegen unbedeckt, wieder andere trugen ausländische Münzen, zu Ketten aufgereiht, über herrlichen Brüsten. Manche spazierten daher mit exotischen Amuletten auf dem rasiertem Kopf, andere mit Netzen aus Silberfäden über den drallen Schenkeln. Auch fehlten nicht die mit Röckchen aus falschen Perlenschnüren oder solche, die ihre fleischigen Brustknospen mit winzigen Plättchen aus Purpurbronze bedeckt hatten. Weniger gefragte Damen oder solche, die sich keine Verkleidung leisten konnten, mischten sich als Straßendirnen unter die ärmeren Schichten und suchten nach unerfahrenen Neulingen, die keine exotischen Wünsche hatten.

Wenn man den Ameisenhaufen aus pulsierendem Fleisch hinter sich ließ, erreichte man einen weiten Platz, der einem tiefen, offenen Brunnen glich und von mächtigen Bogengängen umgeben war. Als Lucinus und Porcia Honoria näher kamen, merkten sie, daß der Brunnen die Form eines Amphitheaters hatte, mit steil abfallenden Rängen in Form von sieben Kreisen, auf denen sich so viele Menschen drängten, daß nur ein wogendes Meer von unruhigen Köpfen auszumachen war.

Auf dem Grund des Brunnens, in seiner Mitte, befand sich eine seltsame Bühne aus Stein, die an jeder ihrer vier Ecken von einer Figur der Venus-Aphrodite in kunstloser Ausführung und plumper Pose gestützt wurde.

Auf dieser Bühne stand ein Ausrufer, der genauso derb aussah wie die Karyatiden der Venus. Mit seinem Gebrüll versuchte er, das Geschrei des Publikums zu übertönen:

»Eine einmalige Versteigerung!« schrie er wie besessen, während er den traurigen Hinterbacken einer schwarzen Hure leichte Schläge versetzte. »Die berühmteste im Umkreis von fünfzig Küsten und zweihundert Ufern! Hier hat das größte Hurenvolk seine ruhmreichen Annalen geschrieben. Hier wurden die tollsten Mösen beider Welten versteigert. Hier haben die Göttinnen des Universums der Hurerei Karriere gemacht.«

Und so war es tatsächlich.

Hier hatten die berühmtesten geherrscht, von Daciana Locusta bis Imperia von Arausio, von Pomponia Vagina bis zur unvergleichlichen Aquaeducta La Caca. Hierher kamen die Griechinnen: Taranta von Pella, Nymphatica Sparta und Pristina Pergamina, aber auch die schmucken Hispanierinnen Secunda de Gades, Prócula Barcino, Protasia Bética und Argimira Salmántica; sowie die Gallierinnen Vagina Lutetia, Lina Narbonensis, Hesperia Masilia und die Orientalinnen Artaxata La Morros und Tesifona Fellatio. Hier hatte die stolze Bretonin Tuguria Maxima ihre höchsten Triumphe gefeiert, die Lusitanierin Melitona Fecunda, die Ägypterinnen Alexandra von Mango, Pirada von Heliopolis, Hatschepsut Sienatica und die berühmten Jüdinnen Miriam Nazarena, Judith Tabernacula und Elda Mesianica. Und allen voran die einheimischen Huren Viria Vaticana, Pita von Bononia, Ruda Tyrrheniana, Cachonda von Ostia, Cupida Chupona, Japeta von Capri und die unsterblichen Zwillinge Castora Ladilla und Polluxia Tragancia.

Was die Besetzung der Schwulen anbelangte, wo wurde sie übertroffen? Hier wurden zu einem sehr guten Preis die gewaltigen Hinterbacken des Edesio La Virgo versteigert, die von Tirso La Esmeralda, Culebro von Nibisis, Ninfo La Catona (einer der wenigen republikanischen Schwulen, die noch übriggeblieben waren), Celius La Penelope, Helenus von Troja, Licius La Semiramis und Adus La Thalia, der so genannt wurde, weil er den Schauspielern im Theater des Pompejus während der Pausen gern einen lutschte.

Angesichts dieses phantastischen Angebots vergaßen Terentias Parasiten ihre Mentorin, näherten sich neugierig der Versteigerung der Stricher, verloren sich bald in der Menge und ließen sie völlig schutzlos zurück.

Nur Crispus Mellius wachte über die Frau von Maecenas. Allerdings nicht, weil er besonders gutherzig war, sondern weil es ihm Spaß machte, die Verrücktheiten anderer zu beobachten, ohne sie je zu teilen, denn die Kontrolle über seine Handlungen wollte er nie verlieren.

Doch in dieser Nacht war er nahe daran. Da er sich unter gar keinen Umständen den Zorn von Maecenas zuziehen wollte, zitterte er bei dem Gedanken, Juba könnte nicht rechtzeitig auftauchen, um Terentia zu kaufen. Deshalb suchte er ihn in der Menge und hielt ängstlich Ausschau nach seinem Purpurmantel, der die Situation retten und ihn erleichtern würde.

Er wartete vergeblich. Juba tauchte nicht auf. Dagegen hatte die Bacchantin, die ihm diesen Verdruß machte, ihren triumphalen Auftritt bei der Versteigerung.

Sie wurde mit lautstarken Hochrufen empfangen. Hunderten von Kehlen gleichzeitig entrang sich beim Anblick dieser so außergewöhnlichen Erscheinung ein Schrei der Lust und Überraschung.

Maecenas' Frau hatte sich zwar in rote Tücher gehüllt, die waren jedoch so fein und leicht, daß ihre Nacktheit überall durchschimmerte.

Ihr Körper überraschte mit der Perfektion seiner Formen, noch mehr Bewunderung erregte jedoch der offensichtlich gehobene Stand seiner Besitzerin. Denn sie duftete nach dem allerteuersten Parfüm und war mit kostbarem Öl und vortrefflichstem Balsam eingerieben worden, bevor sie sich wie Abfall vor diese Säue warf.

Selbst der Auktionator wurde von der allgemeinen Überraschung angesteckt. Weshalb er besonders das Raffinement dieser exquisiten Hure hervorhob und als besonderen Anreiz betonte, wie sehr sie einer wirklichen Dame glich.

»Stellt euch vor, sie kann eine Nacht lang die eure sein, es wäre die Nacht eures Lebens«, schrie der Auktionator. »Stellt euch ihre von allen Reichtümern verwöhnte Haut vor. Eine Kaiserin verbirgt sich hinter diesen Schleiern, nichts anderes!«

»Schleier weg! Schleier weg!« heulten die Käufer.

Terentia fiel es nicht weiter schwer, den Wünschen der Menge nachzukommen. Sie riß sich mit einem wilden Ruck die Schleier herunter und stand nun da in ihrer Nacktheit, die nur von der üppigen Haarpracht gemildert wurde, die sich frei und wüst zerzaust über ihren Rücken ergoß.

Da begann die Versteigerung.

Terentia ging mit so großem Vergnügen auf der Bühne hin und her und bot ihren Körper so genüßlich dar, als sei das allein bereits ihr Lohn. Sie präsentierte sich den Männern und lachte dabei schallend und trunken. Da taumelte sie, stürzte beinahe, fing sich aber sofort wieder, richtete sich stolz auf und zeigte ihre köstliche, göttliche Nacktheit.

Porcia Honoria stellte fest, daß diese Promenade unter tausend lüsternen Blicken der Bacchantin eine intensive Masturbation ersetzte.

Terentia pries ihre Ware mit den ordinären Worten eines Marktweibs an und mit so dreisten Gesten, wie sie selbst an einem Ort wie diesem selten waren.

»Seht meine Brüste!« schrie sie. »Sie gleichen reifen Melonen, bereit, auf den Lippen dessen zu vergehen, der sie sich leisten kann. Seht meine Schenkel, es gibt keine weicheren und mutwilligeren, wenn sie kunstvoll gereizt werden. Sucht zwischen diesen Schenkeln, und ihr werdet einen Flaum finden wie der reifster Pfirsiche ...«

Welche Lust am Vorzeigen! Sie griff sich an jeden Körperteil, den sie anpries. Erst streichelte sie ihn mit langsamen Bewegungen, dann drückte sie ihn heftig, und schließlich schien es, als wollte sie sich jeden Teil ausreißen und dem Männervolk zum Fraß vorwerfen.

Crispus Mellius zitterte weiter, weil ihm klar war, daß seine unvernünftige Freundin noch immer auf Jubas Eingreifen wartete.

»Bietet! Bietet!« schrie der Auktionator. Doch als die Gebote sehr niedrig ausfielen, ärgerte er sich über das Publikum, hörte aber nicht auf, die Reize der Gattin des Maecenas anzubieten. Er wurde immer aufgeregter und setzte schließlich hinzu: »Seid ihr alle Eunuchen, die ihr Geld lieber in Wein anlegen, anstatt in diesen wunderbaren Venushügel zu investieren?«

»Zehn Dinar!« brüllte ein alter Seemann gegen andere Stimmen an, die niedrigere Beträge nannten.

»Zehn Dinar für diese Schätze?« protestierte Terentia indigniert. »Was glaubst du, mit wem du es zu tun hast, besoffenes Schwein? Eine dieser Brustknospen allein verdoppelt den Preis! Diese Möse allein verschlingt das Dreifache deines Angebots!«

Da hörte man eine Stimme wie aus dem Nichts, weil der Sprecher hinter der gewaltigen Mauer der Zuschauer verborgen blieb.

»Ich biete hundert Dinar!« rief der Unbekannte.

Worauf sich alle Köpfe umwandten und nach ihm suchten, denn ein solches Angebot hatte es weder bei dieser noch irgendeiner anderen Versteigerung je gegeben.

Crispus Mellius jedoch war einer Ohnmacht nahe. Das war nicht Jubas Stimme. Diese Stimme gehörte einem Fremden, was um so bedrohlicher war, als es sich dabei – o größtes aller Mißgeschicke – um einen Spion Maecenas' handeln konnte.

Doch dann, als das Angebot noch einmal ertönte, ganz sicher, daß es in Ostia von niemand überboten würde, atmete Crispus Mellius erleichtert auf.

Die Stimme kenne ich doch, dachte er. Mag sie sich noch so burschikos geben, sie gehört doch einer vornehmen und hochgebildeten Frau. Diese besoffene Hure allein ist imstande, sich mit Minerva ins Bett zu legen und sich dabei einzubilden, Mars persönlich befruchte sie! Es ist nicht meine Aufgabe, ihr die Augen zu öffnen, noch muß ich dem vornehmen Hahnrei davon berichten.

Nun, da die Situation gerettet war und Maecenas' Frau einer Person vom gleichen Stand in die Hände geriet, ließ er sich von der Menge zu anderen, überwiegend visuellen Vergnügungen hinwegtragen.

Währenddessen folgten Porcia Honoria und Lucinus dem Kupplerpaar zu den Zimmern, die im unteren Teil der Höhlen lagen.

Der Kuppler war ein Kerl mit kahlrasiertem Schädel und grün angestrichenen Lippen, eine Art Wucherfrosch, der sogleich nach den Geldstücken griff, die der unbekannte Käufer ihm hinstreckte. Die Kupplerin dagegen war eine alte Prostituierte, die vergeblich versuchte, ihre unzähligen Runzeln unter einer Schicht roter Farbe zu verdecken.

Porcia Honoria, mit noch immer verhülltem Gesicht, befahl:

»Gebt mir ein Zimmer, und schickt mir die Schlampe. Bringt mir außerdem einen Phallus aus Leder, so groß wie der eines Kampfstiers.«

»Warum das? Genügt der deine nicht, hoher Herr?«

»Es muß der eines Stieres sein. Ich kenne dieses Weib und weiß, daß kein menschlicher Phallus imstande ist, es zu befriedigen.«

Dann wandte sie sich an Lucinus und legte ihm den Beutel mit den restlichen goldenen Münzen in die Hand.

»Laß ihn nicht aus den Augen«, sagte sie. »Es ist recht viel Geld übriggeblieben. Nie hätte ich gedacht, daß die Lust so billig ist.«

Diese Worte ließen sie noch mächtiger erscheinen. Wurden sie doch von einer Höhe herab gesprochen, wo weder Lust noch Geld die geringste Rolle spielen.

Als Lucinus sich anschickte, die Kleider abzulegen, hielt sie ihn mit herrischer Geste davon ab und sah ihn dabei mit ungewöhnlicher Härte an.

»Das wird ein Fest unter Schwestern«, erklärte Porcia Honoria bestimmt. »Such dir eine andere. Du findest ganz sicher eine.«

Lucinus war überhaupt nicht beleidigt, zuckte mit den Schultern und verließ den Raum, wobei er mit den Kupplern zusammenstieß, die mit dem Instrument zurückkamen, das seine Geliebte bestellt hatte. Porcia Honoria, bereits nackt, schnallte es sich mit einem Gurt um die Taille und befahl den Bediensteten, das Zimmer in völliger Dunkelheit zu belassen, damit Terentia sie beim Eintreten nicht erkennen konnte.

Doch Maecenas' Frau rief schon beim Hereinkommen:

»Spielen wir Blinde Kuh? Dafür bin ich schon zu alt, junger Ziegenbock. Außerdem sehe ich mir die Ware gern ganz genau an. Auch mein Angebot soll in Augenschein genommen und lauthals bewundert werden.«

»Tu, was von dir verlangt wird, und halt den Mund, Luder. Dieser Herr hat dich gekauft und somit ein Recht auf Blindheit, wenn er es wünscht.«

Die beiden Kuppler schlossen die Tür hinter sich, und als Terentia so allein in der Dunkelheit stand, fühlte sie eine Spannung, die ihr gar nicht schlecht gefiel. Sie merkte plötzlich, daß ein Inkognito nicht ohne Spannung und Verkleidung nicht ohne Reiz ist. Schon fühlte sie ein paar Finger, die sie zart und köstlich langsam streichelten und ihr das Ding in die Hände legten, das ihr in dieser Nacht Lust bereiten sollte. Sie stieß einen Schrei freudiger Überraschung aus.

Ein toller Fang für eine so lüsterne Sammlerin gewaltiger Ausmaße!

Sie warf sich gegen den Körper ihres Käufers und bemerkte beim Abtasten zwar nicht so üppige wie die ihren, doch eindeutig weibliche Brüste.

»Wie das? Deine Rute ist die eines Stiers, und deine Brüste gleichen den Eutern einer Kuh? Was wird hier gespielt, schlechter Mann?«

»Ich will dich verrückt machen mit etwas, das du nicht kennst. Denn neben diesen Attributen habe ich auch noch eine Zunge, die zischt und züngelt wie die der vielköpfigen Hydra .«

»Sau oder Eber oder beides. Die Dunkelheit verleiht dir eine Macht, die selbst Jupiter nicht hatte, als er in Gestalt eines Stiers die wehrlose Europa vergewaltigte.«

»Nimm, was kommt, und schweig. Morgen wirst du dann etwas zu reden und gewiß keine Klagen haben.«

Nackt, nur in den Mantel der Dunkelheit eingehüllt, beschlief Porcia Honoria die Frau des Maecenas.

So erfuhr Terentia, daß mehr Geschlechter existierten, als von der Natur vorgesehen, daß die Menschheit nicht mit zweien zufrieden war – und gäbe es noch zweihundert weitere, so wäre sie es wohl immer noch nicht.

AUCH LUCINUS, DER Verlassene, machte diese Erfahrung. Denn als er es satt hatte, wie ein Hündchen vor der Tür der elenden Kammer zu warten, brach er allein auf und ging spazieren. Schon bald befand er sich in einem Labyrinth von Gassen, die ins Innere des Viertels führten, als leiteten sie ihn zum Zentrum der Erde. Da stellte er zu seiner Überraschung fest, daß sich in diesem berüchtigten Viertel nicht nur Seeleute der zahllosen in Ostia vor Anker liegenden Schiffe versammelten. Im Gegenteil, es war voll mit bekannten Persönlichkeiten der guten Gesellschaft, die von ihren respektablen Podesten herunterstiegen und in den verschiedenen Lasterhöhlen Abwechslung suchten.

Und dort sah Lucinus die seltsamsten Dinge.

Olinda die Thrakerin urinierte in den Mund eines schmucken Burschen, den er in der griechischen Bibliothek gesehen hatte. Der Junge bekam den Namen Pegasus, wie Minudia Venerea unter großem Applaus vorgeschlagen hatte. Er diente ihr als Reittier, dem sie spitze Sporen in den Bauch drückte. Eine Übung, die offensichtlich recht beliebt war, denn der verwunderte Lucinus sah noch andere Jünglinge aus besten Häusern, die sich zu Kleppern machten und auf deren Rücken üppige Dirnen ritten, wie Furien mit wild flatternden Haaren. Er sah einen berühmten Tribun Exkremente essen, während sich der Quästor Veronius mit zwei kaum fünfzehnjährigen Hürchen abgab, die sich wiederum gegenseitig mit Geschicklichkeit und ausgeklügelter Sorgfalt streichelten und so das Bild vervollständigten.

Ferner sah er einen allseits hochgeschätzten Senator bei einer eigenartigen Übung, die von den Huren Tantalusspiel genannt wurde. Eine rieb mit ihrem klebrigen Geschlechtsteil den Mund des gefesselten Mannes und entfernte sich im Augenblick seiner höchsten Erregung wieder, was ihn dermaßen quälte, daß der mythologische Held im Vergleich dazu noch glimpflich davonkam. Was die andere Hure betraf, so begnügte sie sich damit, dem Herrn einen mit stählernen Stacheln besetzten Phallus in den Hintern einzuführen.

Dann sah er die ehrbare Witwe Fortunata Glauca, an ein Kreuz gebunden, während ihr ein Buckliger mit riesigem Schwanz mitten ins Gesicht spuckte. Der mitfühlende Lucinus war schon auf dem Sprung, die arme Matrone zu verteidigen, unterdrückte aber den Impuls, als er hörte, daß sie den Buckligen, weit entfernt davon, zu erschrecken, um mehr Spucke und vor allem um mehr Schwanz anflehte.

Ein Stückchen weiter befriedigten sich zu den Klängen einer Lyra zwei Knaben, wohl noch keine acht Jahre alt, nach Art der Homosexuellen, während eine Kohorte vornehmer Herren gebannt ihre Bewegungen verfolgte. Und während dieser zärtlichen Zeremonie, für viele eine Feier zu Ehren der Musen, unterhielten andere, etwa gleichaltrige Kinder, die Zuschauer mit der Geschicklichkeit ihrer kleinen Lippen.

Lucinus hätte beim Anblick weiterer Szenen, alle überlagert von Urin- und Kotgestank, von abgestandenem Schweißgeruch und billigem Parfüm, gerne das Verlangen empfunden, bei einer mitzumachen, wohlwissend, daß er eine solche Auswahl so bald nicht mehr erleben und in Reichweite haben würde. Doch er fühlte nur Neugier und ironische Abwehr, mehr nicht.

Er blieb kalt wie ein Arzt, der allzuviel nacktes Fleisch gesehen hat und den auch Venus persönlich nicht mehr beeindrucken konnte. Beim Gedanken an Adonis, dessen böse Zunge ihm gern zügellos ausschweifenden sexuellen Appetit zuschrieb, mußte er über sich selbst lachen.

Dieser Ort machte offensichtlich alle glücklicher als ihn. Das verbitterte ihn. Weshalb er sich entfernte und am Hafen spazierenging, um sich die Zeit zu vertreiben, bis Porcia Honoria und Terentia ihre zweifelhaften Opfergaben dargebracht hatten.

Doch er war nicht einmal in der Stimmung, ihnen irgendeinen Vorwurf zu machen, sondern dachte nur einmal mehr: »Ich habe die Liebe gesehen und das Begehren, blieb dabei jedoch ungerührt. Ich habe den Luxus gesehen und Leute von Kultur und den Künsten reden hören, die beides nur kommerzialisieren und in den Dienst der Mächtigen stellen. Und ich blieb ungerührt. Nichts befriedigt mich, obwohl ich niemandem etwas vorwerfe. Denn mir fehlen nicht nur Liebesleid und Liebesglück, mir fehlt auch jedes Moralgefühl.«

Er begegnete Gruppen von Seeleuten auf dem Rückweg zu ihren Booten und Schiffen. Sie hüpften herum, machten Sprünge und rangen zum Spaß miteinander wie richtige Gladiatoren, doch mit der spontanen Freude, die der Kameradschaft eigen ist. Aber auch dieser Anblick ließ Lucinus kalt.

Er hielt vor einer Bireme inne, die sich anschickte, beim Morgengrauen in See zu stechen. Das schloß er aus dem regen Hin und Her an Deck und am Kai. Die Lastenträger schleppten Waren an Bord, während der Kapitän und ein Soldat die ersten Passagiere empfingen. Da fühlte Lucinus zum ersten Mal in dieser langen Nacht, daß ein Schauspiel tatsächlich sein Interesse erweckte. Er beobachtete das Kommen und Gehen der Sklaven, das Einladen der Waren, die mit Hilfe dicker Seile hochgezogen wurden, und, in der Nähe des Kiels, den üblichen Austausch von Zärtlichkeiten zwischen Zurückbleibenden und Verreisenden.

Dann war gedämpft der rhythmische Schlag der Ruderer zu hören.

Am Steg, der zum Schiff führte, registrierte der Soldat Namen und Zielhäfen der Passagiere, die nun in größerer Zahl eintrafen. Die Worte klangen magisch, klangen nach Abenteuer. Lucinus hörte die Namen von Orten, die ihm fremd waren und deshalb die Möglichkeit eröffneten, ein neues Leben zu beginnen.

Unter den Ankömmlingen fiel eine Gruppe von acht Männern verschiedenen Alters auf, die im Gänsemarsch daherkam, als bilde sie eine besondere Bruderschaft. Sie trugen weiße Togen und transportierten mit großer Vorsicht Lederfutterale, die zweifellos Pergamente enthielten. Lucinus erkannte bei dieser Gruppe sofort den unverwechselbaren Ernst der Gelehrsamkeit.

Das schien der Soldat am Landungssteg zu bestätigen, als er fröhlich fragte:

»Wohin fährt die Wissenschaft?«

»Nach Alexandria«, erwiderte ein Greis, offenbar der Anführer der Expedition.

Was für ein seltsames Zeichen! Welch eine wundersame Offenbarung!

Lucinus' Augen bekamen einen ungewohnten Glanz, und einen Moment lang versammelten sich in seiner Seele alle Träume der Vergangenheit. Er erinnerte sich an die Jahre seiner frühzeitigen Reife, die Gier, mit der er sich Wissen aneignete, die Qual, die ihm Wissenslücken bereiteten, und die Genugtuung seines Förderers angesichts von Fortschritten, die sich später ins Nichts auflösten. Er sah, wie sich jenseits des Meeres die Akademien von Alexandria erhoben, sah die helle Spiegelung ihrer Marmormauern im Meer, das Aufglänzen ihres Mythos im Wüstensand.

Alexandria!

Wenn sich alle Träume als untauglich erwiesen haben, bleibt nur noch die Flucht in neue, unbekannte Träume. Wenn sich herausstellt, daß alle Wirklichkeiten hohl sind, vergibt sich die Seele nichts, wenn sie sich an eine unwirkliche Wirklichkeit klammert.

Da hörte Lucinus ein letztes Mal den Ruf des Zufalls. Er tastete unwillkürlich in den Falten seiner Toga nach dem Beutel, den Porcia Honoria ihm anvertraut hatte. Und bei dieser Berührung stieg ein eigenartiges Gefühl in ihm auf, das nichts mit der Gier nach Geld, viel jedoch mit dem Drang nach Freiheit zu tun hatte.

Er blickte wieder aufs Meer, wo sich bald der Morgen zeigen und den dunklen Mantel, der schwer auf ihm lastete, wegnehmen würde. Mochte das Morgengrauen noch soviel Unbekanntes bergen, in diesen Augenblicken verkörperte es das Leben selbst.

Die Akademien Alexandrias wirkten letztendlich wie ein Magnet, das den alten, wißbegierigen Teil in ihm anzog.

Er ging ohne Zögern auf den Landungssteg zu. Ja, er betrat ihn so entschlossen wie die Soldaten vor ihm und drückte ihm den Stempel seiner Entscheidung auf, den Beweis seiner Sehnsucht.

»Name?« fragte der Soldat.

»Gajus Maecenas«, sagte Lucinus.

»Verwandt mit dem Hochwohlgeborenen?«

»Sein Erstgeborener.«

Da erhob sich unter den Passagieren, die noch nie einen Menschen gesehen hatten, der Augustus so nahe stand, bewunderndes Gemurmel. Die Gruppe der Philosophen näherte sich Lucinus mit äußerster Achtung, weil alle seinen großen Vater kannten und um das Wohlwollen wußten, das er Gelehrten von jeher entgegengebracht hatte. Jede Wirklichkeit hat ein Doppelgesicht, dachte Lucinus und lächelte. Sie machte aus Maecenas eine hervorragende Persönlichkeit, weil hervorragende Persönlichkeiten ihn bewunderten, und einen armen Hahnrei dank der Aktivitäten seiner Gattin, denen sie in einer Entfernung von wenigen Metern vor aller Augen nachging.

»Ziel?« fragte der Soldat, schon etwas nervös ob des hohen Standes.

»Alexandria«, sagte Lucinus ohne Zögern.

»Eunostos«, schrieb der Soldat.

Da regte sich in Lucinus' Brust ein Gefühl, das er lange unterdrückt hatte. Ein intensives, erwartungsvolles Gefühl, zum Bersten angefüllt mit großen Versprechungen. Schließlich weiß alle Welt, daß das Wort Eunostos von alters her bedeutet: Hafen der Guten Heimkehr.

ALS ALLE FORMALITÄTEN erledigt waren, fragte er den Kapitän, ob vor der Abfahrt noch Zeit bleibe, einige Briefe zu schreiben. Sogleich wandte er sich an eine Gruppe, die zur Verabschiedung der Reisenden gekommen war, und fragte nach einer Person, die bereit wäre, sie in seinem Namen zuzustellen.

»Die edle Octavia wird den Überbringer zu entlohnen wissen.«

Der Name Octavia löste unter den Passagieren, Philosophen und Gelehrten eine solche Aufregung aus, daß sie sich alle um Lucinus drängten und ihm bewiesen, daß er für die ganze Reise ihren Respekt gewonnen hatte.

Der Kapitän selbst, geblendet von so vielen illustren Namen unter den Bekannten dieses Passagiers und weil ihm sein weißes Haar Vertrauen einflößte, gestattete ihm, seine Kajüte zu benutzen, um dort in aller Eile seine Abschiedsbriefe zu schreiben.

Einer davon war kurz und richtete sich an Porcia Honoria: *Verzeih, daß ich dir keine Liebe geben konnte. Dir verzeihe ich, daß du nicht einmal den Versuch machtest.* Dann fügte er noch das Versprechen an, ihr das Geld, das er bei sich trug, eines Tages zu erstatten.

Nachdem er das Schreiben ohne die geringste Reue firmiert hatte, verfaßte er eilig die anderen beiden. Eines ging an Octavia. Das andere an ihren armen Gärtner.

NACHDEM SIE SICH eine Stunde lang bis zur Erschöpfung geliebt hatten, küßte Terentia Porcia Honoria ein letztes Mal.

»Innig geliebte Freundin, ich hielt dich schon immer für eine große Frau. Ab heute halte ich dich für allen Männern überlegen.«

Als die den Raum verließen, angemessen bedeckt, fragten sie das Kupplerpaar nach Lucinus, erfuhren aber nur, daß sich der junge Mann, kaum hatten sie angefangen sich beizuwohnen, in Luft aufgelöst hatte, wie ein Gespenst. Worauf Porcia Honoria, die Motive ihres Geliebten erratend, nicht die geringste Bemerkung machte.

Das wurde von dem verblüfften und zu Späßen aufgelegten Kupplerpaar besorgt.

»Mich führt ihr nicht an der Nase herum«, sagte der Mann. »Ihr seid keine Prostituierten, sondern edle Damen von hohem Rang.«

»Wie dem auch sei«, rief die Weibsperson, »mögen sich ihre Gatten ruinieren und sie gezwungen sein, sich der Hurerei hinzugeben. Sie haben meine Kasse in Windeseile gefüllt. Ich habe noch keine Professionelle gesehen, die ihrem Beruf so freudig nachging, und keine lernbegierigere Anfängerin.«

Terentia bedankte sich für das Lob und bemerkte, daß sie erstmals in ihrem Leben jemand treffe, der ihr Talent anerkenne.

»Gebt mir die Hurerei, aus der wir geboren sind, behaltet die Vornehmheit, die erst erworben wird. Ihr habt mir die Möglichkeit verschafft, mich zu beweisen, und das werde ich euch lohnen.«

Darauf sagte sie zu Porcia Honoria:

»Das war die Nacht meiner Nächte. Das Gefühl, von so vielen Männern begehrt zu werden und auf meinem Leib ihre gierigen Blicke zu spüren, war erregender, als mit allen zu schlafen. Die Brüste sind mir gewachsen, und meine Adern sind mit mehr Blut gefüllt als sonst. Mein Leib fühlt sich so prall an, als hätte ich mich selbst geschwängert.«

»Erspar deinem Gatten diesen Schreck«, meinte Porcia Honoria darauf, »denn es würde ihm schwerfallen zu glauben, daß der Fötus von einem Phallus aus Leder gezeugt wurde.«

Beim Hause des Maecenas angekommen empfahl ihr Porcia Honoria, sich in ihre Gemächer einzuschließen, bis ihr Gatte die letzten Neuigkeiten verdaut hatte, denn dieses Gericht war schwer und würde ihm stundenlang im Magen liegen. Wohlwissend, daß der arme Magen des vornehmen Herrn keineswegs aus Eisen bestand, beschloß sie, so zu tun, als ob er eisern wäre. Sie wußte genau, daß jede neue Eskapade Terentias geeignet war, seinen Magen zu einem unverletzbaren Panzer zu machen.

Deshalb sprach Porcia Honoria zu Maecenas:

»Ich bringe dir deine Frau, nachdem ich sie geliebt habe. Doch nicht damit du sie bestrafst, sondern damit zu lernst, sie besser zu hüten.«

Maecenas' Augen waren vom Warten und Schlafmangel gequält, nun kam noch Überraschung hinzu:

»Ich soll sie nicht bestrafen, nach all dem, was passiert ist?«

»Weder bestrafen noch verstoßen, denn das hast du schon so oft getan, sie dann aber wieder zu dir genommen. Ein weiteres Mal, und du wirst zum Gespött von ganz Rom. Bedenke, wenn du sie so liebst, wie du vorgibst, daß sie schließlich und endlich nur alle Kelche des Lebens bis zur Neige auskosten möchte. Und das steht ihr zu, weil sie keine bessere Möglichkeit hat, glücklich zu werden ...«

»Und ich, habe ich eine bessere Möglichkeit außer ihr?«

»Das öffentliche Interesse an deiner Person. Oder willst du die Zuneigung vergessen, die dir das Volk entgegenbringt, die Gewogenheit der Gelehrten und die Anziehung, die du auf die Mächtigen ausübst? Hat dir nicht der große Horaz eines seiner besten Gedichte gewidmet? Gibt es jemand, der es nicht auswendig weiß? Bittet der Hohepriester der Musen nicht darum, an deiner Seite gehen zu dürfen, vereint bis in den Tod? Fleht er nicht die Götter an, dich nicht vor ihm sterben zu lassen, weil du Stütze und Glück seines Lebens bist?«

»Gewiß, Horaz ist großherzig und schätzt mich sehr. Ich halte dich jedoch für gerissen genug, diese Tatsache zu benutzen, um Verzeihung für eine hochgradig infame Tat zu erlangen. Das wäre ein gemeines Verhalten, ganz wie das dieser Hure, die mir von den Göttern zur Frau gegeben wurde.«

»Angesichts der Tatsache, daß die Götter sie dir erst gaben, nachdem du sie darum gebeten hast, ertrage mit Demut, was sie dir schicken. Und denke daran: Schönheit hat ihren Preis. Du hast Terentia nicht geheiratet, weil sie gebildet ist, fromm, ehrlich, eine ausgezeichnete Spinnerin oder vorbildliche Köchin. Du wolltest sie ihrer Schönheit, ihrer Lebenkraft und dieser animalischen Qualität wegen, die jeder ihrer Bewegungen eigen ist. Das Weib riecht nach Geschlechtlichkeit. Sag mir nur nicht, daß du sie begehrtest, weil sie den keuschen Duft der Vestalinnen verbreitet, weil ich dich sonst für einen Heuchler halten müßte.«

Maecenas fühlte sich einer so raffinierten Gegnerin nicht gewachsen. Außerdem war sie sehr schön in ihrer Kühnheit, und ihre Katzenaugen funkelten höchst faszinierend wie immer. Er stellte sie sich nackt vor, auf dem Leib seiner Gattin liegend, und sah in ihr einen Spiegel ihrer Schönheit, was er von sich niemals würde sagen können. Denn er war pummelig, ein wenig aufgedunsen von Wein und üppigem Essen, ohne Haarpracht, die ein brünstiges Weib im Moment der Ekstase zerwühlen konnte. Alles Mängel, die von den besten Gedichten nicht aufgewogen wurden.

»Wenn du sie wirklich liebst, denk an das Unglück, das sie sich unbewußt zufügt«, fuhr Porcia Honoria angesichts seiner merklichen Niedergeschlagenheit fort. »Hör gut zu: Menschen, die Lust suchen um jeden Preis, werden sie nie erreichen, weil die Lust ihre Forderungen bei jedem Schritt steigert, weil sie immer mehr will und dadurch schließlich unerreichbar wird. Deshalb sind solche Menschen doppelt unglücklich. Dazu kommt, daß Terentia außer dieser maßlosen Begierde nichts besitzt. Daran mußt du denken und ihre Ausschweifungen hinnehmen, Ausschweifungen, die du dir nicht erlauben würdest.«

Seltsame Frau, dachte Maecenas. So durchgeistigt sie in ihren Versen erscheint, so gemein ist ihr Verhalten. So hohe Ansichten, so niedrige Taten. Sie entfremdet die Philosophie ihrem Zweck und macht sie zur Kupplerin. Mögen ihre Verehrer sie auch für höchst geheimnisvoll halten, für mich ist sie klarer als ein Gebirgsbach.

Und laut setzte er hinzu, sichtlich um Fassung ringend:

»Glaube nicht, daß ich vor der Realität die Augen verschließe, wenn sie sich mir aufdrängt. Und das ist die Realität: Ich finde es besser, daß du sie geliebt hast und nicht ganz Rom. So überzeugt bin ich davon, daß ich keinerlei Repressalien gegen Terentia ergreifen werde, sowenig wie gegen diesen hervorragenden jungen Mann, Prinz Juba, von dessen Person im Augenblick so wichtige Dinge abhängen.« Porcia Honoria nickte zufrieden. Worauf sich Maecenas mächtig aufplusterte und hinzufügte: »Einmal begriffen, daß meine Frau eine Hure ist, trunksüchtig und darüber hinaus eine Lesbe, danke ich den Göttern für alle ihre Eigenschaften und beweine sie, weil sie, die der Lust so sehr anhängt, unglücklicher ist, als wäre sie gänzlich ohne Begehren. Und wenn du es gestattest, Porcia Honoria, möchte ich dir sagen, daß dir das Männergewand ausgezeichnet steht.«

Maecenas hat die Situation besser verkraftet als erwartet, dachte Porcia Honoria. Doch dann, in ihrer Sänfte, überkam sie der Zweifel:

»Er heuchelte.«

Und als die Sänfte sich im Schatten des Wäldchens verlor, das den Esquilin vom Caelius trennte, murmelte sie noch einmal:

»Er heuchelte, kein Zweifel.«

Endlich allein, bedeckte Maecenas die Augen mit den Händen und rief:

»Reiß dir die Maske ab, armer Idiot.«

Die Sklaven hatten alle Lichter gelöscht, und hinter den zarten Umrissen des neu angelegten Gartens zog der Morgen herauf. Vom Halbdunkel umhüllt, sank der mächtige Maecenas auf eine Bank neben dem Altar der Hausgötter und flüsterte unter Tränen:

»Sie hat mich nie geliebt. Ich habe ihr alles gegeben, sie reich gemacht, ihr einen hohen Stand verliehen, sie mit schönen Dingen überhäuft, dennoch hat sie mich nie geliebt. Was aber ist mein Leben ohne diese Liebe? Was nützt mir alle Macht, wenn ich ohne ihre Liebe ein Krüppel bin? Ich habe die Stimme der Dichter unterstützt, habe Rom wieder zu seinen Göttern verholfen und dem Land einen obersten Herrscher verschafft; für mich erbat ich nichts. Ich habe die Liebe der größten Talente meiner Zeit erlangt und den Respekt derer, die den Göttern nahe sind. Und trotz all dieser Dinge, die das Leben eines Menschen wertvoll machen, besitze ich nichts. Ja, so ist es, denn sie hat mich nie geliebt.«

Er schluchzte und hörte dabei das leise Geräusch von Schritten, die im Zwielicht näher kamen. Konnte er doch noch auf Trost hoffen?

»Tanais, treuer Freund. Bist du hier, oder hast auch du mich verlassen?«

Da löste sich aus der Dämmerung eine ungewöhnliche Gestalt, eher eine exotische Erscheinung, die in ein Kuriositätenkabinett gepaßt hätte. Sie war übertrieben groß, übertrieben schlank, vor allem aber übertrieben eunuchenhaft.

Dieser Freigelassene war Maecenas' Liebling. Der Mann, den er in solchen Stunden am meisten beneidete. Mochten widrige Umstände ihn auch seines Geschlechts beraubt haben, so hatte ein günstiges Geschick diesen Verlust in einen Sieg über das Diktat des Eros verwandelt.

»Ich verlasse dich nie, edler Herr. Hier bin ich und wache über dich«, erwiderte Tanais mit der zarten Stimme einer Sirene und dem herzlichen Ton einer Mutter.

»Meine Einsamkeit ist grenzenlos, Tanais, denn ich habe alles, nur sie nicht. Jetzt, wo ich das erkannt habe und weiß, daß sich daran nichts ändern wird, fühle ich mich allein und möchte am liebsten sterben.«

»Das würde dir morgen schon leid tun, liebster Herr, denn einmal tot, könntest du dein tägliches Gastmahl nicht mehr feiern, und alle Dichter Roms würden dich deshalb verfluchen. Auch der erhabene Horaz wäre dir böse. Du könntest ihn nicht auf seinem Landgut besuchen, worum er dich in seinen Gedichten schon so oft gebeten hat.«

Auf dem verweinten Gesicht des hohen Herrn zeigte sich ein Lächeln, leuchtend, wie das eines armen, naiven Kindes.

»Nur du kannst so mit mir sprechen ... Du hast recht, ich sollte dem Rat von Horaz folgen und das ruhige Landleben mit ihm teilen. Ja!

Dann, wenn die goldenen Erntetage kommen. Wie schön wird alles sein. Die Felder färben sich gelb, sagt man, und selbst das Licht wird honigfarben …« Dann schluchzte er plötzlich wieder verzweifelt. »Sie! Sie, Tanais! Warum steht mir alle Schönheit der Welt zur Verfügung, sie jedoch entzieht sich mir?«

Maecenas versuchte, sich zu erheben, und Tanais bot ihm eilig seinen Arm als Stütze. Als er den mitleidigen Blick des Eunuchen auf sich spürte, fühlte er sich arg lächerlich und bemühte sich wieder um Fassung.

»Ich bin ein Dummkopf«, rief er, »du kannst es mir offen sagen. Die Saturnalien sind zwar noch nicht gekommen, trotzdem gestatte ich dir die Freiheiten des Dezember. Sag mir, was du über mich denkst. Warte nicht länger, ich flehe dich an, beleidige mich jetzt sofort. Denn ich bin nicht nur ein Gehörnter, sondern darüber hinaus ein Idiot.«

Doch der Freigelassene konnte seiner Bitte nicht entsprechen, weil er all seine Kräfte brauchte, um ihn zu halten und an seiner Schulter ausweinen zu lassen. Es schmerzte ihn sehr, seinen mächtigen Herrn in so ein unbedeutendes Nichts verwandelt zu sehen, nackt im Licht des Morgens und mit einer Seele, die so offen dalag wie ein von oben bis unten aufgeschlitzter Tierkörper im Schlachthof auf dem Testaccio.

ALS PORCIA HONORIA Lucinus' Worte gelesen hatte, lobte sie sich nur dafür, daß sie alles richtig vorhergesehen hatte. Dieses Ende überraschte sie in keiner Weise, wenngleich es ihr etwas überstürzt erschien. Sie erfuhr zwar erst von Octavia das Reiseziel ihres Liebhabers, hatte aber schon vorher vermutet, daß es sich um einen Ort handeln mußte, wo er seine Gedanken klären konnte. Die waren, wie sie jetzt erkannte, schon immer unklar und diffus gewesen. Und diese Erkenntnis war ihr ein Trost für den Fall, daß sie sich nach ihm sehnen würde.

Doch ihre eigenen Gedanken widersprachen sich laufend.

Denn mit der Erinnerung an Lucinus' weißes Haar, das sie so gern gestreichelt hatte, stellte sich schon die Sehnsucht ein. Eine angenehme, dennoch ungelegene Erinnerung. Als sie spürte, daß dieses Gefühl sie zu überwältigen drohte, zuckte Porcia Honoria zusammen, erschrocken und zugleich ärgerlich, und nahm sofort wieder ihre ursprüngliche Haltung ein.

»Übermäßig klug war mein langweiliger Liebhaber gerade nicht«, meinte sie zu sich mit gewissem Vergnügen. »Denn solche Dinge sagt man sich besser von Angesicht zu Angesicht, im direkten Gespräch, wenn nötig mit gekreuzten Klingen. Soviel ist sicher: Mit dieser Angst vor großen Szenen wird er als Autor von Tragödien niemals Erfolg haben.«

Sie redete sich ein, es sei ihr egal. Auch mit dem Gedanken, daß sie es war, die verlassen wurde, wollte sie sich nicht quälen. Kannte sie doch Frauen, die sich über Monate, ja sogar Jahre damit herumgeschlagen hatten. Diesen Luxus konnte sie sich nicht erlauben. Verzweiflung war Zeitverlust und Traurigkeit eine andere Form, Zeit zu vergeuden. Und letztlich konnte sie sich doch noch sagen: »Wie immer man es betrachtet, ich habe ihn zuerst verlassen.«

Was ihr Geld anbetraf, so hielt sie es für gut angelegt. Sie hatte sich damit immerhin eine gewisse Freiheit erkauft. Es schmerzte sie lediglich der Gedanke, diese Freiheit könnte nur kurz währen, denn ihr war durchaus klar, daß all ihre Handlungen von nun an darauf abzielen würden, den soeben abgereisten durch einen anderen Mann zu ersetzen.

Im Grunde hatte Porcia Honoria nie aufgehört, an dieses Phantom zu denken. Sie gab ihm einen ebenso vagen Namen, wie ihre Vorstellung von ihm war: »Der noch kommen wird«.

Die Reaktion der edlen Octavia auf das an sie gerichtete Schreiben war nicht ganz so pragmatisch. Doch auch ihre Überraschung war weder groß noch ganz echt. Wie Porcia Honoria, so schrieb auch sie sich hellseherische Fähigkeiten zu, und an Lucinus' Handeln beunruhigte sie nur der frühe Zeitpunkt. Ansonsten malte sie ein poetisches Bild von ihm und erinnerte sich seiner als unruhigen Geist, der er von Anfang an war. Hatte sie ihn doch schon immer als einen Zugvogel gesehen, der in ihrem Haus Station machte und in der Erziehung ihrer Kinder nur eine vorübergehende Rolle spielen würde. In anderen Häusern auch. Vielleicht überall.

Wenn es in seinem Schreiben einen Anlaß zur Verwunderung gab, so klärte Lucinus auch diesen Punkt ganz ehrlich auf. Er betraf die Reise des Marcellus nach Griechenland, die der Lehrer schon so lange herbeigesehnt hatte.

Erlaube mir, edle Herrin, dir zu empfehlen, deine Großzügigkeit einem Unglücklichen zukommen zu lassen, der sie noch sehr viel nötiger hat als ich. Du hattest vor, mich mit deinem liebenswerten Sohn zusammen nach Griechenland zu schicken, weshalb ich dich bitte, dieses kostbare Geschenk auf den Gärtner zu übertragen, dessen Tugenden du immer gefördert hast und dessen Talent jede Unterstützung von deiner Seite verdient und braucht.

Doch auch dieser Verzicht beeindruckte Octavia nicht allzusehr, blieb Lucinus doch keineswegs mit leeren Händen zurück. Alexandria bedeutete Erneuerung und fortlaufende Bereicherung des Wissens. Lucinus würde sich mit einer der vielen philosophischen Lehren identifizieren können, die dort an den Akademien unzensiert verbreitet und auf den Agoren kritisch diskutiert wurden.

Trotzdem war allein das Wort Alexandria geeignet, die edle Octavia traurig zu stimmen. Es rief ihr die aufregenden Träume in Erinnerung, die sie in ihrer Jugend gehegt hatte, einen bunten Bilderbogen, der die Stadt der Ptolemäer mit dem Prunk und den dekadenten Neigungen anderer orientalischer Monarchien in Verbindung brachte … Doch im Laufe der Jahre stellte Octavia fest, daß Alexandria sehr viel mehr war als dieses orientalische Mosaik für Reisende mit wenig Zeit. Im Gegenteil, Alexandria war die Stadt der großen Erkenntnisse, der gewaltigen Pläne, die Stadt eindrucksvoller Schicksale, in der höchstes geistiges Streben, Ruhm und Scheitern eng beisammen lagen.

Die Stadt inspirierte mit ihrer Pracht Marcus Antonius' politische Pläne und verkörperte in ihrem Niedergang Kleopatra Selenes zerstörte Kindheit. Der großartige Cäsar Octavianus, nunmehr Augustus, verdankte ihr seinen guten Namen. Sie machte sich zum Zentrum aller nur denkbaren Vergnügungen, um Adonis' Phantasie zu fesseln, ihn dann plötzlich anzuziehen und zu verschlucken.

Und im Gästezimmer ihres Hauses hatte ein lebender Toter mehr als einmal davon geträumt, Alexandria öffne ihm die Pforten zu einer faszinierenden Welt.

Denn mit dem letzten und längsten seiner drei Briefe suchte Lucinus die Seele des Gärtners zu berühren, dem er soeben seine Reise abgetreten hatte.

Er war in makellosem Griechisch abgefaßt:

Beachte den Sinn dieser Worte, Phaidros Antomanus! Phaidros, Freund der Blumen, beachte ihn, weil ich dir, bevor ich mich für immer verabschiede, als Erbe einen bescheidenen Rat hinterlassen möchte, der dir als Warnung dienen möge.

Hüte dich davor, deinen Tod zu leben, wie ich den meinen gelebt habe, ohne es zu wissen! Doch nun, da ich es weiß, erkenne ich auch, daß dieser Tod, den ich in mir trug, eher Stumpfsinn war und wie ein Tuch über dem Leben lag, das noch immer darunter pulsierte. Es war noch da, gut versteckt, wie das Leben eben immer überdauert.

Du durchlebst den Tod eines Traums und glaubst, daß dieser Traum dein ganzes Leben umfaßte. Wie kommst du dazu, das Leben für abgeschlossen zu halten? Denk immer daran: Nicht Träume löschen das Leben aus, das Fehlen von Träumen lähmt die Seele.

Mühselig ist der Weg. Mühselig die Wiederherstellung des verlorengegangenen Lebens. Denn nun gibt es keine Träume mehr. Alle Träume sind bereits geträumt worden.

Diese Tatsache verstärkt die Pein. Um sie zu überwinden, mußt du sie in den Tiefen deiner Seele suchen, die falschen Träume erkennen und ausmerzen. Manche lassen all ihre Kräfte bei diesem Kampf, andere schaffen es und versuchen, einen bestimmten Traum zu finden. Vielleicht ist es nicht der Traum von der Liebe, obwohl das für einen Verliebten schrecklich klingt. Vielleicht ist es nicht einmal der Traum von der Schönheit, obwohl das für einen Dichter fürchterlich klingt.

Und dennoch: Suche ihn, Phaidros Antomanus. Suche ihn, lieber Freund. Denn dieser besondere, dieser schreckliche Traum wird der Traum sein, der dich rettet!

PHAIDROS DRÜCKTE DEN Brief stundenlang an seine Brust, den Blick ins Leere gerichtet. Als dann der Abend seine Schatten ins Zimmer schickte, erinnerte er sich an das Gelesene und weinte bitterlich.

Er meinte noch immer, Lucinus am Fuß seines Bettes zu sehen, wie die ganzen letzten Monate über, lächelte ihn an und flüsterte:

»Ich bin eine traurige Gestalt. Das ist alles, was ich gelernt habe. Ferner weiß ich, daß ich es dir eines Tages nachtun muß. Du hast mich in der Vergangenheit gelehrt zu sprechen, heute lehrst du mich die Kunst des Verzichts. Doch keiner, keiner wird mich je das Vergessen lehren.«

Sein Schicksal war unausweichlich; er war ein Glied der langen Kette von Menschen, die von Anfang an zum Unglücklichsein bestimmt sind. Weil er, genau wie Kleopatra, der geborene Liebende war. Weil er, genau wie Kleopatra Selene, in jeder Umgebung ein Fremdling war. Und weil er, von diesem Tag an, wie Lucinus ein Jäger unrealisierbarer Träume sein würde.

DANN TEILTE IHM die edle Octavia ihre Entscheidung über die Reise nach Griechenland mit. Am nächsten Tag kam sie wieder, um ihm Anregungen zu geben, die sie aus der eigenen Lebenserfahrung schöpfte. Sie kümmerte sich darum, daß er jeden Tag eine wenn auch noch so bescheidene Freude hatte. Beim Spaziergang in den Gärten drängte sie ihn, ein klein wenig Lebensfreude aufzubringen. Interesse an irgend etwas: an einer Speise, einer fernen Melodie, einer besonders auffallenden Stimme. Octavia bestand so sehr darauf, daß Phaidros schließlich nachgab und anfing, sich wieder für das Durcheinander des Lebens zu interessieren. Alles, nur sich nicht tot fühlen.

Diese Gespräche dienten ihm als Krücken, um sich wieder unter die Lebenden begeben zu können. Und eines Tages, ohne zu wissen, wie ihm geschah, spürte er wieder den Augenblick vergehen, nachdem er monatelang nicht einmal gespürt hatte, daß es einen Augenblick gab. Er klammerte sich an diese winzigen Schritte und konnte dieses kaum wahrnehmbare Pochen wieder fühlen, das so vielen Dingen eigen ist. Es war wie ein Wunder.

Die Dinge kamen wieder zurück. Von Schmerz gezeichnet, das ja. Aber sie kamen zurück.

Auch das Lächeln kehrte wieder, wenn auch noch sehr schwach, aber alle, die ihn mochten, setzten sich gemeinsam, in stillschweigendem Übereinkommen dafür ein, daß es stärker wurde. Wo Phaidros auch hinging – sei es ins Atrium, in die Bibliothek oder die Küche –, überall begegnete er lächelnden Menschen. Er wunderte sich und fragte sich, ob im Haus der Octavia plötzlich eine Epidemie der Heiterkeit ausgebrochen sei.

Jeder spielte das Spiel gerne mit. Nur die Gewißheit, daß es dem liebenswürdigen Gärtner wieder besserging, zählte, und dieser Gedanke schien alle zu beruhigen und zu beglücken. Doch nichts lag der Wirklichkeit ferner.

Obwohl sich der verschmähte Geliebte untertags fröhlich zeigte, wußte keiner, wie ihm zumute war, wenn er abends nach Hause in sein einsames Zimmer kam. Niemand kennt die schreckliche Qual einer Seele, die nur die Stille empfängt, wenn sich vor ihr die Stunden dehnen, leere Stunden, ohne Gedanken, ohne Gefühl. Wenn Phaidros die Tür des Gästezimmers geschlossen hatte, sah er mit Schrecken der Nacht entgegen. Wieder war der Tod sein Begleiter. Er gewöhnte sich an ihn und beschäftigte sich so intensiv mit ihm, daß er ihm mit der Zeit unentbehrlich wurde.

Diese Hingabe verschaffte ihm keine geringe Befriedigung. Er, der nie das Glück gehabt hatte, irgend etwas zu besitzen, nun besaß er etwas: einen Liebeskummer, eine Bitterkeit, ein Schluchzen. Etwas, das ihm allein gehörte, mochte dieser Besitz auch täglich neue Folter bedeuten.

Auf den Schrecken über das Verlassenwerden folgte das eigentliche Nachdenken, ein geradezu zwanghaftes Grübeln. Es folgte ferner die schmerzliche Versenkung in die Erinnerung, das fortgesetzte Nachsprechen ausgesprochener und unausgesprochener Worte, ausgeführter und unterlassener Handlungen.

Alle seine Gedanken kreisten um Adonis. Was tat Adonis wohl in diesem Augenblick? Immerzu mußte er daran denken. Er stellte sich Adonis' neue Umgebung vor, erfand Gespräche und schuf sich eine Realität, die einem Theaterstück glich, bei dem er Zuschauer und zugleich Akteur war.

Bei mehr als einer Gelegenheit war er drauf und dran, in die Welt hinauszugehen und überall nach Adonis zu suchen. Doch kaum hatte er sich mit Leib und Seele auf das Abenteuer eingestellt, schreckte er wieder vor der Größe des Unterfangens zurück. Nicht die Weite der Landschaften und deren endlose Entfernungen erschreckten ihn, vielmehr die Distanz zwischen dem Adonis, den er gekannt, und jenem, der ihn verlassen hatte. Unmöglich, sich vorzustellen, daß ein Mensch beide Aspekte in sich vereinen konnte, ein Mensch, den er mit den Augen der Liebe ansah und noch immer als Einheit betrachtete.

Dann wiederum erkannte er mit großer, brutaler Klarheit: Auch mit Adonis war er sehr unglücklich gewesen.

Womöglich hätte ihm Octavia aufgrund ihrer großen Erfahrung sagen können, daß lange Beziehungen am trügerischsten sind. Ihre Dauer spiegelt Glück nur vor, enthalten sie doch, trotz ihrer stolzen Anzahl von Jahren, nur wenige echte Glücksmomente. Doch ein verlassener Liebender ist meist nicht gewillt, sich an schlechte Zeiten zu erinnern und damit zu trösten, sondern neigt dazu, nur an die guten zu denken.

Es gab keinen Ausweg aus diesem Labyrinth.

So verfiel er wieder den Wahnvorstellungen. Seine Dichtung handelte von Verheerung und Blutvergießen; erst war er Ankläger, dann selbst Beklagter, beschuldigte einmal Adonis mit irren Schreien des Verbrechens oder bezichtigte sich selbst aller Fehler. Er begab sich unmerklich in die schrecklichsten Abgründe der Erniedrigung, und seine Seele erbrach, was er mit dem Mund nicht auszustoßen wagte:

Ich komme ganz nackt und bloß zu dir. Du weist mich zurück und das hat zur Folge, daß ich mich nicht mehr als Mensch fühle. Eher wie ein Hund. Dazu noch ein Hund, der nicht einmal die Kraft aufbringt, zu bellen. In diesen Straßen, wo Hunde an der Krätze leiden, bin ich deine Krätze …

Gern zeigte er Octavia seine neuen Arbeiten. Ja, er stellte sein Unglück schamlos, geradezu dreist zur Schau. Alle Welt sollte von seinem Unglück und damit von Adonis' Schlechtigkeit erfahren. Doch unversehens veränderte sich der Inhalt seiner Rede, und ohne daß er eine Erklärung dafür fand, wurde Adonis zu einem Muster an Perfektion und er, der Verlassene, zu einem Ausbund an Schlechtigkeit, der ihn gar nicht verdiente. Dann wechselten die Begriffe Gut und Böse auf einmal die Plätze, und wenn er zuvor Geliebter gesagt hatte, redete er jetzt von Mörder, wo er Rosen gesehen hatte, sah er Dung, aus den liebevollen Zärtlichkeiten von früher wurden haßerfüllte Schläge.

Andererseits erfuhr er von seinen Freunden noch immer viel Zuneigung, insbesondere von Marcellus, der ihm uneingeschränkten Schutz gewährte, seit er ihn aus dem Elend der Subura herausgeholt hatte.

Dann beschloß Marcellus, von Octavia beraten, mit Strenge zu erreichen, was ihm mit Freundlichkeit nicht gelungen war.

»Du wirst mich nach Griechenland begleiten, weshalb ich möchte, daß du sauber bist und meiner würdig. Pflege dich ein wenig, damit du nicht aussiehst wie ein Bär. Ich will nicht, daß die Leute sagen: Um seine eigenen Vorzüge herauszustreichen, umgibt sich Octavias Sohn mit einer Witzfigur.«

Da lachte Phaidros, zärtlich, weil er hinter diesen Befehlen eine große Zuneigung spürte. Doch die Tatsache, in der Schuld dieses schönen Menschen zu stehen, machte ihn noch unglücklicher. Der junge Marcellus würde künftig von der Liebe verwöhnt werden, und dieser Gedanke traf ihn wie ein heftiger Tiefschlag. Er fühlte sich ihm unterlegen, mehr noch, als Abschaum schlechthin. So kam es, daß er allabendlich sein Zimmer betrat, von Todessehnsucht und dem festen Willen besessen, seine Gedanken niederzuschreiben, was ihm allmählich auch immer besser gelang.

DIE ZEIT DER Narzissen ging vorüber und die der Rosen kam.

Jetzt begann sich in Phaidros' Seele Floras Gebot zu erfüllen, das da lautet: »Singe mir, wer du auch sein magst, denn mit deinem Lied erneuert sich das Leben.« Und so ging das Leben weiter, wie die Göttin es befahl und gewann schließlich die Oberhand, denn das Leben kümmert sich nicht um den Schmerz seiner Kinder; es denkt nur an sich und daran, wie es den Tod abwehren kann.

Der dichtende Gärtner beschloß also, sich des Namens würdig zu erweisen, den ihm Lucinus in seinem Schreiben gegeben hatte: Phaidros Antomanus, der Freund der Blumen. Und weil Marcellus mit strengem Blick noch immer sein Aussehen rügte, legte er endlich die zerschlissene graue Tunika ab und zog eine weiße an. Keine große Veränderung, doch welch ein Farbenrausch, wenn man seine Traurigkeit bedachte.

Er ging wieder in die Gärten, versenkte sich in die Schönheit der Blumen, interessierte sich für das Wohlergehen jeder einzelnen und vermochte, indem er sich um deren Leben kümmerte, sich selbst wiederzubeleben.

In dieser kritischen Phase überraschte ihn eines Morgens ein junger, sympathischer, dunkelhäutiger Mann. Phaidros war in trauriger Stimmung, wußte aber dennoch die Perfektion dieser Gesichtszüge zu würdigen, die das Schwarz der Barbarei mit den perfekten Merkmalen einer klassischen Skulptur verbanden.

Er hatte bereits in seinem von der Krankheit geschwächten Zustand von diesem schmucken Prinzen gehört, dem Verlobten des Mädchens, das bislang seine beste Freundin gewesen war. Bis an sein Lager waren die freundlichen Bemerkungen der Bediensteten gedrungen, die Bewunderung der einen oder anderen allzu gesprächigen Sklavin, die lobenden Worte des nun fernen Lucinus, der die intellektuellen Fähigkeiten des schönen Juba über alle Maßen zu preisen pflegte. Außerdem wußte er, daß sich Juba des Respekts der edlen Octavia erfreute, und das war die beste Garantie dafür, daß er es mit einer außergewöhnlichen Persönlichkeit zu tun hatte. Dieser Eindruck wurde noch verstärkt, als er erfuhr, daß die Botanik eine von Jubas Lieblingsbeschäftigungen war.

Die erste Begegnung verlief allerdings nicht so glücklich.

Juba betrachtete eine Stelle im Garten, wo Phaidros die künftige Sommerbepflanzung bereithielt. Juba bedachte ihn mit hohem, durchaus ehrlich klingendem Lob, äußerte jedoch gleich darauf mit kritischer Miene:

»Ich finde, es fehlen ein paar mitteilsamere Pflanzen.«

Diese Bemerkung schüchterte Phaidros ein, denn er kannte den Begriff bislang nur in anderen Zusammenhängen, nicht auf Pflanzen bezogen.

»Müssen sie denn sprechen?« fragte er stammelnd.

»Spricht nicht der Lorbeer von Heldentaten? Spricht nicht die Myrthe von verläßlicher Dauer und Beständigkeit, die sich der willkürlichen Flüchtigkeit des Augenblicks entgegenstellt? Fürchten die Leute nicht die unheilvollen Geister, die aus den Bohnen steigen und sie in der Nacht heimsuchen? Diese Pflanzen sprechen, das weiß alle Welt. Ganz zu schweigen von den Rosen, die in Liebesangelegenheiten so vielsagend sind, wie dir, aus deinen Gedichten zu schließen, durchaus bekannt ist.« Da wunderte sich der Gärtner noch mehr, weil er nie gedacht hätte, daß sich ein so edler junger Mann mit seinem Gekritzel befaßte. Obwohl es ihm unangenehm war, daß sein Geheimnis nun keines mehr war, wollte er die spannende Unterhaltung durchaus fortsetzen. Juba zählte nun eine umfangreiche Liste von Pflanzen mit ihren entsprechenden Eigenschaften auf und sagte dann schließlich: »Ich würde mich also bemühen, in meinen Gärten besondere Plätze auszuweisen, damit die Pflanzen ihre gelehrten Gespräche abhalten können: die lethargische Raute, die weise Kamille, die Eschenwurz, die den Monatsfluß der Jungfrauen reguliert, die wundertätige Schafgarbe, die es mit den besten Zauberkünstlern aufnehmen kann. Und ich würde in dieser verblüffenden Reihe auch die leichtfertige Melisse nicht vergessen, die den berühmten Sibyllen Rauschzustände verschafft …«

»All das muß ich zwischen meine Blumen setzen?« fragte der arme Phaidros völlig entmutigt.

»Ich könnte dir noch viel mehr Pflanzen nennen, jede einzelne davon so nützlich wie ein ganzes Lehrbuch. Ich vermisse sie in deinem Garten. Du solltest ihn wissenschaftlicher bepflanzen. Mehr Gelehrtheit würde der aufgeschlossenen Octavia sehr gut gefallen, dessen bin ich mir ganz sicher.«

»Schade, daß mein Garten in den Augen der Gebildeten so armselig ist. Was mich aber noch mehr stört, ist die Tatsache, daß sich jeder nach Lust und Laune einmischen kann.«

»Das muß dich nicht wundern, überschreitest doch auch du die Grenzen des Gartens und mischst dich in allerhand andere Angelegenheiten ein.«

»Wann habe ich das getan?« fragte Phaidros erstaunt.

»Als du dich der Beschreibung aller Übel gewidmet hast, die das Herz eines Menschen befallen können.«

»Es sind meine Übel. Sie gehören nur mir, und ich kann damit anfangen, was ich will.«

»Kein Autor spricht nur von seinen eigenen Verletzungen. Er teilt selbst die geheimsten mit allen Menschen. Indem du dich entblößt, enthüllst du die Geheimnisse der anderen Sterblichen. Das ist taktlos von dir, Phaidros Antomanus.«

Schon wieder dieser Spottname! Als habe sich der Prinz mit Lucinus abgesprochen und nur auf eine gute Gelegenheit gewartet. Anscheinend hatte er sich aber auch mit seiner Verlobten darüber verständigt, ihn aufzuheitern. Womöglich war dies auch dem Einschreiten der edlen Octavia zu verdanken? Oder hatte die Göttin Flora zu ihm gesprochen? Wie auch immer, ein mitleidiges Wesen hatte sich die Mühe gemacht, Juba zu sagen, daß dieser Gärtner Anregungen braucht, um wieder Interesse an den Dingen entwickeln zu können. Es verging von nun an kein Tag, an dem der Prinz ihn nicht mit Anmerkungen über exotische Pflanzen bedachte, von denen weder er, Phaidros, noch irgendein anderer römischer Gärtner je gehört hatte.

Während Octavia die Reise nach Griechenland vorbereitete, ging Phaidros zusammen mit Prinz Juba und seiner Verlobten spazieren. Und wenn Kleopatra Selene früher einmal – es war schon so lange her – mit ihren Erzählungen über Alexandria seine Phantasie angeregt hatte, so erweiterte inzwischen Juba täglich seinen Horizont, indem er von dem Königreich sprach, das man ihm einst entrissen hatte.

AUGUSTUS GAB CAJUS Julius Juba eine standesgemäße Gattin, tat aber noch mehr. Er war entschlossen, ihm die Ländereien zurückzugeben, die sein Vater einst verloren hatte.

Auf dieses gewaltige Projekt hatte Octavia allerdings keinen Einfluß mehr. Es war ihr gelungen, Kleopatra Selenes Lebenssituation abzusichern, und dazu konnte sie sich mit gutem Grund gratulieren. Als entrechtete Prinzessin war sie in ihr Haus gekommen, als Königin würde sie es wieder verlassen. Dieser Erfolg genügte, um Octavia glücklich zu machen. Livia kam ihre Schwägerin nach wie vor recht sonderbar vor. Sie hatte ihr halbes Leben damit zugebracht, anderen Zuneigung entgegenzubringen und Pfründe zu verschaffen, und schien nun wieder bereit zu sein, nicht ihr eigenes Glück zu suchen, sondern sich mit dem anderer zu begnügen.

Doch der zweite Teil des Paktes, der Kleopatra Selene in Jubas Arme legte, wurde auf dem Palatin entschieden. Octavia allerdings wollte über die Tragweite dieser Allianz genau informiert sein und wissen, welche Rollen Juba und Kleopatra Selene bei der neuen Aufteilung des Imperiums zugedacht waren.

Augustus war weit davon entfernt, seiner Schwester irgend etwas zu verbergen. Dazu hatte er sie viel zu gern und war ihr viel zu dankbar. Er verehrte sie wie in seinen jungen Jahren und hatte keineswegs vergessen, daß ihr Verzicht und ihr Entsagen bei den jüngsten Ereignissen eine wichtige Rolle gespielt hatten. Sie war Roms große Dame gewesen und wegen ihres hohen Ansehens beim Volk seine mächtige Verbündete. Sie verdiente einen Ehrenplatz – und zwar einen ganz besonderen – in der hehren Reihe römischer Helden. Da beschloß Augustus, der ihre Abneigung gegen jede Art von öffentlicher Auszeichnung kannte, ihr privat die höchste Anerkennung zukommen zu lassen, indem er ihr sein uneingeschränktes Vertrauen schenkte.

Er wollte ihr mitteilen, welche Pläne er für Juba und Kleopatra Selene hatte, und lud sie deshalb zu einem privaten Abendessen ein, bei dem auch Agrippa und Maecenas anwesend sein sollten. Diesmal brauchte sich die stattliche Livia nicht hinter den Türen zu verstecken. Sie lag auf dem Triklinium neben dem ihrer Schwägerin. Doch ganz im Gegensatz zu ihrer sonstigen Art, zeigte sich die Dame vom Palatin am aktuellen Thema recht desinteressiert, was ihr die anderen dankten, denn so blieben sie vor ihrer Einmischung verschont. Große Intrigen weckten zwar immer Livias Anteilnahme, wie sie behauptete, wenn sie aber Afrika betrafen, blieb sie völlig unberührt. Sie brauchte näher liegendere Schauplätze. Sie brauchte sie auf dem Palatin.

Das Abendessen machte Augustus' karger Nüchternheit alle Ehre, das heißt, es fiel kurz und bescheiden aus. Zu Maecenas' Enttäuschung war das gemeinsame Essen lediglich ein Vorwand und bildete den Auftakt zu einer ausführlichen Erläuterung von Dingen, die für Octavia im Hinblick auf das Schicksal ihrer Schützlinge von Interesse waren.

Augustus richtete sich also direkt an sie:

»Du wirst wissen, daß eine der Hauptaufgaben unserer Regierungszeit darin besteht, die Provinzen neu zu organisieren. Das hat uns der Senat aufgetragen. Und am allerwichtigsten ist derzeit die Neuorganisation der nordafrikanischen Provinzen.«

»Ich weiß sehr wohl, daß das seit den Siegen über Karthago so ist.«

Augustus lächelte, nicht ohne Zärtlichkeit. Diese Freiheit gestattete er sich höchst selten. Nur die edle Octavia und der wunderbare Marcellus, so wurde behauptet, konnten ihm ein Lächeln entlocken.

»Viele Jahre sind seither vergangen, Schwester. Auf der Asche des einst so stolzen Karthago gründete der große Julius Cäsar eine wichtige Kolonie, der noch viele folgten. Rom beherrscht zwar den Teil, den wir im engeren Sinn Afrika nennen, bleiben jedoch noch die Territorien des ehemaligen Numidiens und des nördlichen Teils, das zur Zeit von Bocchus I. Mauretanien genannt wurde. Das Land muß nun neu aufgeteilt werden. Jetzt bietet sich die beste Gelegenheit, denn der bisherige König ist gestorben, und hat seinen Thron vakant hinterlassen …«

Während sich Augustus in der Vergangenheit erging, galten Octavias Gedanken nur der Zukunft Kleopatra Selenes. Trotz widriger

Umstände und Schicksalsschlägen würde aus der alexandrinischen Prinzessin eine Königin werden, die über Länder herrschte, von deren Existenz sie nicht einmal geträumt hatte.

Da brachte sie ein Einwurf von Maecenas wieder in die Realität zurück. Sie hatte keine Zeit, ihren Gedanken nachzuhängen. Die Geschichte verlangte ihre ganze Aufmerksamkeit.

»Du hast zweifellos gehört, daß König Bocchus II. seinen eigenen Bruder ermorden ließ, um Alleinherrscher zu sein ...«

Doch Agrippa widersprach:

»Besser gesagt, dieser Bruder namens Bogud II. hat, als er sich auf die Seite von Marcus Antonius schlug, sein eigenes Todesurteil unterschrieben. Bocchus, der ihn dann hinrichten ließ, kam damit lediglich dem weisen Urteil Roms zuvor. Andererseits gab es ja bereits berühmte Vorgänger in der Familie. Der Vater der beiden, der Schwiegervater des lästigen Jugurtha, verriet diesen an Sulla, nachdem er ihm an seinem Hof Zuflucht gewährt hatte.«

Er hielt es für unnötig, diese mit Verrat und Mord überladenen Geschichten noch mehr zu vertiefen. Auch schien es ihm nicht passend, die lange und widersprüchliche Liste der Allianzen zwischen den eingeborenen Königen und den Kräften aufzuzählen, die sich jeweils in Rom um die Macht stritten. Was in Mauretanien während der Kriege zwischen Octavianus und Antonius geschehen war, hatte sich bereits vorher zugetragen, als sich Julius Cäsar gegen Pompejus wandte, und noch früher, als Sulla gegen Marius kämpfte.

Über viele Jahre hinweg hatten sich die afrikanischen Provinzen damit begnügt, verschiedene Parteien bei den politischen Kämpfen im römischen Senat zu unterstützen. Die Geschicke der einheimischen Könige hingen ganz davon ab, auf welche Seite sie sich schlugen. Die Schwankungen der römischen Machtverhältnisse bestimmten ihre Stellung.

Sie waren eben nur Spiegel für den fernen Kampf zwischen den römischen Giganten. Der Sieger bestimmte nicht nur den Herrscher über jede Provinz, sondern auch den gesamten Zuschnitt der Territorien. Nie blieben die Grenzen unangetastet, wer auch immer gewonnen hatte.

Könige, Throne, Länder, Zepter ... vielleicht Stoff für die Geschichtsschreiber, Streitsachen, die für immer in den Archiven des Kapitols aufbewahrt wurden.

»Die Wichtigkeit, die der Prozeß der Kolonisierung in den afrikanischen Provinzen bekommen hat, wird dir nicht entgangen sein«, wandte sich Augustus an Octavia. »Und er wird mit den Jahren noch wichtiger werden, weil wir uns anschicken, dreißigtausend Kolonisten dorthin zu schicken. Die Veteranen der jüngsten Kriege sollen damit belohnt werden.«

»Bis jetzt fiel es mir nicht schwer zu begreifen, daß du von Expansionspolitik sprichst«, bemerkte Octavia.

»Und von bewährten Handelsbeziehungen«, ergänzte Maecenas aufgrund seiner einschlägigen Kenntnisse. »Wir können auf den Weizen aus Mauretanien nicht verzichten, obwohl es in Ägypten mehr davon gibt. Die Wälder dieses Landes sind reich an Zedern, und, wie jedermann weiß, kommt von dort auch der größte Teil der wilden Tiere, die für die Spiele im Circus benötigt werden.«

Da warf Agrippa ein:

»Eine Expansion großen Stils ist nicht ratsam, liebe Octavia. Rom kann sich die ökonomische Anstrengung, neue Truppenteile nach Afrika zu schicken, nicht leisten. Rom muß sich auf Verbündete verlassen, die imstande sind, das von den Kolonisten aufgebaute Werk zu erhalten. Doch Mauretanien ist wegen seiner Verbindungen mit dem hispanischen Betica wichtig, dessen Küsten von Berberpiraten unsicher gemacht werden. Ein mit Rom verbündeter König könnte diese in Schach halten und gleichzeitig daran mitwirken, die Stämme zurückzuschlagen, die vom Süden des Atlas her die Grenzen des Reichs bedrohen. Wir schließen zudem keineswegs die Möglichkeit aus, dieses Territorium zur Ausgangsbasis künftiger Auseinandersetzungen zu machen.«

»Ein verbündeter König ...«, murmelte Octavia nachdenklich. »Ein Vasall also, ein abhängiger König.«

»Genau«, nickte Augustus. »Der große Julius Cäsar hat den Weg dafür geebnet, indem er Juba als Kind unter seine Fittiche nahm. Das nenne ich weise Voraussicht. Indem er ihm eine römische Bildung zukommen ließ, machte er ihn zum perfekten Herrscher. Er wird ein zivilisierter, gebildeter König sein, der Verständnis für die Probleme aufbringt, die eine umfassende Neuorganisation mit sich bringen kann.«

Octavia konnte eine gewisse skeptische Ironie nicht ganz verbergen. Mochte ihr die Zukunft ihres kleinen Schützlings Kleopatra Selene noch so sehr am Herzen liegen, was immer sie für den jungen Cajus Julius Juba fühlte, den tatsächlichen Gang der Dinge bestimmte einzig und allein die hohe Politik. In Agrippas Worten lag keine Spur von Ironie, keine Verstellung. Es ging darum, die römischen Interessen in Afrika zu vertreten.

Wie naiv sie gewesen war. Sie hätte doch wissen können, daß sich ihr Bruder und seine Berater für nichts anderes interessierten.

»Jubas Vater hat den Fehler begangen, sich auf die Seite der Verlierer zu schlagen. Cajus Julius Juba ist vor dieser Gefahr gefeit, weil er von den Siegern erzogen wurde.«

»Das ihm zugedachte Königreich ist Ergebnis einer Neuordnung der numidischen Ländereien. Wir werden ihm Mauretanien geben, das seinerseits erweitert und die Gebiete von den Küsten des atlantischen Meeres bis zu den Bergen des Atlas umfassen wird.«

»Ein gewaltiges Königreich, Schwester«, erklärte Augustus mit großem Nachdruck, als wolle er sich der Zustimmung Octavias versichern.

Sie jedoch legte nur die Stirn in Falten und dachte, Jubas Schicksal hätte viel schlimmer ausfallen können, als ein Marionettenkönig von Augustus zu werden.

Jahre später betrachteten die Geschichtsschreiber die Angelegenheit ungewöhnlich wohlwollend: »Juba II. war die glücklichste Gefangenschaft beschieden, entkam er doch den barbarischen Numidern, um schließlich zu einem der gelehrtesten Geschichtsschreiber Griechenlands zu werden ...«

Die edle Octavia beantwortete während dieses Treffens die Entscheidungen Roms mit einem geheimnisvollen Lächeln, das niemand deuten konnte. Ganz widersprüchliche Gefühle hatten es ausgelöst.

Sie dachte daran, daß die geschlagene Königin von Ägypten, die große Kleopatra Septima, die einmalige Gelegenheit, ihre Tochter als Herrscherin eines anderen blühenden afrikanischen Reichs einzusetzen, bestimmt nicht verschmäht hätte. Octavia war sich der Ironie dieser Situation durchaus bewußt, aber auch der Tatsache, daß die Geschichte manchmal Scherze mit den Menschen treibt und zahllose Wendungen nimmt, um schließlich zum gleichen Ergebnis zu kommen.

»Wann wird Juba seine Länder bekommen?« fragte sie.

»Zur gegebenen Zeit.«

Aus dieser Antwort schloß Octavia, daß Rom schon wieder einen

Krieg plante, weit weg von seinen Grenzen. Nicht mehr in Ägypten, weder in Numidien noch in Mauretanien. Er würde sich in den steilen Bergen und undurchdringlichen Wäldern abspielen, wo sich abwechselnd die Stämme der Asturier und Kantabrer erhoben. Im Norden von Hispanien.

ALS AUGUSTUS SICH anschickte, seine Schwester zu verabschieden, schenkte er ihr noch ein anderes Zeichen seiner Zuneigung. Er streichelte ganz ungeniert ihre Wange, unter den wenig erfreuten Blicken von Livia, die nach wie vor der Meinung war, daß Octavia besser wieder geheiratet hätte, weil sie jetzt zuviel Zeit hatte, sich in internationale Angelegenheiten einzumischen.

Wir werden wohl nie erfahren, ob ihr der Einfluß, den die Schwägerin auf Augustus ausübte, tatsächlich so zuwider war, wie Gerüchte behaupten, oder ob sie ihn mit bemerkenswerter Zurückhaltung einfach ertrug. Wie dem auch sei, sicher ist es richtig, Livia politische Interessen zuzuschreiben, die weit über die einer schlicht naseweisen Matrone, die allzuoft und -gern an Türen lauschte, hinausgingen.

Viele behaupteten, diese Interessen wären eng mit ihrer Mutterliebe verbunden, und ihr einziges Versagen habe darin bestanden, keinem Sohn das Leben geschenkt zu haben, der im Herzen von Augustus den Ehrenplatz hätte einnehmen können. Mochte ihr Mutterherz bei Tiberius auch noch so viele Tugenden entdecken, so war einfach nicht zu leugnen, daß er Dingen, die mit Macht zu tun hatten, nicht das geringste Interesse entgegenbrachte. Alle Welt war sich darüber einig, daß es seiner Mutter trotz aller Anstrengungen nicht gelingen würde, diesen jungen Mann von seinem exquisiten Freundeskreis, vom Spiel, von seinen Frauen fernzuhalten und ihm den Hang zum Wein abzugewöhnen.

Deshalb war Tiberius bei diesem Treffen und bei vielen anderen nur durch die Hartnäckigkeit der großen Livia vertreten. Ihre Präsenz war allerdings so ausgeprägt wie die mehrerer Mütter zusammen, und wenn ihrem Sohn nicht gebührend Beachtung geschenkt wurde, konnte sie sich schrecklich aufregen.

Genau dieses Gefühl überkam Livia, als Augustus, die Wange seiner Schwester streichelnd, wieder einmal anfing, dem einzigen jungen

Mann in Rom Aufmerksamkeit zu schenken, der sich im Besitz seiner höchsten Wertschätzung wähnen durfte.

»Ich will dir nicht verschweigen, daß ich große Pläne habe für ›unseren‹ Marcellus …«

Octavia wünschte sich Livia viele Türen weit weg, und zwar viele Türen aus Stein.

»In wenigen Tagen wird er nach Griechenland abreisen«, flüsterte sie traurig und zärtlich, denn schon bald würde sie sich nach ihm sehnen.

»Ich weiß«, sagte Augustus. »Ich weiß aber auch, daß ich mich ohne die Besuche dieses außergewöhnlichen Jungen sehr allein fühlen werde. Dennoch, er muß seine Studien zu Ende bringen. Wenn die Erfahrungen, die Griechenland bietet, auch jedem jungen Römer guttun, wieviel mehr noch ihm, der alle an Perfektion übertrifft. So reise er denn ab, wenn es an der Zeit ist.« Und nach kurzem Schweigen fügte er hinzu: »Doch komme er baldmöglichst zurück.«

»Er komme baldmöglichst zurück …« murmelte Octavia versonnen, und dabei entschlüpfte ihr ein Seufzer.

Livia dagegen wünschte sich wohl das Gegenteil. Daß Marcellus möglichst lange wegbleiben möge. Mutterliebe ist manchmal tückisch. Sie kann, wenn es um andere Kinder geht, gemeine Züge annehmen.

Selbstverständlich schenkte die edle Octavia den Gerüchten, die Livia die finstersten Machenschaften zugunsten Tiberius zuschrieben, nicht den geringsten Glauben. Mehr noch: Sie schätzte diesen jungen Mann trotz seines wortkargen und verschlossenen Wesens sehr und sah Tugenden in ihm, die wahrzunehmen andere sich hartnäckig weigerten. Und wenn jemand versuchte, Livia herabzuwürdigen, weil sie dem Wohlergehen ihres Sohnes übertriebenes Interesse entgegenbrachte, pflegte Octavia mit Bestimmtheit einzuwenden:

»Aber das ist doch natürlich. Schließlich ist sie seine Mutter.«

Mutter war aber auch sie. Und deshalb wurde ihr zunehmend unbehaglich, wenn Marcellus' Name mit den großen Plänen, die Augustus gegenwärtig schmiedete, in Verbindung gebracht wurde. Sie fühlte einen berechtigten Stolz auf alle Vergünstigungen, derer sich ihr Sohn würdig erwies, und ihre Brust schwoll vor grenzenloser Befriedigung beim Gedanken an den Glanz und die Glorie, die ihn zweifellos schon sehr bald umgeben würden. Was aber mit Sicherheit auch bedeutete, daß sie ihn für immer verlieren würde. Und diese Sicherheit wurde mit dem Näherrücken der Reise immer unumstößlicher, der Reise, die ihn zum ersten Mal in seinem Leben von ihrer Seite wegführen würde.

Nach einigen Überlegungen zu diesem Thema begriff sie, daß sie den Verlust von Marcellus nicht einfach einer Studienreise zuschreiben durfte. Ihre Töchter würden zwar in Rom bleiben und eine strikt häusliche Erziehung erhalten, dann aber auch ihr Haus verlassen. Was Lästerzungen früher als Kindergarten bezeichnet hatten, war nun zu einem einsturzgefährdeten Gebäude geworden. Sobald sich ihre Kinder anschickten, ins Leben hinauszugehen, würde es leerstehen.

Nach den beiden Söhnen würden auch die beiden Töchter verschwinden. Selbst Kleopatra Selene würde von ihrer Seite gerissen werden, um ihren wahrscheinlich sehr spannenden, neuen Lebensabschnitt zu beginnen. Dann wäre Octavia wieder einsam, wie in der Zeit, bevor sie ihnen ihr Leben weihte, bevor jedes dieser Kinder ihrer Reife bedurfte und ihrem Leben einen Sinn gab. Dieser notwendige Exodus würde die weitläufigen Gemächer ihrer Villa wieder mit Einsamkeit erfüllen. Wieder einmal würde ihr die Dame Einsamkeit Gesellschaft leisten.

Doch Marcellus, der wunderbare, war ihr am allerwichtigsten.

Für ihn hatte sich ihr Leben gelohnt. In ihm fanden alle guten Dinge, die Octavia im Laufe ihres Lebens angesammelt hatte, den höchsten Ausdruck: die Unterweisungen ihrer ersten Lehrer, die Erfahrungen, die sie an der Seite ihres ersten Gatten gesammelt hatte, all die erworbene Weisheit, die Hoffnungen, die sie nicht verloren hatte.

Nur eine Angst fing an, sie ernstlich zu bedrängen. Marcellus war dabei, vor ihren erstaunten Augen zu einem Muster an Perfektion zu werden, womöglich zum Schaden seiner Seele. Octavia mußte sich fragen, ob sie ihn, etwas fehlerhafter oder ganz einfach weniger vollkommen, ebenso sehr lieben würde.

Plötzlich überkam sie eine böse Erinnerung. Rom war so oft in ihrem Leben mit ihr umgegangen, wie sie nun mit Marcellus. Sie errichtete ihm einen Altar, auf dem sie ihn wie ein Standbild erhöhte, um all das zu repräsentieren, was sie an Rom am meisten bewunderte. Das erinnerte sie an frühere Zeiten, als sie sich in einer ähnlichen Situation befand und erstickt fühlte, ja ausgelöscht, weil ihr Volk sie zum

Mythos machen wollte. Sie dachte auch daran, daß sie bei dieser Erkenntnis in heftiges Weinen ausgebrochen war und sich die Frage stellen mußte, was aus ihrem Leben wurde, was Rom daraus machen wollte.

Deshalb erneuerte sie an diesem Tag ihre Frage:

Was tue ich da mit meinem Sohn? Was mache ich aus ihm?

Die Antwort lag jedoch nicht in ihren, sondern in den Händen Roms. Ihr blieb nur die Entscheidung, ob sie diesen Sohn als Mutter lieben oder als Römerin verehren sollte. Diese Entscheidung war zwar wichtig, mußte aber nicht sofort getroffen werden. Blieb doch Marcellus, wie sie auch ausfallen mochte, das Größte, das ihr in ihrem armseligen Leben widerfahren war.

SO SPRACH PHAIDROS am Abend vor ihrer Abreise nach Griechenland zu Marcellus:

»Lieber Freund, diese Erfahrung soll mich lehren, die Welt wiederzuentdecken, wie mir deine Mutter geraten hat. Ich bitte dich aber, laß nicht zu, daß ich mich verliebe, denn die Liebe hat mich verrückt gemacht, und das will ich nie mehr sein.«

»Phaidros, Phaidros, manchmal sagst du große Dummheiten! Wie soll ich verhindern, daß du dich verliebst, oder du, daß ich mich verliebe?«

»Greif zur Keule des Herkules und prügle mich damit, wenn der Fall eintreten sollte. Was dich anlangt, so läufst du keine Gefahr, weil du zum Glücklichsein bestimmt bist und dazu, glücklich zu machen, wen immer du liebst.«

Da dachte Marcellus: Meine Mutter oder der Zufall, oder aber beide zugleich, haben mich mit zwei undankbaren Aufgaben belastet. Ich soll einen leichtgläubigen, unvorsichtigen Kerl beschützen und darüber hinaus dafür sorgen, daß er sich nicht verliebt. Ein recht mühseliges Geschäft, schließlich hatte er gehört, daß Phaidros viel Unheil zugestoßen sei, weil er dazu bestimmt war zu lieben.

Er wußte nicht, daß sich der Gärtner in jener Nacht auch an die Kräfte der Natur gewandt und sie aufgefordert hatte, ihm den gleichen Gefallen zu tun.

Phaidros wandte sich hilfesuchend an ein paar Olivenzweige:

»Der Wahnsinn der Freundschaft hat mich toll gemacht. Ich habe meinem Freund Tugenden zugeschrieben, die er nie hatte. Verhindere, weiser Baum, daß mir das noch einmal passiert.«

Und er sprach zu einem Myrthenzweig:

»Die Schrecken der enttäuschten Liebe machen mich ungerecht. Ich schreibe meinem Freund Laster und Sünden zu, die er nie begangen hat. Verhindere, Wind, daß sich mir wieder die Gelegenheit bietet, in Ungerechtigkeit zu verfallen.«

So sprach er vor einem Korb voller Früchte:

»Mutter Erde, gewähre mir Einsamkeit, weil sie allein es ermöglicht, nicht ungerecht zu sein, und zugleich sicherstellt, daß es andere mir gegenüber nicht sind.«

Marcellus, eher traditionell, richtete seine Bittgebete an die Götter, die von alters her den Verlauf von Reisen bestimmen. Am nächsten Morgen begleitete ihn Octavia zu den Auguren im Heiligtum der Fortuna, um deren Spruch zu hören. Sie öffneten ein paar Tauben, und siehe da, ihre Innereien waren sauber und das Blut tadellos, wie das der Opfer, die Rom unter der Herrschaft des Augustus eine strahlende Zukunft vorhergesagt hatten. Die Reise hätte also unter keinen günstigeren Vorzeichen beginnen können.

Dann begaben sie sich zum Palatin, um sich von Augustus zu verabschieden. Dieser bedachte seinen Liebling mit einem großzügigen Geldgeschenk in Form eines Wechsels, den Marcellus in Athen ganz nach Wunsch einlösen konnte. Zugleich übergab er ihm einen nicht weniger großherzigen Geleitbrief, in dem er alle Gouverneure und Präfekten aller griechischen Städte sowie die Hauptleute jeder Garnison auf dem Wege anwies, diesen ehrenwerten jungen Mann und – das vergaß er nicht anzufügen – wer immer ihn begleiten mochte freundlich aufzunehmen.

Dann verabschiedete sich Marcellus von seiner Base, der kleinen Julia, und ließ sich anschließend von Tiberius und Drusus, Livias Söhnen, freundschaftlich auf die Schulter klopfen. Als sie sich anschickten, mit dem Abreisenden rauhe, kumpelhafte Scherze zu treiben, vergoß Livia ein paar Tränen, die durchaus echt wirkten. Sie legte Marcellus ein Medaillon mit der Darstellung der Danaë um den Hals, die Seeleute vor dem Sturm beschützt, und rief sodann:

»In allem sollst du dich als Römer erweisen. Insbesondere in deiner moralischen Haltung. Und in deinem Aussehen, das vor allem.« Und kritisch merkte sie noch an: »Kürzer würden mir diese Haare wesentlich besser gefallen.«

»Vergiß nicht, Mutter, daß die jungen Griechen das Haar sehr lang tragen«, mischte sich Julia ein, während sie ihren Vetter umarmte.

»Deshalb wirken sie alle so weibisch«, erwiderte die Dame vom Palatin. »Was, wenn auch keine Tragödie, so zumindest eine Schande ist.«

Als Phaidros diese strengen Worte hörte, wechselte er einen spöttischen Blick mit Marcellus, während er sich fragte, was die herrliche Livia wohl dächte, wenn sie seine Geschichte und seinen Grund für diese Reise erführe. Immer vorausgesetzt, daß es in Rom eine Geschichte gab, die Livia noch nicht kannte.

Da diese Dame aber auch die Rolle der Anstifterin von Reisen und Patronin aller Reiseabenteuer an sich gerissen hatte – gab es doch keine vorteilhafte Rolle, die sie nicht an sich gerissen hätte –, beschloß sie, sich Octavias positivem Urteil anzuschließen und diesen jungen Mann zu loben, den sie, wie erzählt wurde, schätzte wie einen ihrer eigenen Söhne.

Sie kommentierte also wohlwollend Phaidros' äußere Erscheinung, sein tadelloses Auftreten, den Glanz seines Haars und die Schlichtheit seines Reisegewands, den langen Umhang und den ovalen Hut, der ihn gegen Wind und Wetter schützte. Nichts deutete dabei auf Reichtum hin, dagegen fielen die Sorgfalt und ein Streben nach Perfektion auf, das noch vor wenigen Monaten niemand bei ihm vermutet hätte.

Marcellus lächelte zufrieden, weil diese Lobreden bewiesen, daß sich der Gärtner seine Worte zu Herzen genommen hatte. Phaidros konnte neben ihm reiten, ohne seinen niedrigeren Stand zu verraten. So kam es, daß die Passagiere auf dem Schiff, das sich langsam aus dem Hafen von Ostia entfernte, voller Anerkennung über den wunderbaren Marcellus, den Liebling des Augustus, und seinen eleganten Begleiter Phaidros Antomanus, Student der Wissenschaften des Geistes und der schönen Künste, sprachen, die zusammen nach Griechenland reisten.

DIE TAGE VERGINGEN, schon stellte sich der Winter ein. Es war ein ganz besonderer, weil Porcia Honoria in seinem Verlauf die Langeweile entdeckte.

Anfangs war sie überrascht, weil ihr dieses Gefühl völlig neu war. Dann reagierte sie besorgt, weil es sich für längere Zeit bei ihr einzurichten drohte. Die Fülle ihrer Interessen hatten ihr Leben zu einer Fundgrube von Eindrücken gemacht, die sich gegenseitig bestätigten. Doch dann verblaßten diese Eindrücke, und plötzlich erwiesen sich all ihre Interessen als falsch und steril. Sie fand sich unversehens in einer seltsamen Leere wieder, in der es nur ihre eigene Einsamkeit gab.

Die weißen Räume ihrer Villa auf dem Caelius wurden zu einem Käfig, der sie trotz der prächtigen und geschmackvollen Gitterstäbe beengte. Die von der Winterkälte gezeichneten Gärten schienen den wahren Zustand ihrer Seele widerzuspiegeln. Und das rege gesellschaftliche Leben, an dem sie nach wie vor jede Nacht teilnahm, erwies sich als eine Aneinanderreihung von Hohlheiten.

Bald nachdem sie in diesen Wust neuer Gefühle eingetaucht war, stellte sie fest, daß sich ihre Tage verändert hatten, seit Lucinus nicht mehr da war. Wohl war ihr seine Anwesenheit nicht wichtig gewesen, solange sie mit ihr rechnen konnte. Jetzt, da dies nicht mehr der Fall war, vermißte sie ihn. Er hinterließ eine Lücke, und das ist immer ein unangenehmes, wenn nicht sogar schmerzliches Gefühl.

Andererseits hatte sie den Geschmack an kurzlebigen Liebschaften verloren. Und die Sache mit Terentia im Bordell von Ostia konnte keine Fortsetzung finden. Was sie damit beweisen wollte, hatte sie im Übermaß bewiesen: Sie war Maecenas überlegen, was den Besitz dieses hochgeschätzten Gutes anging, hatte allerdings, im Gegensatz zu ihm, nicht den Ehrgeiz, es festzuhalten. Im Grunde gab es überhaupt nichts, was sie festhalten wollte. Ironischerweise wurde eine Erfahrung, wie die mit Terentia erlebte, bald Teil der langen Liste von Exzessen, die den Römern, zu ihrem Leidwesen, künftig untersagt waren.

Denn Augustus begann mit seiner Moralkampagne. Bei den großen, allnächtlichen Festen sprach man von nichts anderem. In den Säulenhallen der Redner hörte man kein anderes Thema. Man diskutierte über die tiefgreifenden moralischen Reformen, die vom Palatin aus verkündet wurden. Dort, in seinen privaten Gemächern, wo er mit dem Wohlwollen des Apollo in seinem Vorzimmer rechnen konnte, war Augustus zu der Erkenntnis gekommen, daß Roms Größe in der Vergangenheit nur dem Eifer zu verdanken war, mit dem es die moralischen Werte bewahrt hatte und der Treue zu einer Tugend, die, als Nationaltugend, vom privaten Bereich ausgehen mußte.

Porcia Honoria stellte fest, daß ihre Niedergeschlagenheit parallel lief mit einer Phase des Überdrusses, die dem fröhlichen Fest ein Ende bereiten sollte, zu dem das römische Leben in letzter Zeit geworden war ... in den vielen hundert vergangenen Nächten.

Schon schrillten die ersten Alarmglocken. Augustus befahl, die privaten Gelage einzustellen, und maßte sich an, bestimmte Arten von Festivitäten zu verbieten. Er bestrafte die Söhne des Adels streng, die sich zu ihrem Vergnügen unter die Theaterleute mischten oder gar an deren Seite, auf der Bühne agierend, zu sehen waren.

Während sich Porcia Honoria langweilte, mußte die Jugend Roms schließlich mit echtem Entsetzen feststellen, daß die Ära der großen Freiheit, die Zeit der kühnen Provokationen, die schöne Phase, in der alles erlaubt war, zu Ende ging.

Die Tugend wurde zum großen Thema aller Unterredungen und Gespräche. Porcia Honoria aber verfolgte das Gerede mit einer Gleichgültigkeit, die ihren Freundeskreis überraschte.

Sie fuhr fort, die Dinge zu tun, die sie immer getan hatte, versagte sich aber jeden Tag eine Sache und tat schlußendlich gar nichts mehr. Nachts weckte sie eine Art Hitzewallung, völlig überraschend mitten im Winter. Dabei fühlte sie ein unangenehmes Kratzen auf ihrer Haut. Sie war über ihren eigenen Schriftstücken eingeschlafen. Sie raffte die Sachen zusammen, unruhig von der nächtlichen geistigen Anstrengung, und warf sie dann wütend und den Tränen nahe weit von sich. Seit einiger Zeit schon hatte sie festgestellt, daß ihre Texte lächerlich waren.

Diese Erkenntnis verstärkte ihren Mißmut, der nach und nach zu einer Wunde wurde. Um dem Schmerz dieser Wunde zu entfliehen, unternahm sie ungeliebte Spaziergänge, sinnlose Streifzüge und Besuche in Kreisen, an denen ihr eigentlich nichts lag. Sie befand sich in einem Zustand tiefer Gleichgültigkeit, aus dem aufzutauchen sie sich fürchtete, wohlwissend, daß die Gefühle, die den frei gewordenen Raum ausfüllen würden, noch bedrückender waren.

Doch während einem dieser ziellosen Spaziergänge stellte sich ihr altes Interesse an der Kultur wieder ein und damit ein wenig von der Neugier, die früher alle ihre Tage bestimmt hatte. So kam es, daß sie ihr Weg in die Werkstätten des Vaters von Nidius Canus führte.

Sie hatte ihm einige ihrer neueren Gedichte zum Kopieren gegeben und hielt, da sie Nidius Canus' Neigung, darin herumzuschnüffeln, kannte, den Augenblick für gekommen, ihn nach seiner Meinung zu fragen, mochte sie auch grausam ausfallen … vielleicht sehnte sie sich geradezu danach, damit ein für allemal feststand, daß ihre Ängste nicht unbegründet und keinem unentschiedenen und wankelmütigen Charakter anzurechnen waren, sondern das Ergebnis des nüchternen Realitätssinns, der sie schon immer ausgezeichnet hatte.

Während sie auf ihren Freund wartete, betrachtete Porcia Honoria mißmutig einen kleinen Band, den der Kopist soeben fertiggestellt hatte. Sie las die Texte, war verblüfft und fragte sich, wer aus ihrem Freundeskreis dergleichen Schrecklichkeiten geschrieben haben könnte. Wer leistete sich den Luxus, die Herausgabe so beschämender Bekenntnisse über den eigenen Schmerz zu bezahlen, über die eigene Seelenpein und schließlich und endlich die eigene Schande?

Nidius Canus informierte sie darüber. Es handelte sich um einen Dichter, dessen Klagelieder bei den Freunden von Marcellus einen gewissen Ruf hatten. Sodann berichtete der Sohn des Buchhändlers einige erstaunliche Details über diese ungewöhnliche Persönlichkeit. Daß es sich dabei um den Gärtner der Octavia handelte, war noch nicht das Erstaunlichste.

»Ein Ungebildeter!« rief sie. »Orpheus im Gewande eines Fauns? Diese Mischung mag unterhaltsam sein, ernst zu nehmen ist sie wohl nicht.«

»Es handelt sich um eine sehr sonderbare Persönlichkeit«, erklärte Nidius Canus. »Als ich den Mann vor einigen Monaten kennenlernte, traute ich meinen Augen nicht. Täuschten mich diese, oder täuschten mich die Texte? Wie auch immer, ich teilte Marcellus mit, daß wir die Gedichte dieses Barbaren mit der gleichen Sorgfalt kopieren würden wie die der besten Dichter Roms. Ungeachtet meiner Meinung über den Fall sei gesagt, daß sich Octavias Sohn nicht eben durch Knauserei auszeichnet.«

»Die Gedichte haben also gefallen?«

»Eigentlich sind es keine Gedichte. Sie halten sich an keine bekannte Metrik. Wie sind sie einzuordnen? An manchen Stellen könnten es Satiren sein, doch dann werden sie unvermittelt so persönlich wie ungeschminkte Bekenntnisse.«

Porcia Honoria kombinierte und wußte nun, daß es sich bei dem von Nidius Canus erwähnten Dichter um den gleichen halbwilden Menschen handelte, von dem Lucinus bei einer bestimmten Gelegenheit gesprochen hatte. Sie beschloß, seine Texte selbst zu lesen, um feststellen zu können, ob sie sich der Meinung des einen oder dem Urteil des anderen anschließen würde. Sie hatte jedenfalls vor, ihre eigene Ansicht zu äußern, wie sie es bei einer früheren Gelegenheit getan hatte.

»Ich glaube nicht, daß sie mir gefallen. Das Primitive zieht mich nicht an.«

Nidius Canus aber, der sie kannte, hielt das für Selbstbetrug. Denn in der Tiefe ihres Blicks, in der Besonderheit ihrer Züge, in ihrem herausfordernd hochfahrenden Wesen lag eine Sehnsucht nach Geheimnissen, die zu stillen Rom mit all seiner Pracht nicht imstande war. Sie sprach immer wieder von geheimnisvollen Tiefen, in die sie hinabsteigen wollte.

Doch Porcia Honoria nahm das Buch mit, setzte sich damit in ihr Studierzimmer und fing an zu lesen. Nach wenigen Zeilen schon fühlte sie sich irgendwie abgestoßen. Sie konnte sich das Gefühl nicht recht erklären, spürte es jedoch ganz deutlich. Eine gewaltige Abneigung gegen das Buch und das, was es repräsentierte, bemächtigte sich ihrer, weshalb sie es in eine Ecke legte und keines Blickes mehr würdigte. Ein paar Tage später kam es ihr zufällig wieder in die Hände, und sie erinnerte sich an die seltsame Abneigung, die sie bei seiner Lektüre überkommen hatte.

Sie versuchte, die Lektüre wieder aufzunehmen, doch vergeblich.

»Ein Schwindel«, sagte sie zu sich selbst. »Ein richtiger Schwindel.«

Voller Zorn fing sie an, die leeren Zimmer zu durchwandern. Dann ließ sie sich Wein bringen. Jedes Wort, das der ungebildete Autor ersonnen hatte, machte sie unweigerlich wütend. Jedes stellte ihre Überzeugungen und all ihre Vorstellungen in Frage. Seine Worte waren eine Beleidigung aller ästhetischen Freuden, die zu genießen sie gelernt hatte, der Werke, die sie öffentlich verteidigt, der Männer, die sie bewundert hatte. Sie waren, kurz gesagt, ein Angriff auf die Kultur, die bislang ihre Stütze gewesen war.

Dann rannte sie zum Tisch und schenkte sich Wein nach, ging wieder auf und ab, umklammerte den Becher und dachte dabei immerzu an diese Gedichte. Und während der langen Stunden, die sie damit verbrachte, das Werk zu verabscheuen und dann wieder zur Hand zu nehmen und zu Ende zu lesen, leerte sie drei Krüge Falerner.

Als sie merkte, daß ihre Beine sie nicht mehr trugen, brach sie in schallendes Gelächter aus:

»Was würde Rom angesichts einer betrunkenen Porcia Honoria sagen?« rief sie zwischen Lachen und Stolpern.

Da nahm sie sich plötzlich das vermaledeite Buch wieder vor und versuchte, die Seiten zu zerkratzen, mit mäßigem Erfolg, weil sich der Kopist an Marcellus' Anweisungen gehalten und das beste Pergament verwendet hatte.

»Die Musen sind betrunken, nicht Porcia Honoria! Rom ist verrückt, wenn es Gefallen an diesem Abfall findet.«

In ihrem Herzen wütete sie weiter: »Schwindler! Lügner, elender Scharlatan!« Doch plötzlich hielt sie inne, beendete ihre Beleidigungen, streichelte das Kuhleder, das Phaidros' Pergamente zusammenhielt, und stellte sich der Wahrheit: Es gab etwas an diesen barbarischen Äußerungen, das sie wider Willen faszinierte.

Vor soviel Irrationalität stieß sie einen einsamen Schrei aus:

»Porcia Honoria, du bist so betrunken, daß du dich selbst belügst. Wann ist es dir gelungen, solche Leidenschaft auszudrücken? Du, die Freundin aller Künste, hast keine einzige Zeile geschrieben, die der Kraft dieser Texte gleichkommt. Du bist die Schwindlerin, Porcia Honoria. Du bist es, die hier betrügt.«

Dann rannte sie zum Wasserbecken und suchte darin ihr Spiegelbild.

»Warum kann ich, in vielem so perfekt, es nicht auch in der Dichtkunst sein? Eine erstklassige Bildung, eine hochentwickelte Empfindsamkeit, Geld genug, um alles zu kaufen ... Und dieser gemeine Ungebildete, dieser gewöhnliche Hund, dieser Sklave erklimmt den Parnaß mit seinen Klageliedern und schafft es, halb Rom damit zu rühren ...!«

Sie richtete sich auf und fing angesichts so vieler Beweise haltlos an zu lachen.

»Die Musen sind betrunken, nicht Porcia Honoria!«

Wie dem auch war, sie fuhr fort zu trinken.

MARCELLUS' AUFENTHALT IN Griechenland sollte nicht lange dauern. Augustus beorderte ihn dringend nach Rom zurück. Da stellte Octavia mit Schrecken fest, daß die Studien ihres Sohnes unterbrochen würden, weil er zusammen mit Livias Sohn die Kriegstaufe empfangen sollte.

Wieder ein Zeichen mehr, daß Marcellus nun erwachsen war, vielleicht das schlimmste. Es stellte sich unter noch düstereren Vorzeichen ein als gewöhnlich, denn Augustus hatte entschieden, daß Tiberius und Marcellus ihn bei seinem Kriegszug gegen die Asturier und Kantabrer begleiten sollten, Stämme, die gegen die römischen Soldaten seit Jahren heftigen Widerstand leisteten und dadurch für anhaltende Beunruhigung der Kolonisten sorgten. Andererseits war die Kontrolle über die ganze hispanische Halbinsel für Augustus eine Angelegenheit von lebenswichtiger Bedeutung. Nachdem er seine Fähigkeit, den inneren Frieden zu bewahren, oft genug unter Beweis gestellt hatte, konnte er durchaus einen Krieg wagen, zumal einen, der beim Volk nicht unpopulär war. Er strebte einen universellen Frieden an, fest gegründet auf einer nachhaltigen Eroberung.

Marcellus kam allein aus Griechenland zurück. Zu Octavias durchaus angenehmer Überraschung hatte Phaidros um die Möglichkeit gebeten, ein weiteres Jahr in Athen zu verbringen, was ihm sein Beschützer nicht verweigern wollte. Dieser wiederum war überrascht, daß Octavia ihn nicht mit der für sie schon sprichwörtlichen gefaßten Haltung empfing. Der junge Mann erlebte also seine Mutter zum ersten Mal erschrocken und voller Angst.

Octavia war es gewohnt, daß die Männer in ihrem Leben eines Tages in den Krieg ziehen mußten, aber keiner war ihrem Schoß entsprungen, keiner hatte in ihren Armen geweint, keiner war Marcellus gewesen.

Auch war dieser Krieg nicht wie andere Kriege. Es handelte sich hier nicht um eine zivilisierte Auseinandersetzung, um einen sauberen Kampf zwischen zwei Heeren, die sich auf offenem Feld gegenüberstehen und den seit langer Zeit festgelegten und respektierten Spielregeln folgen. Nein, dies war ein Krieg der blutigen Scharmützel, der bösen Fallen und überraschenden Ausfälle. Hinzu kam, daß die großen römischen Reisenden die Kantabrer als ein Volk von Wilden geschildert hatten, das in unwegsamen Gegenden lebt, in verhexten Wäldern, in rohen Holzhütten und Höhlen, in denen die schrecklichsten Geheimnisse der Zauberei bewahrt werden. Das Aussehen dieser Leute, so erzählte man sich, jage selbst den Parzen einen Schrecken ein. Sie seien mit Bärenfellen bekleidet und stießen seltsame, kehlige Laute aus, die in keiner Weise dem glichen, was ein feinfühliger Römer unter sprachlicher Kommunikation verstand. Ihre Waffen waren primitiv; sie kannten nur Axt und Wurfspieß. Ja, die Wildheit der Kantabrer ging angeblich sogar so weit, daß gewisse Chronisten Geschichten von Kannibalismus in Umlauf setzten, die geeignet waren, das Volk für diesen Waffengang zu begeistern.

Octavia wußte sehr wohl, daß bei einem Krieg der Gegner immer herabgewürdigt wurde zugunsten dessen, der ihn begann. Das war erst in jüngster Zeit so geschehen, als Cäsar Octavianus' Sieg in Ägypten glorifiziert wurde, indem man Antonius und seine Kleopatra immer wieder lächerlich machte. Es war zuvor, bei der Zerstörung Karthagos, so gewesen und würde auch künftig bei jedem von Rom ausgehenden Krieg so sein. Doch diesmal fühlte sich Octavia mehr betroffen als sonst, denn diesmal war es nicht ein berühmter Feldherr, der sich anschickte, allen Dämonen einer höllischen Gegend entgegenzutreten. Diesmal war es Marcellus, das Kind, das allzu schnell gewachsen war. Der Jüngling, der, kaum alt genug, nun unversehens ihren Armen entrissen wurde.

Die Angst verband Livia und Octavia. Niemand kam auf den Gedanken, bei der einen von Heuchelei, bei der anderen von Ehrlichkeit zu sprechen. In den Augen der Römer waren sie zwei Mütter, die den Auszug ihrer Söhne segneten, unbeeindruckt von ihrem martialischen Aussehen und den prachtvollen Brustpanzern, die sie jetzt erstmals trugen. Obwohl ihre Söhne aussahen wie zwei herrliche Sprößlinge des Mars, waren sie für Livia und Octavia nichts als arme Kinder, die geopfert werden sollten.

Marcellus und Tiberius ritten Seite an Seite davon, wie einst, als sie Cäsar Octavianus beim Triumph über Alexandria vorangeritten waren. Doch diesmal war noch ein anderer junger Mann dabei: Cajus Julius Juba, geschmückt mit einer hohen Auszeichnung, die ihm für seine Verdienste in anderen Kämpfen verliehen wurde.

Niemand konnte übersehen, daß Augustus plante, die Bluttaufe dieser drei jungen Männer auf hispanischem Boden zu einem Ereignis mit weitreichenden Folgen zu machen.

SO WIE MARCELLUS' Studien in Griechenland nur von kurzer Dauer waren, so wenig ausgedehnt war auch Augustus' Aufenthalt im Land der Kantabrer.

Je länger der Krieg ging, desto größere Schwierigkeiten verursachte die gegnerische Strategie den römischen Truppen, weil deren Kriegsmaschinen nicht geeignet waren, in die unergründlichen Geheimnisse dieser Wälder voller Überraschungen und Fallen einzudringen. Ein großes Problem bildete auch das ungünstige Klima, das der zarten Gesundheit des Augustus zusetzte und ihn zwang, das Kommando über diesen Feldzug dem berühmten Gaius Antistius zu übertragen. Während ein paar übelwollende Berichterstatter sogleich daran erinnerten, daß das Aufschnappen einer Krankheit im passenden Moment zu einer seiner bewährtesten Strategien zu werden versprach, sahen andere, wirklich verderbte Berichterstatter darin einen großen Vorteil, weil dieser Antistius doch entschieden der bessere Feldherr war.

Später zeigte sich, daß es der Gesundheit des Augustus sehr gut bekommen war, daß er die tückischen Wälder des Nordens verlassen und deren endlose Nebeltage, deren Kälte und Feuchtigkeit gegen das liebliche Klima der Stadt Tarraco eingetauscht hatte, die an den lieblichsten Gestaden aller Meere lag.

Er genoß diesen Frieden und beschloß, sich den inneren Angelegenheiten zu widmen, während im Norden die Befehlsgewalt von Gaius Antistius auf Titus Carisius überging. Diesem gelang es, den Kantabrern einen heftigen Schlag zu versetzen, indem er mit der Feste von Lancia ihre wichtigste Verteidigungsstellung einnahm. Doch das waren nicht die Nachrichten, die Augustus seiner Schwester Octavia in einem Brief übermittelte, den diese ohne allzu große Überraschung empfing. Kannte sie doch die Gefühle sehr wohl, die er ihr schilderte:

VON AUGUSTUS AN OCTAVIA

Keine Angst, liebe Schwester, ich werde dich nicht mit Beschreibungen von Schlachten langweilen, die dem guten Geschmack widersprechen, und mit der Schilderung von Grausamkeiten, die alle Heldenepen der Vergangenheit übertreffen. Keine Angst auch, daß ich dich mit Geschichten über meine Gesundheit belästige, Geschichten, die Rom entstellt erreichen, die dein gesundes Urteilsvermögen jedoch richtig einzuschätzen weiß, weil du dich an den Meinungen meiner Ärzte orientierst und nicht an der Gerüchteküche.

Der Grund für diesen Brief – eine Frucht langer Überlegungen, in einer Zeit der Tatenlosigkeit angestellt, die diesen durchaus entgegenkommt, besteht darin, dir meine Entscheidungen in bezug auf zwei junge Männer darzulegen, die uns beide sehr nahestehen. Hier zuerst meine Entscheidung über Cajus Julius Juba. Du hast mich einmal gefragt, wann er seine Ländereien bekommen wird. Heute sehe ich mich imstande, dir eine Freude zu bereiten. Sobald dieser Krieg zu Ende ist, werden er und seine Verlobte, die kleine Prinzessin aus Alexandria, als Verheiratete und König und Königin nach Mauretanien reisen.

Doch nun ist auch die Zeit gekommen, einen anderen jungen Mann, den wir beide sehr lieben, angemessen zu belohnen. Es handelt sich um unseren Marcellus, edle Schwester. All die Monate habe ich sein Verhalten aus der Nähe beobachten können, die Ehrerbietung, die er seinen Vorgesetzten entgegenbringt, seine Art, mit Untergebenen umzugehen. Alles ist menschlich so zufriedenstellend, daß ich endgültig entschlossen bin, ihn eines Tages als Nachfolger einzusetzen, denn das von uns eingeführte System erlaubt weder ein Machtvakuum, noch darf Rom der Verwirrung ausgesetzt werden, die ungelenkte Neuwahlen bedeuten würden. Doch während ich Marcellus zum künftigen Regenten bestimme, ist mir sehr wohl auch bewußt, daß er in einem Alter ist, sein Leben mit einer jungen Frau seines Standes und seiner Tugendhaftigkeit zu teilen. Diese Voraussetzung erfüllt, denke ich, keine besser als eine junge Frau seines eigenen Geblüts, eine echte Julierin. Deshalb habe ich mich entschlossen, ihm meine eigene Tochter zu geben. Ich kann nur hoffen, daß mein Vaterstolz nicht hinter deinem Mutterstolz zurückbleibt, erinnere dich jedoch daran, daß Julia sehr streng erzogen wurde, und zwar unter meiner persönlichen Aufsicht, und ich deshalb, wie wenig andere Väter es in diesen Zeiten vermögen, für meine Tochter bürgen kann …

Obwohl ihr der abwegige Einfall kam, daß sie selbst vielleicht die beste Gattin für ihren Marcellus wäre, wollte Octavia die letzte Behauptung ihres Bruders keineswegs in Frage stellen. Dennoch gab ihr dieser Brief allen Grund zu ernsten Bedenken. Mit keinem Wort war darin Tiberius, Livias Sohn, erwähnt. In Octavias Kopf hämmerte pausenlos der Gedanke an die Intrigen, die ihrer Schwägerin zugeschrieben wurden, und die Besessenheit, mit der diese ihr Ziel verfolgte, ihren Ältesten zum Nachfolger des Augustus zu machen.

Ihre Befürchtungen stürzten sie in schwere Zweifel. Würde Livia die Entscheidung ihres Gatten hinnehmen, oder würde sie nun gegen den wehrlosen Marcellus intrigieren? Nichts war sicher, weil sie nichts wußte. Sie bewegte sich auf völlig schwankendem Terrain und fragte sich fortwährend, ob Livia die zurückhaltende und gutherzige Matrone war, wie sie sie sich wünschte, oder aber eine zu allen Schandtaten bereite Harpyie, wie andere von ihr behaupteten. Ob darüber hinaus nicht die Leute recht hatten, die heimlich verbreiteten, Augustus sei überhaupt nicht krank, sondern hielte sich in Tarraco nur so lange auf, um in den ersten Wochen nach Bekanntwerden seiner Entscheidungen eine Begegnung mit Livia zu vermeiden.

Wie auch immer, Livia hielt sich gegenüber ihrer Schwägerin bedeckt und schien sich mit der Rolle der Gattin des Landesvaters zu begnügen, einer Rolle, die sie zur Mutter aller Landeskinder machte. Ein durchaus zufriedenstellender Rang für eine Person, die schließlich und endlich nicht von julischem Geblüt war.

Was die Tochter des Augustus anging, so nahm sie die Nachricht von ihrer Verlobung mit Marcellus hin, wie einst Kleopatra Selene die Nachricht ihrer Verlobung mit Cajus Julius Juba hingenommen hatte. Erst erschrocken, dann nachdenklich, und bald schon dankte sie den Göttern, daß sie ihr keine schlechtere Partie zugedacht hatten. Kein Zweifel, Marcellus war ein Geschenk des Himmels, ja der am meisten bewunderte Jüngling Roms.

Andererseits hatte Augustus persönlich darüber gewacht, daß das Mädchen mit äußerster Strenge erzogen wurde, deshalb war irgendeine Reaktion Julias auf diese Entscheidung schlicht undenkbar. Man hatte sie gelehrt, jegliches Gefühl zu unterdrücken, auch ihre natürliche Neigung zur Gesprächigkeit, die sich nur in Gesellschaft mit den Töchtern Octavias zeigen durfte und natürlich mit Kleopatra Selene. Bei diesen Gelegenheiten erwies sich das Mädchen als brillante Gesprächspartnerin voller Scharfsinn und Witz, Gaben, die jedoch in Anwesenheit ihres Vaters oder ihrer Stiefmutter zu völliger Stummheit verkümmerten. Deshalb ging in Rom die Rede, die sittsamste Vestalin sei, verglichen mit der Tochter des Augustus, eine Hetäre.

Eingesperrt in diesem kargen Gefängnis, betrachtete Julia ihre Verbindung mit Marcellus als wunderbaren Fluchtweg, der es ihr erlauben würde, in einem intensiven und unterhaltsamen gesellschaftlichen Leben ihre Fähigkeiten frei zu entfalten, was sie für die vielen Entbehrungen ihrer Kindheit und Jugend entschädigen würde. Ferner war die Gelegenheit, sich endlich auch mit Gleichaltrigen zu treffen, nicht zu verachten und sich für die langen Zeiten schadlos zu halten, die sie in der Gesellschaft reifer Erwachsener zubringen mußte, die sie lediglich in Hausarbeit, Nähen und Spinnen unterrichtet hatten. Weil es eine der fixen Ideen des Augustus war, daß alle Frauen seines Hauses lernen sollten, Wolle zu bearbeiten und es darin zur Perfektion zu bringen, hatte dieses arme Mädchen seine Kindheit damit verbracht, Tuniken, Stolen und Schals zu weben. Andere Freuden oder Anregungen gab es für sie nicht.

Fast schien es, als hätte Augustus kein anderes Interesse, als seine Tochter zu einer vorzeitig gealterten Frau zu machen und sich mit aller Macht jedwedem Verjüngungsversuch entgegenzustemmen. Doch die Gefahr solcher Versuche wurde von Tag zu Tag geringer, weil so viel Seriosität junge Leute, die sich Julia zu nähern versuchten, abschreckte. Man erinnerte sich daran, daß alle, die es probiert hatten – selbst unter Wahrung größter Diskretion –, tags darauf einen Brief vom Palatin erhielten, der sie auf die Gefahren einer so erheblichen Unvorsichtigkeit hinwies.

Erfahrener – oder womöglich klüger – als ihr Bruder hatte Octavia von Anfang an begriffen, daß ein so streng erzogenes Mädchen nicht zur natürlichen Fröhlichkeit von Marcellus passen würde und, was noch schlimmer war, eine schlechte Position hatte, wenn Marcellus das Weib in ihr suchte, nicht das Symbol. Sie konnte sich sehr wohl erinnern, wie sie sich gefühlt hatte, als es ihr trotz ihrer vorzüglichen Erziehung nicht gelungen war, Marcus Antonius zu halten, und wollte Julia dieses Scheitern ersparen. Deshalb ließ sie es sich angelegen sein, Julia von Anfang an begreiflich zu machen, daß die Arme von Marcellus sie aus dem Gefängnis, das der Palatin war, befreien würden.

Sie förderte Julias Lebenslust, wie sie auch den Stolz von Kleopatra Selene, von dem Moment an, als sie als eine Gefangene Roms in ihr Haus gekommen war, gefördert hatte. Octavia brachte also die beiden jungen Mädchen zusammen und ließ sie allein in ihren Gärten, weit weg von den Zwängen des Palatins. Sie reagierten ganz in ihrem Sinn und schlossen schnell Freundschaft, die sie vergnügt und entspannt genießen konnten, während sie sich gleichzeitig darauf vorbereiteten, die Gattinnen wichtiger Männer zu werden.

Octavia fragte sich, wie wohl die Lebensbahnen dieser Mädchen, die sich in Glanz und Elend so ähnlich waren, verlaufen würden. Zwei junge Frauen, zwei zarte Blütenknospen, die sich nun Gefühlen öffneten und einer Liebe, die ihnen unverhofft zugeteilt worden war. Ihr, der von der Liebe enttäuschten Frau, kam es zu, ihnen beizubringen, daß sie diese Liebe jetzt, im Frühling ihres Lebens, genießen mußten, weil das Leben kurz ist und der Herbst unweigerlich kommen würde, mochte diese Tatsache jetzt auch noch jenseits ihrer Vorstellung liegen.

Es tröstete sie zu hören, daß beide zu der Erkenntnis gekommen waren, daß ihnen die zwei schmucksten jungen Männer Roms zugeführt wurden. Noch mehr aber tröstete sie der Satz, den Kleopatra Selene anfügte, nachdem sie ein Loblied auf Cajus Julius Jubas stolze Erscheinung gesungen hatte:

»Nun, auch er kann sich nicht beklagen. Er bringt eine Königin in sein Land. Eine Ptolemäerin.«

Diesen Kampf hatte sie gewonnen, stellte Octavia zufrieden fest.

WÄHREND ROM AN der Fülle der Ereignisse regen Anteil nahm, widmete sich Porcia Honoria nur dem Verdruß, den ihr die neueste literarische Entdeckung bereitet hatte. Phaidros' Gedichte benannten ihre Einsamkeit und erinnerten an frühere Mißgeschicke. Ein intensives, neuartiges Gefühl stellte sich plötzlich bei ihr ein, wobei sich dieses und die Abneigung gegen diese Texte gegenseitig bestärkten, wie leidenschaftliche Liebe und leidenschaftlicher Haß es tun.

Das Echo dieser gequälten Seele rührte in Porcia Honoria Saiten an, die bislang stumm geblieben waren. Sie ließ sich zum einen von dieser unglücklichen Liebesgeschichte erschüttern, freute sich andererseits auch über die realistischen, ironischen Schilderungen kleiner Dramen, die er in der Subura erlebt hatte. Denn in den letzten Texten, die Octavia ihr zukommen ließ, objektivierte der Autor seine Gefühle, interessierte sich für die Gefühle anderer Menschen und besang die überraschenden Alltagsschicksale in einer so lebendigen, direkten, mit volkstümlichen Wendungen gespickten Sprache, wie sie der Dame vom Caelius bislang noch nicht begegnet war.

Eines Tages brach diese Dame in schallendes Gelächter aus. Octavia hatte ihr einige Texte geliehen, die Phaidros im Gästezimmer hinterlassen hatte, vielleicht weil er sie zu schlecht, zu uninteressant fand. In diesen angsterfüllten Texten, die noch in der elenden Behausung in der Subura entstanden waren, ging Phaidros von den Klagen über die verlorene Liebe zu der Furcht über, im Schlaf vom Feuer überrascht zu sterben. Diese Angst war bei allen Bewohnern der überbevölkerten Viertel sehr verbreitet. Aufgrund der schlechten Materialien, der Holzbalken, die das Gewicht der Böden trugen, der zahlreichen Fackeln, Lämpchen und einfachen Feuerstellen brannten die Häuser mit einer Häufigkeit, die tatsächlich zu einem Alptraum werden konnte. Obgleich zu den am meisten gelobten Neuerungen des Augustus auch die Einrichtung einer permanenten Feuerwache zählte, konnte sich ein Feuer wegen der Wasserknappheit, den Problemen beim Transport und der Enge der Gassen mit außerordentlicher Geschwindigkeit ausbreiten.

Doch nicht die Beschreibung solcher Schrecken unterhielt Porcia Honoria, sondern ein Abschnitt, in dem Phaidros Antomanus auf schonungslose Weise einen Spekulanten karikierte. Dieser hatte auf Kosten der Opfer solcher Brände ein Vermögen gemacht, ganz wie der schwerreiche Krösus in den letzten Tagen der Republik. Genau das hatte nämlich auch ein nahe verwandter Vorfahr von Porcia Honoria einst getan.

Ihre Familie war noch nicht lange in den Adelsstand erhoben, doch ihre inzwischen erworbene Macht war so gewaltig, daß die römische Gesellschaft schnell bereit war, diesen Umstand zu vergessen. Obwohl sich Octavianus viel darauf einbildete, daß er adligen Geblüts war, konnte er nicht verhindern, daß Marcus Antonius ihm ins Gesicht hinein sagte, sein Urgroßvater sei ein Freigelassener gewesen und habe im Thurium-Viertel als Seilmacher gearbeitet. Selbst Maecenas, der wegen seiner Herkunft aus einem etruskischen Königsgeschlecht hoch geachtet wurde, gelang es nicht, vergessen zu machen, daß sein Reichtum nicht ererbt, sondern durch gewöhnlichen Handel erworben war.

Porcia Honoria hatte nie einen Hehl daraus gemacht, daß ihr Großvater mütterlicherseits Weinhändler war und dessen Vater auf den Märkten in der Campagna Kühe verkauft hatte. Es machte ihr Spaß, der adligen Gesellschaft zu beweisen, daß sie ihr, trotz ihrer zweifelhaften Herkunft, weitgehend gleichgestellt war.

Nun war es allerdings so, daß dieser Großvater mütterlicherseits sein Vermögen durch die gleichen Machenschaften erworben hatte wie der Spekulant, den Phaidros hier mit ebenso bissigen wie entrüsteten Worten beschrieb. Genau wie der berühmte Krösus pflegte dieser Honorius früherer Tage bei Ausbruch des Feuers umgehend zum Unglücksort zu eilen, die Verwirrung und Verzweiflung der geschädigten Familien auszunutzen und ihnen das Grundstück zu einem geringen Preis abzukaufen, um es dann für schändlich viel Geld wieder zu veräußern.

Wie gesagt, Porcia Honoria lachte darüber nicht wenig. Sie kam aber auch zu sehr vorteilhaften Schlüssen hinsichtlich des Stils von Phaidros Antomanus, der, je nachdem welches Thema er behandelte, überraschend unterschiedlich ausfiel.

So kam es, daß sie bei einem Treffen mit Octavia ihre Einschätzung zum besten gab, allerdings mit einigen Umschreibungen, als gäbe sie nur ungern zu, daß sie anfing, sich für die Besonderheit dieser Texte zu begeistern.

»Dieses Monster aus deinem Haus hat meine Familiengeschichte beschrieben, ohne dieselbe zu kennen.«

»Alle Familien gleichen sich. Ein Prototyp genügt.«

Sie gab sich gleichgültig, um Porcia Honoria herauszufordern.

»Dieser junge Mann ist nicht so ungebildet, wie es scheint, da bin ich mir ganz sicher …«

»Er ist es möglicherweise weniger, wenn er aus Griechenland zurückkommt. Marcellus erzählt, er mache große Fortschritte.«

»Ich weiß, daß ihr euch in ihm täuscht«, rief Porcia Honoria nach kurzem Nachdenken. »Ihr haltet ihn für einen Dichter. Er könnte aber ein großer Satiriker sein.«

Octavia bemerkte durchaus, daß diese Worte nicht einer momentanen Eingebung entsprangen, vielmehr langem Nachdenken über die Sache und die Person.

»Ich will es dir konkreter sagen: Dein Sohn sollte ihn dazu drängen, sich dem Theater zuzuwenden, um dort seinen Weg zu machen.«

»Gibt es keinen empfehlenswerteren?« fragte Octavia überrascht.

»Möglicherweise ja, aber keinen besserbezahlten. Er hat ein bemerkenswertes Talent für den scherzhaften Dialog und beherrscht die populäre Sprache auf sehr direkte und wirksame Weise. Seine Texte, gelesen, kommen gut an. Auf der Bühne deklamiert, wären sie überwältigend.«

Octavia blieb reserviert und erinnerte sich an alles, was sie über die schlimme Welt der Schauspieler gehört hatte. Sie kannte deren Neigung zur Unordnung, ihr Vagabundenleben, die Unsicherheit ihrer Arbeit und ihren allerniedrigsten gesellschaftlichen Rang. Mochten auch die Glücklicheren unter ihnen die Saufgelage, ja sogar das erotische Leben wichtiger Persönlichkeiten teilen, deren Respekt zu erringen hatte bislang wohl noch keiner geschafft.

Porcia Honoria, die Gedanken ihrer Freundin erratend, erklärte eilig:

»Wenn ich vom Theater spreche, will ich damit keinesfalls andeuten, daß aus deinem Gärtner ein Stricher werden muß. Er soll für die Bühne schreiben. Und wenn sich jemand findet, der seine Schritte lenkt, könnte er viel Geld verdienen, da bin ich mir ganz sicher. Vielleicht würde ihn diese Wendung optimistischer stimmen.«

»Wenn du dir seiner Berufung so sicher bist, warum kümmerst du dich nicht um ihn?«

Porcia Honoria reagierte entrüstet:

»Wo denkst du hin? Soll ich etwa einen Mann aushalten? In meinem Alter?«

»In deinem Alter kannst du aushalten wen, und haben, was du willst, du weißt aber doch genau, daß ich etwas anderes meine. Dieser junge Mann, dem ich sehr zugetan bin, wird binnen kurzem allein sein. Marcellus heiratet, wie du weißt, und mein Bruder hat ihn, zusammen mit Tiberius, zum Ädilen ernannt. Er könnte Phaidros sicher bei sich aufnehmen, doch nur gelegentlich sehen. Phaidros wäre wieder so allein wie zuvor. Ein bedauerlicher Verlauf. Denn wenn die Protektion ein Gutes hat, abgesehen von der reinen Versorgung mit Lebensmitteln, dann ist es die Aussicht, daß die Protegierten in ihrem Gönner einen Vater und Freund finden.«

»Wie Maecenas es für die seinen ist ...«, murmelte Porcia Honoria mit einem seltsamen Schatten von Traurigkeit auf dem Gesicht. Der sich noch verstärkte, als sie hinzufügte: »Wie Maecenas es tut ...eine Person zu protegieren, die etwas kann, was ich nicht vermag. Eine, die schaffen kann, was zu schaffen mir versagt ist. Eine geradezu rührende Perspektive, da wirst du mir zustimmen.«

»Nicht allzu rührend. Sagst du doch selbst, daß du eine schlechte

Autorin bist, Porcia Honoria. Auch ich kann dir das auf Wunsch bestätigen, weil ich überzeugt bin, dir damit einen Gefallen zu tun.«

»Deine Ehrlichkeit ist umwerfend.«

»Nicht mehr als die deine. In dir verbirgt sich eine Person mit großen Tugenden. Tugenden, die du weiterreichen könntest. Du bist eine der gelehrtesten Frauen Roms. Du bist außerdem ...«

Octavia konnte ihren Satz nicht zu Ende bringen, weil Porcia Honoria plötzlich in Tränen ausbrach. Obwohl dies ohne jede Vorwarnung geschah, war ihre Freundin nicht sehr überrascht, hatte sie doch in den letzten Monaten die Entwicklung ihres Seelenzustands mit wachsender Sorge verfolgt.

»Es stimmt alles, was du sagst«, schluchzte sie. »Auch, daß ich mich schrecklich allein fühle. Alle meine Erwartungen sind enttäuscht worden. Ich war davon ausgegangen, daß mich nicht die Freiheit, sondern ihr Fehlen unterkriegen könnte.«

Wie viele Spielarten der Einsamkeit es gab, unter wievielerlei Gesichtern sie sich verbarg, mit welch trügerischen Stimmen sie sprach! Hier zeigte sich unvermutet ein weiteres Opfer ihrer Zerstörungskraft. Hier zeigte sich eine bislang unzähmbare Amazone, die zwar nicht wegen der Liebe an Einsamkeit litt, die aber dennoch von ihr gefangen war: Porcia Honoria litt an der Einsamkeit, die der selbstgewählten Freiheit entspringt.

Octavia war stärker bewegt, als es sonst ihre Art war, denn die unerklärliche Qual der Starken ist oft erschütternder als andere Katastrophen.

Sie beugte sich zu Porcia Honoria und streichelte sie, wohlwissend, daß sie keinen wahren Trost bieten konnte.

»Beruhige dich, Porcia Honoria, denn dein Zustand ist nicht so hoffnunglos, wie es den Anschein hat. Spricht doch die Einsamkeit aus deinem Mund, nicht du selbst. Ich will dir einen Freund schicken, der dich aus der Einsamkeit erlösen und deine Tage erheitern wird. Keinen Liebhaber, keinen Parasiten, auch keinen Gatten. Ich werde dir ein Kind schicken, das mehr gelitten hat als alle Alten, zugleich aber einen Alten, der sich verzweifelt danach sehnt, seine kindliche Seele wiederzuerlangen. Ich werde dir einen schicken, Porcia Honoria, der für die Liebe gemacht ist.«

»Diesen Gärtner?« fragte Porcia stockend.

»Diesen Dichter«, antwortete Octavia.

Jetzt lächelten beide, weil sie das Gespräch trotz vieler Umwege zu diesem Punkt gebracht hatte und weil sie darin beide übereinstimmten.

ALS DER GÄRTNER aus Griechenland zurückkehrte, trug er das Haar gewellt und, obwohl er bald dreißig war, den Chiton der Epheben. Doch die Zeit hatte ihm gutgetan; er sah wesentlich besser aus und hatte gefälligere Umgangsformen. Seine äußere Haltung aber war allzu nüchtern geworden, immer sehr kontrolliert, und ließ keinesfalls erraten, was in seinem Kopf vorging.

Alles deutete darauf hin, daß Phaidros Antomanus nun so gut erzogen war, daß er unter den Menschen leben konnte. In Würdigung dieser vorzüglichen Entwicklung und eingedenk seines erbärmlichen Aussehens von früher lud ihn die edle Octavia an ihre Tafel ein, und zwar als Gast, nicht als ihren Gärtner.

Als sie ihr Mahl verzehrt hatten – ein schlichtes Mahl, wie sie beide es mochten –, wagte sich Octavia an ein Thema, das sie seit dem Tag seiner Abreise nach Griechenland intensiv beschäftigte. Nun war die erfolgreiche Reise schon wieder zur Erinnerung geworden.

»Bist du glücklich gewesen, lieber Phaidros?«

»Glücklich ist nicht das richtige Wort, werte Herrin. Obwohl ich mir nicht ganz sicher bin, denn um von Glück zu sprechen, fehlen mir Vergleichsmöglichkeiten. Ich habe inzwischen völlig vergessen, was Glücklichsein ist, so daß ich mir den Zustand nicht einmal mehr herbeiwünschen kann.«

Doch Octavia hielt sich zurück und stellte ihm keine Frage über die Krankheit, die ihn vor kaum einem Jahr beinahe in den seelischen Selbstmord getrieben hatte. Es war ihm offensichtlich nicht gelungen, sie zu heilen, er wollte aber ebenso offensichtlich nicht daran erinnert werden.

»Ich möchte mein Leben mit neuen Dingen füllen«, sagte Phaidros. »Die Zeit hat mich gelehrt, daß es nicht gut ist, nur eine einzige Sache zu haben, weil uns ihr Verlust mit leeren Händen zurückläßt. Das ist mir passiert. Es wird mir nicht noch einmal passieren.«

Doch Octavia hörte aus diesem Entschluß einen so starken Zweifel heraus, daß sie so großes Mitleid empfand wie damals, als er unter ihren Augen an Liebeskummer gelitten hatte. Denn seinem neuen, veränderten Verhalten fehlte jene Freundlichkeit, die eine seiner liebenswertesten Eigenschaften gewesen war.

Als Phaidros merkte, welchen Eindruck er hervorrief, versuchte er das Thema zu wechseln. Da erzählte ihm Octavia die schönen Neuigkeiten von Marcellus und Julia und daß Kleopatra Selene und Juba heiraten würden, sobald er aus Hispanien zurück war, um dann sogleich zusammen in das Gebiet zu reisen, das Rom ihm zurückgab. Phaidros neidete ihm diese sicher äußerst interessante Reise. Der Numider hatte ihm viel von seinem Land erzählt, damals, als er verzweifelt nach einem Motiv zum Leben gesucht hatte.

Deshalb dachte Octavia: Gärtner, was bist du für ein Mensch? Du kommst soeben von einer Reise zurück und denkst schon an die nächste? Selbst die Schwalben sind nicht so unruhig wie du, warten sie doch zumindest das Kommen des Winters ab.

Doch er ließ keinen weiteren Kommentar zu und sagte:

»Als Juba von seiner Heimat erzählte, wurde meine Phantasie ungeheuer angeregt. Die Gier nach dem Unbekannten überfiel mich, wie damals, als dein Bruder Ägypten besiegte und ich bislang noch nie gesehene Dinge sah, die mich von den großen Geheimnissen dieses Landes träumen ließen. Noch habe ich nicht vom Wasser des Nils getrunken und weiß nicht, ob ich je davon trinken werde, doch im Laufe meiner Reisen habe ich Dinge gesehen, deren Schönheit sich jeder Beschreibung entzieht und jeden Traum übertrifft. Leider konnte ich diese Erfahrungen mit niemandem teilen. Was ich erlebte, war für mich allein und blieb in meinem Innern. Deshalb glaube ich, daß das Glück womöglich darin besteht, daß ein Augenpaar das unsere begleitet, wenn wir vor der Schönheit der Welt innehalten und sie betrachten. Ein Glück, das ich nun nie mehr haben werde. Doch sprechen wir von Juba und Kleopatra Selene, von Marcellus und Julia, denn das ist unterhaltsamer als alles, was ich dir erzählen kann.«

Octavia hatte die wahre Tragweite seiner Worte verstanden und wollte vermeiden, daß das Glück der anderen ihm die Rückkehr verdarb. Deshalb erzählte sie ihm vom Gespräch, das sie mit Porcia Honoria geführt hatte. Phaidros merkte, daß Octavia wünschte, er würde sich mit ihr unterhalten. Was er auch vorhatte, wenngleich auch nur Octavia zuliebe.

Kaum hatte er die Gärten betreten, die Porcia Honorias Villa umgaben, erstarrte seine Miene. Er nahm Haltung an und wappnete sich für eine Situation, der er im Grunde überhaupt nichts abgewinnen konnte.

Vor seiner Griechenlandreise war er sehr bange in dieses Haus gekommen ... jetzt war sein Schritt sicher, denn seine Sandalen waren schöne Marmorböden gewohnt. Er wußte, daß auch die allerfeinsten Mosaiken dazu geschaffen waren, betreten zu werden, wie die Reichen es taten, und nicht respektvoll und ehrerbietig umgangen werden mußten, wie die Armen es tun.

Die Frau, die ihn empfing, war respektgebietend. Einen so seltsamen Blick hatte er noch nie gesehen, außer bei Theatermasken und bei den Sphingen in den zahlreichen Tempeln, die er während seines Griechenlandaufenthalts besucht hatte. Sie war vom Stolz einer Minerva und verfügte über die Eleganz einer Dido. Ihr Körper war so schlank wie der eines Epheben, der sich die lange Mähne eines Araberhengstes ausgeliehen hatte, um sie als Perücke zu tragen.

»Die edle Octavia hat mir gesagt, daß du einen Gärtner brauchst«, sagte er entschlossen.

»Die edle Octavia hat dich belogen«, antwortete sie. »Ich brauche einen Poeten.«

Vor seiner Griechenlandreise hätte er es nicht einmal gewagt, sie anzusehen. Jetzt trat er ihr so direkt entgegen, daß sie sich gezwungen fühlte, den Blick abzuwenden, obwohl sie als starke und entschlossene Frau galt. Sie schlug zum Beweis einen herrischen Ton an, den ihr Blick jedoch Lügen strafte.

»Octavia hat mir etwas Wichtigeres gesagt. Sie hat mir zu verstehen gegeben, daß du einen Gönner brauchst.«

»Zeige mir einen Autor in Rom, der keinen braucht, und ich werde dir sagen, daß sein Vater reich sein muß wie Krösus.«

»Dank meines Großvaters, der bei den Bränden in der Subura wie dieser agierte, ist mein Vermögen unübertroffen. Doch es ist traurig für eine Frau, es ganz allein zu verbrauchen.«

»Verstehe«, erwiderte Phaidros. »Ich habe von ehrbaren Matronen gehört, die diesen Weg gewählt haben, um sich nicht nur einen Poeten, sondern auch einen Liebhaber zu verschaffen. Deshalb laß dir sagen, daß ich dir wohl meine Dankbarkeit geben kann, meine Liebe jedoch niemals. Sicher, du bist schön und könntest jeden Mann verrückt machen, trotzdem muß ich dir sagen, daß ich dir nie Lust bereiten kann, denn die Götter haben mir die Möglichkeit, mich am weiblichen Geschlecht zu erfreuen, vorenthalten.«

Sie wollte sich schon über diese Frechheit ärgern, hörte sich aber angesichts einer so großen Offenheit fragen, was sie bislang noch keinen Mann gefragt hatte:

»Bist du noch unschuldig?«

Er machte eine kleine, bejahende Kopfbewegung und sah sie dabei herausfordernd an. Er hatte diese Frage erwartet, mit der Porcia Honoria ihn auf den Ort zurückverwies, den er im Grunde nie verlassen hatte.

Dieser Ort war der Sklavenmarkt. Dort gab es ein Podest, auf dem er nun wieder saß und seine Vorzüge dem besten Bieter anpries. Mochte er früher bei Octavia gelandet sein, jetzt konnten es Marcellus, Porcia Honoria oder Maecenas sein. Jeder Reiche konnte seinen Körper oder sein Talent für den Preis von zwei Ochsen erwerben oder im Tausch für eine schlichte Protektion.

Doch das entsprach nicht Porcia Honorias Vorstellungen, der es so schwer angekommen war, den ersten Schritt zu tun. Obwohl die Unschuld eines Mannes von bald dreißig Jahren genügt hätte, die Phantasie vieler Matronen – insbesondere der scharfen Witwen, wie erzählt wurde – anzuregen, warnte sie doch eine innere Stimme vor diesem banalen Gefühl, das ihre Entscheidung herabzuwürdigen drohte und die erhofften schönen Möglichkeiten gefährdete.

»Fürchte nicht um deine Unversehrtheit, wenn sie dir so wichtig ist, denn ich kann vieles sein, nie jedoch eine böse Sirene oder ein verschlingendes Ungeheuer. Andererseits langweilen mich unschuldige Männer, genau wie die anderen, die es nicht mehr sind, das heißt, es langweilen mich alle. Doch auch Frauen langweilen mich, ob Jungfrauen oder nicht …«

Bei dieser völlig sachlichen Feststellung, wurde Phaidros' Gesicht zum ersten Mal wieder von diesem Lächeln erleuchtet, das Octavia so sehr an ihm mochte. Es schenkte ihm wieder die Naivität eines Kindes und den Freiheitsdrang eines Träumers. Dann nahm er eine ehrlich demütige Haltung ein und sagte:

»Verzeih mir, Porcia Honoria. In deiner Miene lese ich, daß meine Worte plump waren.«

»Mehr als plump, kränkend«, antwortete sie und versuchte ihn zurechtzuweisen, ohne ihn zu demütigen. »Wenn es den Männern erlaubt ist, so viele Dichter zu protegieren, wie sie möchten, warum kann eine Frau nicht das gleiche tun, ohne Argwohn zu erregen? Hat Vergil, als er Maecenas' Protektion bekam, vielleicht gedacht, er müsse deshalb mit ihm ins Bett gehen? Doch dem Dichter, den Porcia Honoria protegieren möchte, kommt zuallererst dieser Gedanke.«

»Ich verstehe, daß du beleidigt bist. Mach mit mir, was du willst.«

Porcia Honoria blickte ihn an und fühlte, wie sie vor seinen melancholischen Augen zitterte, Augen von so unentschiedener Farbe, daß ein Verliebter sie nur schwer in ein Gedicht fassen konnte. Sie erschauderte, denn in diesem dem Anschein nach so gefaßten Kindergesicht lag vermutlich alle Qual verborgen, die sich in seinen Texten offenbarte.

»Ich möchte, daß du Octavias Versprechen einlöst. Sie wollte mir ihren besten Freund schicken.«

Jetzt lächelte Phaidros freundlich. Als Porcia Honoria ihm die Hand reichte, wollte er sie küssen. Doch sie beschränkte sich darauf, seine Hand zu drücken und ihm dabei offen und direkt in die Augen zu sehen.

EIN PAAR TAGE danach richtete sich Phaidros Antomanus in einem Gartenpavillon ein, der für Gäste gedacht war. Hier würde er von jetzt an wohnen, nah genug, damit Porcia Honoria seine Anwesenheit nicht vergaß, weit genug entfernt, damit er sich frei fühlen konnte.

In dieser Nacht konnte Porcia Honoria nicht schlafen. Sie wanderte durch die leeren Räume ihrer Villa, wie früher, als sie allein dort wohnte. Sie setzte ihre leichten silberfarbenen Sandalen auf die prächtigen Mosaiken mit den Heldendarstellungen und strich mit dem Fuß mehrmals über die leeren Augen Teiresias', die blonde Mähne Hektors, die zerknitterten Segel des Schiffs von Odysseus und die rosenfarbenen Wangen der Zauberin Circe. Personen, Mythen, Träume, die sie ihr Leben lang begleitet hatten und nun auf ein Ziel hin orientierten: auf den traurigen jungen Mann, der im Pavillon des Faungartens wohnte.

Da spürte Porcia Honoria den heftigen Drang, mit ihm zu reden, ihm ihre Erfahrungen mitzuteilen, die seinen in sich aufzunehmen und davon zu trinken, wie von einem Gebräu voller Sinnlichkeit oder vielleicht auch voller Schmerz, jedenfalls angefüllt mit irgendeinem der starken Gefühle, die aus seinen Versen sprachen.

Sie dachte an Phaidros' schriftstellerischen Eifer und hoffte, ihn wach, womöglich an einem Gedicht arbeitend, anzutreffen. Sie hoffte, ihn im Schaffensrausch zu überraschen. Doch Phaidros schlief friedlich. Und aller Ernst, den er im Wachzustand an den Tag gelegt hatte, wurde nun von einem ganz und gar friedlichen, heiteren, ja traumverlorenen Gesichtsausdruck widerlegt.

Von Zärtlichkeit überwältigt, kniete sich Porcia Honoria neben sein Bett. Dabei vermied sie jedes Geräusch, um Phaidros nicht zu wecken, wollte sie ihn doch nur in aller Ruhe betrachten. Da überfiel sie ein Verlangen, über das sie später lachen würde. Sie kitzelte mit einer Strähne ihres langen Haars den Schläfer am Ohr. Worauf Phaidros sich bewegte, im Schlaf lachte und fremde, griechische Worte murmelte.

Porcia Honorias Augen füllten sich mit Tränen. Kaum hörbar flüsterte sie ihrem schlafenden Schützling ins Ohr:

»Sie gepriesen, Gärtner. Sei gepriesen, denn auf dich habe ich gewartet. Das habe ich jetzt erkannt. Deshalb sagte ich dir: Ich werde dir einen Altar errichten, mit mir als einziger Priesterin. Ich werde dafür sorgen, daß ganz Rom dir zu Füßen liegt. Ich werde alles für dich tun. Wenn es dir an Kraft fehlt, werde ich dir meine leihen. Sicher, Liebe ist bei diesem Pakt nicht im Spiel, wohl aber Bewunderung. Sei gepriesen, Freund, Kamerad, Bruder. Denn ich habe auf dich gewartet, und nun bist du gekommen.«

ZWEITES BUCH

Phaidros Antomanus

SIEBEN JAHRE WAREN seit diesen Ereignissen vergangen, sieben Jahre bis zu dem Tag, als ein berühmter Bühnenautor, dessen Stücke in Rom groß gefeiert wurden, ins Königreich Mauretanien kam. Dieser Autor äußerte den Wunsch, dem großen König Juba II. und seiner ptolemäischen Gattin ein Drama vorzutragen, das den Titel »Antonius und Kleopatra oder der Fall von Alexandria« trug.

Das Königspaar befand sich nicht in seiner Residenz in der Hauptstadt, sondern im Sommerpalast, hoch auf einem Ausläufer des Gebirgszugs, der zwischen den Städten der Ebenen und den Siedlungen der Wüstenstämme lag. Es war eine wilde Gegend, voller Erinnerungen an Gewalttaten, wo rohe Stimmen von rauhen Felsen widerhallten, die den Blick auf all die wunderlichen Bergformationen dieser Gegend freigaben. Nach unten taten sich tiefe Abgründe auf, die sich bis ins Innere der Erde zu erstrecken schienen, während nach oben gewaltige Nadeln, seltsam geformte Gipfel und schmale Grate den Himmel aufzuschlitzen schienen.

Der Palast in den Bergen spiegelte den hellenistischen Geist wider, den Juba II. auch den wichtigsten Städten seines Reichs aufgeprägt hatte: Volubilis, Tingis, Loukos und Zilis, vor allem aber Cäsarea, der großen Hauptstadt an der Küste, so genannt zu Ehren des großen Augustus, des großzügigen Schirmherrn all dieser Pracht.

An diesen Orten gab es Repliken der berühmtesten Statuen des klassischen Griechenlands, aber auch Mosaiken und Gemälde, die literarische Szenen darstellten sowie mythologische Allegorien für sämtliche nur denkbare Facetten der Kultur und der Schönheit. Die am reinen Klassizismus orientierte Architektur, Ausdruck einer höheren

Ordnung, war so harmonisch, daß sie die Sinne unbeschreiblich beglückte.

Der Besuch eines in Rom berühmten Autors war nichts Außergewöhnliches, vielmehr ein weiteres Glied in der Kette kultureller Ereignisse, die seit langem bestand und bereits selbstverständlich geworden war. In den Salons und Bibliotheken von Cäsarea waren die erlauchtesten Stimmen dieser herrlichen Epoche zu hören. Der weise König Juba gab sich nicht damit zufrieden, die politischen Ziele Roms zu unterstützen, er förderte darüber hinaus das geistige Leben, um die durch Gewalt errungenen Siege zu festigen. Die ganze Welt bewunderte ihn dafür.

Jubas Hofstaat war groß, aber auch sorgfältig gewählt. Welchen Gast schmückte nicht ein Name, der an den berühmtesten Akademien einen guten Ruf hatte? Es gab hervorragende Philosophen aus Griechenland, Sprachkundige und Naturwissenschaftler aus Alexandria, Geographen aus Persien, jüdische Astronomen und eine ganze Truppe von Sekretären, die dem König zur Hand zu gehen hatten, wenn er eine Zusammenfassung aus einem bestimmten Fachgebiet veröffentlichen wollte. So groß war die Zahl der Schreiber und Gelehrten, daß die römischen Beobachter nicht ohne gewisse Sorge zu sagen pflegten: An Jubas Hof sind mehr Talent und Mut versammelt als in seinem Heer.

Und wie zur Bestätigung, und damit sich das Talent in diesen entfernten Provinzen nicht so einsam fühlte, hatte Juba auch eine Reihe griechischer Histrionen in seinen Diensten – darunter den angesehenen Leonteus von Argos. Sie organisierten im Theater von Cäsarea große Aufführungen, traten aber auch am Hof bei den allabendlichen Festgelagen auf.

Juba sprach immer Griechisch oder Lateinisch und griff nur ganz selten auf einen der Dialekte seiner Untertanen, der Berber, zurück. Er zeigte sich ihnen zwar durchaus mit den dicken wollenen Decken bekleidet, trug auch den gewöhnlichen Brustpanzer aus Metall wie die niedrigeren Angehörigen seiner Reitertruppe, tat dies aber nur mit dem eindeutigen Ziel, dem Volk zu zeigen, daß er, seiner ausgezeichneten, hellenisierten Erziehung zum Trotz, auch einer der ihren sein konnte. Doch kaum war die Zeremonie beendet, kleidete er sich sofort wieder wie gewohnt und legte die römische Toga an, oder allenfalls die Chlamys, das graue Obergewand der Philosophen in den Glanzzeiten Athens.

Seine Situation entbehrte nicht der Widersprüche. Einerseits verkündete er stolz seine römische Staatsbürgerschaft und Erziehung, andererseits, und das hatte er von seiner Gattin übernommen, war er stolz auf seine Herkunft, stolz, einer uralten, ehrwürdigen Dynastie anzugehören. Daran hielt er fest, ungeachtet der Tatsache, daß sein Vater schmählich besiegt worden war. Deshalb befahl er, kaum hatte er sein Königreich in Besitz genommen, seinen Titeln folgenden Zusatz anzufügen: »König Juba II., Sohn von König Juba I.«.

Diese Treueerklärung schloß einen gewissen Verrat nicht aus. Er zeigte sich in der äußeren Erscheinung des neuen Monarchen, in seiner Art, sich zu kleiden. Während sein Vater immer langes Haar und einen dichten Bart getragen hatte, was für gebildete Römer typisch barbarisch war, trat Juba II. mit kurzem Haar, hübsch über der Stirn verteilten Locken und völlig glatt rasiertem Gesicht auf wie ein Grieche.

Äußerst selten legte er den purpurnen Umhang ab, das Symbol seiner Autorität und Gelehrsamkeit. Schließlich wurde diese besondere Farbe nur in mauretanischen Färbereien hergestellt und nirgendwo anders, weshalb er diese uralte Technik auch eingehend studierte und ihr einige seiner zahlreichen Schriften widmete.

Besagten Umhang legte er freiwillig nur ab, wenn er vor Augustus stand. Ein Zeichen königlicher Demut, aber auch eine Folge der gewaltigen Faszination, die Augustus bei den Königen, die unter seinem Schutz standen, auslöste. Wenn sie also nach Rom kamen, um ihm zu huldigen, taten sie es Juba nach, verzichteten auf alle Symbole ihrer Königswürde und traten wie römische Senatoren gekleidet vor den hohen Herrn.

Die besonderen Gaben, die Cajus Julius Juba während seiner Jugendjahre in Rom ausgezeichnet hatten, waren mit den Jahren nicht weniger geworden, nein, er bewahrte sich auch bei wachsendem Ruhm seinen persönlichen Charme. Er bezauberte alle, die mit ihm zu tun hatten, erwarb sich aber durch seine Schriften auch den Respekt und die Bewunderung der gelehrten Welt. Worauf ihm die Athener zum Dank dafür, daß er Cäsarea in den prächtigsten Garten reinen Geistes verwandelt hatte, in der Säulenhalle einer der Hauptbibliotheken Athens ein Standbild errichteten.

Er war Naturwissenschaftler, Historiker, Philosoph und Sprachkundiger, nur mit dunklerer Haut geboren als seine Kollegen an den besten und angesehensten Akademien. Sein persönliches Ansehen stieg mit den Jahren so sehr, daß manche Chronisten ihn »den liebenswürdigsten aller Könige« nannten. War in diesem Land voller Wunderwerke er, Juba, nicht das größte Wunder? Die irisierende Pracht des gaetulischen Purpurs stand dafür.

MANCHMAL BRACHEN JEDOCH politische Erfordernisse zur Unzeit und mit Wucht in die feinsinnige Idylle seines Hofes ein. Ein solcher Einbruch war der Besuch von Cäcilius Muranus, dem römischen Sondergesandten, in Begleitung seiner Offiziere. Er kam, um Juba vom glücklichen Ausgang einer Mission zu unterrichten, die Muranus dazu gezwungen hatte, eine anstrengende Expedition in die abgelegenen, unwegsamen Berge des Atlas zu unternehmen. Dort verbargen sich kriegerische Stämme, die mit ihren Aufständen den kostbaren Frieden des sonst so bevorzugten Königreichs immer wieder bedrohten.

Der König war durch diese dringliche Angelegenheit sichtlich irritiert, nicht so sehr wegen ihrer Tragweite, sondern weil diese Mission die unangenehmste der vielen war, die er derzeit, in der ganzen Welt verstreut, verfolgte.

Sie hatten alle mit der Realisierung seiner glanzvollen kulturellen Träume zu tun.

Eine seiner Delegationen hatte den Auftrag, seine Vermutung zu bestätigen, daß sich an irgendeiner entlegenen Stelle im Atlas die legendären Quellen des Nils befanden, ein Thema, das ihn brennend interessierte, weil er es für den künftigen Ruhm seiner Dynastie als äußerst wichtig erachtete (damit machte er sich die grausame Königin Candancia von Äthiopien zur Gegnerin, die aus den gleichen Motiven behauptete, die Quellen des Nils befänden sich in ihrem Reich und nirgendwo sonst).

Eine andere Delegation war nach Aphrodisias aufgebrochen, in diese wunderbare griechische Stadt auf asiatischem Boden, von der Augustus sagte, sie läge ihm von allen Städten des Imperiums am meisten am Herzen. Jubas Botschafter hatten den Auftrag, Kunstwerke zur Bereicherung der Pinakotheken und der Keramiksammlungen von Volubilis und Zama aufzutreiben.

Eine weitere Delegation reiste an die hispanische Küste, nicht um Handelsverträge abzuschließen – woran Mauretanien ansonsten durchaus aktiv beteiligt war –, sondern um in den Städten Gades und Carthago Nova den Titel eines Duumvirs entgegenzunehmen, ein Titel, der nur äußerst selten verliehen wurde, zuletzt Jubas römischem Schirmherrn, dem großen Julius Cäsar.

Andere mauretanische Schiffe segelten auf der Suche nach einer wunderbaren Entdeckung über das Meer. Die Glückseligen Inseln waren ihr Ziel, mythische Paradiese, die angeblich jenseits der westlichen Küste seines Reichs lagen, noch hinter den Purpurinseln. Juba erwartete die Entdeckung dieser Inseln mit großer Ungeduld, weil dort, auf der passend *Canaria* genannten Insel, eine besondere Hunderasse lebte, riesengroß und von sagenhafter Schönheit.

All diese Delegationen hatte Juba um der Wissenschaft willen und zur Befriedigung seiner unerschöpflichen geographischen Neugier in alle Richtungen ausgesandt.

Cäcilius Muranus' Mission war in der Tat die am wenigsten angenehme, weil sie nur Nachrichten von Gewalt bringen konnte. Dennoch war es unumgänglich, sich dieser Delegation vor allen anderen anzunehmen, weil sie das Ergebnis einer Militärhilfe war, die Juba selbst vom römischen Präfekten in der Provinz Africa Nova erbeten hatte, um sich vor den jüngsten Unruhen in den am wenigsten erforschten Teilen seines Reichs zu schützen.

Juba II. war mit fünfundzwanzig Jahren nach Mauretanien gekommen und hatte seinen neuen Thron bestiegen, bereit, an eine so oft unterbrochene Geschichte anzuknüpfen. Unzählige in der Vergangenheit geschlossene Bündnisse waren in den neuen Zeiten überflüssig geworden. Augustus hatte, indem er Mauretanien zu einem Königreich und nicht zu einer Provinz machte, seiner Politik eine neue Dimension hinzugefügt, wobei der junge Monarch allerdings schon bald feststellte, daß ihm diese Situation Probleme einbrachte, die frühere Könige nicht gekannt hatten.

Die Provinzen Afrikas standen zwar unter dem Gebot, sich ins Zusammenspiel der römischen Zivilisation einzufügen, waren aber permanent brodelnde Unruheherde. Im pausenlosen Auf und Ab der Geschichte tauchten ganze Stämme auf, verschwanden und erschienen plötzlich wieder. Fremde Völker, die bislang nur einzelnen, außergewöhnlich weit Gereisten bekannt waren, griffen zu den Waffen und unterbrachen für einen kurzen Augenblick die köstliche Idylle zwischen Rom und seinen Vasallenkönigen.

Juba II. sah sich gezwungen, dies zur Kenntnis zu nehmen, als der unangenehme römische Gesandte, der soeben sein Studierzimmer betreten hatte, von ernsten Komplikationen berichtete.

»Wir haben zwei Rebellen gefangengesetzt, und das ist gut so«, brummte er mit rauher Stimme. »Doch die anderen sind uns entkommen, und das ärgert mich maßlos.«

»Sei nicht so verbissen, Römer«, murmelte Juba und tat, als wäre er über dieses Thema erhaben. »Vielleicht sind sie weniger wichtig, als wir annehmen. Weniger gefährlich meine ich.«

Der Gesandte reagierte auf diese Aussage äußerst befremdet.

»Du bist zweifellos schlecht informiert, hoher Herrscher. Es mögen wenige Männer sein, dennoch sind sie zahlreich genug, um meine Soldaten zu verunsichern. Ihre Kriegstechniken sind primitiv, doch sie wissen den Überraschungseffekt zu nutzen. Verfolgen wir sie, verschwinden sie wie von Zauberhand, weil sie alle Geheimnisse der Berge kennen und sich in Gegenden verstecken können, die für uns unzugänglich sind. Meine Männer sahen sich unter diesen Umständen gezwungen, ihren Einsatz zu verdoppeln. Mögen sie in den Annalen der römischen Streitkräfte auch nicht einen ganzen Band hinterlassen haben, ein paar Seiten haben sie geschrieben.«

»Du brauchst dich nicht mit dem Mut und Wert der römischen Streitkräfte zu befassen«, erwiderte Juba mit gelangweiltem Spott. »Verrate mir endlich das Ergebnis all dieser bewunderungswürdigen Aktionen.«

»Ganz einfach: Die beiden Rebellen befinden sich in der Folterkammer. Erst bringen wir sie zum Sprechen, dann bringen wir sie um.«

Juba II. merkte, daß er sich mit seinen unangenehmsten Pflichten befassen und die Marterung der Gefangenen beaufsichtigen mußte. Er konnte sich bei dem Gedanken eine angewiderte Miene nicht verkneifen, was dem Römer nicht entging und ihm seine Verachtung eintrug. Denn er wußte sehr wohl, daß es der erste Besuch des Königs in den unterirdischen Kerkern war, dem Teil seiner Sommerresidenz, den er am allerwenigsten liebte. Juba schätzte es nicht, so nah bei der Grausamkeit zu wohnen. Doch der Palast war Teil einer Festung, die noch zu Zeiten seines Vaters von den Römern erbaut worden war. Da ihm jedoch die Unruhen der Feinde noch unangenehmer waren als die

Praktiken der Kerkermeister, entschied er sich für das kleinere Übel. Schließlich und endlich arbeiteten die römischen Truppen mit den seinen zusammen, damit er eine ungestörte Sommerfrische genießen konnte. Er seufzte bei dem Gedanken, daß der Zusammenprall von Gegensätzen nicht nur sein Problem allein war. Es ging allen Ländern so, auf deren Thron ein König saß, der von der Wölfin gesäugt und von ihr aufgezogen worden war.

In seinem Fall allerdings war der Widerspruch gewaltig: Er, ein für die Kultur geborener Mensch, sah sich gezwungen, sie zu beflecken, indem er die Anwendung von Gewalt erlaubte. Er löste den Konflikt, indem er sich an die Notwendigkeit von Gewaltausübung erinnerte. Diese Aufgabe legte er gern in die Hände seiner Verbündeten. Wollte Rom doch sicher einen kultivierten König, keinen Schlächter.

»Diese Situation gefällt mir wirklich nicht«, sagte er zu dem Gesandten. »Ich will vor der Welt nicht wie jener Tyrann aus Agrigentum dastehen, der seine Opfer in einen Turm sperrte und diesen anzündete, und genausowenig König Menenius von Etrurien nacheifern, der seine Gefangenen gern lebendig und an andere, bereits tote Männer angebunden begraben ließ.«

»Deine königliche Anwesenheit ist bei dieser Sache sehr hilfreich. Sie wird meinen Männern Mut einflößen. Widmen sie sich doch schon seit langem der Niederschlagung von Aufständen, die deine Untertanen auslösen, während es du nie für nötig befunden hast, dich bei ihnen sehen zu lassen, um dich zu bedanken oder sie einfach zu unterstützen. Sie fühlen sich deshalb als Fremde.«

»Was sie tatsächlich auch sind«, wollte Juba schon sagen, enthielt sich dann aber jeden Kommentars, weil der Gesandte und seine Offiziere darauf drängten, sich sofort in die Verliese zu begeben.

WÄHREND SIE DAS düstere Labyrinth der Gänge durchschritten, war Juba II. gezwungen, die Erklärungen des Cäcilius Muranus zu ertragen. Er verlor sich in langen und wirren Großsprechereien, Lobeshymnen auf den Mut seiner Truppen und Übertreibungen der hervorragenden militärischen Tugenden ganz allgemein. Dabei drückte er sich mit der typischen Ungeschicklichkeit eines Soldaten aus, der sein bescheidenes Glück gemacht und, ausgehend von der niedrigsten

Stufe, die militärische Rangleiter emporgestiegen war, was das Erlernen von Höflichkeit, Anstand und geistreichem Witz nicht eben begünstigt hatte – alles Eigenschaften, die ein so außergewöhnlich kultivierter König wie Juba II. zu schätzen gewußt hätte.

Doch er, Juba, teilte Freundlichkeiten in überreichem Maße aus. Daraufhin würden die eskortierenden Offiziere ihrem Anführer, dem ein berühmter Herrscher vor ihren Augen soviel Ehrerbietung zuteil werden ließ, mehr Respekt entgegenbringen. Was den Gesandten betraf, so konnte dieser angesichts der Gunstbezeigungen eines Mächtigen ein gewisses natürliches Unbehagen nicht ganz verbergen, genauer gesagt, ein leichtes Erschrecken vor diesem jungen Menschen, von dem es hieß, er könne einerseits die heikelsten philosophischen Probleme erörtern, andererseits aber auch auf dem Schlachtfeld glänzen. Letztere Eigenschaft respektierte er, die hatte Juba im Krieg gegen die Kantabrer an der Seite von Augustus auch zur Genüge unter Beweis gestellt. Jubas intellektuelle Fähigkeiten hingegen verachtete er. Wie alle Militärs, die aus dem Nichts zu Ruhm und Ehren gekommen waren, hegte er ein tiefes Mißtrauen gegen die Intelligenz und verabscheute Mitgefühl und Empfindsamkeit.

Deshalb kam er wieder auf die Gefahren zu sprechen, die in den Höhlen des Atlas lauerten, in jenen unerforschten Gegenden, die sich jenseits der großen Flüsse und in den unbekannten Schluchten der Wüste erstreckten.

»Eigentlich sollte ich meine rebellischen Untertanen nicht loben«, sagte Juba, »doch die Fertigkeit, sich unter solchen Umständen zurechtzufinden, ist ihnen angeboren. Seit vielen Jahren haben die Mauretanier in zahlreichen Kriegen ihren Mut unter Beweis gestellt und, wie man sich erzählt, in den Kriegen des heldenhaften Jugurtha als leichte Reiterei eine großartige Rolle gespielt.«

»Held, sagst du? Dieser Barbar war einer der schlimmsten Feinde Roms, wenn wir nicht belogen wurden.«

»Gewiß. Jugurtha war ein großer Feind von Rom, und ich, sein Nachfahre, bin ein großer Freund des Augustus. Heldentum kennt jedoch keine Parteien. Heldenhaft war Julius Cäsar, als er meinen Vater besiegte, und heldenhaft der große Juba I., als er sich gegen ihn wehrte. Tapfer war Augustus in all seinen Kriegszügen, tapfer auch Königin Candancia in den ihren.«

»Bist du denn nicht der Rivale dieser verdammten Einäugigen?«

»Aus Gründen, die du nicht verstehen wirst. Wegen der Quellen des Nils.«

»Rivalitäten um irgendwelche Quellen, das verstehe, wer will. Ist Rom etwa nicht voll davon?«

»Gewiß. Doch es gibt noch viele andere in der weiten Welt, über die Rom nicht verfügt. Die Quellen des Nils zum Beispiel.«

Der Gesandte fixierte den König verwundert. Konnte so viel Naivität mit so großer, vielgelobter Intelligenz einhergehen?

»Wenn sie sich nicht in Rom befinden, bedeutet das, daß sie wenig wert sind. Wer wird sich für diese Quellen interessieren, wenn ihre Wasser nicht die Brunnen speisen können, die das Forum schmücken sollen, welches Augustus bauen läßt und das mit seiner Pracht alles in den Schatten stellt, was immer es im Reich dieser schrecklichen Einäugigen geben mag.«

Juba II. wollte das Spiel bis zum Ende spielen und erlaubte deshalb dem Gesandten, sich nach Herzenslust zu verbreiten.

»In deinen Worten liegt viel Weisheit, tapferer Soldat. Denn es ist wahr, daß Königin Candancia einäugig ist. Doch was könntest du ihr sonst noch vorwerfen?«

»Dreckskönigin. Sie schläft mit den Ungeheuern des Meeres, ist verschwistert oder verschwägert mit der Gorgo und dabei giftiger als alle Schlangen auf deren Haupt.«

»Sprich nicht so von ihrer Hoheit, ich bitte dich«, wies ihn Juba ein wenig geziert zurecht. »Alle Könige der Erde sind einander verbunden, vergiß das nicht. Durch unsere göttliche Herkunft zumindest.«

Einen römischen Soldaten in seinem Alter, der noch nach strengsten republikanischen Grundsätzen erzogen worden war, erinnerten die Worte Jubas an so seltsame Gebräuche, daß sich sein Verstand weigerte, sie zu begreifen. Eingedenk der Erziehung, die Juba in Rom genossen hatte, waren sie noch unbegreiflicher, denn dabei sollte er doch gelernt haben, daß der Glaube an ein königliches Gottesgnadentum Unsinn war und nur in unterentwickelten Ländern vorkam. Auch wenn dadurch die Göttlichkeit des Augustus selbst in Frage gestellt wurde – ein Thema, das für jeden Republikaner heikel war.

Ein römischer Soldat konnte nicht so einfach hinnehmen, daß die Eroberung eines Königreichs auf etwas anderes als den Willen Roms zurückzuführen sein sollte, mochte dieser sich durch den Kaiser oder durch den Senat geäußert haben. Deshalb dachte er: Es gibt keine Götter, die etwas taugen, du dummer Junge. Ein Cäsar hat dieses Reich deinem Vater entrissen. Ein anderer gab es dir zurück. Und die einzige göttliche Geschichte dabei ist die verdammte Mutter, die euch beide gebar.

Doch das mutwillige Lächeln, das Jubas Gesicht in diesem unpassenden Moment erhellte, verunsicherte ihn. Er wußte nie, wie er die Einfälle dieses jungen Mannes, der über ihm stand und den zu kontrollieren er trotzdem verpflichtet war, einschätzen sollte.

»Deine Abneigung gegen die äthiopische Herrscherin verwundert mich nicht«, sagte Juba äußerst verschmitzt. »Ich meine mich zu erinnern, daß sie dem Präfekten von Rom in Alexandria eine schändliche Niederlage bereitet hat.«

Juba lächelte beim Gedanken an Candancia, die wie eine Furie über den Namen Roms hergefallen war und ihn verhöhnt hatte, insbesondere aber das Ansehen von Cajus Petronius herabsetzte, des Präfekten, den Cäsar Octavianus zum Herrn über Alexandria, mehr noch, über ganz Ägypten eingesetzt hatte.

Wenn er die Frage der Nilquellen sowie seine unverbrüchliche Treue zu Augustus beiseite ließ, konnte der große Juba nur voll des Lobes sein für die phantastische Strategie der äthiopischen Herrscherin gegenüber einer Armee, die der ihren an Größe um ein Vielfaches überlegen war.

Angesichts der Tatsache, daß es Wahnsinn gewesen wäre, sich der gewaltigen militärischen Macht Roms entgegenzustellen, entschloß sie sich dazu, durch List zu siegen. Sie hatte das jüngste Beispiel von Antonius und Kleopatra und deren Niederlage bei Actium vor Augen, dem Tod all ihrer ehrgeizigen Pläne. Nachdem auch die äthiopischen Truppen in verschiedenen Scharmützeln geschlagen worden waren, vermied sie einen weiteren Kampf auf offenem Schlachtfeld. Sie versteckte sich mit ihren Männern an einem geheimen Ort in der Wüste, während die Römer ihre Hauptstadt Napata besetzten. Doch die war leer. Die Äthiopier hatten sie verlassen, und die Römer eroberten lediglich eine Geisterstadt.

Nach und nach gingen die Vorräte in der Stadt zur Neige. Bald kam der Hunger, denn den Besatzern war die Gegend unbekannt, und so konnten sie keine Nahrungsmittel auftreiben.

Napata wurde verlassen. Dann kam der lange und mühsame Rückweg nach Alexandria. Tausende von Kilometern durch unwirtliche

Wüsten, in deren Sand die römischen Soldaten versanken. Was Candancia nicht davon abhielt, Rache zu nehmen. Sie nutzte die Schwäche des Giganten, sandte ihm ihr Heer entgegen, und bald konnten die Völker am Nil sagen, daß sich die Sandalen der einäugigen Königin besser zum Austeilen von Tritten in den Hintern des Feindes eigneten als das beste Schuhwerk römischer Krieger.

Der Gedanke an diese Ereignisse stürzte den zivilisierten Juba II. in einen Konflikt. Einerseits verabscheute er die wilde Candancia, weil sie mit ihrem Widerstand die Friedensabsichten von Augustus durchkreuzte, andererseits bewunderte er die Frau, die eines dieser legendären ungezähmten Wesen war. Wäre sie in Alexandria geboren, hätte sie als Idealgestalt Phaidros Antomanus' Phantasie beschäftigt, davon war er überzeugt. Die große Kleopatra war wohl von gleichem Holz gewesen.

Als sie sich den Verliesen näherten, wollte Juba den schrecklichen Schmähtiraden des Gesandten ein Ende setzen.

»Es darf dich nicht stören, daß jemand nicht einverstanden ist mit Rom. Zu allen Zeiten, unter jedem System, gab es eine Opposition. Wir können nicht so tun, als wären alle einer Meinung.«

»Du mußt es wissen, schließlich hast du Geschichte studiert, nicht ich. Ich jedenfalls kann in die früheren Jahrhunderte keine Ordnung reinbringen. Sie bleiben ein Durcheinander, wenn es denn so viele waren, wie man sagt. Der Gegenwart mit Festigkeit zu begegnen, das ist meine Aufgabe. Ich habe jede Unruhe im Hoheitsbereich des Augustus zu verhindern, hoher Herr, um es deutlich auszudrücken.«

»Im Hoheitsbereich Jubas«, berichtigte ihn der König.

»Ist das nicht das gleiche?«

Juba II. konnte eine gewisse Trauer nicht verbergen. Die plumpen Worte des Gesandten, sein schlecht ausgeprägtes Gefühl für die passende Gelegenheit, zwangen ihn, sich von seinen strahlenden kulturellen Träumen zu verabschieden und sich auf die spezifischen Funktionen seines Königreichs zu besinnen.

Doch Cäcilius Muranus war eifrig damit beschäftigt, seine eben an den Tag gelegte Plumpheit zu rechtfertigen. Der einfühlsame Monarch beobachtete seine Bedrängnis und seine ungeschickten Bemühungen, weitere Grobheiten zu vermeiden, und amüsierte sich sogar ein wenig dabei.

Doch vor den Türen der Folterkammer verhärtete sich seine Miene.

Aus ihrem Innern drang furchtbares Geheul, das an den Mauern und Gewölben widerhallte. Diese gequälten Schreie rührten sogar die Soldaten.

Die gefolterten Leiber der Gefangenen bäumten sich auf unter der Anwendung von Gewalt. Einer vielleicht notwendigen, aber auch entsetzlichen Gewalt.

Einen der Gefangenen, ein Mann im reifen Alter, um die fünfzig, hatte man auf die Folterbank gestreckt und die Seile bis zum Zerreißen gespannt. Er lag wohl schon sehr lange so da, seine ausgerenkten Gelenke, sowie die Ohnmacht, die er erlitten hatte, ließen diesen Schluß zu.

Das andere Opfer war jung, fast noch ein Knabe. Er hing an einer Art Kreuz, und an seinen Füßen waren schwere Steine befestigt, die die Muskulatur nach unten zogen, während ihn seine Peiniger nach oben, Richtung Decke zerrten, und zwar so heftig, daß seine Handgelenke, die in engen Eisenringen lagen, heftig bluteten.

Doch damit nicht genug der Schrecken. Die Folterknechte hatten in ihrer Wut die nackten Leiber mit verschiedenen Instrumenten traktiert, die die Haut abzogen und sich langsam ins Fleisch bohrten. Stangen, heißgemachte Eisenteile, aber auch mit Eisenspitzen besetzte Peitschen, rotglühende Zangen, nichts wurde ausgelassen, um das Fleisch zu einer unförmigen Masse offener Wunden und Verbrennungen zu machen.

Trotzdem war die Hautfarbe der Leiber noch zu erkennen, und Juba fühlte sich sogleich davon angezogen. Er verglich sie mit der seinen und schauderte. Es war die gleiche Farbe. Diese dunkle Farbe, wegen der er sich in seiner Zeit in Rom immer anders gefühlt hatte als der Rest der Bürger. Es war die Farbe Afrikas, etwas schwächer und heller als die anderer Stämme. Da wurde ihm mit einem Mal klar, daß die Hautfarbe seiner Feinde auch die seine war und sich wie die seine von der dieser Römer, die sich paradoxerweise seine Verbündeten nannten, unterschied.

»Sind das Gaetulier?« fragte der Römer, auf die Gefangenen deutend.

»Nein. Die Gaetulier sind weißhäutig. Fast so weiß wie du, Gesandter.«

Der Angesprochene wechselte einen verwunderten Blick mit seinen Offizieren. Für diese Fremden war der Schmelztiegel der Rassen in den afrikanischen Provinzen noch immer verwirrend und geheimnisvoll. Auf den Märkten Roms hatten sie Sklaven gesehen, deren Haut dunkler war als der Nachthimmel über der Wüste, doch wenn sie dann in irgendeine entfernte Gegend geschickt wurden, nach Numidien etwa, begegneten sie dort zu ihrer Überraschung Stämmen mit völlig hellhäutigen Menschen. Mochte ihre Haut auch von der Sonne verbrannt sein, mochten die langen Wüstenwanderungen sie rissig gemacht haben wie ausgetrocknete Erde, der Teint der Menschen variierte. Und auch die Palette der Augenfarben reichte vom intensivsten Schwarz bis zum strahlenden Blau der Aquamarine.

Und hier, in diesem Moment, zwischen dem Gebrüll der Opfer und den Geräuschen der Folterbank, begriff der römische Gesandte eine weitere verstörende Wahrheit. Ein gebildeter und überaus glaubwürdiger König informierte ihn, daß die Gaetulier, der Schrecken etlicher Generationen von römischen Truppen, keine Dämonen waren, deren Haut Vulcanus, der Gott des Feuers, in seiner Schmiede geschwärzt hatte. Daß sie weiß sein konnten wie der edelste Senator von Rom oder ein über jeden Verdacht erhabener Angehöriger des Adels.

»Herr, dann sind wir erledigt!« rief der Gesandte betont vulgär. »Wenn diese Männer keine Gaetulier sind, wie sie seit den Zeiten der Bürgerkriege in diesem Land leben, dann befinden wir uns in einer Lage, die ernster ist als vermutet. Das heißt, es gibt noch andere Stämme, die der römischen Wölfin ans Fell wollen. Sag mir, um welchen Stamm handelt es sich?«

Er trat auf den Gefangenen zu, der auf der Folterbank ausgestreckt lag, packte ihn an den Haaren und hob den Kopf auf Jubas Augenhöhe. Doch der zuckte mit den Achseln und wandte sich mit allen Zeichen äußersten Überdrusses zur Tür.

»Du kennst wohl nicht alle Stämme deines Reichs?« fragte der Soldat verwirrt.

»Nur aus den Büchern. Diese Frage können dir meine Hauptleute besser beantworten.« Und dann fügte er traurig hinzu: »Möglicherweise gehört einer dem Stamm dieser Männer an. Ich weiß es nicht, denn schließlich lebe ich in einer Stadt, die man ›das neue Athen‹ nennt, schließlich heiße ich Cajus Julius Juba, wie du weißt, und besitze das römische Bürgerrecht.«

Die Soldaten blickten einander verständnislos an. Im Grunde bemühten sie sich auch nicht zu verstehen. In ihren Augen lag eine große Müdigkeit, ausgelöst von der langen Zeit der Rebellenverfolgung. Sie waren dreckig und verschwitzt, eine echte Schande für die makellose Perfektion römischer Truppen. Der elegante Monarch betrachtete sie mit Abscheu.

»Wie auch immer, diese Männer müssen hingerichtet werden«, sagte Cäcilius Muranus. »Und ich wage die Bitte, deinen Truppen ein Beispiel zu geben und der Exekution beizuwohnen.«

»Gut«, sagte Juba kurz und ohne sich auch nur zum Schein um Höflichkeit zu bemühen.

Ihm schien daran gelegen, seine Vorstellungen von Schönheit und Eleganz nicht vom Einbruch der Realität beeinträchtigen zu lassen. Er überließ also seine rebellischen Untertanen den Händen der Schergen, die sich auf die Sache verstanden, und bat einen von Cäcilius Muranus' Offizieren, ihn zu seinen Gemächern zu führen. Endlich allein, brach er an seinem Arbeitstisch zusammen und vergrub das Gesicht in den Händen. Er begriff, daß die Welt jenseits dieser schützenden Mauern ein bedrohlicher Abgrund war, in dem Häßlichkeit und Ekel herrschten.

Doch selbst die schrecklichen Ereignisse dieser Nacht konnten seine Leidenschaft für das Universum nicht auslöschen ... die Leidenschaft, mit der er jedes Lebewesen feierte und die ihn voller Neugier alle Möglichkeiten ausschöpfen ließ, die seine Zeit ihm bereithielt.

Eine glückliche Zeit, in der das Leben archiviert werden konnte! Es gab in seiner Reichweite Bücher über jedes nur denkbare wissenschaftliche Thema, über jede Kunst, die jemanden faszinieren, über alle Philosophien, die einen gebildeten Geist beschäftigen mochten. Grammatiklehren verschiedener Sprachen, Studien überaus seltener Dialekte, die er selbst in Auftrag gegeben hatte, kurze Abrisse über Malerei, Bildhauerei, Dichtkunst, Naturwissenschaften, Geometrie, Botanik ... Und dort, in einem kleinen Observatorium, hoch auf einem Felsvorsprung errichtet, mehrere Tische, auf deren Marmorplatten Himmelskarten ausgebreitet wurden, astronomische Meßgeräte und die raffiniertesten Gerätschaften für Malerei und Schrift.

Plötzlich richtete sich sein Auge auf die Büsten, die das Atrium neben seinem Studierzimmer schmückten. Er erblickte sie durch die halboffene Tür, wie sie dort, den Raum beherrschend, in ihren mit marmornen Muscheln verzierten Nischen standen. Es waren die Büsten geliebter Menschen, die als Schutzgeister fungierten, wie es in jedem römischen Haus üblich war.

Er ging langsam zu ihnen hinaus. Sie wirkten in der Dämmerung noch ehrfurchtgebietender. Und Ehrfurcht sollten sie tatsächlich einflößen, waren es doch Abbilder der wichtigsten Mitglieder des römischen Herrscherhauses:

Livia, Julia, Tiberius, der unglückliche Marcellus ... alle waren sie hier versammelt und wachten über das Haus und die Politik des Königs von Mauretanien.

An einer besonders hervorgehobenen Stelle befand sich die Büste der edlen Octavia, der großen Dame Roms. Die große Mutter, große Gattin, große Freundin aller. Der Künstler hatte sie so unglaublich perfekt dargestellt, so sehr einer Göttin gleich, daß es ihr, bescheiden wie sie war, sicher peinlich gewesen wäre.

Schließlich Augustus. In seiner ganzen Herrlichkeit, bereit, seinem Schützling die Botschaft all seiner großartigen Titel zu übermitteln. Der Pater Patriae. Der *princeps.* Herr aller Gewalten. Edel, ernst, patriarchalisch. Künder der strengsten Tugenden. Bewacher der schönsten und ältesten Tugenden seines Stammes. Abkömmling der Venus. Förderer der Künste. Höchste Inspiration der Poeten.

Diese Büste gefiel Juba II. Sie gab ihm Halt, aus ihr schöpfte er Sicherheit. Sie vermittelte ihm das Selbstvertrauen dessen, der weiß, was er will. Er flüchtete sich in dieses Gefühl, lächelte gewollt komplizenhaft, streichelte die marmornen Wangen und tat, als kitzle er sie.

Schließlich hatte er dem großen Augustus viel zu verdanken. Immerhin ein Königreich. Und eine Königstochter als Gattin.

AUF DEM WEG in den Saal, in dem das Festmahl stattfinden sollte, fühlte sich Phaidros Antomanus einmal mehr seiner Umgebung und den nächtlichen Aktivitäten sehr fremd. So stand es also um ihn. Er war im Grunde eben ein Verschleppter und blieb ewig von den anderen getrennt.

Die Zeit hatte seinen Grundsatz bestätigt, den er bei einer bestimmten Gelegenheit Porcia Honoria dargelegt hatte: »Ich bin mir selbst Gesellschaft genug, was mich zum einsamsten aller Menschen gemacht hat. Doch diese Gesellschaft ist öde und kann mir nichts bieten. Vielleicht gehe ich deshalb so friedlich meinen Weg? Kein Schatten liegt darauf, nicht die Spur eines Gewissens.«

Er hielt sich auch für einen Fachmann, was Teilnahmslosigkeit betraf. Doch sein Diener, der den langen Werdegang bis dahin kannte und all seine Bewegungen überwachte, erteilte ihm eine lang einstudierte Mahnung: »Nimm dich endlich zusammen, Meister der Traurigkeit, denn das Leben ist in deiner Reichweite. Du mußt nur die Hand danach ausstrecken, um ein kleines Stückchen davon zu erhaschen. Es wird dich überraschen, daß dieses Stück, so klein es ist, mehr als ausreicht, um deine Tage zu erfreuen ...«

Wollte Phaidros Antomanus zu der Landschaft Zuflucht nehmen, die ihn umgab, empfand er sie als Kerker, als ein Gefängnis aus scharfkantigem, zerfressenem Gestein, ein getreues Abbild seines inneren Zustands.

Wie mächtig zeigte sich die Natur! Hier waren Steinmassen, wie zu Palästen aufgetürmt, trutzige Festungen, die im Traum nicht einzunehmen waren. Dort erhoben sich Felsen, vom Regen der Jahrmillionen ausgewaschen, wie seine Seele von millionenfachen Tränen. Bizarre, phantastische Felsen in Form von Säulen, Prismen, Zähnen, ja muskulösen Armen gleich. Das war sie, die zauberhafte Landschaft, die Juba ihm damals, vor langen Jahren, in Octavias Garten so lebhaft geschildert hatte.

Doch als er zum großen Bankettsaal kam, erwartete ihn eine neue Enttäuschung.

Während ihm die Berge voller verlockender Geheimnisse erschienen, war Jubas Hof nur das genaue Abbild irgendeines Gelages in einer beliebigen römischen Villa, nichts anderes. Während ihm die Berge von fremden Völkern kündeten, von wunderbaren Dörfern, ungewöhnlichen Tierarten und überirdischen Gesängen, boten ihm die Höflinge Jubas die Tracht, die Schminke und die Perücken, die er bis zum Überdruß aus den Salons anderer Städte des Römischen Reiches kannte.

Sein Diener – er hieß Cleandrus – war nicht überrascht, daß sein Herr wieder einmal mit völlig unbewegter Miene und ohne die geringste Sympathiebezeugung einen Raum betrat. Auch die Höflinge waren nicht überrascht. Alle, die bislang mit Phaidros Antomanus zu tun gehabt hatten, hielten ihn für einen menschenscheuen Mann ohne den geringsten Sinn für Humor, mit der unangenehmen Neigung zur Absonderung. All diese Fehler waren um so bedauerlicher, als sie sein vielversprechendes Äußeres, seine überaus erfreuliche und unglaublich attraktive Erscheinung Lügen straften. Er schien von einer Aura kindlicher Unschuld umgeben, die ihm, zusammen mit seiner geringen Körpergröße, das Aussehen eines ewigen Jünglings verlieh, als wäre die Zeit irgendwann, an einem sehr frühen Punkt, stehengeblieben und als widersetze er sich allen Gesetzen des Alterns. Er rief zärtliche Beschützerinstinkte hervor, unbewußt und ungewollt. So, daß manche Damen berichteten, er löse mütterliche Gefühle in ihnen aus, obwohl er diesen keinen Vorschub leistete, sich schroff und abweisend gab, dazu den Stolz des Hauptstädters an den Tag legte, der das Leben und Treiben in der Provinz mit herablassender Verachtung betrachtet. Andererseits wiesen ihn die Eleganz und Pracht seiner Gewänder, die er bis zu dreimal am Tag wechselte, als einen erfolgreichen Mann aus.

Die Tatsache, im Zentrum des allgemeinen Interesses zu stehen, schüchterte ihn keineswegs ein. Schließlich hatte er sich zum Vorlesen in die Mitte der kreisförmig aufgestellten Triklinien plaziert. Er bestand die Situation mit aus langer Erfahrung gewonnener Sicherheit, einer Sicherheit, die er nicht nur aus seinem Beruf ableitete, aus dem Erfolg seines schriftstellerischen Werks oder der Aufführungen seiner Theaterstücke. Bevor eine Reihe von ungewöhnlichen Umständen einen berühmten Autor aus ihm gemacht hatten, dessen Komödien die Theater füllten und in den berühmtesten Schreibwerkstätten wieder und wieder kopiert wurden, war Phaidros Antomanus gezwungen gewesen, mißlaunige Gäste vieler vergleichbarer Gelage mit Vorlesen zu unterhalten oder später, als er schon bekannter war, die Mitglieder der hochstehendsten literarischen Zirkel der Hauptstadt. Eine peinliche, unangenehme Sache.

Dennoch durfte er es sich erlauben, mit fast schon despotischem Stolz auf die anderen herunterzusehen. Konnte er sich doch damit brüsten, sein Ansehen nicht dem Kreis um Maecenas zu verdanken, sondern der Begeisterung des Volks in den niederen Rängen des Theaters. Das trug ihm eine Sonderstellung ein und machte ihn zugleich zum einsamsten der erfolgreichen Männer seiner Zeit.

Während das Gelage hier in den entlegenen Bergen Afrikas, das eine Nachahmung der römischen Sitten und Gebräuche sein wollte, in vollem Gange war, fühlte Phaidros Antomanus eine wachsende Fremdheit, die sich angesichts der Spekulationen der Teilnehmer über seine Vergangenheit noch verstärkte.

»Es heißt, er verdanke seinen Erfolg der Laune einer bestimmten adligen Dame. Dank ihres Vermögens besitzt er ein Haus mit Garten auf dem Caelius, wo nur die reichen Römer wohnen, und ein Landgut mit großem Park im Norden von Italien, nahe des Sees, an dem Catull lebte. Dort wohnt nur, wer sich Inspiration mit Goldmünzen erkaufen kann.«

»Wie jeder Künstler, der sich in Rom einen Namen gemacht hat. Mit einem großzügigen Gönner ist die Sache einfacher. Besagte Dame hat ihn in den Kreis um Maecenas eingeführt. Man sagt allerdings, daß er diesen auf sehr unschöne Weise verlassen habe. Der große Herr hat ihm eine gewisse Kränkung nicht verziehen.«

Phaidros Antomanus hatte für das Geschwätz, daß angeblich kein Künstler ohne Maecenas' Protektion auskäme, ja ohne sie ein Nichts wäre, nur ein verächtliches Lächeln übrig.

Denn er wußte genau, daß er viel war.

ALS KLEOPATRA SELENE, die höchste Majestät Mauretaniens, den Salon betrat, standen alle Anwesenden auf und erhoben ihre Becher.

Sie war von ihren Damen umgeben und versuchte vor den gebildeten Freunden aus so vielen Teilen der Welt freundlich zu erscheinen. Doch die Geschichte, die Phaidros Antomanus im Begriff war vorzulesen, erregte sie offensichtlich.

Sie bewahrte aber Haltung und ließ sich die Nervosität, die sie bei der Erinnerung an diese Niederlage befiel, nicht im geringsten anmerken. Niemand sollte sagen können, dort auf dem fernen Thron, zwischen Meer und unerforschten Wüsten gelegen, herrsche eine exotische Königin. Nichts war orientalisch an ihr, nichts afrikanisch. Sie kleidete sich wie eine der ehrwürdigsten Matronen der Hauptstadt, mit in strenge Falten gelegten Tuniken und Stolen in gedeckten Farben. Ihre Frisur hatte nichts zu tun mit dem übertriebenen Kult, dem die Frauen ihres Hofes huldigten, die sich für die außergewöhnlichsten Färbungen und besonders geflochtene Zöpfe begeisterten. Im Gegenteil: Sie trug das Haar bewußt mit äußerster Schlichtheit zu einem Knoten im Nacken gebunden und gestattete ihm kein einziges Schmuckstück, woran es ihr mit Sicherheit nicht gemangelt hätte. Selbst auf einen Blumenkranz, die obligate Kopfzier bei jedem Bankett der adligen Gesellschaft, verzichtete sie. Ihre nüchterne Erscheinung wurde von ihrem Verhalten noch betont. Sie erlaubte sich keine unangemessene Erregung, keine noch so kleine Unachtsamkeit.

Nicht umsonst waren viele der Meinung, die Königin von Mauretanien gliche sowohl im Verhalten wie in ihrer äußeren Erscheinung der am meisten bewunderten Dame Roms, nämlich der unvergleichlichen Octavia, der Schwester des Augustus.

Sie bekräftigte diesen Eindruck mit einem melancholischen, aus einer alten Erinnerung gespeisten Lächeln für den Autor. Es war das Lächeln des Mädchens, das er in den traurigen Tagen, in den bitteren Stunden des Schmerzes gekannt hatte.

Doch diese Erinnerung verschwand sofort, als Juba II. den Salon betrat und den Hofstaat mit seiner charakteristischen Herzlichkeit begrüßte.

Als er sich auf einem Triklinium neben dem seiner Gattin niedergelassen hatte, bedachte er Phaidros Antomanus mit einer freundlichen Geste und sagte:

»Autor und Freund, du kannst mit deiner Lesung beginnen. Nun, da ein gütiges Geschick dich auf den hohen Rang plaziert hat, den du heute einnimmst, und damit auch all denen einen Gefallen tat, die der edlen Kunst des Theaters anhängen, gestatte uns jedoch auch, daß wir das Gelesene einer klaren Kritik unterziehen. Sie wird dir zum Vorteil gereichen, denn sicher ist dir bewußt, daß jeder, der sich fremder Kritik aussetzt, sein eigenes inneres Wachstum fördert.«

»Jede Kritik, wenn sie von Juba kommt, ist eine Bereicherung. Gestatte mir, folgendes zu sagen: Hilf mir mit deinem Verstand, meine Fehler zu erkennen, doch laß auch dein Herz sprechen, damit ich begreife, was dieses Werk tatsächlich für mich bedeutet. Denn ich habe einen langen Weg hinter mir, um es heute der letzten Nachfahrin von Antonius und Kleopatra zur Beurteilung vorzulegen. Ich habe mein Bestes hineingelegt und alles, was ich gelernt habe, seit ich anfing zu schreiben.«

Jetzt blickte er Kleopatra Selene direkt in die Augen und fügte, angesichts ihrer steigenden Unruhe hinzu:

»Ich widme es dir, edle Herrin, in Erinnerung an das Mädchen, das mir zum ersten Mal von Alexandria erzählt hat.«

Da fing der Schriftsteller an, dem auserwählten edlen Publikum sein Drama vorzulesen:

Höre, Alexandria, meinen Grabgesang. Ich besinge den Tod der Könige, beweine den Wortbruch der Götter, beklage laut das Scheitern einer Liebe. Und so bitte ich dich, grausame Unglücksgöttin, lege Tragik in meine Stimme und beflügle meine Zärtlichkeit. Obschon ich weiß, daß alles bereits geschrieben wurde und daß mein Traum schon früher geträumt wurde.

Denn wahrlich, es gibt keine neuen Träume mehr
alle Träume wurden bereits geträumt …

Während Phaidros Antomanus die Szenen las, die dem dramatischen Ende von Antonius und Kleopatra vorangingen, erblaßte die Königin von Mauretanien zusehends. Diese Worte führten sie an ihre Ursprünge zurück, mit diesen Toten kehrten ihre Ängste wieder …

Je weiter das Werk fortschritt, desto deutlicher wurden die Schrekken. Sie fühlte sich in jene schicksalhafte Zeit versetzt, und das verursachte ihr Übelkeit und Schwindel. Da stieg in der Seele der Königin ein lange unterdrückter Schrei wieder auf und eine Stimme, die rief: »Alexandrias Kinder! Diese armen Kinder ohne Zukunft!«

Passend zu dieser Erinnerung sang im Werk von Phaidros Antomanus hier der Chor:

»*Die Parzen! Schau sie dir an, gedemütigte Stadt, schau, wie sie sich am Himmel nähern, verheerenden Plagen gleich, unbarmherzige Unglücksschwestern, die einen Leichenzug anführen. Sie kommen geflogen, auf Geiern reitend, die nach geronnenem Blut dürsten und nach Aas gieren. Sie atmen den Geruch der Gedärme, die in den breiten Straßen verwesen und die Luft in den Parkanlagen verpesten …*«

Nun steuerte die Tragödie ihrem Höhepunkt zu. Es waren die Szenen des Selbstmords von Marcus Antonius und Kleopatra und insbesondere die tragische Hinrichtung des Prinzen Cäsarion in einem unterirdischen Gefängnis von Memphis. Doch diese Szenen, bei denen es zu einer Katharsis kommen sollte, waren noch nicht geschrieben, und Phaidros Antomanus ging zum Epilog über, der sich auf die Person von Cäsar Octavianus konzentrierte, den unbestrittenen Sieger über Alexandria.

Kleopatra Selene staunte noch einmal über die wohl stärkste Herausforderung dieses Abends. Denn waren die Szenen bislang dazu angetan, an ihre intimsten Erinnerungen zu rühren, so wurden sie nun zu einem gewaltigen, kollektiven Klagelied zur Erinnerung an die größte Kränkung, die Alexandria je widerfahren war.

Phaidros Antomanus las den Titel des Epilogs:

»CÄSAR OCTAVIANUS SCHÄNDET DEN HEILIGEN LEICHNAM ALEXANDERS«

Die Königin von Mauretanien bedurfte nicht der verzweifelten Worte des Autors, ihres Freundes! Was immer er sagen mochte, war Teil einer Geschichte, an die sie sich so oft erinnerte, Teil ihrer schon zwanghaften Klage über den Untergang der geliebten Stadt.

In diesen Erinnerungen, in dieser so oft von den Beschwörern der Katastrophe wiederholten Geschichte, wurde der große Augustus wieder zu Cäsar Octavianus, dem Mann, der sie in seinem Triumphzug durch Rom mitgeführt hatte, um sie zu demütigen.

CÄSAR OCTAVIANUS, EISKALT, berechnend, unerbittlich. Cäsar Octavianus, mit den überaus feinen Zügen, dem zu einem künstlichen Lächeln gefrorenen Mund, den Augen, die sich weigerten, eine innere Regung zu verraten. Die absolute Kälte. Die eiserne Entschlossenheit. Der Ehrgeiz, mit dem er sich über jedes Hindernis hinwegsetzen würde, um eines Tages zum großen Augustus zu werden.

Dieser Cäsar Octavians kam aus tiefer Vergangenheit zurück, um diese schmähliche Erinnerung anzuführen. Er, der von den Lippen der Sklavin, die zusammen mit Kleopatra gestorben war, die unsterblichen Worte gehört hatte:

»Ist deine Herrin würdig gestorben?« fragte ein Soldat.

»Würdig in der Tat«, antwortete die Sklavin. »Wie es der letzten Nachfahrin eines so edlen Herrscherhauses gebührt.«

Dann verließ er das Mausoleum, in dem soeben die letzte Königin von Ägypten ihr Leben ausgehaucht hatte, und schickte nach den Priestern des Serapis. Während des Gesprächs wurde sein Gesicht noch ernster, dann ordnete er eine Siegesfeier an und die Demütigung der Unterworfenen.

»Begleitet mich zur Grabstätte Alexanders, schließlich bin ich, der ich sein Geschlecht besiegt habe, ein ebenbürtiger Krieger.«

Wäre Alexandria nicht von Angst gelähmt gewesen, hätte es verwundert dem entschlossenen Schritt des Invasoren gelauscht, der mit frecher Geringschätzung die geheiligten Gänge der Soma entweihte. Alexandria hätte geweint, denn in diesem Grab, das die Römer Ptolemaion nannten, ruhten der Gründer der Stadt und die nachfolgenden, ruhmreichen Könige.

Und als die Alexandriner, begierig, ihm ihre stolze Vergangenheit zu zeigen, Cäsar Octavianus fragten, ob er diesen edlen Herrschern die Ehre erweisen wollte, bemerkte der Sieger trocken:

»Ich bin gekommen, einen Helden zu sehen, keine Leichname.«

Rom fügte der Kette von Gewalttaten noch eine hinzu. Rom beließ es nicht bei der Zerstörung Alexandrias, sondern griff auch noch seine Mythen an, womit es der Stadt den größten Schlag versetzte.

Ein einziger Mythos war übriggeblieben, und zwar der Gott, der aus der Zeit geboren war, das machtvolle Symbol, worauf sich durch all die Jahrhunderte die gesamte Frömmigkeit Ägyptens bezog. Deshalb fragen die Alexandriner Octavianus, ob er sich vor dem heiligen Stier Apis niederzuwerfen wünsche. Doch dieser erwiderte: »Ich bete zu den Göttern, nicht zum Vieh.«

Trauriges Alexandria. Es weinten die Jungfrauen in den Tempeln. Die Säuglinge in ihren Bettchen wunderten sich. Die Sternbilder fielen vom Himmel auf die Wellen und weckten die im Grund des Ozeans schlafenden Vulkane.

Octavianus war sich des Ausmaßes seiner Kränkung nicht bewußt. Er wandte den ptolemäischen Königen, die in den wunderbaren Marmorsarkophagen ruhten, den Rücken zu, wischte mit einer Handbewegung all die Jahrhunderte beiseite, die seiner eigenen Herrlichkeit vorangingen, und ging schnurstracks auf den mit Glas verspiegelten Sarkophag zu, der, ein Wunderwerk an Schönheit, von Fackeln unruhig beleuchtet, im Zentrum der Grabkammer stand.

Alexanders Sarkophag, endlich.

Hier ruhte der Held, einbalsamiert, wie es seit Jahrtausenden üblich war am Nil, das Gesicht traditionsgemäß unter einer prachtvollen Goldmaske verborgen. Doch sowohl seine Bekleidung als auch seine Körperhaltung entsprachen der griechischen Tradition, was einen eigenartig zwiespältigen Eindruck hervorrief. Diese Mischkultur hatte Alexandria hervorgebracht.

Da befahl Octavianus, den Sarkophag zu öffnen und die glänzende

Goldmaske zu entfernen, um dem größten aller bekannten Helden direkt begegnen zu können.

Als er ihn aus der Nähe sah, fand er sich zutiefst enttäuscht. Sollte dies das Antlitz sein, das unzählige Krieger und Dichter gepriesen hatten? Es war im Lauf der Jahrhunderte zu einem verschrumpelten Stück faltiger Haut geworden, zerstört von den Salben, die bei der Einbalsamierung verwendet worden waren. Hatten ihn die Künstler nicht als den schönsten aller olympischen Helden dargestellt? Von ihm war nur eine geschwärzte Haut, einem der Weinschläuche gleich, in denen saurer Wein aufbewahrt wird, übriggeblieben. Und vor diesen elenden Resten des Berühmten dachte der neue Herr von Alexandria versonnen:

Dein Ruhm war ansteckend, allzu ansteckend. Er verging und wurde zum Scheiterhaufen, in dessen Flammen die ehrgeizigen Pläne von Marcus Antonius, von Kleopatra, Pompejus und des großen Julius Cäsar verbrannten. Alle wollten sie Alexander an Größe übertreffen. Alle träumten den gleichen Traum, in dem der Ruhm nicht mehr als eine Schimäre ist.

Da faßte er den Entschluß, im Bett zu sterben, nicht im Kampf.

Doch in einem konnte Octavianus die früheren Träumer übertreffen. Er konnte sein lebendiges Fleisch mit der vergöttlichten Haut Alexanders verbinden.

Langsam führte er die Finger an das Gesicht, streichelte die faltigen Wangen und fühlte die Kälte der anderen Welt, die Kälte vom anderen Ufer des Ruhms.

»Alexander, ich berühre dich!« rief er, »Rom, das von Alexandria Besitz ergreift, berührt dich.«

Da fing die Haut des legendären Gesichts unter der Hand des Eroberers an zu knistern. War es die Stimme der Götter, die sich über ihre eigenen Kinder lustig machte? Die Haut bekam Risse, die Wangen zerfielen zu schmutzigem, stinkendem Staub und die heilige Nase zerbrach, zur Bestürzung der Jahrhunderte, in mehrere Teile, die dann auf dem silbernen Brustpanzer des Verstorbenen lagen.

Die erlauchte Nase Alexanders von einer zärtlichen Berührung des Cäsar Octavianus zerstört!

Die Priester stießen einen entsetzten Schrei aus. Die römischen Offiziere zitterten, die Fackeln erloschen, und die Welt begriff, daß soeben der Ursprung des Lebens geschändet worden war.

Ganz Alexandria erlebte daraufhin das größte Wunder seit der furchtbaren Stunde der Niederlage.

Ein hundertfach verästelter Blitz zerschnitt den ruhigen Nachthimmel, die Wolken rückten erschrocken auseinander, die Wellen des Meeres stiegen hoch bis an den dunklen Himmel und überschütteten die Sterne mit einem Blutstrom. Da erschien aus dem Blutbad das Gesicht eines armen Kindes.

Das abgeschnittene Haupt von Cäsarion schwamm über den Miasmen des alexandrinischen Himmels. Aus seinen leeren Augenhöhlen, Skorpionnestern gleich, quollen Tränen der Angst, und die fleischlosen Lippen waren vor Bitterkeit verkrampft. Da verneigte sich Alexandria tief gerührt vor diesem Gespenst, vor dem einst, als es lebte, wundervollsten Kind. Vor der Hoffnung Ägyptens, der Verkörperung des Horus, der jeden Morgen wiedergeborenen Sonne, dem ewigen Frühling im verschneiten Land …

Das Blut von Kleopatra und Julius Cäsar quoll aus diesem Kopf, das Blut der vernichteten Götter löschte die letzten Funken des Traums, den Alexandria einst geträumt hatte …

AN DIESER STELLE unterbrach die Königin von Mauretanien die Lesung und rief:

»Genug! Schluß mit der Lektüre, Autor. Denn wahrlich, ich bin der vielen Toten überdrüssig.«

Phaidros Antomanus fühlte sich gestört und zeigte dies mit einer abfälligen Geste, die dem Protokoll offen zuwiderlief. Denn eine Unterbrechung seiner Lesung bedeutete auch mangelndes Interesse an seinem Werk.

Da fuhr die Königin fort:

»Leider muß ich deinen schlecht ausgeprägten Sinn für den richtigen Moment beklagen, Autor und Freund, denn du solltest dir bewußt sein, daß dieser Octavianus, den du in deinem Werk als Despoten darstellst, heute der große Augustus ist, unter dessen Schirmherrschaft wir leben, unter dessen Schutz wir regieren. Alle Welt weiß, daß mein Gatte ihm sein Königreich verdankt und ich durch ihn Jubas Königin geworden bin. Hältst du es tatsächlich für angemessen oder auch nur für höflich, vor diesem Thron einen so großherzigen Beschützer zu beleidigen?«

Phaidros warf Juba einen schnellen, beunruhigten, hilfeheischenden Blick zu. Als sein Freund nicht reagierte, suchte er bei den Philosophen und Gelehrten, die am Gelage teilnahmen, um Verständnis. Als auch sie ihm nicht zu Hilfe kamen, wandte er sich wieder an ihre Majestät, an Kleopatra Selene, die Freundin früherer Tage:

»Die Freunde des Augustus sind in der Tat argwöhnischer als er selbst. Wenn ich mich der Übertreibung schuldig gemacht habe, so war es mein Fehler, laß dir aber dennoch sagen, Königin und Freundin, daß Augustus, dieser junge Mann, als er sich Cäsar Octavianus nannte, nicht im Mittelpunkt meines Dramas steht. Ich schreibe nicht, um ihn anzuklagen, sondern um die Erinnerung an die vortreffliche Kleopatra Septima wach zu halten und das wenig schmeichelhafte Bild, das die römischen Geschichtsschreiber von ihr zeichneten, zu korrigieren.«

Da geruhte der Herrscher von Mauretanien zu lachen, weil diese Bemerkung eine kaum verhüllte Anspielung enthielt. Erinnerte ihn Phaidros' Haltung doch sehr an seine eigene vor zehn Jahren, als er sich bei den Einladungen von Porcia Honoria zum Verteidiger Kleopatra Septimas, der Mutter seiner heutigen Gattin, aufgeschwungen hatte.

Und diese wandte sich nun an den Freund:

»Phaidros, Phaidros, warum suchst du Komplikationen? Du bist ein berühmter Mann, geliebt, beklatscht und reich. Alles Vorteile, die du dir mit dem Schreiben von Komödien erworben hast. Was veranlaßt dich, das Genre zu wechseln? Warum gefährdest du deine Situation durch das Ausgraben von Erinnerungen, die allen unangenehm sind? Wir leben heute glücklich im Frieden des Augustus, und nun kommst du und läßt die Tage des Krieges wieder aufleben. Die besten Dichter rühmen das Goldene Zeitalter, und du willst das Scheitern von Antonius und Kleopatra verherrlichen. Eine rechte Dreistigkeit, Phaidros Antomanus.«

»Nur mit Dreistigkeit vermag ich dem allgemeinen Optimismus entgegenzutreten. Dreist nennst du es, wenn ich das Drama suche, das sich hinter der Seelenruhe versteckt, die meine Zeitgenossen wie ein Schutzschild vor sich hertragen. Ich weiß, daß mir den Versuch, diese Ruhe zu stören, keiner verzeihen wird. Weder Augustus noch Maecenas, nicht einmal das Publikum, das bisher meine Lustspiele belachte. In Anbetracht all dieser Gefahren sollte ich es wohl tatsächlich den Dichtern des Augustus nachtun und mich der Schmeichelei widmen. Vielleicht genügt auch schon ein Gedicht, das darlegt, daß Livia nicht nur Kaiserin, sondern auch eine Göttin ist ...«

»Das beruhigt mich«, rief Kleopatra Selene mit schwachem, freudlosem Lachen. »Solche Überlegungen werden dich dazu bringen, dein Drama hintanzustellen, bis sich eine bessere Gelegenheit bietet ...«

»Und dennoch, du irrst, meine Königin. Ich will es auf die Bühne bringen. Und zwar am Ort des Geschehens. In Alexandria.«

Da erhob sich ringsum erstauntes Gemurmel. Womit der ganze Hofstaat das Urteil vorwegnahm, das der König nun verkündete:

»Man nennt dich den dichtenden Gärtner. Dazu sollte man dich den verrückten Selbstmörder nennen. Denn ist es Augustus gegenüber bereits eine Kühnheit, ein Werk zur Erinnerung an Antonius und Kleopatra zu schreiben, so wird dessen Aufführung in Alexandria, das er vor kaum einer Generation erobert hat, die Flamme des Zwistes erneut entfachen.«

Ein Ägypter, der das Triklinium neben dem der Königin besetzte und bislang schweigend, doch aufmerksam und zugleich spöttisch dem Gespräch gefolgt war, sah dem Schriftsteller nun fest in die Augen:

»Die Erinnerung an jene unheilvolle Nacht vermag in Alexandria noch immer blutige Unruhen auszulösen. Noch haben die Alexandriner nicht vergessen, daß Ägyptens Joch in den Werkstätten Roms hergestellt wurde.«

»Ich kenne diese Gefahren. Genau sie sind es aber, die mich anziehen. Ich will dem von Rom versklavten Ägypten eine poetische Darstellung Alexandrias schenken, von Alexandria, wie Kleopatra es verlor! Kein Schriftsteller der heutigen Zeit stellt sich einer bedeutenderen Herausforderung.«

Der Ägypter war der Szene mit großer, ja höchster Aufmerksamkeit gefolgt. Zwar war er bei Hofe ein Neuling, doch die leichte Ironie im Blick seiner tiefgründigen schwarzen Augen wies darauf hin, daß er über die Themen, die dort aktuell waren sowie über die Umstände und Vorgeschichte des Königspaars sehr gut Bescheid wußte.

Dieser Gast war allen anderen Anwesenden ein Rätsel. Man wußte nur soviel: Er kam aus Alexandria, obwohl er einen griechischen Namen trug – Alkaios, wie der große Dichter früherer Zeit. König Juba hatte aber weder über seine wahre Herkunft noch über seine Tätigkeiten Auskunft gegeben. Weshalb sich der Hofstaat in Spekulationen über sein Alter erging oder die wunderbaren Proportionen seines Körpers und die strenge Perfektion seiner Züge bewunderte.

Er war zwischen vierzig und fünfundvierzig Jahre alt, und sein Körperbau war der eines Titanen. Seine Haut war leicht getönt, doch das Licht verlieh ihr einen goldenen Schimmer, der sich je nach dem Spiel seiner kräftigen Muskulatur verstärkte oder abschwächte. Seine Gestalt war einer Gebirgslandschaft nicht unähnlich. Die Gesichtszüge waren grob und würden sich im Zustand schrecklicher Wut oder überschäumender Freude noch mehr vergröbern, seine Lippen fleischig, wie mit Blut gezeichnet, und aus dem geraden Rahmen, den der Schnauzbart und der kurze, nach alexandrinischer Art gut gestutzte Kinnbart bildeten, ragten ein paar gewaltige Zähne. Das schwarze, glänzende Haar fiel in üppigen Locken auf seine Schultern, schlangengleich, immer wirr, immer auf schwungvolle, geradezu dramatische Art bewegt.

Er war im griechischen Stil gekleidet, das heißt nur spärlich bedeckt, was die herrlichen Formen seiner Arme und Beine hervorhob, die er so ungeniert den Blicken darbot, daß einige Höflinge bemerkten, dieser Aufzug sei wohl eher für Leibesübungen in der Palästra geeignet als für das strenge Protokoll dieses Banketts in illustrer und kosmopolitischer Gesellschaft.

Die Königin von Mauretanien selbst zeigte sich über die Maßen kosmopolitisch, indem sie sich in perfektem Latein an ihren Landsmann wandte:

»Sag mir, Alkaios: Was denkt ein Ägypter über die Ereignisse, die unser Freund, der Schriftsteller, so gerne in Erinnerung ruft?«

»Angesichts der Tatsache, daß dieser Octavianus, der einst die große Kleopatra besiegte, heute der Augustus ist und über die ganze Welt herrscht, wird ein vorsichtiger Ägypter sich hüten, seine Meinung zu äußern. Doch wenn er zurückblickt, überkommt ihn unweigerlich die Trauer, und er erinnert sich der Tatsache, daß lange bevor Alexander den Traum von der Stadtgründung hatte und viele Jahrhunderte bevor Octavianus die Stadt einnahm, der Nil meinem Volk bereits die bedeutendsten Botschaften der Ewigkeit übermittelt hatte. Denn der Nil ist älter als die Welt, und seine Botschaften sind ewiger als die Nachkommen Alexanders.«

Die Königin warf ihrem Gatten einen schnellen und beunruhigten Blick zu, der ihm wohl bedeuten sollte, ein anderes Thema anzuschneiden, um von den Erinnerungen an Alexandria loszukommen. Vergebliches Bitten. Juba II. versuchte, das Gespräch über die ägyptische Frage noch zu vertiefen, nicht so sehr, um Alkaios seine Kenntnisse zu demonstrieren, er wollte vielmehr mit dessen Erinnerungen die seinen ergänzen. Denn sein ganzes Wissen, das berühmte, allen überlegene Wissen, sollte in einer Schriftenreihe über die Geschichte von Ägypten, Libyen und des nabatäischen Arabien zusammengefaßt werden, eine Arbeit, die ihn mehrere Monate beschäftigen würde.

Doch zu aller Überraschung rief die Königin:

»Ich will nicht über Ägypten sprechen! Auch nicht über die Ewigkeit! Wer sich allzusehr damit beschäftigt, vernachlässigt die Gegenwart. Es tut mir leid, dich unterbrochen zu haben, Phaidros Antomanus, aber dein Vortrag war mir unangenehm, ja zuwider.«

Der Ägypter, der bislang geschwiegen, aber aufmerksam und sardonisch lächelnd zugehört hatte, blickte nun Phaidros Antomanus fest in die Augen. Der reagierte mit einem schwachen Lächeln, wobei er den Mund zu einer kaum um Freundlichkeit bemühten Grimasse verzog. Was niemanden wunderte, der seit seiner Ankunft im Palast in den Bergen mit ihm zu tun gehabt hatte.

Dennoch beunruhigten ihn die bohrenden Blicke des ägyptischen Gastes zutiefst. Waren sie doch ebenso intensiv wie rätselhaft. Sie schienen ihn angreifen zu wollen, und zwar aus ihm unerfindlichen Gründen.

»Warum befaßt du dich mit Alexandria, Dichter? Du bist kein Ägypter. Was geht dich unsere Niederlage an? Was unsere tote Königin?«

Kleopatra Selene wurde deutlich unruhig, als die Rede wieder auf die unselige Stadt kam. Sie war die einzige in der Runde, die begriff, daß zwischen ihren beiden Ehrengästen eine besondere, außergewöhnliche Kommunikation stattfand. Ein zwischen Anziehung und Abscheu wechselndes Gefühl, bei dem einmal die Abwehr, dann wieder das Interesse im Vordergrund stand.

Da sprach Phaidros Antomanus:

»Stimmt! Ich komme aus Rom, und dort wurde mir das Bürgerrecht verliehen, obwohl es dafür keine gesetzliche Grundlage gab, denn ich bin als Sklave geboren, in Griechenland, am Fuße des Olymps. Laß dir sagen, Ägypter, daß mir die niedere Stufe in der gesellschaftlichen Rangordnung, auf der ich stand, sehr wohl bewußt ist. Ich werde sie nie verleugnen, denn ihr verdanke ich meine heutige Freiheit, deren weite Horizonte ich deshalb um so mehr zu schätzen und zu ehren weiß ...«

»Alle Welt kennt diese Einzelheiten deines Lebens!« rief der Ägypter sichtlich ungeduldig aus. »Und alles, was du erzählst, hätte anderswo genauso stattfinden können. Du bist wirklich noch so langsam wie damals, als armer Stotterer ...«

»Auch diese Tatsache ist dir bekannt?« Phaidros richtete den Blick wieder auf Kleopatra Selene und fügte vorwurfsvoll hinzu: »Die Vergangenheit hat offensichtlich ausgezeichnete Spione am Hofe Jubas. Wenn man dir so viel erzählt hat, warum fragst du?«

»Alexandria, Dichter!« schrie Alkaios. »Was bringt dich auf Alexandria?«

Phaidros Antomanus wußte, daß er dieser Angriffslust mit einem Kunstgriff begegnen konnte, der dank seines Berufes nur ihm zur Verfügung stand. Seine Waffe war das Spiel mit den Worten, die er eins ums andere zerpflücken und zu komplizierten Gebilden verknüpfen konnte. Damit und nur damit waren die kräftigsten Muskeln zu bändigen und jede Aggression abzuwehren.

»Muß ich meine Argumentation von neuem aufrollen, damit du mich verstehst? Rom war es, das mich zu dem machte, der ich heute bin, ungeachtet meiner Vergangenheit. Ich sei ein Schriftsteller, dem Rom applaudiert, heißt es. Doch du siehst, Ägypter, Rom will nicht, daß ich von Alexandria spreche. Deshalb muß ich zum Alexandriner werden. Und Rom, das auf mich stolz sein möchte, wird lieber vergessen wollen, daß ich sein Sklave war. Deshalb muß ich Rom immer an diese Tatsache erinnern, obschon Rom mich schließlich zu Ehren kommen ließ. So begleicht ein Künstler, der sich nicht zum Sklaven der von Rom erwarteten Dankbarkeit machen möchte, seine Schuld.«

Kleopatra Selene mischte sich mit einer ärgerlichen Handbewegung ein und gebot den Kommentaren des Hofstaates Einhalt.

»Genug jetzt! Diese Nacht soll nicht der Verwirrung dienen. Wir haben Tänzerinnen hier, Akrobaten, Zauberer, die Vögel zum Sprechen bringen können ...«

»Dennoch ziehe ich es vor zu reden, wenn dein stolzer Landsmann mich darum bittet. Deshalb bleibt es bei der Verwirrung. Wenn ich den Künstlernamen Phaidros, Freund der Blumen, gewählt habe, so deshalb, weil ich meine bescheidene Herkunft nicht vergesse. Ich bestehe darauf, daß man sie zur Kenntnis nimmt. Du magst aus all dem den Schluß ziehen, Gast des Juba, daß ich zu vieles gleichzeitig bin, um etwas Bestimmtes zu sein, und daß ich zu viele Ursprünge habe, um nur einen Ort nennen zu können. Magst du mich auch für so rätselhaft halten wie die Sphingen deines Landes, ich versichere dir, daß jede Antwort meinerseits das Rätsel nur noch vergrößern würde. Deshalb ist mein Wunsch, als Alexandriner betrachtet zu werden, gerechtfertigt.«

»Wie so viele Schriftsteller heute«, rief Alkaios leicht verächtlich. »An allen Höfen wimmelt es vor Schriftstellern, die sich Alexandriner nennen lassen. Ich kenne die Mode, Phaidros Antomanus. Die Poeten schmücken ihre Rede aus, um die Hohlheit ihrer Worte zu verbergen.«

»Hältst du mich etwa für einen Sklaven meines Stils? Das Gegenteil trifft zu. Hör gut zu, und laß dir sagen: Ich mag in meiner Jugend ein Sklave gewesen sein, doch war ich ein Sklave der Menschen, mein Denken aber lag nicht in Ketten. Die Art, wie ich heute meine Gedanken vermittle, ist noch viel freier. Als ich anfing zu schreiben, tat ich es, um meine Seele von einer so großen Bitterkeit zu befreien, daß jeder Versuch, meine Texte zu schönen, sie verarmt hätte. Ich schrieb so viel und so wirr durcheinander, daß sich meine Seelenpein verstärkte und meine Wunden nicht verheilten. Eines Tages machte mir eine sehr geliebte Person klar, daß mit meinen Texten Geld zu verdienen sei. Ich mußte nur meinen Schmerz zum Schweigen bringen und dem Geschmack des Theaterpublikums entsprechen. So stellte ich also das Weinen ein, um der Welt etwas zu lachen zu geben. Doch die Komödien, die ich schreibe, befriedigen meinen wahren Ehrgeiz nicht. Auf der Suche nach dieser Befriedigung kam ich hierher, an diesen Hof, mit einem noch unfertigen Text als einzigem Gepäck, dem Keim eines Werks, das all meinen früheren Werken widerspricht und mir die Freiheit bringen soll, nach der ich mich schon so lange sehne. Und weil dieses Werk vom Sturz deiner Könige handelt, Ägypter, und zwar mit einem Respekt, den Rom ihnen bislang verweigert hat, liegt meine Freiheit in Alexandria.«

Alkaios, der bis jetzt auf seinem Triklinium gekniet hatte, sprang nun mit einem Satz auf, wies mit seinem kräftigen Arm auf Phaidros Antomanus und rief:

»In meinen Augen bist du ein Heuchler. Du beantwortest meine

Fragen mit einem Schwall von Rhetorik. Damit kannst du viele blenden, doch hier sprichst du mit einem erfahrenen Mann, nicht mit einem dieser enthaarten Jünglinge in den literarischen Zirkeln von Rom, die aus dem Elend der Menschen zuckersüße, gefällige Melodien machen. Ich fragte: Was bringt dich auf Alexandria, und du erzählst mir von deiner Freiheit. Wie kommst du auf die Idee, sie in der Versklavung meines Volkes zu suchen?« Und dann setzte er mit deutlichem Spott hinzu: »Laß dir eines sagen, Phaidros ›der Blumenhändler‹, Künstler sollten ihre Wolken nie verlassen. Wenn eure Füße den schmutzigen Boden der Realität berühren, werdet ihr lächerlich.«

Phaidros Antomanus ließ diese Angriffe gelangweilt über sich ergehen und erwiderte dann so verdrossen, wie er sich hier im Palast in den Bergen von Anfang an gezeigt hatte:

»Ich errege Anstoß mit meinem Schreiben und mit meinem Reden. Unglücklicherweise verfüge ich über keine anderen Gaben, die meine Anwesenheit rechtfertigen könnten. Gestattet mir also, mich zurückzuziehen.«

Er verbeugte sich tief. Doch Juba selbst erhob sich, um ihn zurückzuhalten:

»Früher hast du wertvollere Gaben besessen. Du warst der menschlichste aller Menschen und der liebste aller Freunde. Der König von Mauretanien ist heute stolz, den Hof daran zu erinnern und dich so zu präsentieren. Bring mich bitte nicht in Verlegenheit. Ich kenne dein früheres Wesen. Bleib bei uns, und erfreue uns mit deiner Gesellschaft wie damals.«

»Seit du hierher, in diese Berge kamst, habe ich dich noch nie lächeln sehen«, sagte die Königin. »Ist dieser liebenswürdige Phaidros, an den ich mich erinnere, tot? Werde ich den gutherzigen Gärtner, meine Freude jener Tage, nie wieder erleben?«

»Ganz tot ist er noch nicht, doch unter dem eitlen Tand dieses anderen Phaidros Antomanus begraben. Du kanntest vor Jahren einen armen, ungeschliffenen Gärtner, dessen einziger Besitz in einem Rechen bestand und einer Seele voller Liebe. Doch diese ist nun liebesleer. Und das Arbeitsgerät habe ich gegen ein anderes, einträglicheres, eingetauscht. Vielleicht gelingt es der Güte einiger Freunde von früher, den Phaidros von gestern wieder auszugraben, der damals weniger reich, dafür aber glücklicher war.«

»Gut gedacht und bestens gesagt«, rief der König aus. »Komm an meine rechte Seite, Dichter oder Gärtner, was immer du sein möchtest. Komm, denn du hast einen sicheren Platz in meinem Herzen.«

Der König faßte den Freund am Arm, hielt Wort und setzte ihn an seine rechte Seite. Als Phaidros Antomanus auf dem begehrtesten Triklinium des Gelages Platz genommen hatte – was den Neid der anwesenden Gelehrten erregte –, schenkten die schwarzen Sklaven einen berühmten Wein ein, den die Königin extra zu Ehren des ägyptischen Besuchers ausgewählt hatte.

Die Äuglein der Sybariten weiteten sich in Erwartung eines großen Genusses, denn der Wein kam aus Mareotis, dem Ort am gleichnamigen See bei Alexandria, und stand in dem Ruf, das köstlichste Getränk zu sein, das über Handelsschiffe auf die Tafeln der Römer gelangt. Und von Rom in alle Ecken der Welt, wo römische Lebensart eine ganze Generation von Feinschmeckern hervorgebracht hatte.

Doch Alkaios fühlte sich keineswegs geehrt, vielmehr schien ihm das kostbare Naß den Gaumen zu verbrennen, und er tönte mit ausgesprochen kritischer Stimme:

»Da am Hofe von Juba dem Vergessen gehuldigt wird, trinke ich auf den Fall von Alexandria, auf den langsamen Niedergang dieser Stadt, aber auch auf den berühmten Octavianus, den heutigen, noch viel berühmteren Augustus. Singen wir sein Lob, denn dank seiner Tyrannei verfügt Rom über den Wein aller Länder, wie es einst über die Söhne aller Länder verfügt hat. Trinken wir also, doch nicht ohne uns daran zu erinnern, daß sich mein unglückliches Ägypten mit diesem Wein in die Hand der Römer begibt, wie ein Opferlamm zur Schlachtbank.«

Die Königin wurde ob dieser Reden wieder unruhig. Da fragte sich ihr Freund, der Dichter, was das für Bande waren, die sie an Alexandria ketteten und bewirkten, daß nach so vielen Ereignissen und glückhaften Wendungen noch immer die Nennung des Namens der Stadt genügte, um sie im Innersten zu erschüttern.

Die Naivität dieser Fragestellung war ihm allerdings sofort klar. Als Tochter von Kleopatra und Marcus Antonius konnte sie auf die Erwähnung des Dramas ihrer Eltern nicht anders reagieren. Das Geheimnis lag woanders. Viel näher erschien ihm nun die Frage, warum die Anwesenheit des Ägypters sie mehr beunruhigte als die Erinnerung und warum dieser Alkaios es sich erlauben konnte, an die Vergangenheit zu rühren. Er tat dies allerdings so kühn und mit so überlegener, selbstbewußter Haltung, daß Phaidros ihn allein deshalb bewunderte und in ihm einen klassischen Helden sah.

Wozu die außerordentliche Statur seines Körpers sehr gut paßte. Er war hier in guter Gesellschaft, denn mochte ihm auch keiner der Höflinge an Kraft und Schönheit gleichen, so war er doch ein Ebenbild der Statuen athletischer Helden und Götter, die verschiedene Nischen des großen Saales schmückten und normal erscheinen ließen, was eigentlich völlig außergewöhnlich war. So konnte der Ägypter zwischen all den marmornen Darstellungen von Achilles, Ajax oder Hektor eigentlich nur einem Herkules gleichen.

Jeder Künstler hätte angesichts seiner Erscheinung einen mythischen Zusammenhang hergestellt. Denn schließlich begann König Jubas Reich am Fuße der Berge, die schwer auf den Schultern des Titanen Atlas lagen, und endete an den lieblichen Gestaden der Meerenge, die, der Sage nach, zwischen den Beinen des Herkules hindurchführte.

Es gab Stimmen, die behaupteten, die Beine des Ägypters könnten sehr wohl die gleichen Funktionen ausfüllen wie die des Helden und das Wirken der Natur in gewissen Bereichen, die nur ihr zustanden, ersetzen.

Und darauf spielte Juba scherzend an:

»Riesiger Alkaios! Mein Wappen weist mich als stolzen Abkömmling des Herkules aus, du aber bist es, der ihm gleicht.«

Da neigte sich Phaidros zum königlichen Triklinium und bat um Auskunft über den streitlustigen Gast.

»Das ist eine sehr lange Geschichte«, antwortete Juba. »Sie füllt mehr Dramen, als du je wirst schreiben können. Wende dich direkt an ihn, das ist besser, denn seine Art zu erzählen wird dir sehr gefallen.«

In dem Moment betrat eine Gruppe von Tänzerinnen und Tänzern den Salon, begleitet von den Hochrufen der Gesellschaft, die der vielen Gespräche wohl mittlerweile überdrüssig war. Die Tänzerinnen waren als Nymphen, die Epheben als Satyrn verkleidet, und alle trugen sie Lorbeerkränze, was bedeutete, daß ihr Tanz dem Apollo gewidmet war und nicht irgendeiner dieser Berbergottheiten, deren Stimme wie der Donner von den Bergen widerhallt. Schon spielte eine Gruppe junger Musiker eine süße Melodie. Die Klänge verloren sich in der Nacht, über die Terrasse hinaus, hin zu den düsteren Bergen, die, wie die Reisenden sagen, das Himmelsgewölbe tragen.

Phaidros war wieder einmal enttäuscht von den Tänzen und Melodien, die in keiner Weise seinen Vorstellungen von den Gebräuchen in Mauretanien entsprachen.

Aus Jubas Mund hatte er vor Jahren spannende Geschichten vernommen, und so sehnte er sich nach der Stimme der großen Arkanen und nach den tiefsten Geheimnissen der Berge – vor allem aber interessierte er sich für das Geheimnis des höchsten, heiligen Berges, der sich direkt vor der Anhöhe erhob, auf der sich Jubas Palast befand und dessen Gipfel immer verhüllt war und sich sommers wie winters in Wolken verbarg – der einsam dastand, alle anderen überragend, und den die Eingeborenen für die Säule des Himmels hielten.

Der Berg!

Nun blickte er wieder Alkaios an, bereit, sich dessen unerklärlicher Angriffslust zu stellen. Doch was er sah, war ein Körper, der einem muskelbepackten Felsen glich. Da begriff er, daß dieser Alkaios etwas darstellte, das er nie gekannt hatte. Etwas so Mächtiges, das sich jeder Nachahmung durch den Hofstaat Jubas, ja sogar durch ihn selbst entzog. Es war die rohe Kraft, die überwältigende Wirkung, der Sturm, der über alle Sinne hereinbricht und sie auslöscht.

Um Rom im Land der Barbaren perfekt zu imitieren, wurden die riesigen Saaltüren weit geöffnet, und die Kammerherren verkündeten die Ankunft der Streitkräfte. Da erschien Cäcilius Muranus, der Gesandte, gefolgt von seinen Offizieren.

Nun schwiegen die Zymbeln, nun hielten die Tanzenden in ihren Darbietungen inne. Während sich die Soldaten dem Thron näherten, wurden die Bemerkungen der Gäste lauter, einige stießen sogar erschreckte Laute aus. Das Aussehen der Soldaten war alles andere als beruhigend. Sie wirkten unordentlich, ihre Uniformen waren schmutzig und verwahrlost. Weit davon entfernt, eine ihrem Rang und dem Ort angemessene martialische Haltung zu zeigen, kamen sie mit müdem Schritt daher; ihre federgeschmückten Helme trugen sie nur mit großer Mühe. Phaidros Antomanus dachte: Daß sich diese Prahlhänse so abgerissen bei Hofe zeigen, läßt auf schlimme Ereignisse schließen.

Juba nahm auf die Befürchtungen seines Hofstaats Rücksicht, entband den Gesandten von allen Begrüßungsförmlichkeiten des Protokolls, winkte ihn rasch zu sich und ließ sich informieren.

Phaidros Antomanus trat diskret zur Seite. Dennoch konnte er die eiligen Erklärungen des Gesandten zu einer unmittelbar bevorstehenden Hinrichtung hören.

So erfuhr er, daß die beiden gefangenen Berber in einen der Waffenhöfe geführt werden sollten, weit weg vom fröhlichen Treiben, wo sie durch die Hand eines Scharfrichters aus ihrem eigenen Volk enthauptet würden – des Volkes, dem auch Juba II., König von Mauretanien, angehörte.

Obschon Juba völlig ruhig und gefaßt lächelte, spürte Phaidros hinter dem pflichtschuldigen Lächeln einen tiefen Ernst, wie er belastenden Entscheidungen meist vorausgeht. Der König bestätigte seine Ahnung, als er sagte:

»Bevor wir weiter von Alexandria sprechen, muß ich mich um mein Reich kümmern. Die Angelegenheiten des Augustus sind nun wichtiger als die Erinnerung an Octavianus, und die Angelegenheit, die jetzt auf den König von Mauretanien wartet, duldet keinen Aufschub.«

Die numidischen Epheben faßten die Enden seines Umhangs, und Juba II. schritt zwischen den Triklinien hindurch, nicht ohne vorher einen letzten Blick auf seine Königin und die beiden Ehrengäste gerichtet zu haben.

»Ich hoffe, daß ihr in meiner Abwesenheit das Thema nicht weiter verfolgt, sonst müßte ich annehmen, daß die Toten von gestern heute meinen Palast einnehmen und über meine freie Zeit bestimmen.«

Er ging seinen Weg durch den Salon und grüßte fröhlich lächelnd nach allen Seiten, bereit, sich einer Sache zu stellen, die alles andere als fröhlich war.

AUS IRGENDEINEM PHAIDROS unbegreiflichen Grund löste die plötzliche Abwesenheit des Monarchen bei Kleopatra Selene große Beunruhigung aus, die sich noch steigerte, je intensiver Alkaios, jetzt von niemandem mehr gebremst, seine schmerzenden Ausführungen über den Fall von Alexandria fortsetzte. An einer Stelle schien er ihr sogar mit verdeckten Vorwürfen zu kommen, deren eigentliche Bedeutung Phaidros nicht verstand.

Unvermittelt scharte die Königin ihre Damen um sich und ließ sie wissen, daß sie sich in ihre Gemächer zurückziehen und so das Festgelage beenden wolle.

Alkaios hatte zwar den kühnen Impuls, sie zu begleiten, doch sie wies ihn brüsk, fast unhöflich zurück, wenngleich sie vor unterdrückter Angst bebte.

Wenige Augenblicke später fand Phaidros Antomanus sich ganz plötzlich allein, den Blick auf die weiten, nachtdunklen Terrassen gerichtet, die sich zu Füßen der Berge erstreckten. Nun kam wieder die schlimme Stunde der Dämmerung, der Augenblick des Tages, den er am meisten fürchtete. Er schickte sich darein und erinnerte sich an einen Satz, der ihn über die Jahre, die seit den gräßlichen Nächten in der Subura vergangen waren, begleitet hatte:

»Die Vögel sind nicht allein. Die braven Hunde sind nicht allein und die bösen Schlangen auch nicht. Phaidros aber ist allein. Phaidros aber ist tot.«

Als ihn die Erinnerung zu überwältigen drohte, bemerkte er eine willkommene Person hinter sich. Sein Diener war es, der die ganze Zeit auf ihn gewartet hatte, im Schatten versteckt und sorgfältig seine Pergamente bewachend. Als er ihrer ansichtig wurde, bemerkte Phaidros Antomanus mit bitterer Ironie:

»Überaus seltsam, die Wege der Kunst, guter Cleandrus. Weil das, was ein lärmender Ägypter in der Seele dieser törichten Königin zu bewegen vermochte, mehr wert ist als das, was ich über den Fall von Alexandria niedergeschrieben habe.«

»Bezeichnend, daß du ihn hier, in Mauretanien kennengelernt hast, lieber Herr. Wenn seine Bewohner nicht lügen, hat dieser Herkules, dem er so sehr gleicht, einige Zeit in den Höhlen nahe Tingis gehaust. Er vollbrachte einige bemerkenswerte Taten bei Volubilis und unterhielt heiße Liebschaften mit den Töchtern der Menschen ...« Dann setzte er noch ganz nachdrücklich hinzu: »Warum sollte er nicht auch welche mit einigen bevorzugten Söhnen gehabt haben?«

»Wahrlich, das mythologische Gedächtnis der Dienerschaft fällt einer Herrschaft, die das Schweigen vorzieht, zur Last. Auch kommen deine Bemerkungen zu allzu fortgeschrittener Stunde. Ich bin sehr müde, Cleandrus. Das traurige ist, daß meine Müdigkeit nicht von einer ausgedehnten Lesung herrührt noch von einem anstrengenden Streitgespräch mit den Gelehrten um Juba, wie ich es mir erhofft habe. Schlimm, daß sie nicht von meiner Arbeit kommt, sondern von der Ablehnung derselben. Das bedeutet, daß ein Teil meines Lebens negiert wird. Genau das hat Kleopatra Selene gemacht und nichts anderes.«

Cleandrus blickte ihn mitleidig an:

»Ach, Herr, vielleicht hast du einfach zuviel erwartet! Ich meine, als du mir von der Königin Mauretaniens erzähltest und sie so sehr rühmtest, sprachst du von einer Freundin, die du jahrelang nicht mehr gesehen hast. Sie war ganz offensichtlich eine Person, die sich deiner Erinnerung für immer eingeprägt hat. Doch nun mußt du dich einer Tatsache stellen: Alle Menschen verändern sich mit der Zeit. Und du bist der einzige, den ich kenne, für den die Zeit sich weigert zu vergehen.«

Plötzlich schwieg er, aus Angst, seine Worte könnten mißverstanden werden. Schließlich wußte er, daß es im Vorleben seines Herrn bestimmt Bereiche gab, deren Erwähnung ihn leicht verärgern konnte.

»Sie ist tatsächlich nicht vergangen«, flüsterte dieser, »denn noch immer spüre ich die Traurigkeit gewisser Lebensjahre in mir, die ein anderer Mensch wohl längst überwunden hätte. Doch meinte ich nicht das große Thema meiner unglücklichen Liebe. Ich spreche nicht von dem Schmerz, der mich für immer gezeichnet hat. Sich mit einem so alten Thema zu befassen, das wäre lächerlich. Nein, nein, ich spreche von meinen Beziehungen zu anderen Menschen heute. Die Königin von Mauretanien ist noch immer die, die ich gekannt habe. Im Grunde habe ich gar nicht erwartet, eine reife Frau vorzufinden, auch keine starke, denn selbst eine Krone kann ein unbeständig schwankendes Herz nicht verändern. Dennoch, sie ist die letzte Nachfahrin der beiden Personen, deren dramatisches Schicksal meine Existenz als Schriftsteller rechtfertigt. Und diese Existenz hat sie nicht zur Kenntnis genommen. Sie vernichtet mit ihrem Schweigen meine mögliche Freiheit.«

Cleandrus sah ihn an und begriff, daß sich zu seiner körperlichen Einsamkeit auch die Einsamkeit des kreativen Geistes gesellte. Doch er wußte sie zu lindern:

»Eins habe ich sicher erkannt, mein Herr. Die Ereignisse, an die deine Werke erinnern, haben deine Zuhörerschaft aufgewühlt.«

Ein stolzes Lächeln auf dem Gesicht von Phaidros bestätigte ihm, daß er ins Schwarze getroffen hatte.

»Genauso ist es!« rief Phaidros. »Mein Werk schmerzt. Meine Worte brennen. Das, genau das sollen sie erreichen!«

UND WIEDER FÜHLTE sich Phaidros Antomanus von diesem gewaltigen Gebirge, das ihn wie eine Mauer umgab, niedergedrückt. Das Gefühl, gefangen zu sein, stellte sich einmal mehr bei ihm ein, zusammen mit der Last des Rätselhaften, Verworrenen. Aber vor allem die Bürde des Mythos, die Rückkehr zu den Ursprüngen, das Gefühl, erdrückt und von einer Macht niedergehalten zu werden, die mächtiger ist als das Leben und dauerhafter als die Geschichte.

Einen Augenblick lang entglitt ihm der Traum von Alexandria völlig. Die Personen und die literarische Landschaft, die ihn so lange schon intensiv beschäftigten und nur in seiner Phantasie existierten, verschwanden, und zurück blieb nur der Geist der Berge. Wie dieser Geist auch immer heißen mochte, er war da, um ihn zu verfolgen, ja womöglich zu unterwerfen.

Jenseits dieser Besessenheit gab es nur Apathie.

Während er zu seinen Gemächern ging, gefolgt von Cleandrus, fiel ihm auf, daß ihn selbst dieser Weg im Grunde unberührt ließ. Mochten die prächtigen Gänge auch zahlreiche Kunstwerke aufweisen, die Juba fortlaufend aus Griechenland und Ägypten geschickt wurden, Werke, die, aufbewahrt an einem so abgelegenen Ort, den besten Exemplaren der großen Sammlungen von Cäsarea in nichts nachstanden. Ihm, dem Dichter, war all diese Schönheit zuviel, und das traf auch auf die Zimmer zu, die man ihm im Flügel der königlichen Gemächer zugewiesen hatte, was eine besondere Gunst war.

Schon seit langer Zeit konnte ihn kein Privileg mehr beeindrucken. Wußte er doch, daß jedes neue Gemach, das er bezog, in jeder unbekannten Stadt, nur Altgewohntes bot. Keines erregte sein Interesse mehr als das vorige.

Doch den Kontakt mit den Wundern der Natur ließ er nicht abreißen, trotz seiner Apathie. Er spürte dem kostbaren Nachklang jener Jahre nach, als er sich ihrer Pflege gewidmet und sie mit gärtnerischem Geschick gestaltet hatte. Wie groß war sein Entzücken an ihren Wunderwerken gewesen! Vermochten ihn diese Wunder nicht auch heute noch zu bewegen, jetzt, da er sich so leblos fühlte?

Es hatte einen Punkt in seinem Leben gegeben, als es noch äußerst bewegt und er noch jung und überaus hoffnungsfroh gewesen war, da brach eine Welt für ihn zusammen, ein gräßlicher Schmerz befiel seine Seele und drohte ihn zu verschlingen. Damals gab ihm eine unvergeßliche Frau, seine Herrin Octavia, einen schlichten Rat, der ihm half zu überleben. Er war aus der Einsamkeit entstanden, unter der sie selbst vor Jahren gelitten hatte:

»Ich weiß, daß der Schmerz dich blind macht, armer Liebender. Doch jeder weitere Blick in die Tiefe deines Schmerzes läßt dich noch stärker erblinden. Deshalb rate ich dir, schau um dich, fang nur gleich damit an. Wenn du gelernt hast, mit neuen Augen zu sehen, wirst du die Dinge wieder wahrnehmen. Und erst dann wirst du gerettet sein, mein armer Phaidros.«

Nun waren viele Jahre vergangen, Zeit genug, um zu vergessen. Der armselige Gärtner hatte sich den Rat der edlen Octavia zu Herzen genommen und gelernt, die Augen wieder zu öffnen, die Dinge wieder anzusehen, doch nichts interessierte ihn so wie zuvor. Er absolvierte seinen Weg gleichgültig, ohne rechte innere Beteiligung. Nun vermittelte ihm die Präsenz bizarr geformter, massiger Berge zwar nicht das Gefühl, ganz lebendig, so doch zumindest wach zu sein.

Sein Diener allerdings, ein paar Jahre älter als er und mit den Erfahrungen eines Menschen, der ebenso dramatische Zeiten durchlebt hatte, war ständig auf der Hut. Bei ihm waren es zwar keine Liebesdramen, sondern Lebensdramen, die ihn in diesen permanenten Alarmzustand versetzt hatten.

Cleandrus, neugierig und zugleich besorgt, wie er war, schickte sich nun an, die Pergamente zu verstauen, die er bislang mit großem Eifer an die Brust gedrückt hatte, als wäre er ein Bewunderer, nicht ein Bewacher derselben. Doch sein Herr unterbrach ihn mit einem stummen Befehl und wies ihm mit einer entschiedenen Handbewegung einen Platz neben seinem Lager, wo die Pergamente in erreichbarerer Nähe waren, falls ihn plötzlich eine Inspiration überkommen oder mitten in der Nacht eine geniale Eingebung aufwecken sollte. Der Diener legte die kostbare Fracht also auf einem prächtigen rosafarbenen Marmortisch nahe der Terrasse ab.

Phaidros Antomanus beobachtete ihn dabei völlig teilnahmslos.

Das Gelage hatte noch den letzten Rest seiner Freude an der Auseinandersetzung gelöscht, aber auch vom Drang, sich im Gespräch auszutauschen, kaum etwas übriggelassen. Alles, was er der Welt bieten konnte, war dort geblieben. Das war in seinen Augen zwar nicht viel, doch mehr als er sich selbst zugestehen wollte. Cleandrus beobachtete ihn mit der verschmitzten Miene eines Mannes, der mehr weiß, als er zeigt, oder der meint, Dinge von anderen zu wissen, die diese selbst nicht wahrhaben wollen. Er erfüllte im Grunde die Funktion des tragischen Chores – im verkleinerten Maßstab –, der das Schicksal der Protagonisten bereits kennt, wenn diese noch voller Illusionen und gänzlich ahnungslos durch die Welt wandern.

Doch Cleandrus vertrat die eigentlich recht schlichte Auffassung, daß sich jede Art von Ermattung mit einem Bad, das mit Düften angereichert ist, und einer von kundiger Hand durchgeführten Massage beheben läßt. So entkleidete er seinen Herrn nun sorgsam, während dieser den Kopf hängenließ – ganz in Gedanken versunken, wie Cleandrus vermutete. Doch das Gegenteil war der Fall, sein Kopf war gedankenleer.

Phaidros ließ sich bedienen, wie jeden Abend, wie jeden Morgen, und gab sich der gewohnten Routine hin. Er ordnete an, ihm ein Bad mit eiskaltem Wasser und Essenzen aus Arabia Felix zuzubereiten, und gestattete, daß er vorsichtig, wie ein neugeborenes Kind, in den Schaum getaucht wurde. Dann fühlte er, wie er mit dem Schabeisen bearbeitet wurde, um das Fett von der Haut abzulösen. Als Cleandrus die gewohnten Verrichtungen abgeschlossen hatte, war Phaidros ganz ruhig geworden und ließ sich ein leichtes Leinenhemd überziehen.

Während er sich das Hemd gürtete und die anderen bereitgelegten Kleidungsstücke betrachtete, erinnerte er sich der übergroßen Sorgfalt und des erlesenen Geschmacks, mit dem Porcia Honoria sie ausgewählt hatte, wie es ihr über die Jahre hin zur Gewohnheit geworden war. Er bewunderte die Qualität der Materialien, den Reichtum der Stickereien einiger Teile, das exquisite Gewebe und kam zu dem Schluß, daß die Zeit und die Gesellschaft von Porcia Honoria tatsächlich einen feinen Herrn aus ihm gemacht hatten.

Er konnte ein zufriedenes Lächeln nicht unterdrücken. Denn im Blick zurück, auf den Anfang seines Lebensweges, sah er nur einen jungen Gärtner, ungeschliffen und stotternd, der auf den Märkten von Athen als Sklave feilgeboten wurde. Das war nun schon lange her.

Er sah aber auch den liebenswürdigen und zartfühlenden Phaidros von damals, um den sich das mauretanische Königspaar jetzt so bemühte.

Bald schon erlaubte er Cleandrus, sich zurückzuziehen. Sicher sucht er sich nun irgendeine willige Sklavin, dachte er neidlos. Und als sich die Eisentüren schlossen, mit einem Quietschen, das ihn an das

Geräusch einer Kriegsmaschine erinnerte, blickte er um sich und sah, daß die Einsamkeit bereits auf ihn gewartet hatte.

Die Einsamkeit nahm körperliche Gestalt an, wurde zu einem Wesen, das er berühren, streicheln, ja sogar umarmen konnte. Er tat es ohne die geringsten Bedenken, war doch die Einsamkeit schon seit Jahren seine beste Freundin.

An diesem Punkt lächelte er etwas boshaft. Er war kein Freund, auf den sich die Einsamkeit verlassen konnte. Er war imstande, ihr bedenkenlos untreu zu sein, indem er noch andere Freundschaften pflegte, die ihm genauso wichtig waren. Am Tag mit den Pflanzen, bei Nacht mit den Sternen.

Unter seinen langjährigen Freunden stach jenes Sternbild besonders hervor, das die Astronomen von Alexandria entdeckt hatten. Als eine berühmte Königin ihren geliebten künstlichen Zopf verlor, so erzählten sie, und niemand ihn wiederfinden konnte, behaupteten die Gelehrten, er sei zum Himmel geflogen, um von dort aus den Weg nach Alexandria zu weisen.

»Berenike!« rief Phaidros Antomanus mit Blick zum Himmel. »War dein Haar so üppig, daß es nur am Himmelszelt genügend Platz fand? Wenn dem so ist, mach, daß mir dein Haar den Weg aufzeigt, der mich endlich der Verwirklichung meines Traums näherbringt.«

Doch nicht die Antwort der Sterne drang von der Terrasse herein an sein Ohr, auch nicht die bedrohliche Stimme der Verstorbenen, die in der Nacht aus den Berghöhlen aufsteigt.

Lustvolles Gelächter war es, orgiastisches Stöhnen, Siegesgeschrei, dann wieder Tränen der Unterwerfung. Eine wild gemischte Melodie, mal ungestüm, gleich darauf zärtlich. Eine laute, eindeutige, unverwechselbare Melodie, die ihn mit derselben Macht zu locken schien, wie in früheren Zeiten die Stimme der Meeresungeheuer die Seefahrer gerufen hatte.

Die Stimme der groben, oft vulgären Flüche, die alle Geräusche deutlich übertönte, gehörte zweifellos Alkaios, dem Ägypter. Das Stöhnen und das Gelächter kam von zwei Frauen, die sich um das Privileg stritten, von ihm begehrt zu werden.

Phaidros entdeckte, daß die beiden Terrassen miteinander verbunden waren. Da näherte er sich mit nachtwandlerischen Schritten den benachbarten Gemächern, aus denen die Geräusche kamen. Hier, auf einem Berg von Teppichen und bunten Kissen, lagen die Hauptdarsteller dieser ungewöhnlichen Feier. Alkaios' Körper war zu sehen und zwei Frauen, die ihn liebkosten. Eine der beiden war weiß wie der Schnee, die andere dunkel wie die Berge. Alle drei waren gänzlich nackt, und ihre Haut glänzte unter einer Schicht kostbarer Öle. Ihre Leiber glitten nach einer gemeinsamen Umarmung aneinander herab, auf der Suche nach den köstlichen Stellen, die ihre Lust befriedigen sollten.

Als die Schreie verebbten, blieb Alkaios dahingestreckt liegen, die Arme weit ausgestreckt, den Blick zur Decke gewandt. Sollte diese Haltung äußerste Müdigkeit ausdrücken und seinen Gespielinnen bedeuten, ihn ausruhen zu lassen, so wurde das Signal nicht wahrgenommen. Wie eifrige Priesterinnen eines Ritus, der keinesfalls unterbrochen werden durfte, weil es sonst zu einer Katastrophe kommen konnte, knieten die zwei Bacchantinnen vor ihrem Gott, salbten ihn und bereiteten ihn für eine neue Zeremonie vor. So zumindest verstand der erstaunte Phaidros Antomanus die Szene. Denn während die weiße Frau das Glied des Athleten mit Honig bestrich, goß sich die prächtige schwarze Wein zwischen die Brüste, preßte sie zusammen und schickte sich an, die beiden anderen aus der wundersamen Mulde trinken zu lassen.

Phaidros Antomanus war im schwachen Licht, das aus dem Zimmer kam, gut zu erkennen. Sein Gesicht spiegelte offenbar eine so übergroße Verwirrtheit, daß die beiden Frauen, als sie ihn entdeckten, in schallendes Gelächter ausbrachen und ihm scherzhafte Zeichen machten. Weit davon entfernt, sich zu schämen, weil sie gänzlich nackt und in so kompromittierender Aktion ertappt wurden, umarmten sie sich leidenschaftlich und richteten sich dabei eindeutig an Phaidros mit dem Ziel, ihn zu erregen.

In dem Moment bemerkte Alkaios die Anwesenheit seines Zimmernachbarn. Als er ihn so dastehen sah, eine makellos reine Gestalt in weißer Tunika, stimmte er in das Lachen seiner Gespielinnen ein, schmiegte sich an sie und tollte vergnügt mit ihnen herum. Doch auch in den kompliziertesten Stellungen hob Alkaios den Kopf unter oder über die anderen Körper, immer den Blick auf den Eindringling gerichtet. In seinen Augen lagen Spott und Gewalt, was typisch war für ihn, und aus der Schwärze seines Bartes schimmerten die riesigen Zähne, ein Bild lustvoller Grausamkeit.

Phaidros fühlte sich bei einer Indiskretion ertappt, und das erfüllte ihn mit so tiefem Schmerz, daß heiße Tränen in ihm aufstiegen. War er schuldig geworden?

Plötzlich preßte er sein Gesicht mit aller Kraft in die Hände. Er fühlte im Inneren seines Gehirns eine gewaltige Explosion, den Einbruch einer überwältigenden Kraft, die ihm ganz neu war, weil sie aus seinen verborgensten Tiefen aufstieg, die zu erforschen er sich immer geweigert hatte. Er schloß die Augen und fühlte sich hinweggetragen, fühlte sich flüchten. Als er sie öffnete, fand er sich wieder in seinen Gemächern. Doch auch das war ihm kein Trost. In seinem Innern herrschte völlige Leere, denn nachdem ihm Alkaios das pulsierende Leben gezeigt hatte, war er nun wieder allein und nur in Gesellschaft der Berge. In diesem Zustand waren ihm auch die vielen Geheimnisse, mit denen sie ihn lockten, keine Hilfe, im Gegenteil, sie schienen ihn mit ihrer Masse schier erdrücken zu wollen.

Da rannte er zum rosafarbenen Marmortisch und fegte mit einer heftigen Handbewegung alle Pergamente, die Cleandrus darauf abgelegt hatte, zu Boden.

Er klammerte sich an seinen Griffel, als wäre er die einzige Waffe, die ihm die Götter in die Hand gegeben hatten. Und so bewaffnet, so beschützt, fing er an, einen Brief nach Rom zu schreiben. Einen Brief, der nach Porcia Honorias Wärme suchte.

PHAIDROS ANTOMANUS VERÄNDERTE sich und wurde deutlich melancholisch, was seinen Freunden, dem königlichen Paar, nicht verborgen blieb. Als der Dichter nach einer Woche noch immer in diesem Zustand war, wurde die Königin langsam unruhig.

Eines Abends sagte sie zu ihrem Gatten:

»Wie seltsam ist unser Freund! Pflegt er die Einsamkeit, weil dieses Gefühl den Dichtern gut zu Gesicht steht?«

»Das würde mich wundern bei einem Mann, der sein Glück mit Komödienschreiben gemacht hat. Möglicherweise gibt es einen Teil seines Werks, den wir nicht kennen. Alle Schriftsteller, heißt es, haben eine verborgene Seite, eine letzte Wahrheit, die sie nie zeigen. Hätte man zum Beispiel nach dem Tod des feinsinnigen Vergil ein von Obszönitäten strotzendes Manuskript bei ihm gefunden, hätte Augustus mit der Publikation bestimmt keine solche Eile gehabt.«

Er lachte, weil er offen auf gewisse Gerüchte über die postume Publikation der »Äneis« anspielte. Vergil hatte angeblich die Vernichtung seines großen Werks angeordnet, was Augustus durch seine Intervention verhinderte. Daß er dem Wunsch des Dichters nicht entsprach, schrieben viele seinem Eigeninteresse zu, schließlich wurde in diesem Epos seine göttliche Abstammung und folglich die Legitimität des Imperiums ein für allemal bestätigt.

Die Königin überging die ironische Bemerkung ihres Gatten. Sie dachte noch immer an Phaidros Antomanus. Sollte ihre Sorge für den alten Freund nicht über die rein protokollarischen Freundlichkeiten, wie es bislang der Fall war, hinausgehen? Sie kam zu dem Schluß, daß sie sich mit ihm treffen und seiner Probleme annehmen mußte, und faßte diesen Vorsatz in einen einzigen, leicht dahingesagten Satz:

»Ich werde mich um das Lächeln meines dichtenden Gärtners kümmern.«

Sie begab sich in die Gärten, wo er jeden Morgen spazierenging, und sagte zu ihm:

»Ich klage mich an, deine Einsamkeit nicht bemerkt zu haben. Diesen Fehler würde ich sehr gerne wiedergutmachen, denn schließlich bin ich deine Freundin.«

»Ich bin an die Einsamkeit gewöhnt, meine Königin. Sie kümmert sich um sich selbst und braucht niemanden.«

»Das habe ich gemerkt. Doch ich kenne dich und weiß, daß du leidest. Ich bin mir dessen so sicher, daß ich es mir zur Aufgabe mache, dir zu helfen. Deine Tage in meinem Königreich sollen ausgefüllt sein. Was nicht weiter schwierig sein wird, denn du bist noch immer ein junger, recht stattlicher Mann. Es dürfte keine meiner Hofdamen geben, die nicht gern mit dir die Gaben teilte, die Venus mit so vollen Händen denen schenkt, die sich ihren Launen unterwerfen. Opfere ihr deshalb noch heute eine Taube, die Göttin wird dich erhören und dein trauriges Leben mit Wärme erfüllen.«

»Venus haßt mich, weil ich sie nicht achte. Und Tauben opfere ich nicht, weil ich sie lieber in meinen Gärten umherfliegen sehe.«

»Du suchst also noch immer die Liebe der Epheben … Das soll mir recht sein. Auch in dieser Hinsicht ist mein Hof gerüstet, der Einsamkeit geliebter Menschen abzuhelfen. Mögen dergleichen Dinge einer römischen Adligen, die es gewohnt ist, immer Haltung zu bewahren, auch reichlich bizarr erscheinen, so neigt mein griechisches Blut zur

Liberalität, weshalb ich mich hüten werde, deine Neigungen zu kritisieren. Dennoch wundere ich mich, weil ich mich erinnere, daß du als Gärtner im Haus der Octavia wegen eines Epheben namens Adonis sehr gelitten hast ...«

Sie sah, wie Phaidros Antomanus die Hände zu Fäusten ballte und die Melancholie in seinem Blick dem Zorn Platz machte.

»Sprich von meiner Einsamkeit, doch nie von meinen Erinnerungen«, rief er. »Ich kann dir meine Gegenwart anbieten, verfüge über sie nach Wunsch; doch halte mir die Vergangenheit fern, denn sie besitzt noch immer unheilbringende Kräfte, die selbst die Zeit nicht besiegen kann.« Dann fügte er mit gefaßterer Stimme hinzu: »Such mir weder Damen noch Epheben. Meine Einsamkeit hat ein sehr lebhaftes Temperament. Sie könnte sich ärgern, wenn jemand versucht, ihr Gewalt anzutun.«

»Warum diese Beharrlichkeit, Phaidros Antomanus? Sollte zutreffen, was man sich über deine Liebschaft mit der edlen Porcia Honoria erzählt? Dann herzlichen Glückwunsch für deine gute Wahl, denn sie ist schön, gebildet und nicht ohne Einfluß auf Augustus. Gern würde ich erfahren, daß deine gegenwärtige Einsamkeit ein frei gewählter Zustand ist, um der Geliebten auch in ihrer Abwesenheit die Treue zu halten.«

»Laß dir sagen, daß ich nicht treu bin, wie zu vermutest, sondern einsam, wie du anfangs bemerktest. Was zwar kein Verdienst ist, doch eine gewisse Würde hat.«

»Dann ist Porcia Honoria also nicht deine Liebe, wie behauptet wird? Das täte mir leid. Denn dieser Verbindung würde mein Herz, das dir freundschaftlich verbunden ist, gern seinen Segen geben.«

»Ich habe keine Liebe. Porcia Honoria, die wohl erlaucht, aber auch mildtätig ist, beschränkt sich darauf, einen Kranken zu pflegen.«

»Krank bist du wohl, armer Freund«, murmelte sie fast mitleidig. »Doch welches Leiden hält dich von den anderen fern?«

»Was auch immer es sein mag, die Heilung liegt nicht in deiner Macht. Laß mir meine Einsamkeit, Königin von Mauretanien. Behalte deine hitzigen Damen und deine süßen Epheben für Kranke, die um jeden Preis geheilt werden wollen.«

Dennoch schickte sie in dieser Nacht einen Knaben zum Lager des Dichters, so blond wie eine Druidenpriesterin, und in der folgenden einen strammen Burschen aus den Bergen mit dunkler Haut und trübem Blick, wie man ihn in den Tavernen bekommt. Doch beide blieben erfolglos, und so fühlte sich auch die Königin.

Den Rest des Tages verbrachte Phaidros Antomanus ungestört. Niemand unterbrach seine langen Spaziergänge durch die Gärten, seine ausgiebigen Meditationen vor den Gipfeln der Berge, die leeren Stunden beim Betrachten des plätschernden Wassers im Becken. Als die Nacht hereinbrach, suchte er Rat bei den Sternen, wie es seine Gewohnheit war, und bat dann Cleandrus, ihm seine kostbarste Tunika anzulegen, um sich in den Festsaal zum Gelage zu begeben.

So sah er sich wieder dem mauretanischen Hofstaat gegenüber und betrachtete jedes einzelne Mitglied mit höchstem Mißfallen. Und weil die Epheben, die er zurückgewiesen hatte, ihren Mund nicht halten konnten, tuschelte der ganze Hof über seine Lustlosigkeit, welche die einen seiner Hochmut, andere seiner Impotenz zuschrieben.

Doch sein Lachen hatte bessere Gründe als das der anderen, wußte er doch, daß seiner Gleichgültigkeit Weisheit zugrunde lag.

DIE NACHRICHT, DASS ihr Gatte heute abend nicht am Festmahl teilnehmen würde, beunruhigte die Königin von Mauretanien. Bedeutete doch die Abwesenheit des Königs, daß sie Alkaios' ironischen Bemerkungen hilflos ausgesetzt war, insbesondere aber die Gefahr, daß Phaidros Antomanus darauf bestehen würde, wieder aus seinem Werk vorzulesen und dadurch Erinnerungen an Dinge auszulösen, die sie immer so ängstlich mied.

Phaidros war über die Abwesenheit Jubas nicht weniger enttäuscht. Er hatte ihm das Triklinium an seiner Seite zugewiesen und damit von allen anderen isoliert. Was gestern eine große Ehre gewesen war, ein Privileg, das seine Majestät einem alten Freund gewährte, gereichte ihm nun zum Nachteil. Und nur Cleandrus, sein treuer Begleiter, ließ sich herab, ihm etwas Aufmerksamkeit zu schenken.

Doch diese Einsamkeit inmitten des allgemeinen Durcheinanders – Musik, Gespräch, Gelächter – war für Phaidros mehr als ein vorübergehender Zustand. Wer würde es in seiner Anwesenheit wagen, die Einsamkeit als Neuland zu beschreiben, als unerforschtes Gebiet? Sein Leben war zu einer Pilgerfahrt geworden, seit langen Jahren schon, und bei jedem Halt wurde er nur noch einsamer, als er es unterwegs gewesen war. So verschmolzen alle seine Aufenthalte zu ein und demselben.

Porcia Honoria gegenüber beschrieb er es einmal so: »Es gibt nur ein Wesen, das mich nie enttäuscht hat. Das meine. Doch die Gesellschaft dieses Wesens machte mich zugleich zum einsamsten aller Menschen.« Diese Anmaßung, diese Ichbezogenheit! Sie streichelte ihm übers Haar, tieftraurig wie so oft, und flüsterte ihm leise und gelassen zu: »Du weißt, daß das nicht stimmt. Mit dir selbst als der einzigen Gesellschaft wärst du verloren. Glücklicherweise hast du noch andere Wegbegleiter. Du hast deine Phantasiegestalten. Sie haben dich zu dem Künstler gemacht, dem meine Liebe gilt.«

Da gestattete sich Phaidros Antomanus eine kleine Koketterie und versuchte, den von Porcia Honoria geliebten Künstler mit dem Mann zu versöhnen, dem zu mißtrauen sie gelernt hatte. Dieser Mann war er selbst, der sich jetzt, beim ungeliebten Gelage, wieder der Traurigkeit überließ, dem weder Musik noch Tanz noch Gespräche und Gelächter der anderen eine Hilfe waren.

Allein, wiederum allein. Abgetrennt von der Welt und auf sich selbst verwiesen. Nur begleitet vom wachen, besorgten Blick seines Dieners und den Blicken, die ihm der Ägypter Alkaios hin und wieder zuwarf, wenn er der Königin seine Aufmerksamkeit entzog, die über irgendwelche banalen Begebenheiten redete ... meist solche, die sich in der allerbesten römischen Gesellschaft zugetragen hatte.

An einer bestimmten Stelle unterbrach der Ägypter die Herrscherin, ließ dabei jedoch Phaidros Antomanus nicht aus dem Auge.

»Dein Schriftsteller ist schön, weniger dünkelhaft wäre er allerdings noch schöner. Doch das ist bekanntlich der Preis der Eitelkeit.«

»Ich würde seine Haltung eher feindselig nennen«, sagte Kleopatra Selene. »Dennoch war er der gutherzigste und einfühlsamste Mensch, den ich je gekannt habe. Hat ihn womöglich das Glück, das ihm so reichlich zuteil wurde, verändert? Das ist der Preis des Reichtums, den alle entrichten, die vorher arm waren! Vielleicht ist aber alles viel einfacher, und seine Liebe unterliegt dem Einfluß des Mondes, der, wie jedermann weiß, in diesen Bergen hier stärker und widriger ist.«

»Das hat mir irgendeiner mal erzählt ...«, murmelte Alkaios. »Vor ein paar Jahren, in Alexandria. In den Tavernen von Rhakotis traf ich einen jungen Mann, der für seine Ausschweifungen bekannt war. Er war so schön, daß sich alle um ihn stritten. Aber auch eine eigenartige Person. Sein Körper hätte ihn reich machen können, doch er überließ ihn nur denen, die auch ihm Lust verschafften. Das machte ihn in meinen Augen sympathisch. Leider hatte er einen sehr großen Fehler: Er pflegte sich mit seinen Liebhabern zu brüsten, als wären sie Jagdtrophäen. Eines Nachts, während eines großen Festes, rief er: ›Habt ihr von Phaidros Antomanus gehört, der am Theater so großen Erfolg hat? Nun, er war hinter mir her wie eine läufige Hündin.‹ Das hat er gesagt. Zweifellos war er betrunken.«

»Hieß er zufälligerweise Adonis?« fragte Kleopatra Selene interessiert.

»Adonis, in der Tat. Und so sah er auch aus.«

»Er war nicht betrunken.«

»Ich habe ihn jedenfalls nie mehr getroffen. Es hielt ihn nicht lange in Alexandria. Ich war einige Monate weg, und als ich wiederkam, lebte er nicht mehr in der Stadt. Es hieß, er habe sich in einen Gaukler verliebt, einen gelbhäutigen, mandeläugigen, und sei ihm in die Gegend jenseits des Indischen Ozeans gefolgt.«

»Deine Geschichte hat mich mehr interessiert, als du ahnst«, sagte Kleopatra Selene. »Doch bitte, erzähle sie nicht meinem Freund, dem Dichter. Denn er hat viel geweint und verdient es nicht, daß ihn eine schmerzliche Erinnerung wieder zum Weinen bringt.«

Phaidros, der merkte, daß sich das Gespräch um ihn drehte, verzog das Gesicht zu einem schwachen, ironischen Lächeln. Es galt seinem eigenen Innern und zugleich seinem Drang zur Selbstbetrachtung. Doch Alkaios, der ihn noch immer mit neugierigen, ja listigen Augen betrachtete, ließ sich nicht täuschen. Er sah in Phaidros den ewig Unentschiedenen. Lächelte er, so tat er es nur halb. Zeigte er sich verärgert, blieb er dennoch passiv verhalten. Nur die Melancholie setzte sich durch und schien sein ganzes Verhalten zu bestimmen.

Alkaios wollte an dieser Melancholie Anteil nehmen. Er näherte sich dem Triklinium des Schriftstellers und reichte ihm einen mit Wein aus Mareotis gefüllten Kelch, den er mit beiden Händen umfaßte, wie bei einem Tempelopfer.

Als Phaidros ihn entgegennahm, lächelte er förmlich.

»Es heißt, daß die Götter den Menschen so die Ambrosia reichten, wenn sie ihnen gerade wohlgesinnt waren und nicht so verärgert wie gewöhnlich.«

»Die liebliche Hebe hat den Göttern den Kelch mit Ambrosia geboten, Hebe, der ich weder im Aussehen noch im Wesen ähnlich bin. Denn meine Welt ist viel grober. Anstelle von Ambrosia schenke ich Blut und Feuer aus, wenn es denn sein muß.«

»Seltsam, daß jemand, der wie du den erhabenen Namen eines Poeten trägt, von solchen Gemetzeln spricht.«

Der andere zuckte nur deutlich verärgert mit den Schultern:

»Das habe ich schon allzuoft gehört. Dabei verstehe ich nichts von der Poesie und kann deshalb nicht stolz darauf sein. Doch weiß ich, daß dieser Alkaios von früher gegen die Tyrannen seiner Insel kämpfte, und darin erkenne ich mich wieder. Denn soviel ist sicher, meine groben, kampfgewohnten Hände würden eine Lyra zerbrechen, doch wenn sie ein Schwert packen, entwickeln sie so große Kräfte wie die Riesen, die einst den Olymp angriffen.«

»Dann bist du also ein Soldat«, meinte Phaidros mit gelangweilter Miene.

»Möglicherweise. Zumindest gab ich vor, einer zu sein. Vielleicht gab es in meiner Vergangenheit so viel Schmerz wie Leere in der deinen?«

Da blitzte für einen Moment Interesse in Phaidros Antomanus' Augen auf. Er versuchte sofort, es wieder zu verbergen, doch der Ägypter war bereits aufmerksam geworden. Er beugte sich über das Triklinium und flüsterte:

»Die Königin behauptet, du wärst früher menschlicher gewesen. War dir der Zustand so unangenehm, daß du dich lieber verändert hast? Im Namen des Phaidros, an den sie sich mit so großer Zärtlichkeit erinnert, gestatte, daß ich dir meine Entschuldigung anbiete. Als du aus deinem Werk gelesen hast, war ich unfreundlich zu dir. Heute sage ich dir: Finde deine Freiheit in Alexandria, und wenn es eine gute ist, vermittle sie jenen weiter, die nicht frei sind.«

Als ein weiteres Mal der Name der Stadt fiel, wandte sich die Königin von Mauretanien schnell den beiden Gästen zu. All ihre Fröhlichkeit schien plötzlich wie weggewischt, ein Beweis, daß sie oberflächlich und falsch gewesen war. Ihre Finger umklammerten den Alabasterkelch in Form einer Lotosblüte ... ein Gefäß, an das sich Phaidros Antomanus sehr wohl erinnern konnte. War es doch das einzige ägyptische Erinnerungsstück, das ein verängstigtes Mädchen während seines Exils im Hause der Octavia mit sich geführt hatte.

Phaidros erinnerte sich und las nun wieder die in den Kelch eingravierten Worte: »Ptolemaios Cäsarion. König der Könige.«

Die Gespenster kommen wieder, dachte er. Wie recht du hast, Porcia Honoria. Sie sind meine einzigen Begleiter. Geister, Gestalten der Unterwelt, Personen meines Werks ... Ihre Schatten begleiten mich immer. Sie sind meine Ammen, Beschützer, Führer und Lehrer, alles zugleich ...

Er beugte sich zu Alkaios hinunter, brachte sein Gesicht nah an das seine und rief:

»Alexandria! Wüßtest du nur, wie sehr mein Leben aus diesem Namen lebt, wie mein ganzes Sein vor dieser Stadt, die ich nicht kenne, erzittert. Jedesmal, wenn du sie erwähnst, gehöre ich ihr mehr. Ich höre sie in meiner Umgebung, Ägypter. Du bist mein Zeuge, wer immer du bist. Ich weiß nicht, was dich mit Alexandria verbindet, doch wenn du ein Sohn des Abenteuers bist, wie ich vermute, dann krankst auch du an deiner Phantasie. Würdest du jetzt die Hand heben und vor meinen Augen hin und her bewegen, wie es die Magier an den Straßenecken tun, erschiene die goldene Barke Kleopatras vor meinen Augen, die Herrlichkeit ihrer Liebe, und ich röche das kostbare Parfüm, das der leichte Wind auf die Terrassen des Palastes trug, wie die Geschichtenerzähler auf den Märkten berichten ...«

»All diese Schönheiten blieben in Rom«, murmelte Alkaios traurig.

»All diese Schönheit bleibt in meinem Werk verewigt.«

»Sie ist in der Tat keine Ware, die römische Triremen über das Meer zu den Märkten Italiens bringen. Deshalb, Träumer, bleiben deine Träume Schäume.«

Da erwiderte die Königin in einem lauten, scharfen, ja vulgären Ton, den man bei ihr überhaupt nicht gewohnt war:

»Hör nicht auf ihn, Phaidros Antomanus. Er ist total betrunken. Mag er noch so sehr an den Niedergang erinnern, den Glanz einer neuen Epoche kann dieser nicht trüben. Wir leben im Goldenen Zeitalter. Genießen wir seine Vorteile, und lassen wir die Toten in Frieden, auch wenn sie, was ich gerne zugebe, ein rühmliches Leben geführt haben. Und um der Wahrheit zu dienen, erlaube mir, die Tendenz deines Werks zu korrigieren.«

»Warum denn das?« fragte Phaidros überrascht.

»Weil ich dabei war und du nicht, Dichter. So einfach. Doch auch, weil Alexandria nicht starb, als Antonius und Kleopatra starben. Weil die herrliche Stadt auch unter Augustus noch existiert und ihrer früheren Pracht in nichts nachsteht.«

Alkaios richtete sich abrupt auf. Und Phaidros Antomanus erkannte den unterdrückten Zorn, der in dieser Bewegung lag.

»Nun, ich trinke auf die Pracht, die nur Sklaverei den Nationen verleihen kann. Und weil dieses Argument hier am Hof das einzig gültige ist, wünsche ich Rom die Sklaverei, damit es deren Herrlichkeit bis zur Neige auskosten kann.«

Er leerte den Kelch in einem Zug, während die Königin von Mauretanien sich heftig zitternd auf die Schulter von Phaidros stützte. Bebte sie vor Zorn oder Angst? Niemand wußte es.

»Augustus stellte in Alexandria erstmals seine Großherzigkeit unter Beweis, für die er später berühmt wurde. Das kann ich bestätigen. Daß ich es tue, sollte niemanden verwundern. Ich bin die Tochter Kleopatras, aber auch die Gattin von König Juba. Daß ich eine echte Ägypterin bin, habe ich bewiesen, indem ich auf die Münzen mit meinem Abbild auch meine Titel prägen ließ und die Gebräuche meiner Vorfahren achte. Als Königin von Mauretanien preise ich die Tugenden dessen, der mich dazu gemacht hat. Auf diese Ehre erhebe ich meinen Kelch. Möge das Wohlwollen von Augustus weiterhin über Mauretanien wachen, wie es in jener längst vergangenen Nacht über Alexandria wachte.«

»Hoffentlich hören die Götter Ägyptens nicht deine abscheulichen Worte, verlogene Königin!« rief Alkaios völlig außer sich.

Er schleuderte den Kelch zu Boden, und mareotischer Wein überschwemmte das Mosaik, eine Darstellung der Gründung Roms unter den faszinierten Blicken der Venus.

Der Hofstaat verstummte angesichts dieser unverhüllten Herausforderung der höchsten Majestät Mauritaniens. Doch die Königin reagierte ganz souverän. Sie reckte sich zu ihrer vollen Größe, setzte eine starre, gänzlich undurchdringliche Miene auf und sprach mit ruhiger, strenger Stimme:

»Heb den Kelch auf. Du stehst vor der Königin von Mauretanien.«

Doch wenn sich Alkaios schon gehorsam vor der Herrscherin verbeugen mußte, dann nicht ohne ihr zuvor einen stolzen Blick zuzuwerfen, einen Blick, wie auch sie ihn versuchte.

»Lange bevor du Königin dieses Landes wurdest, habe ich dich als Prinzessin von Alexandria begrüßt, Königin von Cyrenaika ...«

Phaidros Antomanus schüttelte bei dieser Erinnerung leicht den Kopf, und sein Lächeln war nicht ohne Ironie. Denn als Kleopatra

Selene, ein Kind noch, ins Haus der Octavia kam, hatte er sie mit den gleichen Titeln gegrüßt, die der ägyptische Gast soeben genannt hatte.

Doch dann zeigte die Königin von Mauretanien eine unerwartete Reaktion. Ihre Selbstbeherrschung schwand dahin, ihre strenge Haltung ebenso, und machte einer unbezähmbaren Wut Platz, die sich in einem Tobsuchtsanfall äußerte, der Phaidros völlig unverständlich war:

»Entfernt euch! Alle! Laßt mich endlich allein!«

Während die Gäste eilends, doch unter Einhaltung einer gewissen Ordnung den Saal verließen, blieb Alkaios ungerührt stehen, wie angewurzelt, als genösse er ein heimliches Privileg, von dem die anderen nichts wußten. Als Kleopatra Selene dies bemerkte, hielt sie Phaidros Antomanus mit einer drängenden Handbewegung zurück.

»Du nicht, Gärtner. Du mußt an meiner Seite bleiben, denn du kennst mich vom Hause der Octavia und nicht vom Palast der Kleopatra. Deshalb bist du in der Lage, mich abzulenken.«

»Ablenkung, darin besteht anscheinend meine Aufgabe, mein ganzes Ich«, murmelte er in kaltem Ton. »Deine Höflinge werden dir wohl erzählt haben, daß nur meine Werke unterhaltsam sind, meine Gesellschaft nicht.«

»Du bist der einzige Quell meiner glücklichen Erinnerungen. Nur dir gestatte ich, darüber zu sprechen. Nur dir und nicht diesem verschlagenen Ägypter, der mich zu verletzen sucht, indem er mich fortwährend an meine Pflichten gegenüber einer von Gespenstern bewohnten Welt erinnert ...« Sie schwieg einen Augenblick, dann durchzuckte sie ein Gedanke, und sie grub ihre Finger in den Arm des Freundes. »Doch auch du bist nicht ganz schuldlos, ruchloser Autor. Warum quälst du mich mit der Bitte, einem Drama über meine tote Mutter zu lauschen, wenn du mich auch mit den Albernheiten zum Lachen bringen könntest, die in deinen volkstümlichen Stücken vorkommen? Als Gärtner könntest du auch über Semiramis von Babylonien schreiben«, sagte Kleopatra Selene leise und versuchte vergeblich zu lachen. »Warum hast du dich nicht von ihren Gärten inspirieren lassen?«

Da meldete sich überraschend Alkaios zu Wort und antwortete für den Dichter:

»Er hat es dir bereits gesagt. Weil er seine Inspiration auf den Friedhöfen Alexandrias suchen muß.«

»Willst du endlich schweigen, Dummkopf?« rief sie aus. »Sprich mir nie mehr von Alexandria, denn diese Stadt ist eine Kette, die meine Seele würgt und meinem Kopf Schreckensbilder beschert! Vergiß, daß ich eine Prinzessin dieses Hofes war. Vergiß, daß mich Antonius und Kleopatra zur Königin anderer Länder machten. Erzähl mir von Rom, erzähl mir von Spielen mit den anderen Kindern. Erzähl mir von den beiden Antonias, von Marcellus, von Julia, erinnere mich an die fröhlichen Stunden im Haus der Octavia ...«

Der Ägypter schob Phaidros einfach zur Seite und trat ohne den geringsten Respekt vor Kleopatra Selene:

»Vergiß das Haus der Octavia, denn wahrlich, jeden echten Ägypter ekelt der Gedanke, daß die Tochter der großen Kleopatra dort aufgewachsen ist.«

»In ihrem Haus war ich sicher, draußen lauerte der Schrecken«, wimmerte Kleopatra Selene. »Der Schrecken Alexandrias. Das Bild des Grauens der letzten Nächte ...«

Phaidros' Phantasie bemächtige sich dieses Bildes. Er prägte es sich gut ein, um es später in seinem Werk zu verarbeiten. Vor seinem inneren Auge erstand ganz Alexandria, nahmen die Straßen Gestalt an, gewannen die Gebäude an Höhe und weiteten sich die Plätze. Die Stadt lag nicht unter einem makellosen Himmel, wie im nächtlichen Traum Alexanders, nein, sie erstreckte sich unter einem wildbewegten, feurigen Himmel, wie in der Nacht, als Marcus Antonius sie verlor.

Alkaios fuhr fort, die Königin von Mauretanien zu befragen, immer aufgeregter:

»An welche Schrecken erinnerst du dich? Sag es mir, damit Alexandria weiß, daß du der Stadt nicht völlig verloren bist. Sag es endlich, Kleopatra Selene, denn sowohl dein König wie deine römischen Freunde haben dich vergessen lassen, daß Augustus dir zwar ein Königreich gab, Octavianus dir aber zuvor dein rechtmäßiges entrissen hat!«

Phaidros Antomanus ahnte nun, daß zwischen diesen beiden Persönlichkeiten früher wohl eine tiefe Beziehung bestanden hatte. Der Ägypter schüttelte jetzt die Königin, unter Mißachtung aller protokollarischen Regeln, so heftig, daß sie auf ihr Triklinium niedersank.

Da blickte ihn Kleopatra Selene noch wilder an:

»Stimmt. Vor dem Einmarsch von Octavianus' Truppen teilten Marcus Antonius und Kleopatra ihre Reiche unter ihre Kinder auf.

Doch ich verfluche ihre Großzügigkeit, Alkaios. Was nützten uns diese Kronen, was diese Diademe? Alles war Lug und Trug.«

»Auch Cäsarion? Der göttlichste aller ägyptischen Jünglinge, in einem elenden Kerkerloch hingerichtet! War dieses entsetzliche Verbrechen eine Lüge?«

»Cäsarion!« schrie sie mit wachsendem Kummer. »Ach, mein armer Bruder! Doch ich darf mich nicht an ihn erinnern! Ich will nicht! Denn ich erinnere mich auch an das, was geschah, als die Sonne Cäsarions für immer erlosch ...«

Doch Alkaios fuhr fort, sie zu beschuldigen, mit seinem Blick voller schrecklicher Erinnerungen, fuhr fort, sie zu verletzen, mit seinem Flehen um Gerechtigkeit für die Vergangenheit.

»Wenn du Cäsarion vergessen kannst, wird es dir mit Antillus nicht anders gehen. Er war dein Spielkamerad, erinnerst du dich? Lange bevor du so glücklich in den Gärten der Octavia spieltest, rannte dieser arme Junge mit dir über die Terrassen Alexandrias ...«

Eine Prozession von Toten erschien im Palast der Berge, von der mächtigen Stimme Alkaios' beschworen, dem einzigen, der den Mut hatte, sich dieser Begegnung zu stellen. Die Königin von Mauretanien aber schreckte zurück, als fürchte sie, in diesen Totentanz hineingezogen zu werden.

»Warum erinnerst du mich an ihn, ägyptische Hyäne? Antillus war freundlich wie Cäsarion, war lebenslustig, hübsch und schmuck wie er ...«

»Hör mir zu, Königin! Er ist jetzt unter uns. Wenn du je eine Ägypterin warst, dann weißt du, daß die Toten wiederkehren, wenn man ihre Namen ausspricht ...«

Alkaios tat, wie Phaidros ihn geheißen hatte. Wie ein Zauberer, der auf einem belebten Markt seine Wundertaten vollbringt, hob er die Hand und bewegte sie vor den tödlich erschrockenen Augen der Königin hin und her. Seine Worte riefen dabei Ereignisse bildlich vor ihre Augen, als handle es sich um ein Werk von Phaidros Antomanus. Es waren Bilder von erstaunlicher Präzision. Hier war Antillus, das Opfer der Unglücksschwestern, die über die Stadt flogen, hier stand er, wie eine Grabfigur, angetan mit seiner ersten Männertoga, was ihn eher mit Trauer als mit Stolz zu erfüllen schien. Er hielt, zum Entsetzen aller, die ihn gekannt hatten, das blutüberströmte Haupt Cäsarions in seiner unbewaffneten Hand.

»Die Unglücksschwestern!« schrie Kleopatra Selene in Erinnerung all ihrer Kindheitsschrecken, »die Unglücksschwestern wollen wieder über den Kindern Alexandrias fliegen.«

Die Erinnerung an jene so unheldenhaften Tode rief Phaidros Antomanus die Tatsache ins Bewußtsein, daß jedes Epos, handle es von Heldentaten oder von Niederlagen, eine beschämende Kehrseite hat. Diese zeigt die Grausamkeit des Menschen gegen den Menschen, und das ist so seit der Zeit, als sich die Götter vor Ekel erbrachen angesichts des Monsters, das sie soeben in die Welt gesetzt hatten.

Selbst Alkaios, der sich bislang so ungestüm gezeigt hatte, schien von der Erinnerung, die er selbst heraufbeschworen hatte, bewegt. Deshalb war sein Ton freundlicher, als er sich an Phaidros wandte und ihm den Arm streichelte:

»Hör zu, Dichter: Deine Tragödie über Kleopatra muß sich, wenn sie gelingen soll, an die Abfolge der Ereignisse halten, die diesen Hof so sehr beunruhigen. Was auch immer daraus entstehen wird, wie schlimm die Folgen sein mögen, du mußt dich an die Wahrheit halten. Und wenn du über deine Nasenspitze hinausschaust, siehst du, daß Octavianus im Zentrum der Katastrophe steht. Dieser Octavianus, dem Rom den Titel des Augustus verlieh, er und kein anderer führt den Totentanz an, noch immer. Kleopatra und Antonius waren das Ende eines Traums. Octavianus ist der Anfang des Alptraums von Ägypten.«

Kleopatra Selene, die, das Gesicht in die Händen vergraben, dastand, richtete sich nun mit einem Ruck auf und schrie:

»Genug! Sie mögen gestorben sein, doch ich lebe noch, Phaidros Antomanus. Ich bin die Frau des großen Juba und Königin von Mauretanien. Sieh diese Berge an, sie gehören mir. Steig in die Täler hinab, und man wird dir sagen, daß alles ringsum Jubas Königin gehört. Diese Welt ist Wirklichkeit. Hörst du nicht, wie sie mich ruft? Ich will sie festhalten, damit sie mir nicht entschwindet, wie mir in jener Nacht Alexandria entschwand.«

Sie war völlig außer sich, wanderte mit ausgreifenden Schritten im großen Saal herum, hielt inne und zuckte wieder krampfartig zusammen. Sie wollte sich keinesfalls umdrehen, um nicht dem fest auf sie gerichteten, vorwurfsvollen Blick von Alkaios zu begegnen, nicht dem mitleidigen Ausdruck auf Phaidros' Gesicht.

Doch sie mußte noch eine letzte Attacke ihres ägyptischen Gastes ertragen:

»Hast du dich nie gefragt, wo sich das Haupt Cäsarions befindet?«

Phaidros Antomanus sah das Entsetzen auf dem Gesicht dieser Frau und wußte, Alkaios war soeben zu weit, entschieden zu weit gegangen.

»Ich hasse dich, Sohn der Parzen! Verabscheuen werde ich dich für diese schreckliche Frage. Siehst du nicht, daß ich es nicht will? Verstehst du nicht, daß ich es unmöglich ertrage?«

Doch auch Alkaios weinte. Er wandte sich an Phaidros und begegnete seinem ratlosen Blick.

»Dichter, wenn du in deinem Werk sagst, Cäsarions Haupt läge in einem unterirdischen Kerker von Memphis, dann lügst du. Er erschien auch nicht am Himmel über Alexandria, wie die Geschichtenerzähler behaupten.« Er fuhr fort und schien dabei die Wirkung jedes seiner Worte auf Selene sorgfältig abzuwägen: »Wo sich heute die Leiber von Antonius und Kleopatra befinden, weiß niemand, doch das Haupt von Cäsarion ist in Ägypten. Es wird an einem bestimmten Ort verehrt, wie früher der Kopf des Osiris verehrt wurde.«

»Schweig! Wenn dir mein Befehl nicht genügt, so erhöre mein Flehen!«

»Träume diese Nacht vom Haupt deines Bruders!« rief Alkaios. »Und schau dir meine Lippen an, schau sie dir gut an und streichle sie, denn sie haben ihn geküßt. Verehre mich, Tochter Kleopatras, denn ich habe den Mund des Göttlichen Kindes geküßt ... Und dieser Geschmack nach Tod hat mich mit Leben erfüllt!«

Doch Kleopatra Selene hörte ihn schon nicht mehr. Sie rannte wie der Blitz durch die endlosen Gänge dieses herrlichen Palastes, sie lief und lief, bis die Dunkelheit sie verschluckte.

Da fand sich Phaidros plötzlich mit dem Ägypter allein. Sie standen mitten im großen, vom Mondlicht schwach erleuchteten Saal.

»Ruhe dich aus«, flüsterte er. »Sonst bist du morgen nicht bei Kräften und kannst keine Unruhe stiften.«

Alkaios suchte die Augen des Dichters, der sich nun über ihn lustig zu machen versuchte. Seine, Alkaios' Augen waren blutunterlaufen. Er brachte vor Erregung kein Wort heraus. Da sprach Phaidros Antomanus ihn noch einmal an und fragte: »Wenn ich eines Tages deine Geschichte erfahre, wem werde ich begegnen?«

»Einem Spezialisten für Niederlagen. Dem würdest du begegnen und keinem anderen.«

Dann verschwand auch er in der Dunkelheit, wobei er einen Krug mit sich schleppte, mit Wein aus Alexandria.

DIE KÖNIGIN SCHIEN über die Marmorböden dieses Palastes zu fliegen, des Palastes, der ein einziger Lobpreis der Schönheit war. Sie flog zurück in die Vergangenheit, war wieder ein verschrecktes Mädchen. Deshalb verabschiedete sie ihre Damen, auch ihre Lieblingszofen. Der Flug mußte allein stattfinden. Er betraf nur ihre Ängste.

Doch sie brauchte Schutz. Den fand sie schließlich in ihren Gemächern, hier fühlte sie sich sicher. Hier war faßbar, was sie erst nach zahllosen Unsicherheiten erreicht hatte. Sie wußte, diese Zimmer waren Eigentum der Königin von Mauretanien, kein Lehen der Gespenster von gestern. Sie waren ihr das überzeugendste Symbol, dort fühlte sie sich völlig sicher, wobei sie die karge Ausstattung der Räume an andere private Gemächer erinnerte, in denen sie früher schon Schutz vor den Stürmen des Lebens gefunden hatte.

Nicht der Palast der großen Kleopatra im Vorgebirge von Lochias, nicht dieses golden ausgestattete Zimmer mit der schönen Aussicht auf das wunderbare Alexandria, sondern die bescheidenen Zimmer der Octavia auf einem der römischen Hügel. Die Zimmer, deren Möbel, Mosaiken, Statuen, selbst die wertlosesten Gegenstände so ausgewählt waren, daß sie dem Grundsatz entsprachen, der besagt, daß die Umgebung ein Spiegel der inneren Einstellung sein soll: das rechte Maß, der Verzicht auf das Überflüssige, die strenge Beherrschung der Sinne.

Plötzlich umschlang sie sich mit den Armen und schauderte heftig, denn die Nächte in den Bergen können kühl, ja schneidend kalt sein. Doch sie wußte, daß es mehr war als das. Daß sie sich mit den Armen umschlang, um sich vor anderen Armen zu schützen, den eisigen Armen des Gespenstes, das sie von Kindheit an zu beschützen versuchte, ohne zu begreifen, daß es sie im Grunde bedrängte.

Es war der Geist Alexandrias.

Und aus der Pracht der schönsten Träume, die je eine Dynastie geträumt hatte, trat die große Kleopatra Septima hervor. Die letzte Tochter der Isis in Ägypten, als Ägypten noch davon träumte, seine Freiheit zu erhalten, und, mehr noch, den Traum vom Weltreich hegte.

Wie mächtig mußte diese Mutter gewesen sein, wenn sie auch nach ihrem Tod noch so viel Macht ausüben konnte! Hier war ihre Tochter, Königin eines Landes, das jenseits der Wüsten lag, von denen sie als Kind geträumt hatte; Königin durch einen Zufall jenseits ihres Begreifens, doch nicht jenseits ihres Stolzes. Denn mochte sie auch an der Seite des mildesten Herrschers auf Erden regieren, so waren Königreich und Liebe Gaben, Geschenke, Pfründe, die ihr unabhängig von ihrem Willen, ja vielleicht ungewünscht gewährt wurden.

Sie befand sich auch im Widerstreit zwischen ihrer leiblichen Mutter, der mächtigen Kleopatra Septima, und der Erziehung, die sie im Hause der Octavia genossen hatte.

Wer war sie? Wer war Kleopatra Selene, was hatte dieser Zwiespalt aus ihr gemacht?

Sie wollte sich Sicherheit verschaffen und suchte im Spiegel nach Hilfe. Er zeigte ihr ein Bild, das sie sehr beruhigte. Er zeigte ihr keine Tochter des Nils, nicht die Vermischung der Rassen und des Blutes, die sie zu einer typischen Alexandrinerin gemacht hätte. Der Spiegel zeigte ihr das Bild einer römischen Dame, die daraufhin jede Unsicherheit ablegte und sich langsam aufrichtete, bis sie die steife Würde einer Statue angenommen hatte.

Plötzlich durchzuckte sie eine seltsame Vorahnung. Ihr Sohn, der künftige König von Mauretanien, hieß Ptolemaios. Ihr Sohn trug den Namen, den seine unseligen Vorfahren dreihundert Jahre lang von Generation zu Generation weitergegeben hatten. Es war der Name des Geschlechts, das Alexandria aufgab und für immer verlor.

Da tat es in der Tiefe ihrer Seele einen Donnerschlag, der mehrfach nachhallte, als käme ein schwarzer Schatten, käme ein Verbrechen über sie. Da schrie sie lauthals diesen Namen, den so viele andere Könige getragen hatten und sie so oft bei den feierlichen Umzügen und Prozessionen Alexandrias gehört hatte:

»Ptolemaios!«

Sie wollte ihre Damen zu Hilfe rufen, doch die hatte sie soeben weggeschickt. Sie suchte nach den Sklaven, doch denen hatte sie befohlen, sie alleine zu lassen.

Nun schienen inmitten dieser selbstverordneten Einsamkeit die Gespenster einen verrückten Tanz aufzuführen, und zwar zur Musik der fortlaufenden Wiederholung eines Kindernamens. Mit ihm setzte sich das Geschlecht der Ptolemäer auf einem fernen Throne fort. Dank dieses Namens wurde der orientalische Traum, den Antonius und Kleopatra geträumt hatten, Wirklichkeit, auf seltsame Art, wie eine letzte Ironie des Schicksals. Als sie sich erinnerte, daß die Unglücksschwestern diesen Namen und diese Dynastie verflucht hatten, entschlüpfte ihr ein Schreckensschrei:

»Verdammtes Königspaar!« rief sie. »Laßt meinen Sohn in Ruhe.«

Sie rannte zum Gynäkeion. Damen, Ammen und Sklaven schlossen sich ihr unterwegs an. Sie wollten mit ihr reden, sich um sie kümmern, sie boten ihr ihre Dienste an, doch sie hörte auf niemanden, sondern folgte einem eigenartigen, schicksalhaften inneren Drang. Sie wollte ihren Sohn umarmen, mit der gleichen Kraft, wie sie sich selbst umarmt hatte – sonst nichts. Um ihn vor den Gespenstern der Vergangenheit zu schützen, vor den Dämonen, die Gestalt angenommen hatten und die friedlichen Nächte der Gegenwart störten.

Im Gynäkeion angelangt, fand sie das Bett des Kindes leer.

Sie fühlte ihre Brust zu einer Wüste werden, die von unsichtbaren Blitzen heimgesucht wurde. Zu einer Wüste, in der jeder Atem erstarb. Mit Blitzen, die ihre Seele erschütterten und alle anderen Regungen verdrängten.

Sie rang nach Atem. So hatte sie auch vor Jahren nach Atem gerungen, als sie zur Zierde des Triumphzuges als Gefangene in Rom eingezogen war. Es war das gleiche Erstickungsgefühl, das sie damals zwang, sich an den Arm ihres Bruders zu klammern, weil sie den Weg durch den wild schreienden Mob unmöglich fortsetzen konnte. Damals zwang ihr Zustand die Parade zu einer kurzen Pause, während sich ein Blumenregen über Octavianus' Wagen ergoß.

Nun klammerte sie sich schluchzend an das Lager ihres Sohnes und zeichnete mit verkrampften Händen imaginäre Degen, Schwerter, Lanzen in die Luft, Waffen eben, zur Verteidigung dieses armen Lebens. Alles, damit ihm nicht eines Tages widerfuhr, was ihr widerfahren war: gefangen durch die Straßen Roms geführt zu werden, vor den Wagen eines schmutzigen Siegers gespannt. Alles, um nicht zu erleben, daß sich in der Person ihres Sohnes das Schicksal der Ptolemäer erfüllte.

Doch ihr Gefolge teilte ihre Befürchtungen nicht. Die Damen, Ammen und Sklaven betrachteten sie mit unerschütterlicher Ruhe, als wäre die Abwesenheit des Kindes etwas völlig Normales. Da flüsterte die älteste Amme ganz gelassen:

»Der Prinz ist bei seinem Vater.«

»Das ist nicht wahr. Ihr betrügt mich. Ich weiß genau, bei wem er ist.«

Und eine männliche Stimme, gewaltig wie die Berge, fragte von der Terrasse herüber:

»Bei wem könnte er schon sein, Majestät? Bei wem von den Lebenden oder den Toten?«

Kleopatra Selene wandte sich geschwind um und sah sich mit ihrem ägyptischen Gast konfrontiert. Er schien aus den Schatten hervorzutreten, als hätte er dort all die Jahre auf sie gewartet, als hätte er schon immer auf den passenden Moment gelauert, um sie in ihren Ängsten zu überraschen.

»Von den Lebenden oder den Toten! Warum sagst du das? Warum bist du hier?«

»Ich habe deine Schreie gehört«, antwortete Alkaios betont unbeteiligt. »Was dich nicht wundern sollte, denn sie waren einer wahnsinnigen Furie würdig.«

»Hilf mir!« schrie sie noch einmal. »Sag mir, welchen geheimnisvollen Zauber Kleopatra gegen mich richtet.«

Alkaios dachte nach. Dann blickte er ihr direkt in die Augen und sah, daß ihre Angst ehrlich war. Sie schien dem Wahnsinn nahe.

»Lauf doch einfach zu Jubas Gemächern. Dann wirst du feststellen, daß dein Sohn tatsächlich bei ihm ist, wie diese Hündinnen sagen. Was auch ganz richtig wäre, denn ein Ptolemäer muß sein Amt von Grund auf lernen.«

Der Ton seiner Antwort mißfiel Kleopatra Selene deutlich, doch die anderen stimmten den Worten Alkaios' zu, als hätten sie soeben eine wichtige Erkenntnis gewonnen.

»In Alexandria warst du eine fröhliche Prinzessin«, fuhr Alkaios im gleichen scherzhaft-grausamen Ton fort. »Du hast gerne gelacht, gespielt ... Und mit der Zeit hättest du auch gerne geliebt, ganz wie man es sich von deiner Mutter erzählt.«

»Sprich nicht von meiner Mutter. Sie ist gestorben. Jetzt befindest du dich vor der Königin von Mauretanien. Vieles hast du vergessen, doch daran solltest du dich erinnern!«

»Ich tue es schon deswegen, um ihre Majestät, die Königin von Mauretanien, damit an das Versprechen zu erinnern, mir eine Privataudienz zu gewähren. Nun bin ich schon mehrere Wochen hier, wurde aber immer wieder vertröstet.«

Sie blickte ihn wütend an. Das war nicht der Moment, an eine Audienz zu erinnern. Vielleicht, weil es eine Audienz war, an die sie nicht erinnert sein wollte.

Sie rannte zu Jubas Gemächern und weiter bis zum Studierzimmer, dann noch weiter, bis zu der kleinen Sternwarte auf dem Felsen hoch über dem Abgrund.

Juba sah sie kommen, keuchend, schweißbedeckt, mit hervorquellenden Augen, wild zerzaustem Haar, wie eine Najade, die vor einem lüsternen Tritonen flieht. Doch ihre Wangen waren nicht aufgeregt gerötet. Sondern leichenblaß.

Prinz Ptolemaios, wenig beeindruckt vom Zustand seiner Mutter, streckte ihr beherzt die Arme zur Begrüßung entgegen.

Da stieß sie einen Freudenschrei aus, begleitet von einer Grimasse, die wohl eine gewisse Erleichterung ausdrücken sollte. Ihre Angst wich einem kurzen Nachdenken. Sie hatte sich wie eine Närrin benommen. Der König hatte das Kind nicht zum ersten Mal zu sich genommen, um ihm einen Teil seines umfassenden Wissens weiterzugeben. Diesmal, wie schon so oft, die wunderbare Ordnung der Gestirne.

Gewiß: Diese Situation war völlig normal. Eher war ihr Schreck das Unnormale.

Und der meldete sich wieder zurück, trotz der momentanen Erleichterung:

»König Juba! Rette deine Königin! Rette mich vor meinen Träumen!«

Juba benötigte keine weiteren Erklärungen. Weil er den Inhalt dieser Träume kannte, umarmte er sie mit großer Zärtlichkeit.

»Verweise diesen Autor dummer Dramen von deinem Hof«, schluchzte sie. »Verweise ihn, denn die große Kleopatra schickt ihn, damit er alle Götter, die schreckliche Erinnerungen auslösen, gegen mich aufbringt.«

»Beruhige dich. Und erhebe nicht die Stimme gegen Phaidros. Schließlich ist er ein guter Freund dieses Hauses.«

Er versuchte sie aufzuheitern, schob ihren Sohn zu ihr hin, tätschelte seine Wangen und forderte ihn auf, sie zu umarmen. Da lachte sie unter Tränen, in kurzen Stößen, ohne das Weinen ganz aufhören zu können. Sollte sie nun mit dem Kind schäkern oder Juba anflehen?

»Es waren keine Träume, mein König. Meine Augen waren weit geöffnet. Ich sah die Straßen von Rom, voll mit Menschen, wie an jenem Tag. Ich bin wieder nach Rom eingezogen, als Gefangene, vor Octavianus' Wagen gespannt. Mein Sohn ging an meiner Seite, gefangen auch er. Die Soldaten zwangen uns unter das Joch, während dieser stinkende Pöbel Verwünschungen gegen Antonius und Kleopatra ausstieß.«

Daraufhin suchte Juba in seinen eigenen Erinnerungen nach einem Trost für die schmerzlichen Erinnerungen seiner Königin. Er wollte die Wunden ihrer Vergangenheit heilen und öffnete dafür seine eigenen viele Jahre alten Wunden. Er stellte sie ganz in ihren Dienst, auf die liebenswürdigste, hingebungsvollste Weise. Er versetzte sich in ihre Lage und litt unter der gleichen Last, während er ihr fest die Hand drückte, um ihr allen Mut zu übertragen, den er im Laufe der Jahre angesammelt hatte.

Sein Mut ließ ihn das Drama des Mädchens von gestern nachfühlen, dessen Demütigung Schritt für Schritt nachempfinden. So wurde ihre Angst zu seiner Angst, ihre Schande die seine. Angst und Schande, späte Folgen einer Niederlage, die beide erfahren hatten.

Ihre Beziehung hatte sich mit den Jahren nicht verändert. Noch immer verbanden sie die Niederlagen, die zwei verschiedene Cäsaren ihren Vorfahren, ihren Ländern zugefügt hatten. Sie erinnerten sich an diese beiden Cäsaren, als sie sich innig umarmten, denn sie beide, Kleopatra Selene und Juba, das Königspaar von Mauretanien, waren das Ergebnis der Entscheidungen jener Persönlichkeiten, aber auch miteinander verbunden durch all ihre gemeinsam verbrachten Jahre.

So boten sie sich gegenseitig Schutz vor den Schlägen des Schicksals, hielten sich umarmt und freuten sich an den unschuldigen Scherzen von Ptolemaios, des Prinzen, der aus ihrer beider Demütigung hervorgegangen war.

Als die Schreie der Königin von Mauretanien von den Bergen widerhallten, war es Phaidros, der Freund ihrer Kindheit, der sie zuerst hörte. Denn er war wach geblieben und lauschte dem Echo der geheimnisvollen Stille in jenen steilen Höhen. Seine Blicke tauchten hinein in die Dunkelheit und suchten nach unbekannten Wegen jenseits der Felsen, die das gewaltige Massiv überragten, wie die Rippen eines Riesenleibes.

Cleandrus, dem die Anziehungskraft, die die Berge auf seinen Herrn ausübten, völlig fremd und unbegreiflich war, trat auf ihn zu, um ihn für die Nacht herzurichten. Er versuchte, Phaidros' Trübsal zu zerstreuen:

»Wenn das Verhalten der Königin dich noch immer ärgert, so deshalb, weil du dich in eine allzu verzwickte Angelegenheit eingemischt hast und nicht bei deinen Leisten geblieben bist, wie man zu sagen pflegt. Weil du dich um Familienstreitigkeiten der königlichen Familie von Alexandria gekümmert hast.« Phaidros lachte, als er seine Bemühungen mir nichts dir nichts auf eine Klatschgeschichte reduziert sah. Doch Cleandrus ließ sich nicht einschüchtern und fuhr fort: »Du mischst dich in die Dinge anderer ein und vergißt darüber deine eigenen. Du übersiehst, daß dir das, was du schreibst, nicht geben wird, was du brauchst. Es kommt weder von denen, die dir bei den Banketten lauschen, noch vom Theater. Was du brauchst, ist ein junges, hingebungsbereites Mädchen, eine heißblütige Witwe oder ein zartgliedriger Ephebe. Dinge also, die in deinen Schriften nicht vorkommen und dort, so wie es aussieht, auch künftig nicht vorkommen werden ...«

»Es ist tatsächlich komisch, daß einer über die Liebe zwischen Antonius und Kleopatra schreiben will, der selbst keine leidenschaftlichen Gefühle mehr kennt.«

»Ich werde dir eine Arznei verabreichen, besser als alle Kräuter und Heilpflanzen in Jubas Vorräten.«

»Bestimmt irgendeine Verrücktheit!«

»Eine Verrücktheit, die dir fehlt, wenn du dich so mutterseelenallein in deinen Gemächern befindest.«

»Da täuschst du dich. Um mich allein zu fühlen, muß ich nicht allein sein. Laß dir sagen, elender Schwätzer, daß es nicht zu deinen Pflichten gehört, dich um meine Probleme zu kümmern, so ich denn welche hätte ...«

»Gewiß, meine Pflichten als Diener beschränken sich darauf, dir den Alltag zu erleichtern. Und das habe ich die ganzen Jahre über treu getan, wie du sicher bestätigen wirst. Habe ich nicht dein Haus in Rom ordentlich versorgt, oder fehlte dir etwas in deinem Haus am See? Ich habe zusammen mit der alten Nokut dafür gesorgt, daß dir nichts fehlt. Dennoch sind wir in den langen Gesprächen in der Küche, die wir natürlich während der Mahlzeiten, nicht etwa in der Arbeitszeit führten, zu dem Schluß gekommen, daß dir die Hauptsache im Leben fehlt. Nun widersprich nicht, rüge mich nicht, bezichtige mich nicht wieder der Einmischung, denn diesmal werde ich nicht schweigen. Ja, es verletzt mich geradezu, wenn du mir meine Pflichten vor Augen führst, als würde ich sie vernachlässigen. Schließlich weiß ich sehr wohl, daß es zu den Arbeiten eines Bediensteten gehört, auf den Märkten gutes Essen einzukaufen, sich um die Kleider zu kümmern und dafür zu sorgen, daß Feuer im Ofen brennt, wenn der Winter kommt. Vielleicht muß ich nun lernen, daß wir nicht mehr anbieten dürfen, wenn wir nicht nicht danach gefragt werden, und daß, wenn wir mehr bieten, es zurückgewiesen wird. Doch du bist nicht wie andere Herren, weshalb weder Nokut noch ich wie alle anderen Bediensteten sein können.«

»Das wäre mir aber oft lieber. Mit dem Lohn, den ich euch gebe, führt ihr euch wie ein Vater und eine Mutter auf. Und die Götter wissen, daß deren Arbeit nicht mit Geld zu bezahlen ist. Davon bin ich überzeugt, und deshalb bitte ich dich, nicht fortzufahren. Denn ich weiß genau, was mir fehlt. Ich weiß aber auch, daß ich nicht entbehre, wonach mich nicht verlangt.«

»Ist die Wunde noch immer so tief, daß nicht einmal die beste Medizin Roms sie zu heilen vermag?«

Da lächelte sein Herr fast zärtlich.

»Du darfst sie ruhig beim Namen nennen, denn diese Medizin trägt den einer Frau. Porcia Honoria jedoch ist zu vornehm, sie läßt sich nicht wie einen Arzneitrank oder eine Salbe gegen Ausschlag verwenden.«

»Sie schätzt es, verwendet zu werden, weil sie intelligenter ist als alle Frauen, die ich kenne, und weiß, daß Wert und Nutzen einer Medizin unabhängig sind von der inneren Einstellung dessen, der sie benutzt. Sie entfaltet ihre wohltätige Wirkung im Inneren des Körpers. Denn dort wird sie gebraucht.«

»Ist so also die Liebe?«

»Die tätige Liebe zumindest. Womit ich keinesweg den vergeistigten Aspekt der Liebe, die Porcia Honoria dir entgegenbringt, negiere. Doch du hast deinen Anteil an vergeistigter Liebe bereits gehabt und bist klug geworden. Deshalb gib der Vernunft eine Chance. Genieße die Liebe einer so bemerkenswerten Dame, und bleibe den Rest deiner Tage an ihrer Seite.« Dann fügte er scherzhaft hinzu: »Besonders im

Hinblick auf die neuesten Gesetze des Augustus, die mit Junggesellen sehr streng sind.«

»Da hast du recht«, lachte Phaidros Antomanus. »Dieses absurde Gesetz hat den Zorn der jungen Römer heraufbeschworen. Auch derer, die dem Augustus näherstehen. Warum sollte ich, der ich weit weg bin, ihn kritisieren?«

Zumindest log sein Diener nicht, wenn er das Gesetz erwähnte, das alle zur Ehe verpflichtete. Es war Teil einer Kampagne zur Hebung der Sitten, sollte aber auch die Institution der Familie als Basis der neuen römischen Gesellschaft stärken. Und obwohl das Gesetz vom ersten Tag an unbeliebt war, wurde es rigoros und ohne Ansehen des gesellschaftlichen Rangs einer Person angewandt. Die jungen Römer zitterten vor diesem Gesetz, weil sie sehr wohl sahen, daß die Notwendigkeit, die Familie zu schützen und die Geburtenzahlen zu steigern, ihre liebsten Freiheiten gefährdete. Wenn sich sogar der große Sextus Propertius in seinen Gedichten bitter darüber beklagte, daß ihn diese Welle der Sittenstrenge von seiner geliebten Cynthia trennte, was mochten dann erst weniger angesehene Junggesellen sagen?

»Wenn wir schon von der praktischen Liebe sprechen«, beharrte Cleandrus, »heutzutage wird wohl nur ein äußerst leichtfertiger Mann Junggeselle bleiben. Weißt du, daß dir viele institutionellen Vorteile versagt bleiben? Weißt du, daß du kein Erbe antreten darfst?«

»Ich lache über alle institutionellen Vorteile, die der große Augustus einem Schriftsteller bietet. Auch habe ich nirgendwo ein Erbe anzutreten, falls Maecenas mich nicht zu seinem Erben bestimmt. Was mich sehr wundern würde, denn sollte es mir gelingen, meinen Traum von Alexandria zu realisieren, wird er meinen Namen nur noch abfällig nennen ...«

»Da es sich um einen so gefährlichen Traum handelt, solltest du realistisch sein.«

»Je mehr du von der Realität sprichst, desto unrealistischer werde ich. Laß es gut sein. All deine Anstrengungen dienen nur dem Ziel, das Netz der Liebe über mich zu werfen. Doch meine Zeit ist begrenzt und fest vergeben. Die Zeit der Liebe aber ist abstrakt.«

Phaidros blieb allein mit seinen Gedanken zurück. Sie kreisten unwillkürlich um die Ideen, die Cleandrus ihm näherzubringen versuchte. Er hielt ihn für übertrieben besorgt, denn obwohl es zutraf, daß ihm das Gesetz zur Zwangsehe Schwierigkeiten bereiten würde –

und Porcia Honoria tatsächlich schon bereitet hatte –, so sprachen die letzten Nachrichten doch bereits von der Aufhebung dieses absurden Gesetzes, und das tröstete ihn. Ein Beweis, daß er den Charakter des Augustus und der eifrigen Moralapostel völlig verkannte.

Die Moral, dachte Phaidros Antomanus, ist immer schneller als ihre streitbaren Hüter. Mit denen, die das noch nicht gemerkt hatten, empfand er nur Mitleid. Er blieb also seinen Überzeugungen treu, wobei er sich unmerklich Rom – dem vom Willen des Augustus stark geprägten Rom – immer mehr entfernte. Denn Augustus wollte nicht nur eine Stadt aus Marmor, nein, sie sollte darüber hinaus weiß, makellos rein und säuberlich sein.

So kam es, daß das Gesetz zwar aufgehoben, dann aber sofort wieder neu verabschiedet wurde, allen Nationen zum Vorbild.

PHAIDROS ANTOMANUS' BRIEF AN PORCIA HONORIA

An die kluge, zartfühlende, edle Athene meiner Inspiration. An Minerva, Freundin und mehr als eine Freundin.

Die Gleichgültigkeit, die in diesen Tagen meine Sinne betäubt, läßt mich, weit entfernt, wie ich bin, nach dir suchen, damit du meine Stimme wirst und die Antwort auf meine Zweifel. Denn ungeachtet der Liebesleere meiner Stunden, kann ich nicht vergessen, daß du von allem, was ich in meinem bisherigen Leben kennenlernen durfte, der Liebe am ähnlichsten bist.

Nur deine Anwesenheit kann mir bei der Enthüllung der vielen Geheimnisse helfen, die sich meiner Einsamkeit bemächtigen und mir verdeutlichen, daß sie im Grunde keine Daseinsberechtigung hat. Jede Antwort, die ich mir auf meine Fragen gebe, ist die eines armen Krüppels, mehr nicht.

Wo bist du? frage ich die Berge, doch die sind nicht nur gewaltig, sondern auch schwer von Begriff. Was beschäftigt dich? frage ich die Gestirne, doch die Gestirne sind egoistisch und nur bereit, mit mir zu sprechen, wenn ich ihnen meine Einsamkeit als Opfer darbiete.

Angesichts dieses Schweigens muß ich mich auf die gute, vertraute Gewohnheit besinnen, die uns während der letzten Jahre verband, und die Gewohnheit an die Stelle setzen, die eigentlich die Liebe, wenn es dieses Phänomen überhaupt gibt, einnehmen sollte. Die Gewohnheit trägt mich nach Rom und ruft mir, nicht ohne Gewissensbisse, ins Be-

wußtsein, daß du auf einem dieser Hügel lebst, zweifellos an mich denkst und immer mehr zur Gefangenen meiner Unfähigkeit wirst.

Was ist Rom, aus der Ferne betrachtet, in den Pausen, die mir mein Traum von Alexandria gestattet?

Ich will nicht mehr an dieses grausame und kriminelle Rom meiner Anfänge denken, als es Tag für Tag alle edlen Früchte des menschlichen Geistes zerstörte.

Ich erinnere mich an dich und werde mich mein Leben lang erinnern, daß ich in deiner Schuld stehe, an das, was du mich lehrtest, an die Liebe, die ich dir schulde und gebührend zu erwidern außerstande bin.

Rom, das ich für eine Kloake halte, das Rom meiner schlimmsten Alpträume löst ein unwiderstehliches Heimweh aus, nur weil du dort lebst. Die verfluchte Stadt nähert sich mir, beladen mit Erinnerungen an unsere angenehmsten Tage. Wenn ich heute bin, was ich bin und sein möchte, so verdanke ich es diesen Stunden und allen anderen, die du mir bereitet hast. Dir ganz allein verdanke ich die Welt, die heute mein Zuhause ist.

Warum können all deine Tugenden nicht die angemessene, schuldbefreiende Liebe in mir wecken? Minerva, meine Freundin, warum haben mich die Götter eines Tages dem Leben entrissen und in dieses Ödland verbannt, wo ich doppelt soviel leide wie andere Sterbliche … denn die fatale Gabe der Schriftstellerei zwingt mich, die gleiche Qual zweimal zu durchleiden.

Ich habe alles und zugleich nichts, weil ich eines Tages lernte, die Vergänglichkeit der Welt zu beschreiben und, was noch schlimmer ist, die schreckliche Flüchtigkeit der Gefühle. Ich weiß sehr wohl, daß diese Feststellung ungerecht ist. In dir ist nichts vergänglich. Auch deine Liebe nicht. Ihre Dauer, ihr Bestand, müßten mich trösten. Doch das Gegenteil ist der Fall, sie martert mich noch mehr, weil ich sehe, daß du dich ganz dieser Liebe widmest und dir alle anderen wohltuenden Dinge versagst.

Ich lebe mit dem beklemmenden Zwang, mit meinem Werk eine Welt zu erschaffen. Die Welt tröstet mich nur, wenn ich sie in meinen Traum von Alexandria einbinden kann. Dann finde ich zu mir selbst, doch das ist auch schon das Ende. Aus all diesen Gründen, mit Rücksicht auf meinen Zwang, auf meinen alten Traum, meine einzig mögliche Art zu leben, antworte ich auf deinen letzten Brief mit der Bitte, nicht bei Maecenas für mich zu intervenieren. Ich werde nicht nach-

lassen, mich gegen seine Welt zu stellen. Denn mein Nachruhm, sollte ich einen haben, wird nicht darin bestehen, die Vergebung hochgestellter Persönlichkeiten akzeptiert, sondern vielmehr darin, darauf verzichtet zu haben.

Vielleicht ist es meine Bestimmung, beharrlich die Götter zu verfluchen. Denn unter allen Beschwernissen, die sie den Menschen auferlegt haben, straften sie mich mit beharrlichem Lebensüberdruß.

AM MORGEN DRANG ein zwar schwaches, dennoch tröstliches Licht in die dunklen Höhlen der Erinnerung. Die Sonne lieh Kleopatra Selene einen Schutzschild gegen die Bedrohungen der Nacht. Mochte sein Metall auch nicht allzu stark sein, ihr verschaffte der Schild das sichere Gefühl der Unverletzbarkeit. Daß sie ihre nächtlichen Gespenster besiegt hatte, erfüllte sie mit durchaus berechtigtem Stolz.

Den allmorgendlichen Tätigkeiten widmete sie sich mit neuem Interesse und nie gekannter Freude. Sie sah sich um und merkte, daß sie ganz gelassen war und die Aussicht auf Neues sie nicht bedrohte. Schließlich war sie Königin von Mauretanien, die Gattin Jubas und kein Mädchen, das vom unglücklichen Geschick Ägyptens abhängig war. »Nun gut, die Welt dreht sich weiter«, stellte sie fest, während sie aus dem Bett hüpfte und ihre nackten Füße auf ein Mosaik setzte, das die Geschichte von Perseus und Andromeda darstellte.

Und mehr trällernd als sprechend, sagte sie zu ihren Damen:

»Die Welt ist im Frieden. Der Friede im Himmel ist der Friede der Welt. Der Friede des Augustus in Rom garantiert den Frieden Jubas in den Bergen.«

Anquilea, ihre Lieblingszofe, war ebenfalls guter Stimmung und lobte die Vorteile des Sommeraufenthalts in den Bergen, im Gegensatz zur Mühsal der Ebenen, wenn der Wüstenwind eine undurchdringliche Feuerwand bringt. Ganz zu schweigen von der schwülen Hitze in den Städten an der Meerenge, die oft unter einem heftigen Ostwind litten, der die Haut der Menschen mit einem schmierigen, kaum zu entfernenden Film überzog.

Kleopatra Selene erinnerte sich an die glühenden Sommertage in Rom, wenn das Volk in den dichtbelebten Straßen von unerträglicher Hitze heimgesucht wird. Wenn der Straßenbelag sich in einen gewaltigen Ofen verwandelt, mit vielen Schlünden, aus denen die Unterwelt ihren Abfall spuckt. Dann schleppt sich der Plebs in die öffentlichen Gärten und fällt, einer Raupenplage gleich, über sie her auf der Suche nach einer kleinen Erleichterung, wie erschöpfte Schlangen, deren Durst selbst das Wasser der Brunnen nicht löschen kann, weil auch dieses Wasser kocht.

Doch diese Gedanken sollten ihr nicht den köstlichen Morgen verderben, wenn der erfrischende Wind von den hohen Bergen wehte. Kleopatra Selene war entschlossen, die bösen Erinnerungen zu verbannen und sich so an ihnen zu rächen.

Sie fühlte sich glücklich und wollte deshalb auch andere glücklich machen, weshalb sie sich auf ihre Großzügigkeit besann, in die Schatulle griff und den Damen ein paar Schmuckstücke zuwarf. Die jungen Frauen flatterten fröhlich herbei, als ginge es um ein Spiel, nicht um Geschenke. Die eine interessierte sich für eine Bernsteinkette, die andere für ein Diadem aus Korallen, die nächste für eine Kamee oder einen Amethystring. Als die Königin ihre Vorliebe für Anquilea gezeigt und ihr eine Perle gereicht hatte, die Taucher aus dem Indischen Ozean geholt hatten, merkte sie, daß die Großzügigkeit Grenzen haben mußte und diese soeben unvorsichtigerweise überschritten worden war. Nun fiel ihr Phaidros wieder ein, ihr Freund, der allein war.

»Was kümmere ich mich um die Freunde in Rom, wenn ich doch hier an meinem Hof Gäste habe, die vielleicht meine Hilfe brauchen?«

Die Damen lachten nervös, und das bedeutete, daß sie sich über die königlichen Gäste bereits eine Meinung gebildet hatten. Sie scherzten und erzählten sich Schelmereien. Was ihre Majestät für leichtfertig hielt, wenn nicht gar für ausgesprochen dumm.

»Was sagt ihr über den Ägypter?«

»Er ist ein Mars, obwohl er vom Nil kommt.«

»Was sagt ihr vom dichtenden Gärtner?«

»Er ist ein Horus, obwohl er aus Rom kommt.«

Sie lachten und spotteten über Phaidros Antomanus, der die erste Hofdame, dann noch mehrere Hofdamen verschmäht hatte. Ihr Freund hatte also gewagt, das, was sie »ihre Geschenke« nannte, zurückzuweisen. Sollte sie ihn dafür nicht eher rügen, anstatt ihm Hilfe anzubieten? Anquilea machte sich auf die Suche nach dem widerspenstigen Gast, während sich Kleopatra Selene um eine majestätische Haltung bemühte. Die stand ihr schließlich von Geburt an zu.

Als Anquilea wieder zurückkam, erzählte sie bewundernd, der Dichter habe sie um einen Rechen und eine Hacke gebeten. Er verbringe, fuhr sie fort, die ersten Morgenstunden in den Gärten des Palastes, wo er neugierigen Zeugen zufolge – um nicht schlicht von Spionen zu sprechen – mit den Gärtnern Wein trank und ihnen Ratschläge erteilte, die sie nicht begriffen, weil sie erst vor kurzem ihrer Feldarbeit entrissen worden waren, um sich ohne die geringsten Vorkenntnisse der Pflege von Jubas herrlichen Gärten zu widmen.

Hatte sich ihr Freund womöglich neben der Literatur noch eine weitere Geldquelle erschlossen? Benutzte er etwa seinen Beruf von gestern zur heimlichen Bereicherung seiner Kasse von heute?

Doch als sie ihn kommen sah, verwarf sie diesen Gedanken. Phaidros Antomanus glich keinesfalls einem gewöhnlichen Geschäftemacher oder zu Geld gekommenen Händler. Wie auch immer seine Vergangenheit gewesen sein mochte, seine würdevolle Haltung und die Eleganz seiner Kleidung sorgten dafür, daß sie ihm nicht mehr anzumerken war. Er trug eine kurze malvenfarbene Tunika und hatte seine schwarzen Locken nach Art der griechischen Pädagogen mit einem Lederstreifen zurückgebunden. Man hätte ihn durchaus für einen solchen halten können, so ernst blickte er in die Runde, so äußerst züchtig auf die Damen, die hier ihre Späße trieben und unpassende, anzügliche Bemerkungen machten.

Kleopatra Selene schickte sie zu ihren Pflichten. Als sie schließlich mit ihrem Freund allein war, rief sie in bewußt kühlem Ton:

»Ich bin bekümmert, Dichter, wenn nicht gar verärgert. Denn allnächtlich sende ich dir kostbare Geschenke, und du weist sie zurück. Das halten meine Untertanen, die Bewohner der Berge, die so alt sind wie der Mond, für einen schweren Verstoß gegen die Gesetze der Gastfreundschaft.«

»Deinen Untertanen ist wohl nicht bekannt, daß es Männer gibt, die keine Freude an kostbaren Dingen haben. Auch nicht am Mond, der ebenso alt ist, wie du behauptest.«

»Dann rufe ich die Stämme der Wüste an. Auch sie sind meine Untertanen, was sie leider manchmal gern vergessen, denn sie rebellieren allzu häufig. Nun, auch diese rebellischen Untertanen, die ihren Ursprung auf die magischen Zeichnungen in den heiligen Höhlen zurückführen, hätten Verständnis für meinen Zorn, denn sie sehen ihre Gunst ungern verschmäht.«

»Dann sollen sie wissen, daß es keine Gunst gibt, die einen Mann erfreuen könnte, der gelernt hat, abstinent zu sein.«

»Die Seeleute der goldenen Strände, die mein Königreich säumen, pflegen ihr Brot dem Fremden zu reichen. Und wenn der nicht davon kostet, wünschen sie ihm, das Brot anderer Küsten möge ihm schlecht bekommen.«

»Die Bewohner der Berge, der Wüsten und der Küsten sind allzu freigebig. Wenn sie soviel anbieten, wird ihnen das Brot ausgehen, wie mir der Appetit vergangen ist.«

»Nicht die Königin von Mauretanien spricht zu dir, sondern das Mädchen von früher.«

»Dieses Mädchen war bereits damals eine Königin.«

»Über Reiche, die es nie gab. So war es auch mit meinen Brüdern, vergiß das nicht. Könige mit geliehenen Kronen. Ich weiß, was eine Leihgabe ist, vielleicht kann ich dir deshalb eine anbieten. Nimm die Körper an, die ich dir schicke, Phaidros Antomanus, und mache der Königin von heute, der echten, das Geschenk, dich an ihrem Hof glücklich zu sehen.«

»Ein aufgezwungenes Geschenk bringt keinen Segen. Leihe mir alle Gaben des Universums, Kleopatra Selene, doch nimm menschliche Wesen davon aus. Denn ich kann sie nicht würdigen, mögen sie noch so edel sein. Es wäre also Verschwendung.«

Doch die Königin von Mauretanien beschloß, in dieser Nacht ihre beste Karte auszuspielen und dem Dichter eine Sklavin aus Smyrna ins Bett zu legen. Eine, die hoch angesehen war und den besten Ruf genoß, zumindest in den Augen der Männer: Sie wurde von allen hohen Herrschern begehrt, blieb jedoch dem höchsten unter ihnen reserviert, dem, der über allen Göttern steht und dem nur die Stimmen, die aus dem Innern der Erde ertönen, überlegen sind.

Doch nicht einmal diese junge Frau, dem liebenswürdigsten aller Könige zugedacht, weckte das Verlangen des illustren Gastes.

Als sie vom kläglichen Resultat ihrer Intrige erfuhr, griff Kleopatra Selene zu strengeren Maßnahmen. Sie raffte ihren silberfarbenen Umhang und ging zu Phaidros Antomanus, der sich in den Schatten einer Pergola geflüchtet hatte. Sie stellte fest, daß sein Lächeln noch immer erloschen war und sein Blick ausdruckslos über die Palmenhaine schweifte, auf der Suche nach irgendeinem fernen Punkt in der Landschaft.

»Meine Gärten scheinen dir zu gefallen, denn hier verbringst du Stunden, während du meine Gesellschaft eher meidest.«

»Eure Palmenhaine gefallen mir, weil sie so exotisch sind. Sie lassen mich jedoch die Pinien vor meinem Haus am See nicht vergessen, noch ersetzen sie mir das Geräusch des Abendwinds in den Pappeln, die den Weg zu meinem Studierzimmer säumen.«

Kleopatra Selene machte ein gelangweiltes Gesicht.

»Die Königin von Mauretanien hat nicht so viele Orte kennengelernt, um schließlich eine Lektion in Botanik erteilt zu bekommen.«

»Was dennoch nicht fehl am Platze wäre. Vielleicht könnte die Königin von Mauretanien den Gärtnern sagen, sie sollten nicht darauf bestehen, in diesem Teil des Gartens Rosen zu züchten, weil sich der Boden hier einfach nicht dazu eignet.«

»Freund meiner Kindheit«, unterbrach sie ihn scharf, »sei gewarnt, denn langsam wird aus dir ein Feind meiner erwachsenen Gastfreundschaft.«

»Wärst du nicht so großzügig, wärst du weniger enttäuscht. Andererseits schätze ich die Stunden deiner Gastfreundschaft am meisten, in denen du mir keine Geschenke schickst. Die ruhigen Stunden, die ich der Schriftstellerei widmen kann.«

Er zeigte ihr seine Pergamente, denen sie nicht die geringste Aufmerksamkeit schenkte.

»Ist dir womöglich nicht klar, daß du soeben ein Mädchen verschmäht hast, das für meinen Gatten bestimmt war?«

»Du solltest schlauer sein und mir an ihrer Stelle deinen Gatten geben. Denn er ist schöner als alle seine Huren.«

»Das kann nicht dein Ernst sein, denn ich habe dir die schönsten Epheben meines Hofes geschickt, und du hast sie zurückgewiesen. Ich mache mir Sorgen, Phaidros Antomanus. Gern gäbe ich dir meinen Gatten, um dich wieder lachen zu sehen, wie zu Zeiten der Liebe. Setze deiner Lustlosigkeit ein Ende, und verstecke die Bedürfnisse eines hitzigen Leibes nicht länger hinter Buchweisheit. Das ist ein Befehl.«

»Mein Leib ist nicht hitzig. Im Gegenteil, er ordnet sich den Befehlen des Gehirns gerne unter. Mein Kopf hat ihn einfach vergessen, weil er weiß, daß der Leib allzusehr leiden würde, gäbe er dessen Drängen nach.«

»Der Liebessehnsucht gäbe er gerne nach.«

»Ich kenne keine solche Sehnsucht. Sicher, ich kannte sie, und sie war intensiv und lang andauernd. Doch nun ist sie verschwunden. Und mit ihr jeder Wunsch nach einer Wiederholung. Ich habe meinen gegenwärtigen Zustand akzeptiert im Wissen, daß dies der einzig mögliche ist. Ich fühle mich heute wohl dabei. Das ist womöglich das Schlimmste. Daß ich mich an die Bequemlichkeit der Leere gewöhnt habe.«

Und aus dieser soeben beschriebenen Bequemlichkeit heraus begrüßte Phaidros Antomanus erleichtert das unerwartete Erscheinen von König Juba, das ihn von Kleopatra Selenes Beharrlichkeit befreite. Es verschaffte ihm eine angenehme Pause im Kampf zwischen der Großzügigkeit dieser Frau und seiner Weigerung, sie anzunehmen. Als sie sah, wie erleichtert er war, fühlte sie sich gedemütigt, ja verletzt.

ES GAB IN der Begleitung des Königs allerdings eine Person, die seine Aussicht auf Waffenruhe beeinträchtigte: Alkaios, dessen riesige Gestalt die Schar griechischer Gelehrter und numidischer Epheben überragte, die für Jubas Wohlbefinden zuständig waren.

Im Gefolge befand sich auch sein Leibarzt, der berühmte Euphorbos, ein Bruder von Musa, seinerseits Leibarzt des Augustus in Rom. Ihm folgten einige Helfer, alle in mittleren Jahren, doch vorzeitig gealtert, was anscheinend schon immer ein wesentliches Merkmal der Gesundheitspriester war. Mit ihren weißen Bärten und Tonsuren entsprachen sie dieser Erwartung, ganz im Gegensatz zu der Gestalt, die zu ihrer Rechten ging und etwas gelangweilt wirkte, woraus Phaidros schloß, daß es sich um ein Gespräch zwischen Spezialisten handelte. Der jugendlich wirkende Alkaios schien in dieser Gruppe den Part der Juventus und zugleich den des Herkules zu spielen.

Vom ersten Tag seines Aufenthalts an hatten Alkaios die Gespräche zwischen Phaidros und dem Herrscherpaar gestört, das war allen im Palast bekannt. Oft tauchte er unverhofft auf und löste peinliche Situationen aus, wie damals beim Gelage. Phaidros beunruhigten darüber hinaus sein Adlerblick, diese immer halbgeöffneten vollen Lippen, diese Miene zwischen Ironie und Verachtung. Er fühlte sich von ihm bedroht, zugleich aber auf rätselhafte Weise angezogen.

Doch Alkaios blieb abseits des Gefolges, ein stiller Beobachter der herzlichen Umarmung, mit der Phaidros Antomanus vom Monarchen begrüßt wurde. Da mischte sich Kleopatra Selene ein:

»Du suchst deinen Gast, nicht deine Königin, das ist ein Fehler. Wisse, daß ich ihm soeben deinen Leib angeboten habe und er ihn verschmähte.«

Die Schar der Begleiter des Königs war von dieser öffentlichen Äußerung über intime Dinge offensichtlich nicht sonderlich beeindruckt. Auch dann nicht, als der König lachend rief:

»Das wundert mich sehr, denn man hat mir schon früh im Leben versichert, daß ich schön sei. Mehr noch, ich halte mich für einen brillanten Mann und ausgezeichneten Kameraden. Sicher, ich sollte mich ärgern. Doch vorher muß ich mich entscheiden, ob über meinen undankbaren Gast oder über meine Königin, die mich feilhält, als wäre ich ein römischer Stricher.«

»Die Schande hielte sich in Grenzen«, sagte Phaidros. »Schließlich ist bekannt, daß sich euer bewunderter Augustus in seiner Jugend kurzerhand für Geld prostituierte. Nicht an den Straßenecken Roms, denn dazu war ihm sein göttlicher Leib zu kostbar, sondern in den Händen gewisser Feldherrn.«

Juba faßte sich in gespieltem Entsetzen an den Kopf. Der Rest der Gesellschaft reagierte ehrlich und hielt diese Bemerkung für ein Sakrileg.

»Klar, daß ich mich in meine Bücher vergraben muß, bis die Menschen sich darüber einigen, wie sie ihre albernen Angelegenheiten regeln.«

»Das sollte auch ich tun. Doch deine Königin bietet mir allzu viele Gaben an. Sie zu genießen und mich dafür zu bedanken wäre so zeitaufwendig, daß mein armes Werk nie zu Ende käme.«

»Denk nicht soviel an dein Werk, höre lieber auf deinen Freund. Weil du Schriftsteller bist, möchte ich dir meine Bücher zeigen. Weil du Gärtner bist, möchte ich, daß du meine Sammlung seltener Pflanzen bewunderst. Du könntest sowohl in meiner Bibliothek als auch in meinen Gewächshäusern interessante Dinge finden.«

Dann ließ er den griechischen Arzt rufen und sagte:

»Das ist Euphorbos, den du in letzter Zeit nicht so oft aufgesucht hast, wie es deine Pflicht gewesen wäre. Sein Können ist so groß wie sein Wissen, und das ist gewaltig, wie ich selbst feststellen konnte.«

Euphorbos genoß dieses hohe Lob sichtlich, tat jedoch so, als wehre er es ab. Juba fuhr fort: »Euphorbos machte mir die große Freude, Athen zu verlassen und zusammen mit diesen Herren hier an meinen Hof zu kommen, der so weitab von der zivilisierten Welt liegt ...«

Dem widersprachen alle, außer Alkaios. Die Proteste signalisierten deutlich, daß sich das Zentrum der Zivilisation dort befand, wo Juba sich aufhielt. Nur Alkaios blieb stumm und blickte mit höchstem Mißtrauen auf diese Leute, die er für professionelle Speichellecker hielt.

Er irrte, hatten doch diese Männer die großen, weltberühmten Zentren der Gelehrtheit allein deshalb verlassen, weil der junge König ein so hohes Ansehen genoß, und wegen der Möglichkeit, aus der Stadt Cäsarea ein neues Zentrum der Kultur zu machen, mit Projekten, die alle bislang bekannten in den Schatten stellen sollten.

Was Euphorbos, den Arzt, anging, den Juba so oft lobend erwähnte, so bestach er zum einen durch seinen Ruf, zum andern durch seine Herkunft. War er doch einer der besten Schüler des Äskulap-Heiligtums auf der Insel Kos, dem Geburtsort von Hippokrates, zweitens der leibliche Bruder von Musa, dem Leibarzt des Augustus. Musa hatte kalte Bäder als Heilmethode eingeführt, was dem Augustus in einem kritischen Augenblick das Leben rettete und die seither in Mode waren.

Doch König Juba dachte nicht an dieses beispielhafte Ereignis, als er den Arzt um die Pflanze bat, die dieser in seiner geschlossenen Hand hielt.

Phaidros Antomanus betrachtete sie ausführlich, denn er kannte sie nicht. Sie hatte einen sehr fleischigen Stengel, und als Juba ihre Frucht drückte, sonderte sie eine milchige, gelbliche Flüssigkeit ab.

»Ich werde sie Euphorbia nennen, zu Ehren dieses vorbildlichen Freundes. Sie ist in meinem Reich weit verbreitet, hat jedoch bislang kein wissenschaftliches Interesse erweckt. Was nicht ganz unerklärlich ist, weil sie der Schönheit entbehrt, die wir sonst bei Blumen suchen. Außerdem entfaltet sie manchmal schädliche Wirkungen.«

Phaidros Antomanus beugte sich auf Geheiß des Königs über seine Handfläche und atmete tief ein. Gleich darauf brach er in so heftiges Niesen aus, daß er taumelte und die anderen zum Lachen brachte.

Alkaios' Lachen übertönte alle, und das störte Phaidros, denn es klang für ihn wie ein erneuter Angriff auf seine Person.

»Beklage dich nicht, Dichter, denn die Euphorbia kann noch größeren Schaden anrichten«, sagte Juba und lachte dabei. »Ich habe sie aber auch an einigen Tieren ausprobiert und weiß, daß sie durchaus auch Heilwirkungen entfaltet. Das Gute und das Schlechte sind in ihr vereint wie zwei ewig zerstrittene Geschwister ...«

»Ist das bei den Menschen nicht auch so?« fragte eine Stimme, die bislang geschwiegen hatte.

Phaidros Antomanus sah, daß die Worte von Alkaios kamen, der aus einem ihm unbekannten Grund dabei der Königin direkt in die Augen blickte.

»So ist es, in der Tat«, sagte Juba. »Doch haben wir hier ausgezeichnete Philosophen, die diese Dinge besser beurteilen können als ich. Ich beschränke mich auf die Versöhnung der Wirkungen von Pflanzen und möchte, daß sie so gebraucht werden, daß ihre heilsame Seite, nicht ihre schädliche zum Tragen kommt. Es geht mir um ihre positive Anwendung, auch für die Menschen.«

»In der Tat. Es kann nicht angehen, daß die Tiere mehr von den Heilwirkungen profitieren, die uns die Natur schenkt, als die Menschen«, bekräftigte einer der Ärzte.

»Was jedoch leider der Fall ist, wie meine Studien ergaben«, erwiderte Juba. Und dann, an Phaidros Antomanus gewandt: »Wenn du an meinen Untersuchungen interessiert bist, komm heute abend in mein Studierzimmer.«

Die Königin eilte herbei und wischte mit den Falten ihrer Tunika den Saft ab, den die Euphorbia auf den Händen ihres Gatten hinterlassen hatte. Bei dieser Gelegenheit streichelte sie seine Wange und umschmeichelte ihn auf eine Art, die Phaidros als einer Königin unwürdig empfand. Doch sie schaffte es, ihn mit ihren Reizen zu betören, und der König folgte ihr ins Innere des Palastes wie ein Schoßhund, der seine Pflicht tut, wohlwissend, daß sie Teil einer Lektion ist, die er gründlich gelernt hat.

War es nur eine Lektion? Versuchte man etwa am mauretanischen Hof dem Modell der vorbildlichen Ehe nachzueifern, wie es Augustus in Rom proklamierte? Vielleicht übernahm Kleopatra Selene nicht die Rolle der Octavia, wie sie vorgab, sondern die der Livia, die eine Institution war und ein Stützpfeiler der neuen Moral, die in der ganzen romanisierten Welt herrschen sollte.

Als Phaidros die beiden so vereint sah, erfaßte ihn plötzlich ein heftiger Drang zu weinen. Er fühlte einen schmerzhaften und tiefen Neid auf die Gaben, die ihm schon seit vielen Jahren versagt blieben, einen Neid, der ihn überfiel, sobald er sich mit dem Glück anderer konfrontiert sah. Oder verbarg sich hinter dem Neid etwa ein anderes Gefühl, ein viel dramatischeres, ein Schmerz, der viel älter und tiefer war, ein Bestreben, der Einsamkeit zu entfliehen? Verbarg sich dahinter das verdrehte Schattenbild seiner eigenen Verwundbarkeit, womöglich die Sehnsucht nach dem Duft seiner frühen Jugend, dem Wohlgeruch, der sich verflüchtigt hatte, bevor er ihn einatmen konnte?

Er betrachtete sein Spiegelbild im Wasser des Bassins, das in der Mittagshitze ganz glatt dalag, und sah, daß seine Züge mit den Jahren edler geworden waren, er dafür jedoch den intensiven Glanz seiner Augen und die Heiterkeit seines Blicks hatte opfern müssen.

Da begegnete er hinter seinem Abbild im Wasser dem Blick des Ägypters. Er wandte sich erschrocken um. Alkaios war offensichtlich nicht mit den anderen weggegangen. Er hatte hier bei ihm ausgeharrt und schweigend sein Schweigen respektiert. Was Phaidros freundlicher und fast zärtlich stimmte.

»Ein solcher König müßte eine andere Kleopatra an seiner Seite haben ...«, flüsterte Alkaios.

Phaidros Antomanus antwortete mit höchster Ehrerbietung:

»Kleopatra Septima ...«

»Genau. Eine starke Königin. Eine Frau, die ihren Mann zu Höchstleistungen anspornt. Diese Kleopatra heute an der Seite von Juba, und Ägypten wäre gerettet.«

Erst sehr viel später begriff Phaidros den Sinn dieser Worte. In dem Moment war es ihm unmöglich, weil der Ägypter schnell den Ton wechselte und wieder seine übliche spöttische, aggressive und überhebliche Haltung einnahm.

»Ich weiß von der Königin, daß du kein Verlangen hast.«

»Jedenfalls nicht nach den Epheben, die sie mir schickt. Nicht nach den Mädchen, die sie mir anbietet. Weder Epheben noch Jungfrauen, noch Huren reizen mich. Vielleicht weil mich nach den Göttern verlangt.«

»Ist dieser Wunsch nicht vermessen?«

»Ich halte mich nur an die Vorgaben meines eigenen Werks. Die Großen verkleideten sich als Götter, um ihresgleichen zu beeindrukken. In meinem Werk schrieb ich, daß Marcus Antonius als Dionysos auftrat und Kleopatra in Gestalt der Venus-Aphrodite. Und hast du nicht gehört, daß Augustus persönlich seinen Spaß daran hatte, sich als Apollo zu verkleiden, um seine Prostituierten zu beeindrucken? Wenn das ein gewöhnlicher Herrscher tut, was mag erst einem Dichter einfallen?«

Der schützende Schatten der Pergola war verschwunden. Die Sonne brannte auf ihre Köpfe und schien ihr Fleisch zu versengen. Und die Farben der Pflanzen verschwammen hinter einem Dunstschleier, der sie gänzlich auflöste, als hätte die beiden eine plötzliche Blindheit befallen.

Da packte Alkaios Phaidros Antomanus am Arm und sah ihm direkt in die Augen.

»Hast du nie von den Männern gehört, die bereit sind, zu Frauen zu werden, um sich mit den Athleten vereinen zu können?«

»Ich habe von einfältigen Männern gehört, die auf dem Pfad der Lust wandeln und dabei vergessen, daß am Ende nur die Agonie wartet.«

»Nein, nicht die Agonie. Die Ekstase, vereint in den Tod zu gehen.«

»Nichts ist vereint. Alle Vereinigung ist ein Trugbild. Alles Leben eine Schimäre. Auch der Tod.«

»Du irrst, Grieche. Aus deinem Land kommen wunderbare Geschichten von Soldaten, die sich den Tod gaben, nachdem der Freund in ihren Armen starb.«

»In der Todesstunde halten die Arme des Freundes schon längst einen anderen Leib umfangen. Das ist die Lektion, die ich von den Armen erteilt bekam, die eigentlich dazu bestimmt waren, mich ewig zu umfangen.«

»Du täuschst die Königin also nicht. Und deine Ewigkeit ist tatsächlich schrecklich, weil du ohne Begehren bist.«

»Hör zu, Athlet. Ich habe in meinen Werken so viele Alltäglichkeiten beschrieben, daß nur eine übermenschliche Heldentat meine Leidenschaft, so ich überhaupt noch eine habe, entfachen könnte.«

»Dann nimm die meine an. In meinem Körper ist die Erinnerung eines abenteuerlichen Lebens eingegraben; er bebt und will dir gefallen. Meine Muskeln sind straff, denn schon als Kind hangelte ich zwischen den Seilen der Piratenschiffe im Meer von Sizilien, meine Brust wurde breit vom Steineschleppen in den Gefängnissen am Sinai, meine Hände kräftigten sich beim Bogenspannen als Söldner verschiedener Heere. Meine Augen sind beinahe erblindet vom Glanz des Schnees in Armenien, dann brannten sie im Feuer der Wüste. All das ist in meinem Körper, Phaidros Antomanus. Aber einen Menschen, der über meine Wunden weinte, Lippen, die sich zitternd nach mir sehnten, das hatte ich noch nie.«

Doch Phaidros antwortete trocken:

»Suche bei mir kein Gefühl, Alkaios, denn ich kann nicht fühlen. Wenn Herkules dein Schutzgott ist, wie es den Anschein hat, bitte ihn, dir eine Deianeira zu schicken, die dein Leiden teilt. Komme nicht zu mir, denn ich tauge ganz bestimmt nicht dazu.«

»Mein Schutzgott ist nicht Herkules, sondern Dionysos.«

»Ein besonders undankbarer Gott. Hat er doch Marcus Antonius verlassen, den Trunkenbold und Hurenknecht, der ihn im ganzen Orient am meisten verehrte.«

Alkaios' Gesicht verdüsterte sich:

»Sei vorsichtig, Grieche, denn ich habe Marcus Antonius mehr verehrt als er irgendeinen Gott. Und sein Traum überstieg bei weitem deine Phantasien.«

Plötzlich schwieg er. Es war, als läge etwas in der Luft, das aus diesem Gespräch eine Gefahr machte, eine Gefahr für seine Unversehrtheit. Deshalb verschwand seine nur kurz gezeigte Ehrlichkeit schnell unter einer Maske gespielter, deutlich beunruhigter Jovialität.

Während er den Schriftsteller zu seinen Gemächern begleitete, sprach er lediglich von Jubas Elefanten und der besonderen Art, wie die Herren am Hof von Mauretanien Leoparden jagten.

Nun wußte Phaidros Antomanus überhaupt nicht mehr, woran er sich halten konnte.

ER LIESS SICH erschöpft auf sein Lager fallen, noch immer völlig verblüfft, und wartete nicht einmal Cleandrus ab, der ihn entkleiden sollte. Die Mittagshitze lastete schwer über dem Palast und erdrückte alles Leben. Die Menschen lagen schweißgebadet auf ihren glühenden Laken, bewegungsunfähig, willenlos, bis die erste, erlösende Abendbrise kam.

Das Halbdunkel förderte die totale Entspannung.

Cleandrus hatte die riesigen Planen über die Terrasse gezogen; nun lag das Zimmer im Dämmerlicht, was das Gefühl aufkommen ließ, sich am Rande der Wirklichkeit zu bewegen. Die Stille wog noch schwerer als die Hitze; sie wurde nur durch den fernen Gesang der Heuschrecken unterbrochen, die vom Hochsommer kündeten.

Doch die Gedanken kreisten ununterbrochen um tausend Fragen. In der Mittagsschwüle gelang es dem trägen Geist, seltsame Ereignisse vorauszuahnen, vage Beziehungen, schwach definierte Gestalten. Und der gewohnten Gesellschaft seiner Traumbilder, seinen Erinnerungen an früher und dem ununterbrochenen Ringen mit seinen Romanfiguren fügte Phaidros Antomanus nun die vielen Fragen hinzu, die sein Nachbar auslöste.

Wer war dieser Mann? Welche seltsame Verkettung von Zufällen hatte ihn an Jubas Hof geführt?

Dieser Alkaios war so vieles gleichzeitig, daß er überall dazupaßte. Er konnte die Königin von Mauretanien nachhaltig erschüttern. Er war der Mann, der das Haupt Cäsarions geküßt hatte, als noch niemand von seiner Existenz wußte. Hatte er aber nicht auch eine Beziehung zu Marcus Antonius gehabt? Ferner zeigte er sich als hartnäckiger Verteidiger von Alexandria. Weshalb Phaidros zu der Erkenntnis gelangte, daß dieser Ägypter, genau wie er selbst, ein facettenreiches Wesen war.

Als der Schlaf kam, bildeten die Fragen eine wirre Prozession unterschiedlicher Masken, die sich vermehrten und jeweils die widersprüchlichen Aspekte von Alkaios darstellten. Jeder Vermutung über sein Wesen stand ein kurz zuvor aufgetauchtes Traumbild entgegen, während eine rätselhafte, verworrene Stimme eine bislang ungeahnte Gefahr prophezeite.

Er träumte folgendes Paradoxon: »Die Rätsel haben immer recht, weil sie nur eine Lösung kennen …«

Was sollte das bedeuten?

Als er erwachte, hatte Cleandrus schon die Planen abgenommen, und das Dämmerlicht war bereits natürlich. Er erinnerte sich, daß ihn König Juba in sein Studierzimmer eingeladen hatte, und kleidete sich eilig an. Cleandrus hatte ihm eine schlichte, meerwasserfarbene Tunika bereitgelegt, doch er empfand den Farbton so quälend düster, wie der Tag gewesen war.

Das königliche Gewächshaus war voller dunkler, unruhiger Schatten, wie sie auch Phaidros' Träume bevölkert hatten. Schatten, entstanden aus den seltsamen Fehlformen und schwankenden Unregelmäßigkeiten, die sich auf der schwärzlichen Erde abzeichneten, hohe Stämme vorgaukelten oder Blätter, einmal länglich, dann wieder gefächert – eine außerordentliche Vielfalt der Arten und Erscheinungen.

Phaidros Antomanus kam zu dem Schluß, daß die Bestimmung dieser Gebilde sein gärtnerisches Fachwissen überstieg, hier vielmehr das Geschick eines Schwarzkünstlers verlangt wurde.

Zwei Sklaven führten ihn den herrlichen, von Pflanzen gesäumten Gang entlang zu der Stelle, wo Juba ihn erwartete. Phaidros konnte auf dem Weg zum Treffpunkt den Reichtum und die Vielfalt des Dschungels bewundern, den Juba hier gestaltet hatte. Insbesondere aber die sorgfältige und treffende Katalogisierung. (Was er allerdings erst viel später feststellte, dank der Lektüre von Jubas Schriften und der Gespräche mit seinen Helfern.)

Im Augenblick mußte er sich mit dem strahlenden Stolz auf dem Gesicht des Monarchen begnügen, der soeben persönlich einige Eintragungen in ein ziegenledergebundenes Buch vorgenommen hatte. Er war so fleißig dabei, ohne die Hilfe seiner zahlreichen Sekretäre, daß sich Phaidros Antomanus an die Worte von Alkaios erinnerte sowie an seinen geheimnisvollen Ton, als er für diesen überaus gelehrten König eine starke und mächtige Gefährtin wünschte, wie Königin Kleopatra Septima, die Schlange vom Nil, eine gewesen war.

Da schoß ihm ein Gedanke durch den Kopf: Diese Bemerkung zugunsten der verstorbenen Königin von Ägypten enthielt wohl die Andeutung, daß ihre Tochter des Throns von Mauretanien nicht würdig war.

Aber warum nur?

Doch alle neuen Überlegungen verschwanden, als ihn Juba überschwenglich und freundschaftlich begrüßte. Es schien, als hätte die Beschäftigung mit dieser Materie, die den eigentlichen Aufgaben eines Herrschers so fern lag, einen Jüngling aus ihm gemacht, der soeben seine ersten Prüfungen bestanden hatte.

Juba schloß schnell sein Notizbuch, überließ es jedoch nicht den Händen seiner Helfer, sondern preßte es an die Brust, während er seinen Gast ins Studierzimmer führte. Dort angekommen, umgeben von vielen Büchern, Landkarten und Pergamenten, befahl er den Mundschenken, den Wein der Gegend mitzubringen, bedrängte aber zugleich seinen Gast mit seiner Neugierde, die dieser mehr fürchtete als alles andere:

»Bevor wir von meinen eigenen Werken sprechen, möchte ich dir eine Frage stellen …«, sagte er zögernd und leise.

Der Schriftsteller dachte: Eine Frage des Staates wird es nicht sein. Denn du weißt sehr wohl, wie meine Antwort ausfiele: Laß alles hinter dir, nimm deinen Griffel und einen Berg Pergamente, und gehe in die Wüste. Es wird auch nicht die Frage eines Gatten sein. Denn du kennst meine Entgegnung: Verlasse sie, und geh auf die verschneiten Gipfel mit deinen Gedanken und deiner ewigen Einsamkeit. Sollte sich die Frage auf mich beziehen, würde ich dir eine neue Antwort geben: Willkommen im Reich der Verwirrtheit, alter Freund. Doch bleib nicht zu lange, denn Verwirrtheit steckt an.

Deshalb lächelte er nur vage, als ihn der König fragte und dabei mit seinem Griffel auf ihn deutete:

»Warum bestehst du so nachdrücklich auf deiner Freiheit, wenn du von Alexandria sprichst?«

»Weil ich in Rom nicht frei bin, mein König.«

»Deine Antwort wundert mich, ebenso die Geringschätzung, die du neuerdings an den Tag legst. Schließlich hast du geschrieben, wonach dir der Sinn stand, und damit ein Vermögen gemacht.« Jetzt lächelte ihn Phaidros Antomanus mit offenem Mißtrauen an. Das bemerkte Juba und beeilte sich zu korrigieren: »Du warst zumindest nicht gezwungen, den offiziellen Anweisungen zu folgen, die dir so zuwider sind.«

»Sicher, ich mußte nicht wie Horaz dem Maecenas schöntun, damit er mir ein Landgut und einen Gemüsegarten schenkt. Sicher, um an meinen Besitz zu kommen, mußte ich nicht warten, bis Augustus mir ein Schreiben schickte, worin er sich darüber beklagt, daß ich ihm in letzter Zeit kein Gedicht gewidmet habe, und dann seinem Wunsch entsprechen und ihm zu Ehren eine Ode verfassen …«

»Hat der treffliche Horaz das so gemacht?« fragte Juba und lachte dabei mit kindlicher Freude.

»So heißt es in Rom. Und zwar nicht zum ersten Mal, wie du wohl weißt und was dich nicht wundern sollte. Die besten Dichter haben ihre Muse zur Lobrednerin der Politik des Augustus gemacht.«

»Schlauer Phaidros Antomanus, du verschießt deine Pfeile, läßt die Art deiner Beute jedoch im dunkeln. Als würdest du einen Hirsch töten und mir weismachen wollen, daß du den Löwen erlegt hast, der meinen Bauern so große Angst einjagt. Damit verbirgst du, daß

Augustus deinen Kollegen im Grunde nur die Ländereien zurückgab, die ihnen vorher zugunsten der Kriegsveteranen abgenommen worden waren.«

»Einspruch. Nicht weil du mich mit einem betrügerischen Jäger vergleichst, sondern auf eine Stufe mit einem armen Dummkopf stellst. Gewiß, viele Grundbesitzer haben bei dieser Landverteilung ihren Besitz verloren, doch ebenso sicher ist, daß ihn nur zurückbekam, wer dem Augustus sehr nahe stand. Und in der Kunst sind dies meist Leute, die zuvor an der Tafel von Maecenas saßen.«

»Manche nehmen an seiner Tafelrunde unter Wahrung ihrer Würde teil. Oder willst du mich vergessen machen, daß Augustus selbst Horaz gebeten hat, sein Sekretär zu werden, und dieser ablehnte, um sich seine persönliche Freiheit zu bewahren? Selbst Maecenas weigerte sich im Namen dieser Freiheit standhaft, einen offiziellen Titel anzunehmen, und hat nur den eines Mitglieds des berittenen Adels behalten, der seiner edlen Herkunft entspricht.«

»Wozu hätte Maecenas Titel nötig, wenn ihm doch halb Rom gehört und er, hätte er es gewollt, regieren könnte wie Augustus selbst? Laß dir sagen, Juba II., die Macht äußert sich in vielerlei Formen. Und der Verzicht, allem Volke sichtbar, kann eine dieser Formen sein.«

»Paß auf, was du sagst«, sagte Juba streng. »Jemand, der dich nicht kennt, mag hinter deinen Äußerungen Neid vermuten.«

»Sag mir doch gleich, daß ich kein Recht habe zu sprechen. Das würde ich verstehen. Denn obwohl ich meine eigenen Gelage bezahle, muß ich doch bereit sein, manchen Verzicht zu leisten.«

Dabei wurde der Ton des Dichters bitter und sein Blick ernst.

»Ich beneide die Großen unserer Tage nicht; im Gegenteil, ich freue mich, in ihrer Zeit zu leben. Du hast mich oft nach dem Phaidros gefragt, der ich war, als wir uns kennenlernten. Laß dir sagen, daß diesem Phaidros mein Neid gilt …«

An diesem Punkt angelangt, versuchte Juba äußerst vorsichtig nachzuhaken:

»Darf ich dich noch einmal fragen, was aus ihm geworden ist, aus seiner Reinheit, seiner Lebensfreude …?«

»Ich weiß nur, daß er mir in den letzten Jahren half, nicht den Schmeicheleien der Mächtigen zu erliegen. Ich weiß nur, daß er mich lehrte, die Finten zu erkennen, die diese einsetzen, um sich der vortrefflichsten Talente der Epoche zu bemächtigen. In allem anderen habe ich ihn verraten. Denn der süße Phaidros meiner Jugend weiß, daß der Erfolg, den ich als Erwachsener errungen habe, nicht rechtmäßig erworben ist ...«

»Warum dies? Das verstehe ich nicht und bitte um eine Erklärung.«

»Du weißt sehr wohl, was das römische Publikum vom Theater erwartet. Vorbei die Epoche der gehobenen Ansprüche, der eindrucksvollen Heldentaten, der ethisch wertvollen Belehrungen. Die Aufführungen sind zu einem tierischen Vergnügen geworden. Das Publikum stößt in den Theatern Schreie aus, die an Gewieher erinnern. Und ich war ihr Lehrer, von dem sie gelernt haben zu wiehern. Ich habe mein Glück auf diese Lektion gegründet. Um nicht den Schmeicheleien der Mächtigen zu erliegen, erlag ich denen der Massen. Da merkte ich, daß mein Heil in der Flucht lag. Deshalb verließ ich Rom.«

Er schwieg und lehnte sich gegen die Gefäße mit den empfindlichsten Pflanzen in Jubas Gewächshaus. Sie hatten üppige Formen und verströmten köstliche Düfte. Dennoch wirkten sie nicht recht lebendig. Da dachte er an sich selbst. Er betrachtete seine schöne Kleidung, ihre reichen Stickereien, die Feinheit des Tuchs und lächelte traurig. Es schien, als entsprängen die edlen Pflanzen in Gefangenschaft und sein Glück der gleichen Quelle und teilten ein ähnliches Schicksal.

»Du wirst die Enttäuschung deines Hofstaats bemerkt haben. Die Leute hatten wohl einen unterhaltsamen Hampelmann erwartet, geistreich, immer zu Lachen und Späßen aufgelegt. Konnten sie ahnen, daß der Autor so vieler Albernheiten in Wirklichkeit ein melancholisches, ja langweiliges Wesen ist? Ein Mensch, der zwar ein Vermögen damit machte, andere zum Lachen zu bringen, selbst aber nicht einmal lächeln kann. Doch ich habe ein Geheimnis, zugleich eine Sehnsucht. Meine ernste Seite. Während Rom mich um anspruchslose Lustspiele bittet, verberge ich in der Schatztruhe meines Innern eine viel edlere Begabung.«

»Das heißt?«

»Ich habe zwölf Tragödien verfaßt ... und geheimgehalten. Ich habe sie nicht einmal in den bekannten literarischen Zirkeln vorgelesen. Weder bei Maecenas, denn der verabscheut mich, noch bei Asinius Pollio, noch im Salon von Valerius Messalla.«

»Auch nicht bei Porcia Honoria?«

»Da auch nicht. Sie hat die Stücke aber privat gelesen. Und zwar als allererste, wie du dir denken kannst.«

»Und was ist ihre Meinung? Ihr Urteil ist außerordentlich wertvoll, sagen Leute, die sie kennen.«

»Sie teilt meine Meinung. Daß sie wunderbar sind.«

»Könnte dies die Meinung einer verliebten Frau sein?«

»Oder einer sehr belesenen Dame. Einer äußerst intelligenten, denn sie gibt mir recht.«

Der König lachte.

»O Phaidros Antomanus! Was bist du für ein Komödiant, erst voller Selbstmitleid, im nächsten Augenblick voll grenzenloser Eitelkeit.«

»Wenn ich so ehrlich bin, einen Teil meines Werks zu verachten, darf ich mich mit Fug und Recht eines anderen Teils brüsten. Denn meine Tragödien, König Juba, sind in der Tat etwas Besonderes.«

»Andererseits sind wir Autoren auch manchmal etwas schwer von Begriff, denn wir verachten das Leichte in unseren Werken, ohne zu bedenken, daß darin vielleicht unsere Stärke liegt. Wenn deine Lustspiele das gemeine Volk, das so leicht zu befriedigen ist, zum Lachen brachten, sind sie deswegen nicht weniger wertvoll. In einigen Stücken, die ich kenne, gelingen dir Kunstgriffe, die mir versagt sind ... Um es deutlich zu sagen: Auch die Darstellung des Vulgären, gut gemacht, ist eine Art von Kultur ...«

»Verdrehter König! Du willst also, daß ich mich mit Blech zufrieden gebe, wo ich das Zeug zum Gold habe ...«

Juba richtete den Blick auf sein Notizbuch, und plötzlich schienen die Zeichen lebendig zu werden und sich mit den Pflanzen zu vermischen, als wären sie ein Teil der Natur. Doch gleich darauf lächelte er traurig, wohlwissend, daß seine Zeichen, welche auch immer, nie zu etwas Lebendigem werden konnten. Und seine Aufzeichnungen nur ein Imitat des Lebens waren. Da machte er eine ausholende Handbewegung, die sein ganzes Studierzimmer und alle darin vorhandenen Bücher einschloß ...

»Schau dir diese Gemächer an, in denen ich den größten Teil meiner Tage verbringe. Stell dir ähnliche, noch viel größere vor in meinem Palast in Cäsarea. Hier habe ich das ganze Wissen der Menschheit zusammengetragen, hier versenke ich mich ins Studium, um mein Wissen eines Tages in einem Monumentalwerk zusammenzufassen. Doch selbst wenn mir das gelingt, weiß ich sehr wohl, daß ich nur ein guter Sammler bin. Ob mich das wirklich erfüllt, weiß ich nicht ...«

»Schon vor Jahren, in meiner griechischen Heimat, haben hochgelehrte Männer alles geschrieben, was es über die Menschheit zu schreiben gibt. Ich wollte ihrem Beispiel folgen, mich zu ihren Höhen aufschwingen, doch die geschäftstüchtigen für das Theater in Rom zuständigen Leute sagten mir, das Publikum wolle lachen. Sie schickten mich nach Griechenland, um die Werke des Menander zu kopieren …«

»Was wirklich keine Schande ist. Das haben vor dir schon andere berühmte Komödienschreiber getan, wie alle Welt weiß. Und das sollte dich nicht wundern. Wir können nicht mehr originell sein, das ist unser Schicksal. Schließlich ist bereits alles geschrieben, wie auch bereits alles geträumt ist: Liebesträume, begehrliche Träume, Kinderträume, realistische Träume, alberne Träume, ja sogar Todesträume. Es gibt keinen neuen. Und dieser Traum von mir …«

Da lachte Phaidros Antomanus:

»Darf ich dich daran erinnern, daß du aus meinem eigenen Werk zitierst …«

»Aus welchem?« fragte der König überrascht.

»Dem unvollendeten. Aus dem ich dir kürzlich vorgelesen habe.«

»Dann stimmt es also, daß wir nicht originell sein können. Du sprichst so viel von deiner Freiheit, weshalb ich dich frage, ob du sie dir nicht bereits genommen hast, als du in deinen Lustspielen zwischen Lachen und Scherzen die Reden der Gemüsefrauen vom Testaccio eingeflochten hast, den ordinären Dialekt der Seeleute von Ostia, den üppigen Redefluß der Barbiere vom Aventin; einfach alles, was du in den Straßen von Rom aufschnapptest …«

»Die Straßen von Rom«, flüsterte Phaidros fast sehnsüchtig. »Ja, es ist wahr, ich kenne ihren Reichtum, ihre Ärmlichkeit, ihre Laster und alltäglichen Schrecken. Wahr ist auch, daß ich, um dem römischen Volk etwas zum Lachen zu geben, einfach auf die Bühne brachte, was ich zuvor in den Tavernen, billigen Absteigen und Hurenhäusern gehört hatte.«

»Wenn es dir also gelungen ist, den Lebenden eine Stimme zu geben, warum sperrst du dich in die Welt der Toten ein, und sei es auch die Welt berühmter Verstorbener? Warum noch einmal über Antigone, Medea oder Orest schreiben, wenn das doch schon vor Generationen geschehen ist?«

»Keine meiner Tragödien handelt von diesen erlauchten Personen.«

»Von welchen dann?«

Der Dichter zögerte und sagte schließlich vorsichtig:

»Von Jugurtha etwa.«

»Einem Feind Roms! Das fängt ja gut an.«

»Auch von Vercingetorix.«

»Ein weiterer Feind Roms.«

»Ich könnte dir noch fünfzehn weitere Personen aufzählen. Alles Feinde von irgend jemand. Besonders von Rom. Mögen andere die römischen Eroberungen preisen, ich neige, warum auch immer, dazu, die Schrecken der Niederlage zu besingen.«

»Rom hat mir mein Königreich zurückgegeben, vergiß das nicht, Phaidros Antomanus.«

»Das zuvor deinem Vater genommen wurde, könnte ich antworten, doch ich bin dein Gast und deshalb ein Gast Roms. Ich werde den, der mich ernährt, mit einem Lächeln belohnen, wie es einem dankbaren Künstler ansteht.«

Dabei verzog er die Lippen so angestrengt, daß sein Freund schmunzeln mußte.

»Wenn diese Grimasse ein Lächeln darstellen soll, dann ist es um die römische Welt tatsächlich bös bestellt. Oder um dich. Gib mir deine Tragödien zu lesen, wenn du sie dabei hast. Was ich annehme, denn du hängst offenbar sehr an ihnen und würdest sie nie aus dem Auge lassen.«

Sein Freund lächelte zufrieden.

»Ich wußte, du würdest mich verstehen. Wenn Rom ihnen die Existenzberechtigung abspricht, nehme ich sie eben mit nach Alexandria. Doch warum fragst du mich danach? Das verstehe ich nicht. Ein Drama ist dir doch bereits großenteils bekannt. Was dir jedoch bislang keinerlei Meinungsäußerung entlockt hat.«

»Ich sollte sie dir auch heute vorenthalten. Du magst sagen, was du willst, ich stehe noch immer in der Schuld dieses Octavianus, den du mir als Musterbeispiel an Grausamkeit und Ehrgeiz darstellst.«

»Ich weiß, daß du, der freundlichste aller Könige, einfach nicht unhöflich sein kannst. Was in der gewöhnlichen Sprache meiner Komödien hieße, daß du mit deiner Meinung hinter dem Busch halten mußt und es logisch, ja sogar verständlich ist, daß du mehr oder weniger elegant schweigst. Schließlich bist du ein Schwiegersohn der Königin Kleopatra, deren Name verflucht ist.«

»Nun gut. Das Bild, das du von meiner ... Schwiegermutter ... zeichnest, ist meisterhaft. Überrascht dich meine Anerkennung?«

»Zehn Jahre nach diesen Ereignissen wollte ich erst deine Einschätzung, dann die Meinung des Publikums hören.«

»Ich möchte keinesfalls dabeisein, wenn in Alexandria dein Werk auf die Bühne gebracht wird.«

»Weil du ein Freund Roms bist?«

»Nein, Phaidros Antomanus. Weil ich dein Freund bin.«

Damit klappte er sein Notizbuch, das große, schwere, unvermittelt zu.

JE WEITER SEINE Arbeit voranschritt, desto tiefer versank Phaidros Antomanus in seinen beklagenswerten Zustand. Die Königin wußte von seiner Niedergeschlagenheit und fragte sich, ob sie zu einer heftigen inneren Erschütterung führen würde, die jeden Augenblick völlig unvorhersehbar zum Ausbruch kommen konnte. Dieser verschlossene, allzu ernste oder zumindest überaus zurückhaltende junge Mann wirkte plötzlich erregt, er schien sich aufzurichten und zu wachsen, wie von einer Furie besessen, unaufhaltsam, unerklärlich.

Das sei der Normalzustand bei Künstlern, scherzte Kleopatras Tochter. »Fiebrig und besessen, wie von einer göttlichen Krankheit befallen.«

»Ein durchaus beneidenswerter Zustand also«, überlegte der König, ihr Gatte.

Sie verstand sein rätselhaftes Lächeln so wenig wie das Verhalten ihres Gastes.

Da sagte der König mehr zu sich selbst: »Vielleicht ist es aber nur ein menschliches Leiden. Ein allzu hoher Preis, selbst für eine hochstehende Kultur.«

Logische Gedanken für einen Mann wie Juba, dem Kultur Freude, Genuß und Luxus war, vor allem aber das Ausleben von Begabungen.

Der Dichter entfremdete sich dem Hof immer mehr, je weiter sein Werk fortschritt, je dramatischer es wurde. Mochte er anfangs noch einen Plan im Kopf gehabt haben, so hatte er ihn nun völlig über Bord geworfen. Mochte die ursprüngliche Fassung noch diszipliniert, logisch und stimmig gewesen sein und der Autor noch mehr oder weniger nüchtern bei der Sache, wurde das Werk nun von einem unbezwingbaren, reißenden Strom hinweggetragen, der auf fremdes Terrain übergriff, wo er nicht erwünscht war.

Phaidros Antomanus wanderte durch die Gärten wie zuvor, und seine Seele war offensichtlich so traurig wie zuvor, wobei sich seine Melancholie nicht mehr in stiller Betrachtung ausdrückte. Auch der Wunsch nach Einsamkeit hatte sich erübrigt, denn die stellte sich ungebeten ein.

Ja, er fühlte sich womöglich einsamer denn je, weil er inzwischen ein Gefängnis betreten hatte, das dem Rest der Menschheit immer verschlossen bleibt. Niemand kann nachfühlen, was Besessenheit, abgrundtiefe Besessenheit ist. Denn Besessenheit ist wie ein Stück Land mit allzu vielen Bewohnern, die ihren zugewiesenen Bereich überschreiten und zu Eindringlingen werden.

In diesem Zustand befand er sich, als eines Nachts wiederum die schweren Türen zu seinen Gemächern aufgedrückt wurden und Cleandrus das neue Geschenk der Königin hereinführte. Diesmal war es ein Knabe mit goldfarbener Haut und schwarzen, zerwühlten Locken. Phaidros betrachtete ihn feindselig, denn das Motiv seines Besuchs war klar und bedurfte keiner Worte.

Er war wirklich sehr jung. So jung, daß er den Blick nur auf den vorletzten Winter richten mußte, um die Stunden seiner Kindheit zu sehen und überrascht festzustellen, wie schnell sie vergangen waren. Wie konnte das alte, traurige Universum so frische Triebe der Lust hervorbringen, fragte sich Phaidros.

»Die Königin schickt mich her. Sie befahl mir, dir folgendes zu sagen: Gib mir parfümierten Weine, und trinke du die doppelte Menge, damit deine Sinne aufwachen und die Freuden, die ich dir anbiete, erkennen.«

»Ich werde dir parfümierten Wein geben, doch du wirst ihn trinken und dann gehen. Der Königin von Mauretanien aber wirst du sagen, daß Wein, der nicht in Gesellschaft genossen wird, bekanntlich verschwendet ist.«

»Doch diesen wirst du genießen, mein Herr, ganz bestimmt. Denn die Königin hat mir ferner aufgetragen, dir zu sagen: Ich bin schön, ich bin willfährig, ich kenne alle Liebeskünste und weiß, wie Männer einander lieben und zur Ekstase bringen.«

Phaidros mußte angesichts dieser koketten Dreistigkeit einfach lachen. Er drückte dem Kind einen Becher in seine zarten Hände:

»Bist du dem Gynäkeion entlaufen, wo unverantwortliche Mütter ihre Kinder sich selbst überlassen? Sicher bist du wie ein Kleinkind auf allen vieren die Flure entlanggekrabbelt.«

Der Knabe bemerkte die Ironie, war beleidigt, reagierte aber geschwind mit einer unmißverständlichen Herausforderung. Er wehrte mit einer heftigen Handbewegung den dargebotenen Becher ab, hatte nun die Hände frei und riß sich die Tunika vom Leib. Nun stand er völlig nackt vor ihm, nackt, bis auf das Geschlecht, das von einer winzigen, silbernen Muschel bedeckt war.

»Auf alle viere lasse ich mich nur nieder, wenn ich will, daß meine Lust befriedigt wird, doch Betteln habe ich nicht nötig, weil ich von vielen Männern begehrt werde. Denn ich verstehe mein Handwerk sehr viel besser als manche, die älter sind als ich. Und würde man mich auffordern, meine Triumphe im Bett aufzuzählen, hättest du große Mühe, sie alle zu erfassen.«

Phaidros trank den Wein in einem Zug. Er spürte deutlich einen schlechten Geschmack in der Kehle, als wäre die Flüssigkeit der milchige Saft der Blume, die Juba ihm gezeigt hatte: der Blume, die, je nach Anwendung, nützen oder schaden konnte.

»Ich habe schon viele Römer kennengelernt«, fuhr das Kind fort und lächelte dabei verderbt. »Und werde noch mehr kennenlernen, da bin ich mir ganz sicher. Denn wer meine Haut liebkost, ist so entzückt, daß er meinen Namen seinen Freunden weiterempfiehlt, wenn er wieder in Rom ist. Deshalb macht sich jeder, der an diese Küste kommt, auf die Suche nach mir, denn es heißt, daß nur wir, die dunkelhäutigen Kinder Afrikas, alle Wünsche befriedigen können.«

Die Farbe seiner Haut war in der Tat faszinierend. Schweiß und Öle ließen sie glänzen und unterstrichen ihre perfekte Glätte. Sie war makellos und zugleich schmerzlich und grausam, erinnerte sie doch Phaidros Antomanus an den flüchtigen Traum der Jugend.

»Nimm mich. Und wenn du nach Rom zurückkehrst, wirst auch du deinen Freunden den Namen von Adonis geben.«

Da trat Phaidros Antomanus erschrocken einen Schritt zurück und blickte ihm fest in die Augen.

Seine Finger umklammerten den Becher, als er schrie:

»Dummkopf! Sprich diesen Namen nicht aus, erinnere mich nicht an seine Existenz.«

Doch er selbst mißachtete seine Befehle und hörte nicht auf, Adonis' Namen zu schreien. Das Kind hielt ihn für krank, denn sein Gesicht verfiel in schreckliche Zuckungen. Es dachte: Die Königin hätte mich warnen und mir sagen sollen, daß hier nicht die Geschicklichkeit eines Lustknaben gebraucht wird, sondern die Kunst eines Arztes oder die Tricks eines Narren.

Dann sagte der Knabe mit äußerster Vorsicht:

»Ich verstehe deinen Ausbruch nicht, mein Herr. Wenn du mich jedoch ein einziges Mal meines Amtes walten läßt, werde ich dir deinen Zorn mit Zärtlichkeit zu vergelten wissen.«

»Nur keine Zärtlichkeiten!« schrie Phaidros. »Mir ist jede Lust für immer versagt. Das soll diese Königin endlich begreifen und sich nicht länger einmischen. Sie hat deinen Namen bestimmt gekannt, als sie dich zu mir schickte.«

»O nein, sicher nicht, denn diese Idee kam mir selbst, als ich mich anschickte, dich zu besuchen. Ich beschloß, mich nicht Clovius zu nennen, so heiße ich nämlich, sondern Adonis, um dein Begehren zu wecken.«

»Du weckst die Erinnerung an Adonis, nach so vielen Jahren, du schmückst dich mit all seinen Attributen ... außer dem einen, das mir damals hätte das Leben zurückgeben können.«

»Es sollte ein Spiel sein, kein Schlag.«

»Du bist nicht schuld, ich weiß es«, erwiderte Phaidros nun schon etwas ruhiger, »dennoch sollte ich dich strafen, denn mich trifft noch weniger Schuld, und doch muß ich den Namen von Adonis ertragen, der für mich schon seit Jahren gestorben ist. Zumindest glaubte ich das.«

Nun begann der Knabe mit gekonnter Langsamkeit seine Brust zu streicheln. Wobei er feststellte, daß Phaidros fast genau so dunkelhäutig war wie er selbst und ganz anders als die Poeten und Philosophen, die bislang sein Bett geteilt hatten. Hatte vielleicht der heftige Ansturm der Erinnerung den derberen Teil des ehemaligen Gärtners wieder zum Vorschein gebracht?

»Mein Herr, o mein Herr, so umarme mich doch. Ich kann Tote erwecken, wenn schon nicht für die Ewigkeit, so doch für einen Augenblick der Befriedigung. Und der ist für die Unbefriedigten lang. Sag mir jetzt, wo du ruhiger bist, ist dieser Adonis, den du der Königin gegenüber erwähntest, schuld an deinem Liebeskummer?«

»An meiner Gleichgültigkeit.«

»Diese Krankheit ist mir unbekannt.«

»Sie ist schrecklicher als alle Krankheiten der Liebe. Als ihre Verrücktheiten, Stürme, Qualen ... Sie ist entsetzlich, weil sie die Vorstufe ist zum Nichts. Doch nun trink. Meine Erinnerungen haben dich angesteckt, und das ist nicht gut.«

Sie freuten sich gemeinsam am Wein, und so war es dem Knaben bald ein leichtes, ihn umzustoßen. Kaum lag Phaidros auf dem Boden, ließ er sich auf ihn fallen. Sie rollten sich schweißnaß auf den Teppichen und lachten dabei, als ginge es um einen frechen Streich. Doch dann entglitt Phaidros das Lachen und wurde zu einem angstvollen Stöhnen, bis er schließlich reglos dalag, den Blick starr zur Decke gerichtet. Und als ihn der Knabe fragte, was ihn an dem Stuck da oben so fesselte, antwortete er:

»Meine Vergangenheit.«

»O, Herr, die Vergangenheit trauriger Menschen ist meist sehr langweilig! Wenn du nichts dagegen unternimmst, schlafe ich ein, denn mein Tag war heute sehr anstrengend, und ich bin fix und fertig, wie man so sagt.«

Die Langeweile ließ ihn, wie angekündigt, recht schläfrig werden. Reagierte sein Gegenüber doch in keiner Weise auf die fleischlichen Reize; seine Sinne waren einfach tot. Doch als Phaidros merkte, daß die Wange des süßen Eindringlings an seiner Brust ruhte, schloß auch er die Augen und erinnerte sich an ähnliche Gefühle längst vergangener Jahre. Er erinnerte sich an das fast vergessene Wunder der völligen Verschmelzung mit einem anderen Körper.

»Adonis!« murmelte er. »Wie alt sind wir geworden, wie jung waren wir!«

Er bebte vor Angst, als er daran dachte, daß dieses kindliche Herz, das da an seiner Brust schlug, einem Wesen gehörte, das, als er seine herrlichsten Liebesstunden erlebte, noch nicht einmal geboren war.

»Wer ist alt, mein Herr?« fragte das Kind und blinzelte.

»Die Erinnerung an Adonis. Und seine Abwesenheit ist älter als wir beide zusammen, weil er die ganze Welt mit sich genommen hat, als er ging. Die Abwesenheit der Liebe markiert Anfang und Ende der Welt.«

»Die Abwesenheit von Adonis, willst du wohl sagen.«

»Nein, nicht die seine. Die der Liebe. Sie macht, daß ich wie ein Schlafwandler meiner Wege gehe und die Gaben des Lebens verachte.«

Er schob das Kind von sich und richtete sich auf. Die Erinnerung an all diese Jahre schien ihn plötzlich zu erdrücken.

»Geh zurück zur Königin und sage ihr dies: ›Schicke mich nicht wieder zu den Abgründen. Denn wer einmal in den Abgrund geblickt hat, ist bekanntlich für immer verwandelt‹.«

»Du gefällst mir, deshalb werde ich diesen Adonis, der dir soviel Schmerz verursacht hat, verwünschen.«

»Nein, er ist nicht mehr die Ursache. Die Leere ist es. Die völlige Gleichgültigkeit. Doch nun geh endlich. Ich bin das Trinken nicht gewohnt, und heute habe ich zuviel Wein geschluckt, so daß ich womöglich eine Dummheit von mir gebe, wenn das nicht bereits geschehen ist, im Übermaß geschehen.«

Er ging langsam auf die Terrasse hinaus, blieb stehen und blickte starr in die Höhe zu einem Stern, der alle anderen überstrahlte.

Der Knabe zog sich zurück in Richtung Türe, wobei er Phaidros mit komischer Verwunderung beobachtete. Da stieß er im Rückwärtsgehen gegen den Tisch mit den Bechern, sie kippten um und verschütteten ihren Inhalt. Der Lärm rief die Sklaven auf den Plan. Die offenstehenden Türen kamen dem Knaben gerade recht, er schlüpfte hinaus, rannte weg und verlor sich in den langen Fluren.

Phaidros jedoch bemerkte nichts davon. Seine Worte suchten die Dunkelheit, flogen hinauf zum Firmament und wollten in die dichte Ansammlung ewiger Lichter eindringen.

»Adonis, wo immer du bist, tu mir einen einzigen Gefallen. Halte Schritt mit der Zeit, denn sollte ich dich je wiedersehen, wäre es grausam, wenn du dich nicht verändert und all deinen Charme, deine Fröhlichkeit bewahrt hättest und nur ich gealtert wäre.«

Mit tränenüberströmtem Gesicht tastete er sich ins Nebenzimmer bis zum Marmortisch, an dem er zu schreiben pflegte. Er öffnete sein Buch, betrachtete die zuletzt verfaßte Szene und stellte wieder einmal fest, daß einzig und allein die Besessenheit imstande war, seine Leere zu füllen. Doch die Inspiration ließ auf sich warten. Die ersten Worte waren ohne Sinn, kraftlos und wertlos. Nach kurzer Zeit aber wurden sie lebendig und zum Echo ferner Heldentaten. Sie hüllten ihn ein und wurden zu Verbündeten im einzigen Kampf, für den er gerüstet war. Und genau deshalb wußte er, daß er den so mühsam formulierten Worten eine Falle stellte, wenn er die Niederlage Alexandrias beschrieb und sie dazu benutzte, seiner Einsamkeit abzuhelfen. Weil die

Worte aber seine einzige Waffe gegen die köstliche Haut der Epheben war, widmete er sich mit großem Eifer ihrer Produktion.

VON PORCIA HONORIA AN PHAIDROS ANTOMANUS

Phaidros, der von den Blumen. Minerva, die Strenge, schilt dich, obwohl sie sich ungern wie eine böse Alte verhält. Hast du dafür nicht die alte Nokut? Sie schimpft mehr als ich und hat zweifellos allen Grund dazu. Sie jammert, du würdest sie zu dir nach Alexandria holen wollen, wenn du einmal dort sein wirst. Denn sie träumt zwar davon, den Nil wiederzusehen, sagt aber, sie sei zu alt dazu, wegen der langen Reise, weshalb sie weiter davon träumen und friedlich in ihrem Haus am See sterben möchte. (Wer wird sich darum kümmern, wenn du die Nokut mitnimmst? Willst du für immer in Alexandria bleiben?)

Doch ich schimpfe und habe mehr Grund dazu als sie, weil du nicht nach mir rufst. Ich weiß, daß du dich einfach an der Vernunft orientierst, wie auch ich es tun sollte, wie ich es bislang immer tat, bevor ich diese törichte Geschichte angefangen habe. Diese Liebe – wenn das der richtige Name ist für die Angelegenheit –, diese Liebe, die sich in Episteln ergeht, die über die Meere geschickt werden.

Ein Jahr bist du nun schon weg von Rom. Ein Jahr ist das Haus schon so leer wie vor deiner Ankunft. Über den Pavillon hat sich eine unendliche Traurigkeit gelegt, als befände er sich nicht mitten in einem Garten, sondern wäre eine alte Ruine in einsamer Wüste. Ein Abbild unserer Beziehung womöglich?

Ach, Phaidros, so sehr liebe ich dich, daß ich bereit bin, diesen eigenartigen Briefwechsel zwischen uns eine Beziehung zu nennen. All diese Liebe, die wir mit dem Kopf leben, wird widerborstig und spröde, wendet sich gegen mich und verletzt mich zutiefst. Ich bin von diesem Gefühl völlig überrascht und hätte nie gedacht, daß es so lange und so intensiv anhält. Dennoch entbinde ich dich von diesem Gefühl, denn ich möchte dir keine Last sein.

Sehnst du dich nach etwas in Rom? (Hier bitte ich dich um eine gnädige Meinung über die Stadt und vor allem über die Menschen hier, die dir wohlgesinnt sind. Meinst du nicht, daß es solche hier gibt? Doch ich stelle fest, daß ich anfange, mich selbst zu verteidigen, und das ist eine schwierige Sache. Die Vorsicht, nicht die Zurückhaltung läßt mich schweigen. Denn in der Liebe ist Zurückhaltung Dummheit. Und die Vorsicht ist nur etwas wert, wenn eine List aus ihr wird.)

Schreib mir nie wieder, daß du mir dankbar bist für alles, was ich für dich getan oder was ich aus dir gemacht habe. Denn was immer es war, ich tat es aus egoistischer Liebe, und einen größeren Egoismus gibt es nicht.

Was war es denn schon? Ich habe gefördert, was in deinem Innern bereits vorhanden war, mit Theaterleuten gesprochen, dich gelehrt, dein Geld zu verwalten. Alles kein Verdienst. Schließlich komme ich aus einer Händlerfamilie. Du hingegen hast mir das Größte gegeben: Ich liebe zum ersten Mal. Dieser Teil meines Selbst war vollkommen leblos, bis du kamst und ihn zum Leben erwecktest.

Doch nun zu den heiteren Anmerkungen, um die Last der Melancholie zu erleichtern.

Ich war im Hause von Maecenas. Die Stunde war ungünstig, mitten am Tag. Die Sklaven packten eilig seine Sachen zusammen, denn er fuhr aufs Land. Er war sichtlich verärgert, weil Terentia ihn nicht begleitete. Sie hat mit Augustus eine Reise unternommen – ausgerechnet mit ihm –, und bei allen Gesellschaften wird von nichts anderem gesprochen. Denn die Leute sind neugierig und behaupten, Terentia sei Augustus' Geliebte.

Ich habe den Eindruck, daß Maecenas trauriger ist als bei vergleichbaren Gelegenheiten und daß seine Reise etwas mit Horaz zu tun hat. Sicher verbringt er ein paar Tage in dessen Haus in den Sabiner Bergen. Dieser Gedanke liegt nah und ist poetisch. Horaz hat ihn in seinen Gedichten so sehr bedrängt, das einfache Landleben mit ihm zu teilen, daß Maecenas nichts anderes übrigblieb als das Angebot endlich anzunehmen, wenn er nicht unhöflich erscheinen wollte. Andere sagen, daß er diesmal noch schwerer an seinen Hörnern trage und nicht vor der öffentlichen Meinung fliehe – wer brächte die je zum Schweigen –, sondern vor der grausamen Tatsache, sich von seinem besten Freund betrogen zu sehen.

Du wirst dich fragen, warum ich dir das erzähle? Weil ich vor einigen Tagen, als die Dinge noch nicht passiert waren, von der indiskreten Terentia erfahren habe, daß Maecenas willens ist, dir deine Unhöflichkeit zu verzeihen, wenn du bereit bist, die Tragödie über Kleopatra umzuschreiben und nach Rom zurückzukommen. Terentia hat nichts davon gesagt, daß der Preis für ihre Vermittlungstätigkeit ein Bei-

schlaf sei, obwohl du wohl der einzige Mann in Rom bist, der ihr noch fehlt. Sei nun nicht schon wieder schockiert. Alle Welt kennt ihren Preis. Der meine ist weniger hoch. Ich werde mich weiter bei Maecenas für dich verwenden, ohne dich zu drängen, unsere Beziehung zu verändern.

Wohin führt, was sucht, was ist diese Beziehung? Einmal mehr bitte ich dich: Fühle dich nicht schuldig. Laß nicht zu, daß Dankbarkeit deine Handlungen bestimmt oder deine Entscheidungen in irgendeiner Weise beeinflußt. Meine Stunden sind einsam, doch die deinen sind es noch mehr. Und wenn sich die beiden Einsamkeiten, die sich gegenseitig so sehr brauchen, nicht einigen konnten, dann stimmt offensichtlich etwas nicht. Und dieses Etwas muß ein Alles sein, so gewaltig, daß es nicht ratsam erscheint, dagegen anzukämpfen, denn diese Schlacht ist von vornherein verloren.

Eine letzte Anmerkung dazu:

Ich fragte Maecenas: »Hast du je von einer Person, die du protegiert hast, Liebe verlangt?« »Niemals«, antwortete er mir. »Aus Dankbarkeit gewährte Liebe ist ein vulgärer Lohn, den edle Seelen nie annehmen dürfen.«

Ich bin doppelt reich, denn ich fühle mich belohnt, zum einen, weil ich dir helfen konnte, zum andern, weil du mir zwar nicht die Liebe gibst, die uns glücklich machen würde, jedoch die Liebe gewährst, die uns unglücklich macht. Und die ist womöglich genauso groß, wenn nicht größer, weil sie uns einmalig macht … einmalig selbst in diesem überfüllten Theater der menschlichen Einsamkeit.

NACH EINEM WEITEREN üppigen, verführerischen abendlichen Mahl, an dem Phaidros Antomanus in dem apathischen Zustand, den man inzwischen kannte, teilgenommen hatte, verstummte der Hofstaat, weil König Juba ein Loblied auf die griechische Dichtkunst und die Fruchtbarkeit griechischen Denkens anstimmte. Die Tischgenossen hatten sehr wohl bemerkt, daß der König heute in der Stimmung war zu rezitieren und darum gebeten sein wollte. Er würde der Aufforderung mit großem Vergnügen nachkommen, die veralteten klassischen Vorstellungen mit jugendlichem Schwung bereichern und seinen Vortrag mit mehr Elan als echtem Können bestreiten. Er war sich dessen durchaus bewußt und lächelte seiner Zuhörerschaft zu wie ein Kind, das um Vergebung bittet für einen Streich, dem sein lebhaftes Temperament einfach nicht widerstehen konnte.

Ein mit so vielen Vorzügen ausgestatteter Mensch wie Juba II. verfügte über genügend Waffen, sich der Lächerlichkeit zu erwehren. Er kannte die Schauspielerei zwar nicht aus eigener Erfahrung, war jedoch ein glühender Verehrer anspruchsvoller Bühnenwerke, was er im Laufe seiner Regentschaft reichlich bewiesen hatte, indem er Aufführungen klassischer Tragödien finanzierte, die von Truppen aus Griechenland und Alexandria angeboten wurden. Darüber hinaus beherrschte er alle Kniffe der Redekunst, erlernt von den besten Lehrern. Obschon er überhaupt nicht intonieren konnte, wußte er seine Rede mit dem genau richtigen Rhythmus eines lesefreudigen Mannes vorzutragen. Wenn dem Interpreten alle Tricks versagten, kam ihm sein Einfühlungsvermögen zu Hilfe. So wurde die Rezitation des Königs zu einer überaus angenehmen Sache, viel angenehmer, als es einige Höflinge mit ihrem Drang zu Schmeicheleien vermutet hätten.

So ertönte also die weise Stimme Griechenlands. Es erklang die lobende Erinnerung an das Griechenland von einst, als Schönheit die Seele der griechischen Städte prägte und Weisheit wie die Morgenröte alles überstrahlte. Phaidros Antomanus empfand eine leichte Sehnsucht beim Gedanken, daß er früher Grieche und in einem der Paläste Athens zu Hause gewesen war, wo er über alles in der Welt geliebt wurde. Doch die Zeit hatte dieses Gefühl ausgelöscht und nur eine große Seelenmüdigkeit hinterlassen, gepaart mit verzweifelten Erinnerungen.

Schön und weise waren auch die Verse, die sein Freund Adonis während der intimen Abendessen von Octavia und Marcus Antonius zu zitieren pflegte:

Wenn du Amor begegnest, wie er herumirrt
auf irgendeinem Weg, so halte ihn fest:
Er ist der Sklave, der mir entlaufen ist …

Marcus Antonius verschwand für immer von Octavias Seite. Adonis verschwand aus dem Leben von Phaidros. Die Zeit, die Zerstörerin aller Dinge, Verderberin aller Gefühle, trug den Sieg davon.

Die Zeit hatte ihm die Falschheit dieser lyrischen Ergüsse bewiesen. Denn er war Sklave der Liebe gewesen und nicht umgekehrt. So sehr versklavt war er gewesen, daß er noch immer an das Fußeisen der Erinnerung gekettet war, unentrinnbar.

Die Bilder seiner Jugend waren nicht denkbar ohne die Erinnerung an jene Jahre, als die Liebe eine selbstverständliche, felsenfeste Sicherheit war, die alle Lebensbereiche, alle Lebenssituationen umfaßte. Insbesondere jedoch alle Dinge, die er mit Adonis geteilt hatte: die Hütte im Garten Octavias in Athen, den weißen Hund mit schwarzen Flecken, den lichten Himmel Athens – Kleinigkeiten, die in der Erinnerung gewaltige Ausmaße annahmen und zu einer Steinplatte wurden, die über seiner Freiheit lag und ihn zu ersticken drohte.

In Rom schließlich wurde die Liebe zu einem Opfer. In Rom lehrte ihn der Verlust dieses Adonis, des Freundes seiner Jugendjahre, daß der Schmerz die eigentliche Bestimmung wahrhaft Liebender ist.

Doch dann ging Adonis' Laute verloren, zusammen mit den griechischen Landschaften und der zurückhaltenden Schönheit der edlen Octavia. Es veränderte sich die Stimmung des poetischen Leseabends und mit ihr die Farbe der Erinnerungen.

König Juba wechselte das Genre und zugleich die Sprache. Er verließ die Lyrik und ging zum Heldenepos über, vom Griechischen zum Lateinischen, um die edelste Gestalt der Dichtkunst jener Zeit zu preisen. Er rief Vergil zu Hilfe, machte sich sein Versmaß zu eigen und gedachte des mythischen Ursprungs der römischen Nation. Nun hatte Juba selbst in seinen Schriften zwar behauptet, die griechische Sprache sei der lateinischen überlegen, was ihn aber nicht daran hinderte, die erhabene Größe Vergils anzuerkennen, der seine Theorien in lateinischer Sprache untermauerte.

So kam es, daß diese hochgebildeten Afrikaner den Abenteuern des Helden Äneas lauschten und die Stimmung beim Festmahl mehr eine patriotische als eine ästhetische wurde. Wer von den Tischgenossen war nicht davon überzeugt, daß die entsprechende Bildung ihn zu einem römischen Bürger machen würde, mochte seine Haut auch so dunkel sein wie die von Juba selbst?

Phaidros bemerkte, mit welchem Stolz die Königin von Mauretanien ihren Gatten ansah, und las den Patriotismus in ihrem Blick, als habe Kleopatras Tochter endlich begriffen, daß es eine Ehre ist, einem Volk anzugehören oder ihm zumindest zu dienen, das in direkter Linie von Äneas abstammt.

Vor allem, wenn sie daran dachte, daß in der Sage des großen Dichters die Hauptabstammungslinie direkt zu Venus Genetrix reichte und über Äneas im großen Augustus, dem Allherrscher, gipfelte.

Wohin führte wohl eine Dichtkunst, die von bestimmten Völkern zu Werbezwecken eingesetzt wurde? Bis wohin würde sie ausstrahlen? Würde sie die Welt mit dem gewaltigsten Mythengebäude verblüffen, das je zur Glorifizierung eines Heerführers errichtet worden war? Der vortreffliche Vergil, dem selbst ein überaus strenger Kritiker wie Phaidros Antomanus nichts entgegenzusetzen hatte, überließ dem Augustus das wertvollste aller Zeugnisse für die Unsterblichkeit: ein Epos, das ihn und die seinen als letzte Nachfahren eines Geschlechts von Titanen auswies. Und wenn dieses Geschlecht dank des mächtigen Arms von Äneas zum Glanze Roms beigetragen hatte, wie der Dichter versicherte, war klar, daß Augustus und sein Imperium unanfechtbar waren.

Doch das Gefühl, das sich Phaidros Antomanus' bemächtigte, war ganz anderer Art, als es Augustus und sein Imperium gewünscht hätten.

»Warum stimmt dich ein so herrlicher Lobgesang traurig?« wandte sich Kleopatra Selene an ihn.

»Ich dachte nicht an eure Herrlichkeit, sondern an mein Elend. Als ich Rom verließ, war Vergil erst kurze Zeit tot. Obwohl ich offizielle Zeremonien verabscheue, machte ich keinem, der an seinen Gedenkfeiern teilnahm, einen Vorwurf, war er doch nicht nur ein großer Dichter, nein, auch ein Mann von untadeligem Charakter. Mochte er dem Augustus noch so viele Panegyriken in seiner pompösen und gezierten Sprache gewidmet haben, sie werden mit Sicherheit noch übertroffen werden von dem, was die Nachwelt über ihn sagen wird oder ich selbst in diesem Moment über ihn sagen könnte ...«

»Ich finde in dem, was du sagst, noch immer kein Motiv für Trauer ...«

»Das Volk beweinte Vergil ebensosehr, wie die hochgestellten Persönlichkeiten, die er besungen hat oder noch mehr. Jedes noch so ungebildete Weib, jeder analphabetische Schweinehirt wußte, daß soeben ein unbescholtener Mann gestorben war, der ihnen in seinem gewaltigen Werk einen Platz eingeräumt und dadurch ein Gesicht gegeben hatte. Da fühlte ich mich traurig, wie ich mich auch jetzt traurig fühle, denn die Liebe eines ganzen Volkes ist etwas, was ich nie haben werde, aus dem einfachen Grund, daß ich keinem Volk angehöre. Doch du wirst dieses Gefühl schwerlich verstehen.«

»Warum sollte ich es nicht verstehen? Kenne nicht auch ich die Verwirrung, die der Verlust der Wurzeln auslöst?«

Wahre Worte, in der Tat, die zu beantworten Phaidros Antomanus sich versagte. Denn er erinnerte sich an Kleopatra Selenes Ankunft in Rom, nach griechischem Brauch gekleidet, erinnerte sich, wie sie später im Hause Octavias zu einer Imitation der beiden Antonias wurde und sah sie nun vor sich, ein seltsames Mischwesen all dieser Kulturen.

Doch die Histrionen hörten nicht auf, die Taten der Römer in immer überschwenglicherem Ton zu preisen. Da suchte Phaidros nach Alkaios. Er würde dieser Großsprecherei sicher mit ironischem Blick begegnen. Aber der Ägypter nahm an diesem Festmahl nicht teil. Das machte Phaidros, der gewohnt war, ihn immer an der Seite der Königin zu sehen, neugierig. Was mochte die Ursache seiner Abwesenheit sein? War er indisponiert? Er fragte nach.

»Er wird wohl in den Bergen unterwegs sein«, erwiderte Kleopatra Selene vollkommen gleichgültig. »Mach dir keine Sorgen um ihn, er verhält sich immer eigenartig und unternimmt oft die unglaublichsten Sachen. Spaziert zum Beispiel durch die Dörfer und steigt auf der Suche nach den magischen Zeichnungen unserer Vorfahren in Höhlen hinunter …«

Die Verwendung des besitzanzeigenden Fürworts aus dem Mund einer so romanisierten Alexandrinerin hätte Phaidros überrascht, wären da nicht andere, noch überraschendere Dinge gewesen.

»Warum verheimlicht ihr mir die Identität dieses Mannes?« fragte er unvermutet.

Kleopatra Selene gab sich betont unschuldig. Doch ihre Hand mit dem Alabasterkelch fing wieder an zu zittern.

»Wir verheimlichen sie dir, Phaidros?«

»In der Tat. Keiner hat sich bisher dazu herabgelassen, mir zu sagen, warum er hier ist.«

»Stimmt, Alkaios geht nicht herum und erzählt allen von seiner Mission. Es ist jedoch bekannt, daß er ein Gesandter der Königin Candancia von Äthiopien ist, der an unseren Hof kam, um Juba bei seinen absurden Nachforschungen über die Quellen des Nils zu beraten.«

»Und zuvor?«

»Hatte er eine sehr turbulente Vergangenheit, wie er sagt. Er arbeitete auf den Schiffen des Sextus Pompejus, bevor dieser besiegt wurde. Dann konspirierte er für den Prinzen Aristobulos von Judäa.«

»Aus ersterem schließe ich auf einen Piraten, aus dem zweiten auf einen Spion, aus dem dritten ...«

Kleopatra Selene jedoch, der dieses Thema sichtlich unbehaglich war, tätschelte mit ihrem Federfächer die Wange ihres Gastes und wies ihn zurecht:

»Vergiß die tausend Berufe des Alkaios, widme dich lieber dem deinen. Sag mir, hättest du Lust, ein Heldenepos zu verfassen?«

»Keinesfalls«, antwortete Phaidros, den die Frage unvorbereitet getroffen hatte. »Und selbst wenn ich Lust dazu hätte, fehlte mir der Stoff dazu.«

»Ich könnte dir das Thema nennen. Du würdest es womöglich so spannend finden, daß es dich dazu brächte, an deinem Werk über den Fall von Alexandria nicht weiterzuschreiben, diesem allzu gefährliche Projekt, wie ich dich wiederholt gewarnt habe.«

»Als ich dir sagte, daß kein Volk je um mich weinen wird, weil ich nie ein Volk besungen habe, vergaß ich folgendes hinzuzufügen: Vielleicht erinnert sich Alexandria an mich, weil ich den Tod dieser Stadt verewigt habe.«

Sein Werk stand also noch immer als Hindernis zwischen ihnen, und Kleopatra Selene würde nicht ruhen, bis sie es beseitigt hatte. Sie untersagte ihm sogar, seine Gründe noch einmal darzulegen.

»Darüber sprechen wir morgen, in meinen Gemächern. Ich möchte dir etwas zeigen, das dich veranlassen könnte, Vergil nachzueifern, wenn nicht gar zu übertreffen.«

Welche Art, ihm Unsterblichkeit anzutragen! Bei einem weltlichen Gelage, zwischen Bechern mit griechischem Wein, dem, wie es der Brauch gebot, Meerwasser zugesetzt war. Weshalb Phaidros Antomanus den Geschmack seiner Heimat nicht bemerkte, wie auch Alkaios, wenn er den mareotischen Wein trank, weder den Geschmack von Alexandria noch den sauren Geruch des Mareotis-Sees erkannte.

Da fühlte sich Phaidros einmal mehr betrogen. Er stellte wiederum fest, daß das, was Jubas Hof ihm allnächtlich bot, einer seltsamen Pantomime glich, an der nichts echt war, sondern alles die Kopie einer anderen, fremden Realität.

Als Juba seine Darbietung beschloß, wurde er gleich von drei professionellen Schauspielern abgelöst, die zwischen den Triklinien auf und ab gingen und einen ausgedehnten, von Jubas Dichtern erstellten Katalog der Heldentaten des römischen Volkes deklamierten.

Da hatte Phaidros Antomanus endgültig genug. Die Botschaft war nun überdeutlich vermittelt worden, so daß einer, der dauerhaft im Exil lebte, gut auf sie verzichten konnte.

Er verließ das Gelage ohne die geringste Scheu. Sein Abgang wäre aufgefallen, hätte er nicht längst gelernt, seine privilegierte Stellung auszunützen und sich diese Art von Freiheiten herauszunehmen. Es gab weder in Rom noch in irgendeiner Provinzhauptstadt eine Festlichkeit, eine Versammlung oder eine Zeremonie, die er nicht vorzeitig verlassen hätte, ohne eine Entschuldigung vorzubringen und ohne darauf zu warten, daß ihn die Gastgeber zum Bleiben drängten.

Seine Bekanntschaften mit den unterschiedlichsten Leuten hatten in ihm nur einen, alles beherrschenden Drang ausgelöst: mit sich allein zu sein. Oder sich selbst ausgeliefert, wie er es Porcia Honoria gegenüber einmal ausgedrückt hatte.

Doch in dieser Nacht fühlte Phaidros den unwiderstehlichen Wunsch, den Puls eines Lebens wahrzunehmen, eines anderen Lebens, das ihm Jubas Palast bislang nicht geboten hatte. Als er auf eine der Terrassen hinaustrat, stellte er fest, daß dieses Leben irgendwo weit weg stattfand, als wäre es eng mit den Felsen verbunden, die sich über der Mauer der Berge erhoben.

Der prächtige Sternenhimmel funkelte, begleitet von einer seltsamen, wunderbaren Melodie, einer Mischung aus Siegesfeier und glücklicher Erinnerung. Da bemerkte er, daß unterhalb des Palastes ein kleines, elendes Dorf lag. In der Ferne war ein brennender Holzstoß zu erkennen. Seine Funken leuchteten auf im Rhythmus der Musik – einer Musik, die sich erheblich von der im Festsaal unterschied. Während sich dort der weiche Klang der Hirtenflöte mit dem sanften Tremolo der Laute vermischte, kam aus dem Dorf ein wildes Getöse von Trommeln, Jagdhörnern und einem fremdartigen Blasinstrument.

Einer der numidischen Wachsoldaten informierte ihn, daß im Dorf eine Hochzeit gefeiert wurde und die Brautleute aus zwei Nomadenfamilien stammten, die von den Bergen herunterkamen, um ihre Lederwaren zu verkaufen und sich für die langen Reisen durch die Wüste mit Lebensmitteln einzudecken.

Phaidros Antomanus befahl der Dienerschaft, sofort seine Sänfte bereitzustellen, doch die sah ihn nur spöttisch an. Schließlich gab es keinen Untertanen Jubas, der nicht gewußt hätte, daß die gewundenen Bergpfade weder mit einem Wagen noch mit einer Sänfte oder einem Tragstuhl zu überwinden waren. Sie sind unwegsam, schlängeln sich oft hoch hinauf bis zu den Gipfeln und werden dann wieder von tiefen Einschnitten unterbrochen, von steil abfallenden Wänden und tödlichen Abgründen. Die einzig zivilisierte Möglichkeit, den Palast zu verlassen, war der den großen Römerstraßen nachgebaute Weg, der zu den Städten der Ebene hinunterführte.

Weit davon entfernt, sich von den Soldaten und deren Schilderungen der Gefahren abhalten zu lassen, lenkte Phaidros seine Schritte auf das vom Vollmond beleuchtete Dorf zu. Mochte er auch nicht den Abenteuergeist großer Eroberer besitzen, ließ dieser Ausflug ins Unbekannte doch eine ferne Erinnerung an die Freiheit in ihm lebendig werden.

Bald war er zu einem recht ausgedehnten Vorgebirge hinabgestiegen, wo sich ihm ein so schöner Rundblick bot wie von der Terrasse bei seinen Gemächern im Palast. Von hier aus konnte er das Dorf viel deutlicher sehen, aber auch eine liebliche, geheimnisvolle Melodie hören, die ihn einhüllte und betörte wie seine Träume. Er ahnte, daß etwas Neues, Undefinierbares aus dem Dunkel der Nacht entstehen und sich ihm in aller Frische darbieten würde.

Da überfiel ihn kurz eine eisige Angst vor den Abgründen der Phantasie.

Der Weg zog sich hin, immer wieder unterbrochen von wilder, ja manchmal sogar bedrohlicher Vegetation. Phaidros spürte unter seinen Sandalen das Knacken trockener Zweige, das Rascheln der von der Sommerhitze verbrannten Blätter, Äste, deren spitze Dornen sich in seine Knöchel und Waden bohrten. Er fühlte das Brennen der Nesseln, die Hiebe der Salbeisträucher, die Stacheln der Disteln oder die schneidend scharfen Blätterkanten des Huflattich. Ein Durcheinander von Pflanzen, wie er es in keinem seiner Gärten geduldet hätte, wucherte zwischen den Felsen, überragte, ja verdeckte sie gänzlich.

Da schwiegen die Trommeln. Der Wanderer war eingetaucht ins Reich der Stille.

Wie aus einem Traum erschien nun das Dorf, ein starker Kontrast zur Natur, erleuchtet von Fackeln, die in gewaltigen Eisenringen steckten und an einer halb in der Erde versunkenen Mauer aus rötlichem Lehm befestigt waren. Ein Dach aus Stroh krönte die Mauer, die ein unregelmäßiges Rechteck bildete und an den Ecken von gewundenen Türmen abgeschlossen wurde, auf deren Spitzen Störche nisteten.

Was für ein Anblick! Die Ansiedlung glich weniger einem Dorf als der Nachahmung einer äußerst seltsam angelegten Burg, die in ihrem Innern zahlreiche weitere Gebäude beherbergte. Ein Wirrwarr schäbiger Häuser war da zu sehen, die, aneinandergelehnt, sich an den Basaltfelsen des Berges emporzogen. Gebäude aus gestampftem Lehm, sehr bizarre Gebilde; manchmal waren es rötliche Würfel, auf hellgelben, rautenförmigen Untergrund gesetzt, es gab aber auch Dreiecksformen, kobaltblau bemalt, die gewundene Aufsätze trugen. Waren es Wachtürme, Kornspeicher oder Taubenschläge? Die Mauern wiesen auffallende, komplizierte geometrische Muster aus Ton auf, deren Geheimnisse die Gelehrten Jubas noch nicht entschlüsselt hatten.

Juba selbst jedoch hatte sich sehr wohl mit diesen Dingen befaßt und in seinen Arbeiten die seltsamen Sitten und Bräuche seiner Untertanen beschrieben. Deshalb konnte er Phaidros Antomanus Tage später erzählen, daß diese Reliefe an den Häusermauern Symbole waren, die von den Eingeborenen gegen böse Geister und gefährliche Reptilien eingesetzt wurden, in die sich Menschen, die verflucht sind, verwandeln. War den Gelehrten womöglich nicht bekannt, daß aus der Wirbelsäule lasterhafter Verstorbener eine Viper wird?

Die Stille war eindrucksvoll, ja einschüchternd. Nichts störte die Herrschaft des Mondes. Kein Posten bewachte die Pforten der übel aussehenden Mauern, keines Menschen Schritt störte die Einsamkeit des schmalen Wegs, der wohl die Hauptstraße darstellte. Links und rechts neben dem Pfad, oder in ihn einmündend, erstreckte sich ein wildes Gassengewirr, das sich in die Gebäude selbst hinein- und wieder hinauszuwinden schien.

Phaidros wähnte die Bewohner alle bei der Hochzeitszeremonie versammelt. Mit diesem Gedanken im Kopf blieb er stehen, von neuem überrascht, weil die Trommelschläge nun von einer sehr süßen Melodie abgelöst wurden, von fremdartigen Tönen, die anders waren als alle ihm bislang bekannten.

Nicht einmal die Flöte, die sie hervorbrachte, glich dem Instrument, das bei den Festmahlen Jubas so artig erklang. Ihr Ton erinnerte ihn vielmehr an das ferne Echo einer Syrinx, die von den Hirten in den wilden Bergen Griechenlands gespielt wird.

Diese süße, eintönige Melodie lag wie ein mildes Parfüm in der Luft, schlängelte sich wie die gewundenen Gassen und stieg gefährlich in die Höhe, wie die Häuser, die sich am Berghang emporzogen. Eine Stimme begleitete die ätherischen Klänge, hob und senkte sich wie sie. Eine Skala uralter, urtümlicher Töne.

Nun tauchte der Dorfplatz auf. Er glich einer tiefen Grube in der Erde, von Gebäuden gesäumt, die so unregelmäßig waren wie die Mauer. Phaidros, die Nüchternheit des Palastes von Juba noch vor Augen, war von der Farbenpracht überwältigt, aber auch vom Rhythmus dieser zaubermächtigen Begleitmusik.

Eine dichte Menschenmenge füllte den Platz. Es waren ganz unterschiedliche Leute, sowohl von der Kleidung als auch vom Verhalten her. Leute aus Orten, von deren Existenz er nicht einmal wußte. Die Zeremonie hatte anscheinend die Bewohner mehrerer Dörfer und Angehörige verschiedener Stämme von jenseits der Berge zusammengebracht. Er vermutete hier Anwohner des Flusses, Reiter aus der Wüste und Siedler aus den dichten Eichenwäldern. Doch sicher war er sich nicht, denn seine eigenen Kenntnisse waren beschränkt, und auch Jubas Ausführungen, der ihn in seinem großen Modell der Zivilisation eingesperrt gehalten hatte, hatten nichts zu ihrer Erweiterung beigetragen.

Etwas war allen Männern und Frauen, die sich hier auf dem Platz versammelt hatten, gemeinsam: die kräftige Gestalt, die dunkle Haut, den herben, unerschrockenen Gesichtsausdruck, der sie als die Elite einer anderen Welt auswies.

Über diesen urwüchsigen Gestalten lag ein wildes Durcheinander schreiender Farben, ein Mischmasch vieler Töne, als hätten sich Mensch und Natur zusammengetan, um neue, freiere Formen zu verkünden.

Die Frauen waren ganz unter schweren Stoffen aus schwarzer Wolle versteckt; die Männer unter dunklen Tüchern, die sie um den Kopf gewunden hatten oder die die untere Hälfte des Gesichts verdeckten und ihnen bis auf den Rücken hingen. Doch diese strenge, traurige, gleichförmige Ausstattung war über und über mit allerhand phantasievollem Zierat bedeckt.

Die Gürtel aus gegerbtem und mit feinen Mustern verziertem Leder waren mit vielen verschiedenen, hellglänzenden Materialien geschmückt. Die Vielfalt an Amuletten und Talismanen, ob aus Kupfer,

Eisen oder Silber, war schier unerschöpflich, die Umhänge, Kappen, Schärpen, Stiefel, Harnische oder Turbane herrlich abwechslungsreich bestickt.

Wie glänzten diese Kostbarkeiten im Licht des Mondes! Nie hatte Phaidros so reich verzierte Alltagsgegenstände gesehen. Schmuck, Waffen, Korbwaren, Tonsachen, die kostbare Beute aus langen Raubzügen ins Innere der Erde, ins Herz der Wälder und in die Tiefen der Meere. Was nicht mit Metallen geschmückt war, wurde von einer unendlichen Vielfalt an gläsernen Perlen, Korallen und an Schnüren aufgereihten, getrockneten Blumen geziert oder von Anhängern aus Elfenbein, deren exquisite Ausführung der Miniaturkunst neue Dimensionen eröffnete.

Phaidros war unvorsichtig geworden. Völlig fasziniert von diesem Anblick, hatte er sich um kein Versteck gekümmert, das ihn vor den Blicken der Menge geschützt hätte. Da stand er nun im vollen Licht, allein mitten auf dem leeren Platz an der Einmündung der Hauptstraße. So wurde er entdeckt.

Erst schrie ein Kind, dann ein zweites, plötzlich waren es viele. Ein paar Frauen kreischten, gleich stimmten alle ein. Schon erstarb die Musik, der Sänger hielt inne, stieß einen Warnschrei aus und starrte mit überrascht aufgerissenen Augen den Eindringling an.

Seine Anwesenheit konnte auffallender, anstoßerregender nicht sein. Denn seine weiße, im Licht des Mondes hell leuchtende Toga wirkte wie eine Beleidigung dieser Farbenpracht. Die römische Toga war hier einfach fehl am Platze.

Er stand da wie erstarrt, ängstlich, plötzlich keiner Bewegung mehr fähig. Während ihn eine Lähmung befiel, packte die Menge ein Wahn. Wer bislang in der Hocke verharrt hatte, stand nun unvermittelt auf und fing an, wilde Sprünge zu vollführen. Wer, an einen Türrahmen gelehnt, dagestanden war, rannte los, um Umstehende zu schützen. Unnütz zu fragen, wer erschrockener war, Phaidros Antomanus oder die Berber.

Schon trat ein halbnackter Krieger aus der Menge hervor und schwenkte einen mächtigen Stock wie eine Fahne. Einen Stock, wie ihn die Bewohner der Oasen bei ihren Kämpfen verwenden.

Es war Alkaios, der Ägypter.

Er sah ganz so aus, wie ein begeisterter Dichter ihn geschildert hätte: die Muskeln schweißnaß, mit dem feurigen Blick eines Mars, das üppige schwarze Haar im Nacken mit einem schmalen, ebenfalls schwarzen Lederband zusammengehalten, und nur bekleidet mit einem Lederschurz, darüber einen Kupfergürtel, in den Hieroglyphen vom Nil eingraviert waren. Das waren die einzigen Schriftzeichen, die Phaidros im Lauf dieser außergewöhnlichen Nacht entdeckte.

Alkaios verlor keine Zeit mit Erklärungen oder Höflichkeiten. Er packte eine der Decken, die als Teppiche am Boden ausgebreitet lagen und hüllte Phaidros damit ein, so daß seine kompromittierende römische Toga darunter verschwand.

Dann gebot er mit erhobener Hand einer Gruppe von Männern Einhalt, deren anfängliche Angst in offene Aggressivität umgeschlagen war und die auf den Eindringling zugingen. Er redete sie in einer abenteuerlichen Sprache an, die Phaidros fremd war. Vielleicht war es eine seltsame Art von Koine, die die Wüstenkrieger eint, die Städter aber nicht verstehen.

Nachdem der Ägypter die Angreifer beschwichtigt hatte, legte er den Arm um die Schultern seines Schützlings und führte ihn zum Eingang eines offenbar leeren Stalls.

»Bleib hier, und verhalte dich ruhig, denn deine Anwesenheit stört meine Freunde.« Als er sah, wie ängstlich Phaidros in die feindseligen Gesichter blickte, die ihn umringten, setzte er lächelnd hinzu: »Sie werden dir nichts zuleide tun. Ich habe ihnen gesagt, daß du das Salz und das Wasser der Freundschaft mit mir geteilt hast und an meine Götter glaubst, wie ich an die deinen glaube, trotz deiner römischen Toga und den Freundlichkeiten, die König Juba dir erweist.«

»Die erweist er auch dir.«

»Aus gutem Grund«, sagte Alkaios. »Doch nun sieh zu, daß du deine Haut rettest, und kümmere dich nicht um solche Fragen. Denn es steht geschrieben, daß es zwischen uns beiden ein großes Geheimnis gibt, das du erst aufdecken wirst, wenn dir beim Blick in meine Augen in den deinen der ganze Ozean aufsteigt.«

Dann schob er ihn zu ein paar zerbrochenen Krügen hin und ging mit festem Schritt zurück zur Platzmitte. Dort angekommen grüßte er mit erhobenem Arm ein Paar, das einen Ehrenplatz eingenommen hatte. Obgleich es schwierig war, ihr Geschlecht zu bestimmten, so üppig waren die beiden mit Schleiern, Tüchern und Schmuck bedeckt, und zwar von Kopf bis Fuß, merkte Phaidros, daß es sich um das Brautpaar handeln mußte.

Alkaios begrüßte die beiden und begann sogleich mit einer außergewöhnlichen Darbietung. Bewaffnet mit dem dicken Stock, führte er einen wilden Tanz auf. Er hielt ihn mit beiden Händen und teilte heftige Hiebe aus, als gälte es, einen überaus blutigen Kampf auszufechten. Alkaios hüpfte so geschickt in die Höhe und führte seine Streiche so überzeugend aus, als hätte sich Mars die geflügelten Füße von Merkur ausgeliehen und als wären beide in diese improvisierte Arena eingefallen, um sie zu ihrem Reich zu machen, wie es im Mythos geschrieben stand.

Die Berber feuerten Alkaios mit lautem Geschrei an. Doch der Athlet brüllte wie eine Herde wilder Urwaldtiere und übertönte sie alle.

Phaidros, der von seinem heimlichen Versteck aus die Szene beobachtete, hielt diesen Kriegstanz für ein Geschenk, das Alkaios den Stämmen Jubas aus seiner Heimat am Nil mitgebracht hatte. Alkaios erzählte ihm später, daß es sich um einen Tanz handelte, mit dem sich die kriegerischen Nubier, aber auch die nicht weniger kriegerischen äthiopischen Truppen der einäugigen Candancia während ihrer Feldzüge unterhalten.

Da erschien eine weitere Gestalt:

Ein riesenhafter Mann, noch massiger als Alkaios, doch völlig unproportioniert. Was bei dem Ägypter ein harmonisches Zusammenspiel der Muskeln war, wirkte bei ihm wie eine Ansammlung von Fett und Körperhaar, kurz, er sah aus wie ein Oger. Ein Eindruck, der durch den kahlgeschorenen Kopf und den langen, über seine fetten Backen hängenden Schnauzbart noch verstärkt wurde.

Als Phaidros den Alkaios mit seinem monströsen Angreifer verglich, begriff er mit einem Schlag, was Harmonie der Kräfte bedeutet. Alkaios verkörperte in seinen Augen den strahlenden Kämpfer für das Gute, bereit, sich allen widrigen Mächten des Tartaros entgegenzustellen.

Das Monster beugte seinen gewaltigen Leib nach vorn, ruderte mit den Armen in der Luft herum und forderte den Stegreiftänzer mit einem Geheul heraus, das Phaidros Angst einjagte. Er fürchtete einen Gewaltausbruch. Mehr noch, er fürchtete, der Ägypter könnte dabei sein Leben verlieren. Dann würde ihn keiner vor der Wut dieser Menschenmenge retten, deren Recht auf Ungestörtheit er kühn mißachtet hatte. Deshalb atmete er erleichtert auf, als sich die beiden Kämpfer anlachten und damit zeigten, daß der Streit eine freundschaftliche Wendung genommen hatte.

»Freundschaftlich!« dachte Phaidros bei sich. »Hier ein Ägypter, da ein Numider, warum also freundschaftlich?«

Der Wilde warf sich mit dem ganzen Gewicht seines gewaltigen Körpers auf Alkaios. Doch der wich ihm mit einem flinken Luftsprung aus und rollte sich dann geschickt am Boden ab. Dennoch wäre er seinem Feind ausgeliefert gewesen, der sich schon wieder auf ihn warf, hätte er ihn nicht mit einem gewaltigen Schlag abgewehrt. Alkaios zog die Beine an, trat ihm gegen die Brust und schleuderte dann seinen Gegner blitzartig auf einen Strohhaufen, der ganz in der Nähe von Phaidros' Versteck lag.

Die Menge schrie noch immer, und zwar mit der gleichen Begeisterung wie irgendein anderes Publikum in einem Zirkus in irgendeiner anderen Stadt des Weltreichs. Da stimmte Phaidros in das Gebrüll ein, als hätten soeben Magerius, Victor, Hilarius oder einer der anderen großen Kämpfer den Platz betreten, Kämpfer, die bei den Circusspielen mit ihren Heldentaten die Massen hinrissen und deren Tapferkeit und Stärke Phaidros bewunderte.

Oft fragte er sich, warum diese Gewalttätigkeiten eine so starke Anziehungskraft auf ihn ausübten. War eine solche Anziehung doch mit seinem friedliebenden Charakter und seiner tiefen Verachtung gegen jede Darbietung, die sich an die niederen Instinkte des Menschen richtete, überhaupt nicht zu vereinbaren. Auch die Tatsache, daß er in seiner noch nicht allzu fernen Jugend gern viele Stunden in der Palästra zugebracht hatte, wo er seinen Körper ertüchtigte und bis zur Erschöpfung trainierte, war keine Begründung. Nichts erkärte seine Neigung, sich an dem Spektakel von Kraft, Gewalt und Grausamkeit zu ergötzen. Noch weniger in dieser Nacht in einem fremden Gebirge, noch weniger an einem spottlustigen und streitsüchtigen Ägypter, den er außerdem kaum kannte.

Wie immer hätte Porcia Honoria ihm eine Antwort geben können, wenn auch keine völlig zufriedenstellende, so doch eine Erklärung für die seltsamen Vorgänge in seinem Innern. Doch er verweigerte sich der Stimme der Vernunft, weil er angefangen hatte, auf die Stimme der großen Arkanen zu hören.

Deshalb brüllte er vor Freude, als Alkaios nach heftigem Kampf seinen Rivalen besiegt hatte und ihm, zum Beweis seiner Gottähnlichkeit, den Fuß auf die Brust setzte.

War er womöglich der Titan, auf dessen Schultern von alters her das

Gebirge lastet, in dem sie lebten? War er womöglich die Inkarnation aller Mächte der Berge?

Als sie das Dorf hinter sich ließen, stellte Phaidros die Frage, die ihn während des Kampfes bedrängt hatte:

»Warum diese Freundschaft zwischen den Eingeborenen und einem Gast Jubas?«

»Die Quellen des Nils wirken Wunder«, erwiderte Alkaios in wenig überzeugtem Ton und fuhr fort: »Einige dieser Männer haben an der Expedition teilgenommen, die den Auftrag hatte, sie zu suchen.«

»Glaubst du an diese Möglichkeit? Kann ein Ägypter akzeptieren, daß sich die Quellen seines Flusses in Mauretanien befinden?«

»Ich werde glauben, was Juba mir zu glauben befiehlt, werde aber auch glauben, was Candancia sagt. Das heißt, daß der Nil in ihrem Land, in Äthiopien, entspringt.«

Damit beendete er das Gespräch, und sie schickten sich an, den Berg wieder hinaufzusteigen.

SIE FOLGTEN SCHWEIGEND den gewundenen Pfaden, den Blick fest auf die Lichter gerichtet, die hoch oben die Lage des königlichen Palasts anzeigten.

Schon bald erreichten sie ein kleines Plateau, und Phaidros bat um eine Ruhepause. Da sah ihn sein Begleiter wieder mit diesem spöttischen Blick an, mit dem er ihn schon bei den Gelagen der letzten Nächte verfolgt hatte. Er schien zu sagen: Ich bin es, der müde sein könnte, ließe mich jedoch nie dazu herab, um eine Pause zu bitten.

Und laut rief er:

»Erzähle dem König nichts von meinen sportlichen Betätigungen.«

»Erzähle dem König nichts von meinem Ausflug«, entgegnete Phaidros.

Da lachten sie beide, und Alkaios lehnte sich gegen den Fels, als wollte er ihn abstützen.

Phaidros erinnerte sich, daß mit abnehmendem Mondlicht seine Freunde, die Sterne, noch intensiver zu funkeln pflegen. Er hob die Augen gen Himmel und bemerkte, daß sie die ganze Nacht über dagewesen waren und ihren Glanz über Berge, Wüsten und all ihren Lebewesen ausgegossen hatten. Doch jetzt leuchteten sie nur für ihn.

Dann deutete er auf seinen Lieblingsstern. Sein lebhaftes Gefunkel beleuchtete alle Sternbilder in seiner Umgebung.

»Frag mich nicht nach seinem Namen, denn ich kenne ihn nicht. Ich weiß nur, daß er mir gehört und ich ihm. Wo immer ich mich befand, als Kind, Erwachsener, Sklave, Gärtner oder Schriftsteller, immer war er da und erleuchtete meinen Weg.«

»Gäbe es nicht weisere Stimmen, denen du besser folgtest?«

»Vielleicht bin ich dazu bestimmt, nur den Weisungen meines Sterns und der Stimme der Sagen zu folgen.«

»Der Sagen, warum?«

»Nenne sie Schimären, wenn dir das lieber ist. Sie sind seit Jahren das Fundament meines Lebens.«

»Ich dachte, es wäre das Lachen. Du bringst alle Welt zum Lachen, das ist bekannt.«

»Das Lachen der Welt ist ebenfalls eine Schimäre, Ägypter. Und wenn du meinen Worten gut zugehört und meine letzten Werke aufmerksam gelesen hast, dann weißt du, daß ich den anderen so viel zum Lachen gab, daß für mich nur noch die Tränen blieben.«

»Du hast von den Sagen gesprochen«, sagte Alkaios in geheimnisvollem Ton. »Es gibt eine sehr alte, die zwischen meinen ägyptischen Vorfahren und diesen Bergen einen Zusammenhang herstellt. Sie reicht so weit in den Lauf der Jahrhunderte zurück, daß sie uns Ägypter vor die Erschaffung der Welt setzt. Es heißt, daß meine Vorfahren, lange bevor sie sich in Ägypten niederließen, über diese Berge kamen, als sie aus ihrem Heimatland flüchteten, das von einer Katastrophe heimgesucht worden war, die den Lauf der Welt veränderte.«

»Ich habe oft von einem Kontinent erzählen hören, der im Ozean versank. Dieses Ereignis zählt zu den beliebtesten Schimären berühmter Träumer. Doch ich bin kein Kind mehr, deshalb necke mich nicht mit Geschichten über Atlantis. Was mir an Träumen blieb, ist mir zum Alptraum geworden. Kümmere dich um deine Sportarten, und denk dir eine bessere List aus, um die Aufmerksamkeit leichtgläubiger Menschen zu fesseln.«

»Ich könnte dich betrügen, mit den Mythen spielen und die Hinweise aufnehmen, die du mir soeben gegeben hast. Doch die Stadt meiner Geburt, Osirrincus, ist mehr griechisch als ägyptisch. Nicht wie Alexandria. Wobei das einzig Bemerkenswerte an meiner Heimatstadt ein sehr seltener Fisch ist, der ihr den Namen gab und von dem behauptet wird, er sei die Reinkarnation von Osiris. Abgesehen davon ist die Stadt, wie gesagt, sehr griechisch; mehr als die alten Gottheiten werden heute dort deine Götter verehrt ...«

Er blieb stehen. Für einen Augenblick war er von einer mystischen Aura umgeben, als wäre er eben dabei, den wichtigsten Teil seines Selbst wiederzufinden. Den Teil, den Phaidros noch nicht kannte.

»Sobald du aber meine allzu neue Stadt verläßt, erreichst du die Außenviertel, wo die echten Ägypter wohnen. Dort sind die Straßen bereits mit Wüstensand bedeckt, die Sandalen bewegen sich auf unsicherem Grund, auf Pfaden, die einer ungläubigen Person nicht zu beschreiben sind, weil man auf diesen Wegen nicht vorwärts kommt, sondern in die Vergangenheit geführt wird. Hier dreht sich die Zeit zurück. Und wenn du bereit bist, ihrem Ruf zu folgen, führen dich Stimmen zum wahren Kern Ägyptens.«

»Diese Stimmen gibt es in allen Ländern«, entgegnete Phaidros, den das Thema begeisterte. »Es sind die Toten, die uns rufen. Doch sie sprechen durch die Sternbilder am Himmel, nicht durch den Sand der Wüste. Jedermann weiß, daß aus den Verstorbenen Sterne werden, die über unsere Schritte wachen oder uns in die Irre leiten, je nach ihrer Laune.«

Er erzählte dem Ägypter von seiner Liebe zu den Sternen und kam dabei zu folgender Erkenntnis: Wenn dieser Athlet einmal zu einem umherschweifenden Stern geworden ist, wird er mehr als alle anderen die Geschicke der Sterblichen beeinflussen. Das erzählte er ihm aber wohlweislich nicht, denn er mochte nur ungern zugeben, daß den Ägypter bereits jetzt, vor seinem Tod, ein Glanz umstrahlte.

Alkaios lachte bitter:

»Du weißt noch immer nicht, weshalb ich dich suche. Du weißt noch immer nicht, was hinter diesem Alkaios steckt, der dir bei den Gelagen gerne zur Last fällt.«

»Da ich es nicht weiß, kann ich dich weder schätzen noch hassen. Ich kenne weder deine Tugenden noch deine schlechten Seiten. Deine Geheimnisse ziehen mich an, das ja. Sie könnten das Denken anregen, belasten jedoch die Seele und sind deshalb nur trockener Regen. Wenn es so ein Wunderwerk überhaupt gibt.«

»Das gibt es. Ich bitte dich um eins, und ich verspreche dir eins. Um den Ozean in deinen Augen. Wenn es soweit ist, werde ich dich auch um ein wenig von deinem Blut bitten, denk daran. Dann kannst du sagen: Alkaios ist in meine Seele gekommen, Ägypten auch. Und über allen dreien leuchtet der gleiche Stern.«

Dabei wies er mit seinem kraftvollen Arm auf das strahlende Licht am Firmament, das Phaidros' Schritte von Anfang an gelenkt hatte.

Doch Phaidros lachte abfällig, wie man es vor einem der Scharlatane tut, die in den großen Säulengängen ihre nutzlosen Arzneien feilbieten.

»Würdest du in den Tempeln am Nil auch so sprechen?« rief er verächtlich. »In so unverständlicher und verschlüsselter Sprache?«

»So wird in meiner Grabstätte gesprochen, in der alle Märtyrer Ägyptens ruhen.«

Ohne eine weitere Frage abzuwarten, setzte sich der Ägypter nun wieder in Bewegung und ging hinauf zum Palast, ins Reich der römischen Mythen, mitten in den Bergen.

IN DIESER NACHT störte ein dramatischer Alptraum jäh Phaidros' Schlaf. In diesem Traum tauchte das Berberdorf auf, das er soeben besucht hatte. Er sah seltsame Gebäude, wilde Tänze und originelle Gewänder. Eine Atmosphäre sinnlicher Schönheit lag über dem Traumbild. Sie bemächtigte sich seiner Seele, zog sie schließlich ganz in ihren Bann und glich einem sichtbar gewordenen Gedicht, so lieblich wie die Melodie, die ihn zum kleinen Dorfplatz geführt hatte.

Da wurde das Gedicht plötzlich von wüsten, dröhnenden Schlachtrufen unterbrochen. Die Götter des Krieges triumphierten über die schöne Erinnerung an friedliche Dörfer. Da erkannte er, daß sich an irgendeinem Ort in diesem Gebirge die Unglücksschwestern eingenistet hatten und wie die Störche auf den richtigen Augenblick warteten, um einzufliegen und dieses Land ihrem Willen zu unterwerfen.

Er fühlte eine unerträgliche Angst, einen Druck im Gehirn. In seiner Verzweiflung suchte er Hilfe im Schreiben, wie damals in der Subura, als er die Furcht vor einem Brand bekämpfte, indem er Satiren über Brände verfaßte.

Die jüngsten Erfahrungen brachten ihn auf seltsame Weise wieder zum zentralen Thema seines Werkes zurück: zum Joch, das Rom unerbittlich allen Völkern auferlegte, indem es sie dominierte und nach seinem Bild und Vorbild formte.

Eines Tages würde das Pantheon Jubas II. die unzivilisierten Gottheiten, die in den Höhlen der Berge wohnen, ersetzen. Da kam dem Träumer ein anderer, schon Jahrhunderte in seinem Grab ruhender Gott in den Sinn, den Rom herausforderte. Seine Gedanken flogen nach Alexandria, zu den ewigen goldenen Hügeln, in denen die Überreste ihres Gründers begraben lagen.

Mal erinnerte er sich an die Nacht, in der die Stadt fiel, dann wieder an den Tag ihrer Gründung. Er hatte weder das eine noch das andere Ereignis selbst erlebt, dennoch waren sie Teil seines Lebens, als umfasse es alle Jahrhunderte dazwischen und lege Zeugnis ab von Alexandrias wunderbarer Langlebigkeit.

Vor seinem inneren Auge erschien die Topographie Alexandrias, wie er sie vor Jahren geträumt und später in langen, immer wiederkehrenden Fieberträumen perfektioniert hatte. Die Straßen tauchten auf, eine nach der anderen, die Mauern, Parks, Theater und Bibliotheken der Stadt, genauso wie es die Umrisse der Chlamys, die Alexander auf dem Strand ausbreitete, vorgegeben hatten.

Da wurde dieser Alexander, der die Phantasie so vieler Politiker angeregt hatte, der Held, Spiegel so vieler falscher Helden, auch für Phaidros zum Symbol des Todes, der nicht verzeiht. Der Held setzte seinen Eroberungszug fort und hatte nie mehr Gelegenheit, die von ihm gegründete Stadt zu besuchen. Er wurde zum Mythos, ohne Umwege, noch zu Lebzeiten zur Legende und war am Ende nur ein Stück ausgezehrtes Fleisch, für immer eingeschlossen in den kunstvoll gearbeiteten, gläsernen Sarkophag, tief unter der goldenen Erde der Soma.

Plötzlich störten kriegerische Töne auch die Visionen von Alexandria, und die Bedrohung verstärkte Phaidros' Alpdruck. Cäsar Octavianus, der zukünftige Augustus, trat auf, mit festem, mächtig ausholendem Schritt, im Takt der schrillen Triumphgesänge, ein imaginärer Zug, der nicht aufhörte, den Schriftsteller zu quälen. Die Gestalt des Eroberers dominierte alles, selbst die weiten Felder der Ewigkeit. Er breitete sich dort aus, entweihte sie und damit zugleich den Geist Alexandrias.

»Törichter Ehrgeizling!« rief Phaidros Antomanus in seinem Wahn, »er will sich des Mythos bemächtigen!«

Ein idealer Moment, um eine Parallele zu ziehen zwischen diesem Octavianus, der das Gesicht Alexanders zerstört hatte, und dem

Augustus, der dessen Seelengröße imitieren und, wie es Alexander gelungen war, die Bewunderung der Römer erringen wollte.

DER OCTAVIANUS IN seinem Werk war das Gegenteil dessen, was Augustus gerne dargestellt hätte. Augustus präsentierte sich den Völkern als Stifter eines ewigen Friedens, als Schöpfer allen Wohlstands, als Vater aller Vaterländer. Phaidros' Octavianus dagegen war hochmütig, eingebildet, rachsüchtig. Er schlief in Kleopatra Septimas ehemaligem Bett, um ihr Andenken zu schänden, badete sich in der Wanne aus schwarzem Marmor, in der Marcus Antonius seinen Leib erquickt hatte, plünderte die gewaltigen Schätze der Könige von Ägypten und ermordete unerbittlich Cäsarion, die letzte Blume der einst üppig blühenden Gärten am Nil, den unglücklichen König der Könige …

Sein literarisches Geschöpf entwickelte sich zu einer Figur, die nur ein Ziel kannte: den Geist zu demütigen, der einst die Größe Alexandrias ausgemacht hatte.

»Sei verflucht!« rief Phaidros, während er den Epilog verfaßte. »Sei verflucht, Eroberer Alexandrias!«

Auf einmal hörte er Stimmen, die nicht aus seinem Inneren aufstiegen. Stimmen, die auch von der geliebten Stadt sprachen. So mächtig war der Einfluß Alexandrias, daß jemand auf der anderen Seite der dicken Mauern, von jenseits der luftigen Terrasse darüber sprach!

Die Stimmen kamen tatsächlich nicht aus den Tiefen seiner Phantasie. Es war nicht die Stimme Kleopatra Septimas, die aus einer Szene, in der sie vorkam, lebendig wurde. Nein, es war die ihrer Tochter, Ihrer Majestät, der Königin von Mauretanien.

Und die Stimme, die ihr antwortete, klang so entschieden und so männlich, daß sie nur von einer bestimmten Person kommen konnte. Phaidros erkannte die unverwechselbare Sprachmelodie des Alkaios aus Osirrincus.

In den Nebenräumen schienen sich interessante Dinge abzuspielen. Dinge, die Phaidros' Aufmerksamkeit fesselten und schon so lange Gegenstand vieler Ahnungen und endloser Vermutungen gewesen waren.

»Du wolltest eine Privataudienz, wenn ich mich nicht irre«, sagte Kleopatra Selene. »Hier hast du sie, und damit genug.«

Eine privatere Audienz kann es nicht geben, dachte Phaidros Antomanus. Denn nur äußerst selten ließ sich eine Königin dazu herbei, einen Gast in seinen Gemächern zu besuchen, ob ägyptisch oder nicht, ob Ehrengast oder nicht.

»Ergreife die Gelegenheit, Alkaios, es ist die einzige und letzte. Sag, was du mir zu sagen hast, und verlasse diesen Hof. Denn ich habe deine prahlerischen Drohungen satt und kann deine Erinnerungen nicht länger ertragen.«

»Du kennst meine Forderungen, Prinzessin von Alexandria.«

»Du sprichst mich mit einem Titel an, den ich abgelegt habe«, erwiderte sie. »Meine heutigen Titel sind sehr viel höher. Sie sollten dir genügen. Sie müssen dich überzeugen.«

»Wovon sollen sie mich überzeugen, Prinzessin?«

»Daß ich dir jede Bitte abschlagen werde.«

Dann gab es eine lange Pause, in der Phaidros Antomanus angestrengt die Ohren spitzte. Das war aber nicht nötig. Denn nun wurden die Stimmen immer lauter. Die Königin von Mauretanien und ihr Gast waren unvorsichtig genug, sich fast schreiend zu unterhalten.

»Ich selbst bitte dich um nichts«, sagte Alkaios. »Alexandria bittet dich, Ägypten bittet dich.«

»Von welchem Ägypten sprichst du? Vom Ägypten, das bereits zu Lebzeiten meiner Eltern verloren war? Vergiß endlich deine Träume, armer Tor! Das Vergangene ist unwiederbringlich vorbei und kommt nicht wieder.«

»Alexandria bittet dich zurückzukehren. Nur die Tochter Kleopatras hat das Recht, die Dynastie wiedereinzusetzen, sie allein. Königin Candancia hat ihre volle Unterstützung zugesichert.«

»Königin Candancia ist so verrückt wie du, nur mächtiger, weshalb sie ihre Verrücktheiten besser ausleben kann. Hör mir gut zu, Alkaios aus Osirrincus: Wenn ich dir erlaubt habe, dieses absurde Thema anzusprechen, dann nur, um dir zu sagen: Vergiß es für immer! Denn du redest von einer Macht, die nicht wiedererlangt werden kann, während ich hier und heute die Möglichkeit habe, eine andere Machtposition von wesentlich größerer Tragweite aufzubauen.«

»Beim Haupt deines ermordeten Bruders schwor ich, Ägypten solle wieder von den Ptolemäern beherrscht werden.«

»Was du soeben gesagt hast, ist sehr schön«, sagte Kleopatra Selene. »Der Gedanke, daß mein armer Bruder an irgendeinem Ort des Landes, das zu regieren ihm bestimmt gewesen wäre, wie ein Gott verehrt wird, sollte mich zweifellos trösten ...«

»Wie ein Symbol der Freiheit«, stellte Alkaios richtig.

»Nenne die Sache, wie du willst. Mir jedenfalls ist sie kein Trost, ja nicht einmal eine Versuchung. Mein heutiges Leben spielt sich jenseits dieser Schimären ab. Ich habe es dir bereits bei anderer Gelegenheit gesagt: Cäsarion ist tot, und ich lebe. Das ist die einzige Lektion, die ich gelernt habe: daß das Leben erhalten bleiben muß, und zwar um jeden Preis.«

»Es ist das Leben einer von Rom ernährten Hündin. Nicht einmal das einer Wölfin, einer untertänigen Hündin ...«

Phaidros zitterte bei diesen Worten. Er zitterte um Alkaios.

Kleopatra Selenes Zorn hatte sich so gesteigert, daß ihre Stimme fast nicht mehr zu erkennen war. Sie klang autoritär, fast despotisch, so, wie er sie bislang noch nie gehört hatte.

Sie äußerte unglaubliche Drohungen, deren Tragweite der heimlich lauschende Zuhörer nicht ermessen konnte. Dann herrschte Stille, woraus Phaidros schloß, daß die Königin die Gemächer ihres Gastes verlassen hatte. Bald darauf war Schluchzen zu hören, stoßweises, heftiges und zugleich zartes Schluchzen. Es erregte Mitleid, da es aus einer Brust kam, die selten wehklagte. Dann entfernte sich das Schluchzen. Der Leidende war, von Phaidros Antomanus unbemerkt, auf die Terrasse getreten. Dort schlug er die Hände vors Gesicht und fuhr fort zu weinen, noch heftiger und lauter.

In der Ferne leuchteten noch immer die Lichter des Dorfes, fröhlich und vertraut, wie früher am Meer die Lichter Alexandrias geleuchtet hatten.

AM NÄCHSTEN MORGEN, schon sehr früh, teilte ihm Cleandrus mit, daß König Juba dringend nach ihm verlange. Kaum stand er dem König gegenüber, merkte Phaidros, daß er von seiner nächtlichen Eskapade wußte.

»Ob meine hohe Stellung mir das Recht gibt, einen Freund zu tadeln?«

»Die Autorität des Königs würde ich verlachen. Die des Freundes respektiere ich gern. Dem würde ich auch direkt ins Gesicht sagen, wenn er mich langweilte.« Dann wog er die Worte sorgfältig ab und fügte hinzu: »Und langweilig wäre er, suchte er es seiner Königin nachzutun und mich zu tadeln, weil ich die Leiber zurückweise, die zu genießen ich keine Lust habe.«

»Hältst du den König von Mauretanien für eine Kupplerin, eine Klatschbase oder einen gewöhnlichen Liebesboten? Sicher, deine Einsamkeit macht mir Sorgen, dennoch werde ich nicht den Fehler begehen, Abhilfe anzubieten. Die Dichter sagen uns, daß sich kein vernünftiger Mensch ungefragt mit der Einsamkeit eines anderen befaßt. Deine Einsamkeit gehört dir; ich respektiere sie, wie ich meinen Gast respektiere, und bitte dich nur: Geh auf der Suche nach Gesellschaft nicht zu Unzeiten aus dem Palast, und mische dich nicht an unbeaufsichtigten Orten unter mein Volk.«

Phaidros verzichtete darauf, Überraschung zu mimen. Nicht jedoch auf das Recht, sich dumm zu stellen:

»Womit könnte ich deinem Volk schaden?«

»Im Grunde mit nichts. Du könntest nur die Köpfe der Hirten, Holzfäller und Bauern mit verrückten Geschichten über die Rache des Orest oder die Leiden der Hekabe füllen. Oder womöglich ihre Viehweiden und ihr Ackerland in herrliche Blumengärten verwandeln und sie mit prachtvollen Bauten im Stile Alexandrias ausstatten.«

»In diesem Fall müßtest du mir dankbar sein. Denn indem ich den Berbern die Notwendigkeit nahebrächte, sich in weise Griechen zu verwandeln, würde ich lediglich deine Projekte unterstützen.«

Phaidros erinnerte sich an seine Betrachtungen in der Nacht zuvor, im Bergdorf, zwischen den schäbigen Häusern aus Lehm und brachte ein Lächeln zustande. Kein ironisches, eher ein gerührtes Lächeln für die erhabenen Verrücktheiten seines Freundes.

Doch da zeichnete sich auf dem königlichen Antlitz tiefe Sorge ab:

»Ich merke, daß du mit der Realität nicht im mindesten vertraut bist. Weißt du, was mein Königreich jenseits der geordneten Foren der großen Städte ist? Ein Hexenkessel revoltierender Stämme, die nur darauf warten, sich bei der ersten sich bietenden Gelegenheit gegen mich zu erheben. Überall lauert die Gewalt. Sie kann jederzeit ausbrechen und sich gegen den nächstbesten Träumer richten, einen Träumer, der nichts Besseres zu tun hat, als hundert kriegerischen Berbern seine Toga vorzuführen. Der Mond verschließt vor Szenen dieser Art gern seine Augen. Der verträumte Wanderer, der zudem ein persönlicher Freund eines Königs ist, der selbst gerne träumt, wird tags darauf geköpft zu den Toren des Palastes gebracht. Wenn dann der König einen Krug mit dem abgeschnittenen Haupt gereicht bekommt, kann er ihn nicht einmal mehr fragen, ob es die Tat eines vor Hunger verzweifelten Verbrechers oder irgendein Racheakt der Gaetulier war.«

»Der Gaetulier, mein König?«

»Sie sind heute noch so gefährlich wie zu Zeiten meines Vaters. Ich las, daß sie sich über Generationen nur von rohem Fleisch ernährt haben. Ihre Grausamkeit ist so berühmt wie ihr Kampfesmut. Ich dachte, du wüßtest das.«

»Ich bin Schriftsteller, kein Geograph.«

»Auch kein Historiker, wie ich sehe. Ich dagegen bin beides und halte mir ferner zugute, ein besorgter Freund zu sein, der seine Freunde beschützt. Deshalb verwandelt sich das, was als Tadel begann, in eine Bitte: Bleib im Palast, Phaidros Antomanus! Draußen ist es sehr gefährlich für dich. Außerdem befindet sich alles, womit mein Reich dich erfreuen kann, innerhalb dieser Mauern.«

»Ach, Juba, mein König, was mir deine zivilisierten Mauern bieten können, ist nicht neu, es wurde von anderen bereits allzu häufig geträumt! Eine Vollkommenheit, die kein Abenteuer birgt.«

»Du, der nie ein Freund von Abenteuern war, suchst sie heute? Hast du dich von den Mysterien betören lassen?«

»Sprich nicht im Plural, mein König. Ich suche das letzte, das tiefste.«

Phaidros Antomanus ließ seinen Blick schweifen und sah durch die großen Fenster in die Ferne. Die gigantische Mauer aus hohen Bergen wirkte nun bedrohlich, als sännen die Gipfel auf Rache. Geduckt würde er durch die wild zerklüftete Landschaft gehen und sich womöglich unter den Felsvorsprüngen verstecken, die sich wie Wachtürme über den Abgründen erhoben. Der Himmel war nun so schwarz geworden wie das Innere von Gewitterwolken.

»Deine Suche nach dem Mysterium belastet meine Suche nach Klarheit«, erwiderte Juba. »Ich bin ein Gelehrter, du ein Künstler, vielleicht ist das der Preis dafür, nicht zu haben, was dem anderen im Übermaß gegeben ist. Kämen Kopf und Herz zusammen, könnten sich Logik und Mysterium versöhnen. Wir werden uns an einem anderen Tag mit diesem Thema befassen. Heute beschäftigen mich zu viele andere Sorgen ...«

Phaidros hatte heimlich gehofft, die einzige Sorge des freundlichen Königs wären seine Schriften. Doch an diesem Morgen mußte er feststellen, daß er seine bekannte Güte und oft bewiesene Menschenfreundlichkeit nur nach außen hin aufrechterhalten konnte, während sich in seiner Seele schwarze Wolken zusammenballten, schwarz wie die Wolken, die sich sogleich über den Bergen entladen würden.

»Hast du nun verstanden, in welcher Lage ich mich befinde?« setzte Juba tieftraurig hinzu. »Schwankend ist sie und unsicher, wie die Lage aller Vasallenkönige Roms. Doch auf meinen Schultern lastet ein erschwerender Umstand: Ich lasse mich nicht mit Flitter täuschen. Das Studium der Geschichte erlaubt mir, Täuschungen und ihren Verrat vorherzusehen. Wir alle sind Augustus und seinem Frieden verpflichtet. Wir alle wurden unseren Heimatländern entrissen und nach Rom gebracht, um dort die beste Erziehung zu erhalten. Als uns jedoch das Erbe, das unsere Väter verloren hatten, wieder zurückgegeben wurde, fanden wir uns zwischen allen Stühlen. Deshalb liebt uns niemand …«

Es handelte sich also um ein Problem der Liebe. Ein weiteres Problem dieser Natur, in den Augen von Phaidros. Wieder ein Wesen, das blindlings nach dem Sicherheit schenkenden Gefühl suchte, daß andere ihn brauchten und deshalb von ihm abhängig waren. War das die ganze Liebe oder nur ein Teil davon? War es die Liebe, die Antonius entgegengebracht wurde, als ganz Rom ihn verehrte? War es die Liebe, die Alexander umgab, wenn ihn seine Männer in der Schlacht priesen? Die Liebe, die Herrscher erhöht, wenn ein ganzes Volk sein Leben für sie hingeben und ihnen bedingungslose Gefolgschaft leisten würde?

Hier war Juba II., gebildet, schön und freundlich, und wünschte sich verzweifelt, ein feindlich gesinnter Teil seines Barbarenvolks möge sich zu einer Treue aufschwingen, der er nicht sicher sein konnte. Weil er den Gepflogenheiten orientalischer Monarchien gefolgt war, hatte er erreicht, daß er verehrt wurde wie ein Gott. Weil er dem römischen Vorbild gefolgt war, hatte er erreicht, daß er gefürchtet wurde wie ein *princeps*. Doch an den eigenen Maßstäben gemessen, konnte er sich nicht erwünscht fühlen.

Der Ägypter hätte diese Situation bestimmt mit sarkastischen Kommentaren begleitet. Als er in dem Moment an ihn dachte, entschied Phaidros sich gegen Juba und dafür, ihm zu verschweigen, was er über die Begegnung der vergangenen Nacht wußte.

»Mein König …«, sprach er sanft und voller Zuneigung.

»Ich bin nicht dein König«, unterbrach ihn Juba traurig. »Du hast keine Könige.«

»Dann eben mein Freund. Wenn du dich so sehr vor der Vielfalt fürchtest, warum entschließt du dich nicht, so zu sein, wie dein Volk dich gerne hätte?«

»Weil ich es nicht kann. Ich habe nur die gleiche Hautfarbe wie diese Menschen. Wenn ich jedoch meiner Toga entsagte und mich kleidete wie sie, würde ich ununterbrochen stolpern, denn ihre Umhänge sind zu lang und ihr Schuhwerk zu derb. Wenn ich meine Lieblingsautoren beiseite ließe, verlöre ich mich in ihrer magischen Poesie voller Aberglauben und irrationaler Symbolik. Nur mein Gesicht paßt zu ihnen. Ich bin Afrikaner. Doch das ist ein Werk der Natur. Die Kultur, die mich zähmte und zivilisierte, hat aus mir eine Mißbildung gemacht.«

In diesem Augenblick ließ der Berg seine dröhnende, furchterregende Stimme erschallen. Er warf das Echo eines göttlichen Zornesausbruchs zurück, als verkünde er ein Orakel, und zwar in einer Sprache, die den Menschen seit Jahrhunderten nicht mehr geläufig war. Phaidros teilte Juba diesen Gedanken mit, doch der lachte nur, weil schließlich klar war, daß die Berge nur vom Donner eines nahen Gewitters dröhnen.

»Du wirst mein Volk nicht mehr verstehen als ich, und magst du den Weg von gestern noch tausendmal gehen, das kann ich dir versichern. Denn deine Suche nach dem Mysterium wird dich blind machen für die Realität, die aber ist klar, eindeutig und vor allem unbequem.«

Die Dunkelheit des Himmels hatte nun auch die Gemächer des Königs erreicht; es wurde Nacht, mitten am Tag. Der König rief nach den Sklaven, und bald waren die Lampen und Fackeln angesteckt. Doch ihr Licht flackerte, warf Schatten auf Jubas Antlitz und ließ es seltsam majestätisch aussehen. Er hatte soeben einen Blick auf sein zerrissenes Innerstes gewährt, und das zeichnete sich nun auf seinem Gesicht ab. Da dachte Phaidros: Mein bester Freund, der Julius Juba meiner römischen Jugendzeit, ist dabei, vor meinen Augen zu altern und zum ernstesten aller Monarchen zu werden.

»Geh nun, alter Freund, denn ich muß mich mit meinen Hauptleuten besprechen. Gut möglich, daß sich mein Heer schon bald des Lohnes würdig erweisen muß, den Augustus und ich ihm zahlen.«

Da ließ Phaidros Antomanus den schönen, widersprüchlichen Juba in seiner kostbaren Bibliothek zurück, in der er sich nun als Krieger verkleiden würde.

Und von dieser Verkleidung hätte sich Phaidros gerne einen starken Brustpanzer ausgeliehen. Denn nun stand ihm ein Gespräch mit der Königin bevor – über Heldenepen, wie sie beim Bankett angekündigt hatte.

ALS ER SICH dem königlichen Alkoven näherte, waren Kleopatra Selenes Damen in heller Aufregung. Der Kontrast zu der Stille, die in Jubas Studierzimmer geherrscht hatte, war so heftig, daß er zutiefst erschrak. Doch obwohl sie von typisch weiblichen Aktivitäten verursacht wurde, vom fortlaufenden, ja hektischen Hin und Her von Kleidungsstücken und Schminkutensilien nämlich, spürte Phaidros, daß die Aufregung an diesem Tag eine andere, wichtigere Ursache hatte. Kleopatra Selene hatte beschlossen umzuziehen, erfuhr er, und wollte die Gemächer im Nordflügel bewohnen, die näher an Jubas Räumen lagen. Woraus er schloß, daß sich ihre Ängste nicht verringert, sondern eher vermehrt hatten.

Sie beteiligte sich nicht an den Umzugsaktivitäten, sondern kümmerte sich um ihren Sohn und versuchte, ihn mit hübschen Holzfiguren zu unterhalten, die verschiedene Tierarten darstellen, wenngleich in plumpen, manchmal geradezu grotesken Formen. Die Fülle der Farben erinnerte Phaidros an die bunte Pracht, die ihn im Bergdorf überrascht hatte. Es war, als bräche ein Stückchen traditionsreicher Farbgebung von magischer Bedeutung ungeniert in eine Umgebung ein, die Farben vollkommen negierte, nämlich ins Schlafgemach von Kleopatra Selene, das ganz nach römischem Geschmack eingerichtet war.

Weit davon entfernt, sich für ihr seltsames Betragen vom Vorabend zu entschuldigen, wie Phaidros es erwartete, warf sie ihm einen stolzen Blick zu. Und in ihrer Stimme lag eine eigenartige Spannung.

»Sag mir, undankbarer Autor, wo warst du, als ich in Alexandria geboren wurde?

»Ich war ein Sklave in Athen«, antwortete Phaidros überrascht.

»Das weiß ich. Alle Welt weiß das. Auch Alkaios wußte es. Du warst Sklave im Haus meines Vaters, bei Marcus Antonius. Er war mit

Octavia verheiratet. Anzunehmen, daß du seine ganze Geschichte sehr wohl kennst.«

»In- und auswendig. Dein Vater hat drei Jahre in Athen gelebt, mit Octavia. Sie hatten zwei Töchter: Antonia die Ältere und Antonia die Jüngere. Beide sind Töchter von Octavia und Marcus Antonius, wie alle Welt weiß.«

»Daran mußt du mich nicht erinnern, Dummkopf. Oder willst du mir damit vorwerfen, daß ich von einer nilotischen Hure geboren wurde?«

Phaidros war vollkommen überrascht. Obwohl er durchaus damit rechnete, daß Kleopatra Selenes Überlegungen eine unerwartete Wendung nehmen konnten, war ihm bislang noch nicht klargeworden, worauf sie diesmal hinaus wollte.

»Ich habe dir nichts vorzuwerfen, Herrin. Laß dieses Thema ruhen, ich bitte dich, denn es interessiert mich wirklich nicht.«

»Verzeih«, sagte sie, noch immer in drängendem Ton. »Die beiden Antonias sind meine Schwestern. Doch manchmal habe ich den Eindruck, daß die Welt sie höher schätzt, weil sie Töchter Octavias sind. Ich habe deshalb auf deine Zuneigung gebaut … und gehofft, du könntest mir eine vertrauliche Information geben. Ich dachte, Marcus Antonius hätte dir gegenüber vielleicht eine Bemerkung über die Kinder gemacht, die er in Ägypten hinterlassen hat.«

Phaidros unterbrach sie kategorisch:

»Genug. Zumindest genug des Spiels mit mir. Marcus Antonius hat während der drei Jahre nur sehr selten das Wort an mich gerichtet, mehr kann ich dir nicht sagen. Und wenn, dann nur um mir deutlich zu machen, daß ich für ihn nur ein Gebrauchsgegenstand war.«

»Gewiß!« rief die Königin aus und lachte dabei künstlich, was ihre Damen sofort nachahmten. »Du warst ein armer Sklave, noch dazu ein Stotterer. Warum sollte sich der Prokonsul Roms mit dir abgeben?«

»Klar, es gab nicht den geringsten Grund dafür«, antwortete Phaidros ziemlich ungerührt. »Doch nun möchte ich mich zurückziehen, wenn du gestattest. Du hast selbstverständlich das Recht, in deiner Vergangenheit zu wühlen, doch das erinnert mich an meine eigene, und das geht mir zu weit.«

Er verbeugte sich schwungvoll und legte dabei als Zeichen der Zuneigung die Hand an seine Brust. Doch Kleopatra Selene hielt ihn mit einer heftigen Geste zurück:

»Warte! Ich möchte nicht, daß du gehst, ohne gesehen zu haben, was ich dir gestern beim Festmahl angekündigt habe. Etwas, das zweifellos einem Wink des Schicksals gleichkommt.«

Eine der Ammen riß Prinz Ptolemaios von seinem derben Spielzeug los. Die Königin von Mauretanien nahm ihn auf den Arm, zeigte ihn Phaidros in der Erwartung, Staunen, zumindest Bewunderung auszulösen.

Das Kind bewegte sich mit gewisser Anmut, doch sein unruhiges Gezappel ließ auf einen unmittelbar bevorstehenden Wutausbruch schließen. Es deutete auf die liegengebliebenen Spielsachen in der Ecke. Man hatte es aus dem Spiel gerissen, um es einem Schriftsteller vorzuführen, wenn auch einem berühmten, und das gefiel dem Kind offensichtlich gar nicht. Zumal dieser gegen seinen kindlichen Charme völlig immun war.

Was Phaidros am Thronfolger von Mauretanien angenehm auffiel, war seine Hautfarbe, so dunkel wie die von Juba II., mehr nicht.

»Er kann seine Herkunft nicht verleugnen«, äußerte Phaidros, nur um irgendeine Bemerkung zu machen. Kleopatra Selene hatte sich wohl eine andere erhofft.

»In diesem Kind verbinden sich außergewöhnliche Züge. Diese Mischung ist so besonders, so ganz einmalig, daß sie ihm zum Guten, aber auch zum Schlechten gereichen kann. Achte bitte auf ein besonders erstaunliches Merkmal, das dem dummen Volk an diesem Hof bislang nicht aufgefallen ist. Selbst Juba lacht, wenn ich ihn darauf hinweise, doch du wirst wohl bestätigen, daß diese ptolemäischen Augen ganz deutlich denen einer Person ähneln, die wir beide sehr gern haben …«

Sie ließ den Satz unvollendet in der Hoffnung, der Freund würde sie höflich bestätigen und sie müßte nicht weiter in ihn dringen.

»Von Augen verstehe ich recht wenig, von Kinderaugen noch weniger. Entbinde mich also bitte von diesem Spiel, und sage mir endlich, wer sich hinter den Äuglein deines Sohnes verbirgt. Was allerdings besorgniserregend wäre, denn dann wären es nicht seine eigenen.«

»Es sind Octavias Augen«, rief sie und reckte dabei den Kopf halb vornehm, halb stolz in die Höhe.

»Bei einem Enkel Kleopatras wirklich erstaunlich!«

Er merkte, daß er ein Bollwerk überwunden hatte, das eine wichtige Rolle spielte im Kampf, zu dem Kleopatra Selene ihn herausgefordert hatte. In einem Kampf, dessen Folgen möglicherweise so gefährlich waren wie seine Auslöser aberwitzig.

»Du irrst, Autor. Es ist die edle Octavia, die mich aus den Augen des Ptolemäers anblickt. Wenn du sie genau betrachtest, wirst du darin ihre Behutsamkeit, ihre Zurückhaltung, ihre treffliche Würde entdecken … Octavias beste Eigenschaften sind im künftigen König von Mauretanien lebendig geworden, zu seinem Besten.«

Dem Schriftsteller waren diese Lobeshymnen ziemlich egal, denn genau in dem Moment warf ihm der Prinz das Spielzeug direkt ins Gesicht. Phaidros Antomanus hatte Mühe, seinen Zorn zu bändigen, während die Damen über diesen Streich lachten und ihn als netten Beweis der Zuneigung sahen.

»Königin von Mauretanien, wir sind dazu verdammt, uns nicht zu verstehen. Wenn die Auseinandersetzung mit der Erinnerung an deine Mutter dich dazu bringt, zu behaupten, ihr Enkel habe das lebende Abbild der edlen Octavia zu sein, mußt du die Verantwortung wohl beim Gespenst meines Herrn Marcus Antonius suchen, denn er war es schließlich, der das Lager verwechselt hat, als er dich zeugte.«

»Ein guter Dichter könnte die Sache regeln«, schmeichelte sie. »Hat nicht Vergil die Welt glauben gemacht, Augustus stamme in direkter Linie von Venus Genetrix ab?«

»Gewiß. Doch das hat nur Augustus selbst geglaubt und vor ihm Julius Cäsar. Wenn du nun hoffst, daß ich es genauso mache, dann muß ich dir sagen, daß ich kein Dichter und noch viel weniger ein Erfinder von Stammbäumen bin.«

»Wie dumm du bist, Phaidros Antomanus. Warum läßt du dir die Gelegenheit entgehen, die Verschmelzung unserer Linie mit der besten Tradition Roms an den Anfang des großen Epos zu setzen, mit dem du dieses Königreich besingst?«

»Dein Epos habe ich bereits vollendet. Ich schreibe nun die Geschichte deiner Mutter, hast du das vergessen?«

»Ich will, daß du aufhörst, über den Fall Alexandrias zu schreiben. Selbstverständlich möchte ich in dem Heldenlied, um das ich dich bitte, nicht auf meine eigene Abstammung verzichten, denn meine Vorfahren waren große Herrscher, und meine Titel sind noch höher als die meines Gatten, weil sie der große Alexander meiner Familie verliehen hat. Mag er auch behaupten, von Herkules selbst abzustammen, so ist doch nicht bewiesen, daß dieser Held auf Erden so viele Spuren hinterlassen hat …«

»Also …?«

»Dein Epos über den Traum Alexanders soll dem über die Heldentaten des Äneas gleichkommen, das ist mein Wunsch. Ich will keine Niederlagen in meiner Vergangenheit. Ich will im Gedächtnis meines Sohns nicht den Fall Alexandrias verankern, vielmehr die künftigen Siege der erfolgreichen Regentschaft von Juba und Kleopatra Selene.«

Dabei hielt sie ihm das Kind wie eine Waffe entgegen, direkt vors Gesicht, wie einen Beweis. Phaidros sollte es auf den Arm nehmen.

Doch der schnitt eine ablehnende Grimasse und verzichtete auf dieses Privileg.

»Genau wie ich deine Geschenke zurückweise, um dir zu zeigen, daß ich für Eros' Listen unempfänglich bin, so unempfänglich bin ich auch für die Reize der Vaterschaft. Um es dir in kurzen Worten zu sagen: Ich hasse kleine Kinder. Und dieses, mag seine Abstammung noch so erlaucht sein, riecht äußerst übel.«

»Was willst du damit sagen?«

»Nur, daß es die Windeln voll hat.«

»Wie kannst du es wagen?«

»Er hat es gewagt. Und zwar unter meiner Nase.«

Auf einen Ruf der Königin hin eilten Damen, Ammen, Sklaven und Eunuchen aufgeregt herbei und kümmerten sich um den illustren Sprößling, die Frucht zahlreicher Verbindungen zwischen edlen Dynastien. Da dachte Phaidros Antomanus bei sich: »Für solche Ergebnisse hätte es nicht derart vieler Intrigen zwischen zwei so weit auseinanderliegenden Ländern bedurft.«

Nur Kleopatra Selenes wütender Blick hielt ihn davon ab, unhöflich zu lachen.

»Deine Anmaßung ist lächerlich. Seit wann haben Sklaven einen so feinen Geruchssinn?«

»Seit Könige sie glauben machten, daß sie mit Hilfe der Intelligenz zu einer Gleichbehandlung kommen können. Doch nun stelle ich fest, daß auch dies eine eurer Lügen ist. Könige belohnen die Intelligenz damit, daß sie ihren Sprößlingen gestatten, andere wieder in den Sklavenstand zu versetzen, indem sie ihnen die Nase vollstinken. Deshalb, meine Königin, werde ich mich entfernen, falls der Prinz nicht entfernt wird.«

Darauf gingen die Damen hinaus, samt Amme und Prinz. Weshalb sich Phaidros als Sieger in einem Kampf fühlte, der ihm nicht völlig fremd war und der darin bestand, die Strategie der Mächtigen um jeden Preis zu unterlaufen.

»Ach!« rief Kleopatra Selene leicht gekränkt, »nichts versklavt so sehr wie die Freundschaft. Sie allein bringt es fertig, Könige in die Hände von Bediensteten zu legen.«

Sobald sie allein waren, ohne die pausenlos umherflatternde Dienerschaft, änderte sich Kleopatra Selenes Verhalten grundlegend. Nun war sie ohne dankbares Publikum, das sich immer bereit fand, ihre mehr oder weniger charmanten Einfälle zu beklatschen. Sie war nicht einmal mehr die Königin von Mauretanien, sondern ein Wesen, das Phaidros schon den harten Anforderungen der Zeit geopfert und verloren geglaubt hatte.

Deshalb war es ihm möglich, über den lächerlich kindlichen Tonfall hinwegzusehen, in dem Kleopatra Selene ihn anflehte:

»Freund meiner Kindheit, du siehst, daß die Königin deinen Eigenheiten mit Nachsicht begegnet. Könntest du nicht auch mit den ihren Nachsicht üben?« Er nickte zögerlich. Sie nutzte dieses Schwanken, um hinzuzufügen: »Verlaß uns nicht zum festgesetzten Datum. Bleibe bei uns, denn mit der Zeit werde ich dich überzeugen, da bin ich mir sicher.«

»Dein Wunsch läuft meinen Plänen zuwider. Ich muß vor der Wintersonnenwende in Alexandria sein.«

»Warum also diese Eile? Wir befinden uns mitten im Sommer, hier wie in Alexandria.«

»Ich möchte einen Umweg machen. Meine Pilgerfahrt schließt einen Ort mit ein, nach dem mein Geist heftig verlangt.«

»Dein Geist? Willst du dich womöglich in ein geheimes Heiligtum einschließen? Hast du etwa ein Gelübde abgelegt?«

»Es handelt sich um einen einsamen Strand, wohin sich Marcus Antonius, dein Vater, nach der Niederlage von Actium flüchtete. Bevor ich seine seelische Verfassung zu dieser Zeit beschreibe, möchte ich den Geschmack der Einsamkeit und das wahre Ausmaß der Niederlage am eigenen Leib spüren.«

Da warf sich die Königin auf ihr Lager und brach in heftiges Schluchzen aus. Das hatte Phaidros nun wirklich nicht erwartet.

»Du bist falsch, Phaidros Antomanus, falsch wie ein ägyptischer

Priester! Mögen dich die Götter genauso fett und häßlich machen wie sie. Ich hielt dich für meinen einzigen Freund an diesem Hof, doch nun, da ich dich brauche, verläßt du mich.«

»Mit Maecenas habe ich es nicht anders gemacht, wenn dir das ein Trost ist.«

Die Königin wandte ihm ihr Gesicht zu. In ihren Augen stand keine einzige Träne.

»Was habe ich mit Maecenas zu tun?«

»Auch er bat mich um ein Epos.«

»Das macht dich zum begehrtesten Dichter Roms«, scherzte sie.

»Nur zum einzigen, der Maecenas' Wunsch noch widersteht. Tatsächlich hat er bei mehreren Gelegenheiten versucht, mich zu überzeugen. Bei der letzten lud er mich zum Essen ein und beglückte mich mit einem Mahl, das aus fünf verschiedenen Sorten Wild bestand, und kostbarstem Most aus den Weinbergen mit den goldenen Trauben. Übertrieben, das alles, wie seine anschließend vorgetragene Bitte.«

»Er würde es dir zweifellos verübeln, wenn du weder ihm noch dem Augustus je ein Gedicht widmetest.«

»Ich habe Porcia Honoria keines gewidmet, und sie ist meine Gönnerin, deshalb sehe ich nicht ein, warum ich dem Augustus eines widmen sollte. Das habe ich Maecenas so gesagt, worauf er mit geheimnisvoller Miene erwiderte, er habe gehört, ich schriebe an einem Werk, das vom Sieg des Augustus über Alexandria handelt. Ich korrigierte ihn und behauptete das Gegenteil: Es handle vom Tod Ägyptens unter der Tyrannei Roms. Er wurde wütend und verlangte in sofort schärferem Ton, ich solle mein Werk umschreiben und das Prinzipat offen glorifizieren. Ja, er erlaubte sich sogar, mir den Titel zu nennen: ›Octavianus' Sieg‹ oder: ›Der Aufstieg des Augustus‹. Einer dieser beiden sollte es sein. Ich verfüge über einen anderen, besseren Titel, entgegnete ich: ›Terentia und des Maecenas Hörner‹.«

»Ja, ich habe gehört, daß Maecenas dich aus seinem Kreis hinausgeworfen und Augustus dich zur *persona non grata* erklärt hat. Kein Wunder, nach allem, was du mir erzählt hast. Doch ich verstehe nicht, warum du dich mit ihnen anlegst.«

Phaidros' Blick wurde schneidend, und seine Antwort fiel verletzend aus:

»Weil ich folgendes begriffen habe: Wenn sich der Wille der Mächtigen mit der Arbeit eines Schriftstellers vermischt, bedeutet dies den Niedergang der Welt. Ein vorsichtiger Mann, der etwas auf sich hält, wird ohne weitere Verzögerung die Reise zu einem Ort antreten, den der Gestank der Politiker nicht erreicht.«

Kleopatra Selene zitterte vor Empörung. Zu viele Wünsche waren ihr unerfüllt geblieben, vor allem ihr letzter, ihr heißester. Doch Drang und Stolz lagen so nah beisammen, daß ihre Wut sich hemmungslos Bahn brach. Der gezierte Tonfall und das kindliche Getue verschwanden und machten unverhülltem Despotismus Platz. Da wurde Phaidros Antomanus bewußt, daß vor diesem plötzlich grausamen Blick auch er zu einer anderen Person wurde. Es verschwanden der Freund, der Vertraute, der berühmte Mann, und er war wieder der Sklave.

»Du bist grausam, Phaidros Antomanus!« rief die Königin. »Du hältst dich für tapfer, dabei bist du nur grausam. Du kennst wohl die neuesten Nachrichten nicht? Weißt du nicht, daß Terentia die Geliebte von Augustus geworden ist?«

»Aber sicher weiß ich das. Deshalb dieser Titel.«

»Dann kennst du wohl auch den Schmerz von Maecenas. Weißt du, was es bedeutet, von seinem besten Freund betrogen zu werden, von dem Mann, den er für einen Gott auf Erden hielt, du, dem ein ähnlicher Schmerz zugefügt wurde?«

»Gestatte, daß ich mich zurückziehe«, bat Phaidros flehentlich. »Diese Wunde gehört nur mir. Das habe ich dir schon oft gesagt …«

»Ich will dir eins sagen, Sklave: Du bist und bleibst ein Verlierer. Du versteckst dich hinter deiner Ehrlichkeit, dahinter aber verbirgt sich ein Groll, den du schon sehr lange hegst. Du bist nichts wert, trotz Geld und Ruhm. Du wagst es nicht, dich der Wahrheit zu stellen, weil sie die Macht hat, deine Scheinpersönlichkeit zu zerstören. Denn du bist nur ein armseliger Mann, mit deinen Blümchen, deinen Sternen und deinem absurden Bestreben, die Gescheiterten zu verteidigen …«

»Genug!« rief Phaidros. »Ob das wirklich die Rollen meines Lebens sind, ich weiß es nicht. Doch daß du eine wichtigere spielen solltest, das weiß ich bestimmt. Es steht einer Königin bekanntlich nicht gut an, einen Gehörnten zu verteidigen.«

Sie blickte ihm direkt in die Augen. Und ihr Lächeln verzog sich zu einer Grimasse tiefer Verachtung.

»Ich weiß, ehrlich gesagt, nicht, warum dich das Verhalten anderer so bedenklich stimmt, wenn der berühmte Phaidros Antomanus selbst nichts weiter ist als ein schmutziger Päderast.«

Damit überschritt sie die Grenzen der Demütigung, das war zuviel des Despotismus, den sie sich aufgrund ihrer hohen Stellung erlauben konnte. Jetzt fiel sie mit gewaltiger Zerstörungswut in die Gefilde der Liebe ein. Nur indem sie sich diesen Schwachpunkt zunutze machte, konnte sie ihn entsprechend verletzen. Nur indem sie sich dieses intime Recht herausnahm, das Phaidros ihr in der Vergangenheit eingeräumt hatte.

Das bewies ihm einmal mehr, daß ihn die Liebe den anderen auslieferte und zutiefst verwundbar machte.

Er wartete nicht auf eine Entschuldigung, sondern verneigte sich lediglich höflich und ging zur Tür, ohne seine Gegnerin eines Blickes zu würdigen und ohne eine Miene zu verziehen. Sie sollte seine tiefe Enttäuschung nicht bemerken.

Doch wieder ertönte Kleopatra Selenes Stimme hinter ihm:

»Warte, Sklave. Ich weiß, wie ich dich dazu bringen kann, so lange an meinem Hof zu bleiben, wie ich es wünsche. Ich werde meinen Bruder veranlassen, dich darum zu bitten. Es ist mir nicht entgangen, daß er in dich verliebt ist.«

Da drehte sich Phaidros abrupt um. Das triumphierende Lächeln auf den Lippen der Königin war selbst aus der Ferne zu erkennen.

»Bist du verrückt, Königin, Freundin, oder was immer du bist? Deine Brüder sind vor Jahren gestorben …«

»Ich spreche nicht von den Söhnen Kleopatras. Ich spreche von dem Sohn, den Marcus Antonius mit irgendeiner Ägypterin hatte. Ich spreche von meinem Bruder Alkaios.«

Ihr Lachen war gewaltiger als alle Stimmen der Berge, und Phaidros fühlte, daß soeben die Mysterien über die Vernunft gesiegt hatten.

»Das hättest du mir nie sagen sollen!« schrie Phaidros gequält und verzweifelt auf. »Diesen Namen hättest du mir nicht nennen sollen, wenn du den meinen je geliebt hast!«

Er weigerte sich, auf Kleopatra Selenes Erklärungen zu hören. Er irrte durch die weitläufigen Säle des Palastes, völlig erschlagen von dieser Enthüllung. Er wollte sich in die Gärten flüchten, doch das Gewitter entlud sich mit aller Macht über dem Gebirge, ein tobender Wind rüttelte an den Bäumen und riß die Rosenblätter fort.

Noch nie hatte er so viele Blitze am Himmel gesehen, noch nie so viele gewaltige Wolken. Sie hingen über den Sterblichen wie dräuende Felsen. Er erkannte in den schrecklichen Donnerschlägen den Zorn der barbarischen heidnischen Götter, die älter waren als selbst Jupiter, der Donnerer.

Der Himmel und die Berge flößten ihm Angst ein. Diese Angst machte ihn schaudern, obwohl das Gewitter seine Haut mit klebriger, unangenehmer Hitze überzog. Von Angst und Unbehagen geschüttelt, fiel er auf sein Lager und schlief dort ein.

In seinen Träumen tauchte immer wieder das Bild von Alkaios auf, eines Alkaios, der eher der Persönlichkeit glich, die Phaidros vor kurzem kennengelernt hatte – ein Bild, das sich in sein Werk über den Fall Alexandrias einfügte.

Alexandria, ja, das Alexandria jener verhängnisvollen Nacht, als hoch über den Wolken die todbringenden Unglücksschwestern heranbrausten. Und wiederum war es nicht das Alexandria, von dem Alexander geträumt hatte, sondern die von Marcus Antonius verlorene Stadt.

Alexandria war ein blankes Skelett, wie das eines in der Wüste verdursteten Ochsen. Die Stadt, ihr Niedergang, ihr Unglück wurde zur tragischen Bühne, auf der Alkaios, der als Herkules verkleidete Marcus Antonius, die Alpträume vortrug, die Phaidros Antomanus, der Autor, beschrieben hatte. Und vor dem Hintergrund dieser Verwüstung, im Grollen der Donnerschläge, tauchte immer wieder das Geheimnis auf, das Kleopatra Selene ihm soeben verraten hatte. Wie konnte die Phantasie sich ausgerechnet an Alkaios so heftig entzünden? Sie veränderte sich sprunghaft, und aus Schrecken wurde Jubel, Alkaios aber wieder zum großen Protagonisten. Mit ihm erstand Alexandria als unversehrte Stadt, die nicht mehr Opfer war, ein Alexandria, das sich entfaltete wie eine Lotosblüte aus dem Grün ihrer Blätter – die Stadt lag nicht mehr am Meer, sondern auf seinem Grund ...

Er schrak hoch. Nicht der Donner hatte ihn geweckt, vielmehr die geheimnisvollen Gestalten, die seine Träume bevölkert hatten. Er stand bereits vollkommen unter dem Einfluß dieser Wesen und ihrer Empfindungen. Was mochte Kleopatra angesichts der Ausschweifungen ihres Geliebten empfunden haben? Sein ganzer Leib fühlte mit ihr. Der Mythos, ja der fleischgewordene Mythos. Eine Glut, ein unerklärliches Brennen, ein Schweißausbruch, der sich vernünftigen

Gründen entzog und zugleich solch ein gewaltiger Schrecken, wie ihn kein Ungeheuer zu erregen vermag.

Nur der Sohn von Marcus Antonius, zum Gott aller Siege geworden, nur er konnte das Gelingen seiner Sache befördern, den uneingeschränkten Sieg des Wahns, der aus der gewaltigen Vernichtung früherer Tage entstanden war und nun eine bislang unbekannte Kraft und Schönheit verbreitete.

Er sah ihn zur Terrassentüre hereinkommen, von Blitzen umzuckt, regennaß, mit am Körper klebender Tunika und zerwühlten, metallisch glänzenden Haaren. Er umklammerte einen Alabasterkelch als sei dieser der Mittelpunkt einer religiösen Zeremonie.

Alkaios reichte ihm den Kelch, und Phaidros stellte fest, daß er ihm nicht unbekannt war: Er hatte die Form einer weit geöffneten Lotosblüte und trug eine Inschrift mit den Namen und Titeln Cäsarions, des Königs der Könige.

»Warst du in Kleopatra Selenes Gemächern?« fragte er vorsichtig.

Alkaios nickte, ohne den Blick von ihm abzuwenden. Nun war sein Lächeln nicht mehr so dreist, seine Stimme nicht mehr so überheblich wie früher.

Gestern noch hätte sich Phaidros gefragt, wie dieser königliche Kelch in Alkaios' Hände gelangt war. Doch jetzt kannte er die seltsame Verwandtschaft, die ihn mit Kleopatra Selene verband.

»Trink, dann höre meine Geschichte. Die übereilte Enthüllung meiner Schwester zwingt mich, sie dir endlich zu erzählen.«

Phaidros wich erschrocken zurück.

»Erzähle mir nichts, denn ich fürchte mich vor weiteren Enthüllungen. Ich will nicht, daß mich deine Geschichte mehr anzieht, als mich bislang deine Rätsel angezogen haben.«

Zweimal drückte Alkaios ihm den Kelch in die Hände, zweimal wurde er zurückgewiesen. Als ein weiterer Blitz den Raum erhellte, schloß Phaidros die Augen und biß die Zähne zusammen, um das Ausmaß seines Schreckens zu verbergen. Doch vergeblich. Zu bleich war sein Gesicht, zu sehr zitterte sein ganzer Körper. Er wollte sich nichts anmerken lassen und spielte eine Ironie vor, die nur allzu aufgesetzt wirkte:

»Die Klatschbasen in Rom würden behaupten, das sei das Ende der Welt.«

»Und was würden sie über einen Toren sagen, der die Gaben des Lebens verschmäht?«

»Ein Tor fürwahr, das würden sie sagen. Hier geht der törichste aller Narren, würden sie sagen, der aus der Einsamkeit einen Beruf gemacht hat.«

»Du ödest alle an mit deiner Einsamkeit, Grieche, du langweilst die Berge und fällst dem Donner damit lästig.«

Da fuhr ein noch gewaltigerer Blitz über den Himmel und erhellte Cäsarions Kelch bis auf den Grund. Phaidros aber fuhr mit leichenblassem Gesicht fort:

»Der Donner wird sich meinetwegen nicht mehr langweilen, wenn er erfährt, welchen Schrecken er mir einjagt. Ich möchte aber nicht, daß auch du mich verlachst, deshalb geh zu deinen Huren und deinen Kämpfen.«

Alkaios packte ihn so herrisch und heftig am Arm, daß er den Inhalt des geheimnisvollen Kelches gefährdete.

»Ich denke nicht daran, dummer Grieche, der du nur deine Erinnerungen kennst. Wie lange muß ich die noch ertragen? Alles, was du suchst, findet sich auf dem Grund dieses Kelches. Was er enthält, steht weit über den Hexereien, die böswillige Königinnen in die Tränke mischen, um die Sinnlichkeit ihrer Liebhaber anzuregen. Es ist viel mehr als das Gebräu, das hitzige Nymphen den Seefahrern anbieten, um sie in ihren Grotten zu halten. Die Bewohner dieser Berge behaupten, es sei Blut aus dem Innern der Erde. Wer davon trinkt, sieht Dinge, die keiner vor ihm gesehen hat, sagen sie.«

Phaidros stürzte das Getränk in einem Zug hinunter. Es schmeckte wie die Furcht vor dem Gewitter und die Angst vor den Ungeheuern ferner Ozeane.

»Du bist pervers, Alkaios aus Osirrincus, was ich für einen harmlosen Liebestrank hielt, war Menstruationsblut der Erde. Doch ich kann dir keinen solchen Trank anbieten. Ich zweifle, daß mein Leib in dir je auslösen kann, was der deine in meinem auslösen würde, hörte er auf die Befehle von Venus und Eros, wonach es dich zweifellos gelüstet.«

»Venus und Eros müssen betrunken sein, denn, wahrlich, nie haben sie mir eine größere, nie eine seltsamere Erregung verschafft. Mag dein Körper auch nicht so gestählt sein wie der eines Gladiatoren ...«

»Das wollte ich damit nicht sagen«, erwiderte Phaidros mit sichtlich gekränkter Eitelkeit. »Gut, ich mag nicht sehr groß sein, doch Turbon, der Gladiator, ist noch kleiner und schafft es trotzdem, die Massen zu begeistern, indem er sich auf die Zehenspitzen stellt und somit größer wirkt.«

Phaidros tat es ihm nach, allerdings mit einer so komischen Grimasse, daß Alkaios das Ganze der wundersamen Wirkung des Getränks auf sein Gemüt zuschrieb.

»Dein Zittern gefällt mir, weiß ich doch, daß es nicht die Angst vor dem Gewitter ist, wie du behauptest, weil du glaubst, ich sei blöd und wüßte nicht, in welchen Zustand Eros die Sterblichen bringt, wenn sie ihr Ideal gefunden haben. Du wirst deshalb mit mir ins Gewitter hinausgehen, auch wenn du dich dann noch mehr fürchtest, weil mir das gefällt. Es weckt meinen Beschützerinstinkt und macht dich nur um so anziehender.«

»Was soll dieser Vorschlag? Ich verstehe nichts.«

»Ich kann es dir erklären. Komm mit, erlebe den Sturm mit mir. Ich führe dich ins Innere der Erde. Der Berg ruft uns. Er will sich deines Körpers bemächtigen, wie auch ich mich seiner bemächtigen möchte. Doch ich werde ihn besiegen. Denn heute nacht werde ich dich besitzen und Herr über dich sein, wenn du nicht bereits einen anderen, besseren hast, so steht es geschrieben.«

Phaidros wollte schon auflachen, weil er Alkaios für verrückt hielt. Doch plötzlich spürte er die Sicherheit seines Blicks und sein Vertrauen in eine Bestimmung, die ihrer beider Begreifen überstieg. Mochte die Welt um sie herum wanken und schwanken, er widersetzte sich nicht, als Alkaios seine Hand packte und ihn hinter sich her ins Herz des Gewittersturms zog.

ANGESICHTS DER URGEWALT, die aus dem Himmel hervorbrach, schrie Phaidros angstvoll auf. Er wurde über schmale Pfade den steilen Berg hinaufgezerrt, der sich gegen ihren Plan und die Enthüllung seiner Geheimnisse zu wehren schien. An einigen Stellen ging Alkaios voran, reichte ihm fest die Hand und half ihm beim Aufstieg, an anderen war er hinter ihm und schob ihn vor sich her. Wie auch immer, Phaidros war nicht mehr Herr seiner Schritte, wie er auch längst nicht mehr Herr seines Willens war.

Je höher sie kamen, desto stärker befiel ihn unbeschreibliche Angst. Ihm war, als hätten sich Alkaios' Leib und das Getränk miteinander verbündet, um ihn in einen Abgrund, ins Nichts zu stürzen. Der Weg unter seinen Füßen, immer wieder von Blitzen erhellt, schien sich endlos zu dehnen. Das von Alkaios verabreichte Elixier bewirkte, daß er das Grollen des Donners in die Ewigkeit hinein verlängert empfand, als berge es alles Grollen der Welt.

Schließlich erreichten sie eine gewaltige, schwach von innen heraus erleuchtete Öffnung. Es war eine Höhle, deren Eingang von einer Laune der Natur wie ein Bogen geformt war, den Menschenhand dann noch bearbeitet und zu einem Triumphbogen gemacht hatte.

Das Tor, wenn auch nicht ganz vollendet, schien der Zugang zu einer im Inneren der Höhle liegenden Stadt zu sein.

Dieser Eingang, dachte Phaidros, ist älter als alle Gelehrten Jubas nachweisen oder auch nur ahnen können. Es gab dort eine Vielzahl von Zeichnungen, primitive Zeichnungen, die Mensch und Tier in einem einzigen, unruhigen, ja wilden Strich darstellten.

Alkaios erzählte ihm, daß es sich hier um magische Malereien handle, die Jubas Volk seit urdenklichen Zeiten zur Abschreckung böser Geister ausgeführt hatte.

»Wenn du eine Heldentat begehen willst, die alles im Leben Mögliche übertrifft, jetzt ist die Gelegenheit dazu, törichter Grieche.«

Da wich die Angst vor dem Gewitter der Angst vor dem Unbekannten. Denn als sie in die Höhle eindrangen, war Phaidros von einer eigenartigen, ihm bislang unbekannten Art von Helligkeit umgeben, die von bunten, in allen Farben schimmernden Steinen ausging.

Sie kamen in immer engere Räume der Höhle und trafen hier auf ungewöhnlich geformte Wände, die dem Körperinneren eines Riesen glichen, dem plötzlich eingefallen war, sich an Menschenmaß zu orientieren. Zwischen Felsbrocken schimmerten fluoreszierende Kristalle; absonderlich geneigte oder schlangenförmige Felssäulen stützten die Decke ab. Von bizarr geformten Stalaktiten rann ein farbiger Tropfenregen herab, in welchen Alkaios' Körper wie in einem Zerrspiegel erschien. Phaidros klammerte sich an den Arm seines Begleiters, völlig außer sich, hatte er doch soeben ein Weltwunder entdeckt.

Gewohnt, die Oberseite der Erde zu bewundern und ihre Früchte mit eigenen Händen zu bearbeiten, hätte er nie gedacht, daß sie ein so aufregendes Innenleben haben könnte. Gewohnt, die Sterne am

Firmament zu betrachten, hätte er nie gedacht, daß die unzähligen Sterne der Unterwelt so funkeln könnten.

Phaidros war starr vor Kälte, und Alkaios bemerkte es. Mit der durchnäßten Tunika und dem feuchten Haar glich er dem wehrlosen Kind, das er einst gewesen: dem auf dem Markt von Athen als Sklave verkauften Kind.

Alkaios riß ihm mit einem Ruck die Tunika vom Leib und betrachtete ihn mit dreistem Blick.

»Du bist ungeschickt«, sagte er, »zugleich aber geschickter als die beste Prostituierte. Denn noch nie hat mich eine so erregt, wie mich von Anfang an deine Worte erregt haben.«

»Da ich wohl nie der Schönste sein werde noch der Geschickteste, werde ich dich mit der Sprache verhexen. Und wenn es funktioniert, ein Buch darüber schreiben, das allen Dirnen dieser Welt zugute kommt.«

Nun lachten beide, wofür Phaidros dankbar war, weil diese Worte die von seiner Nacktheit ausgelöste Anspannung lösten. Doch die Erleichterung war von kurzer Dauer. Alkaios blickte ihm nun direkt in die Augen, sein Atem ging heftig, ein Zeichen für Phaidros, daß sich eine gewaltige Sache anbahnte, in deren Verlauf Worte keinen Raum hatten.

Nicht Alkaios ergriff die Initiative, nein, Phaidros war es. Er schrieb ihm göttliche Eigenschaften zu, was Alkaios ausnützte und sich die Tunika vom Leib riß. Er richtete sich auf, die Arme in die Seiten gestemmt, stolz auf seine herrliche Nacktheit.

»Nur ein Gott kann mir die Lust zurückgeben, so steht es geschrieben«, flüsterte Phaidros. »Allzulange lebte ich zufrieden ohne sie. Um den Geist der Liebe zu verherrlichen, zerstörte ich meine Begierde. Du aber repräsentierst die *Kraft*, und das ist mir neu. Vielleicht ist die Stunde gekommen, sie zu genießen. Ich werde die Kraft in dir suchen. Damit du sie wie ein Gott verschwenden kannst, muß ich mich all deinen Wünschen beugen. Ja, ich werde auf noch mehr verzichten, wenn du es möchtest. Du wirst meinen Körper verwenden wie den einer Frau, denn nur so kann ich dich befriedigen und nur so wahren Verzicht leisten.«

Die Kraft überfiel Phaidros wie ein Naturgesetz, stärker als alles, was er in den vergangenen Jahren erlebt hatte. Er fühlte die Lust an völliger Hingabe und totaler Selbstvergessenheit.

Als sich Alkaios an ihm ergötzt hatte, flehte Phaidros ihn an, sofort aus seinem Leben zu verschwinden. Denn er hatte den Wahnsinn der Kraft genossen, hatte sich der Herrschaft des Fleisches unterworfen und wollte diesen unwiederbringlichen, einmaligen Augenblick bewahren wie ein Kunstwerk, dem Gewohnheit nichts anhaben sollte.

Doch weit davon entfernt zu verschwinden, wie es die göttlichen Titanen tun, wenn sie einen Sterblichen vergewaltigt haben, begann Alkaios nun, seine Dankbarkeit wie ein Lamento vorzutragen.

»Ich weiß, daß die Liebe auf dem Weg ist«, sagte er. »Und weil ich so lange auf die Begegnung mit ihr gewartet habe, wird es eine Liebe sein, die größer ist als das Leben.«

Sie hielten sich lange Zeit umarmt. Phaidros lag auf dem Körper des Ägypters, dessen Rücken aus dem Felsen herauszuwachsen schien.

Dann unterhielten sie sich. Alkaios sprach von seiner Heimat am Nil. Phaidros Antomanus antwortete mit Erinnerungen an seine griechischen Berge. Die Erinnerungen trafen sich wie zwei Gedichte. Phaidros schmiegte sich beim Zuhören in die kräftigen Arme dieses Mannes und schlief ein.

Als er erwachte, war er allein. Erschrocken richtete er sich auf und suchte Alkaios im Dämmer der Höhle.

Er stand gedankenverloren vor einem Raum, der weiter in die Erde hineinführte, als wolle er ihrem riesigen Leib einen weiteren hinzufügen. Und dort, ganz tief unten, wurde ein Scheiterhaufen sichtbar, dessen Flammen wie Säulen in die Höhe stiegen. Alkaios flüsterte ergriffen, das sei die Flamme der Berggeister, die sich mit dem Erwachen Auroras verbündet hatte, um die dunkle Nacht mit wunderbaren Lichtfunken zu erhellen. Aurora kam tatsächlich mit magischen Kräften herbei. Der leichte Wind, den sie mit sich führte, der durch den Höhleneingang drang, entlockte dem felsigen Inneren eine fast klagende Melodie.

»Höre diese Töne«, sagte Alkaios, »höre sie, denn Aurora beweint den Tod ihres Sohnes, und er antwortet mit dem Klagelied der Steine, wie es in meiner Heimat am Nil die Kolosse tun, die seit tausend Generationen die Gräber der einst glorreichen Könige bewachen.«

Da lachte Phaidros aus vollem Herzen.

»Alkaios, Bruder, du wirst aus mir noch einen religiösen Menschen machen, religiöser als alle anderen! Überall entdeckst du Spuren von Geheimnissen, die mir bislang entgangen waren.«

»Deshalb weiß ich, daß jedes Land mein Land ist. Denn überall ertönt die Stimme der großen Arkanen. Ein Land, das vor meiner Seele keine Geheimnisse hat oder meine Seele damit füllt, könnte nie meine Heimat sein.«

Alkaios ging nun plötzlich seinen Dolch holen, den er unter seinem schwarzen Umhang abgelegt hatte. Phaidros beobachtete, wie er zum Scheiterhaufen ging und ihn in die höchste Flamme hielt, an die Stelle, wo sie am blauesten war, und ihn auf diese Weise reinigte. Schon kam er zurück, die Waffe mit beiden Händen umklammert.

»Ich will dein Blut«, sagte er.

Phaidros wunderte sich und fürchtete, Alkaios wolle ihn einer barbarischen Zeremonie unterziehen, wie sie von wilden, in Höhlen wohnenden Völkern durchgeführt werden.

Diese Angst ließ ihn langsam zurückweichen. Dann fragte er mit gespielter Unschuld:

»Ist das unter Ägyptern so üblich?«

»Es ist unter Brüdern üblich. An einem Ort, den ich nicht kenne, zwischen Liebenden, deren Namen ich nicht weiß, ist es üblich, den Akt der totalen Hingabe so zu besiegeln.«

Er stand da wie ein Gott und handelte wie ein Held. Das gefiel Phaidros, und er beschloß, sich seiner würdig zu erweisen. Er streckte ihm bereitwillig den Arm hin. Alkaios ergriff ihn und erklärte in äußerst feierlichem Ton:

»Von heute an fließt unser beider Blut durch die gleichen Bahnen. Vergießt einer sein Blut, leidet auch das Blut des anderen.«

Er zitterte leicht, als sich die Schneide in seine Vene senkte, lächelte jedoch ununterbrochen, als das Blut auf Phaidros' Arm floß. Dieser fühlte, wie ihm die Sinne schwanden, als Alkaios ihn schnitt, wofür er sich schämte. Als sich die beiden Blutströme mischten, spürte er ein intensives, der Ursache vielleicht nicht ganz angemessenes Brennen und krallte seine Nägel in Alkaios' Hals.

»Es ist die Zeremonie des Schreckens«, flüsterte Phaidros.

»Diese Zeremonie macht dich zu meinem Gefährten, zu meinem Bruder, zu einem Teil von mir. Zu einem Gleichen, im guten wie im schlechten. Nicht besser oder schlechter, sondern gleich. Und wenn es etwas gibt, was uns unterscheidet, dann daß du das Licht in meinem Leben bist und ich dein Schild im Kampf. Denn wahrlich, weder habe ich dich auf dem Sklavenmarkt gekauft, noch möchte ich dein Herr sein. Erhöre mein Flehen: Sieh in mir keinen Gott, denn ich bin gering, sieh in mir keinen Titanen, denn ich bin schwach, wie liebende Seelen es zu sein pflegen.«

Phaidros weinte leise in sich hinein, weil diese Worte Gefühle in ihm lebendig machten, die er vor Jahren gespürt hatte, als er jung war und sein Leben voller Verheißungen vor ihm lag. Alkaios küßte seine Tränen und sagte:

»Ich segne dich, denn du hast mir nicht nur deinen Körper gegeben, sondern auch gezeigt, was Liebe ist. In deinen Augen sehe ich den Ozean aufsteigen, und das habe ich mir gewünscht. Denn es gibt keine Liebe, ohne daß das Wasser in den Augen salzig wird, so steht es geschrieben. Für diese Erschütterung segne ich dich.«

Und Phaidros sagte:

»Ich verfluche dich, Bruder, denn ich habe dich nur um Lust gebeten, du aber bestehst darauf, mir Hoffnung zu geben. Um dieser Hoffnung willen weiß ich, daß ich von heute an nie wieder Frieden haben werde. Und für diese Erschütterung verfluche ich dich.«

Nun, wieder bekleidet, schickten sie sich an, in den Tag hinauszutreten. Alkaios legte den Arm um die Schulter seines Freundes und drückte ihn eng an sich, damit er sich nicht aus seiner Umarmung befreien konnte, um auf dem schmalen Pfad hinter ihm zu gehen.

Doch der Berg wollte sie noch nicht loslassen, wollte sie festhalten im Augenblick, einem flüchtigen Augenblick angesichts der Ewigkeit.

Der Berg öffnete seinen Schlund und ließ die Steine so hell aufscheinen, als wetteiferten sie mit dem heller werdenden Morgen. Es war, als fiele das Mondlicht auf verhexte Spiegel und die Sonne auf den Schnee der höchsten Gipfel.

Sie merkten nun, daß dieser Glanz von dem geheimnisvollen Scheiterhaufen ausging. Der war nun höher und silberfarben geworden. Er wurde zu einem gewaltigen Spiegel, in dem drei Frauengestalten auftauchten.

Phaidros war völlig hingerissen. Denn die drei Erscheinungen waren drei ganz schwarz gekleidete Greisinnen, drei ehrwürdig aussehende Damen, die ihm einladend zulächelten. Jede hatte vor sich einen Webstuhl stehen, auf dem sie wunderbare Stoffe in den unterschiedlichsten Farbtönen herstellte. Ein Bild häuslichen Friedens, dem sich Phaidros gerne angeschlossen hätte.

Doch Alkaios packte ihn am Arm und schrie voller Entsetzen:

»Geh nicht hin zu ihnen, Bruder, denn ich kenne sie. Schau sie nicht an, denn auch du hast sie gekannt …«

Doch die Alten winkten die beiden zu sich heran. Sie taten es mit so freundlichen Gesten und so liebenswürdigem Lächeln, daß Phaidros die Warnung seines Freundes in den Wind schlug.

»Schweig, Alkaios, schweig, denn diese Alten weben die Tugenden und sind nicht böse. Und wenn diese Höhle die Unterwelt ist, dann ist ganz bestimmt eine der Alten Ceres, auf der Suche nach ihrer armen Tochter. Helfen wir ihr also dabei und erweisen wir den großen Arkanen den Respekt, wie es der Anstand gebietet.«

»Es ist nicht Ceres, nein, es sind die drei Unglücksschwestern. Und ich habe sie gesehen, ja, sie flogen in jener Schreckensnacht über Alexandria hinweg.«

All seine Stärke war nun in sich zusammengefallen. Plötzlich war er ein eingeschüchtertes Hündchen, das sich von einer Übermacht bedroht glaubt.

»Sie sind nicht böse, ganz sicher nicht. Sie weben mit ihren Händen die Decke, die über unsere Seelenverbindung gebreitet werden und sie schützen soll.«

»Bist du so leichtfertig, nicht zu erkennen, was du selbst geschrieben hast? Blut war in deinen Worten, als du von jener Unglücksnacht berichtetest. Tod war in deiner Lyra, als du dich an den Ritt dieser Harpyien erinnertest …«

Da waren plötzlich alle Schrecken wieder gegenwärtig, die Phaidros in seinem Werk geschildert hatte:

Schau sie dir an, gedemütigte Stadt, schau, wie sie sich am Himmel nähern, verheerenden Plagen gleich, unbarmherzige Unglücksschwestern, die einen Leichenzug anführen. Sie kommen geflogen, auf Geiern reitend, die nach geronnenem Blut dürsten und nach Aas gieren. Sie atmen den Geruch der Gedärme, die in den breiten Straßen verwesen und die Luft in den Parkanlagen verpesten …

Kaum hatte er die von ihm verfaßten Worte ausgesprochen, da verschwand das Lächeln der drei Alten, und ihre Lippen verzogen sich zu einer Maske der Grausamkeit, was Alkaios bewog, seinen Freund zu umarmen, in dem verzweifelten Versuch, ihn vor dem Übel zu beschützen.

»Was du wissen möchtest, wird dir nicht gefallen«, verkündeten die drei Alten.

»Ich habe euch nicht gerufen«! schrie Phaidros.

»Dein Schicksal ruft uns und fragt dich nicht«, sprach die erste Alte. »Denn es erfüllt sich ohne deine Stimme. Das Schifflein deines Schicksals fährt ohne dein Segel. Dein Schicksal fliegt dahin, ohne dich um Flügel zu bitten.«

»Du bist zu hohen Ehren bestimmt, die dir in einer Stadt, von der du träumst, zuteil werden sollen. Du hast so lange von ihr geträumt, daß du sie sterbend vorfinden wirst.«

Der Wind trug Phaidros' Schrei in die Weite:

»Alexandria! Ist das meine Schicksalsstadt?«

»Die Stadt des Todes. Du versuchst mit deinen Schriften, zum Leben zu erwecken, was wir dem Schicksal überantwortet haben.«

»Das Schicksal verabscheut dich, weil du in deinem Werk versuchst, seinen Lauf zu verändern, das weißt du wohl.«

»Der Tod folgt deinem Schatten, weil du dich um das Andenken seiner Opfer kümmerst.«

»Da du dich dem Lob der Toten widmest, laß dir sagen, daß der Tod dich deshalb begleitet. Und dein Tod wird nicht gnädig sein und dich nicht ins Land des Vergessens führen, wo es Trost gibt. Nein, er wird sehr viel grausamer sein und sich jeden packen, der deine Einsamkeit wenden möchte.«

Alkaios stieß einen Schreckensschrei aus. Soeben hatte er auf seiner Handinnenfläche die dunkle Farbe der Tuniken der drei Unglücksschwestern entdeckt, eine Farbe, die zwischen dem Schwarz der Höhlennacht und dem Rot des Bluts auf den Altären oszillierte.

Er versuchte vergeblich, den Flecken abzureiben. Er war wie mit Feuer eingebrannt. Brauten die Unglücksschwestern auf dem Scheiterhaufen nicht nur ihre Tränke, sondern auch Unheil wie jenes, das in jener unseligen Nacht über das Meer vor Alexandria hereingebrochen war?

Aus den Tiefen des Schreckens, das den Titanen soeben in ein Lamm verwandelt hatte, stieg nun das wilde Tier empor, wie Phaidros es erwartet hatte. Seinen Dolch schwingend, warf sich Alkaios auf die erste der Alten, doch da ertönte schallendes Gelächter. Es hallte im Inneren der Höhle wider, wurde zum furchterregenden Echo und löschte den Feuerschein aus. Sogleich umfing sie tiefste Dunkelheit.

Als es wieder hell wurde, waren die Unglücksschwestern verschwunden wie der Rest des Feuers, und Alkaios mußte sich einer Schar von Fledermäusen erwehren.

Phaidros Antomanus war einer Ohnmacht nahe.

Der Zaubertrank beeinträchtigte noch immer sein Bewußtsein. Er fühlte, daß die Felsen ringsum schwankten, daß sich ihre Formen verzogen und die Farben ineinanderflossen, gleichzeitig verstärkten sich ihre Schattierungen, als entstiegen sie einem gewaltigen Uterus, auf dessen Grund ein Vulkan brodelte. Das war das letzte, was er sah, bevor er in eine Welt entschwand, die noch seltsamer war als die, die er soeben verlassen hatte.

Eine Welt, in der ebenfalls schwärzeste Dunkelheit herrschte.

Doch beim Erwachen wußte er sofort, daß er sich in den Gemächern des Palastes befand. Obwohl er nicht mehr sagen konnte, wie er hierher zurückgekommen war, fühlte er sich in der vertrauten Umgebung getröstet und absolut sicher. Es war eine brüchige Sicherheit, wie er später erfahren sollte.

ALS CLEANDRUS WIE jeden Morgen das Zimmer betrat, erstaunte er über den Anblick, der sich ihm bot. Alkaios und Phaidros hielten sich umarmt, und im schlafenden Gesicht seines Herrn meinte sein Diener einen völlig neuen Ausdruck heiterer Gelassenheit zu bemerken. Das gefiel ihm, und deshalb beschloß er, die beiden nicht zu wecken, sondern mit Hilfe der Jalousien das stärker werdende Sonnenlicht auszusperren. Dann verließ er auf Zehenspitzen den Raum, genau wie in einer der Komödien seines Herrn.

Doch Phaidros schlief nicht. Durch die Lider hatte er das Manöver seines Dieners verfolgt und war ihm zutiefst dankbar für sein Verständnis. Er betrachtete Alkaios an seiner Seite, sah den völlig ruhigen Ausdruck auf seinem Gesicht und stellte sich daraufhin die Frage, was er in der letzten Nacht tatsächlich erlebt und was er geträumt hatte.

Er verlachte die Unglücksschwestern, ließ vor seinem inneren Auge seine Traumstadt wieder erstehen und sah Alkaios wieder in der heroischen Größe, die er selbst ihm verliehen hatte. Dann dachte er:

Ein Sohn von Marcus Antonius hat mich geliebt. So fließt in meinen Adern also das Blut des Helden. Jetzt ist mein Leben von meinem geistigen Werk nicht mehr zu trennen. Meine Haut und meine Pergamente sind ein und dasselbe.

Doch jenseits dieses Wunders meldete sich in seinem Innern ein schwarzes Gefühl, das mehr war als eine Last und alle Prophezeiungen der Unglücksschwestern an Schwärze übertraf.

Er richtete sich auf, blickte auf seinen Arm und stellte fest, daß da eine kleine Wunde war, die vom Schnitt in die Ader herrührte. So war es also kein Traum gewesen, sondern Tatsache. Und diese Tatsache machte ihm angst. Denn sie verpflichtete ihn und beeinflußte auch seine Zukunft. Er hegte unter anderem die nicht geringe Befürchtung, der spirituellen Heldentat, die Alkaios ihm antrug, nicht gewachsen zu sein.

Und von dieser schrecklichen Ahnung beseelt, schrieb er:

Porcia Honoria, Freundin und mehr als eine Freundin. Für blumige Einleitungen ist keine Zeit. Nur eine flehentliche Bitte: Komm eilends ins Königreich Jubas! Fliege übers Meer, wenn es sein muß, denn ich brauche deine Hilfe, wie ich sie nie zuvor gebraucht habe. Komm, so komm doch, bewundernswerte Freundin. Denn ich habe die Liebe an meiner Seite, ich fühle sie, und ihre unmittelbare Nähe erfüllt mein Herz mit Angst und Schrecken.

Es war bereits spät am Tag, und in der Palästra ging es so lebhaft zu wie am Vortag, als sich Phaidros Antomanus aus Alkaios' Gesellschaft entfernte und anschickte, vor der Königin von Mauretanien zu erscheinen.

Sie war bereits für das abendliche Festmahl gekleidet, als sie ihn empfing. Ihre ganze Erscheinung gemahnte an Octavias Strenge, aber auch an die Eleganz einer Porcia Honoria. Die Vorstellung nahm ihren Lauf. Und wieder gab Rom den kargen Bergen des Atlas ein anderes Gesicht, wie es der Laune und dem Geschmack ihrer Königin entsprach.

Aus Kleopatra Selenes kalter und distanzierter Haltung schloß Phaidros gleich, daß sie bereits über die Ereignisse in der Berghöhle informiert war. Noch bevor er sie nach der Quelle ihrer Information fragen konnte, bemerkte sie direkt und trocken:

»Ich habe mit Alkaios gesprochen ...«

Phaidros unterbrach sie mit einem ironischen, ungewohnt herausfordernden Lächeln:

»Gratuliere, denn du bist eine wahre Königin.«

»Und du wahrlich undankbar. Weil du meine Geschenke zurückweist und dir den nimmst, den du dir nie hättest nehmen dürfen.« Dann blickte sie ihm direkt in die Augen und fügte mit leicht drohendem Unterton hinzu: »Vielleicht steht aber auch geschrieben, daß du deine Phantasien mit einer Person ausleben mußt, die noch verrückter ist als du.«

»Rede nie bei einem Schriftsteller von dem, was bereits geschrieben wurde, du stellst damit sein eigenes Können in Frage. Wage nie, einen Liebenden an seine Liebesschwüre zu erinnern, du stellst damit die Freiheit seiner Hingabe in Frage. Laß mich also diese Geschichte als Schriftsteller bearbeiten, laß Alkaios sie als Liebender leben. Und tröste dich mit dem Gedanken, daß dein Wunsch, mich zu beschenken, hiermit in Erfüllung gegangen ist.«

»Hat er dir seine Geschichte erzählt?«

»Nein, denn ich habe ihn nichts gefragt.«

»Dann werde ich es tun.«

»Nein, denn ich frage dich nicht danach.«

»Was spielst du hier für ein Spiel?«

»Kraft meines Berufs liegt Alkaios' Geschichte nun in meinen Händen, genau wie deine. Schließlich ist ein Mann, der Cäsarions abgeschnittenes Haupt geküßt hat, berechtigt, die gleichen Ansprüche zu stellen wie Alexander. Er verdient einen Freund, der mit ihm durchs Leben geht und ihn nach seinem Tod besingt. In mir vereinen sich beide Erfordernisse.«

»Du widersprichst mir andauernd, und das bekommt einem Thron nicht gut. Du übergehst aber auch meine Befürchtungen, und das ist eine Beleidigung für eine Freundin. Und wenn ich dich im Namen unserer Freundschaft gebeten habe, noch länger an meinem Hof zu bleiben, so bitte ich dich jetzt, so bald wie möglich abzureisen ...« Dann schien sie kurz zu schwanken, faßte sich aber gleich wieder. »Sollte das nicht genügen, zwinge ich dich kraft meines Amtes dazu ...«

»Unmöglich. Denn in meinen Adern fließt das Blut Marcus Antonius', deines Vaters.«

»Vorsicht, mir ist am frühen Morgen nicht nach Scherzen zumute.«

Da berichtete ihr Phaidros von der Vermischung seines Bluts mit dem von Alkaios in der Höhle und fuhr ironisch fort:

»Alkaios hat mir sein Blut übertragen ... Ich hoffe nur, daß er mir bei einer anderen Aktivität nicht auch noch eine bösartige Krankheit übertragen hat, an der Leute leiden, die gern in allen Häfen lieben.«

»Wenn es nur das wäre. Dank der Bemühungen meines Gatten verfügen wir über ausgezeichnete Ärzte aus aller Herren Länder. Doch die Krankheit, mit der Alkaios dich anstecken könnte, ist eine Krankheit des Geistes.«

»Sei unbesorgt. Wenn es um eine Krankheit des Geistes geht, so kann ich ihn jederzeit mit einer noch gefährlicheren anstecken.«

»Alkaios' Krankheit ist, daß Blut von Marcus Antonius in seinen Adern fließt.«

»Und die deine ist, daß Blut von Kleopatra in deinen Adern fließt.«

Die Königin von Mauretanien hielt bestürzt inne.

Sie bemerkte nicht einmal, mit welch arroganter Haltung Phaidros zur Tür ging. Dort angekommen, verneigte er sich nicht etwa protokollgemäß, sondern lächelte ihr komplizenhaft zu. Wäre Kleopatra Selene im Vollbesitz ihrer geistigen Kräfte gewesen, hätte sie wohl gedacht: Dieser arme Sklave hält sich wohl für ein Mitglied meiner Familie und begeht damit einen großen Fehler.

Doch als sie wieder allein war, dachte sie nur daran, daß es am Nachmittag trotz der Regengüsse wieder glühend heiß sein würde. Wieder einmal ließ die Hitze bekannte Bilder in ihr aufsteigen, und aus dem flirrenden Licht vor ihren Augen kamen die Erinnerungen an ihre Sommer in Alexandria hoch.

Plötzlich dachte sie an ihre Mutter. An deren imposante Erscheinung, wenn sie anläßlich der großen Zeremonien das Gewand der Isis trug. War sie nicht die höchste irdische Inkarnation der Göttin? Hatte das Volk sie nicht gerade deshalb geachtet und all seine Wünsche und Hoffnungen, ja sein kollektives Schicksal in ihren Schoß gelegt?

Wie bei anderen Gelegenheiten, so trat sie auch jetzt vor den Spiegel, suchte diesmal aber nicht das Bild ihrer römischen Erziehung, an dem ihr soviel gelegen war, weil sie hoffte, durch die Imitation Octavias der schrecklichen Last zu entgehen, die es bedeutete, eine Tochter Alexandrias zu sein.

Sie lächelte ihr Spiegelbild grimmig an. Es lag in ihrer Hand, es nach ihren Bedürfnissen zu formen oder zu zerstören. Ein Bild für Rom. Eines für Mauretanien. Ein drittes, um die Welt daran zu erinnern, daß ihre goldene Kindheit in Alexandria durchaus Spuren hinterlassen hatte.

Mit einer heftigen Handbewegung zerstörte sie ihre vorbildlich schlichte Frisur im Stile Octavias. Das Haar fiel ihr locker auf die Schultern. Dann riß sie sich mit der gleichen heftigen Handbewegung die eng um den Hals liegende Stola herunter und vergrößerte ihren Ausschnitt um ein beträchtliches Stück.

»Meine Juwelen«, rief sie. »Meine Amulette. Meine Talismane. Der von Hathor und der von Anubis, auch die der Geiergöttin Nechbet und der Königskobra. Vor allem aber das Zepter der Isis.«

Als es Abend wurde und sie sich in Begleitung ihrer Damen zum Bankett begab, trug sie alle gewünschten Amulette und darüber hinaus, vor ihrer Brust gekreuzt, die Peitsche und das Zepter, die Symbole von Ober- und Unterägypten. Sie trug ein Kleid aus feinstem, transparentem Leinen, das ihre zarten, wohlgeformten Glieder erahnen ließ. Ja, sie glich einer überirdischen Erscheinung, als sie schwebenden Schrittes den Saal betrat, den Blick starr in die Ferne gerichtet, als wäre sie von altehrwürdigen Erinnerungen geleitet, Erinnerungen, die nicht einmal der Flug der Unglücksschwestern über das reiche Alexandria aus dem Gedächtnis der Welt zu streichen vermocht hatte.

Kein Mensch nahm an ihrem Aussehen Anstoß, schließlich war es ihr Recht, sich mit den Attributen ihrer Abstammung zu schmücken und letztlich auch als Ägypterin zu verkleiden, wenn sie es wünschte. War es doch ein sehr exotisches Gewand, äußerst passend für eigenwillige Damen, die zeigen wollten, daß sie weit gereist waren.

Nur Juba empfing sie mit der Feierlichkeit, die dieser seltsamen Reinkarnation angemessen war.

»Ich gratuliere mir, daß meine Herrin gewillt ist, uns an die Größe ihrer Abstammung zu erinnern«, sagte der König und streckte ihr die Hand entgegen. »Willkommen, Ägypten, am Hof von Mauretanien ...«

Worauf Kleopatra Selene antwortete:

»Du tust gut daran, es willkommen zu heißen, denn Ägypten will sich in deinem Reich niederlassen.«

Doch Alkaios war blaß geworden. Er versteckte den Kopf hinter Phaidros' Rücken und flüsterte:

»Verdammtes Weib! Sie will den Verrat legitimieren!«

Laut fragte er:

»Was verschafft deinen Toten die Ehre der Auferstehung?«

»Das sagte ich dir bereits. Kleopatra Selene muß sich nicht persönlich nach Alexandria begeben. Sie wird Ägypten nach Mauretanien bringen, und zwar ohne Blutvergießen.«

Alkaios versuchte, ihr möglichst unauffällig – er wollte nicht den Unwillen des Königs erregen – einen Platz an seiner Seite zuzuweisen. Doch die Königin von Mauretanien überraschte ihn aufs neue und ging auf ein Triklinium zu, das sie normalerweise nicht benutzte und das an einer Stelle stand, die weit unter ihrer Würde war, wie sie gerne immer wieder bemerkte.

Alles bewunderte die uralten ägyptischen Wahrzeichen, aus denen ihr Kopfputz bestand. Insbesondere aber die Figur der Isis mit dem kleinen Horus-Harpokrates auf dem Schoß.

Bald verstummte das Gemurmel, denn einer von Jubas Philosophen begann einen langen Exkurs über den Ursprung des Isiskults, worauf der König einige seiner Behauptungen bestritt und insbesondere die Fälschungen angriff, denen die ursprüngliche Bedeutung der Großen Mutter ausgeliefert war, als der Kult anfing, sich über das Land am Nil hinaus zu verbreiten. Dann bemerkte jemand, daß der auf Jubas Anordnung hin in der Hauptstadt Cäsarea errichtete Isistempel ein klarer Beweis für die Beliebtheit war, derer sich die Göttin bei den unterschiedlichsten Völkern erfreute.

»So ist es«, sagte Juba. »Dorthin habe ich auch die beiden einbalsamierten toten Krokodile bringen lassen, die in meinem Königreich gefunden wurden. Diese Tiere sollen alle Zweifler überzeugen, die die Quellen des Nils im kargen Ödland der Königin Candancia vermuten und nicht bei uns.«

Doch Alkaios lächelte verschmitzt und sagte zu Phaidros, er habe gehört, Jubas Krokodile seien gefälscht und aus einem besonderen Material hergestellt, damit sie den Tieren glichen, die seit undenklichen Zeiten am Nil im Heiligtum von Kom Ombo aufbewahrt wurden.

Da seufzte die Königin von Mauretanien und sprach:

»Ihr redet über Krokodile, vielleicht um mich an meine ägyptische Abstammung zu erinnern. Das höre ich gern. Wenn diese Tiere den Nil mit sich bringen, so seien sie mir in Cäsarea willkommen. Wie dem auch sei, jedermann weiß, daß Elefanten die große Spezialität meines königlichen Gatten sind, keineswegs die Echsen ... Wer hat mehr über sie geschrieben als Juba?«

»Die Erfinder der Geschichten«, lachte der König vergnügt. »Sie gehören zum überlieferten Kulturgut vieler Völker. Ich habe mich darauf beschränkt, sie zusammenzutragen, damit andere nach mir sie bearbeiten. Die Sache ist zweifellos lehrreich, ist doch der Elefant ein ganz besonderes Tier, das in allem den Sterblichen gleicht.«

Einige Gelehrte, die am Gastmahl teilnahmen, stellten insgeheim Jubas Seriosität in Frage, sagten das aber nicht laut. Andere dachten, so viele verschiedene Interessen können die Unwissenheit doch nur vergrößern.

Darauf sprach die Königin, als könne sie Gedanken lesen:

»Was mein Herr sagt, trifft tatsächlich zu. In Alexandria wissen alle, daß meinem Vorfahren Ptolemaios II. Philadelphos, ein Elefant geschenkt wurde, der in einem griechischsprachigen Land gelebt hatte und perfekt Griechisch verstand. Dieser Elefant war außergewöhnlich wichtig, weil man bislang geglaubt hatte, die Tiere verstünden nur die fremden Sprachen indischer Völker.«

Juba wies sofort einen seiner Sekretäre an, diese Anekdote aufzuschreiben, und zeigte sich zugleich äußerst zufrieden mit dem überraschenden Wissen seiner Königin in Sachen Elefanten.

»Was soll dieses Reden über Dickhäuter?« fragte Alkaios argwöhnisch. »Ist unter uns vielleicht einer mit gleich dicker Haut, als Demonstrationsobjekt?«

Der Hofstaat lachte über diesen Scherz, doch Kleopatra Selene gebot dem Gelächter sogleich Einhalt:

»Nicht von diesem Elefanten wollte ich sprechen, sondern von dem, der aus Liebeskummer starb, weil er sich ein falsches Objekt ausgesucht hat ...«

»Sich in Liebesdingen zu irren ist kein Exklusivrecht von Elefanten«, erwiderte Alkaios nachdenklich. »Am Nil erzählt man sich die Geschichte einer Kobra, die sich in einen kleinen Gänsehirten verliebte. Als der Junge sie verschmähte und sich für ein Mädchen in seinem Alter entschied, brachte sich die Kobra selbst einen Biß bei und starb an ihrem eigenen Gift.«

»Mein Elefant ist ein besonderer, wie in Alexandria alles besonders ist. Schreibst du nicht gerade über diese Stadt, Phaidros Antomanus? Dann wird es dich interessieren, daß sich in der Zeit der großen Pharaonen, viele Monde vor der Geburt Alexanders, ein Elefant aus Theben in einen Mundschenk vom Königspalast in Memphis verliebte. Um für immer an seiner Seite zu leben, mußte er einen so langen Weg zurücklegen, daß er in der Wüste verdurstete.«

Doch Phaidros Antomanus' Miene hatte sich plötzlich verdüstert:

»Widmest du diese Geschichte mir, Königin von Mauretanien?«

»Nein. Ich widme sie Alkaios. Ich will ihn vor unmöglichen Wegstrecken bewahren und bitte deshalb meinen König, seinen erprobten Mut in andere, bessere Bahnen zu lenken.« Sie blickte Juba über ihren grünen Fächer hinweg intensiv an und fragte: »Großer Herr, benötigst du nicht ein paar starke Arme für deine Expeditionen?«

»Gewiß, ich brauche einen Mann, der meine Seeleute zu den Kanarischen Inseln begleitet. Denn wenn ich auch lediglich einen der berühmten Hunde dieser Inseln haben möchte, so gibt es dort doch Ungeheuer, denen Geographen und Seeleute nicht gewachsen sind, sondern die den Einsatz erfahrener Krieger notwendig machen.«

»Stärkere Muskeln als die von Alkaios wirst du wohl nicht finden.«

»Doch das widerspricht seinem eigentlichen Auftrag.« Er wandte sich fragend an Alkaios: »Bist du nicht hier, um für Candancia Informationen über meine Nachforschungen zu sammeln?«

»Achtung, großer König!« rief Alkaios und deutete auf Kleopatra Selene. »Sie will dir eine Falle stellen, die meinen Ruin herbeiführen soll.«

Jubas Gesicht verdüsterte sich und wurde sehr ernst:

»Welche Falle könnte mir meine Königin stellen, die sie mir nicht schon als Mädchen gestellt hat? Wäge deine Antwort gut, Alkaios, weil sie mir nicht gefallen könnte.«

Was immer die Streitfrage hier sein mochte, Phaidros merkte, daß Alkaios soeben eine höchst gefährliche Situation heraufbeschworen hatte. Deshalb warf er eilends ein:

»Eine Liebesfalle. Die süßeste von allen. Weil dir aber Elefanten lieber sind, nimmt sie Rache. Das wollte dir dein ungestümer Ägypter sagen, vermute ich.«

Er richtete einen flehentlichen Blick auf Alkaios, damit er mit einer kleinen Geste die Richtigkeit seines Einwurfs bestätigte. Doch der Ägypter schüttelte heftig den Kopf, das war seine einzige Antwort, und Phaidros Antomanus, der mehr auf Alkaios' Äußeres als auf seine Gefühlsregungen achtete, bewunderte die Schönheit seiner wildbewegten schwarzen Locken.

Dann konnte er auch noch die Spannkraft seiner Muskeln bewundern, weil er wie gewohnt mit einem Sprung in die Höhe schnellte und sich unter dem Vorwand, Wein einschenken zu wollen, von der Gruppe entfernte.

Obwohl sich niemand darüber zu wundern schien, daß er es so eilig hatte und die Dienste der Mundschenke nicht abwarten wollte, war Phaidros vom anhaltenden Konflikt zwischen Alkaios und Kleopatra Selene erheblich beunruhigt. Und seine Angst verstärkte sich, als er merkte, daß Cäcilius Muranus, der römische Gesandte, jede Bewegung des Ägypters mit Blicken verfolgte.

»Ungestüm ist er, in der Tat«, meinte der König besorgt und fuhr dann, an Kleopatra Selene gerichtet, fort: »Allzu ungestüm. Er nimmt sich aufgrund eurer zweifelhaften Verwandtschaft eindeutig zu viele Freiheiten heraus.«

»Allzu nah ist diese Verwandtschaft schließlich nicht. Noch ist sie einmalig. Der Orient mag voller Söhne des Marcus Antonius sein ...«, erwiderte Kleopatra Selene nachdenklich. Doch dann wies sie mit ihrem Fächer auf Phaidros und bemerkte mürrisch: »Die Götter haben uns diesen hier geschickt, und er bemüht sich nicht um unser Wohlgefallen, sondern um das von Alkaios.«

»Du hast also meinen Rat in den Wind geschlagen, undankbarer Gast?«

»Nur um meines Werkes willen«, beeilte sich Phaidros zu versichern. »Ein Sohn des Nils kann mir wohl am besten Auskunft erteilen über seine Könige.« Kleopatra Selene wandte den Blick ab, weil Phaidros' Worte einen Vorwurf enthielten, der sich auf ihr anhaltendes Schweigen bezog. Sie sagte auch nichts, als er hinzufügte: »Und im Namen meines Werkes bitte ich dich auch, mich mit ihm treffen zu dürfen, weil ich noch mehr Informationen von ihm benötige.«

»Ich kann dir eine liefern, die dir noch nützlicher ist«, rief Juba. »Ein alter Freund des Hauses von Octavia hat sie mir aus Alexandria geschickt.«

Phaidros Antomanus durchzuckte ein Schauder. Er dachte an Adonis, der sich vor Jahren nach Alexandria abgesetzt hatte.

»Ihr werdet euch sicher gern an den Pädagogen Lucinus erinnern«, sagte der König und wog dabei sorgfältig seine Worte, deren Wirkung so vorhersehbar war.

Ein Ausdruck übergroßer Freude erschien auf Phaidros' Gesicht, während sich Kleopatra Selene mühsam erinnerte, wer dieser Lucinus war, der so unverhofft aus den Tiefen der Vergangenheit emporgestiegen war.

Wie sehr hatte sie ihn doch vergessen!

Da sagte Juba zu Phaidros' steigender Verwunderung, vor der völlig desinteressierten Kleopatra Selene:

»Du wirst doch nicht so undankbar sein wie meine Königin und dich durchaus an die Wohltaten erinnern, die Lucinus an dir gewirkt hat. Obwohl sich vielleicht die Erinnerung an eine bewunderte Dame allzu beherrschend in den Vordergrund schieben mag.«

»Ich schulde diesem Lucinus, der nun wie ein freundlicher Geist erscheint, nur innigen Dank. Er erschreckt mich keineswegs, sondern erfüllt mich mit Jubel. Ich weiß nichts, was diesem Gefühl Abbruch tun könnte?«

»Ich schon«, entgegnete die Königin mit Bedacht. »War dieser Pädagoge nicht unter anderem der Geliebte deiner heutigen Geliebten?«

»Von Porcia Honoria!« rief Phaidros und wunderte sich, daß dieser Umstand so lange danach noch für Verwirrung sorgen konnte. »Ja sicher, sie waren ein Liebespaar. Ich liebe diese beiden Menschen jedoch so sehr, daß ich mir im Rückblick auf die letzten sieben Jahre nur gratulieren kann, daß sich die beiden gefunden hatten, und nur hoffen, daß sie glücklich waren, bevor ich ins Spiel kam.«

Während er diese Worte aussprach, machte Phaidros eine seltsame Beobachtung: Alkaios verließ fluchtartig den Raum in Richtung Terrasse und verlor sich im Dunkel der Nacht. Doch nicht unauffällig genug, denn schon bemerkte Cäcilius Muranus seine Abwesenheit. Was zur Folge hatte, daß einer seiner Offiziere abgeordnet wurde, Alkaios' Schritte zu überwachen.

Doch dann vergaß Phaidros den Zwischenfall sofort, weil die Erinnerung an den liebenswürdigen Lucinus stärker war als seine Neugier und möglicherweise auch seine Zuneigung. Und das, obwohl in seinen Adern das Blut des intriganten Ägypters strömte.

»Der Kontakt mit Lucinus kam so zufällig zustande, daß vermutlich die Götter dahintersteckten«, sagte Juba. »Er setzte sich für dich ein, Phaidros Antomanus. Denn als ich von deiner Tragödie hörte und den Schwierigkeiten, denen du in Rom ausgesetzt warst, schickte ich Emissäre zu einem meiner ältesten Brieffreunde, dem berühmten Tebestos, der, wie du sicher weißt, der Großen Bibliothek von Alexandria vorsteht.«

»Vergebliche Mühe«, bemerkte Phaidros mit einem Seufzer der Enttäuschung. »Der große Bibliothekar wurde von Augustus persönlich ausgewählt. Wie könnte er mir unter diesen Umständen helfen? Sein Ruhm kennt keine Grenzen. Das weiß und bewundere ich; dir danke ich für deine Fürsprache. Doch mein ganzes Interesse gilt der Frage, welche Rolle der geliebte Lucinus dabei spielt.«

»Er hatte bei all seinen Entscheidungen dein Wohl im Auge. Denn er ist Sekretär und Vertrauter von Tebestos.«

Das freute Phaidros herzlich, nicht so sehr wegen seiner eigenen Ambitionen als für Lucinus. Was auch immer das Ergebnis dieser Sache sein mochte, ihm war die Feststellung wichtig, daß ein Mensch, den er kannte, seine Ziele erreicht hatte, wenngleich auch nur im Ansatz.

»Zweifellos verleiht sein weißes Haar seinem Amt die gebührende Würde«, scherzte Phaidros.

Doch eigentlich war ihm nicht nach Scherzen. Bitterkeit und Skepsis durchtränkten sein Inneres, was auch diesmal nicht seine Zukunftsprojekte beeinträchtigte, sehr stark jedoch die Erinnerung an seine Vergangenheit prägte. Die Bilanz der verstrichenen Jahre, von denen jeder Mensch ein Stück mit sich fortgetragen und ihm einen Teil seines Selbst geraubt hatte, einen nicht genau bekannten Teil. Er konnte sich ohne allzu große Mühe vorstellen, welche Wege Lucinus in den sieben Jahren gegangen war, seit er Octavias Haus verlassen hatte. Und so lauschte er ohne allzu großes Interesse Jubas Erzählung des mehr oder minder glänzenden Werdegangs seines alten Lehrers und dachte bei sich, daß er eigentlich doch recht konventionell verlaufen war.

Alle früheren Begebenheiten schienen ins Nichts zu führen. Genau wie alle Erzählungen. Nicht einmal die Zukunft schien unter einem besseren Stern zu stehen.

Nicht einmal die dramatische, vielversprechende Wendung seines Umgangs mit Alkaios. Auch wenn sie beide die magischen Rösser des Abenteuers ritten.

Doch kaum hatte König Juba klargemacht, daß dieser glücklich wiedergefundene Lucinus in Alexandria über die Angelegenheiten des Schriftstellers Phaidros Antomanus wachen würde, fühlte sich dieser aus einem anderen Grund beunruhigt: Er dachte an die Folgen, die Alkaios' irrationales, wütendes Gebaren haben würde.

Deshalb machte sich Phaidros auf die Suche nach ihm, fand jedoch im Garten nur den Wachmann, den Cäcilius Muranus abgestellt hatte. Von Alkaios keine Spur.

Endlich hatte er seinen Blutsbruder erspäht. Er war über das kultivierte Land hinausgegangen und befand sich auf einem felsigen Vorsprung, hoch am Berg über dem grausigen Abgrund.

Phaidros, der gehofft hatte, den Helden seiner Träume anzutreffen, seine Pracht noch unterstrichen vom Licht des Vollmonds, fand nur ein armseliges, hilfloses Wesen vor, das ihm verzweifelte Blicke zuwarf.

»Du wirst mir von deinen Sternen erzählen«, flüsterte Alkaios kläglich, »doch ich kann sie nicht sehen. Weil ich weiß, daß die Unglücksschwestern noch immer auf diesen Gipfeln nisten und ihr unseliger Atem alle Himmelsfeuer auslöscht.«

»Alkaios, Alkaios, denke nicht länger an diese häßlichen Weiber, die doch nur Einbildung sind, weiter nichts. Erzähle mir alle deine Ängste, mir, der ich nun dein Blutsbruder bin.«

»Es gibt in meinem Leben etwas Entsetzliches, das ich dir nicht anvertrauen kann, weil es dabei um die Zukunft Ägyptens geht.«

»Wenn der Ozean in meinen Augen steigt, werden Alkaios und Ägypten in mein Herz einziehen, das hast du gesagt. Dann werden wir drei von meinem Stern geführt.«

»Der meine ist ein Unstern, der mich immer verfolgt. Hüte dich vor seinem Schein. Und versprich mir, daß du, geschehe, was geschehen mag, nach Ägypten gehen wirst.«

»Wir werden die Reise zusammen machen.«

»Wenn ich dir sage, was immer geschehe, dann, weil es sein kann, daß ich nicht mitkomme.«

Da beschloß Phaidros, nach Ägypten zu gehen, egal was geschah. Daß er sich weder von einem Stern abhalten lassen würde noch von tausend Unglücksschwestern, die darauf lauerten, ihm Hindernisse in den Weg zu legen. Es schmerzte ihn festzustellen, daß er seine Entscheidung unabhängig von Alkaios traf, obwohl er sein Blut mit dem seinen vermischt und ihn seine Kraft überwältigt hatte.

»Ich werde nach Alexandria reisen, ganz sicher, denn ich muß die Aufführung meines Werks erleben.« Dann fuhr er fort, ohne daran zu denken, daß er sein Gegenüber damit verletzte: »Es gibt für mich nichts Wichtigeres auf der Welt. Wichtiger selbst als die bösen Vorzeichen der Gestirne.«

»Wenn du ohne mich gehst, dann bitte ich dich, einen Auftrag für mich zu erledigen. Das ist mir ganz wichtig.«

Alkaios nahm Phaidros am Handgelenk, legte es auf seines, genau an die Stelle, wo er in jener Nacht den Schnitt ausgeführt hatte, und rief feierlich:

»Du wirst meine Asche mit dir nehmen.«

»Jetzt spricht der Wein, nicht deine Zunge«, lachte Phaidros und fuhr im gleichen scherzhaften Ton fort: »Außerdem ist dieser kräftige Körper nicht dafür geeignet, in einer Urne aufbewahrt zu werden. Bereite mir Lust damit, und denk nicht solche dummen Sachen.«

»Du wirst meine Asche mit dir nehmen, Phaidros! Schwöre es mir!«

Da merkte Phaidros, daß er seine drängenden Worte ernst meinte.

»Ich werde deine Asche mit mir nehmen«, flüsterte er, ohne von seinem ironischen Ton abzulassen. »Nun sag mir, was ich damit tun soll ...«

»Du wirst nilaufwärts fahren, bis in die Gegend von Sene, und hinter dem ersten Katarakt die heilige Insel der Isis aufsuchen. Dort, so berichtet die Überlieferung, vergießt die Göttin ihre Tränen, damit der Nil alljährlich ansteigt.«

»Alkaios, Alkaios! Soll ich dergleichen glauben?«

»Du wirst es glauben, wenn du den Fuß auf diese Insel setzt, wo alles so schön ist wie zu der Zeit, als die Götter noch in Ägypten lebten. Du wirst dort zwar für mich zur Isis beten, meine Asche jedoch nicht auf ihrem Altar hinterlassen, weil die Römer den geheiligten Ort geschändet haben, dort ihre Tempel bauen und die elenden Abbilder des Augustus aufstellen, direkt neben denen unserer altehrwürdigsten Könige.«

Alkaios' Schwärmerei war so herrlich, daß sich Phaidros davon mitreißen ließ. Und obwohl ihn die Gegenwart forderte, kamen ihm immer wieder Szenen seiner Vergangenheit in den Sinn. Er sah sein früheres Selbst, die rührende Naivität seiner Jugendzeit. Da war er für kurze Zeit wieder der arme, verblendete Gärtner, der den Schätzen hinterherlief, die dem einst so reichen Ägypten entrissen und durch die Straßen Roms geschleppt wurden.

Die Beschreibungen dieser heiligen Insel brachten ihm seine frühen Vorahnungen wieder ins Bewußtsein. Als er vor Jahren verzweifelt einen Traum verstehen wollte, den die Jahrhunderte in seinem Namen geträumt hatten.

»Geheiligte Isis!« rief er überaus zärtlich. »Möchte der liebe Alkaios für immer an ihrer Brust ruhen?«

»Nicht in ihrem heiligen Bereich. Nicht auf ihrer Insel. Am Ufer, wo alles karg ist und kein Leben existiert, wirst du die Höhle aufsuchen, in der Cäsarions Haupt aufbewahrt liegt. Du wirst dich vor ihm niederwerfen, weil er, hätte er je regiert, ein großer König gewesen wäre. Dann wirst du es mir gleichtun und seine Lippen küssen, denn sein Tod bedeutet auch Ägyptens Tod.«

Seine Worten klangen so fest überzeugt, daß Phaidros ihnen einen Moment lang Glauben schenkte. Schon hörte er sich mit absoluter Überzeugung fragen:

»Du wirst also ganz sicher nicht bei mir sein?«

»Ich werde nirgendwo sein«, sagte Alkaios. »Doch wenn du meinen Wunsch erfüllst, werde ich schließlich der Nil sein.«

Plötzlich drängte es Phaidros zu reagieren. Und die Realität von Jubas Palast ließen die Träumereien von der Ferne verblassen.

»Du wirst der Nil sein!« lachte Phaidros ohne die geringste Rücksicht auf die feierliche Würde seines Freundes. »Du willst mich zu einem Todesboten machen, doch ich glaube keines deiner Worte. Ich schätze deine Fähigkeit, wunderbare, spannende Geschichten zu erfinden durchaus, bin aber dennoch davon überzeugt, daß wir zusammen nach Ägypten reisen. Ob du der Nil sein wirst, wie du sagst, weiß ich nicht, doch du wirst mir seine Schönheit zeigen, und ich werde wieder deiner Kraft erliegen und Sinnesfreuden erleben. Deshalb werde ich dir einen Altar errichten, der voller Leben ist.«

Alkaios' Miene, bislang von Traurigkeit geprägt, veränderte sich auf die Worte seines Freundes hin und zeigte tiefe Enttäuschung, ja Abscheu. Und er sagte, nun wieder im gewohnt schroffen Ton:

»Ich sehe, du bist lockerer Stimmung und nicht geneigt, dich mit dem Tod zu beschäftigen. Vergiß das eben Gesagte! Gehen wir wieder zum Festmahl!«

Sie machten sich auf den Weg zurück in den großen Saal. Cäcilius Muranus folgte ihnen in einigem Abstand. Er hatte zwar kein einziges Wort des Gesprächs gehört, war sich aber ganz sicher, viel verstanden zu haben.

Doch die Stunden vergingen, und viele Höflinge waren bereits betrunken, die Rezitatoren hörten nicht auf zu rezitieren, und in Phaidros' Kopf herrschte eine derartige Verwirrung, als wäre sein Geist noch immer von dem Trank beeinträchtigt, den er in der Höhle zu sich genommen hatte.

In seinem Kopf kämpfte das, was er erfahren hatte, mit dem, was er fragen wollte. Doch anstatt sich dieses Interesse offen einzugestehen, dachte er immer wieder: Ich will nicht mehr von dir wissen, als ich dir erwidern kann. Und ich schenke dir das Heldenepos. Keiner gab mehr für einen Liebesakt, Alkaios. Keiner hat die Lust in so prächtige Gewänder gekleidet.

Die Rezitatoren zählten die Heldentaten des römischen Volkes auf, wie sie es jeden Abend taten. Sie besangen die Größe des Postumus, der sich den frechen Tarentern entgegengestellt hatte, kommentierten Catos Abneigung gegen jeden Luxus und das Beispiel des Konsuls Crassus, der lieber starb, als sich vom Tyrannen von Pergamon versklaven zu lassen. Um den anwesenden Soldaten eine Freude zu machen, besangen sie nicht nur die Heldentaten einzelner, sondern lobten auch die Rolle des Heeres in Zama, in Herakleia und, Höhepunkt aller vergangenen Glorie, den großen Sieg von Actium.

Cäcilius Muranus und seine Offiziere lächelten einander zufrieden zu, weil die Aufzählung so vieler hervorragender Leistungen einmal mehr bewies, daß Truppen und Götter überall auf der Welt vereint marschierten. Er wollte diese ehrbare Institution gerne angemessen repräsentieren und versuchte deshalb, eine so elegante Haltung einzunehmen wie die auserwählten Gelehrten und das erlesene Königspaar. Vergebliche Mühe! Sein ungeschliffenes Wesen machte ihm immerzu einen Strich durch die Rechnung. Und die übertriebene Aufmerksamkeit, die er Alkaios widmete, ließ eine ungewöhnliche Situation erahnen – eine verwickelte, für Phaidros unangenehme Situation.

Von der Erinnerung an Actium war es, wie zu erwarten, nicht weit bis zur Verherrlichung des Augustus, und als der Schauspieler Menandros den Segen der *Pax romana* besang, seines so weit verbreiteten Friedens, erhoben sich alle Anwesenden zu einem gewaltigen Hoch auf den Herrscher.

Phaidros, der Grieche, und Alkaios, der Ägypter, die auch genötigt waren, sich zu erheben – alles andere wäre eine Beleidigung gewesen –, tauschten vielsagende Blicke aus. Sie drückten das Gegenteil dessen aus, was allen anderen Kehlen entstieg.

Doch die Gelegenheit, sich über diesen Begeisterungstaumel lustig zu machen, war gleich zu Ende, als Juba einen Gesang ganz anderen Inhalts anstimmte. Er erinnerte an den Tod von Marcellus, der sich vor fünf Jahren zugetragen hatte.

Marcellus, die Blüte Roms
junger Gott, der keine Zukunft hatte …

Alle, die ihn gekannt hatten, verstummten tiefbewegt. Denn trotz der seither verflossenen Jahre war sein Andenken noch immer frisch und lebendig. Alle, die von seinem einmaligen Charme nur gehört hatten, bedauerten, ihn in der allzu kurz bemessenen Zeit seines irdischen Daseins nicht gekannt zu haben.

»*Ostendent terris hunc tantum fata neque ultra esse sinent.*« Das Schicksal selbst wird dem Erdkreis von diesem großen Manne künden, und es wird keinen geben, der ihn an Größe übertrifft, klagte der erhabene Vergil durch den Mund eines afrikanischen Königs. Das schöne, doch so dunkle Gesicht des Monarchen bildete für Phaidros einen starken Kontrast zur Erinnerung an Marcellus'. Und aus dem Bild der beiden jungen Männer zusammen entstand ein Modell an Vollkommenheit, das an die im schützenden Schatten Octavias verbrachten Stunden erinnerte.

Da war sie wieder, die Vergangenheit, mit all ihren Gefahren!

Seit Phaidros sich in Mauretanien aufhielt, begleitete ihn die Erinnerung an Octavia. Manchmal stieg ihr Bild tief aus seinem Innern empor, manchmal tauchte sie in den Reden anderer auf. Da stellte er fest, daß ihr Schatten genauso allgegenwärtig war wie der Kleopatras. Ein seltsamer Hof, an dem sich zwei so illustre Geister begegneten, zwei Phantome, die Rom zu unversöhnlichen Gegnerinnen gemacht hatte! Seltsam auch die Wahl des Austragungsorts für ihren Kampf.

Kleopatra und Octavia stritten nun wieder, diesmal nicht um die Liebe eines wankelmütigen Feldherrn, sondern um die Liebe der nachfolgenden Generationen … und die Person einer unberechenbaren Königin. Da betrachtete er Kleopatra Selene, die er wie Octavia gekleidet kannte und die heute ein Gewand nach Art der Kleopatra angelegt hatte. Da erkannte er in der imposanten Gestalt von Alkaios die überzeugende Personifikation des Marcus Antonius, was das Chaos von Imagination und Erinnerung noch verstärkte. Nicht des Marcus Antonius, den er in seinen Sklavenjahren in Athen gekannt hatte, nicht seinen unfreundlichen, spröden, ja despotischen Herrn, sondern den kühnen, unbezähmbaren Helden, den Idealisten, den ein unmöglicher Traum und die Liebe zu einer Stadt in den Wahnsinn getrieben hatten.

Ein Traum, den er mit seinem Werk zum unsterblichen Mythos machen wollte.

Ja, Alkaios war es, der hier diesen imaginären Antonius repräsentierte, wie sich auch seine Schwester an den beiden Frauen, die ihn geliebt hatten, orientierte.

Und welchen Platz nahm er, Phaidros Antomanus, ein, die seltsame und unbequeme Verbindung so vieler widersprüchlicher Eigenschaften? Er, der vom Ruhm eines Antonius träumte, sich der Leidenschaft hingeben konnte wie Kleopatra, sie unterdrückte wie Octavia und nach Abenteuern lechzte wie Alkaios.

In dem Moment fühlte er auf seiner Schulter die zärtliche Berührung seines Geliebten, gefolgt von Kleopatra Selenes aggressiver Stimme:

»Woran denkst du, Gärtner? An deine Gegenwart oder an deine Vergangenheit?«

»An unsere Träume, Königin und Herrin. Die Träume des Wunderbaren haben sich bereits im Tod erfüllt. Das ist eine Möglichkeit, jeden Traum in einem anderen, noch gewaltigeren aufgehen zu lassen. Doch was soll aus den Träumen derer werden, die wir noch hier sind?«

»Sie sollen erfüllt werden«, meinte Juba. »Vielleicht sollten wir deshalb nach ihren Anfängen forschen? Einer meiner Philosophen findet bestimmt schnell eine Lösung für dieses Dilemma ...«

»Es gibt keinen Grund, die Gelehrsamkeit zu verschwenden, frag mich, ich weiß ganz genau, daß dieser Traum anfing ...«, warf Phaidros ein.

»In der Nacht, als Alexandria fiel ...«, rief Kleopatra Selene.

»In der Nacht, als Kleopatra starb ...«, sagte Juba.

»Nein. Am Tag, als wir uns im Haus der edlen Octavia begegnet sind«, entgegnete Phaidros.

Da nahm Alkaios die Hand seines Freundes, drückte sie fest und fügte eilends hinzu:

»Ist das nicht das Haus, in dem du so unglücklich warst? Wenn ja, laß uns auf das Vergessen trinken, auf das Vergessen abgelebter Liebesgeschichten ...«

»Sprich ja nicht von ihnen, Bruder, denn das bringt Unglück. Sie haben mich zu dem gemacht, was ich heute bin, traurig, einsam und ohne jede Hoffnung. Sie sind vielleicht im Grunde Alpträume, die mich die Dinge sehen lassen, die wir haben wollten und nicht bekommen, die Wesen, die wir sein wollten und nie sein können ... Ich trinke auf das, was wir waren, damit nichts von unserer Existenz gänzlich verlorengeht. Möge unser Weg heute die siegreiche Fortsetzung unserer früheren Wege sein. Wohlan, reicht mir diesen Wein, den ich so sehr brauche. Denn ich bin nun in dem Alter, in dem jeder Mensch eine erste Bilanz seines Lebens ziehen muß. Danach bleibt mir nur noch eine durchzuführen, und die wird die letzte sein ...«

Dann tranken alle, und gleich danach sank Phaidros auf sein Triklinium nieder und fühlte die angenehme Lethargie der Erinnerung und das vertraute, schmerzende Heimweh.

»Freunde, gut möglich, daß ich mich eines Tages aufmachen und in die Tiefen der Finsternis hinabsteigen werde. Dort angekommen, werde ich vor die schwarze Zauberin treten, die dort unten wohnt. Dann kann ich sie fragen, welche Laune sie dazu veranlaßt hat, mich so viele Jahre der Einsamkeit zu überantworten. Dann antwortet sie mir womöglich: ›Es war eine Illusion, auch nur einen Moment lang zu glauben, daß du verschont bleiben könntest. Warum ausgerechnet du unter allen Sterblichen?‹ Ich aber werde dann meinen Unstern nicht länger verfluchen, weil es unklug wäre zu verfluchen, was das innerste Wesen des Lebens ausmacht. Der Mensch ist zur Unsicherheit verdammt, und all seine Handlungen entspringen dem Prinzip der Einsamkeit. Das ist es, was ich heute weiß. Eine Lektion, die ich klaglos hinnehme, aber auch ohne Freude. Denn noch habe ich eine große Wahrheit zu lernen. Wenn sie mir begegnet, möchte ich ihr mit Fassung entgegentreten, mag es im Grunde auch nur Resignation sein. Weil ich wohl vergessen habe, daß es keine neuen Träume gibt, und mich nur daran erinnern werde, daß einzig dauerhaft der Traum ist, der immer an den Ort seiner Entstehung zurückkehrt.«

ÜBER DEN ORT, an den Phaidros' Traum zurückkehrte, herrschte der Tod.

Octavia, die große Römerin. Ihr Name war eng verbunden mit der Erinnerung an ihre wunderbaren Sprößlinge. Ihr Name war ein Stern, der noch immer einige Menschen leitete, ohne daß sie es wußte. Ihr Leitstern jedoch wies bereits auf den Tod.

Weil sie Octavia hieß und Römerin war, hatte sie alle Widrigkeiten ertragen, die das Schicksal den tragischen Heldinnen vorbehält. Sie hielt dem Tod ihres ersten Mannes stand, sowie Marcus Antonius' Weggang, dem Lauf der Jahre und allem, was das Schicksal ihr an Prüfungen schicken mochte. Sie jedoch, die Bewundernswerte, hatte sich die Fähigkeit bewahrt, einfach menschlich zu sein, in aller Demut, und allen Prüfungen ohne das geringste Anzeichen von Müdigkeit standzuhalten.

Doch beim Tod ihres Lieblingssohnes ermattete ihr armes Herz und fing an, langsam brüchig zu werden, wie einer der vielbesuchten, alten Tempel, die schließlich unter dem Gewicht ihres eigenen Ruhms zusammenfallen. Ihr Herz zersprang in tausend Scherben, und alle Verehrung, die Rom ihr entgegengebracht hatte, konnte es nicht wieder zusammensetzen.

Marcellus' Tod wurde von den gleichen großen Künstlern besungen, die auch die Heldentaten ihrer beiden Gatten besungen hatten. Mochten einige auch bemerken, dies sei nun einmal das Geschäft regierungstreuer Künstler, wenn der Erbe ihres Herrn stirbt, war doch die Mehrheit über diesen Verdacht der Unehrlichkeit empört, weil alles, was dem Ruhm dieses jungen Mannes galt, doch nur ehrlich sein konnte.

Der Ruhm des Marcellus! Wie überwältigend er war, schon als Knabe! Angefangen bei seiner edlen Geburt bis zum Ehrenplatz, den er auf dem Palatin einnahm, alle, alle Umstände waren glücklich. Doch am Ende verlief sein Schicksal so tragisch, wie Fortuna freigebig gewesen war. Alle Geschenke, mit denen sie ihn bislang bedacht hatte – als Lohn für seine Schönheit vielleicht? –, alle Vorteile seiner edlen Geburt, einer unvergleichlichen Mutter, einer außergewöhnlichen Ehe waren umsonst, als das Schicksal seine harten Schläge austeilte. Und das beklagte Sextus Propertius in einem Grabgesang:

quid genus aut virtus aut optima profuit illi
mater et amplexum caesaris esse focus?

Warum jener Sohn einer vortrefflichen Mutter, so edel von Geblüt, dem Hause des Cäsar und diesem selbst inniglich verbunden?

Worte, nichts als Worte, die versuchten die dunklen Absichten des Todes zu erhellen.

Octavias Schmerz jedoch war nicht in Worte zu fassen: das ungläubige Aufheulen vor dem Tod, der heimlich durch die freundlichen Fenster des Zimmers kam, das einst als Kinderstube gedient hatte.

Seine Ursache trat angesichts seiner Wirkung vollkommen in den Hintergrund. Der Tod löste zuerst ein Fieber aus, das sich Marcellus' so schnell bemächtigte, daß jede Medizin zu spät kam. Obwohl alle Methoden in Erwägung gezogen wurden, entschied man sich schließlich für die des berühmten Antonius Musa. Sie bestand darin, den Patienten gewaltige Mengen Eiswasser trinken zu lassen, während sein fieberglühender Körper immer wieder in ein Bad mit kaltem oder lauem Wasser getaucht wurde.

Wenige Monate zuvor hatte der gleiche Arzt mit derselben Behandlung das Leben des Augustus gerettet, der an einer Leberentzündung gelitten hatte. Worauf ihn der dankbare Augustus in die Liste der ganz Großen aufnehmen ließ und dafür sorgte, daß seine Statue in die Tempel kam.

Doch Marcellus' Leben konnten all diese Ehrungen nicht retten.

Octavia wartete in einem angrenzenden Zimmer auf das Ergebnis der grausamen Behandlung. Sie hatte gesehen, wie das Fieber den unglücklichen jungen Mann verzehrte. Seine Haut brannte, seine Lider lagen wie Glut über den Augen, der Atem aus seinem Mund glich einer heißen Vulkanwolke.

Jedesmal hörte man seine entsetzlichen Schreie, wenn sein Körper in die riesige Wanne mit Wasser getaucht wurde, das so eisig war, daß schmelzender Schnee im Vergleich dazu angenehm erschien.

»Marcellus!« brüllte Octavia. »Marcellus! Wenn dich die Götter so geliebt haben, warum vernichten dich nun die Menschen ...«

Noch lauter tönten die Schreie des Jünglings, als sein Körper das Wasser berührte. Dann anhaltendes Stöhnen, als sei das Herz plötzlich stillgestanden. Auch Octavia stöhnte, als könne sie so mit ihrem Sohn im Raum nebenan Kontakt aufnehmen. Sie hörte nicht auf, die Götter zu verfluchen, während die Sklaven hin und her eilten und Musas Anordnungen ausführten.

»Er stirbt«, flüsterte weinend eine Sklavin aus Illyrien. »Der liebe Herr stirbt.«

Da warf Octavia den Kopf in den Nacken und stöhnte, stöhnte verzweifelt, während sich ihr Leib aufbäumte, die Beine den Dienst versagten und ihre Hände sich an Porcia Honorias Arme und an die junge Julia klammerten. Sie konnten sie nur mit Mühe festhalten, so heftig war ihre Raserei.

Auch Livia weinte, trotz des weitverbreiteten Gerüchts, sie habe

Marcellus vergiftet, um ihren Sohn Tiberius zu begünstigen. Verzweifelt weinte auch der große Augustus, der alle Staatsgeschäfte ruhen ließ, um mit eigenen Augen zu sehen, wie sich alle seine Hoffnungen, die er in diesen Nachfolger gesetzt hatte, im eisigen Wasser auflösten.

Da hörte man plötzlich Marcellus nach seiner Mutter rufen. Und Octavia, der das Volk so oft zugejubelt hatte, fühlte, daß dies der erste Ruf war, der ihrer Person galt, die erste flehentliche Bitte, die nur an sie gerichtet war, weil sie nur in der Todesstunde zufriedenstellend erfüllt werden konnte.

Dann sah sie den mit Wasser überschwemmten Boden, sah, wie das Wasser jedesmal, wenn der leblose Körper hineingetaucht wurde, über den Rand der großen Wanne schwappte. Marcellus' Körper, der Körper des einst so schönen Epheben Marcellus, war ganz klein geworden, als wäre er ein armer Zwerg, als hätte ihn das hohe Fieber schrumpfen, dann die intensive Kälte in diesen verkleinerten Ausmaßen erstarren lassen.

Die wunderbare körperliche Erscheinung Marcellus' war zu einem elenden Wrack zusammengeschrumpft, das zudem noch in lächerliche Zuckungen verfiel, während Musas Helfer seinen Leib wieder und wieder mit eisigem Wasser traktierten, das in zahllosen Krügen herbeigeschleppt wurde.

Dann urplötzlich kein einziger Schrei mehr. Kein Ächzen. Er war völlig gelähmt, die Augen weit aufgerissen, die Glieder verkrampft.

Octavia eilte zu ihrem Sohn, drückte diesen kümmerlichen Leib an ihre Brust, suchte den schreckverzogenen Mund und einen letzten Rest von Leben in seinem Atem. Doch Marcellus atmete schon nicht mehr. Da fiel eine tiefe Dunkelheit über die Welt. Es würde keine Morgendämmerung mehr geben, das wußte Octavia.

Dann kamen die Beerdigungsriten, die postumen Ehrungen, um diesen früh vollendeten Jüngling in die Liste der großen Helden des Reichs einzureihen. Nie gab es eine freigebigere Zuneigung als die des Augustus zu seinem Liebling. Er ließ ihn in dem prächtigen Mausoleum bestatten, das er für sich selbst hatte errichten lassen, verordnete allen jungen Leuten in Rom Trauerkleidung und eine lange Reihe von Gedenkfeiern, befahl, von nun an das herrliche Theater aus Stein, das unter Pompejus begonnen wurde, nach Marcellus zu nennen.

Augustus' Rede war wunderbar. Ohne den üblichen Pomp strömten ihm die Worte mit großem Ernst und reifer Trauer über die Lippen, denn er war klug genug zu wissen, daß der entsetzliche Verlust in den Hintergrund treten mußte, um alle Kräfte auf die Lobrede konzentrieren zu können. Viele fragten sich, ob diese erlesene Ansprache nicht von Horaz oder gar von Vergil verfaßt worden war, doch niemand wagte es, die beiden des Opportunismus zu zeihen, weil alle wußten, daß ein Jüngling wie Marcellus der Verehrung eines großen Poeten würdig war.

Wer aber sehen konnte, wie über die Wangen des großen Augustus dicke Tränen flossen, wußte, daß er als Autor dieser vorbildlichen Lobrede durchaus in Frage kam, galt sie doch einem der wenigen Menschen, die er wirklich geliebt hatte.

So ging der göttliche Marcellus in die Geschichte des Reiches ein. Doch in dieser Nacht wurde der Himmel rebellisch und schickte fürchterliche Zeichen der Ungnade auf die Erde. Ein wilder Wolf wurde gesehen, der frei in den Straßen umherstreifte, und in vielen Häusern der ärmeren Viertel brach Feuer aus. Dann ging ein außergewöhnliches Gewitter nieder, das die Flammen nicht etwa löschte, sondern im Gegenteil anfachte, weshalb die Römer sagten, der über Marcellus' Tod erzürnte Himmel lasse Feuer über Rom regnen. Der Tiber, so berichten es die Chronisten, war aufgewühlt; er riß die Holzbrücke mit sich und überschwemmte die Straßen derart, daß Schiffe ungehindert darin fahren konnten.

Und was war mit dem Schmerz der edlen Octavia?

Fassung und Haltung bleiben gebrochen, wenn sie einer so gewaltigen Erschütterung ausgesetzt werden. Octavia schloß sich in ihrem Schmerz ein, und der brachte sie dazu, Dinge zu tun, die sie bislang nie getan hatte. Ihre Reaktionen waren so extrem, daß ernsthafte Sorgen um ihre geistige Gesundheit angebracht waren.

Einmal versammelte Augustus alle Menschen, die Marcellus am nächsten gestanden hatten, und bot ihnen das derzeit größte Privileg: Der Lektüre des sechsten Liedes der »Äneis« beizuwohnen, vom Autor selbst vorgetragen. Der göttliche Vergil fing an zu lesen, und wie die Verse so wunderbar dahinflossen, ein Triumph des menschlichen Geistes über alle Launen der Natur, überkam die Zuhörer das Gefühl, etwas ganz Besonderes zu erleben. Sie waren alle keine Propheten, spürten aber, daß dem Dichter dort auf dem Podium der Ruhm der Nachwelt sicher war.

Dann habe Vergil, so wird berichtet, den Fluß seiner Lektüre unterbrochen und eine Marcellus gewidmete Lobrede vorgetragen, eine Lobrede, die ihn einreihte unter die großen mythischen Namen der Nachkommen des Anchises.

Octavia war darauf nicht gefaßt gewesen, und ihr Schmerz machte sich mit einem gequälten Aufschrei Luft. Sie faßte sich mit einer Hand ans Herz, mit der anderen versuchte sie, sich aufzurichten. Dann fiel sie vor den überraschten Augen der Anwesenden in Ohnmacht, nicht ohne zuvor laut den Namen ihres Sohnes ausgesprochen zu haben.

Dies war das letzte Mal, daß sie sich in der Öffentlichkeit gezeigt hatte.

Während ihrer restlichen zwölf Lebensjahre wurde sie nie mehr ohne schwarze Schleier gesehen, immer klagend.

Es wird erzählt, sie habe sich seit dem Zwischenfall bei der Lektüre Vergils geweigert, die Werke anderer Dichter, die diese Marcellus' Andenken gewidmet hatten, zur Kenntnis zu nehmen. Mehr noch, sie wollte kein Bildnis von ihm behalten und verbot sogar die Nennung seines Namens in ihrer Gegenwart. Ihre Welt war auf den engsten Raum beschränkt, was ihre bekannte Strenge noch verstärkte und sie vollkommen isolierte. Sie hatte dem Leben entsagt, und ihre Freunde sahen sie in einem Grab, aus dem sie nie mehr herauskommen würde.

Da erinnerte sich Phaidros Antomanus, daß die edle Octavia, als er sich in einem ähnlichen Zustand befand, an sein Schmerzenslager geeilt war, um ihm wieder zum Leben zu verhelfen. Deshalb setzte der ihr ergebene einstige Gärtner ganz auf Porcia Honorias Fürsprache, um von Octavia empfangen zu werden. Und in diesem völlig abgedunkelten Raum, in dieser Leere, wiederholte er die Worte vergangener Zeiten.

Alles spielte sich so ab wie damals: Phaidros kam in Begleitung von Porcia Honoria, Julia und Antonia der Jüngeren. Er ließ die drei Frauen vorangehen; jede von ihnen trug einen anderen Blumenstrauß, den sie der Dame in Trauerkleidern in den Schoß legte. Porcia Honoria ein Sträußchen Narzissen, Antonia die Jüngere ein Büschel Hyazinthen und Julia die ersten Magnolien des Jahres.

Doch selbst diese Gaben entlockten Octavia keine Reaktion. Nein, sie blieb unbeweglich in der Dunkelheit sitzen, unter den schwarzen Schleiern versteckt, den Blick ins Leere gerichtet, mit kraftlos herunterhängenden Armen.

Porcia Honoria sah mit eigenen Augen, wie der berühmte Schriftsteller wieder zum bescheidenen Gärtner wurde und vor dieser armen Frau, die sogar zum Sprechen zu schwach war, niederkniete.

Phaidros streichelte ihren Arm, der kälter war, als der arme Leib ihres Sohnes gewesen war, und flehte laut:

»Ich weiß, daß der Schmerz dich blind macht, arme Mutter. Doch jeder weitere Blick in die Tiefe deines Schmerzes läßt dich noch weiter erblinden. Deshalb bitte ich dich, schau um dich, bald, fang nur gleich damit an. Wenn du gelernt hast, mit neuen Augen zu sehen, wirst du die Dinge wieder wahrnehmen. Und erst dann wirst du gerettet sein, meine arme Octavia ...«

Es waren Phaidros Antomanus' Worte, aber auch Ratschläge, die Octavia einst ihm erteilt hatte. Als sie ihm Trost spendete, ihm den Lebenswillen stärkte und die notwendigen Mittel bereitstellte, um die Einsamkeit zu bekämpfen, die ihn niederdrückte ... Der junge Mann konnte diesen Zustand der Verzweiflung nur allzugut nachfühlen, weil ihn eigene Erfahrung gelehrt hatte, daß ein von so vielen Erschütterungen heimgesuchtes Herz den Tod herbeisehnt. Ist doch der Tod zumindest ein Zustand, der sich mit Worten beschreiben läßt.

Die Zeit verstrich, es wurde Tag über Rom, und Phaidros kniete noch immer zu Füßen seiner früheren Herrin:

»Lerne wieder zu sehen, edle Octavia. Ich bitte dich um der Menschen willen, die du noch liebst. Um der Lebensspanne willen, die diesen noch geschenkt ist.«

Er deutete auf die Gegenstände, wies zum Fenster und zwang sie wahrzunehmen, daß die Dinge noch immer existierten, daß sie auf sie warteten und ihr beim Überleben helfen wollten.

Doch die Düsternis, die sich über den Raum senkte, würde von nun an auch Octavias Stimme verdüstern. Die kraftlose Stimme einer alten Frau, die nur noch stockend flüstern konnte:

»Der Tod hat sich geirrt. Der Tod hat sich verrechnet.«

NACH DEM BANKETT zog sich Phaidros Antomanus zurück, begleitet von Alkaios, ohne sich um die neugierigen Blicke des Hofstaats, noch um das Grinsen eines allzu frühreifen, frechen Knaben zu kümmern.

Er ließ sich nicht davon abhalten, obwohl Kleopatra Selene ihn zur Seite genommen und deutlich verärgert gewarnt hatte:

»Ich habe es dir schon einmal gesagt und wiederhole es jetzt mit allergrößtem Nachdruck: Laß Alkaios in Frieden, denn du spielst mit dem Feuer!«

»Nicht mehr als sonst, Königin.«

»Mehr denn je.«

Phaidros hütete sich, ihr zu sagen, daß er das Gespräch der beiden belauscht hatte. Weshalb ihn die Königin für unwissender hielt, als er es in Wirklichkeit war.

Hätte er das Gespräch in Jubas Studierzimmer mitgehört, wären ihm Einzelheiten zu Ohren gekommen, die seinen Alarmzustand verstärkt hätten, mehr noch als Kleopatra Selenes ernste Warnungen.

König Juba dankte dem römischen Gesandten, daß er, ohne zu zögern, Truppen aus Africa Nova geholt und eingesetzt hatte. Sodann informierte ihn Cäcilius Muranus vom glücklichen Ergebnis dieser Operation, das bedeutete neue Gefangene und infolgedessen neue Verhöre. Und weil ihm Juba, was Folterungen und Hinrichtungen anging, freie Hand gelassen hatte, stellte er nun eine Liste vor mit den wichtigsten Namen für die eine und die andere Maßnahme, eine Liste, die den König verwunderte. Dann, um die Spannung zu lösen und sich zugleich von der Brutalität dieses Mannes zu distanzieren, gestattete sich Juba einen Scherz, indem er sagte, daß der Lärm der Soldaten und die Schreie der Gefolterten ein ernstes Problem für die Konzentration seiner Gäste darstellten, für die Gelehrten aus Griechenland, die Philosophen aus Alexandria und den großen Rest dieses Kreises besonderer Persönlichkeiten.

Cäcilius Muranus, dessen Sinn für Humor die Geschwindigkeit einer Schildkröte hatte, zeigte Juba ganz ungeniert eine abfällige Grimasse.

»Zum Teufel mit den gelehrten Monarchen. Wisse, daß wir dank der letzten Verhöre erfahren haben, daß dir oder deiner Gattin oder euch beiden ernste Gefahr droht.«

»Ich weiß«, antwortete Juba schlicht.

»Du weißt auch das?« rief der Soldat ein wenig gekränkt, als dächte er: Wozu bin ich dann hier?

»Ja, ich weiß auch das«, bekräftigte Juba. »Und deshalb muß ich dich bitten, deine Schutzmaßnahmen zu verstärken und uns unter keinen Umständen allein zu lassen.«

»Endlich kommst du von deinen Wolken herunter, edler Monarch. Jetzt verstehen wir uns. Und da du so gescheit bist, wirst du nun auch begriffen haben, daß diese verdammte Einäugige, die Königin Candancia, mehr im Sinn hat als diese verfluchten Quellen, die du immer im Munde führst.«

»Vielleicht kann ich dich noch mehr verblüffen, indem ich dir sage, daß Candancia überhaupt nichts im Sinn hat.«

»Sie will Roms Macht brechen. Ist das etwa nichts?«

Juba, der feststellte, daß das die einzige Sorge des Gesandten war, verachtete ihn daraufhin mehr denn je.

»Sie will Rom niederschlagen, wenn Rom sich unbefugt in ihr Königreich einmischt, was doch nur logisch ist«, hielt er ihm entgegen. Dann seufzte er schwer und rief: »Nicht alle Könige dieser Welt hatten das Glück, an einer römischen Akademie zu studieren. Möglicherweise haben Herrscher, die ihr Land nie verlassen haben, das ›eigenartige‹, ungebrochene Verlangen, ihre Heimat mit Feuer und Schwert zu schützen. Das ist es, was Candancia im Sinn hat. Das und die Welt davon zu überzeugen, daß die Quellen des Nils in Äthiopien liegen. Mehr nicht.«

Doch Cäcilius Muranus erzählte ihm in allen Einzelheiten – einschließlich aller langweiligen – die Geschichte einer komplizierten Intrige, die Äthiopien mit Karthago verband, Africa Nova ins Spiel brachte, über Judäa nach Syrien gelangte und schließlich voll mit Gift zurück nach Mauretanien kam. Eine internationale Intrige, die überraschenderweise in der äthiopischen Wüste entstanden war und sich dann über die ganze westliche Welt ausbreitete.

Nur daß Juba, zum ersten Mal in seinem Leben, in Kriegsangelegenheiten eine gewisse Organisation hatte walten lassen und Cäcilius Muranus deshalb mit eigenen Waffen schlagen konnte:

»Während du damit beschäftigt warst, geheimnisvollen Verschwörungen Äthiopiens gegen Mauretanien nachzuforschen – wo doch so viele Wüsten dazwischenliegen –, hat mein Sicherheitsdienst wesentlich interessantere Dinge aufgedeckt, die sich hier, in meinem eigenen Palast, abspielen. So zum Beispiel, daß die Gefahr nicht von Napata ausgeht, sondern von Alexandria.«

Da blickte ihn Cäcilius Muranus völlig überrascht an.

»Sagtest du Alexandria?« Und als Juba II. nickte, rief er eilig: »Unmöglich, mein König! Alexandria ist der am besten überwachte Ort im ganzen Imperium.«

»Gewiß«, pflichtete ihm Juba ironisch bei. »Hat diese Stadt dem Augustus doch immer allergrößtes Mißtrauen eingeflößt. Und das zweifellos aus gutem Grund. Von meinen Berichterstattern weiß ich, daß die Unzufriedenheit unter den Ägyptern von Tag zu Tag wächst und ihre Feindseligkeit gegen Rom immer gewalttätigere Formen annimmt, weshalb euer Präfekt ernsthafte Probleme mit der Aufrechterhaltung der Ordnung hat.«

»Genau wie in deinem Königreich also?«

Mit dieser Bemerkung sank er in Jubas Achtung noch tiefer.

»Im Vergleich zu Ägypten ist mein Reich ein Paradies des Friedens. Alexandria aber ein Vulkan, verglichen mit irgendeinem anderen Ort des Imperiums. Nirgendwo anders sind die Römer dermaßen verhaßt. Es gibt keine Bevölkerungsgruppe der vielen, die dort leben, die nicht diesen Haß verspürt. Dazu kommt, daß die Ägypter selbst und ihre zahlreichen Gruppen davon träumen, ihr Land wieder unabhängig zu sehen.«

»Diese Feinheit ist mir nicht entgangen. Ja ich kann dir sogar sagen, daß es hier in deinem eigenen Palast einen gibt, der sich unverhohlen dafür ausspricht.«

»Du hast also Alkaios von Osirrincus überwachen lassen. Sehe ich das richtig?«

»Ja, ganz richtig. Die gefolterten … will sagen: die befragten Gefangenen haben von einem Ägypter gesprochen, der gerne unter dem Vorwand, Wettkämpfe mit den Eingeborenen auszutragen, in den Bergen herumsteigt. Einem entwischte die Bemerkung, daß auch eine Frau kommen soll …«

»Eine Frau …«, murmelte Juba versonnen. »Den Alkaios kenne ich wohl, wer jedoch diese Frau sein könnte?«

»Das gibt mir recht. Es kann keine andere Frau sein als die einäugige Candancia.«

Die Königin von Äthiopien wurde offensichtlich zu einer Obsession Roms. Und das nur, weil sie es gewagt hatte, die unbesiegbaren Legionen des Präfekten von Rom in Ägypten zu besiegen!

»Soll ich dir ein Geheimnis verraten, Cäcilius Muranus?«

»Welches?«

»Dieser Mann gibt sich als Gesandter der Königin Candancia aus, hat sie jedoch noch nie in seinem Leben gesehen.«

»Woher willst du das wissen?« fragte Cäcilius Muranus völlig baff.

»Gestatte mir, diese Frage unbeantwortet zu lassen, weil sie ein Mitglied meiner Familie betrifft. Dafür danke ich dir für die Dienste, die du diesem Haus erweist.«

»Die sind nicht so großartig. Dieser Alkaios mag verdächtig sein, ist aber auch der ungeschickteste Mensch, den ich je gesehen habe.«

»Er ist so ungeschickt, daß ich ihn mir nicht in den Diensten irgendeiner organisierten Gruppe vorstellen kann. Und organisiert sind die Alexandriner.« Cäcilius Muranus stimmte dem mit einer entschlossenen Kopfbewegung zu. Juba, der zwar seine erstaunlich trotzige Kinnpartie bewunderte, behandelte ihn weiter mit Ironie:

»Ich weiß, für einen Soldaten ist es schwer zu verstehen, daß es Aspekte der Geschichte gibt, an denen er nicht mit seiner Dosis Heldentum beteiligt war. Ich weiß, daß es geradezu undenkbar ist, sich mit ihm über kulturelle Angelegenheiten zu unterhalten. Dennoch weise ich dich darauf hin, daß in den kommenden Jahren die Gefahr für Rom von Alexandria ausgehen wird.«

Juba erinnerte sich sogleich an Phaidros und seine Tragödien, deren Helden erbitterte Feinde Roms waren. Er dachte an sein Werk über Kleopatra, stellte sich vor, wie es im großen Auditorium vor einem leicht erregbaren, zum Aufruhr geneigten Publikum aufgeführt wird. All diese Möglichkeiten überdachte er und kam zu dem Schluß, daß sein Freund, der Schriftsteller, im Grunde ein naiver Dummkopf war.

DIE POETISCHE ERINNERUNG an den Tod von Marcellus rief bei den wichtigsten Beteiligten dieses Banketts höchst unterschiedliche Reaktionen hervor. Kleopatra Selene jedoch fühlte sich von der heraufbeschworenen Vergangenheit am meisten getroffen. Sie wurde alsbald von einer dramatischen Vorahnung beschlichen, die ihren eigenen Sohn betraf. Was, wenn ihm etwas zustieße? Was, wenn sie das gleiche Unglück ereilte wie Octavia und der Tod das falsche Opfer auswählte?

Die Erinnerung an Marcellus, den geliebten Marcellus, verband sich in ihrer Vorstellung mit der Erinnerung an einen anderen jungen Mann, der eine kurze, goldene Kindheit in Alexandria verlebt hatte und dann ebenso schnell aus dem Leben gegangen war. Es war das Bild von Antillus, Marcus Antonius' Erstgeborenem, den man wenige

Stunden nach dem Fall von Alexandria hingerichtet hatte. Gleich darauf erschien ihr Julia, angeschlagen und traurig in ihrer Rolle als Hinterbliebene zweier so verehrungswürdiger Toter.

»Meine arme Freundin!« pflegte Kleopatra Selene zu klagen. »Welcher Fluch lastet auf deinem Brautbett? Erst wurde dir Antillus versprochen, der hingerichtet wurde, dann verheiratete man dich mit Marcellus, der vor der Zeit starb. Welchen Todgeweihten wird man dir jetzt zuschieben, um dich über soviel Unglück hinwegzutrösten?«

Für die Königin von Mauretanien war es, als ob ihre drei Kindheitsfreunde einen Totentanz aufführten, der noch immer traurig nachwirkte, obwohl aus Rom fortlaufend Nachrichten eintrafen, die besagten, daß Julia an der Seite ihres neuen Gatten angeblich glücklich sei. Da dieser Gatte der große, aber zwanzig Jahre ältere Agrippa war, sah Kleopatra Selene verständlicherweise in dieser Verbindung keine Möglichkeit, die große, von Marcellus hinterlassene Lücke zu füllen. Hatte doch dieser seine Jugendlichkeit, seinen Charme und seine Vitalität ganz in den Dienst einer Liebe gestellt hatte, die auf Gleichheit basierte.

Das waren die Kommentare, über die der leichtfertigere Teil ihrer Hofdamen gerne lachte. Sie beschäftigten sich aber auch mit den Tricks, die Augustus hatte anwenden müssen, um die Verbindung zwischen seiner verwitweten Tochter und dem treuesten seiner Freunde und Verbündeten zustande zu bringen. Tricks, die einmal mehr bewiesen, wie geschickt der Landesvater Familien zusammenbringen und wieder zerstören konnte, immer zu seinem oder zum Vorteil von Rom. Denn es war ja bekannt, daß sich der große Agrippa, bevor er Julia heiraten konnte, zuerst von Octavias Tochter Marcella scheiden lassen mußte, die wiederum recht bald Trost in den starken Armen von Julius fand, dem jüngsten Sohn von Marcus Antonius.

Die tägliche Qual der Königin von Mauretanien bestand jedoch nicht aus der Erinnerung an diese Wechselspiele der Gefühle. Seit der Nacht, als ihr königlicher Gatte die Gestalt des Marcellus und den Schmerz der Octavia heraufbeschworen hatte, ließ ein anderer Gedanke sie nicht mehr los. Die unablässige Furcht, ihrem eigenen Sohn, dem kleinen Ptolemaios, drohe eine Gefahr. In welcher Form dieses Unglück über sie hereinbrechen würde, konnte sie allerdings nicht genau sagen.

Die Sklaven erzählten sich flüsternd, daß man mitten in der Nacht eine ägyptisch gekleidete Dame in den langen Fluren des Sommerpalastes angetroffen habe. Viele konnten kaum glauben, daß es sich dabei um die Königin handelte, denn ihr gelöstes Haar stand ihr wirr um den Kopf, dazu ging sie barfuß. Trotzdem war ihr Schritt so fest wie der eines Feldherrn, der über den Verlauf einer unmittelbar bevorstehenden Schlacht nachdachte. Erst als die Wachen hörten, wie die Gestalt den Namen des Prinzen Ptolemaios rief und den Schutz sämtlicher Götter Roms und Ägyptens auf ihn herabflehte, begriffen sie, daß es sich bei dieser geisterhaften Erscheinung um die Königin und keine andere Dame handelte.

Und diese traurigen Schritte, dieses gequälte Seufzen schreckten Phaidros Antomanus auf, der wach lag und nicht schlafen konnte. Der Schlaf pflegte sich nämlich erst früh am Morgen einzustellen und war selbst dann höchst unruhig und von schlimmen Alpträumen beeinträchtigt, in denen meist Alkaios eine Rolle spielte, aber auch Porcia Honoria nie fehlte.

Die Anwesenheit des Blutsbruders auf seinem Lager machte jede seiner Nächte zu einem Tribut an die Lust. Dazu kam der Aspekt der Intrige, derer er ihn aufgrund der Ereignisse der letzten Tage verdächtigte. Weil er ununterbrochen von Cäcilius Muranus' Offizieren überwacht wurde, die Königin mit steigender Intensität bedrängte und sein persönliches Verhalten eine Reihe von Widersprüchen aufwies, die Phaidros' Phantasie inzwischen nicht mehr anregten, sondern eher störten und verwunderten.

Alkaios setzte seine Besuche in den Bergdörfern fort. Phaidros begleitete ihn gelegentlich. Manchmal überraschte ihn die große Vertrautheit, mit der die Menschen Alkaios begegneten, dann wieder die Grobheit, mit der er sie behandelte. Wie auch immer, alles wies darauf hin, daß dieser Ägypter genausogut ein Bewohner des Atlas sein konnte, wie die Quellen des Nils einem der hiesigen Seen entspringen konnten, entsprechend Jubas ausschweifender Phantasie.

Dann wiederum entdeckte Phaidros in den Geschichten, die sein Freund ihm zu erzählen pflegte, Ungereimtheiten. Da er diese gern wiederholte, wurden die Widersprüche zwischen der einen und der anderen Version immer deutlicher und waren leichter festzustellen. Hatte er gestern von einem Aufstand in Pergamon berichtet, so ließ er das gleiche Ereignis heute auf dem Sinai spielen. Hatte er am Nachmittag von Sklavenhändlern gesprochen, die aus dem Inneren Afrikas kamen, so dienten dieselben Händler am Abend im Heer des pontischen Königs.

Das war der Stand der Dinge, als Phaidros eines Tages sagte:

»Obwohl ich von deiner Geschichte anfangs nichts hören wollte, möchte ich sie jetzt gerne ganz erfahren, um dir zu zeigen, daß ich mich für dich interessiere.«

Diese Bitte erfüllte Alkaios mit großem Stolz, was er eigentlich nicht erwartet hatte.

»Mein Vater Marcus Antonius zeugte mich mit einer Nymphe vom Nil.«

»Alkaios, Alkaios, ich spreche im Ernst!«

»Ich auch. Alle Welt weiß, daß mich Marcus Antonius mit einer Nymphe vom Nil zeugte.«

Phaidros wollte die Wahrheit wissen und fragte eines Abends Kleopatra Selene. Sie erklärte ihm:

»Es ist bekannt, daß bei den Orgien, die in Alexandria gefeiert wurden, gern mythologische Szenen dargestellt wurden. Zweifellos war die Mutter von Alkaios im Gewand einer Nymphe vom Nil dem Marcus Antonius zu Willen.«

»War diese Frau eine Hetäre?«

»Keineswegs. Sie war eine ehrbare Witwe aus dem Land des Sees.«

»Nichts weiter?«

»Nichts weiter. Es gibt jedoch noch eine andere Sache, die ich dir in bezug auf Alkaios sagen möchte, jetzt wo du endlich seine Geschichte erfahren möchtest. Mein Vater hat ihn nie anerkannt, weil die Orakel am Tag seiner Geburt äußerst schlecht waren.«

Da erinnerte sich Phaidros an Alkaios' Angst vor den Unglücksschwestern, in der Nacht ihres ersten Liebesaktes in der Höhle. Es gab Arkanen, die sein Begreifen weit überstiegen, und dieser Gedanke machte ihn zittern.

»Das soll er mir selbst erzählen«, rief er, noch immer voller Angst.

»Er wird dir nur das erzählen, was er sieht, und das wird dir nicht viel helfen.«

»Das tun wir doch alle«, sagte Phaidros.

»Was Alkaios sieht, unterscheidet sich von dem, was andere sehen. Begreife doch endlich, Phaidros Antomanus: Alkaios' Augen können nur Wahnbilder sehen, das haben die Orakel bestimmt.«

So kam es, daß Alkaios' Körper ein Kontinent blieb, den Phaidros gerne leidenschaftlich erforschte, seine Seele hingegen unzulängliches Fremdland, deren letzte Wahrheit zu kennen ihm Angst einjagte. Vielleicht weil er fürchtete, in dieser Seele Arkanen zu entdecken, die auch ihn betrafen. Etwas, das ihn zwingen könnte, auf sich zu schauen und durch die Wahrheit des anderen seine eigene zu entdecken.

Wenn er in Alkaios' starken Armen lag, dachte er an Porcia Honoria. Die Erinnerung an die Freundin überschwemmte ihn. Dieses Band aus Zuneigung und Verbundenheit stärkte ihn ungemein. Doch jeder Gedanke, ihre Großzügigkeit mit der von ihr erhofften Hingabe zu beantworten, verflüchtigte sich sofort, sobald er sich an Adonis erinnerte, besser gesagt an die Verletzung, die dieser ihm einst zugefügt hatte. Der Gedanke an diese Qual drängte alles andere in den Hintergrund. Diese peinvolle Erfahrung war stärker als alles, was er seither erlebt hatte. Sein Schmerz war schließlich schon so alt, daß er zu einem Teil seiner Person geworden war und damit zu einer dicken Mauer, die das Eindringen von Glück verhinderte.

So viele Gedanken, die nichts mit Liebe zu tun hatten! Er zog sich wieder in sich selbst zurück und betrachtete aus der Ferne, wie durch einen Schleier, seine eigenen Wege. Sie klarer zu erkennen, erhob er sich von seinem Lager, ließ Alkaios zurück und trat hinaus auf die Terrasse, um seinen Lieblingsstern zu befragen, der hoch am Himmel stand.

Wenn Alkaios ihm Lust verschaffte, führten ihn seine Gedanken immer wieder zu den süßen, in inniger Freundschaft mit Porcia Honoria verbrachten Stunden. Und er dachte an die Hilfe, die sie ihm jederzeit gewesen, und voller Überzeugung an die unzerstörbare Bindung, die zwischen ihnen entstanden war.

Wenn er sie schalt und sagte: »Du solltest mich nicht lieben, Porcia Honoria, denn damit verschließt du dich anderen Liebeserfahrungen, die dich retten könnten ...«, dann erinnerte sie ihn an ihre bekannte Auffassung:

»Es gibt Menschen, deren Bestimmung es ist zu lieben. Sie erhoffen nichts, bekommen nichts und fühlen sich dennoch nicht als Opfer.«

»Dann treibt dich also deine persönliche Bestimmung.«

»Das wäre kein Verdienst, denn dann wäre die Liebe so etwas wie ein Beruf. Ich bin Priesterin eines einzigartigen Kultes. Und der gilt dir.«

Als er feststellte, daß sich eine Frau von ihrer Charakterstärke in ein so schwaches Wesen verwandelte, fürchtete er, ihr noch mehr zu schaden.

Denn er erwartete von ihr nur Kameradschaft, wie er von Alkaios ausschließlich Lusterfahrungen erwartete. Nie käme es ihm in den Sinn, von der einen Person zu erbitten, was ihm die andere gab. Da kam ihm der Gedanke, daß es in seiner Macht lag, sie beide zu verletzen.

Er könnte ihnen sagen, was er dem goldfarbenen Knaben gesagt hatte, den Kleopatra Selene ihm als Geschenk geschickt hatte. Er könne ihnen ganz einfach sagen, daß sein Leben noch immer von der Gleichgültigkeit regiert wurde.

DIESE GLEICHGÜLTIGKEIT HINDERTE ihn daran, zu genießen, was Alkaios ihm so gerne anbot, und das war der Stand der Dinge, als Alkaios eines Tages aus dem Palast verschwand und nicht wieder auftauchte.

Phaidros suchte nach einem Grund für seine Abwesenheit und vermutete irgendeinen Streit mit Kleopatra Selene, enthielt sich aber jeder Frage. Nun, da die Quelle seiner Lust fehlte und er sich jede Nachfrage störrisch versagte, besann er sich erneut ganz auf sich selbst und nahm die Arbeit an seinem Werk wieder auf. Er widmete sich dem Schreiben mit solcher Hingabe, daß er sich wie neugeboren fühlte. Ihm schien, als gehöre alles bisher Verfaßte einer Epoche an, die er nicht mit Bewußtsein erlebt hatte, einer Epoche, in der seine Seele noch nicht reif war für diese explosive Schaffenskraft und den Aufschwung zur Größe.

Er ließ sich nur vom pausenlosen Hin und Her der Truppen im Palast ablenken. Es nährte in ihm Befürchtungen über ein unmittelbar bevorstehendes, womöglich gewalttätiges Ereignis, eine kriegerische Auseinandersetzung gar, die dem Frieden in den Bergen unvermittelt ein Ende setzen würde. Doch diese Ängste hatten seinen Sinn fürs Praktische nicht ganz ausgelöscht, und so nutzte er, von seiner Arbeit besessen, wie er war, die Gelegenheit, alle Aspekte des militärischen Lebens zu studieren, die er bislang nicht gekannt hatte, und machte sich eilig Notizen, um sie dann in die Szenen seiner Tragödie, in welchen die Geister des Krieges ihren Auftritt hatten, einzubauen.

Wie sehr hatte sich sein Leben seit der Zeit in der Subura verändert, daß er sich jetzt Dingen widmete, die ihm eigentlich unwichtig waren, anstatt sich wegen der Abwesenheit von Alkaios Sorgen zu machen. Wie groß mußte seine Gleichgültigkeit sein, wenn ihn dessen Abwesenheit nicht schmerzte, das Leben um ihn herum ihn dagegen durchaus sehr interessierte.

Eines Tages drang Kleopatra Selenes Weinen bis auf seine Terrasse. Sie wanderte, noch immer von ihren Alpträumen verfolgt, durch den Palast, suchte schreiend nach ihrem Sohn und verkündete, die Unglücksschwestern hätten an einer versteckten Stelle in den Bergen ihr Nest gebaut. Doch Phaidros gewöhnte sich schnell an diese Ausbrüche, so daß sie ihn nicht mehr erschreckten. Ihn ärgerte nur, daß diese Unglücksschwestern so überaus lästig waren.

Was ihn auch störte, war die Hartnäckigkeit, mit der Cleandrus auf eine Heirat mit Porcia Honoria drängte, die Gefahren beschwor, die das von Augustus erlassene Gesetz der Zwangsehe für beide mit sich brachte, und insbesondere sein anhaltendes Grummeln über die Stunden, die er so zurückgezogen verbrachte, um sich auf die Arbeit an seiner Tragödie über den Fall von Alexandria zu konzentrieren.

»Ach, mein Herr!« rief Cleandrus, »Soviel Arbeit für ein Werk, das man nie aufführen wird.«

»Es wird aufgeführt werden«, gab Phaidros Antomanus in ernstem Ton zurück. »Juba hat mir versprochen, sich beim Präfekten von Alexandria für die notwendige Erlaubnis zu verwenden.«

»Du bist wirklich äußerst naiv, mein Herr. Wenn dein großer Freund Juba tatsächlich so interessiert wäre, würde er dir dann nicht, um deinen Traum zu erfüllen, eines seiner Theater anbieten?«

»Du magst ihn nicht, und deshalb irrst du. In Cäsarea wurden bereits mehrere Werke von mir aufgeführt. Und Juba hat mich um ein weiteres Stück gebeten.«

»Doch nicht um das Stück, an dem du derzeit arbeitest. Oder um andere Tragödien.«

»Stimmt«, sagte Phaidros. »Bislang wurden nur die Lustspiele aufgeführt.«

»Juba möchte es sich mit Augustus nicht verderben und sieht ungern vier gehörnte Gatten und zwei magere Hinterteile auf der Bühne, die sich um einen als Reisender verkleideten Gott streiten.«

»Eine sehr elegante Form, deine Verachtung für meine Werke auszudrücken!« lachte Phaidros.

»Warum sollte ich sie nicht verachten, du selbst tust es doch auch?

Glaubst du tatsächlich, daß dir irgendein Land, das von Augustus abhängig ist, oder eines seiner verbündeten Länder, die du, wenn es dir besser gefällt, auch seine untertänigen Hunde nennen kannst, gestatten wird, den berühmtesten Sieg des Pater Patriae ins Lächerliche zu ziehen? Augustus plant darüberhinaus, Jahrhundertspiele einzuführen, um den hundertsten Geburtstag Roms zu feiern, aber auch den Beginn einer neuen Ära. Unter diesen besonderen Umständen kannst du nicht erwarten, daß ein Mangel an patriotischen Gefühlen toleriert wird.«

»Der hundertste Geburtstag Roms! Wie auch immer Augustus gerechnet hat, ich komme auf eine andere Zahl. Doch wie dem auch sei, er ist, wie du ganz richtig sagst, ein guter Vorwand, den Patriotismus der Römer zu festigen, wie es Augustus auch gelungen ist, mit den Moralgesetzen ihren Konservatismus und mit dem Tugendkult ihre religiösen Gefühle zu stärken, die ja sehr darniederlagen, die armen.«

»Lach nur, lache über Augustus, soviel du willst, wenn es aber um dein Werk geht, hör auf, Blumen zu sehen, wo es nur Eselsdisteln gibt.«

Kaum wieder allein, mußte sich Phaidros eingestehen, daß Cleandrus in mancher Hinsicht durchaus recht hatte. Unter anderem mit dem ziemlich schwerwiegenden Hinweis, daß ihm sein Freund Juba kein Theater für die Aufführung seiner Tragödie über die berühmte Kleopatra, das Opfer des Augustus, angeboten hatte. Das war sein größter Kummer.

In jenen Tagen erreichte ihn eine Nachricht aus Alexandria, eine sehr gute, die ihn kurzzeitig von seinen Sorgen ablenkte. Der wiedergefundene Lucinus teilte König Juba mit, daß seinem Gast, dem Schriftsteller Phaidros Antomanus, eine hohe Ehre zuteil geworden war, die ihm zweifellos Freude bereiten werde:

Der überaus weise Tebestos selbst hatte angeordnet, seine Werke zu gegebener Zeit in den Fundus der Großen Bibliothek von Alexandria aufzunehmen.

Phaidros legte den Brief beiseite, fühlte sich tiefbewegt und schenkte König Juba II. ein inniges Lächeln.

»Das hat Lucinus fertiggebracht. Ich bin mir aber auch sicher, daß du interveniert hast.«

»Ich habe nur die Emissäre bezahlt, die den Auftrag hatten, deine

Werke nach Alexandria zu bringen. Alles andere hast du dir selbst zu verdanken.«

An diesem Tag betrank sich Phaidros erstmals in seinem Leben, so daß man sich bei Hofe zuraunte, er wäre plötzlich menschlich geworden. Juba aber ließ beim abendlichen Festmahl, zur Feier des Tages, die Histrionen Teile aus seinen bekanntesten Werken vortragen.

Betrunken, wie er war, fing der Autor an einer Stelle an zu lachen, die sich auf die gebildeten Römerinnen bezog, auf diese lächerlichen, affektierten Frauen, denen er auf Porcia Honorias Vermittlung hin begegnet war (wie vielen anderen Dingen mehr, das nebenbei).

Angesichts dieses Gelächters scherzte der große Juba:

»Du lachst über deine eigenen Texte? Du bist wirklich sehr eitel.«

»So wenig eitel bin ich, daß ich über mich selbst lache«, rief Phaidros und stocherte damit wieder in früheren Wunden. »Ich lache, weil ich alles, was ich erreicht habe, dem Zufall schulde. Und wenn meine Werke in der Großen Bibliothek von Alexandria stehen, ist das vielen zu verdanken. Phaidros Antomanus hat nur Glück gehabt.«

Der Hof hörte nicht auf, über die bissigen Sticheleien in seinen Werken zu lachen. Und weil es viele Anspielungen auf das römische Tagesgeschehen enthielt, schalten ihn manche frech, vermessen und rücksichtslos, Brillanz sprach ihm gleichwohl niemand ab, und für einen Verfasser von Lustspielen ist das schließlich das Allerwichtigste.

Komödien! dachte Phaidros. Gewiß sind sie die Produkte einer kranken Muse. Denn nur eine solche gibt sich dazu her.

Phaidros wandte sich zu Cleandrus um, der wie immer hinter ihm stand, suchte seinen Blick und fand ihn voller Ironie. Er schien zu bestätigen, was er ihm bereits bei anderer Gelegenheit gesagt hatte: daß seine Freunde den Teil seines Werks, der sie bei Augustus kompromittieren könnte, gern versteckten, um sich selbst nicht in Schwierigkeiten zu bringen, weil es mit ihrer Hilfe oder Zustimmung zustande gekommen war.

Da wies Phaidros Antomanus seinen Freund Juba auf diesen Umstand hin und daß er ihm durchaus einen Vorwurf daraus mache. Doch der Monarch reagierte mit seinem charmantesten Lächeln und bemerkte nur:

»Bringe die Welt zum Lachen, Phaidros Antomanus, denn die Zeiten sind für Tragödien nun mal nicht günstig.«

Phaidros lachte bitter, weil er merkte, daß sein schlauer Diener recht hatte. Juba II. würde sich bei den Autoritäten von Alexandria nicht für seine »Kleopatra« verwenden.

NACHTS GLÜHTE SEIN ganzer Körper.

Er konnte keinen Schlaf finden, und die vergeblichen Versuche einzuschlafen machten ihn so nervös, daß er nicht einmal schreiben konnte. Apathisch, wie er es so oft und gerne war, begab er sich ins Badezimmer, ging mit trägem Schritt ins Wasser und ließ sich völlig willenlos hineinfallen. Er fühlte sich stumpf und von der geistigen Nachtarbeit ausgelaugt. Es war, als hätten seine Glieder die lange Untätigkeit satt, lehnten sich alle gleichzeitig dagegen auf, entschlossen, sich unabhängig zu machen. Er merkte, daß sie sich beim Kontakt mit dem Wasser lebhaft bewegten; es wirkte wie Peitschenhiebe auf jeden Muskel, bohrte sich in jeden Nerv und stach in jede Faser.

Das Abtrocknen schenkte er sich, denn Mauretanien hatte ihn gelehrt, daß die Hitze der Berge schneller und gründlicher arbeitet als diverse handtuchbewehrte Sklaven. Schließlich störte ihn diese Feuchtigkeit nicht allzusehr, ersetzte sie doch nur den unangenehmen Schweiß durch frischere Tropfen, die ihn, heiß, wie es war, an geschmolzenen Schnee erinnerten.

Als er auf die Terrasse trat, fühlte er wieder einmal den Ruf des Abgrunds. Diesmal jedoch noch sehr viel stärker, weil die Hitze aus den Tiefen der Erde zu kommen schien. Ein Krater spie seine Ladung gen Himmel; sie breitete sich dort aus und versengte dabei die Wolken, ja sogar die Sterne.

In Jubas Phantasie war der Wüstenhauch ein brennender Atem, der aus den Spalten und Ritzen der Felsen drang und mit rasender Geschwindigkeit über den Palast hereinbrach. Manchmal hing er auch hoch über dem Palast fest, einem dichten Vorhang aus glühenden Funken gleich, um die Menschen zu peinigen, weil sie die Elefanten nicht gut behandelt hatten.

An diesen Tagen, wenn die Wüste sich in die Lüfte erhob und ihre gewohnten Grenzen weit hinter sich ließ, sehnte sich der Hofstaat nach dem Klima von Cäsarea, erinnerte sich an die Brise, die wie ein sanfter Trost vom Meer her über die Ebene strich, auf der die Stadt angelegt worden war. Auch Phaidros sehnte sich nach dem offenen Meer, das er von seinen Gemächern aus sehen konnte, während sich in der anderen Richtung, hinter dem Königspalast, dichte Wälder und fruchtbare Gärten erstreckten.

Beim Gedanken an diese Idylle wandte er sich von der erdrückenden Bergkulisse ab, die eine so große Hitze abstrahlte, und ging zurück ins Haus, zurück ins milde, goldene Licht der Fackeln. Noch immer ziemlich teilnahmslos, blätterte er in ein paar kostbaren Kopien, die Juba ihm als Andenken an seinen Aufenthalt im Atlas geschenkt hatte. Dabei stieß er auf einige Gedichte zu Ehren Kleopatra Selenes, die ein illustrer Gast verfaßt hatte: Krinagoras von Mytilene, der griechische Dichter, der im Hause des Augustus große Anerkennung genoß. Dann folgten einige kuriose Beispiele seltener Wörter aus den exotischsten Sprachen Indiens, Arabiens, Kleinasiens und Äthiopiens, die Juba so gerne sammelte. Und schließlich das größte Geschenk: Kopien verschiedener Dokumentationen der wichtigsten Forschungsergebnisse Jubas über die vielzitierten Quellen des Nils.

Sie verwiesen auf eine ausführliche Bibliographie, sorgfältig zusammengestellt von den zahlreichen Sekretären des Königs. Das zeigte, wie stolz Juba darauf war, diese Werke von unschätzbarem Alter und Wert in Händen gehalten zu haben, unter anderem eine Sammlung früher phönizischer Sagen, einige punische Bücher, die in Rom unmöglich zu bekommen waren, und die wichtigsten Texte, die griechische Reisende in der Vergangenheit über den Nil verfaßt hatten.

Juba erklärte den angeblich praktischen Aspekt seiner Theorien so:

»Den Berichten der von uns ausgeschickten Kundschafter zufolge hat der Nil seine Quellen an einem Berg im Inneren Mauretaniens, nicht weit vom Ozean. Dort bilden sie einen See, der Nilides heißt und verschiedene Arten von Fischen liefert. Ferner haben wir beobachtet, daß das Ansteigen des Nils mit einem Übermaß an Schnee und Regen in den Bergen von Mauretanien zusammenhängt. Der Fluß kommt dann aus dem See heraus und muß durch eine sandige, unfruchtbare Gegend fließen, was ihm nicht gefällt und weshalb er sich einige Tagesmärsche lang versteckt. Dann kommt er wieder hervor und bildet einen etwas größeren See, und zwar im Land der Berber, ebenfalls in Mauretanien. Auch hier haben wir wieder die gleichen Fischvorkommen, was beweist, daß es sich um den gleichen Fluß handelt. Ein zweites Mal vom Sand verschluckt, verschwindet er für zwanzig Tagesmärsche durch die Wüste, bis er ins Land der Äthiopier gelangt …«

Das war zusammengefaßt die Information, die Alkaios der Königin von Äthiopien bringen sollte, um sie ein für allemal davon zu überzeugen, daß der berühmte Nil zwar ihr Königreich erreichte, das aber nur nebenbei und erst nachdem er in Mauretanien entsprungen war. Diese Tatsache konnte in den Augen der Welt so wichtig, so entscheidend sein wie das Epos, das Kleopatra Selene bei einem Komödienschreiber in Auftrag geben wollte.

Jubas Anspruch war Teil einer Strategie zur Festigung seines Ruhms und als solcher von einiger Bedeutung. Er besaß die römische Staatsangehörigkeit, war mit einer Nachfahrin der Ptolemäer vermählt, und dieser glorreiche Name schmückte auch seinen Sohn. Er selbst stammte vom illustren Masinissa ab, womöglich auch von den Gründern des allmächtigen Karthago. Und dann, um die Zahl seiner Vorzüge vollzumachen, entsprang auch noch der Nil, der mystische Fluß schlechthin, den bereits die alten Griechen als Wiege der Zivilisation bezeichnet hatten, in seinem Reich.

Konnte ihm irgendeine einäugige Königin sein Recht auf Unsterblichkeit absprechen?

DOCH DER MANN, der diese Botschaft nach Äthiopien bringen sollte, war nicht wieder aufgetaucht. Für einen kurzen Augenblick war Phaidros ihm sogar dankbar. Diese Abwesenheit, was auch immer ihr Motiv sein mochte, kam wie gerufen. Es schien, als sei Alkaios, mit seinem angeborenen Sinn für den richtigen Zeitpunkt, just in dem Moment verschwunden, als der Zauber, den er auf Phaidros ausgeübt hatte, nachzulassen anfing.

Phaidros vergaß die Quellen vom Nil, um sich der Suche nach seinen eigenen Quellen zu widmen, nach dem Ursprung seiner Unentschiedenheit, seiner Zerrissenheit und der gewaltigen Widersprüchlichkeit seiner Liebesangelegenheiten. Eine notwendige und zugleich seltsame Suche, deren Hauptmotiv darin bestand, herauszufinden, warum ihn ein schrecklicher Fluch für die verschwenderische Liebe Porcia Honorias unempfindlich machte und welcher seltsame Rückfall schuld daran war, daß ihn die attraktiven Geheimnisse des Alkaios aus Osirrincus nicht mehr faszinierten.

Mochte Alkaios aus Osirrincus auch nie wieder in den Palast

zurückkehren, Porcia Honoria würde herbeieilen, und zwar mit der von ihm in seinem letzten Brief erbetenen Geschwindigkeit. Sie würde ihm ihre Hilfe anbieten, allerdings auch die Gelegenheit nutzen, um mit ihren zarten Nägeln in einer gewissen Wunde zu wühlen. Denn zu einer Wunde war Phaidros' unentschiedener Seele ihre Beziehung geworden.

Da kam ihm plötzlich der Gedanke, daß er diese Reise verhindern mußte. Ein entsprechender Brief, eine barmherzige Lüge, eine Halbwahrheit, eine dieser drei Möglichkeiten mußte genügen. Als er sie erwog, merkte er aber sofort, daß alle drei nicht taugten. Jeder Versuch, die Situation zu vertuschen, würde eine Entscheidung nur hinauszögern. Er würde den Schmerz, den er Porcia Honoria so gern ersparen wollte, nur noch steigern.

Es gab nur eine Wahl: die Wahrheit. Eine Wahrheit, die kein Mitleid kennt, die volle, grausame Wahrheit mußte der noch immer Verliebten vor Augen gehalten werden.

Der Anfang mußte kurz und bündig lauten: *Nie werde ich dir geben können was du dir erhoffst, verehrte Minerva. Deshalb mußt du von deiner Absicht, zu kommen und mich zu trösten, unbedingt Abstand nehmen, mag ich dich auch noch so sehr darum gebeten haben …*

PHAIDROS WOLLTE SOEBEN diese bittere Erklärung niederschreiben, als er verzweifelte Schreie hörte, die von den Wänden widerhallten. Offenbar war ein schreckliches Unglück passiert. Es war, wie gewohnt, Kleopatra Selene, die da schrie. Doch diesmal hatte nicht irgendein vager Alptraum schuld, sondern eine tatsächlich eingetretene, konkrete Gefahr.

Cleandrus kam ins Zimmer gerannt, was sonst nicht seine Art war. Ihm folgten fünf Soldaten der nubischen Wache, bereit, seine Gemächer gründlich zu durchsuchen.

Phaidros Antomanus ärgerte sich über die Eindringlinge und wollte protestieren, da schnitt Cleandrus ihm das Wort ab, faßte geschwind seine Hand und gab ihm folgendes zu wissen:

»Prinz Ptolemaios ist entführt worden.«

Dann erklärte er ihm, was die Damen der Königin berichtet hatten: Ein häßliches Weib, das sich im Gynäkeion als neue Amme ausgab, war in den frühen Abendstunden gekommen, mit dem Auftrag, den Prinzen zur Sternwarte seines Vaters zu bringen. Und weil das sehr häufig vorkam, maßen die Zofen der Sache keine große Bedeutung bei (was sich nun änderte, da Kleopatra Selene jeder einzelnen hundert Peitschenhiebe verpassen ließ).

»Und wer war diese Amme?« fragte Phaidros äußerst interessiert.

»Keiner hat sie mehr gesehen, sie verschwand mit dem Prinzen. Das seltsamste dabei ist, daß sie im Falle ihres neuerlichen Erscheinens auch nicht zu erkennen wäre, weil sie den für die hiesigen Bauersfrauen typischen Halbschleier vor dem Gesicht trug.«

Da kam Phaidros plötzlich eine Idee. Er erinnerte sich an das Gespräch zwischen Alkaios und der Königin, das er vor einigen Wochen belauscht und in dem Alkaios sie gedrängt hatte, nach Ägypten zurückzukehren, um dort wieder den Thron der Ptolemäer einzunehmen.

»Wo ist Juba?« fragte er und wandte sich zur Tür. »Ich muß ihn sofort sprechen.«

»Er ist mit seinen Truppen auf der Suche nach seinem Sohn«, antwortete Cleandrus, der seinem Herrn folgte. »Seine Soldaten und die von Cäcilius Muranus haben sich zusammengetan. Sie werden in diesen Bergen keinen Stein auf dem anderen lassen.«

Nach der Königin mußte Phaidros nicht fragen. Ihre Schreie waren nicht zu überhören; ihr Schluchzen mischte sich mit dem des Hofstaates und dem Lärm der unablässig hin und her eilenden Soldaten, die in alle Gemächer eindrangen und alles umrannten, was sich ihnen in den Weg stellte. Phaidros riskierte es, einer der Umgerannten zu sein, und eilte in den Thronsaal.

Dort befand sich Kleopatra Selene, umgeben von ihren Damen, einigen Höflingen und den Soldaten, die Juba zu ihrem Schutz abgeordnet hatte. Phaidros Antomanus stellte zu seiner großen Überraschung fest, daß sie trotz der Dramatik der Situation Zeit gefunden hatte, die feierlichsten ägyptischen Gewänder anzulegen.

»Wir haben um unser Leben gefürchtet und entsprechende Vorsichtsmaßnahmen ergriffen«, erklärte Kleopatra Selene so nervös, daß sie sich am Thron festhalten mußte, um nicht zu wanken. »Wir konnten uns allerdings nicht vorstellen, daß es diese Hunde auch auf den Prinzen abgesehen haben könnten.«

»Wem galten die Vorsichtsmaßnahmen?«

»Alkaios aus Osirrincus.«

»Auch ich glaubte, daß er sich für dich und Juba interessierte. Frag mich nicht, wie ich es erfahren habe, aber ich weiß, daß er dich mit nach Alexandria nehmen wollte.«

Sie beobachtete ihn mißtrauisch, enthielt sich jedoch weiterer Nachforschungen in dieser Sache. Was sie in diesem Augenblick beschäftigte, war sehr viel wichtiger. Das Leben ihres Sohnes stand auf dem Spiel. Bei diesem tausendmal wiederholten Gedanken kamen ihr unvermeidlich Marcellus' trauriges Schicksal und Octavias Schmerz in den Sinn.

»Auch der Prinz eignet sich zur Umsetzung dieser Wahnsinnsidee!« rief sie und brach in heftiges Schluchzen aus. »Wenn jemand entschlossen ist, den Thron meiner Vorfahren wieder in sein Recht einzusetzen, interessiert er sich für ein Symbol, nichts weiter. Und mein Sohn ist, vergiß das nicht, ein Nachfahre Alexanders.«

Phaidros wunderte sich, daß sich die Königin, dieses kleine Mädchen von gestern, auch in ihrem Schmerz um dynastische Fragen kümmern mochte. Da ihm dergleichen Dinge unwichtig waren, kehrten seine Gedanken sofort wieder zum aktuellen Geschehen zurück. Jetzt plötzlich erklärten sich viele bislang rätselhafte Aktivitäten von Alkaios und setzten sich zum Bild eines völlig absurden Unterfangens zusammen. Ein Sohn des Marcus Antonius, von ungebildeten Berbern umgeben, wollte Rom widerstehen, gänzlich unvorbereitet, nur ausgestattet mit einer Portion Schläue und völlig unzureichenden Kampfmitteln:

Sie bedienten sich einer als Landfrau verkleideten Amme, um die Römer aus Ägypten hinauszuwerfen!

Phaidros Antomanus brach bei dem Gedanken in gewaltiges Gelächter aus; ein krasser Gegensatz zur Verzweiflung auf den Gesichtern aller anderen.

Kleopatra Selene bedachte ihn mit einem wütenden Blick.

»Worüber lachst du, wenn das Leben meines Sohnes in Gefahr ist?«

»Über die ganze absurde Geschichte, Königin von Mauretanien. Ist das, was du mir erzählst, tatsächlich passiert, oder habe ich es im Traum niedergeschrieben? Dieser Alkaios, der auftaucht und wieder verschwindet, wie der betrogene Ehemann in meinen Lustspielen ... Dieser andere dunkle, unfaßbare Feind, der sich schließlich als Amme entpuppt, die keiner verdächtigt ...«

»Hat Alkaios dir gegenüber nie von einer Frau gesprochen?«

»Nur von den Unglücksschwestern. Die anscheinend überall auftauchen, als Anführerinnen.«

»Nimm ihren Namen nicht in den Mund!« schrie Kleopatra Selene ehrlich erschrocken. »Sie tauchen auf, sobald sie erwähnt werden. Wir Kinder Alexandrias werden nie Frieden haben! Mögen wir auch alle Katastrophen überleben, diese Hexen werden uns unaufhörlich verfolgen und den Frieden unserer Kinder stören.«

Wie zum Beweis, daß Phaidros die Situation richtig eingeschätzt hatte, überstürzten sich nun die Ereignisse. Nach wenigen Stunden erschien ein Bote, verschwitzt und atemlos, mit dem Auftrag, vom glücklichen Ausgang der Suchaktion zu berichten.

Jubas Wachen konnten dank der erstbesten in der Umgebung des Palastes erwischten und befragten Eingeborenen die heilige Höhle identifizieren, in der die mysteriöse Amme zu verkehren pflegte.

»Eine heilige Höhle!« rief Phaidros, ohne seine Beklemmung zu verbergen. Da überfiel ihn plötzlich eine seltsame Vorahnung und ließ ihn nachfragen: »Wie sah diese Amme aus?«

Jubas Hauptmann antwortete, die Posten am Haupttor hätten gesehen, daß sich eine sehr dicke, hochgewachsene Frau mit breitem Rücken heimlich aus dem Palast geschlichen habe, die ihr Gesicht hinter schwarzen Schleiern verborgen hatte, wie besagte Amme. Als die Wachen sahen, daß sie ein gewaltiges Paket in den Armen trug, in ebenso schwarze Tücher gehüllt wie sie selbst, dachten sie, es handle sich um die Sklavin der Königin, die Körbe mit schmutziger Wäsche transportierte und diesen Weg jeden Abend machte.

Kleopatra Selene behauptete jedoch, keine ihrer Sklavinnen verließe abends den Palast, zumindest nicht ohne ihre Zustimmung. Phaidros hätte gern eine Probe seiner guten Laune gegeben und hinzugefügt: »Außerdem waschen wir die schmutzige Wäsche zu Hause!« Doch diese Bemerkung, dachte er, wäre wohl zuviel für eine Königin, die im Moment vor allem eine vom Schmerz beinahe verrückte Mutter war.

Dann dachte er: Jubas Hof ist voller Narren. Nur so war zu erklären, daß sowohl die Damen der Königin als auch die Wachposten am Haupttor das Erscheinen einer Frau, die mehrere Abende nach Lust und Laune einen so streng bewachten Ort betrat und wieder verließ, einfach so hinnahmen. Es wunderte ihn nicht weniger, daß die Wachen unter allen typischen weiblichen Merkmalen nur bemerkt hatten, daß die Frau groß und herkulisch gebaut war. Woraus Phaidros schloß, daß diese Attribute bei ihr tatsächlich sehr ausgeprägt sein mußten, sonst wären sie wohl nicht so aufgefallen.

Da spürte er, wie in seinem Inneren etwas zusammenbrach. Zugleich überstürzten sich die Ereignisse mit einer Geschwindigkeit, die bei einer von erfahreneren Köpfen organisierten Entführung undenkbar gewesen wäre.

Erst nach mehreren, angstvollen Stunden drangen weitere Nachrichten über die Suchaktionen von Juba und Cäcilius Muranus zu ihnen. Wie zu erwarten, waren die von letzterem am ausführlichsten. Beide waren auf dem Weg zurück in den Palast. Den Prinzen Ptolemaios hatten sie bei sich.

Nach etwas über einer Stunde erscholl ein Jagdhorn und verkündete die Ankunft des Königs am Haupttor. Diese erfreuliche Nachricht ließ Kleopatra Selene mit einem Schrei auf die Terrasse stürzen. Von dort aus konnte sie zu ihrer unendlichen Erleichterung sehen, daß in der Palästra Soldaten Juba vom Pferd halfen, mit größter Vorsicht, weil er seinen Sohn im Arm hielt.

Dann kamen die Gefangenen, umringt von den römischen Soldaten. Sie gehörten Stämmen an, die an den Grenzen des Landes lebten und von deren Existenz die Königin von Mauretanien noch nie gehört hatte. Dunkelhäutige Männer von wildem Aussehen, alte und junge. Doch allen gemeinsam war der grimmige Blick und der hartnäckige Kampf gegen die engen Eisenringe an ihren Handgelenken, die sie miteinander verbanden.

Unter den Gefangenen war auch die Entführerin des Prinzen. Sie trug keine Kopfbedeckung, und das erste, was die Königin bemerkte, waren ihre üppigen schwarzen, vor Schweiß und Aufregung glänzenden Locken, die über ihren kräftigen Rücken fielen. Der Körper der falschen Amme war, wie es die Posten gesagt hatten, stattlich und athletisch.

Diesmal brach Kleopatra Selene, nicht ihr Freund, der Schriftsteller, in Lachen aus. Sie wandte sich zu Phaidros um, packte ihn heftig am Arm und rief:

»Komm mit mir, Gärtner, endlich kannst du dich von der Richtigkeit meiner Vorhersagen überzeugen!«

Während er an der Hand der Königin die Treppe zur Palästra hinunterging, sah sich Phaidros die Berber genau an, insbesondere das übergroße Weib, das alle Köpfe überragte.

Warum um alles in der Welt mußte gerade diese Frau Alkaios aus Osirrincus sein?

Doch er war es, tatsächlich, er war es, ganz ohne den Glanz und die Glorie, die Phaidros ihm verliehen hatte. Kein Titan, nicht einmal ein Held. Es war Alkaios, ein armseliger Hampelmann, der in einem so lächerlichen, mittelmäßigen Stück die Hauptrolle spielte, daß selbst der schlechteste Schriftsteller Roms die Autorenschaft zurückgewiesen hätte.

Da fühlte sich Phaidros doppelt lächerlich. Weil er gebeten hatte, über Alkaios' Geschichte vor ihrem Zusammentreffen und der Wiedererinnerung Alexandrias Stillschweigen zu bewahren. Weil er ab dem Zeitpunkt seines wunderbaren Erscheinens gewünscht hatte, er möge sein bisheriges Leben auslöschen und nach seinen Wünschen neu schreiben. Und weil ihm das, was dabei herausgekommen war, überhaupt nicht gefiel.

Wieder einmal widmete er sich der Analyse seiner tiefsten Gefühle, anstatt dem Bericht über die Suchaktion zu folgen, den Cäcilius Muranus, der ungeschliffene Gesandte, Kleopatra Selene abgab, stolzgeschwellt und mit seiner gewohnten, auftrumpfend übertreibenden Redseligkeit.

Cäcilius Muranus bemerkte ferner, man solle die Gefangenen vor der Hinrichtung einem Verhör unterziehen, um etwas über mögliche Verbindungen zu anderen Bergvölkern in Erfahrung zu bringen, insbesondere aber zu erhellen, welche Rolle Alkaios aus Osirrincus als Vermittler zu den ägyptischen Rebellen spielte. Schließlich standen die Interessen Roms noch immer über allen anderen Überlegungen, und Cäcilius Muranus betrachtete die Einmischung eines fremden Landes in die Unruhen der Bergvölker noch immer als greifbaren Beweis für eine gewaltige internationale Verschwörung.

Juba zuckte die Schultern und lächelte traurig, denn mal wieder fühlte er sich von einer Reihe von Ereignissen aus dem Universum vertrieben, das er unter jahrelangen, großen Anstrengungen geschaffen hatte.

Als die Soldaten die Gefangenen in die unterirdischen Kerker schleppten, kam es zu einem Zwischenfall, der bei Phaidros Antomanus Bestürzung auslöste.

Der titanische Alkaios, dessen Blut mit dem seinen vermischt war, riß sich von seinen Bewachern los und fiel vor Kleopatra Selene auf die Knie. Mit seinen schwarzen Kleidern und den vor Grauen entstellten Zügen, die Phaidros noch vor wenigen Tagen für vollkommen gehalten hatte, bot er ein Bild des Jammers.

»Gnade, meine Königin!« heulte der gedemütigte Athlet. »Gnade, um des Bluts von Marcus Antonius willen!«

Dann küßte er wieder und wieder die Falten der Tunika aus ägyptischem Leinen, was Kleopatra Selene völlig ungerührt ließ. Im Gegenteil, sie warf ihm lediglich einen verächtlichen Blick zu und schritt nicht ein, als ihn die Soldaten zu den anderen Gefangenen zurückschleppten. Sie zeigte auch keine Regung, als Alkaios durch die langen Gänge geführt wurde und dabei anhaltend brüllte. Sie erlaubte sich lediglich ein eigenartiges triumphierendes Lächeln, als sich auf Phaidros' Gesicht eine tiefe Enttäuschung abzeichnete.

»Du hättest auf meine Warnungen hören sollen«, sagte sie und spielte damit ihren Sieg über seine Illusionen aus. »Du hättest auf mich hören sollen, als ich dir sagte, Alkaios ist krank.«

»Endet seine Krankheit im Absurden?«

»Im Gegenteil, dort beginnt sie.«

Und mit einem furchtsamen Blick, einem Blick, der seine ganze Angst vor einer weiteren Enttäuschung ausdrückte, fragte Phaidros:

»Hast auch du mich belogen, als du mir sagtest, er sei Marcus Antonius' Sohn?«

»Darin lügen weder er noch ich. Was dich nicht weiter überraschen sollte, weil alles, was mein Vater tat, zum Scheitern verurteilt war.«

Dann nahm sie ihren Sohn aus den Armen einer seiner Ammen – der echten diesmal – entgegen und stellte fest, daß er eiskalt war. Aus Angst oder wegen der Kälte in den Bergen?

In dieser Nacht schlief der Prinz bei seiner Mutter. König Juba selbst deckte ihn mit seinem Purpurmantel zu und zeigte so seine Freude über den wiedergefundenen Erben.

Da sagte die Königin sehr ruhig:

»Du wirst hierbleiben, mein Kleiner. Alexandria wird ohne Ptolemaios überleben müssen.«

ALEXANDRIA ÜBERLEBTE AUCH ohne Ptolemaios, wie viele Jahre später auch Mauretanien ohne ihn überleben mußte. Denn obgleich der Prinz seinem Vater schließlich auf dem Thron folgte, war die Zeit seiner Regentschaft kurz und nicht sehr glorreich, sein Tod jedoch symptomatisch für die absurden Situationen, in die er von Kind an verwickelt war.

Jahre mußten vergehen, andere Cäsaren mußten in Rom an der Macht sein, bis sich an König Ptolemaios das tragische Schicksal seiner Familie erfüllte. Augustus starb, Tiberius kam, und als Caligula seine blutige Herrschaft ausübte, vollendeten die Unglücksschwestern mit seiner Hilfe ihr Zerstörungswerk, das sie in der Nacht, als Alexandria fiel, begonnen hatten.

Die Chronisten erzählten später, König Ptolemaios von Mauretanien habe bei seinem Besuch in Rom voller Stolz den von seinem Vater geerbten Purpurmantel getragen. Diese Prunksucht – das Kennzeichen eines Monarchen, der nur für und vom Luxus lebte – erregte den Neid Caligulas, der glaubte, ihm allein stünde das hohe Privileg zu, sich in der Öffentlichkeit entsprechend zur Schau zu stellen. Andere Chronisten aber, die nüchterner waren, ließen durchblicken, daß Rom schon lange ein Auge auf die Besitztümer von Ptolemaios geworfen hatte und sein übertriebenes Auftreten nur ein willkommener Vorwand war, ihm diese zu entreißen.

Endlich nahm Rom die Maske ab, derer sich Augustus bedient hatte, um eine zweideutige Situation zu verschleiern. Rom machte Mauretanien definitiv zu einer Provinz.

So wurde auf Caligulas Befehl der letzte Ptolemäer, der zugleich der letzte König von Mauretanien war, ermordet: auf einem purpurfarbenen Umhang, der sich dabei von seinem eigenen Blut rot färbte.

Doch in den glorreichen Jahren der Regentschaft von Juba II. war nicht vorauszusehen, welche bösen Absichten die Unglücksschwestern gegen Ptolemaios hegten. Und Kleopatra Selene hüllte den künftigen König von Mauretanien in den purpurnen Umhang, dessen außergewöhnliche Schönheit selbst die Götter vor Neid erblassen ließ.

Die Götter, auf die Caligula folgte.

DANN GESCHAH ALLES so schnell wie in den Erzählungen der Blinden, die in den Säulengängen orientalischer Städte Geschichten erzählen. Phaidros Antomanus kam in der Nacht und an dem Tag nach der Festnahme von Alkaios nicht zur Ruhe. Er meinte, dessen Schmerzensschreie zu hören, fühlte die spitzen Haken in sein Fleisch eindringen, die Zangen seine Muskeln zerreißen und die feinen, glühenden Nadeln sich zwischen Nägel und Fleisch bohren.

Obwohl an diesem Abend wie immer ein Bankett stattfand, war Phaidros einer Ohnmacht nahe beim Gedanken, daß dieser Alkaios, der während aller Festgelage des Sommers das Triklinium neben ihm eingenommen hatte, sich in dem Moment in einem düsteren Kerker befand oder womöglich auf eine Folterbank gestreckt war, weil ihn seine bekannte Mannhaftigkeit gehindert hatte, die von seinen Schergen geforderten Informationen zu geben. Phaidros war sich dessen ganz sicher und stellte sich daher vor, daß sich die Römer gezwungen sahen, ihre Foltermethoden so zu steigern, daß sie das Maß menschlicher Widerstandskraft übertrafen …

Er dachte so viel an Alkaios' Qualen, daß er den König bat, ihm so schnell wie möglich eine Audienz zu gewähren.

Juba war in tiefe Meditation versunken, die sein Gesicht verdüsterte, als stünde er vor einer unabwendbaren Katastrophe.

»Falls du kommst, um für Alkaios' Leben zu bitten, sei dir gleich gesagt, daß ich nichts für ihn tun kann …«

Phaidros unterdrückte einen Schrei des Entsetzens.

»Dann erwartet ihn also der Tod?«

Juba nickte.

Da machte Phaidros eine beeindruckend dramatische Handbewegung und rief:

»Mein armer, mein wunderbarer Freund. Er wußte, daß er letztlich sein Leben für die Sache würde hingeben müssen … und ich weiß, daß ich ihm zumindest das Leiden ersparen möchte.«

»Wie das, Phaidros Antomanus?«

»Im Namen unserer Freundschaft bitte ich dich: Foltere ihn nicht, um ihm ein Bekenntnis abzuringen …«

»Das war nicht nötig.«

»Was sagst du da?«

»Er war so verängstigt, daß er gestand, ohne daß man ihm ein Härchen krümmen mußte.«

Da entstellte ein Ausdruck höchsten Erstaunens für einen Augenblick Phaidros' Gesicht.

»Nicht sehr erbaulich, was du mir da erzählst«, flüsterte er.

»Er hat meine unloyalen Untertanen verraten, was wohl ein Akt der Gerechtigkeit ist, denn schließlich haben sie ihn benutzt und nicht umgekehrt.« Und als er sah, daß Phaidros' Bestürzung zunahm, setzte er hinzu: »Mein Sohn wäre nie nach Alexandria gekommen.«

»Mein König, dir ist wohl nicht bekannt, daß Alkaios Teil einer Verschwörung ist, die das Ziel hat, den Thron Alexandrias wieder aufzurichten, und zwar für deine Gattin.«

»Sie selbst hat es mir erzählt. Doch weiß sie so gut wie ich, daß kein ernst zu nehmender Ägypter die Rückkehr einer fremden Dynastie herbeiwünscht. Sie möchten die römische Herrschaft loswerden, ohne sich dafür die Griechen einzuhandeln.«

»Und was ist mit Prinz Ptolemaios?«

»Die Gaetulier wollten ihn als Druckmittel benutzen und mich zwingen, ihren Forderungen nachzukommen. Deren Inhalt dich wohl recht wenig interessieren dürfte.«

»Nein, weder dich noch mich.«

»Richtig. Mich interessiert nur, mein Königreich mit schönen Dingen auszustatten.«

Und in der Traurigkeit, die über dem König lag, erkannte Phaidros einmal mehr die eines Mannes, der nirgends am richtigen Platz war, eines Königs, dem es weder gelungen war, von seinem Volk geliebt, noch, von seinen Feinden respektiert zu werden.

»Seltsam, dieser Alkaios! Er war kein Gesandter Königin Candancias, er war kein Spion, möglicherweise waren nicht einmal bestimmte Heldentaten wahr, derer er sich so sehr rühmte ...«

»Wir werden es nie wissen. Sicher ist lediglich, daß Alkaios keine wie auch immer geartete Beziehung zu Gruppen in Ägypten hatte, die gegen die Römer dort kämpfen.«

Nach einer langen, angespannten Stille rief Phaidros scherzend:

»Er war einfach lächerlich! Ein Riesenkerl wie er als Landfrau verkleidet!«

»Ist das dein Ernst?«

»Jawohl.«

»Phaidros Antomanus!« schrie der König, »in dieser Nacht stehen viele Leben auf dem Spiel, vergiß das nicht!«

»Du hast recht. Ich schäme mich, einem Menschenleben weniger Wert beigemessen zu haben als einer Statue. Nun, was gedenkst du mit den Gefangenen zu tun, König Juba?«

»Cäcilius Muranus hat sich für mich Gedanken gemacht«, antwortete Juba, ohne aus seiner Traurigkeit einen Hehl zu machen. Als er merkte, daß Phaidros gespannt wartete, fuhr er fort:

»Sie werden zum Tod am Kreuz und durch das Feuer verurteilt.«

Plötzlich wurde Phaidros bewußt, nicht ohne pathetische Ironie, daß sie an Alkaios gedacht hatten wie an etwas bereits Vergangenes.

JUBA GAB PHAIDROS die Erlaubnis, seinen Freund vor der Hinrichtung noch einmal zu besuchen. Es hatte ein kurzer Besuch zu sein, weil Cäcilius Muranus' Soldaten vor der Mauer schon die Kreuze aufrichteten und Jubas numidische Leibwache dabei war, die Bergbewohner zu drängen, auf den großen freien Platz vor dem Palast zu kommen und dem Exempel, das hier statuiert wurde, beizuwohnen.

Als Phaidros den Kerker betrat, dauerte es eine Weile, bis er Alkaios entdeckte. Schließlich bemerkte er ihn in einer Ecke, zusammengekauert auf einem schmutzigen, vom Urin unzähliger anderer Gefangener durchtränkten Haufen Stroh. Er schlug verzweifelt gegen die Wände – ein aussichtsloser Versuch, sie zum Einstürzen zu bringen.

»Ich will nicht leiden!« brüllte er. »Hilf mir, Bruder. Juba hat die Mittel, mir einen sanften Tod zu geben. Bitte ihn um diese Gnade. Dir kann er sie nicht abschlagen.«

Phaidros sah ihn an, wie er ihm zu Füßen kniete und sich wie ein Hund auf dem Stroh wälzte. Da fühlte er erstmals seit ihrer Bekanntschaft das schmerzliche Mitleid, das wehrlose Opfer auslösen. Was für eine befremdliche Veränderung! Hatte er ihn doch bisher als einen Mann betrachtet, der anderen seinen Willen aufzwingen konnte.

Er kniete sich neben ihn nieder und sah ihm direkt in die Augen, die vor Angst schier aus ihren Höhlen sprangen.

»Sohn des Marcus Antonius! Gibt es unter all den Dingen, die du mir erzählt hast, eine Sache, die wahr ist?«

»Ja ...«, sagte Alkaios leise, mit der Stimme eines Wahnsinnigen.

»Sag mir diese Wahrheit. Sag sie mir, daß ich dich nicht verfluchen muß, solange du noch lebst!«

»Das Haupt von Cäsarion«, stöhnte er. »Suche es am angegebenen Ort … Eine Höhle auf der Insel der Isis …« Und dann, mit einem gewaltigen Schrei: »Meine Asche, Bruder, meine Asche!«

Von da an redete er nur noch unzusammenhängende Sätze, die sich auf seinen Vater Marcus Antonius bezogen und auf die Fische in seiner Geburtsstadt.

Phaidros Antomanus begab sich wieder in Jubas Studierzimmer und bat ihn im Namen ihrer alten Freundschaft, zu geben, worum Alkaios ihn angefleht hatte. Und als der König ein winziges Gefäß mit einer grünlichen Flüssigkeit fand, sagte er zu ihm:

»Erinnerst du dich, daß ich dir bei einer bestimmten Gelegenheit riet, im Garten der Octavia weise Kräuter anzupflanzen? Die Kräuter, aus welchen diese Arznei gemacht wurde, sind voller Weisheit. Vielleicht solltest auch du sie einnehmen.«

»Ich brauche sie nicht. Mag auch das Leben grausam sein, der Tod ist schlimmer. Außerdem habe ich meine Arbeit noch nicht zu Ende gebracht.«

»Meinst du Alkaios?«

»Nein, mein Werk. Alkaios hat damit bereits nichts mehr zu tun. Es mag dir seltsam erscheinen, aber jetzt werde ich Marcus Antonius, Kleopatra, ja sogar Alexandria einfügen.«

»Du gibst zuviel von dir selbst für ein Werk, das nie aufgeführt werden wird.«

Darauf legte er ihm das winzige Giftfläschchen in die Hand. Phaidros aber wies es zurück.

»Willst du es ihm nicht selbst geben?« fragte Juba erstaunt.

»Ich will ihn nicht mehr sehen.« Dann fuhr er, um Verständnis heischend, fort: »Ich habe ihn gebeten, mir zu zeigen, was Begehren, nicht, was Liebe ist. Ich habe von ihm eine heroische Tat verlangt, die das menschliche Maß übersteigt … Doch er hat mich, seinen Freund, betrogen, obwohl sein Blut in meinen, mein Blut in seinen Adern fließt …«

Er ging durch das Gewirr der langen Gänge in seine Gemächer zurück und fühlte, wie sein Umhang gegen die bemoosten Steine der Mauern klatschte. Er wallte dramatisch, wie der Umhang einer dieser unnatürlichen Figuren, die er in den Theatern gesehen hatte … wenn das Stück nicht ein Lustspiel von Phaidros Antomanus war.

NACH DIESEN TRAURIGEN Ereignissen begab sich der Hof nach Cäsarea, Phaidros Antomanus jedoch blieb nur wenige Stunden in der Stadt, bis er sich auf einer Galeere einschiffen konnte, die zur libyschen Küste fuhr. Dort wollte er aussteigen und den einsamen Strand aufsuchen, an den sich Marcus Antonius, die Hauptperson seines Werks, der große Verlierer von Alexandria, vor Zeiten zurückgezogen hatte, um über das Schicksal nachzudenken.

Vor seiner Abreise hatte er ein langes Gespräch mit Juba, in dessen Verlauf ihm dieser einige Empfehlungsschreiben für wichtige Persönlichkeiten in Alexandria übergab, aber auch Instruktionen über die angemessene Art und Weise, sich dem Präfekten von Rom zu präsentieren.

In Vertretung des Königs begleitete Kleopatra Selene ihren Ehrengast zum Schiff, und ihre Sklaven halfen Cleandrus mit dem Gepäck, das üppig war und luxuriös, wie es einem großen Herrn zustand.

Phaidros Antomanus ließ es sich jedoch nicht nehmen, selbst ein goldenes Gefäß zu transportieren, das die Asche des Alkaios aus Osirrincus enthielt.

Kleopatra Selene streichelte diese düstere Kostbarkeit und fragte Phaidros sanft, was er mit seinem Inhalt zu tun gedenke.

»Ich werde den letzten Willen deines verrückten Bruders erfüllen. Vielleicht tue ich es, weil dieser Akt noch verrückter ist als alle anderen Akte. Sagen nicht die Reimeschmiede zu Recht, daß jeder Wahnsinn mit einem noch größeren Wahnsinn enden muß, damit keiner in der Seele der Weisen eine Spur hinterläßt.«

»Dieser arme Verrückte hat dich geliebt, Phaidros. Du aber hast ihm einen Besuch verweigert, als er in der Todesstunde nach dir rief. War das Liebe oder die subtilste Form der Grausamkeit, die zu erleben mir je vergönnt war?«

»Ich war nie nachtragend und habe in meinem Leben immer allen verziehen, die mir weh getan haben, außer denen, die meinem Traum schaden wollten. Von deinem Bruder werde ich jedenfalls ein gutes Andenken bewahren, weil er mir bei einer bestimmten Gelegenheit half, Begehren und Mythos zu vereinen.«

Sie blickte ihn mitleidig an, doch Phaidros verstand nicht, warum.

»War diese Tat des lieben Gärtners, der Freude meiner Kindheit, würdig?«

»Wie oft habe ich dir bereits gesagt, daß es diesen Gärtner nicht mehr gibt. Was die Tat betrifft, so war auch diese zu meinem Vorteil. Vielleicht war es schon so, als ich noch ein Sklave war. Was immer mir widerfährt, gerät mir letztendlich zum Vorteil.« Dann machte er eine Pause und setzte schließlich hinzu: »Ich habe wohl nie wirklich geliebt. Vielleicht habe ich in den anderen immer nur ein Traumbild geliebt.«

»Warum klagst und lamentierst du dann immer? Das ist so, seit ich dich kenne.«

»Weil ich der Liebe wegen viel gelitten habe, obwohl ich nicht wahrhaft liebte. Und leiden für ein Nichts, das ist tatsächlich die allergrößte Ungereimtheit. Doch dank dessen trage ich andere Dinge in mir. Die Sehnsucht nach dem Nil, das Verlangen nach Freiheit und den Wunsch, das Haupt Cäsarions zu küssen.«

»Verrate mir nie, wo es sich befindet, tu mir diesen Gefallen!« rief die Königin und sah dabei wieder so ängstlich aus wie damals in den Bergen des Atlas.

»Willst du es tatsächlich nicht wissen?«

»Niemals«, erwiderte sie. »Mag die Vergangenheit der Ptolemäer noch so ruhmreich gewesen sein, Kleopatra Selenes Heldenepos hat mit der Herrschaft Jubas zu beginnen.«

Er dachte kurz nach und sagte schließlich:

»Ich möchte dich auch um einen Gefallen bitten. Wenn Porcia Honoria kommt, kümmere dich bitte angemessen um sie, und rate ihr, nicht nach mir zu suchen.«

Die Königin von Mauretanien lächelte traurig und streichelte ihm die Wange:

»Du wolltest Alkaios nicht begegnen in seiner Todesstunde. Du willst Porcia Honoria nicht begegnen, jetzt, wo sie dich braucht. Gibt es eine Begegnung, der du nicht ausweichen wirst, Phaidros Antomanus?«

»Der Begegnung mit mir«, antwortete er geschwind.

»Genau die vermeidest du«, entgegnete sie, wandte sich zu ihren Sklavinnen um und verließ das Schiff.

Er ahnte nicht, daß er sie nie wiedersehen würde.

Seine Blicke folgten ihr, als sie zum Hafen hinunterging, hoch erhobenen Hauptes, ein Abbild der edlen Octavia, doch gekleidet mit den Symbolen der Nachfahren Kleopatras. Da erinnerte er sich ein letztes Mal an die längst vergangenen Tage in Rom, als sie noch ein kleines, gedemütigtes Mädchen war und vor dem Wagen von Cäsar Octavianus, dem Sieger über Alexandria, herging.

Als sie sich umwandte und ihm von ihrer Sänfte aus zuwinkte, stellte Phaidros fest, daß die Traurigkeit in all den Jahren nicht aus ihren Augen verschwunden war. Sie war wohl allen Kindern Alexandrias eigen. In deren Blick der Tod lag, mochten sie sich auch König oder Königin nennen und auf dem strahlenden Thron eines märchenhaften Landes sitzen.

Während sich Kleopatra Selenes Sänfte in der jubelnden Menge verlor, zog Phaidros Antomanus' Schiff seine Spur über das Meer. So verschwand Cäsareas Pracht, und alle Träume Jubas II., des freundlichsten aller Könige, lösten sich auf.

Epilog des Alexandriners Phaidros Antomanus

PHAIDROS' ERSTER EINDRUCK von Alexandria war gleißende Helligkeit, die aus den Gebäuden Trugbilder machte und den Himmel zu einem riesigen weißen Flecken. Doch dann wurden die Umrisse klarer, das Nichts formte sich zu Linien, und aus dem Weiß tauchte – wie gut er sich daran erinnerte! – Lucinus' weißes Haar auf.

Es folgten Umarmungen und Kommentare über das blendende Aussehen eines jeden und über die Freude, daß der Zufall sie in einem so wichtigen Augenblick ihres Lebens zusammenführte, und zwar in der Stadt, von der zu träumen sie das Privileg und in der jetzt zu leben sie das Glück hatten.

»Zu denken, daß ich Gast des großen Juba sein mußte, damit sich ein alter Freund endlich an mich erinnert!«

»Ich hätte es nie gewagt, mich an den berühmten Phaidros Antomanus zu wenden«, meinte Lucinus und fuhr er in ernsterem Ton fort: »Wir sind hier in Alexandria über alles gut informiert. Und so erfuhren wir, daß der liebe Gärtner aus dem Hause Octavias, die Götter mögen sie segnen, zu einem menschenscheuen Wesen wurde, auf Abstand bedacht und ohne große Lust, mit anderen zu kommunizieren.«

»So ist es in der Tat, doch ist aus mir auch all das geworden, was du mir vor Jahren in deinem Brief vorhergesagt hast.«

»Uns verbinden viele gemeinsame Erinnerungen, Phaidros Antomanus. Um derentwillen habe ich dich all die Jahre in meinem Herzen getragen.«

Sie umarmten sich innig, dann fing sein alter Lehrer an zu weinen. Phaidros wunderte sich und dachte: Das Leben ist mit ihm großzügiger gewesen als mit mir, hat es ihm doch wenigstens das Gefühl gelassen. Mir ist es abhanden gekommen.

Trotzdem rief er in herzlichem Ton:

»Als ich die Nachricht bekam, daß meine armseligen Werke in die Große Bibliothek aufgenommen werden, habe ich mich zum ersten

Mal in meinem Leben betrunken. Eine gräßliche Erfahrung, weil ich tags darauf glaubte, von den Bergen verfolgt zu werden, und Jubas Mosaikböden mit meinem Erbrochenen verschmutzte. Doch ungeachtet dieser Qualen würde ich mich jetzt gern erneut betrinken, weil ich dich wiedergetroffen habe.«

Phaidros dachte, sein Freund würde ihn nun in eine der Tavernen am neuen Hafen führen, die bei allen Seefahrern berühmt sind, doch Lucinus brachte ihn ins Viertel der Reichen, in eine Luxusvilla mit üppigen Gärten direkt am Meer. Ursprünglich ein alter Palast, war sie im griechischen Stil ausgestattet. Die Wände waren bedeckt mit erotischen, jedoch keineswegs obszönen Malereien, schließlich war dem Herrn des Hauses, einem Juden aus Gaza, sehr daran gelegen, deutlich zu machen, daß sein Haus ein Ort der Zerstreuung war, keinesfalls aber ein Bordell.

Die Klientel war bunt gemischt und kam aus ganz unterschiedlichen Ländern. Allen gemeinsam war aber das gewisse Etwas, das Alexandria im Laufe der Jahre berühmt gemacht hatte. Aus ihrer teuren Bekleidung und dem Anstand, mit der sie sich auf die Triklinien niederließen, war zu schließen, daß die Gäste dieser Edeltaverne zur städtischen Oberschicht gehörten. Auch vornehm aussehende Damen waren anwesend, die in kleinen Gruppen lebhaft plauderten oder sich ohne die geringste Befangenheit unter die Männer mischten. Es war also nicht gelogen, stellte Phaidros fest, wenn die Leute sagten, die Alexandrinerinnen wären sehr frei und ließen sich an öffentlichen Orten sehen, die zu frequentieren Frauen anderer Länder verboten war.

Es gab allerdings auch einen anderen Typ von Frauen, die einer Art verfeinerter und erlesener Prostitution nachgingen, weshalb es niemand gewagt hätte, sie als Huren zu bezeichnen. Denn diese Frauen waren, wie Lucinus erzählte, durchaus vielseitig gebildet: Sie spielten zarte Saiteninstrumente, konnten rezitieren wie die besten Schauspieler, und mehr als eine studierte am Gymnasium, woran sich niemand störte. Sie besaßen eigene Häuser und empfingen dort nur Standespersonen, weshalb sie sehr geachtet waren.

Da trat eine dieser Damen, Helena genannt, auf Lucinus zu und redete mit ihm über die jüngsten Ereignisse in der Stadt. Phaidros stellte fest, daß sie ausgezeichnet Griechisch sprach und ihr smaragdgrünes Kleid und ihr Lockenhaar ganz der Mode entsprachen, die in

Griechenland seit klassischen Zeiten beliebt und berühmt war. Auch das bewies ihm, daß er sich in Alexandria befand.

Phaidros bemerkte ferner, daß Lucinus an diesem erlesenen Ort hoch geachtet war. Das brachte ihn sogleich auf den Gedanken, daß er wohl über Beziehungen verfügte, um die Erlaubnis des römischen Präfekten zur Aufführung seines Werks über Kleopatra zu erwirken. Doch das war nicht der richtige Augenblick für eine solche Bitte. Lucinus würde ihm zweifellos zu gegebener Zeit freiwillig seine Hilfe anbieten.

Da tauchte Helena wieder auf, mit einer Lyra in der Hand. Phaidros fing an zu zittern, weil er fürchtete, sie würde ihn gleich mit einer poetischen Komposition beglücken wollen. Lucinus jedoch kam seinen Befürchtungen zuvor und schickte die Hetäre mit außerordentlich freundlichen Gesten weg.

Daraufhin pries er ihre Tugenden und betonte, was jeder gebildete Reisende weiß: daß in Alexandria beides, Geschlecht und Intellekt, den höchsten Entwicklungsstand erreicht haben.

Das veranlaßte Phaidros zu der Bemerkung:

»Mit Porcia Honoria hattest du das alles, doch es genügte dir nicht.«

»Mit einem Unterschied. Helena kennt ihren Platz. Sie gibt, wofür sie bezahlt wird. Darüber hinaus fragt sie nach keinem weiteren Lohn. Weshalb lachst du?«

»Weil du vergißt, daß ich deinen Platz in Porcia Honorias Herz eingenommen habe.«

»In diesem Herzen verdrängt keiner den anderen vom Platz, wohl weil keiner wirklich drin war. Dennoch bitte ich dich, mir Vertraulichkeiten über Porcia Honoria zu ersparen, weil es ungezogen ist, sich über eine gemeinsame Dame zu unterhalten.«

»Du irrst, denn ich kann dir nur Gutes über sie erzählen.«

»Um so schlimmer«, scherzte Lucinus, »weil solche Erzählungen nicht amüsieren.«

Da dachten sie beide an Porcia Honoria, mit einem Lächeln, das nicht frei war von Melancholie. Hatten sie doch beide ihre Vorzüge kennengelernt, wenngleich auf unterschiedliche Weise, und beide festgestellt, daß sie nicht ausreichten für das Glück. Und nicht nur für das von Porcia Honoria nicht, nein, auch für ihr eigenes Glück.

»Als ich in Jubas Palast lebte, beschloß ich, nicht zu Porcia Honoria zurückzugehen, weil ich ihr nicht geben kann, wonach sie sucht …«, meinte Phaidros nachdenklich.

»Vielleicht kann sie auch dir nicht geben, wonach du suchst.«

»Da irrst du. Alles, was ich bin, hat sie mir gegeben.«

»Das heißt, daß alles, was du bist, nicht ausreicht, dich glücklich zu machen.«

»Warst du es jemals nach deiner Berufung?«

»Phaidros Antomanus, diese Unterhaltung ist Zeitverschwendung. Das Glück existiert nicht.«

»Hast du dich wenigstens einem Zustand genähert, der dem Glück ähnelt?«

»Nicht im geringsten. Oder vielleicht doch, bei einer Gelegenheit. Vor Jahren, im Hafen von Ostia. Ich sah ein Schiff, das soeben Richtung Alexandria auslaufen wollte. Ein Drang, geheim, aber stärker als alles, was ich bisher und seither gefühlt habe, trieb mich dazu, sofort an Bord dieses Schiffs zu gehen. Da begriff ich, daß wir mit dem Versuch, glücklich zu werden, zu viel Zeit verlieren. Allzuviel, Phaidros Antomanus, weil das Glück vielleicht nur in dem Drang besteht, es zu suchen.«

Dieser Satz grub sich in Phaidros Gehirn ein wie eine Obsession: Das Glück besteht nur aus dem Drang, es zu suchen …

Nun fragte er sich, ob der Drang, der ihn seit Jahren nach Alexandria zog, ein Zeichen dafür sei, daß ihm hier das Glück beschieden war.

Er trat hinaus zum Aussichtspunkt, einem Tempelchen, und betrachtete die Stadt zu seinen Füßen. War sie tatsächlich so groß, wie Kleopatra Selene, als sie ein Kind war, einem armen Gärtner erzählt hatte? War sie so weiß, wie Porcia Honoria sie sich vorgestellt hatte, dort in ihrem eigenen Marmorpalast, umgeben von den schönsten Gärten Roms? War diese Stadt schließlich so lebhaft und bunt, wie er sie Adonis zu schildern pflegte, wenn er in dem elenden Loch in der Subura von ihr träumte?

Hier also war die Stadt, endlich, wunderbarerweise unversehrt, als wären die Unglücksschwestern nie über ihre Dächer geflogen. Sie erhob sich aus Alexanders ureigener Chlamys, ein Wunderwerk des menschlichen Geistes, feierlich wie ein Rat von Homer, zart wie eine Elegie von Kallimachos, kühn wie ein Epos von Apollonios. Neben dem glasklaren blauen Meer wirkte sie wie eine Stadt aus versteinertem Schnee. Sie zeigte die imponierenden Ausmaße ihrer Paläste, die gezähmte Üppigkeit ihrer Gärten, das perfekte Ebenmaß ihrer breiten Straßen und ihre großen, schattenspendenden Portale.

Doch Alexandria war noch mehr.

Eine Braut, die zu erobern, eine Jungfrau, die zu vergewaltigen war, eine Hure, die sich billig anbot, eine Hetäre, die den Ort zwischen ihren Oberschenkeln mit zarten Liebessonetten pries. Sie war ein Strichjunge und ein orientalischer Prinz, eine Königin der Wüste und eine Schlange aus den fernen Oasen, der Penis eines kleinen griechischen Gottes und der Leib einer Sirene, eine Tanagrafigur und das Riesenabbild eines für immer verstummten Athleten.

Und hier stand Phaidros Antomanus, der Gärtner, der mehr als jeder andere von Alexandria geträumt hatte, hier oben, am richtigen, beherrschenden Platz. Da unten lag die Stadt ausgebreitet und bot sich ihm dar. Er hörte sie rufen: »Erobere mich, Poet, ich dürste nach dir. Besitze mich ganz, denn dein will ich sein für immer. Ich bin Alexandria, die Stadt der Städte, die nur geboren wurde, um Alexander zu gefallen und sich ganz deinen Worten hinzugeben.«

Da fühlte sich Phaidros Antomanus, dieser so kleine Mann, wie der größte der Welt, weil ihm die Stadt seiner Träume eine Liebeserklärung machte, weil die Stadt seiner Träume bereit war, ihn zu ehelichen, nachdem sie die Geliebte Alexanders und die Gattin des Meeres gewesen war. Ein Schluchzen stieg in seiner Kehle auf, als er die Liebe Alexandrias mit einer Gabe erwiderte, die er viele Jahre aufbewahrt hatte:

»Ich werde dich besitzen, Alexandria, und dir ein Geschenk machen, das dich überwältigen wird. Du wirst mich lieben, meine Stadt, glühend lieben. Ich bringe dir ein Werk dar, das nur von dir handelt. Mein Innerstes gebe ich dir, weihe dir mein Bestes. Aus jeder deiner Verletzungen habe ich ein Gedicht gemacht, aus jeder deiner Wunden einen tragischen Chor, aus deinen Niederlagen einen Schreckensschrei. Ich bringe dir deine Geschichte, Alexandria, in einen Schrei der Empörung verwandelt.«

Nun sah er in der Ferne die großen Theater, deren Bühnen die großen Worte der Menschheit vernommen hatten. Er konnte sich vorstellen, wie sie leuchteten und Funken in die Dunkelheit sprühten wie seine vertrauten Freunde, die Sterne. Dann entdeckte er seinen Lieblingsstern, fand ihn glücklich im Haar der Berenike, die Bühne erhellend, wo seine Kleopatra auftreten sollte. Er hörte die feste Stimme eines wunderbaren Epheben, der die feierlichen Reden der großen Königin zitierte, wie eine ewige Erinnerung an das, was hier, in diesen Straßen, am Ufer dieses Meeres geschehen war und ihn sein ganzes Leben lang bewegen würde.

Doch als er sich umwandte, lag auf Lucinus' freundlichem Gesicht eine tiefe Skepsis, die ihn sehr beunruhigte.

»Habe ich etwas zu befürchten?« fragte Phaidros. »Alexandria ist meine Freundin, nicht wahr?«

»Gewiß«, erwiderte Lucinus mit leiser Stimme. »Vergiß jedoch nicht, bei allem, was du sagst und tust, daß du dich auf römischem Territorium befindest.«

Da zeichnete sich auf Phaidros' Gesicht tiefe Enttäuschung ab. Denn seit seinem Streit mit Maecenas hatte er sich ganz von Rom gelöst. Nun war er nach Alexandria gekommen, der Stadt seiner Träume, um daran erinnert zu werden, daß er vor allen Dingen Römer war.

»Verdammter Augustus!« schrie er laut.

Worauf ihn Lucinus eilends von diesem wunderbaren Ort wegführte und dabei flüsterte:

»Phaidros, ach Phaidros! Wer hätte damals, als ich dich sprechen lehrte, gedacht, daß du eines Tages zuviel sprechen würdest ...«

UND PHAIDROS, DER so gefaßt und heiter nach Alexandria gekommen war, fand sich nun wieder aufgestört und verwirrt.

Sie wurde wieder zur Stadt des Schreckens. Durch seine Schuld, weil sein Werk es gebot, liefen an jenem Morgen keine Barkassen zum Fischfang aus, und das Volk, das sich nicht gern der Stummheit der Götter aussetzte, ging nicht in die Tempel. Die Sonne brach über Alexandria herein und löschte die Stadt aus, anstatt sie zu erhellen. Und diese Schreckensherrschaft der Sonne war Ägyptens ganzes Leben gewesen! Sie verbarg nur schlecht ihren Zorn, ihren Haß auf die Bewohner dieses Landes. Wenn sie die Blumen zum Blühen brachte, so war diese gute Tat ein Schwindel. Wenn sie das Auge zum Leuchten brachte, so war es nur eine böse List. Heute zeigte sie unverhüllt ihre gemeinen Absichten. Nie trat deutlicher zutage, daß der Sommer die Flammen des Verbrechens anheizte. Die Stadt des strahlenden Marmors war ein gewaltiges Skelett, dessen Weiß in glücklicheren Tagen den Augen geschmeichelt hatte, das sie heute aber durchbohrte wie mit einem Messer. Die Stadt glich dem aufgeschlitzten Leichnam eines in der Wüste verdursteten Ochsen. Sie war eine Schädelstätte rätselhafter Ungeheuer. Wenn die Menschen diese entsetzliche Schädelstätte hier am Rande des Meeres betraten, erblindeten sie. Erschreckt vom plötzlichen Einbruch so trauriger Ereignisse, gingen die Menschen auf der Straße aneinander vorbei, ohne sich anzusehen, und stolperten über ihre eigenen Schatten. Die Menschen glichen ausgesetzten Hunden, die verzweifelt nach der Brise schnupperten, die das Meer einst über Alexandria geschickt hatte. Das Meer aber hatte Feuer gefangen. Das Meer war ein wilder Lavastrom, die Strände schmutzige Schwefellager. Die Felsen hatten sich in gewaltige Igel verwandelt, deren Stacheln in der Sonne leichenfarben schillerten. Und in dieser Ansammlung fielen drei Frauengestalten mit Spindeln auf, die wieder einmal den Faden des Lebens spannen …

Die Unglücksschwestern setzten ihren Flug über Alexandria fort!

NACH EINEM WEITEREN Gespräch mit Lucinus begriff er, daß die Dinge wohl nicht so einfach waren, wie er ursprünglich angenommen hatte.

»Du mußt länger in Alexandria bleiben als geplant, weil die Theaterleute von deiner Ankunft erfahren haben und ich sicher weiß, daß es Gruppen gibt, die dich um die Erlaubnis bitten werden, einige deiner in Rom bekanntesten Werke aufzuführen.« Dann kam er der gefürchteten Frage zuvor, die Phaidros Antomanus offensichtlich auf der Zunge lag, und präzisierte eilends: »Sie fragen selbstverständlich nach den Lustspielen …«

Doch Phaidros wollte sein Anliegen unbedingt zur Sprache bringen:

»Und wenn ich darauf bestehe, meine Tragödie über den Fall Alexandrias aufzuführen?«

Lucinus dachte nach. Er wich dem Blick seines Freundes ängstlich aus und flüsterte:

»Du selbst wirst mit dem Präfekten sprechen müssen …« Und vielleicht weil er sich schämte für seine Haltung, setzte er in voller Überzeugung hinzu: »Ich weiß, daß dieses Thema heutzutage eine große Gefahr für die öffentliche Sicherheit darstellt.«

Da konnte sich Phaidros nicht einmal mehr ein Lächeln der Höflichkeit abringen. Nun war ganz klar, daß auch Lucinus nicht bereit war, sich für die literarische Verarbeitung der Sache Kleopatra Septimas einzusetzen.

Über Alexandria, das so viele verschiedene Zeiten erlebt hatte, gingen nun Phaidros Antomanus' Tage dahin, dann die Wochen. Das Rad seines Lebens drehte sich und bescherte ihm neue, unerwartete Wendungen. Eine einschneidende Neuerung war die Notwendigkeit, sich in einer Villa einzurichten und an ein Leben zu gewöhnen, das ihm bislang völlig fremd gewesen war. Denn das Haus lag im reichsten der fünf Viertel Alexandrias, und seine Nachbarn waren wohlhabende Leute verschiedener Nationalitäten, die immer gerne Feste feierten und Einladungen aussprachen, so daß Phaidros Antomanus sich die Ruhe, die er für die Arbeit und den freien Lauf seiner Melancholie brauchte, um den Preis vieler Absagen erkaufen mußte.

Noch war das Versprechen, das er Alkaios gegeben hatte, nicht erfüllt, doch Lucinus riet ihm, für die Reise zum ersten Katarakt den Winter abzuwarten, weil diese Gegend zu jeder anderen Jahreszeit glühend heiß sei und den Auftrag zu einer echten Strafe machen würde.

Während sich Cleandrus um die Einrichtung des neuen Hauses kümmerte, brach Phaidros auf die lange Reise in die Gegend von Elephantine auf. Lucinus begleitete ihn bis Memphis, weil Tebestos ihn gebeten hatte, im Tempel des Ptah einige Pergamente abzuholen, auf welchen die Geschichte der Stadt von den ersten Dynastien an aufgezeichnet war und die ihres unschätzbaren Werts wegen am besten in der Großen Bibliothek aufgehoben waren.

Sie hatten die große weiße Mauer noch nicht erreicht – seit vielen Jahrhunderten das unverwechselbare Kennzeichen der Stadt des Ptah –, da tauchten aus der Ferne die Umrisse der Pyramiden auf. Phaidros Antomanus wurde von großer Rührung übermannt und äußerte den Wunsch, einige Stunden an diesem legendären Ort zu verbringen.

Die Dienerschaft wollte ihn davon abbringen, weil man sich in den Dörfern der Umgebung erzählte, daß diese Gegend vor undenklichen Zeiten als Nekropole gedient hatte, die heute zwar nicht mehr genutzt wurde, aus der aber Generationen von Toten aufstanden, um jeden Eindringling in die Unterwelt zu schleppen. Doch Phaidros Antomanus verlachte dieses Gerücht.

»Wenn die wüßten, daß sich in diesem kostbaren Gefäß ein Toter befindet, hätten sie uns schon vor zwei Tagen sitzengelassen«, scherzte er. »Obwohl es sich um einen ganz besonderen Toten handelt.«

Der Fünfzigtagewind legte Sandschleier zwischen seine Augen und die Pyramiden. Die Wolke wurde so dicht, daß man schon nach kurzer Zeit nicht mehr weitergehen konnte. Da deuteten die Träger auf ein eigenartiges, vom Sand fast begrabenes Bauwerk in Form einer Treppe. Dergleichen hatten die Reisenden bislang nicht gesehen. Sie gingen darauf zu, denn es versprach zumindest ein schützendes Dach. Als sie im Inneren standen, deutete Lucinus auf die über und über mit herrlichen Reliefen überzogenen Wände. Es schien, als hätte der Künstler, der sie vor Jahrhunderten schuf, die Strafe der Götter gefürchtet, falls er irgendeinen Platz frei gelassen hätte.

Vor Phaidros' erstaunten Augen erschien eine Reihe sorgfältig herausgearbeiteter Szenen aus dem Alltagsleben einer hochgestellten Persönlichkeit, sehr groß und in mehreren Bildern dargestellt. Woraus die beiden Freunde schlossen, daß es sich um ein Grab handelte, was sie aber ihrer Dienerschaft lieber nicht mitteilten, aus Angst, diese könnte flüchten und sie ihrem Schicksal überlassen.

Doch Phaidros war, mehr noch als von den Szenen der Reliefe, von den abertausend Zeichen fasziniert, die sie begleiteten. Solche Zeichen hatte er beim Triumphzug des Octavianus, der schon so lange Zeit zurücklag und ihm noch so lebhaft im Gedächtnis war, zum ersten Mal gesehen. Da stieg das gleiche Gefühl wie damals wieder in ihm auf, vor allen Dingen aber die Gewißheit, daß ihn irgend etwas aus diesem Land von jeher begleitet hatte – etwas, das viel älter war als Alexandria und der Traum seines Gründers.

Als der Wind ein wenig abflaute, tauchte in kurzer Entfernung ein vom Alter gezeichnetes Gesicht auf, das Phaidros bekannt vorkam und zutiefst anrührte. Es war das Antlitz einer Frau aus Stein, die mit hochmütig gelangweilter Miene die ewigen Pyramiden zu bewachen schien.

»Edle Sphinx«, brach es aus Phaidros heraus. »Du bist noch schöner, als die Legende sagt.«

Nun konnte ihn nichts mehr halten; er rannte über den Sand, hin zu der Düne, die wie ein goldenes Leichentuch den Körper dieses herrlichen Ungeheuers bedeckte, so daß nur noch der Kopf herausragte mitsamt dem seltsamen Putz, der ihn zu einer Sehenswürdigkeit machte.

Phaidros konnte nicht mit Sicherheit sagen, ob ihm die Sphinx zulächelte oder ob sie völlig ernst war, ob sie ihn wegen seiner geringen

Körpergröße verachtete oder aus dem gleichen Grund zärtlich ansah. Er wußte nur, daß sie ihm keine Furcht einjagte, sondern ihm im Gegenteil auf unerklärliche Weise vertraut war.

Nun glaubte er ein überraschendes Detail wahrzunehmen: In den Augen der Sphinx lag der Glanz des Sterns, der seine irdischen Schritte gelenkt hatte. Vielleicht war es auch nicht nur der Glanz allein. Der Stern schien sich in diese riesigen Augenhöhlen eingefügt zu haben, um ihm zu zeigen, daß er sich auf dem rechten Weg befand.

Lange blieb er stehen, wie selbst zur Statue erstarrt, und sah sie an. Er fühlte, wie der Wind seinen Umhang bewegte und in seinen langen Haaren wühlte, wie er es bei allen Verliebten Ägyptens in diesem oder jedem anderen Jahrhundert getan hatte.

Da kam Phaidros allen zuvor und wandte sich in Form eines Gebets an sie:

»Liebe Sphinx, o Herrin der Ewigkeit, unwandelbares Ungeheuer. Vor deinem Alter ist alles flüchtig, vor deiner Ewigkeit bin ich nichts. Wie gleichgültig du dich zeigst. Du läßt dich nicht einmal zu einem Lächeln herab, obwohl ich dich so sehr verehre. Doch ich verzeihe dir, Herrin, weil ich deine Haltung verstehe. Du hast soviel Schmerz kommen und gehen sehen, daß nun nichts mehr dich berührt. Du hast so viele große Dinge vorbeiziehen sehen, daß nun keines mehr dich beeindruckt. Hunderte von Königen haben dir ihre Reverenz erwiesen, um dann vor deinen Augen zu sterben. Ganze Völker sind verschwunden und wieder aufgetaucht, während du einfach ausgeharrt hast. Wie ehrwürdig du bist, mächtige Frau, wie schön in meinen Augen, Bezwingerin des Großen Vergessens! Im Namen meines Leitsterns in deinen Augen gestatte mir, dich zur Vertrauten meiner Sorgen zu machen, mögen sie auch geringer sein als alle, die du bislang vernommen hast. Gestatte mir, mich jeden Tag an dich zu wenden und aus der Ferne zu dir zu sprechen, wie ich es von Kindheit an mit meinem Stern hielt. Ich weiß von einem großen Dichter, der allnächtlich zum Mond betet. Gestatte, daß ich zu dir bete, obwohl ich nicht an die Götter und kaum an die Menschen glaube.«

So schloß Phaidros Antomanus seinen Pakt mit der Frau, die über den Lauf des Nils wacht. Dann verabschiedete er Lucinus in Memphis und setzte seine Reise fort.

Phaidros nahm sich in dieser Stadt einen jungen Übersetzer mit Namen Quenet. Er war wohl nicht älter als zwölf Jahre, verfügte aber über die Geistesschärfe eines alten, lebenserfahrenen Mannes und die Schläue eines Hehlers, der schon oft das Leben anderer Menschen gelenkt hat. Weshalb er sich, als es um das Aushandeln seines Arbeitslohns ging, vom Gürtel abwärts entblößte, um seinen Preis in die Höhe zu treiben. Phaidros aber war es sehr peinlich, daß er ihn dieser Sorte von Reisenden zuordnete, die in Ägypten nur die wilde Lust der Eingeborenen suchen.

Die Reise war schließlich dem Andenken Alkaios' gewidmet. Er wollte damit die Orte ehren, an denen dieser gelebt und von denen er ihm soviel erzählt hatte, seit der Nacht, in der sie in der Höhle des heiligen Berges ihr Blut vermischt hatten. Er bezweifelte zwar vieles davon, weil Alkaios ihn so oft angeschwindelt hatte, konnte aber bestätigen, daß das wahre Ägypten noch in einigen Tempeln und bei den Bewohnern der ärmeren Viertel zu finden war, die dem Einfluß der Griechen nicht erlegen waren und sich vehement gegen die Auflagen der Römer zur Wehr setzten.

In Erinnerung an Alkaios brannte Phaidros Antomanus, der Ungläubige, im dem Krokodil Sobek geweihten Tempel Weihrauch ab, brachte Heliotrop zum Altar des Horus, übergab den Priestern des freundlichen Schakals Anubis, der über die Toten wacht, eine Silbermünze. Um auch die anderen Götter dieses Landes Alkaios geneigt zu machen, hinderte er den kleinen Quenet stets daran, seine Notdurft am Fuß einer Sykomore zu verrichten, weil es heißt, sie sei der Baum der Isis, andere sagten, sie gehöre der Hathor.

Nach einigen Reisetagen kamen sie in die Provinz Syene, und Phaidros Antomanus, geblendet von der Pracht, die das Niltal bislang geboten hatte, mußte seine Augen erst an die Kargheit der Landschaft gewöhnen: Sie erinnerte ihn an die Steinmauer um Jubas Palast, in dem er Alkaios begegnet war.

Er befahl Quenet, auf dem Markt Verpflegung einzukaufen, denn die Suche nach der Grotte, in der sich Cäsarions Haupt befinden sollte, konnte lang dauern. Der völlige Mangel an Informationen hinsichtlich des mysteriösen Orts machte ihm große Sorgen, weshalb er Quenets Abwesenheit nutzte, um in den Tavernen nach einem guten Kenner des Reichs der Isis zu suchen.

Die römische Provinz Syene bestand aus dem Marktflecken und der Insel Elephantine, in pharaonischer Zeit der Sitz adliger Familien und jetzt die letzte ägyptische Siedlung, bevor sich der Nil über den ersten

Katarakt stürzte und dann endgültig ins Reich der Dämonen entschwand, dessen Nennung allein bei den Abergläubischen Furcht und Schrecken auslöste. Für andere Leute oder einfach Leute von praktischerer Wesensart war Syene das Tor zum Land der Nubier, die sich derzeit – beeinflußt womöglich von der grausamen Königin Candancia – gegen die Römer auflehnten.

Diese Vorkommnisse wirkten sich schließlich auch auf die Stämme in Syene aus, was dazu führte, daß sich diese Gegend in einem permanenten Alarmzustand befand. An keinem anderen Ort gibt es bessere Gründe für die Verehrung des Haupts von Cäsarion, dachte Phaidros, schließlich war er das ideale Symbol für den Widerstand gegen die Römer. Deshalb mußten alle Freiheitskämpfer dieses Haupt küssen, wie Alkaios es getan hatte.

Doch all das spielte in den Tavernengesprächen, die Phaidros in Gang zu bringen versuchte, nicht die geringste Rolle. Weder in den Lokalen der ägyptischen Zone noch im römischen Teil der Stadt wollte sich jemand an die königliche Familie Alexandrias erinnern. Wenn Phaidros dann die Geduld verlor und das Thema direkt ansprach, schauten seine Gesprächspartner erschrocken und mieden ihn fortan.

Selbst der sonst so besonnene und zuvorkommende Quenet wehrte sich gegen diese fortgesetzte Unvorsichtigkeit.

»Du bist wohl von einem Skorpion gebissen worden und benimmst dich deshalb wie ein Narr, römischer Herr. Denn von allen Fragen, die du stellst, würde eine genügen, um jeden römischen Offizier zu veranlassen, dich zu verdächtigen und festsetzen zu lassen.«

»Wessen verdächtigen?«

»Egal. Die Römer sind gegen die Bewohner dieser Breiten eingenommen, und ein Wort, eine Geste, ein Ton kann einen Verdacht auslösen und Strafe nach sich ziehen.«

»Sag mir eins: Könnte die direkte Frage nach Prinz Cäsarion, dem Sohn der Kleopatra, bei einem Römer Verwunderung auslösen?«

Quenet machte einen gewaltigen Satz.

»Wenn das dein Plan ist, sollten wir sofort abreisen, weil andernfalls unsere Köpfe noch vor dem Morgengrauen zum Futter für die Fische im Nil geworden sind!«

Als Phaidros das Entsetzen auf seinem Gesicht bemerkte, nahm er sofort alles zurück und rechtfertigte den Gedanken mit seiner schriftstellerischen Neugier. Dennoch zog er daraus den Schluß, daß seine

Suche tatsächlich sehr gefährlich war und die römische Unterdrückung recht stark gewesen sein mußte, wenn schon ein Kind, das diese Zeit nicht erlebt hatte, dermaßen erschrak, wenn sie nur erwähnt wurde.

»Keine Sorge, guter Quenet, bin ich doch viel zu feige, um das geringste Risiko einzugehen, weder hier oder irgendwo anders. Zu deiner Beruhigung sei gesagt, daß meine Frage purer Neugier entspringt und sich keinesfalls ein echtes Interesse dahinter verbirgt, am allerwenigsten ein politisches.«

»Suchst du auch ganz bestimmt keinen Kontakt mit den Rebellen oder etwas anderes, das unseren Tod bedeuten könnte?«

»Im Gegenteil, was ich suche, kann uns das Leben bedeuten, weil ich die heilige Insel der Isis kennenlernen und ihr ein Opfer darbringen möchte, denn schließlich bin ich ein frommer Mann und will mich für die Wohltat, die mir die Göttin gewährt hat, bedanken.«

»Um welche Wohltat hast du sie gebeten?«

»Eine so liebe Person zu finden wie dich, die mich ohne Zeitverlust zu ihrem Bildnis bringt.«

Damit drückte er einen Kuß auf die Lippen des Knaben, den dieser dankbar entgegennahm, weil die Gleichgültigkeit Phaidros' in bezug auf das, worum ihn jeder Mann bereits tausendmal gebeten hätte, ihm das Gefühl gab, häßlich und völlig reizlos zu sein.

Sie brachen im Morgengrauen zur Insel der Isis auf. Unterwegs mußten sie die gewaltigen Granitsteinbrüche durchqueren, die seit undenklichen Zeiten das Material für den Bau der großen Tempel und die Herstellung der Kolosse lieferten, deren Namen bereits in Vergessenheit geraten waren. Phaidros war ein weiteres Mal geblendet, diesmal jedoch nicht von den blühenden Gärten, die der Nil ihm in den vergangenen Tagen gezeigt hatte, sondern von der dramatischen Spröde und Trockenheit der Steine, die von der intensiven, übermäßigen Hitze der eben wieder aufgehenden Sonne zerfressen waren. Die gleiche Sonne sandte ihre Strahlen aber auch auf zurückgelassene Granitblöcke, beleuchtete die sorgfältige Arbeit der Steinmetze und die Spuren irgendeines unbekannten Künstlers. Man konnte den Namen eines Königs sehen oder den Anfang eines Bittgebets, geschrieben mit den Zeichen, die Phaidros Antomanus schon so lange so sehr faszinierten. Die alte Schrift des Nils, hier an der entlegenen, einsamen Grenze des Landes hinterlassen.

Phaidros dachte auch an die Skulpturen, die Octavianus einst in seinem Triumphzug mitgeführt hatte. Sie waren wohl vor Jahrhunderten aus einem dieser gewaltigen Blöcke herausgeschlagen worden, um dann nach Rom zu reisen und dort zerstört zu werden. Was für eine dramatische Reise! Sie glich seiner eigenen, nur daß er sie in umgekehrter Richtung unternahm, wie eine unverhoffte Begegnung mit dem Ort ihrer Herkunft.

Der greise Schiffer, der sie zur Insel der Isis brachte, war wohl in den Tagen der ältesten Gottheiten geboren, dachte Phaidros. Besann sich aber, nachdem er sich diese kleine Ironie erlaubt hatte, aufs Praktische und bat Quenet, den Mann nach einer Höhle zu fragen, wo sie sich denTag über aufhalten konnten, weil es unerträglich heiß zu werden versprach. Seine Antwort fiel jedoch negativ aus: Es gab in der Nähe der Anlegestelle keine Höhle.

»Frag ihn, ob es vor der Insel der Isis eine gibt«, hakte Phaidros Antomanus nach und freute sich heimlich seiner List.

Quenet formulierte die Frage, und er beobachtete die Reaktionen des Alten ganz genau. Doch der Mann blieb völlig ruhig und meinte nur, es gäbe auch dort keine Höhle.

Seine Annahme, dieser Mann würde einem Fremden das Versteck einer so wertvollen Reliquie, wie sie das Haupt des Sohnes von Kleopatra war, ohne weiteres verraten, war wohl allzu naiv gewesen, fürchtete Phaidros. Nun entbehrten seine Überlegungen durchaus nicht einer gewissen Logik, dennoch nagte ein tieferer Zweifel an ihm, ein Zweifel, der ihn im Grunde die ganze Reise über nicht verlassen hatte, trotz seiner Versuche, ihn nicht aufkommen zu lassen.

Gab es diese Grotte tatsächlich, oder war sie eine weitere Erfindung von Alkaios? Bei diesem Gedanken umklammerte er wütend die goldene Urne und hätte sie am liebsten auf den Boden des Schiffes geschleudert.

Bald machte der Fluß eine Biegung, und die Insel der Isis kam in Sicht.

Sie glich einer strahlenden, in der Sonne goldfarben schimmernden Perle. Ein außergewöhnlicher Anblick. Sie tauchte aus dem Wasser auf mit ihren Tempeln, ihren Obelisken, ihren Pavillons und kolossalen Götterbildern. Alles an Isis heischte nach Liebe, denn alles an ihr vermittelte Liebe, war sie es doch, die den Nil ansteigen ließ, was nichts anderes hieß, als daß sie die Welt erschuf.

Phaidros war völlig überwältigt, denn dies war in der Tat ein heiliger Ort, bebte aber zugleich vor Zorn, weil die Römer angefangen hatten, ihre eigenen Gebäude zu errichten, die, mochten sie sich auch am klassischen Stil orientieren, nur eine verlorengegangene Pracht nachäfften. Oder – noch trauriger – ein Versuch waren, die edlen Formen der Vergangenheit aufzunehmen, die Bilder ihrer Anführer entsprechend zu gestalten, ihre Gesetze einzuführen und so langsam römische Sitten durchzusetzen.

Obwohl die mit der Pflege der Insel betrauten Priester von Reisenden, die ihre Einsamkeit störten, absolut nicht begeistert waren, erhielt Phaidros die Erlaubnis, auf dem Altar der Großen Mutter Isis ein Opfer darzubringen. Dann erinnerte er sich an alte Überlieferungen und bot auch der Statue der Hathor, der Schutzgöttin der Liebe, ein Trankopfer dar, allerdings nicht mit ganzem Herzen, weil sie in Gestalt der himmlischen Kuh dargestellt war. Nachdem er so die Priester von seiner Frömmigkeit überzeugt und Quenet damit sehr beruhigt hatte, fragte er mit aller gebotenen Vorsicht nach der gesuchten Höhle.

Doch die Isispriester bestätigten die Worte des Schiffers: Es gab hier in der Gegend keine Höhle, und wenn es eine gäbe, wäre jedem Fremden der Zutritt verboten, weil sie auf dem Territorium der heiligen Isis läge und deshalb eine geheiligte Höhle wäre.

Ich bin doch nicht verrückt und schenke den Worten eines Priesters Glauben, welchen Kultes auch immer, dachte Phaidros. Verrückt bin ich allerdings auch, wenn ich Alkaios' Worten noch immer vertraue, als hätte ich ihm Treue geschworen!

Das Gefühl, noch immer über sich selbst lachen zu können, gab ihm neue Kraft. Er befahl dem Schiffer, sie an den Felsen des gegenüberliegenden Ufers abzusetzen und nach einigen Tagen wieder abzuholen.

Der süße Quenet bemerkte erschrocken, daß in den Augen seines Herrn plötzlich eine Besessenheit lag. Sie blickten blutrünstig, als wäre er irre oder das Opfer der heiligen Krankheit.

Als er dann sah, wie sich der Schiffer entfernte und ihn mit dem unheimlichen Reisenden allein ließ, fürchtete er das Schlimmste und wollte sich ins Wasser werfen, um das Schiff zu erreichen, bevor es zu spät war.

Doch Phaidros warf sich auf ihn, packte ihn und brüllte ihn an:

»Du mußt mir helfen, Quenet! Du mußt eine Höhle finden, ein Loch vielleicht nur oder irgendeine Vertiefung. Was auch immer, - Quenet, was auch immer. Es muß nur ein Kopf hineinpassen.«

»Du tust mir weh!« schrie Quenet. »Du machst mir angst!«

»Los, suchen wir!« befahl Phaidros laut. »Das schönste Haupt Ägyptens ist hier versteckt, in der Nähe des Isistempels. Verstehst du das nicht? Es muß hier eine Grotte geben, die den Kopf des göttlichen Cäsarion birgt.«

»Mögen sich die Götter unser erbarmen«, schluchzte Quenet. »Mögen uns die Götter vor ihrer Strafe verschonen, wenn wir den Schlaf der Toten stören ...«

»Ein langes Leben den Toten!« schrie Phaidros Antomanus wie verrückt. »Ein langes Leben ihren abgeschnittenen Köpfen, ein langer Atem auf ihren Lippen, die zum Küssen geschaffen sind ...!«

Seine Schreie hallten von den kahlen Felsen wider und störten die Ibise auf, die hier im Schutz der Großen Mutter Isis ausruhten. Auch die Habichte flogen auf. Es versteckten sich die erschrockenen Schlangen, und die Kraniche suchten Zuflucht. Andere Tiere gab es an diesem einsamen Ort nicht.

Dort, allein mit dem angstgeschüttelten Quenet, suchte er endlose Stunden lang die Gegend ab, ohne sich eine Pause zu gönnen, und bewegte gewaltige Steine mit einer Kraft, die an einer so zierlichen Gestalt wie der seinen überraschte. Er unterbrach seine Suche nur, um mit fiebrigem Blick das goldene Gefäß mit der Asche des Alkaios zu betrachten.

»Verdammter Alkaios, sei verdammt, denn deine Geschichten treiben mich in den Wahnsinn!«

Nach zwei Tagen fruchtloser Suche sah Quenet seinen Herrn ermattet innehalten, den Blick unverwandt auf das Schiff gerichtet, das dort hinter der Insel der Isis auftauchte. Der Wahn war ausgestanden. Phaidros stand erstarrt und verschmolz mit der Landschaft, einem Felsen gleich, den keine Enttäuschung mehr erschüttern konnte. Nun bestätigte sich, was er schon die ganze Reise über vermutet hatte: Die Grotte, das Haupt Cäsarions, seine erstarrten Lippen, waren Bestandteile ein und derselben Lüge, eine Frucht, die Alkais' Obsession zuzuschreiben war, was immer diese Obsession auch sein, wie immer man sie bezeichnen mochte. Er jedenfalls bezeichnete sie als ein Scheitern. Und deshalb fühlte auch er sich gescheitert, als das letzte in einer langen Reihe menschlicher Wesen, die gesucht und nichts gefunden haben.

Mit Tränen in den Augen nahm er das goldene Gefäß auf und

drückte es zärtlich an seine Brust. Dann fragte er Quenet, der aus dem Staunen nicht herauskam:

»An welcher Stelle am Nil befindet sich der heilige Leib des Osiris?«

»Überall, mein Herr. Man sagt, Osiris, der Weise, sei Ägypten wohlgesinnt gewesen und habe sich an allen Orten niedergelassen, damit alle zufrieden sind.«

»Auch hier?«

»Hier mehr als irgendwo sonst, edler Herr. Er konnte doch die Große Mutter Isis nicht alleine lassen!«

Nun lächelte Phaidros Antomanus gerührt. Dieser Satz bewies, daß am Nil – trotz der römischen Besatzung – noch immer der Atem der alten Kulte spürbar war.

Quenet deutete auf eine kleine Erhebung und erzählte, das sei die Insel, auf der Osiris im ewigen Schlaf ruhe, daß sie jedoch nur von den Isispriestern betreten werden durfte, einmal im Jahr, wenn sie das Bild der Göttin von der anderen Insel herüberbrachten, damit sie sich mit ihrem Gatten vereinen konnte. Dieser Brauch war so heilig, daß selbst die Römer ihn nicht zu unterbinden wagten.

Phaidros Antomanus richtete den Blick auf die Ruhestätte des Osiris und rief:

»Alkaios, Bruder, du bist am Ziel deiner Wünsche.«

Er befahl dem Schiffer, sie so nah wie möglich ans Ufer der Insel zu bringen. Dort angekommen, öffnete er das goldene Gefäß und verstreute die Asche seines vergänglichen Geliebten. Er sah, daß sie schwarz war wie die Trauer, dann beim Kontakt mit dem Wasser sofort unterging und verschwand, zusammen mit der Fröhlichkeit.

Während Alkaios sich mit dem Nil vereinte, wie es sein Wunsch gewesen war, dachte Phaidros Antomanus noch einmal an seine Schwindelei, und das Herz tat ihm weh. Er trauerte nicht um das, was Alkaios gewesen, vielmehr um das, was er in seiner Erinnerung unweigerlich sein würde. Weil er ihn von jetzt an nur noch wegen seiner Träumereien im Gedächtnis behalten würde, nicht als einen Menschen, der aufgrund seiner Persönlichkeit für ihn von Bedeutung war.

Im Grunde jedoch trauerte er um sich selbst. Weil er sich keiner noch so geringen Illusion mehr hingeben konnte und es ihm egal war, wo seine Asche verstreut werden und welcher Fluß sie hinwegtragen würde.

Doch in dieser Nacht schlief er mit dem kleinen Quenet und erfreute sich seiner dunklen Haut und seines zarten, gazellengleichen Körpers. Dabei lächelte er traurig wie immer, weil ihn der Körper an Adonis erinnerte und seine Farbe an Juba. Er mußte einmal mehr feststellen, daß er Dinge und Personen erst dann anfing zu schätzen, wenn sie aus seinem Leben verschwunden waren.

Das sollte mit Quenets angenehmer Gesellschaft nicht auch passieren, weshalb er sich ihm ohne Vorbehalt hingab und vor Lust stöhnte, obwohl von Anfang an klar war, daß diese Lust gewisse Grenzen nicht überschreiten konnte.

Die Wiederbegegnung mit der Lust machte ihn auch mit einem neuen Schmerz bekannt, den er im Ansatz schon einmal gespürt hatte, damals, in Jubas Palast, als ein Kind im Alter von Quenet zu ihm gekommen war und sich als ein Geschenk der Königin angeboten hatte. Dieser Schmerz, der sich jetzt am Nil wiederholte, wurde vom Kontakt mit junger Haut ausgelöst, die sich wie ein Hohn in seine Haut brannte, seine vom Alter gezeichnete und von der Einsamkeit verhärtete Haut. Ohne Zweifel hatten ihn die vielen Jahre, in denen er die Berührung der Haut eines anderen verweigert hatte, zu einem Mann gemacht, der spröde war und unfähig, irgendeine Gefühlsregung zu zeigen.

Einmal mehr machten die Zeichen der Zeit aus Phaidros' Pilgerfahrt einen Weg, der ins Nichts führte.

Und die Zeit, immer voller Widersprüche, machte sich auf kränkende Weise durch den zarten Kontakt mit Quenet bemerkbar, heulte aber auch bedrohlich von den zahllosen zerstörten Gebäuden, die in den Palmenhainen lagen, von den Dünen der Wüste und den Molen der einst so wohlhabenden Städte eines für immer verlorenen Imperiums. Als ihm die Zeit ihr Zerstörungswerk vor Augen hielt, kam Phaidros der Gedanke, daß die Sphinx wohl ihre jüngere Schwester war.

So fuhren sie denn wieder nilabwärts, zurück nach Alexandria, und erreichten eines Abends die gespenstischen Gebäude, die vor Jahrhunderten Thebens Stolz verkörpert hatten. Sie besuchten die verlassenen Paläste, die weitläufigen, altersschwachen Tempel, die ausgeraubten Gräber, die Alleen mit den enthaupteten Sphingen. Da weinte Phaidros Antomanus erstmals seit vielen Jahren wieder um etwas, das mit seiner Person nichts zu tun hatte.

Er schritt durch die Gänge der Heiligtümer, schweigend, verlor sich in den zahllosen Gebetsräumen und versank in ihrem Dämmer in tiefe

Meditation. Überall waren die Spuren menschlicher Zerstörungswut zu sehen. Jede Generation hatte die Arbeit der vorherigen zerstört, um ihr gotteslästerliches Zeugnis abzulegen. Auch der große Alexander hatte einst befohlen, seine Siege in die Mauern des einst Amon geweihten Allerheiligsten einzumeißeln. An anderer Stelle ersetzten die Römer die tausend Jahre alten Reliefe durch Fresken von beleidigender Aktualität. Und um allen Sakrilegien die Krone aufzusetzen, wurde zu Füßen der Kolosse ein Forum gebaut, das den romanisierten Ägyptern als Spazierweg dienen sollte.

Phaidros berührten diese Übergriffe aber nicht allzusehr. Er war tief beeindruckt von der früheren, jahrhundertealten Zivilisation, versenkte sich in die mysteriösen Formen und berauschte sich an diesen geheimnisvollen, nicht entzifferbaren Zeichen. Dann dachte er: Ah, hätte ich das Haupt Cäsarions geküßt, wäre ich jetzt nicht so tief bewegt, noch wäre mein Schmerz so schön, wie er es jetzt ist.

Beim Gedanken an die Vergangenheit Ägyptens kam ihm auch seine eigene wieder in den Sinn. Wieder dachte er an die Schätze, die durch die Straßen Roms geschleppt worden waren, an die Inschriften der Statuen, die Möbel, die Pergamente – an den Traum, den andere geträumt hatten, damit er ihn sich eines Tages zu eigen machen konnte.

Diese Zeichen, diese Schrift anderer Völker zog ihn an mit Macht.

Eines Tages begegnete er bei seinem Gang durch eine der verlassenen Kultstätten einem Greis, der auf dem Boden saß und den Blick starr auf die rätselhaften Texte gerichtet hatte.

Mit seinem weißen Gewand und dem rasierten Schädel glich er den Priestern der auf diesen Mauern dargestellten Prozessionen.

»Was sind das für Ruinen?« fragte Phaidros Antomanus so unschuldig wie in seinen besten Zeiten.

»Die Herberge eines Gottes, der nicht mehr existiert«, antwortete der Alte mit zitternder Stimme. »Was du hier siehst, war früher eine Gottesstadt innerhalb der großen Stadt des einstigen Theben. Und auf diesen Mauern steht die Chronik ihrer ruhmreichen Vergangenheit eingeschrieben.«

Der Greis las nun mit leiser Stimme die religiösen Formeln an den Wänden. Obwohl er sich nicht die Mühe machte, sie zu übersetzen, spürte Phaidros Antomanus den ganzen Zauber einer Sprache, die aus dem Jenseits zu kommen schien, von einem Ort, an dem es nie eine Zeit gegeben hatte.

Da sprach Phaidros:

»Ich möchte lernen, diese Zeichen zu lesen, und wenn es das letzte ist, was ich auf dieser Welt mache ...«

»Zu spät«, sagte der Alte, schloß gelassen die Augen und flüsterte, immer leiser werdend: »Zu spät, Fremder, zu spät.«

»Warum zu spät, edler Greis? Ich bin sehr lernbegierig.«

»Weil ich der letzte Mensch in ganz Ägypten war, der diese Zeichen lesen konnte. Und das sind die letzten Worte meines Lebens.«

Da starb der Alte, bevor ihm Phaidros noch eine weitere Frage stellen konnte. Worauf sich eine dicke Wolke des Schweigens über den Nil senkte. Die Zeichen der Tempel verstummten für immer, und die Erinnerung an die Menschen, die sie geschaffen hatten, verlosch.

Später erfuhr Phaidros, daß dieser Mann tatsächlich der letzte Amonpriester gewesen war. Sein Tod beeindruckte ihn so sehr, daß er bei jedem neuen Tempel, den er besuchte, an seine gelassene Miene und den geheimnisvollen Klang der vorgelesenen Texte dachte. Dennoch brachten ihn diese Besuche zur Verzweiflung, weil die Texte keine Stimme mehr hatten und ihre Botschaft ihm verschlossen blieb. Und so fiel diese Welt, die er angefangen hatte, mit aller Kraft zu lieben, langsam der Vergessenheit anheim.

Er, der nirgendwo zu Hause war, fühlte sich nun an diesem Fluß zu Hause. Es hatte im Triumphzug des Octavianus eine Statue gegeben, die ihn am meisten beeindruckt und angezogen hatte. Die des doppelt mächtigen Gottes Hapi, des Hermaphroditen, der Kraft und Reichtum Ober- und Unterägyptens verkörperte. Der Gott, der nach Alexandria gekommen war und sich sogleich im Meer verlor, im Meer, das ihm fremd war.

Phaidros ging durch die Zuckerrohrfelder, die Füße tief im Wasser. In seinem Rücken lag der zerstörte Tempel des Amon, und auf der anderen Seite des Flusses, im karmesinfarbenen Abendlicht, tauchten die Berge auf, die seit Jahrhunderten die Toten von Theben bargen.

Er erinnerte sich an Jubas Ansprüche auf die Quellen des Nils, erinnerte sich an die Worte der kleinen Kleopatra Selene, als sie ihm – einem armen Gärtner – erzählte, daß der Rest von Äypten nichts mit Alexandria zu tun hatte, weil Ägypten deutlich älter war als alle Träume Alexanders. Schließlich erinnerte er sich an die Wärme in Alkaios' Worten, als dieser von sich sagte, er sei der Nil.

Als sich die Abenddämmerung über die Totenberge von Theben

legte, dankte Phaidros Antomanus der Asche eines Narren, die ihn hierhergeführt hatte.

NACHDEM ALL DIESE Ereignisse hinter ihm lagen, machte sich Phaidros Antomanus daran, Kopien seiner Werke herzustellen, die er der Großen Bibliothek von Alexandria übergeben wollte. Er befand sich in seinem Studierzimmer, das zum Garten hin lag und von wo aus jenseits der Einfriedung das Meer zu ahnen war. Der Abend war still, wie oft im Vorfrühling. Wenn er den Blick von seiner Schreibarbeit hob, erfreuten ihn bereits bunte Blumen. Alles war von großer Ruhe erfüllt, und die brauchte der Schreiber, um sich auf die wichtige Aufnahmefeier am nächsten Tag vorbereiten zu können.

Doch da kam Cleandrus herein, in geduckter Haltung und stotternd wie immer, wenn er eine heikle Sache ansprechen mußte:

»Im Atrium wartet ein seltsamer Besuch auf dich«, brachte er mühsam hervor. »Es ... ist ein Leprakranker.«

Phaidros hob nicht einmal den Blick von seinen Manuskripten.

»Gib ihm ein Almosen.«

»Es handelt sich um einen ganz besonderen Leprösen. Er sagt, du kennst ihn von früher. Ja, er sagte sogar, du hättest ihn geliebt.«

»Ich habe in Liebesdingen zwar sehr schlechte Augen«, lachte Phaidros, »aber so weit, daß ich mit Leprösen schlief, ist es mit mir noch nicht gekommen.«

»Er drängte mich, absurde Sätze auswendig zu lernen: Sag ihm, daß wir damals einen weißen Hund mit schwarzen Flecken hatten und daß wir ihm den Namen eines ägyptischen Königs gaben ...«

Bei diesen Worten richtete sich Phaidros mit einem Ruck auf und sah Cleandrus mit weit aufgerissenen Augen an.

»... sag ihm ferner, daß er dem Hündchen Knochen aus Holz schnitzte und ich liebevoll zu ihm sagte: Möge sich diese Hand nie von der meinen trennen.«

Phaidros stieß einen schrecklichen Schrei aus, und sein Körper bäumte sich auf unter der Wucht der Erkenntnis. Obwohl er mehrmals den Namen Adonis aussprach, konnte sein Diener ihn nicht verstehen, weil er den tiefsten Tiefen der Angst entstieg.

Er rannte mit weit ausgebreiteten Armen hinaus ins Atrium. Eine große Sehnsucht stand ihm im Gesicht. Plötzlich hielt er inne. Etwas in seinem Innern löschte die Freude aus und machte langsam der Verzweiflung Platz, die er früher gefühlt hatte. Da verhärteten sich seine Züge, er preßte die Arme an den Leib, verlangsamte den Schritt und suchte sich zu beherrschen. Er rang nach Fassung und war bemüht, seine Reaktionen der Würde seiner neu erworbenen Persönlichkeit anzupassen.

Dann der allertiefste Schmerz, den er je gefühlt hatte. Dann der Anblick von Adonis, des einst so schönen Epheben Adonis, herabgesunken zum gräßlichsten Beispiel menschlichen Niedergangs. Ein Häufchen Elend. Eine gebeugte Gestalt, von Kopf bis Fuß in ein Durcheinander schmutziger Kleider gehüllt, im vergeblichen Versuch, sich vor der Verachtung der Mitmenschen zu schützen.

Adonis ließ kurz sein Gesicht sehen. Doch Phaidros erkannte die Züge, die er so sehr geliebt hatte, nicht. Sie waren von abstoßenden Wunden und Ausschlägen entstellt. Als er die zarten Hände sehen wollte, die im Hause Octavias die Lyra gespielt hatten, begegneten ihm nur zwei elende, mit dreckigen Fetzen verbundene Stummel.

»Ich wußte, daß du mich empfangen würdest, Phaidros. Und daß du mich nicht vergessen hast.«

Nur seine Stimme war die gleiche geblieben. Unverwechselbar. Freundlich und süß wie gestern, schien sie dazu bestimmt, ihn wieder zu verzaubern.

Mit einem Mal fiel Phaidros Antomanus' zur Schau gestellte Sicherheit in sich zusammen, sein Herz fing beim Anblick dieser menschlichen Ruine heftig zu schlagen an.

Er brach in bittere, verzweifelte Tränen aus, wie er sie so oft für diesen Adonis vergossen hatte, viele qualvolle, unverzeihliche Winter lang.

»Warum bist du gekommen?« stöhnte er. »Hast du mir nicht schon genug weh getan?«

»Ich habe niemanden«, flehte Adonis. »Ich bin allein und krank.«

Es drängte Phaidros, ihn an seine Brust zu pressen, er wußte sich aber zu beherrschen. Doch er hörte nicht auf zu weinen, zornig zu weinen.

»Daß du erst in diesen Zustand kommen mußtest, um dich meiner zu erinnern!«

Da weinte auch Adonis. Schließlich versuchte er, sein Fernbleiben mit schwer nachvollziehbaren Begründungen zu rechtfertigen. Er erzählte sein ganzes Leben der letzten Jahre. Er sprach von ausgedehnten Reisen in die exotischsten Länder, an der Seite von Liebhabern, an deren Namen er sich nicht einmal mehr erinnerte.

Nachdem er seine Geschichte gehört hatte, meinte Phaidros:

»Als junger Mensch lachte ich über die Alten, weil sie uns vor den Irrwegen des Lebens warnten. Im Theater lachte ich über die Autoren der Tragödien, weil der arme, geopferte Held sagte, das Schicksal behalte immer das letzte Wort, weshalb niemand am Ende seines Lebens behaupten könne, er sei glücklich gewesen. Bist du wenigstens glücklich gewesen, Adonis?«

»Sehr. Vollkommen. Ich habe jeden Tag so gelebt, wie ich ihn leben wollte.«

Das erklärte er mit so großer Ungeniertheit, daß Phaidros erschüttert entgegnete:

»Du bist ja völlig skrupellos! Denn der Preis für dein Glück war mein Leben.« Er schwieg einen Augenblick und suchte in seinem Gedächtnis nach dem Bild des innig geliebten Adonis seiner Jugend. »All diese Jahre habe ich eine schöne Erinnerung in meiner Seele getragen. Mochte sie später von einem Verbrechen befleckt werden, sie überlebte und blieb schön. Es ist die Erinnerung an zwei junge Menschen, die sich einst liebten. Obwohl ich dich verfluchte, obwohl ich dich schließlich haßte, erhellte diese Erinnerung meine einsamen Nächte, in denen ich dachte: Wenn an der Seite von Adonis soviel Glück möglich war, bedeutet das wohl, daß sich dieses Glück an der Seite anderer Menschen wiederholen kann und daß Liebe wieder möglich ist. Dennoch, immer wenn sich mir eine neue Gelegenheit bot, hat mich die Erinnerung an dich ernüchtert, noch bevor es soweit kam. Wie sehr du mich verletzt hast, mit welch unabsehbaren Folgen!«

»Es war mein Leben, Phaidros. Ich wollte es leben.«

»Gut, du hast es gelebt, warum aber wirfst du es mir jetzt vor die Füße? Ich hatte nur noch dieses schöne Bild unserer Jugend, mehr nicht, und selbst das willst du mir rauben. Denn ich kann dich nicht ohne Schauder, ja Ekel ansehen.«

»Ich war nicht böse, Phaidros. Nie war ich böse.«

»Ich weiß«, sagte Phaidros. »Doch was nützt mir dieses Wissen heute? Was nützt mir der Gedanke, daß du ein gutes Herz hattest, wenn deine Handlungen mich zwangen, dich einen Mörder zu nennen?«

»Phaidros, ich weiß, daß ich nicht das Recht habe, dich um irgend etwas zu bitten, die Not zwingt mich dazu. Hilf mir, denn du bist in einer viel besseren Lage als ich.«

»Du irrst. Ich bin noch immer der Unterlegene, weil mich deine Anwesenheit viel mehr verstört, als nach so vielen Jahren und dem Schmerz, den du mir zugefügt hast, angemessen wäre … Wieder besiegst du mich …«

»Du kannst veranlassen, daß ich nicht ausgestoßen werde … Ich will nicht in die Leprakolonie gebracht werden! Sie liegt in einem düsteren Tal, das keiner lebend verläßt. Hilf mir, Phaidros, hilf mir …!«

»Wie grausam du bist! Böse vielleicht nicht, aber grausam, und das ist schlimmer. Erst hast du mein Leben zerstört, jetzt willst du mich mit der Verantwortung für deinen Niedergang bestrafen …« Er hob die Hände zum Kopf, der zu zerspringen drohte, erkannte jedoch die Notwendigkeit, sich im Namen der Vernunft zu beherrschen. »Ich muß es mir überlegen. Du wirst diese Nacht hier schlafen und meine Entscheidung abwarten. Morgen sehen wir uns wieder.«

»Können wir nicht jetzt weiterreden? Uns an die alten Zeiten erinnern, Phaidros, nach all den Jahren …«

»Ich werde dir helfen, Adonis, es wird dir allerdings weder gelingen, die Jahre zurückzudrehen, noch, meinen Schmerz ungeschehen zu machen.«

Er rief nach Cleandrus und befahl ihm, alles für die Beherbergung seines überraschenden Gasts herzurichten.

»Das Haus ist sehr schön«, bemerkte Adonis, als er sich anschickte, dem Diener zu folgen.

Er bewunderte entzückt die lichtdurchfluteten Räume, die hübsche Einrichtung und die schönen Gärten mit der herrlichen Aussicht.

»Es ist ein leeres Haus. Und leer wird es immer bleiben. Wie alle Häuser, die ich je bewohnt habe. Alle, seit der Zeit, als du das elende Loch in der Subura verlassen hast.«

Bei diesen Worten ergriff Adonis Phaidros' Hand und drückte sie fest. Dann sagte er plötzlich mit zärtlich bebender Stimme:

»Erinnerst du dich an meine Erzählungen über Alexandria? Du machtest große Augen und hörtest mir hingebungsvoll zu. Denn keiner war zärtlicher und lieber als du, Phaidros, keiner … Wie kann es sein, daß nicht einmal diese Erinnerungen dich anrühren?«

»Ich werde lernen, ungerührt zu bleiben, Adonis. Und zwar ohne allzu große Mühe. Denn wenn es wahr ist, daß alle Träume bereits geträumt worden sind, von einem Wesen, das über uns steht, so trifft dies glücklicherweise auch auf die Alpträume zu.«

Phaidros unternahm einen langen Spaziergang durch die Stadt. Er kam bis zur Mauer, ging durch ein Tor und bis zum Rand der Wüste. Es war Nacht geworden, und vom See stiegen erstickende Dämpfe auf, die eigenartige Luftspiegelungen verursachten. Doch Phaidros achtete nicht darauf. Im Gegenteil, er wandte sich in Richtung Memphis und sandte eine Klage an die ferne Sphinx, die in ihren Augen den Leitstern seines Lebens trug:

»Wandelstern, bist du tatsächlich das Auge der Sphinx? Wenn ja, übermittle ihr meine Frage. Du und sie haben mich bis hierher gebracht. Du hast meine Einsamkeit gesehen, hast gesehen, wie ich der Liebe erlag, hast mich um den Tod flehen hören und bist ungerührt geblieben. Hilf mir jetzt, helft mir beide … Denn ich will nicht töten, aber auch selbst nicht noch einmal getötet werden …«

In dieser Nacht schlief Phaidros nicht. Die kleine Lampe in seinem Studierzimmer brannte ununterbrochen. Cleandrus nahm an, daß sein Herr wegen der Sache mit dem Leprösen schlaflos blieb, sicher war, daß er sich mit dem Ordnen seiner Manuskripte beschäftigte. Denn sein Entschluß stand fest.

Am nächsten Morgen erschien Adonis erneut vor seinem Freund. Der sagte:

»Adonis, heute ist ein wichtiger Tag für mich. Nie war mir etwas wirklich wichtig. Ich war immer ein Fremder auf dieser Welt. Heute jedoch werden meine Werke in die Große Bibliothek von Alexandria gebracht. Alles, was ich gelebt habe, alles, was ich gelernt, genossen oder gelitten habe, alles findet sich in diesen Pergamenten. Das andere ist nicht der Rede wert. Ich brauche inneren Frieden, um dieses einmalige Lebensereignis entsprechend auskosten zu können. Ich brauche das Gefühl, daß sich dafür mein Leben gelohnt hat.«

»Was willst du mir damit sagen?« fragte Adonis beunruhigt. »Was habe ich mit deinen Pergamenten zu tun?«

Da blickte ihn Phaidros voller Bitterkeit an:

»Wahrscheinlich nichts, leider. Wie dem auch sein, ich habe deine Abreise verfügt. Mein Diener hat Kontakt zu gewissen Händlern, die keine Angst haben, sich mit deiner Krankheit anzustecken. Sie werden dir helfen, Alexandria zu verlassen.«

»Und dann?«

»Ich werde dich mit dem nötigen Geld ausstatten, damit du irgendwo leben kannst.«

»Und dann?« wiederholte Adonis mit steigender Angst. »Was wird aus mir, Phaidros? Hast du dir darüber keine Gedanken gemacht?«

Er suchte den Blick des Freundes, des Phaidros, den er kannte, fand aber nur leere, ausdruckslose Augen.

»Nun, nach all diesen Jahren rächt sich der reiche, der mächtige Phaidros Antomanus. Freut dich das? Ist die Rache tatsächlich so süß, wie behauptet wird?« Doch Adonis merkte alsbald, daß seine vorwurfsvolle Haltung Phaidros überhaupt nicht beeindruckte, weshalb er wieder flehentliche Töne anschlug: »Hör mich an. Es geht nicht nur um Geld. Verstehst du das nicht? Was ich brauche, ist Gesellschaft. Niemand wird sich mir nähern wollen, wo immer ich sein mag. Ich bin jedoch nicht für die Einsamkeit geschaffen und kann nicht allein sein.«

»Das könnte ich dich lehren, Adonis. Doch im Moment habe ich dazu keine Zeit.«

Adonis warf sich an seine Brust im verzweifelten Versuch, ihn zu umarmen. Phaidros empfand dieses Heischen nach Mitleid wie einen Stoß ins Herz, einen Stoß, der nicht weniger schmerzte als der, den Adonis ihm damals versetzt hatte. Er mußte den gleichen Mut aufbringen wie einst, um ihn abzuschütteln und Cleandrus' Fürsorge zu übergeben. Dann begann er, sich für die Zeremonie in der Großen Bibliothek anzukleiden.

»Warte!« flehte Adonis. »Laß mich an deiner Seite bleiben. Ich will tun, was du willst. Ich kann dein Diener sein, dein Sklave, doch stoße mich nicht in die Einsamkeit, denn der Tod wäre tausendmal besser. Ich appelliere an deine Güte.«

Phaidros Antomanus wandte sich ein letztes Mal um:

»Adonis, ich habe die Grausamkeit nicht erfunden, doch du warst grausam zu mir. Ich habe die Bosheit nicht erfunden und wurde ihr Opfer. Niemand kann jetzt von mir erwarten, daß ich die Güte erfinde.«

Damit ging er in sein Studierzimmer, ohne sich noch einmal umzuwenden.

ALS CLEANDRUS ADONIS den Händlern anvertraut hatte und wieder zurück war, fand er seinen Herrn bereits fertig angekleidet und so stoisch gefaßt, wie nie zuvor ... oder wie er inzwischen geworden war, ohne daß Cleandrus es gemerkt hatte. Wie auch immer, seine ernste Haltung stand im Gegensatz zu seiner äußeren Aufmachung, denn die blaue Tunika, von der Art, wie Marcellus sie zu tragen pflegte, unterstrich sein noch immer jugendliches Aussehen, und so glich er weniger einem berühmten Autor als einem Schüler, bereit für die ersten Lektionen des Lebens.

Auch Cleandrus war dem Anlaß gemäß gekleidet. Doch die Farben sowohl seiner Tunika als auch seines Umhangs waren so dezent, daß er eher aussah wie der Präzeptor seines jungen Herrn, nicht wie sein Diener. Phaidros Antomanus bemerkte dies und zog es vor, ihn als einen Vater zu betrachten, der ihn in dieser wichtigen Stunde begleitete. Das ließ er Cleandrus auch wissen, indem er ihm fest die Hand drückte und sich für alles bedankte, was er in den letzten Jahren für ihn getan hatte.

Unter dem besorgten Blick des Mannes, der ihm bei so vielen Gelegenheiten seine Treue bewiesen hatte, konnte Phaidros seine Rührung nicht mehr länger unterdrücken und sagte:

»Nach dem Besuch von Adonis hätte ich eigentlich sterben sollen. Denn einen größeren Schmerz hätte mir das widrige Schicksal nicht bescheren können. Und dennoch, ich muß ihn ertragen und weiterleben.«

»Ganz besonders heute.«

»Welchen Unterschied siehst du zwischen heute und irgendeinem anderen schmerzlichen Moment? Ich gehe zu einer Feier mit verhaltenen Tränen und zurückgehaltener Wut. Man ehrt mich zwar, doch um den Preis der Unterdrückung meines besten Werks. Man nimmt mich freundlich auf, nachdem ich den Niedergang des einzigen Menschen sah, den ich je in meinem Leben geliebt habe.«

»Das Schicksal spielt oft seltsam mit den Geschicken der Menschen. Wenn dieser Adonis dich nicht verlassen hätte, wärst du möglicherweise noch heute ein armer Gärtner ...«

»Möglich«, sagte Phaidros Antomanus und half Cleandrus seine Texte aufnehmen.

Cleandrus trug die kostbare Fracht auf den Armen und suchte dabei den Blick seines Herrn:

»Wenn es in deiner Macht läge, die Zeit zurückzudrehen, würdest du lieber alles anders haben wollen? Wärst du lieber wieder ein ungeschliffener, stotternder Gärtner?«

»Nein«, erwiderte Phaidros, »ich wäre lieber die gescheiterte Existenz, die ich bin.«

Dann gingen sie zusammen zu der Sänfte, die auf sie wartete, um sie zum strahlenden Heiligtum allen Wissens zu bringen.

SIE LIESSEN DIE Gärten der reichen Viertel und die Meeresbrise hinter sich, durchquerten die Gassen am Hafen und kamen so zum rückwärtigen Teil des einstigen Königspalastes, in dessen Mauern sich die Große Bibliothek befand. Phaidros bewunderte die Strenge, die von der gesamten Anlage ausging, aber auch den ernsten Empfang, den ihm die priesterlichen Mitglieder des Rats der Bibliothekare bereiteten.

Sie formierten sich zu einer kleinen Prozession, in deren Zentrum Phaidros Antomanus ging, Cleandrus mit den sorgfältig in Lederhüllen verpackten Manuskripten auf den Armen voran. In dieser Reihenfolge durchquerten sie verschiedene Säle, welche Standbilder der großen Schriftsteller der Vergangenheit und der griechischen und römischen Gottheiten, die für die Angelegenheiten des Wissens zuständig waren, zierten. Als sie schließlich in einen Saal kamen, der die anderen an Größe noch übertraf, begriff Phaidros, warum sein Werk über den Fall von Alexandria auch hier, in dieser eigentlich über jede Parteilichkeit erhabenen Institution, zum Schweigen verurteilt war.

Unter einem gewaltigen Gewölbe, vom Tageslicht hell beleuchtet, erhob sich ein nicht weniger gewaltiges Standbild des Augustus in der Gestalt des Apollo. Um ihn herum tummelten sich die Musen, so frivol und munter, wie es zu den hehren Aufgaben, die alle Dichter der Welt ihnen zuschrieben, eigentlich nicht paßte.

Bald wurde der feierliche Ernst ein wenig aufgelockert, indem die jüngeren Bibliothekare einen Gesang anstimmten, was aus der kleinen Gruppe erst recht eine Prozession machte, mit eigenem Zeremoniell und eigener Liturgie.

Nach kurzer Zeit öffneten sich die gewaltigen Türen aus Gold, und die Augustsonne, die in Alexandria kein Erbarmen kennt, erhellte das Innere mit ihrem grellweißen Schein, der die Besucher für einen Augenblick erblinden ließ. Das Licht war so hell, als wären zwei Planeten aus Marmor zusammengestoßen.

Die Bibliothekare verneigten sich ehrfürchtig, als stünde die Enthüllung eines Mysteriums bevor, das alle anderen Mysterien Alexandrias übertraf und das zugleich nur ein Alexandriner kennen durfte.

Sodann erschien Lucinus, ganz in Weiß, wie der Marmor an den Wänden ringsum. Hinter ihm schritt der berühmte Tebestos, die Arme vor der Brust gekreuzt, in ernster Haltung und ganz erfüllt von seinem hohen Amt.

Als Lucinus vor Cleandrus stand, nahm er die Manuskripte aus seinen Händen entgegen und übergab sie zwei Bibliothekaren, die sie dann die ganze Zeremonie über festhielten.

»Du hast einen Ruf vernommen«, verkündete Tebestos, »doch wie beantwortest du ihn?«

»M-m-eine A-A-Antwort ist …«

Phaidros Antomanus hielt entsetzt inne. Nach so vielen Jahren fing er nun wieder an zu stottern. Er wollte seine Rede fortsetzen, konnte es aber nicht. Er stotterte. Immer nervöser, immer aufgeregter warf er Lucinus einen verzweifelten Blick zu, als fürchte er einen strengen Tadel, weil alle seine Bemühungen vergeblich gewesen waren.

Daraufhin richtete Lucinus einen bittenden Blick an Tebestos, er möge seinen jungen Freund verschonen. Da hob Tebestos die Hand und bedeutete dem Kandidaten, trotz seines Stotterns mit seiner Rede fortzufahren. Es wurde immer stärker, während Phaidros aufsagte, was er so gut auswendig gelernt hatte:

»Meine Antwort lautet: Ich lege die Gaben, die mir ohne mein Zutun verliehen wurden, in Alexandrias Hände. Wohlwissend, daß sich in diesem Haus bereits Texte befinden, die sehr viel besser sind und auch künftig bleiben. Hütet sie dennoch mit Ehrfurcht, ihr weisen Männer, denn sie sind mein ganzes Leben.«

Doch diese Antwort, von einem Stotterer rezitiert, zog sich lange hin. Die Bibliothekare äußerten bereits Zeichen der Ungeduld, und Lucinus konnte ein Lachen nicht unterdrücken, als der große Tebestos ausrief:

»Ein Glück, daß deine Schrift schneller ist als deine Rede. Sonst wären deine Werke endlos.«

Da lachten alle Bibliothekare, wider jedes Protokoll.

Dennoch blieb ihnen Tebestos' Rede nicht erspart, die lang, blumig und verschnörkelt war, wie es einem guten Alexandriner zukommt. Er stellte den Wert von Phaidros' Lustspielen heraus, betonte die neuartige Verwendung der Sprache des Volkes und empfahl ihm, auf diesem Weg fortzuschreiten, um die Sprache des Theaters weiter zu bereichern.

Phaidros Antomanus mußte all seine Kräfte aufbieten, um die Tränen zurückzuhalten. Denn er dachte nicht an diese Texte, die Tebestos soeben feierte und adelte. Er dachte an seine unvollendete Tragödie, an jene Kleopatra, die nie ans Licht treten würde, weil Augustus' Schatten weiter reichte und mächtiger war, als seine Dichter ihn beschrieben.

Und als er den Blick hob, begegnete er den schrecklichen Augen dieses marmornen Augustus, der sich hinter seiner Maske des Apollo über ihn lustig machte.

So hielt der armselige Gärtner Octavias Einzug in die Große Bibliothek, und so wurde es fortan den jüngsten Studenten erzählt. Denn Phaidros Antomanus war ein schönes Beispiel der Liberalität dieser von Augustus regierten Gesellschaft, in der Menschen aus dem Nichts kommen und es dennoch zu höchstem Ruhm und Reichtum bringen konnten.

NACH ENDE DER Feierstunde führte Lucinus durch die verschiedenen Abteilungen der beiden Bibliotheken. Die Zeit hatte ihn zu einem exzellenten Führer gemacht, schließlich hatte er in diesen Räumen viele Stunden seines Lebens zugebracht, und viele würden noch folgen, bis sich einst die Weisheit des Todes mächtiger erweisen würde als die Weisheit sämtlicher Bibliotheken. Phaidros stellte fest, daß Lucinus sich in diesen Räumen mit dem Stolz eines Menschen bewegte, der sich als Besitzer betrachtet, als Hüter und Garant all ihrer Schätze. Trotz der Skepsis, die in seinen Gesprächen immer wieder aufschien, war er hier wohl glücklicher, als er es in Rom gewesen war und je an einem anderen Ort sein würde.

Phaidros spürte eine grenzenlose Zärtlichkeit für ihn und fühlte sich beschützt von seinem respektgebietenden weißen Haar wie damals im unvergeßlichen Haus der edlen Octavia, als Lucinus ihm seine uneigennützige Hilfe hatte angedeihen lassen.

Nachdem er ihm auch noch die Gärten gezeigt hatte, streichelte ihm sein alter Lehrer zart die Wange.

»Weißt du was? Wie dir die Götter die Liebe einer Frau versagt haben, so versagten sie mir die Freude an den Epheben. Immer wenn ich mich daran erinnere, tut es mir sehr leid.«

»Aus welchem Grund, Lucinus?«

»Weil du dann nie allein gewesen wärst, Gärtner, das kann ich dir schwören.«

Phaidros Antomanus lächelte angesichts dieser schlichten, ehrlichen Worte gerührt. Und er antwortete ähnlich:

»Dank deiner war ich es oft nicht ...«

Lucinus jedoch schien sich seines zärtlichen Anfalls zu schämen, klopfte ihm kräftig auf den Rücken, wie er es bei seinen Schülern gesehen hatte, und lachte:

»Los, betrinke dich heute abend, denn die Archivare haben deine Werke bereits registriert und dir deinen Platz unter den ganz Großen gesichert.«

»Betrink dich mit mir.«

»Du bittest mich um eine Unmöglichkeit. Ich muß bis morgen früh vor den Archiven Wache stehen.«

»Siehst du? Am ersten Tag meiner Unsterblichkeit sehe ich mich gezwungen, allein zu trinken. Ich gebe dir aber keine Schuld, mein Freund, denn vielleicht besteht genau darin der Preis ... für die Unsterblichkeit.«

Und er lachte unverhohlen über diesen Ehrgeiz, schließlich kannte er die Flüchtigkeit der weltlichen Dinge seit Jahren, und der Gedanke an eine Unsterblichkeit der Kunst erschien ihm ein Schwindel, so groß wie der Schwindel von der Existenz der Götter und der Unvergänglichkeit der Liebe.

Als er sich zum Gehen wandte, rief ihm Lucinus nach:

»Phaidros Antomanus.«

»Ja, bitte.«

»Ist es dir gelungen, einen Traum zu finden, den andere nicht vor dir geträumt haben?«

»Nein.«

»Dann suche weiter.«

»Es gibt ihn nicht.«

Er ging allein in die Tavernen, spazierte dann bis zum Leuchtturm hinaus und betrachtete aus sicherer Entfernung seine Pracht, denn die römische Wache ließ es aus Gründen der strategischen Sicherheit und weil dort ein Militärposten untergebracht war nicht zu, ganz nah an ihn heranzugehen. Phaidros wußte aber, daß in der Spitze des Leuchtturms das Bild der Isis-Pharia, der Beschützerin und Wegweiserin der Seeleute, untergebracht war, und betete zu ihr, obwohl er weder an die Götter glaubte noch an Lichter, die aus dem Dunkel der Nacht emporsteigen.

Er glaubte nur an seine Einsamkeit, die mittlerweile zu seiner treuesten Geliebten geworden war. Denn in dieser Nacht ließen ihn sogar die Sterne im Stich, da sie von dicken, drohenden Wolken verdeckt waren. Darüber hinaus fühlte er sich bedrückt von dieser deprimierenden Atmosphäre, dieser angespannten, lastenden Stille, die nur von den festen Schritten der Wachposten auf ihren Kontrollgängen unterbrochen wurde.

In seinem Kopf wiederholten sich immer wieder die Sätze, die er damals in der Subura formuliert hatte: *Die Vögel sind nicht allein, die braven Hunde sind nicht allein und die bösen Schlangen auch nicht. Phaidros aber ist allein. Phaidros aber ist tot …*

Nun hatte er dieses Gefühl wohl im Laufe der Jahre durch viele verschiedene Länder mit sich herumgeschleppt, dennoch schrieb er es in dieser Nacht der Stadt zu, die alle Hoffnungen, die er in sein Werk gelegt hatte, nicht zur Kenntnis nahm.

Alexandria, dachte er, du bist so verräterisch und zynisch wie alle anderen Städte. Was hat mich nur hierhergebracht? Wo ist der Zauber, den ich zu finden hoffte? Warum habe ich so viele Jahre von dir geträumt, wenn meine Einsamkeit hier so groß ist wie an jedem anderen Ort der Welt?

So kam er bis zum Hafen Eunostos, dem Hafen der Guten Heimkehr, wie ihn die ewig Exilierten nannten, die in Alexandria ein Dach suchten, eine Heimat, eine Zuflucht um jeden Preis.

Doch wer konnte zurückkommen von denen, die einst weggegangen waren? Die Menschen, die er geliebt hatte, würden nicht mehr zurückkommen. Adonis war aus seinem Leben verschwunden, Alkaios ebenfalls, Marcellus gestorben, und die edle Octavia schmachtete in ihrem Trauerkerker; Porcia Honoria, gefangen im Spiel der Unmöglichkeiten, hatte er endgültig hinter sich gelassen.

Wer konnte in dieser stillen Nacht wieder zurückkommen? In diese tote, nur von Stille bewohnte Stadt ...?

Da geschah plötzlich ein Wunder.

Der bisher bedeckte Himmel fing an, in zarten, hellen Farben zu leuchten, als wäre es bereits Morgen. Eine so wunderliche Morgenröte, daß sie die Sterne sichtbar machte, die von jeher Phaidros' Erdenweg begleitet hatten.

Dann füllte sich der bislang so einsame Hafen plötzlich wie von Zauberhand mit einer ungeheuren Masse fröhlicher Menschen. Sollte es ein schönes, neues Fest geben, das bislang noch in keinem Kalender verzeichnet war?

Die Seeleute hörten den Lärm und drängten sich zu Hunderten auf den Decks der in Eunostos vor Anker liegenden Schiffe. Zahllose Fackeln leuchteten an ihren Masten, zahllose Fahnen flatterten an ihren Stangen. Zugleich wurde der Leuchtturm hell, und vom Rande des Serapistempels her strömte eine große Schar von Tänzerinnen, auch sie festlich gekleidet, Palmzweige schwenkend, mit Girlanden, Sistren und Schalmeien in den Händen, als kämen sie von einem Fest der Flora und als hätten die großen Tage der Liebe bereits begonnen.

Und ein Chor aus hundert als Amoretten verkleideter Kinder sang mit Stimmen, zarter noch als Harfenklänge:

»Sieg. Triumph. Glorie. Preist den Sieger, Alexandriner, preist den Sieger.«

Und zweihundert Priesterinnen der verschiedenen Kulte wiesen mit ihren blumenumkränzten Stäben auf die Wellen des Meeres.

»Was ist los?« fragte Phaidros in die Menge. »Warum dieser Rausch der Begeisterung?«

Die Stimme des großen Serapis selbst kam wie ein Donner über die Säulen seines Tempels, verlor sich über den Dächern der Stadt auf der Suche nach der Mündung des Nils, um ganz Ägypten die frohe Botschaft zu verkünden:

»Freu dich, Alexandria, jauchze, denn Ägypten hat Rom bei Actium besiegt.«

»Das ist nicht wahr«, schrie Phaidros Antomanus überrascht. »Die Schlacht von Actium wurde vor vielen Jahren von Cäsar Octavianus gewonnen!«

Da sprach die große Isis von ihrem Altar im großen Leuchtturm herab:

»Alexandria! Rüste dich zum Fest, bring deine schönsten Blumen dar, lege deine Schätze vor meine Altäre, denn Antonius und Kleopatra haben über Octavianus gesiegt und kehren zurück.«

»Das ist nicht wahr!« schrie Phaidros Antomanus wieder. »Kleopatra ist tot. Marcus Antonius ist tot. Cäsarion ist ermordet worden.«

Doch die Zeit wehrte sich gegen seine Worte. Die Zeit erhellte den Himmel, und alle seine Freunde funkelten. Das ganze Firmament schien in den Jubel einzustimmen.

Da begann die wunderbare Vorstellung. Am Himmel entfaltete sich ein Wunderwerk, das nicht vom Schicksal bestimmt wurde, sondern vom Geist der Stadt, die durch einen Traum Alexanders entstanden war. Am Himmel geschah ein Wunder, das alle Blicke auf sich zog und Begeisterungsstürme auslöste.

»Schau nicht auf zum Himmel, Alexandria!« schrie Phaidros. »Tu es nicht, denn dort sind die Unglücksschwestern, die nur deine Zerstörung wollen!«

Als er jedoch den Blick hob, waren die Unglücksschwestern verschwunden. Nur die Sterne wiesen den Weg, nur sie mischten ihre Stimmen in den wunderbaren Gesang von Sieg und Glück.

Von den himmlischen Lichtern erhellt, erschien nun ein wunderbarer Festzug:

Behaarte Faune, freche Satyrn, glückbringende Einhörner, stämmige Zentauren und geflügelte Seepferdchen mischten sich mit Schauspielern, deren Gesichter von den rituellen Masken des Theaters bedeckt waren. Und in einem goldenen Wagen erschien ein eindrucksvoller Greis von stattlicher, wenn nicht gar dicklicher Gestalt, umgeben von großer Pracht. Er trug einen riesengroßen Kelch in der Hand, voll mit Wein, den er über Alexandria ausleerte, wobei die Tropfen unter den bewundernden Blicken der Menge zu Perlen wurden …

»Es ist Dionysos!« riefen die Menschen. »Es ist der Gott des Marcus Antonius!«

Der Gott hatte Antonius nicht verlassen, wie übelmeinende Chronisten es behaupteten. Der Gott bewies sein Wohlgefallen, indem er wieder eines seiner prächtigen Feste am Himmel über Alexandria feierte. Ihm zur Seite stand lächelnd ein Mundschenk von so athletischer Gestalt, daß man ihn für Herkules selbst halten konnte, der sich den

Bacchanten des Dionysos zugesellt hatte, um den ewigen Ruhm der Stadt zu besingen.

Da erkannte Phaidros in diesem Athleten, der mit einem kurzen Raubtierfell bekleidet war, in diesem Gesicht mit den perfekten Zügen, in diesem mit versilbertem Weinlaub bekränzten Haar die Schönheit des Alkaios aus Osirrincus.

»Alkaios, Alkaios! War das letztendlich dein Platz?« rief er dem Festzug nach, als er sah, wie er sich über die Dächer Alexandrias hin entfernte.

Aber er sah noch mehr. Er sah außerdem, wie alle Götter des Gärtners Phaidros über den Himmel zogen, die Götter, die ihn gelehrt hatten, an die fortlaufende Erneuerung des Lebens zu glauben, damals, als er jung war: Pomona, Flora, Faunus, Silvanus, Priapos, Ceres und die freundlichen Kamenen. Und all denen schloß sich Isis an, die große, mütterliche Beschützerin, gewaltig wie die Schöpfung selbst.

»Oh, ihr Götter!« schrie Phaidros Antomanus erneut. »Warum betrügt ihr mich? Warum treibt ihr mich in den Wahnsinn?«

Der Leuchtturm richtete seine Lichter auf das Meer, das sie vervielfacht auf Alexandria zurückwarf. Da war die ganze Stadt in Gold getaucht, denn das Licht war einem goldenen Schiff begegnet, das wie ein Juwel auf den Wellen schaukelte. Ein Juwel, das die Liebe gestaltet hatte.

Es war die königliche Galeere der Kleopatra, die sie ihrem Geliebten zu Ehren *Antoniada* genannt hatte. Und aus tausend Kehlen tönte es, »*Antoniada, Antoniada*«, und ein Chor aus hundert Jungfrauen vom Nil sang »*Antoniada, Antoniada*«, und hundert der schönsten Epheben der fünf von Alexander gegründeten Städte vereinten ihre kräftigen Stimmen, um »*Antoniada, Antoniada*« zu singen …

»Oh, ihr Götter!« rief Phaidros Antomanus. »Was bringt ihr mir da? Was soll all diese Schönheit?«

Der Bug war aus Gold, purpurfarben die Segel, die Masten aus Elfenbein, die Ruder aus Silber. Die Sklaven versprengten Parfüm aus Rosen, Moschus und Heliotrop, aus Seide waren die Kleider der Damen, aus Brokat die Tuniken der Hohenpriester, aus Straußenfedern die gewaltigen Fächer, aus Pfauenfedern die siegesgewiß schwellenden Segel.

Als die *Antoniada* in Eunostos einlief, entrollten hundert schöne nubische Diener einen Teppich, den die Sirenen in den tiefen Wassern des Roten Meeres gewebt hatten. Dann schritt Kleopatra über den Landungssteg, ganz in Gold gekleidet, und Marcus Antonius mit seinem silbernen Brustschild. Gefolgt von Cäsarion, dem König der Könige, in dieser Stunde des höchsten Triumphs schön wie ein Gott. An seiner Seite Antillus, Marcus Antonius' Erstgeborener, der stolz seine herrliche Männertoga trug. Es folgten der kleine Ptolemaios Philadelphos und die Zwillinge Alexander Helios und Kleopatra Selene, die Insignien ihrer Königswürde in Händen, Sonnenprinz und Mondprinzessin an diesem außergewöhnlichen Firmament.

Wie jung sie waren! Wie jung war die Zeit!

Auch Phaidros wollte sich jung fühlen und mußte sich daher einer unabweisbaren Tatsache stellen:

Octavianus hatte nicht gesiegt, Rom hatte nicht gesiegt. Die Nacht sang Lobeshymnen auf das siegreiche Ägypten. Die ganze Stadt erhob sich aus ihrer Asche, entfaltete ihre alte Pracht und besang den Ruhm seines Gründers, dessen heiliger Leichnam von seiner goldenen Grabstätte, der Soma, aus Botschaften der Macht aussandte.

Da hob Phaidros seine Augen zum Himmel, um dort ein Bild all der Dinge zu finden, die er in seinem unmöglichen Werk selbst beschrieben hatte, in diesem Werk, das nie ans Licht kommen würde.

Er wollte der Menge sagen, daß sie sich selbst betrog, daß diese ganze Szene unwirklich war. Doch die Menschen hörten nicht auf ihn, weil Kleopatra und Marcus Antonius, schön wie nur im Mythos möglich, bereits vom Serapistempel kamen und zum Palast von Lochias schritten, der auf einem Hügel inmitten der schönen Zaubergärten lag.

So blieb Phaidros Antomanus wieder einmal am Rande des Geschehens ausgegrenzt. So fand er sich wieder allein, konnte mit keinem Menschen die Schönheit der Morgendämmerung teilen, keiner stimmte in seinen Jubel ein, kein Arm legte sich anteilnehmend um seine Schulter.

»Ich bin allein, ich weiß. Auch in diesem Augenblick bin ich allein«, sprach er zu sich.

Doch im Reich der Wunder war alles möglich. Phaidros, in dieser dunklen Ecke von Eunostos, sah, wie sich die Menge teilte und eine Gasse bildete, durch die Königin Kleopatra Septima auf ihn zuschritt. Als sie vor ihm stand, bot sie ihm die Hand, und er sank auf die Knie und küßte sie.

Da sprach Kleopatra, die Unvergleichliche:

»Phaidros Antomanus, Gärtner, Poet, oder was immer du sein möchtest, höre das Lied meines Lebens. Höre es, denn du bist auserwählt, der Welt zu verkünden, daß Ägypten Octavianus besiegt hat.«

Und Phaidros, geblendet von ihrer Schönheit, hingerissen von ihrer Stärke, stieß mit letzter Kraft einen Schreckensschrei aus:

»Das kann ich nicht. Augustus wird mich daran hindern.«

Doch die Königin schenkte ihm ein geheimnisvolles Lächeln, in bester Tradition der Sphingen. Nun weiß aber alle Welt von alters her, daß man den Sphingen am besten nicht widerspricht.

Da verstand Phaidros endlich. Da wußte er es. Und als ihm im Kopf ein Licht aufging, gingen mit einem Schlag auch alle Lichter in seinem Herzen an.

Er hob die Augen zum Himmel und rief:

»Sterne! Freunde, Begleiter, Geliebte meiner Einsamkeit! Dieses Wunder bin ich. Dieses Wunderwerk ist in meinem Innern. Ich muß nicht danach suchen, ich muß nicht darum bitten. Ich bin der Herr über Alexandria. Ich bin der einzige Traum, den keiner vor mir geträumt hat. Ich bin mein eigener Traum. Und werde es bleiben, solange ich Atem habe …«

Ganz Alexandria wurde nun wieder von unvergleichlichem Glanz überstrahlt. Da erkannte Phaidros einen wunderbaren Moment lang, daß seine Einsamkeit magisch erhellt war, überstrahlt von einem Ausbruch an Phantasie, der ihn endlich an einen Ort band, an eine Küste, an einen Planeten, der alle übertraf, die ihn in seinem bisherigen Leben zurückgewiesen hatten.

»Sterne, Planeten, Sphingen, die ihr meine arme Seele erfüllt. Wer immer ihr seid, was immer die Ursache eures Daseins ist, ich segne euch, weil ihr dem meinen einen Sinn gebt. Ich danke euch, ich danke euch allen. Denn ihr habt meine ewige Einsamkeit belohnt und mir die Gabe verliehen, Leben zu schaffen.«

Da küßte er ein letztes Mal die Hand der großen Kleopatra und rief unter Tränen:

»Ich werde immer aus dieser Schöpferkraft leben, die es mir ermöglicht, die Zeit meinem Traum gemäß zu gestalten!«

Barcelona–Ventalló.
(Winter 1987–Winter 1988)

Glossar der wichtigsten historischen Persönlichkeiten, Orte und Begriffe

Achäer: Altgriechischer Volksstamm, der in Phthiotis (Thessalien) und auf dem Peloponnes um Mykene lebte. Die Achäer wurden von den Dorern in die nach ihnen benannte Landschaft Achaia verdrängt. Bei Homer steht die Bezeichnung Achäer für die Griechen im allgemeinen.

Actium: Vorgebirge im Süden von Epirus vor der Westküste Griechenlands. Dort besiegte die Flotte des Octavianus am 2. September 31 v. Chr. die Seemacht von Antonius und Kleopatra. Die Schlacht bedeutete das Ende der römischen Republik und den Beginn des Kaiserreiches.

Agrigentum: Stadt an der Südküste Siziliens. Heute: Agrigento. Etwa 580 v. Chr. von Gela, einer Kolonie des dorischen Rhodos, gegründet. Die Stadt wurde zeitweise von Tyrannen regiert und 210 v. Chr. von Rom erobert.

Ädil: Ursprünglich wurden so die Tempelbeamten bezeichnet (lat. *aedes*: Tempel) bzw. Aufseher des Tempels der Ceres. Als solche hatten sie für die Organisation des Getreidemarktes, der unter dem Schutz dieser Göttin stand, zu sorgen. Zur Zeit des Octavianus waren die Funktionen der Ädilen bereits erweitert: Ihnen unterstand nicht mehr nur die Getreideversorgung, sondern die gesamte städtische Polizei, das Bauwesen, die Marktaufsicht und die öffentlichen Spiele.

Agrippa: Marcus Vipsanius Agrippa (64–12 v. Chr.) war Freund, Berater und Feldherr des Octavianus. Er führte die Kriege Octavianus' gegen Sextus Pompejus und errang den entscheidenden Sieg von Actium.

Alexander Helios: Sohn des Marcus Antonius und der Kleopatra. Zwillingsbruder von Kleopatra Selene.

Alexandria: Stadt an der Nordküste Ägyptens bei der westlichen Nilmündung. Von Alexander dem Großen 331 v. Chr. in einer bis auf ein Dorf und die Festung Rhakotis unbewohnten Gegend gegründet. Die neue Stadt nahm rasch an Bevölkerung zu, wurde ein wichtiges Zentrum des Handels, der Künste und Wissenschaften und schließlich zum Mittelpunkt der hellenistischen Welt. Noch zu Alexanders Lebzeiten wurde der Regierungssitz von Memphis nach Alexandria verlegt. Der Königspalast, in dem auch Kleopatra residierte, lag vermutlich auf einer Landzunge des Hafens, die heute nicht mehr existiert. Auf der vorgelagerten Insel Pharos, die Alexander durch einen Damm mit dem Festland verbinden ließ, befand sich der berühmte gleichnamige Leuchtturm. Weitere bedeutende Bauwerke waren das Museion und die berühmte Bibliothek von Alexandria, die zur Zeit Cäsars teils oder nach anderen historischen Quellen völlig durch einen Brand zerstört worden sein soll.

Alkaios: Die Figur des Alkaios im Roman trägt den Namen des berühmten Dichters Alkaios aus Mytilene auf Lesbos. Er lebte um 600 v. Chr. und war Zeitgenosse Sapphos.

Anchises: König von Dardanos und der Sage nach Geliebter der Aphrodite. Aus dieser Verbindung soll Äneas hervorgegangen sein.

Äneas: Held des trojanischen Sagenkreises. Sohn des Anchises und der Aphrodite. Er verließ auf Geheiß seiner Mutter Troja nach der Zerstörung. Nach langen Irrfahrten, die Vergil in seinem Epos »Äneas« beschreibt, wurde er vom König Latiums aufgenommen. Dieser gab ihm seine Tochter Lavinia zur Frau. Ascanius, sein Sohn, erbaute Alba Longa, die Mutterstadt Roms. Aus seinem Geschlecht stammen Romulus und Remus, die mythischen Gründer Roms. Die Julier führten ihren Ursprung auf Äneas zurück. Vor allem Julius Cäsar und Cäsar Octavianus Augustus betonten diese Herkunft, um ihre Machtstellung zu legitimieren.

Aphrodisias: Antike Stadt in Kleinasien.

Apophis: Ägyptischer Schlangendämon, der die Mächte der Finsternis verkörpert.

Arsinoe: 3. Jh. v. Chr. Tochter von Ptolemaios I. Soter.

Asinius Pollio: Gest. 5 n. Chr. Unter Cäsar und Antonius erwarb er sich als Staatsmann und Offizier großen Ruhm. In der Zeit des Augustus wirkte er als Kunstkritiker und Förderer begabter Dichter, unter anderem von Vergil. Er selbst verfaßte Tragödien und Werke zur Geschichte, so zu den Bürgerkriegen, allerdings ist von seinen Schriften nichts erhalten.

Asturier: Iberischer Volksstamm, der im Nordwesten des heutigen Spaniens lebte. 25–19 v. Chr. wurden die Asturier von den Römern unterworfen.

Atlas: Gebirge in Nordwestafrika. Gehört heute zu Marokko und Tunesien.

Berenike: Berenike II. (221 v. Chr. ermordet), Gattin von Ptolemaios III. Sie opferte der Aphrodite für die Heimkehr ihres Gatten aus dem syrischen Krieg (246–241 v. Chr.) ihr Haar. Nach ihr ist ein Sternbild – Haar der Berenike – benannt.

Betica: Das heutige Andalusien.

Bithynien: In der Antike die Bezeichnung für eine Region im Nordwesten Kleinasiens. Dort lebten Myser, Phryger und die aus Thrakien eingewanderten Thyner und Bithynier. Nach Alexanders Tod gründete Zipoetes 297 v. Chr. das bithynische Königreich.

Bocchus I.: König von Mauretanien (2. Jh. v. Chr.) und Schwiegervater Jugurthas, des Königs von Numidien.

Carthago Nova: Das heutige Cartagena.

Cäsarea: Zu Ehren des Kaisers wurden im Römischen Reich mehrere Städte Cäsarea genannt. Im Roman ist Cäsarea in Mauretanien gemeint, das heutige Cherchell, eine algerische Hafenstadt. König Juba II., der der Stadt den Namen Cäsarea Mauretania verlieh, residierte dort von 25 v. bis 23 n. Chr. Nach dem Vorbild Roms ließ er ein Forum, Theater, Tempel und Villen errichten.

Cäsarion: Ptolemaios XV. (47 v. Chr.–30 v. Chr.). Sohn Kleopatra Septimas und von ihr als Sohn Cäsars ausgegeben. Octavianus, Cäsars Adoptivsohn und Erbe, sah in ihm einen Rivalen und ließ ihn hinrichten. Der im Roman erwähnte Verrat durch seinen Lehrer ist historisch verbürgt.

Cato, Marcus Porcius (Cato der Ältere): 234–149 v. Chr. Sohn von Bauern aus Tusculum. Im Zweiten Punischen Krieg kämpfte er als Militärtribun. Danach schlug er erfolgreich die politische Laufbahn ein. Ihm mißfiel die Einführung der griechischen Kultur in Rom. Sein Ideal war die bäuerliche Einfachheit. So wandte er sich vehement gegen den Sittenverfall und Luxus des Adels. Stets warnte er auch Rom vor dem wieder erstarkten Karthago. Egal was im Senat auf der Tagesordnung stand, ließ er verlauten: »Im übrigen bin ich der Meinung, Karthago müsse zerstört werden.« Mit Genugtuung wurde er noch Zeuge der Vorbereitungen zum Dritten Punischen Krieg. Für seinen Sohn schrieb Cato Abhandlungen über Ereignisse aus der Geschichte Roms, über Agrarkultur etc. Seine teilweise erhaltenen Reden sind ebenso scharfzüngig wie scharfsinnig und zeugen von einem aufrichtigen Charakter und leidenschaftlichen Politiker.

Chlamys: Kurzer Umhang.

Clodia: (geb. etwa 95 v. Chr.) Verheiratet mit dem Konsul Cäcilius Metellus Celer und berüchtigt wegen ihrer zahlreichen Seitensprünge. Einer ihrer Liebhaber war Catull, der sie als Lesbia in seinen Gedichten preist.

Cynthia: Name, den Sextus Propertius (Properz) in seinen Gedichten einer Geliebten verlieh.

Cyrenaika: Historisches Gebiet in Nordafrika, das ganz Ostlibyen umfaßte und bis nach Ägypten hineinreichte.

Daker: Volksstamm im Altertum, der zu den indogermanischen Thrakern gehörte. Ihr Gebiet umfaßte das Land zwischen Theiß, Donau und Dnjestr.

Deianeira: Der Sage nach eine Gattin des Herkules.

Dio Cassius: (etwa 150–235 n. Chr.) Römischer Geschichtsschreiber aus Nicae in Bithynien. Die in Griechisch verfaßte »Geschichte Roms«, auf die im Roman angespielt wird, zählt zu seinen Hauptwerken.

Esquilin: Einer der sieben Hügel Roms im Osten der Stadt.

Euphorbia: Die Gattung der Wolfsmilchgewächse, zu der Kräuter und Holzgewächse gehören, die sich alle durch einen weißen Milchsaft auszeichnen. Milchsaft oder Öl der Samen sind bei verschiedenen Arten giftig, werden aber auch in der Heilkunde verwendet. König Juba II. gab der Gattung diesen Namen nach seinem Arzt Euphorbos.

Euphorbos: Leibarzt König Jubas II. und Bruder von Antonius Musa, dem Arzt des Cäsar Octavianus Augustus.

Gaetulien: Region und gleichnamiger Volksstamm (Gaetulier) an der südwestlichen Grenze des antiken Numidiens.

Große Bibliothek von Alexandria: Sie wurde von Ptolemaios I. Soter gegründet. Vermutlich lag das Gebäude im Palastviertel, nahe des Museions. Diese Bibliothek war das literarische Zentrum der hellenistischen Welt. Bedeutende Gelehrte standen ihr vor. Auch der Dichter Kallimachos wirkte dort. Ihr Bestand wird auf 100.000 bis 700.000 Bände geschätzt. Um den Brand dieser größten Bibliothek des Altertums ranken sich zahlreiche Legenden. So berichtet Plutarch, daß er sich während Julius Cäsars Aufenthalt ereignet habe. Moixs Roman geht von einer anderen Theorie aus, nach der während des alexandrinischen Krieges nur ein kleiner Teil verbrannte und erst später um 391 n. Chr. vermutlich durch Brandstiftung religiöser Fanatiker der gesamte Bau vernichtet wurde.

Gynäkeion: (altgr.) Frauengemach.

Herkules: Bedeutender Held der griechischen Sage. Sohn des Zeus und der sterblichen Alkmene. Er steht für Kraft, Mut und Tapferkeit. Die eifersüchtige Hera suchte ihn mit mehreren Plagen heim. Schließlich wurde er durch das von seiner Gattin Deianeira vergiftete Gewand in den Flammentod getrieben und in den Olymp entrückt, wo er die Göttin Hebe zur Frau nahm.

Histrionen: Ursprünglich etruskische Tänzer und Pantomimen, im alten Rom Schauspieler (lat. *histrio*) und Rezitatoren.

Illyrer: Indogermanische Volksgruppe, die im Nordwesten der Balkanhalbinsel lebte.

Juba II.: Sohn von Juba I., des Königs von Numidien in Nordafrika. Als Kind wurde er 46 v. Chr. im Triumphzug des Julius Cäsar mitgeführt. Cäsar Octavianus setzte ihn wieder als König von Numidien ein; dazu erhielt er das Königreich Mauretanien. Er heiratete Kleopatra Selene. Nach seinem Tod 23 n. Chr. wurde ihr gemeinsamer Sohn Ptolemaios König. Juba I. war hochgebildet. Er führte die griechisch-römische Kultur in seinem Reich ein und versammelte bedeutende Gelehrte seiner Zeit um sich. Auch er selbst verfaßte zahlreiche Bücher in griechischer Sprache, darunter auch eine Abhandlung über die Pflanzengattung Euphorbia, die er im Atlasgebirge entdeckte und nach seinem Arzt Euphorbos benannte. Seine Schriften zu den verschiedensten Wissensgebieten wurden später von Plinius dem Älteren und von Claudius Elianus bearbeitet.

Jugurtha: König von Numidien (2. Jh. v. Chr.) und ein erbitterter Feind Roms. Wurde von seinem Schwiegervater Bocchus I. an die Römer ausgeliefert und in Rom hingerichtet.

Julia: Tochter des Cäsar Octavianus Augustus und der Scribonia. 25 v. Chr. heiratete sie Marcus Claudius Marcellus, der 23 v. Chr. starb. In zweiter Ehe war sie mit Agrippa verheiratet, danach mit Tiberius. 2 v. Chr. verbannte sie Augustus wegen ihrer Liebschaften auf eine kleine Insel vor Süditalien. Ihre Mutter Scribonia, die seit 39 v. Chr. von Augustus geschieden war, folgte ihr freiwillig ins Exil. Julia starb 14 n. Chr.

Julius Cäsar, Julier: Gaius Julius Cäsar (100–44 v. Chr.) stammte aus dem alten patrizischen Geschlecht der Julier, das als Stammvater Julius, den Sohn des Äneas, und als Stammutter Aphrodite verehrte. Cäsar schlug zunächst die Ämterlaufbahn ein. Wegen seiner plebsfreundlichen Politik und als erfolgreicher Feldherr erwarb er sich hohes Ansehen im Volk. In Ägypten entschied er den Thronstreit zwischen Kleopatra und ihrem Bruder Ptolemaios zugunsten von Kleopatra, mit der er einen Sohn, Cäsarion, gehabt haben soll. Seit seinem Sieg über Gnaeus Pompejus bei Pharsalos (84 v. Chr.) verfügte er in Rom über außerordentliche Vollmachten: Er war Diktator auf unbestimmte Zeit, Konsul für fünf Jahre und Tribun auf Lebenszeit. Der Versuch, den Königstitel anzunehmen, scheiterte jedoch. Wegen seiner hellenistischen Tendenzen in Regierungsangelegenheiten – sein Ziel war ein Weltreich nach dem Vorbild Alexanders des Großen – machte er sich in Rom schließlich verhaßt. Es kam zu einer Verschwörung gegen ihn, an der 60 Senatoren mit Cassius und Brutus als Anführer, teilhatten. Am 15. März 44 v. Chr. wurde er in der Senatssitzung ermordet.

Kamenen: Römische Göttinnen der Prophezeiung, auch Quellgöttinnen. Aus der heiligen Quelle der Kamenen schöpften die Priesterinnen der Vesta täglich Wasser. In späterer Zeit werden sie auch als Göttinnen der Dichtung verehrt.

Kantabrer: Iberisches Volk im Altertum.

Kleopatra Selene: Tochter von Kleopatra Septima und Marcus Antonius, Zwillingsschwester von Alexander Helios und als Frau Jubas II. Königin von Numidien und Mauretanien.

Kleopatra Septima: (69–30 v. Chr.) Tochter des Ptolemaios XII. Auletes und von diesem gemeinsam mit ihrem Bruder Ptolemaios XIII. zum Nachfolger ernannt. 48 v. Chr. wurde sie von den Anhängern ihres Bruders aus der Regierung verstoßen, aber von Julius Cäsar wieder eingesetzt. Als Ptolemaios XII. im darauffolgenden Krieg ums Leben kam, heiratete Kleopatra einen weiteren ihrer Brüder, Ptolemaios XIV. Die Regierungsgewalt lag allerdings allein in ihren Händen. Zu dieser Zeit war sie Cäsars Geliebte. 47 v. Chr. brachte sie einen

Sohn zur Welt, den sie Cäsarion nannte, und erklärte Cäsar zu seinem Vater. 46 v. Chr. folgte sie Cäsar nach Rom, kehrte aber nach dessen Ermordung nach Ägypten zurück. Als kurze Zeit später auch Ptolemaios XIV. starb, möglicherweise von seiner Schwester vergiftet, ernannte sie ihren Sohn zum Mitherrscher. 41 v. Chr. traf sie in Tarsus Marcus Antonius, der mit ihr den Winter 41/40 v. Chr. in Alexandria verbrachte. Sie gebar ihm die Zwillinge Kleopatra Selene und Alexander Helios. Nach 37 v. Chr. lebte sie mit Antonius ständig zusammen. Rom sah in dieser Verbindung eine Gefahr für Octavianus und sein Weltreich. Daher erklärte es 32 v. Chr. Kleopatra (nicht Ägypten!) den Krieg. Nach der Niederlage bei Actium 31 v. Chr. bemühten sich Kleopatra und Antonius erfolglos um einen Frieden mit Octavianus. Alexandria mußte sich 30 v. Chr. dem römischen Heer ergeben. Antonius verübte Selbstmord. Kleopatra, die nach Rom gebracht werden sollte, nahm sich das Leben, um der Demütigung zu entgehen. Von den römischen Geschichtsschreibern wurde verbreitet, daß sie sich durch den Biß einer Natter tötete.

Koine: Aus den altgriechischen Dialekten hervorgegangene griechische Gemeinsprache, die sich im Hellenismus über das ganze griechische Sprachgebiet bis nach Asien ausbreitete. Heute versteht man darunter auch die vereinheitlichte Allgemeinsprache einer stark in Dialekte gegliederten Sprachgemeinschaft.

Krinagoras von Mytilene: (Geb. um 70 v. Chr.). Griechischer Dichter aus Mytilene (auf der Insel Lesbos), der nach Rom ging. Ein Teil seiner Lyrik ist erhalten.

Livia Drusilla: Später Julia Augusta (58 v. Chr.–29 n. Chr.), war zunächst mit Tiberius Claudius Nero verheiratet, dem sie den späteren Kaiser Tiberius und Claudius Drusus gebar. Als sie 39 v. Chr. mit ihrem zweiten Kind schwanger war, wurde Nero von Octavianus zur Scheidung gezwungen. Livia heiratete Octavianus. Ihre langjährige Ehe mit Octavianus, der bis zu seinem Tod mit ihr verheiratet blieb, war kinderlos.

Lusitanien: Römische Provinz im Südwesten der Iberischen Halbinsel. Ihr Gebiet umfaßte ungefähr das heutige Portugal. Die Lusitanier leisteten vor allem im 2. Jh. v. Chr. heftigen Widerstand gegen die römische Besatzungsmacht, der jedoch unter Augustus 27 v. Chr. gebrochen wurde.

Lyder: Wohlhabendes Volk, das an der Westküste des antiken Kleinasiens lebte. Ihr Reichtum gründete auf dem Gold, das aus dem Fluß Paktolos (heute: Sart Çayi) gewonnen wurde. Die Lyder prägten die ersten Münzen im abendländischen Kulturkreis.

Maecenas, Gaius: (Gest. 8 v. Chr.) Der berühmteste Förderer und Gönner von Literaten und Künstlern im alten Rom stammte aus alter vornehmer etruskischer Familie. Als Vertrauter des Augustus und Vorsitzender eines literarischen Kreises zu dem u. a. Vergil, Horaz und Sextus Propertius (Properz) gehörten, stand er in hohem Ansehen. Horaz schenkte er ein Landgut, Vergil wurde zeit seines Lebens finanziell von ihm unterstützt. Auch Maecenas selbst schrieb, von seinen Werken – Lyrik, ein Prometheus sowie ein Dialog – sind jedoch nur Fragmente erhalten.

Magistrat: Ein durch Volkswahl übertragenes Staatsamt bzw. sein Inhaber wurde in Rom als Magistrat bezeichnet. Die Machtbefugnis war durch Annuität, Kollegialität und Verantwortlichkeit vor der Volksversammlung beschränkt. Zu den Magistraten höheren Ranges zählten die Konsuln, Prätoren und Zensoren, zu den niederen die Quästoren, Ädilen u. a.

Marcellus, Cajus Claudius: a) Octavia, die Schwester des Octavianus, war in erster Ehe mit Cajus Claudius Marcellus bis zu dessen Tod 40 v. Chr. verheiratet. b) Sohn von obengenanntem und Octavia. Geb. 42 v. Chr., Günstling des Cäsar Octavianus Augustus. 25 v. Chr. wurde Marcellus auf dessen Wunsch mit seiner Tochter Julia verheiratet. Im Jahr darauf beschleunigte Augustus seine Ämterlaufbahn und erwählte ihn damit zum möglichen Erben des Throns. In Marcellus wurden große Hoffnungen gesetzt, sein tragischer Tod 23 v. Chr. wird von Vergil in einem berühmten Abschnitt der »Äneis« beklagt. Der Text soll Octavia so nahe gegangen sein, das sie bei seiner Lesung ohnmächtig wurde. Nach seinem Tod ließ Augustus das sogenannte Theater des Marcellus in Rom errichten. Das Bild der Figur des Marcellus im Roman orientiert sich u. a. an einer biographischen Schrift Plutarchs: »Das Leben des Marcellus«.

Marcus Antonius: (82–30 v. Chr.). Parteigänger und Offizier Cäsars. Er war mit Cäsar Konsul, als dieser ermordet wurde. Durch seine Rednerkunst gewann er das Volk für sich und übernahm die Führung der Cäsarianer. Dem Senat gegenüber, von dem ein Großteil an der Ermordung Cäsars beteiligt war, zeigte er sich versöhnlich. Am 27. November 43 v. Chr. schloß Octavianus mit ihm und Lepidus das Triumvirat auf fünf Jahre. Im Jahr darauf besiegten Antonius und Octavianus die Cäsarmörder bei Philippi. Bei der Beuteverteilung erhielt Antonius den Osten und Octavianus den Westen des Römischen Reiches. Seit 41 v. Chr. hatte Marcus Antonius eine Beziehung mit Kleopatra Septima. Als es zu Streitigkeiten zwischen ihm und Octavianus kam, wurden diese durch eine Heirat mit Octavianus' Schwester Octavia und dem Abkommen von Brundisium 40 v. Chr. zunächst beigelegt. Die Beziehung zu Kleopatra, mit der Marcus Antonius zwei Kinder hatte, war dadurch vorerst unterbrochen. 37 v. Chr. nahmen beide die für sie auch in politischer Hinsicht vorteilhafte Verbindung wieder auf. Marcus Antonius standen dadurch die ägyptischen Machtmittel zur Verfügung, die er benötigte, um den gesamten Osten zu erobern. Kleopatra sah ihre keineswegs unumstrittene Position als Königin von Ägypten gesichert. 37 v. Chr. wurde zwar das Triumvirat um weitere fünf Jahre verlängert, doch die Gegensätze zwischen Octavianus und Marcus Antonius verschärften sich, u. a. wegen des Ausschlusses des Lepidus aus dem Triumvirat und Marcus Antonius' erfolglosen Feldzugs gegen die Parther. Nach der Unterwerfung Armeniens im Jahre 34 v. Chr. gebärdete sich Antonius in Alexandria wie ein orientalischer Herrscher. Er verschenkte große Teile der östlichen Provinzen an Kleopatra und ihre Kinder. Die Scheidung von Octavia kostete ihn in Rom die letzten Sympathien. Doch als eigentliche Ursache des Übels sah man in Rom Kleopatra. Als der Senat der ägyptischen Königin (nicht Ägypten!) den Krieg erklärte, zog Marcus Antonius mit ihr gegen Rom. Nach der verlorenen Schlacht bei Actium stürzte sich Marcus Antonius in sein Schwert.

Mareotis-See: See südlich von Alexandria. Heute: Mariut-See.

Menander: Geb. in Athen 341, gest. ebd. 290 v. Chr. Berühmter griechischer Komödiendichter. Zielscheibe seines Humors war das Bürgertum von Athen mit seinen menschlichen Schwächen.

Musa, Antonius: Arzt von Octavianus und Maecenas. Er setzte sich, enttäuscht vom geringen Heilerfolg der griechischen Medizin nach Hippokrates, für die Rückbesinnung auf die einheimische Volksheilkunde ein.

Napata: Ort am vierten Nilkatarakt im heutigen Sudan.

Numidien: Heute: Ostalgerien. Die Numider (lat. *numidae*: Nomaden) wurden um 200 v. Chr. von Masinissa zu einem Staat vereinigt. Sein Großneffe Jugurtha wurde im Krieg gegen die Römer (111–105 v. Chr.) von diesen besiegt. 46 v. Chr. schlug Julius Cäsar König Juba I. von Numidien vernichtend und machte das Land zur römischen Provinz Africa Nova. Augustus vereinigte Africa Nova mit der alten Provinz Africa Proconsularis und setzte Juba II. als Herrscher über Numidien und Mauretanien ein.

Octavia: Schwester des Octavianus. Sie war in erster Ehe mit Cajus Claudius Marcellus verheiratet, mit dem sie drei Kinder hatte. Als ihr Mann 40 v. Chr. starb, wurde sie aus politischen Gründen sofort mit Marcus Antonius verheiratet. 32 v. Chr. ließ sich Marcus Antonius von ihr scheiden. Dennoch erzog sie nicht nur ihrer beider Töchter, sondern auch alle überlebenden Kinder, die Marcus Antonius mit Fulvia und Kleopatra hatte, sowie ihre drei Kinder von Marcellus. Wegen dieser Fürsorglichkeit stand sie beim römischen Volk in hohem Ansehen. Octavia starb 11 v. Chr.

Octavianus Augustus: (63 v. Chr.–14 n. Chr.). Er stammt aus dem Geschlecht der Octavier. Von seinem Großonkel Julius Cäsar testamentarisch adoptiert und zum Haupterben eingesetzt, trat er im April 44 v. Chr. Cäsars Erbe an. Auf Vorschlag Ciceros ließ er sich in den Senat aufnehmen und als Heerführer mit prätorianischem Rang anerkennen. Er wurde zum Konsul gewählt und schloß mit Marcus Antonius und Lepidus das 2. Triumvirat, das den Triumvirn für fünf Jahre die oberste Macht im Staat übertrug. Nach dem Sieg über die Cäsarmörder bei Philippi begann der Machtkampf der drei Triumvirn untereinander. Eine vorübergehende Einigung kam 40 v. Chr. in Brundisium, dem heutigen Brindisi, zustande. Sie wurde besiegelt durch die Verheiratung von Octavianus' Schwester Octavia mit Marcus Antonius. 37 v. Chr. erneuerten sie das Triumvirat. Im Herbst 36 v. Chr. wurde allerdings Lepidus ausgeschaltet, was Marcus Antonius verstimmte. 40–39 v. Chr. war Octavianus mit Scribonia verheiratet, dann mit Livia Drusilla. 32 v. Chr. schließlich eskalierten die Gegensätze zwischen Octavianus und Marcus Antonius, der sich inzwischen von Octavia getrennt hatte und mit Kleopatra zusammenlebte. Octavianus ließ durch den Senat Kleopatra den Krieg erklären. Der Sieg bei Actium, die Eroberung Ägyptens und der Selbstmord des Marcus Antonius machten Octavianus zum Alleinherrscher. Nach dem Tod des Lepidus wurde er Pontifex Maximus. 2 v. Chr. erhielt er den Titel Pater patriae. Octavianus Augustus gilt als der Begründer des römischen Kaisertums. Er verfügte über Rechte von denen keines einzeln der republikanischen Verfassung widersprach, die jedoch zusammengefaßt faktisch eine Monarchie konstituierten. An der Spitze seiner Macht bemühte sich Octavianus Augustus altrömische Lebensart und Religion zu bewahren. Er förderte römische Kunst und Dichtung. Als Nachfolger adoptierte er Tiberius.

Palästra: Waffenhof, Ringplatz. Der Ort, an dem Knaben ihre Kampfausbildung erhielten und trainierten. Im Gegensatz zum Gymnasium befand sich die Palästra in Privatbesitz.

Palatin: Einer der sieben Hügel Roms und der Stadtteil mit den ältesten Besiedlungsspuren. Seit 330 v. Chr. wurde der Palatin zum vornehmsten Viertel der Stadt. Hier befand sich auch der Wohnsitz des Cäsar Octavianus Augustus, der Gebäudekomplex wurde *palatia* genannt, worauf das deutsche Wort Palast zurückgeht.

Pharnakes: Der Sohn des Mithridates VI. von Pontos war 63–47 v. Chr. König des Bosporanischen Reiches auf der Krim. Beim Versuch, Pontos zu erobern, wurde er 47 v. Chr. von Cäsar vernichtend geschlagen und von seinem Statthalter umgebracht.

Pomona: Römische Göttin der Baumfrüchte.

Priapos: Phrygisch-griechischer Gott der Fruchtbarkeit, der Obstgärten, Bienen, Schafe und Ziegen, aber auch Schutzgott der Fischer und Seeleute. Der Sage nach wurde er von Dionysos mit Aphrodite gezeugt.

Propertius, Sextus (Properz): Geb. etwa 50 v. Chr. in Asisium (Assisi), gest. 16 v. Chr. Als junger Mann verlor er sein Landgut durch die Konfiskationen des Octavianus. Daraufhin machte er in Rom eine juristische Ausbildung, beschäftigte sich aber vorwiegend mit Dichtung. Er verfaßte vier Bücher mit Elegien und verkehrte im Maecenaskreis.

Ptolemäer: Makedonische Dynastie, die seit Alexander dem Großen Ägypten beherrschte. Ptolemaios I. Soter erhielt 323 v. Chr. die Satrapie Ägypten, die er zielstrebig zu einem selbständigen Territorialstaat ausbaute. Das Ptolemäerreich war eines der großen Reiche der hellenistischen Staatenwelt. Es erlosch mit der Besetzung Ägyptens durch Octavianus im Jahr 30 v. Chr. Kleopatra Septima und ihr Sohn Cäsarion waren die letzten Vertreter dieses mächtigen Herrscherhauses.

Ptolemaios Philadelphos: Der jüngste Sohn von Marcus Antonius und Kleopatra.

Quirinal: Der am nördlichsten gelegene der sieben Hügel Roms. Heute wird er auch Monte Cavallo genannt.

Sallustius (Gaius Sallustius Crispus, Sallust): Geb. 86 v. Chr. in Amiternum, gest. 34 v. Chr in Rom. Römischer Geschichtsschreiber und Anhänger Julius Cäsars. Von seinen fünf Büchern sind nur Fragmente erhalten, u. a. die Monographien »Über die Verschwörung des Catilina« und »Über den Jugurthinischen Krieg«.

Sappho: Die griechische Dichterin lebte um 600 v. Chr. auf der Insel Lesbos. Sie pflegte besonders den Kult der Aphrodite und versammelte um sich junge Mädchen, denen sie im Dienste der Musen Bildung vermittelte. Der Sage nach soll sie sich aus Liebe zu dem Jüngling Phaon vom Leukadischen Felsen gestürzt haben. Ihre Werke sind nur durch Zitate bei spätantiken Grammatikern und Rhetorikern überliefert.

Saturnalien: Altrömisches Fest zu Ehren des Saturn. Es fand alljährlich am 17. Dezember statt. An diesem Tag waren die Standesunterschiede aufgehoben. Man beschenkte sich gegenseitig mit Kerzen und kleinen Tonfiguren und feierte öffentliche und private Gelage.

Scribonia: Schwester des Sextus Pompejus und erste Frau des Octavianus. Dieser verheiratete sich 40 v. Chr. aus politischen Erwägungen mit ihr, ließ sich jedoch schon 39 v. Chr. kurz nach der Geburt ihrer gemeinsamen Tochter Julia wieder von ihr scheiden.

Serapis: Ägyptischer Unterwelts- und Fruchtbarkeitsgott, Herr des Nils und der Nilschwelle, Ortsgottheit von Alexandria und Schutzgott der Dynastie der Ptolemäer. Sein wichtigster Tempel war der Serapis-Tempel von Alexandria.

Sextus Pompejus: (um 67–35 v. Chr.) Er entstammt einem altrömischen Geschlecht und ist Sohn des Gnaeus Pompejus. Nach der Ermordung seines Vaters schloß er sich den Gegnern Cäsars an. Er wurde vom Senat zum Flottenkommandanten ernannt und leistete auch den Triumvirn Widerstand. Nach langen politischen und militärischen Auseinandersetzungen wurde er 36 v. Chr. von Agrippa bei Mylae geschlagen und 35 v. Chr. in Milet hingerichtet.

Sibylle von Cumae: Sibyllen wurden bei den Griechen und Römer weissagende Frauen genannt. Die berühmteste Sibylle der Antike war die von Cumae in Kampanien, von der Vergil schreibt, sie sei von Äneas aufgesucht worden.

Silvanus: Römischer Schutzgott der Tiere und Pflanzen von Wald und Feld. Ihm wurden alljährlich im Wald Opfer dargebracht, wobei Frauen bei der Zeremonie ausgeschlossen waren.

Sistrum: (von gr. *seiein:* schütteln) Dabei handelt es sich um eine altägyptische Rassel. Sie besteht aus einem Handgriff mit Metallbügel, gegen den beim Schütteln lose Querstangen ohne oder mit daran befestigten Metallplättchen klirren.

Soma: Das Grab Alexanders des Großen, dessen Leichnam von Ptolemaios I. Soter nach Alexandria gebracht und in einem prunkvollen Sarkophag beigesetzt wurde.

Sosius, Sosii: Die Gebrüder Sosii waren berühmte Verleger im alten Rom. In ihren Kopierwerkstätten wurden unter anderem die Werke des Horaz vervielfältigt.

Sulpicia (Tibullus): Nichte des Valerius Messalla, die ihre Liebe zu Cerinthus (Pseudonym) in Elegien besang. Diese Elegien sind in Tibulls Corpus überliefert worden.

Syene: Das heutige Assuan.

Tarraco: Das heutige Tarragona.

Teiresias: Nach griechischem Mythos ein blinder Seher aus Theben. In Homers Odyssee wird Odysseus in die Unterwelt geschickt, um Teiresias nach seiner Heimkehr nach Ithaka zu befragen.

Terentia: Gattin des Maecenas, die er trotz mehrmaliger Untreue immer wieder heiratete. Als Octavianus Augustus ihren Bruder Publius Terentius Varro nach der Beteiligung an einer Verschwörung hinrichten ließ, kühlte sich das Verhältnis zwischen dem Cäsar und einem seiner engsten Vertrauten deutlich ab.

Testaccio: Der »Scherbenberg« ist einer der sieben Hügel Roms. Er wurde aus Scherbenaufschüttungen vom Beginn der Kaiserzeit bis ins 3. Jh. n. Chr. errichtet.

Tiberius (Tiberius Claudius Nero Cäsar): Geb. 42. v. Chr. gest. 37 n. Chr. Sohn von Tiberius Claudius Nero und Livia, die später Cäsar Octavianus Augustus heiratete. Tiberius war zunächst mit einer Tochter Agrippas verheiratet. 12 v. Chr. zwang ihn jedoch Augustus zur Scheidung, und er mußte dessen Tochter Julia heiraten. Die Ehe endete mit der Verbannung Julias. 14 bis 37 n. Chr. war Tiberius Kaiser. Er zog sich allerdings 26 n. Chr. auf Capri in ein Felsenschloß zurück. In Rom führte der Gardepräfekt Seianus die Regierungsgeschäfte, was in eine Schreckensherrschaft ausartete. 31 n. Chr. ließ Tiberius Seianus hinrichten, weil dieser angeblich nach dem Thron strebte. 37 n. Chr. wollte Tiberius nach Rom zurückkehren, starb jedoch zuvor in seiner Villa am Kap Misenum, vermutlich durch Mord.

Tibullus, Albius (Tibull): Geb. 50 v. Chr., gest. 19 v. Chr. Römischer Dichter, hauptsächlich Verfasser von Elegien, der zum Literatenkreis um Valerius Messalla gehörte. Er war mit Horaz und Ovid befreundet.

Tingis: Das heutige Tanger.

Tintiris: Das heutige Dendera.

Triton: In der griechischen Mythologie Sohn des Poseidon und ebenfalls Meeresgott.

Unglücksschwestern: Gemeint sind die Parzen. Diese drei Schicksalsgöttinnen werden in der antiken Literatur als Spinnerinnen, gelegentlich auch als Weberinnen, dargestellt: Klotho spinnt den Lebensfaden, Lachesis hält ihn, und Atropos, die Unabwendbare, schneidet ihn durch. Bei Homer erscheinen die Parzen mächtiger als die anderen Götter, die oft nichts gegen die von ihnen gesponnenen Schicksalsfäden vermögen.

Utica: Die Stadt liegt nordwestlich von Karthago und ist die älteste von den Phönikern an der Nordküste Afrikas gegründete Siedlung. Nach der Zerstörung Karthagos durch die Römer 146 v. Chr. wurde Utica Hauptstadt der römischen Provinz Africa.

Valerius Messalla (Marcus Valerius Messalla): Gest. ca. 13 n. Chr. Wie Maecenas war Messalla der Mittelpunkt eines literarischen Zirkels in Rom. Vor allem Tibullus (Tibull) stand in seiner Gunst. Er selbst wurde von Augustus hochgeachtet.

Venus Genetrix: Julius Cäsar führte die Verehrung der Venus Genetrix als Stammutter der Julier ein.

Vercingetorix: König des gallischen Stammes der Arverner und Anführer des Aufstands der Gallier gegen Rom 52 v. Chr. Julius Cäsar besiegte ihn; er wurde in dessen Triumphzug 46 v. Chr. mitgeführt und hingerichtet.

Vergil (Publius Vergilius Maro): Der 70 v. Chr. in Andes bei Mantua geborene Vergil wuchs in einfachen Verhältnissen auf. Er studierte in Mailand und Rom. Sein Landgut wurde im Zuge der Landverteilung für die Veteranen von Octavianus konfisziert. Allerdings erhielt er durch Vermittlung von Asinius Pollio eine Entschädigung. Vergil fand schließlich Aufnahme im Kreis um Maecenas. Auf dessen Anregung schrieb er 37 bis 29 v. Chr. sein »Gedicht über den Landbau« und arbeitete dann bis zu seinem Tod an der »Äneis«, dem römischen Nationalepos. Er starb während der Heimkehr von einer Griechenlandreise 19 v. Chr. in Brundisium.

Viminal: Einer der sieben Hügel Roms im Osten der Stadt.

Vindelizier: Keltischer Volksstamm, der südlich der Donau vom Bodensee bis über den Lech lebte. 15 v. Chr. wurde er von Tiberius und Drusus unterworfen und der römischen Provinz Rätien zugeteilt.

Zama: Antike Stadt in Nordafrika auf dem Gebiet Karthagos.

Inhalt

Terenci Moix

Der Traum der Kleopatra

Roman. 416 Seiten. Geb. Aus dem Spanischen von Elisabeth Brock.

Leidenschaftliche Liebe und kühle Politik, exotische Ausstrahlung, Erotik und bezwingender Charme sind nur einige der Merkmale, die den Reiz der hochgebildeten und machthungrigen Kleopatra begründeten. Doch die berühmte Königin von Alexandria war weit mehr: Zu einer Zeit, als Männer wie Cäsar, Marcus Antonius und Octavian um die Herrschaft im Römischen Reich kämpften, gab Kleopatra der Weltpolitik entscheidende Impulse, die sie zur triumphalen Regentin an Cäsars Seite und zu einer der wegweisenden Frauenfiguren der Antike machten. In Ägypten verehrt, wurde sie nach Cäsars Ermordung von den Römern gefürchtet und als Konkubine zweifelhaften Rufs abgestempelt. Mit ihrem abtrünnigen Geliebten Marcus Antonius, dem sie drei Kinder gebar, geriet Kleopatra mehr und mehr zum Spielball der Machtinteressen. Nachdem es Octavian gelungen war, Ägypten unter seinen Befehl zu stellen und die Liebenden zu Fall zu bringen, nahm Antonius sich nach einem tragischen Irrtum das Leben. Da sah auch Kleopatra, erst 39 Jahre alt, keinen anderen Ausweg mehr, als ihm zu folgen ...

Valerio Massimo Manfredi

Alexander

Der makedonische Prinz. 448 Seiten. Geb. Aus dem Italienischen von Claudia Schmitt.

Er wurde nur dreiunddreißig Jahre alt, doch sie reichten aus, um seinen Namen unsterblich zu machen: Alexander der Große, König von Asien und Herrscher über die ganze Welt.
Im ersten Band dieser spannenden Roman-Biographie erleben wir Kindheit und Jugend des außergewöhnlich schönen, klugen und charismatischen Prinzen. Als Alexanders Vater Philipp ermordet wird, besteigt der knapp Zwanzigjährige den Thron und beweist auf Anhieb seinen Mut und sein politisches Geschick. Es gelingt ihm, das instabile Reich zusammenzuhalten und die aufständischen Griechen zu bezwingen. Freunde wie Feinde schauen ungläubig auf den jungen Regenten. Da rüstet Alexander auch schon zum Zug in den Fernen Osten ...

»Alexanders Leben war so aufregend, daß ich nichts mehr dazuerfinden mußte.«
Valerio Massimo Manfredi

»Ein eindrucksvolles Epos, das Christian Jacqs ›Ramses‹ Konkurrenz macht.« La Repubblica

Valerio Massimo Manfredi

Alexander

König von Asien. 464 Seiten. Geb.
Aus dem Italienischen von Claudia Schmitt.

»Das größte Abenteuer, das je ein Mensch erlebt hat« *(Il Messagero)*, nimmt seinen Lauf: Von unbändigem Eroberungswillen getrieben zieht der strahlende junge Makedonenkönig Alexander nach Asien. Dort gelingt es ihm nicht nur, im Kampf der Titanen den persischen Feldherren Memnon zu besiegen und Halikarnassos einzunehmen. Er gewinnt auch das Herz Barsines, der atemberaubend schönen Frau Memnons. Der geheimnisvollen Macht des Orakels trotzend löst Alexander den Gordischen Knoten mit einem einzigen Schwertstreich. 333 bezwingt er in der legendären Schlacht von Issos den persischen Großkönig Darius. Er unterwirft Syrien, Palästina und Ägypten, wo er wie ein Pharao empfangen wird, und gründet an der Mündung des Nils Alexandria, die erste Stadt, die seinen Namen trägt und zur blühenden Metropole des Altertums aufsteigt. Nichts und niemand scheint Alexander auf seinem Siegeszug um die Welt aufhalten zu können ...

»Man verschlingt dieses Buch mit derselben Leidenschaft, die auch den jungen Alexander trieb.«
L'Indépendant

Valerio Massimo Manfredi

Alexander

Der Herrscher der Welt. Roman. 480 Seiten.
Geb. Aus dem Italienischen von
Claudia Schmitt.

Alexander der Große, der Sohn der Götter, krönt sein Lebenswerk: Von Ägypten setzt er seinen Triumphzug fort und besiegt bei Gaugamela den persischen Großkönig Dareios. Stadt um Stadt erobert Alexander das Reich der Perser – Babylon mit seinen prächtigen Hängenden Gärten, Susa und schließlich das unermeßlich reiche Persepolis.
Er vermählt sich mit der betörend schönen Prinzessin Roxane und dringt bis nach Indien vor. Doch als Alexanders Reich am gewaltigsten ist, beginnen seine Vertrauten, die ihm mehr als zehn Jahre treu gefolgt sind, sich von ihm abzuwenden. Da, mit 33 Jahren auf dem Gipfel seiner Macht, befällt Alexander plötzlich ein geheimnisvolles Fieber …

Erfolgsautor Valerio Massimo Manfredi zeigt Alexander in all seinen Facetten – den Freund, Ehemann und Geliebten wie den Staatsmann, Feldherrn und Visionär – und setzt ihm ein beeindruckendes Denkmal.

KABEL